eye.

守望者

——

到灯塔去

LE RIRE
DU CYCLOPE

［法］贝尔纳·韦尔贝 著

陈沁 查璐译

Bernard Werber

独眼巨人的

笑声

南京大学出版社

Le Rire du Cyclope
by Bernard Werber
© Editions Albin Michel-Paris 2010
Simplified Chinese translation copyright © 2021 by NJUP
Current Chinese translation rights arranged through Divas International,Paris
迪法国际版权代理(www.divas-books.com)
All rights reserved.

江苏省版权局著作权合同登记　图字:10－2020－26 号

图书在版编目(CIP)数据

独眼巨人的笑声 /（法）贝尔纳·韦尔贝著；陈沁，
查璐译. —南京：南京大学出版社，2021.5
ISBN 978－7－305－23914－4

Ⅰ.①独… Ⅱ.①贝… ②陈… ③查… Ⅲ.①长篇小
说－法国－现代 Ⅳ.①I565.45

中国版本图书馆 CIP 数据核字(2020)第 217595 号

出版发行　南京大学出版社
社　　址　南京市汉口路 22 号　　　　邮　编 210093
出 版 人　金鑫荣
书　　名　独眼巨人的笑声
著　　者　[法] 贝尔纳·韦尔贝
译　　者　陈　沁　查　璐
责任编辑　章昕颖
照　　排　南京紫藤制版印务中心
印　　刷　江苏凤凰通达印刷有限公司
开　　本　880×1230　1/32　印张 20.25　字数 400 千
版　　次　2021 年 5 月第 1 版　2021 年 5 月第 1 次印刷
ISBN　978－7－305－23914－4
定　　价　88.00 元

网　　址　http://www.njupco.com
官方微博　http://weibo.com/njupco
官方微信　njupress
销售咨询　025－83594756

献给伊莎贝尔

笑是人类的本性。

——弗朗索瓦·拉伯雷

我认为，电视让文化受益匪浅。每当有人在我家打开电视，我就会走进隔壁的房间读书。

——格劳乔·马克思

人可以嘲笑一切，但并非任何人都能做伴。

——皮埃尔·戴斯普鲁日

我们不是拥有精神体验的人类生物，而是拥有人类体验的精神生物。

——皮埃尔·泰亚尔·德·夏尔丹

第一幕
"绝对不要读"

1

我们为什么笑?

2

"……嗯,他读到那句话,突然朗声大笑,接着就死掉了!"

话音刚落,难以抑制的战栗扫过巴黎奥林匹亚剧场巨大的演出厅。片刻之后,人群爆发出阵阵笑声。

欢笑的浪潮升腾,仿佛硕大的香槟气泡,宽绰而圆润,然后碎裂成雨点般的掌声。

笑星达利斯向人群挥手致意。

那是个身材矮小的男人,一只眼睛戴着黑色海盗眼罩,露出来的一只眼睛闪着淡蓝色的光芒。他一头卷曲的金发,身着粉色无尾礼服,花边领白衬衣,还系着与礼服同色的蝴蝶结。

他谦虚地微笑着,行了个屈膝礼,紧接着往后退了一步。观众起立欢呼,喝彩声愈发热烈。

艺术家摘掉黑色眼罩,他的眼眶里没有眼球,取而代之的是颗发光的塑料红心,里面的灯泡不停闪烁。

观众见此情景,立刻用右手遮住右眼——这是区分是否为该喜剧演员粉丝的标志。

达利斯重新戴起眼罩,慢慢退到舞台后部,又行了屈膝礼向人群致意。

演出厅沸腾了,观众们有节奏地高喊他的名字。

"达——利斯! 达——利斯!"

不过,厚重的紫红色天鹅绒幕布已慢慢滑动,直至闭合。

照耀舞台的聚光灯熄灭了，与此同时，大厅逐渐明亮起来。

观众席中又掀起一轮音浪。

"再来一个！再来一个！再来一个！"

笑星满头大汗，早早溜回后台。可大厅里依旧人声鼎沸，观众们有节奏地欢呼。

"独眼巨人！独眼巨人！独眼巨人！"

一大群崇拜者抢先聚在达利斯的化妆间门口，走廊塞得水泄不通。

他们伸出双手，仿佛翘首待摘的鲜花。大明星跟他们握了握手，攀谈几句，接过礼物，然后表示感谢。

烦躁揪得达利斯脊背阵阵发紧。他抹了把额头，再三致意，费尽九牛二虎之力才从兴奋的崇拜者中挤出来，最终返回化妆间。然后，命令保镖提高警惕，别让人打扰他。

笑星关上房门——门上贴着他的名字和照片，然后又把门锁转了两圈。

几分钟过去了。

保镖终于驱散人群，同剧场执勤的消防员攀谈起来。两个人正说着话，突然听见达利斯的化妆间里传出一阵大笑，接着是物体跌落的声音，随后陷入寂静。

3

《传奇之殇》

《玫瑰小丑谢幕》

《最受法国人爱戴的法国人在奥林匹亚剧场突发心脏病逝世》

《永别了，达利斯，你是最棒的》

以上为次日清晨各家日报上的文章。

达利斯死亡事件已经占据电视新闻频道长达 13 个小时之久。

"新闻发生在昨夜 23 点 30 分，在奥林匹亚剧场，人称'伟大的达利斯'或'独眼巨人'，真名达利斯·米洛斯拉·沃兹尼亚克的著名笑星于表演结束后突发心脏病，不幸逝世。这一可怕的事件震惊法国各界。巨星从荣耀的顶峰陨落，辉煌的职业生涯戛然而止。接下来，让我们连线身处悲剧发生现场的特派记者。"

电视屏幕中出现大群身穿雨衣的人，人群躲在雨棚下，排成长队。这些人冒着倾盆大雨，在久负盛名的音乐厅门前等待着。画面中又出现一名挥舞着麦克风的记者。

"哲罗姆，您说得太对了。这里，就是伟大的达利斯昨夜去世的地方，大伙真是始料未及啊。可也正是在这儿，从今天早上开始就有人预告说，'向独眼巨人致敬'的大剧即将上演。这将是一场具有历史意义的演出，届时，达利斯在喜剧界的所有朋友均将莅临现场，他们将装扮成玫瑰小丑，演出他的剧目。就像您看到的那样，消息一经发布，大批崇拜者蜂拥而至，赶来预订座位。"

主持人道过谢后，画面切到下一个镜头。

"共和国总统向达利斯的家属发来唁电，内容如下——

独眼巨人的离世不仅是演艺界的损失，同时也是整个国家的损失。他不仅是最具幽默细胞的法国同胞，还是我的朋友，在我感到最艰难的时候，为我带来无数的快乐时光，很多法国人都有同感，可如今我失去了他。

说完，主持人放下电报，握紧双手。

"达利斯·沃兹尼亚克的葬礼将于星期四上午 11 点钟在蒙

马特尔公墓举行。葬礼仅限亲友参加。"

4

"如果可以选择的话,我宁愿像祖父那样,在睡梦中溘然长逝。尤其不要在惊恐万分之时吓得大喊大叫,就像乘坐祖父驾驶的波音飞机上的那 369 名乘客,在他临死前几秒钟所做的那样。"

———节选自达利斯·沃兹尼亚克的幽默短剧

《我身后,任他洪水滔天》

5

星期三,上午 11 点。《当代观察家》杂志社社会新闻专栏全体人员的会议时间。会议在主编克里斯蒂娜·泰纳蒂耶的办公室举行,这间办公室活像一座巨型水族馆。

泰纳蒂耶脚蹬长筒靴,双腿翘在大理石办公桌上。

十几名记者悠闲地窝在皮质长沙发上,为了避免显得很尴尬,他们或摆弄报纸、笔记本、钢笔,或摆弄手提电脑。

"这就是读者们希望在下一期杂志上看到的内容,所以要深入发掘,深入,再深入。卖点力气,别在细节上纠缠不清,可得震得他们合不拢嘴。咱们弄期'独眼巨人之死'的特刊。"

与会者七嘴八舌地表示赞同。

"日报媒体已经把犄角旮旯里的话题搜刮得差不多了,必须写点出人意料的文章。新颖的!特别的!独一无二的!好了,大家轮流出主意吧,快问快答。马克西姆,你有什么主意?"

女主编用下巴点了点坐在她右手边,距离取暖器最近的那位记者。

"《达利斯与政治》。"马克西姆建议。

"陈词滥调。大家都知道,所有的党派都巴结达利斯。他表面上谁都支持,其实谁也不支持。"

"还可以深入发掘。达利斯代表法国普通民众,代表法国底层社会。总之,穷人奉他为官方代言人。所以,他被评为'最受法国人爱戴的法国人'。可以从这个角度入手。回答以下问题:'人民为什么如此爱戴他?'"

"绝对不行。这样做容易倒向极端'民粹主义'。可不能蛊惑人心。下一个,阿兰?"

"《达利斯与性》。可以拉份清单出来,列一列达利斯征服过的女人。应该有不少知名人士和他上过床。有些人全裸的时候可是相当上相的。这样我们的页面会变得'劲爆火辣'。"

"低俗不堪。跟杂志社的形象不符,咱们可不是什么通俗杂志社。况且那群新闻摄影贩子卖照片简直像敲竹杠。下一个。"

弗洛朗·佩尔格里尼是犯罪事件报道领域的大记者,四十年的职业生涯和酗酒史在他英俊的脸庞上刻下痕迹。他抬起头,语气平静地说:"《达利斯与金钱》。我认识达利斯从前的制片人——斯蒂芬·克鲁斯。他很乐意跟我讲讲达利斯庞大的经济帝国。达利斯在巴黎郊区拥有一座名副其实的城堡。他在海外发展了'独眼巨人产业'。他和兄弟们经营着全部的副线产品,积聚起相当可观的财富。我敢保证,他眼睛里的那颗红心就是摇钱树。"

"一身铜臭味儿。还有没有别的意见?弗朗西斯?"

"达利斯艰苦的青少年时期之谜。他怎样在事故中失去右眼,又怎样把身体缺陷变成与众不同的象征。我甚至把题目都拟好了,就叫'独眼巨人的复仇之路'。"

"矫揉造作。而且这种'不幸的残疾儿童为了出人头地而奋斗"的怀旧角度会让我们的报道'变得煽情'。更别提事实上,这也不是新鲜手法。加把劲儿,用点儿心,这回可是硬茬儿。动动脑子吧。下一位,克劳迪尔德?"

被点到名的女记者优雅地站起身。

"《达利斯与自然环境》? 他支持同污染做斗争,甚至参加过抗议核电站的游行。"

"矫揉造作。这年头儿,所有的明星都标榜自己是环保主义者,这是时尚。这主意可真不怎么样。非常感谢您的主意,就这样吧。"

"可是,夫人……"

"别说'可是,夫人'。可怜的克劳迪尔德,您老提些没价值或者离题八百里远的主意。您这样的人当记者真是浪费时间,您最好还是去……给母山羊挤奶吧。"

在场的记者们几乎忍不住笑出声来。当事人被说到痛处,眼中充满愤怒。

"您……您……您是……"

"什么? 我是什么? 婊子? 狗东西? 妓女? 请您说准确点。还有,要是没有比'达利斯与自然环境'这种蠢话更好的主意,那就请闭上嘴,别浪费时间。"

克劳迪尔德·普朗考猛地站起来,摔门而去。

"啊! 马上要去洗手间哭鼻子了。真脆弱。还自称大记者呢。下一位。还有别的灵感吗?"

"《达利斯与年轻人》。他开办喜剧学校和剧院,目的是培养有喜剧天赋的年轻人。这样做的目的并非是营利。获得的全部收入都被重新投资到初出茅庐的笑星身上。"

"太肤浅了。必须得写点更有趣的,要能从其他报刊中脱颖而出,要爆点被所有人忽视的真正的猛料。使劲儿想! 再动动脑子!"

记者们面面相觑,想不出能吸引人的灵感。

"如果达利斯之死是……犯罪呢?"

社会专栏主编克里斯蒂娜·泰纳蒂耶别过头,面向说话的人——卢克莱斯·奈姆赫德,年轻的科学女记者。

"这主意真可笑。下一个。"

"请等一下,克里斯蒂娜,让她好好谈谈她的想法。"弗洛朗·佩尔格里尼建议。

"纯粹是瞎扯。达利斯被谋杀?像他那样的人为什么不会自杀?"

"我已经掌握了初步的线索。"卢克莱斯语气平静。

"您的'初步的线索'是什么,奈姆赫德小姐?"

卢克莱斯沉默了片刻,接着说:

"达利斯死的时候,奥林匹亚剧场的消防员就站在他化妆间门口。这个男人声称,听到达利斯倒下前几秒钟曾哈哈大笑。"

"所以呢?"

"据他说,达利斯确实笑得特别剧烈,然后突然重重地摔倒在地。"

"可怜的卢克莱斯,您打算跟克劳迪尔德比赛看谁出的主意更蠢吗?"

有几位记者开始窃窃私语。

马克西姆·沃伊哈一贯殷勤地支持自己的上司,他又补充道:"这不可能是犯罪。达利斯的房间是从里面反锁的,门口还站着保镖,这群保镖人称'粉色西服保镖',是群名副其实的壮汉。即便此事有疑问,尸体上也找不到丝毫伤痕啊。"

年轻的女记者卢克莱斯并没有因此而失态。

"达利斯临死前几秒钟曾哈哈大笑……我认为这很诡异。"

"为什么呢,奈姆赫德小姐？请把您的观点说完。"

"因为喜剧演员很少笑。"年轻的姑娘针锋相对。

主编在手包中翻腾了一阵,掏出小铡刀,摘掉小皮套,拔出一根雪茄,用鼻子闻了闻,放进铡刀里,削去顶端。

弗洛朗·佩尔格里尼龙飞凤舞地写着,仿佛在做记录。

年轻的女科学记者抓紧时间进一步陈述自己的论点。

"通常说,手艺人不用自个儿造的东西。确切地说,因为他们知道产品的成分是什么。医生最不会保养身体。维克多·雨果为了表明他从不读其他小说家的作品,曾经宣称'母牛不喝牛奶'。"

几位同事表示赞同。卢克莱斯·奈姆赫德重拾信心,继续说:"时髦的服装设计师一般不讲究穿着。还有,记者……不相信报纸上发表的东西。"

为数寥寥的与会者又开始窃窃私语,这代表她说得很对。弗洛朗·佩尔格里尼悄悄把刚才草草写下的一段话递给卢克莱斯。年轻的女记者几乎没理他,继续说:"因为作为同行,我们知道那些新闻是被操纵、歪曲的,是不真实的,所以我们不相信。我认为,同样,喜剧演员也清楚笑话是如何编出来的,要想让他们真正地笑起来,必须得下大功夫。"

两个女人沉默不语,两人的眼神都充满挑衅。

一边是克里斯蒂娜·泰纳蒂耶,《当代观察家》周刊社会专栏的主编:香奈儿女装、香奈儿女式衬衫、香奈儿手表、香奈儿香水,头发染成红棕色,黑色的眼睛戴淡蓝色隐形眼镜。52岁的生命中有23年在编辑室里度过。大家都说她被提拔到这个令人眼红的职位,全拜背地里拉皮条的能力所赐。事实上,她从来没有写过哪怕一篇文章,更没有进行过任何现场调查,却从来没有停止过升职的脚步。有的人说她跟高层领导睡觉,可看她的长相,似乎又不太可能。

另一边是卢克莱斯·奈姆赫德，年仅 28 岁的年轻记者。在社会专栏记者中属于新手，按稿件字数拿钱，专攻科学话题。目前还没有正式任职。然而，她的功劳簿上已经赫然列着 6 年的现场调查以及数篇报道。她的头发也是红棕色。不过，跟女上司正相反，她的发色纯属天然，颧骨上的雀斑可以为此做证。一对杏眼中跳动着翠绿色的光芒。脸蛋和小而尖的鼻子，能让人联想起鼩鼱。纤细优美的脖子撑起脸蛋，黑色的中式外套，绣着被剑刺穿的红龙，凸显出结实又健美的身材，只把圆润的肩膀露在外面。

克里斯蒂娜·泰纳蒂耶点燃雪茄，默声抽烟，这是她陷入紧张思考的标志。

"《被谋杀的"独眼巨人"》，这样的独家新闻妙极了，不是吗？"弗洛朗·佩尔格里尼承认，"如此一来，我们将打败那些日报。"

主编终于吐出长长的螺旋状烟雾。

"……或者丧失所有信誉，沦为整个巴黎的笑柄。"

她盯着年轻女记者，对方不肯垂下目光。沉默的交流中充满敌意。自古以来，同样的敌意一直鼓动着觊觎当权者的人们：亚历山大大帝蔑视父亲——马其顿国王腓力二世；行刺前，布鲁图紧盯恺撒；1968 年，丹尼尔·科恩·班迪[1]轻蔑地打量共和国警察。年轻人的脑海中总是浮现出相同的想法："别挡路，老顽固，你已是明日黄花，我才是代表未来的人。"

克里斯蒂娜·泰纳蒂耶清楚这一点。她相当聪明，因为她懂得如何终结此类争斗：局势很少对较年长者有利。卢克莱斯同样清楚这一点。

"教育，"卢克莱斯心想，"外加职场上的等级制度，或许归根

1　法国 1968 年学生运动中主要的学生领导人。（本书注释如无特殊说明，皆为译者注）

结底仅仅是为了:强迫年轻人耐心等待,耐心等候不称职的老资历在地位受到动摇之前停止享用权力。"

"'独眼巨人'之死……犯罪?"泰纳蒂耶反复叨咕这句话,想出了神。

记者们低声耳语,语气不乏嘲笑。向掌权者表忠心可是必修课。

主编挺直腰板,突然掐灭雪茄。

"非常好,奈姆赫德小姐,我批准您调查此事。不过,我要嘱咐两件事。首先,我要严肃的东西,证据,真正可靠的证据,照片,获得证实并且相互印证的事实。"

记者们频频点头,对上司不怒而威的姿态赞赏有加。

"第二条:给我惊喜!"

6

人类身体诞生伊始,所有的器官都想当头儿。

大脑说:"我掌管所有神经系统,所以我应该当头儿。"

双脚说:"我们支撑身体保持直立,所以我们应该当头儿。"

双手说:"我们完成所有工作,并且赚钱养活身体,所以我们应该当头儿。"

眼睛说:"我们从外部世界带来最重要的信息,所以我们应该当头儿。"

嘴巴说:"我养活大家,所以我应该当头儿。"

接下来是心脏、耳朵、肺。

最后,肛门发表观点,要求当头儿。身体的其他部分纷纷嘲笑它,区区肛门也能领导它们。

于是,肛门发起火来——它闭紧自己,拒绝工作。很快,大脑开始发烧，眼睛变得呆滞，双脚虚弱得无法行走，双手无力地垂下，心脏和肺部拼命保住小命儿。所以，大家恳求大脑做出让步，同意让肛门当头儿。

此事成为定局。从那以后，身体的所有部位恢复活力。然而，如同所有名副其实的头儿那样，肛门领导着大家，主要负责管理"喷粪"。

寓意：有头脑绝非是当头儿的必要条件，区区肛门显然更有机会成功上位。

———节选自达利斯·沃兹尼亚克的幽默短剧
《肛门大有前途》

7

卢克莱斯·奈姆赫德看完这则当代寓言——《大脑与肛门》，嘴角露出笑意，她搓皱了编辑部会议期间弗洛朗·佩尔格里尼偷偷递过来的这张纸条。

在恰当的时机，简单的笑话能给人莫大的安慰。她心想。

会后，专攻犯罪事件的大记者佩尔格里尼又跟卢克莱斯碰上头。他一屁股坐在对面的办公桌上。

"卢克莱斯，你疯了吗？谁让你发表'达利斯死于谋杀'这种离奇言论！你走进死胡同了。要知道泰纳蒂耶会严密监视你的。你想在年底前转正，不如说会被直接扫地出门。"

年轻的姑娘扑闪起翠绿色的大眼睛，边替弗洛朗按摩肩膀，边做鬼脸。

"我喜欢密室谋杀之谜。这可是加斯顿·勒鲁[1]式的挑战。"

1　加斯顿·勒鲁，法国记者、侦探小说家。

佩尔格里尼讪笑着。

"没有伤口，没有痕迹，没有目击者，没有动机，事实上完全没有行凶的可能？"

卢克莱斯·奈姆赫德余光扫见办公桌上堆积成山的信件，她决定无视它们。

"当新闻报道具备真正的挑战时，我才会喜欢它。"

"可你明白吗？你会站在风口浪尖上。"

"我非常喜欢'独眼巨人'。"

佩尔格里尼看着她，眼中的怜悯之情很是真诚。

"'维克多·雨果说过奶牛不喝牛奶'这种伎俩，最终要说服的可不是我。"

老记者佩尔格里尼露出一脸苦相。卢克莱斯知道又是他的肝脏作祟。佩尔格里尼的酒瘾很大，已经接受过好几次戒酒治疗了。他决定拿出麻醉药——玻璃杯和一瓶威士忌，缓解痛苦，迟疑了一会儿，直接对着瓶子痛饮。

我的人生不能像弗洛朗一样，害怕上司，意图取悦所有人，良心永远向现实妥协。

佩尔格里尼喝下一大口酒，表情愈发痛苦，说道："听着，卢克莱斯，你不明白，《当代观察家》报社里危机四伏。如果你失败的话，没人会帮你。甚至我也不会。依我看，调查达利斯之死纯粹是胡说八道。"

他把酒瓶递给卢克莱斯。卢克莱斯犹豫片刻，摇了摇头。

他说的有道理吗？我是否真的"选错了题"？无论如何，现在已经太晚了。箭在弦上，不得不发。

她望着写笑话的那页纸，又揉了揉，其实纸已经被她揉成了小纸团。她把纸团径直扔向酒鬼老记者的小篓子。没扔进去，差了一点点。

弗洛朗·佩尔格里尼哆嗦着捡起小纸团，又扔了一次……正中靶心。

8

它在高空上飞翔，别的家伙绕着它盘旋。最终，翅膀黑得发亮的乌鸦呱呱叫着落在开裂的墓碑上。同伴赶来汇合，鸟鸣声又响了起来，交织成刺耳的歌曲，只有它们自己才会欣赏的歌曲。

蒙马特尔公墓的"独眼巨人"葬礼是当天的大事件。

仪式队伍跟在灵车后面缓慢前行。灵车上插着许多小旗子，旗子上印着内嵌心形的眼睛符号。

绵延的队伍中有达利斯的家人和朋友，尤其是那些擅长讲笑话、荤段子、俏皮话，以及文字游戏的精英们。

每个人都面带懊悔之色，当他们察觉雨势暂停时，便开始彼此道贺。

队伍的后部是政客、作家，以及歌唱家。

队伍两侧的摄影师几乎和送葬队伍一样长。普通群众被共和国保安警察和"粉色西服保镖"——"独眼巨人产业"的私人卫队拦在公墓外。

最终，漫长送葬队伍打头的人在墓穴前停下脚步，墓穴尚未封口。粉色的大理石墓碑烫着金色的字：我宁愿躺在棺材里的是您而不是我。

神父登上发言台，检查过麦克风后，宣布："刻在大理石上的墓志铭将是达利斯对这个世界最后的蔑视之辞。"

每个人都慢慢地找到了位置，自发围在神父身边，形成一个圆圈。

"达利斯求我答应他，把这句话刻在墓碑上，因为他知道上帝随时可能把他召唤回去。'我宁愿躺在棺材里的是您而不是我。'多么讽刺,却又多么真诚啊。达利斯跟我说了实话,撕下一切虚伪,如果有机会的话,任何死者都会在葬礼上这样说。"

人群发出轻微的笑声,声音被抑制在鼻腔中。唯有一位黑色花边薄纱遮面的女子独自放声大哭。一位老先生笑得声音大了些,人群转向他,面露斥责之意。

"请不要拘束,"神父出面干涉说,"您可以笑。所有的一切都能让达利斯笑。如果他能出席自己的葬礼,也会笑出声的。所有的一切都能让他笑,善意的笑,宽厚的笑,谦逊的笑。人们时常忘记,但'独眼巨人'可是信教的人。每周日达利斯都会去做弥撒,可几乎从不让人知道。他曾经说过:'对喜剧演员来说,被别人看见去教堂做礼拜影响不好。'"

笑声再次打破沉寂。

"达利斯也是我的朋友。他向我坦露他的困扰,疑惑,对自我提高的渴求。正因为这样,我比任何人都有资格告诉你们:达利斯以自己的方式成为圣人。他不仅向身边的人及公众播撒欢乐,还利用喜剧学校、电视节目和私人剧院鼓舞有天赋的年轻人。"

面纱的妇人哭得愈发动人。

"耶稣曾经说过:'上帝即爱'。但还应该加上一句……'上帝即幽默'。"

有人撇撇嘴表示支持,脸部放松下来。

"人人都该经常反省,不仅反省爱人的感觉,还得反省……幽默感。"

人们用手帕捂住鼻子。戴大帽子的人哭出声,仿佛在给戴面纱的妇人助阵。

"就这样吧,达利斯,众人爱戴的'独眼巨人',你离开了我们,留下我们孤苦伶仃,暗自忧伤。对不起,你最后的笑话没能逗笑我们……"

听到这话，所有人都哭了。再没有人能笑起来。

那位独自垂泪的女人，哭声又尖又亮，仿佛独奏一般。

"尘埃，你又化身尘埃；灰烬，你又化身灰烬。上前做最后的祈福吧。首先有请安娜·梅格达莱纳·沃兹尼亚克，死者的母亲。"

教士递给哭泣的女人一小铲土。女人卷起饰花边的面纱，把土撒在棺材上，撒在达利斯著名的照片上，照片上的他面露笑意，正掀起眼罩，露出镶在右眼眶中的心。

卢克莱斯靠近人群，观察并记住所有人的脸。

9

"医生，我十分不安。您的诊断和您同行的不一样。"

"我知道。不是第一次发生这种事情了。不过尸体解剖将会证明我所言非虚。"

——节选自达利斯·沃兹尼亚克的幽默短剧
《相信医生，终有所报》

10

起风了。树木被吹得弯下腰，灌木丛簌簌颤动。黑色礼帽和面纱随风摆动，观礼者不时伸出戴手套的手勉强拽住。

在绵延的队伍中等了很长时间，卢克莱斯·奈姆赫德才轮到往棺材上撒一铲土。她仔细观察送葬队伍，以及等在外面的仰慕者。

达利斯不在人世了。被我当作精神上的家人的人走了。离我而去。

巨人，你离我而去。

仿佛离我而去的亲人。

和所有靠近我，最终又离我而去的人一样。我觉得天上似乎有位爱开玩笑的神仙，让我们跟杰出的人相遇，这是他赐给我们的礼物，可他的目的是把这些人从我们身边夺走，好欣赏我们当时沮丧的神情。

卢克莱斯·奈姆赫德离开人群，坐在一个不受关注的诗人的墓上。树叶在风的吹动下盘旋上升。

她打了个寒战。

我，死的时候，将会孑然一身。没有家人，没有朋友，我希望情人们不会傻到踩着我的尸体重逢。

她朝地上吐了口痰。远处，神父仍然站在人群面前侃侃而谈，人们听得很认真。年轻的姑娘只能听到些支言片语："……达利斯·沃兹尼亚克是黑夜中的灯塔，用幽默的语句照亮悲伤的世界。"

黑夜中的灯塔……

尤其是从前的某一天，达利斯是照亮每个人黑暗的灯塔。即使我没跟他相遇，照亮他的生命，我也会尽最大努力照亮他死亡的谜团。

《当代观察家》的科学女记者远远地拍了几张照片，重新跨上排量 1200 毫升的古兹牌侧三轮摩托车。

她打开黑莓手机，播放《黑夜的恐惧》（"Fear of the Dark"）——英国硬摇滚乐队铁娘子的歌曲，驾摩托车返回市郊。红棕色的头发露在安全帽外面，随风飘扬。

转动油门，时速攀升至每小时 130 公里。

弥留之际，独自一人待在医院里。

独自死去。

尸体入土时孤身一人。

我死后，会和流浪汉一样，会和从前的戏子一样，被扔进公共墓穴，没人愿意为我的棺材买单，神父认为我罪孽深重，不配被埋进神圣的地方。

没有人会悼念我。

人们把我忘掉后，只剩下《当代观察家》档案室里我写过的文章。至少泰纳蒂耶曾允许我在寥寥几篇文章上署上名字。

这是我曾在世上停留过的唯一痕迹。

11

"疯子爬上精神病院的围墙，好奇地观察路过的行人。他呵斥住一位男子，问道：

'说，你在里面是多少号？'"

——节选自达利斯·沃兹尼亚克的幽默短剧
《异乡的观点》

12

卢克莱斯·奈姆赫德回到家，注视着那个熟睡的男人。男人的东西叠得整整齐齐，放在椅子上。卢克莱斯打开窗户。床上的身躯开始蠕动，白色床单的两道褶皱间露出一张脸，一侧的眼皮微微睁开。

"啊，卢卢！你回来啦？"

卢克莱斯捡起年轻男人的外套，扔出窗外。男人的另一侧眼皮瞬间睁开。

"我的卢卢,你在干什么!你疯了吗!我是在做梦,还是你真的把我的衣服扔出窗外了!我们住的可是三楼!"

红棕色头发的年轻姑娘没搭腔。男人的短裤也被扔到马路上。然后,卢克莱斯又抓起椅子上的皮挎包,举在半空中。

"别,不要这样,我的卢卢!里面有手提电脑!一摔就碎!"

卢克莱斯松开挎包,楼下传来塑料和玻璃破碎的声音。

"对不起。"卢克莱斯平静地说。

"谁惹你了?你疯了吗?我的卢卢,你为什么要这样?"

"原因有三:第一,我讨厌看到你;第二,我累了;第三,你不能再取悦我。还有:第四,你让我生气;第五,早上,你的口气臭得像马驹;第六,晚上,你的牙会发出细微的声响,跟磨牙似的,我讨厌这样;第七,我不喜欢别人用'卢卢'之类的昵称叫我,我认为,确切地说,昵称就是给别人取可笑的名字,贬低人。"

卢克莱斯捡起衬衣丢出窗外。

"可是宝贝儿……"

"第八,我更不喜欢这种可笑的称呼,这称呼用在任何女人或者卷毛狗的身上都合适。"

短裤被扔了出去。

"我可爱的卢卢,谁招惹你啦,我爱你。"

"我不爱你。况且,我从来也没爱过你。我不是'你的',不属于你。我叫卢克莱斯,卢克莱斯·奈姆赫德。不是卢卢,也不是宝贝儿。出去!快点!"

卢克莱斯拿起裤子,准备扔出去。男子一跃而起,夺下裤子,飞快地穿上。

"能告诉我吗,我的卢……好吧,宝……好吧,卢克莱斯?"

卢克莱斯把鞋扔给他,男人站在门口把鞋穿好。

"当然可以。我已经检验过你的爱情感了，现在，我想检验你的……幽默感。跟我看到的一样，好像跟我比起来，你更喜欢你的私人物品，所以，去楼下的人行道跟它们团聚吧。抓点紧，晚了就被人偷了。"

"可是，卢克莱斯，我发誓我爱你，你是我的全部！"

"'全部'还不够。我已经告诉过你：你无法再取悦我了。"

"可是我能逗你笑！"

卢克莱斯脸色瞬间一变。

"说得好，我再给你最后一次机会。来吧，试试逗我笑。如果你成功了，就可以留下来。"

"呃……"

卢克莱斯闭上眼睛，失望的神情显露无遗。

"这可不是个好的开始。"

"有了，我想到一段。唔，罗马战船上，鼓手说：'我有一个好消息和一个坏消息。好消息是，今天晚上你们能喝上双份的汤。'这时，所有划船的苦役都乌拉乌拉地欢呼起来。坏消息：船长想要滑水。"

年轻的女记者无动于衷。

"我也有一条好消息和一条坏消息。好消息是，你可以去滑水。坏消息是，我不奉陪。滚出去。"

"可是……"

卢克莱斯把 T 恤扔给他，准备关上房门。

"不要，你还没……"

卢克莱斯推了推房门，可被男人用鞋子卡住了。她猛冲过去，狠狠踹上他的脚面，年轻男子顿时露出痛苦的表情，一闪身被推出门。卢克莱斯砰的一声关上门。

"卢克莱斯！别这样，别离开我！"

她又打开门。

"你忘了这个。"

卢克莱斯把他的摩托车头盔扔去。头盔沿着楼梯滚下，在台阶上蹦来蹦去。

硬摇滚乐队范·海伦的《爆发》音量开到极大，卢克莱斯坐在办公桌前，摊开报纸，打开电脑。

"独眼巨人"的照片惹人注目。

我这是在跟谁置气？我需要清醒。下午两点半还窝在床上，不修边幅，一身阿尔卑斯山山羊味儿，那模样跟我艰难的调查可不搭调，我可是把身家性命都压在上面了。

我需要的可不是圆炮弹，而是火箭。

不管怎么说，那家伙永远也不会明白，算了，别再浪费时间了。

先行动，然后再思考吧。

13

"为什么上帝先造男人，后造女人？"

"因为在完成杰作前，上帝要打草稿。"

——节选自达利斯·沃兹尼亚克的幽默短剧

《人人难逃的两性战争》

14

火柴噼啪作响，火光跳跃涌动。捏着烟卷的手靠近火源。几根胡须瞬间被烫得卷了边儿。嘴巴吐出的烟雾好像莫比乌斯带[1]。

奥林匹亚剧场的消防员——弗兰克·丹贝斯蒂戴着老旧的镀铬头盔,怪里怪气的,黑色厚皮衣的表面已经磨损了,上面还挂着几道镀金的饰带。

烟雾刺激得他闭上双眼。

卢克莱斯·奈姆赫德寻思道,眼前的一幕倒是能添进"手艺人不用自个儿造的东西"这条悖论里去——玩火的消防员。

"我已经把所有的事情都告诉您的同行们了,看看报纸就行。"

你这小伙子,还不知道自己是在和谁打交道呢。

卢克莱斯·奈姆赫德的脑海里浮现出一把万能钥匙,配有二十几个硕大钥匙头。她清楚,必须用适合的那个钥匙头来给这老奸巨猾的家伙开开窍。

她拿出一张 10 欧元的钞票。

就从 1 号钥匙——金钱开始,它能打开大部分门。

"您把我当成什么人了?"消防员发起火来。

她拿出两张钞票。

"别再苦苦坚持了。"络腮胡男子大大咧咧地别过头,表明自己对抽烟的兴趣比跟她聊天更浓厚。

她拿出三张钞票。

钞票瞬间就从卢克莱斯的手指尖消失了,快得让她觉得跟做梦似的。

---

1 莫比乌斯带是一种单侧、不可定向的曲面。因 A.F.莫比乌斯(August Ferdinand Möbius, 1790—1868)发现而得名。将一个长方形纸条 ABCD 的一端 AB 固定,另一端 DC 扭转半周后,把 AB 和 CD 黏合在一起,得到的曲面就是莫比乌斯圈,也称莫比乌斯带。

"这是达利斯离开舞台四年后的一次盛大复出。全是上流人士。甚至还有几位部长。有文化部部长,作战部前任部长以及交通部部长。演出最终圆满成功。'独眼巨人'向观众致意。达利斯没有上台谢幕。他快步走向后台。时间应该是在 23 点 25 分或者 26 分。我记不太清楚了。达利斯浑身是汗。看得出,两个小时的独演让他筋疲力尽。他跟我草草打了个招呼,完全是下意识的,都没看上我一眼。他看见化妆间门前挤满崇拜者,亲自给崇拜者签了名,跟他们稍微聊了几句,接受了鲜花和礼物。总之就是些见怪不怪的东西。回到化妆间前,他命令保镖别让任何人以任何借口打扰他。紧接着把自己反锁起来。"

"然后呢?"卢克莱斯迫不及待地追问。

消防员一口气抽掉剩下的半截香烟。

"我呢,则留在化妆间门前的过道上,确保小孩不会悄悄跑来抽烟,这可是违反安全制度的,"说这话的时候,他吐出一大口蓝色的烟雾,"突然,我跟保镖同时听到达利斯在化妆间里笑了起来。当时我就心想,达利斯肯定是在读别人为他下一次表演创作的笑话。他笑得越来越厉害,后来,笑声突然就停了。我俩听见一声碰撞的声音,他似乎摔倒了。"

红棕色头发的年轻姑娘在本子上记录下消防员所说的每一个细节。

"您是说,他笑了? 那是种什么样的笑?"

"非常剧烈。确实非常剧烈。夹杂打嗝的声音。"

"持续了很长时间?"

"不长。也就十或者十五秒,最多不超过二十秒。"

"然后呢?"

"就像我跟您说得那样:碰撞声,然后就什么都没有了。彻底安静了。我本打算进去,但他的保镖接到严格的命令。于是我把塔德斯·沃兹尼亚克找了过来。"

"达利斯的哥哥?"

"是的,同时也是他的制片人。塔德斯准许我动用万能钥匙打开门,然后我们走进化妆间。达利斯躺在地上。我们给医疗急救中心打了电话。医生尝试进行心肺复苏,可惜一切都结束了。"

消防员掐灭剩下的烟头,然后按下按钮,烟雾报警系统重新进入工作状态。

"我可以进入他的化妆间吗?"

"这可是明令禁止的。或者,您应该是有搜查证吧。"

"太巧了,我正好有一张。"

卢克莱斯·奈姆赫德又掏出一张 10 欧元的钞票。

消防员半信半疑地盯着卢克莱斯,仿佛母鸡正在犹豫是否要啄食虫子。

"这似乎并不是检察官签过字的搜查证。"

"不好意思,我忘记找司法部门签字了,我太粗心了。"

年轻的姑娘又加上一张钞票。

消防员迅速收下这两张纸钞,掏出万能钥匙,放她进入化妆间。

尸体的位置被人用粉笔画了出来。

卢克莱斯·奈姆赫德检查了尸体的姿势,用配备闪光灯的尼康反光照相机拍了张照片。

"这是他演出时穿的那件粉色外套?"

"是的,没有人碰过这里的任何东西。"消防员肯定地说。

卢克莱斯翻了翻外套口袋,找出达利斯最后一次演出的幽默短剧清单,上面标有编号。

可能是为了提醒自己别磕巴吧。

卢克莱斯手足并用,贴着地面仔细观察,在化妆桌下发现了一只文具盒大小的盒子，木质密实，涂蓝色的油漆，上面还有铁制的装饰品。

既不是眼镜盒，也不是首饰匣。上面没有落灰。应该是最近才掉到地上的。

盒盖上有三个大写字母，金色墨水写成。

"B.Q.T."

正下方是一行字体较小的斜体字，句子很简短。

"绝对不要读。"

消防员弗兰克·丹贝斯蒂颇感惊讶。

"这是什么？"

"或许是凶器。"

消防员盘算着卢克莱斯是否在戏弄他，但他又不敢确定，只好面带局促地摇了摇头。

"除非把它插进嗓子眼里，否则我可看不出怎么样用这玩意儿给人致命一击！"

卢克莱斯·奈姆赫德拍了张照片，从各个角度仔细检查了外观，然后打开盒子。内部铺着蓝色天鹅绒，颜色几乎不比盒盖淡到哪里去，盒里陷进去一块儿，是个凹槽，呈试管状。

"钢笔盒？"消防员发表观点。

"钢笔或者卷纸。既然盒身上写的不是'绝对不要书写'，而是'绝对不要读'，我更倾向于后者。"

"卷纸？"

"找到'手枪'之后，就要去找杀人后的'弹壳'。"年轻的科学女记者说。

她从桌上抄起一张纸，撕成适合蓝色盒子凹槽的尺寸，卷起来，再把它摊平。

"这应该差不多了……"

卢克莱斯照着地上的人形轮廓，脚踩在达利斯·沃兹尼亚克放脚的地方，举高手臂，差不多是男人阅读文章时的高度，然后松开那张长方形的纸。

纸片在空中来回飘荡，顺着安乐椅的边缘滑进椅子下面。

女记者腹部紧贴地面，追踪纸片滑落的轨迹。

卢克莱斯找到了那张纸，旁边还有另外一张纸，有明显被卷曲后又被摊开的痕迹。这张纸很厚，一面是黑色的，另一面却是白色的。

"……弹壳在这里。"卢克莱斯得意扬扬地说。

"那是什么？"

卢克莱斯·奈姆赫德用指尖捏着战利品站起身。

"相纸。"

弗兰克·丹贝斯蒂又卷了根烟抽。

"嘿，您可真有意思，您啊。可比那些警察厉害多了。您这一套是从哪儿学的？"

"一位久经沙场的记者朋友曾经训练我如何勘察犯罪现场。线索。鉴于蓝色盒子的尺寸以及内部的深度，只能放进一张卷曲的纸。"

卢克莱斯·奈姆赫德又把涂蓝色油漆的盒子和相纸观察了一番，然后转身面向消防员。

"好吧，既然没人要，那我就把所有的这些东西没收了，"边说边递出一张钞票，对方顺势收下，"您还记得这只蓝色的盒子是谁给达利斯的吗？"

"不记得了，但我知道怎么才能搞清楚。必须得去视频控制室，检查存储盘。"

"好极了，我们去那儿吧。"

消防员伸出一只手拽住她，另一手还拿着香烟。

"这回光有搜查证可不够。"

卢克莱斯又掏出三张 10 欧元的钞票。

"不是这意思,要知道,小姐,我可是在拿职位冒险。所以说得考虑职业道德的问题,这件事可没商量。"

卢克莱修·奈姆赫德摊开钱包,发现钱包里几乎没钱了。她开始失去耐心。

见鬼,用"2 号钥匙"吧。

趁消防员做出反抗之前,卢克莱斯攥住他的手腕,翻转,扭曲,直到扭痛他的关节。消防员松开手中的香烟,嘴里呼哧着,很难听。

"刚开始我们相处得不错,两个人都不错,"卢克莱斯低声说,"给你几分钟时间选择,或者我来给您留下美好的回忆……"

她把最后一张钞票递到消防员眼皮子底下。

"……或者,给您留下痛苦的回忆。您自己做决定吧。"

消防员疼得龇牙咧嘴。

"很明显,如果违背了我的意愿,职业道德就不再是问题了。"

卢克莱斯·奈姆赫德松开手,漫不经心地扔下钞票,消防员迅速把它塞进口袋。

消防员是输得起的人,他耸了耸肩,拣起香烟,然后领卢克莱斯走向一间大门紧闭的房间。消防员坐在屏幕前,用刻录光盘把视频文件拷贝了下来,然后捋了捋胡子,把光盘递给科学女记者。

"就说您是从垃圾箱里捡到的,咱们一言为定?"

15

政客与女人之间有什么区别?

如果政客说是,那么就意味着……可能。

如果政客说可能,那么就意味着……不。

如果政客说不，那么所有人都会说他是卑鄙小人。

而如果女人说不，那么就意味着……可能。

如果女人说可能，那么就意味着……是。

如果女人说是，那么所有人都会说她是婊子。

——节选自达利斯·沃兹尼亚克的幽默短剧
《人人难逃的两性战争》

16

插入光盘，紧接着启动视频浏览程序。

这只蓝色的盒子里藏着什么样的秘密呢？

屏幕分成四个部分，可控摄像机拍摄到的镜头出现在屏幕上。这些摄像头被安装在奥林匹亚剧场后台的天花板上。

借助屏幕下方的时间编码计量条，卢克莱斯直接跳进到死亡发生前的几分钟。

23 点 23 分 15 秒。

大群崇拜者手捧鲜花和礼物在更衣室外挤得水泄不通。有人戴面具或者化装成小丑。

邻座的记者弗洛朗·佩尔格里尼走到卢克莱斯身边，满脸惊讶。

"这些穿粉色衣服的小丑是干吗的？"

"仿照达利斯的《我只不过是小丑》里的行头。通常来说，前几排的观众都会化妆，穿粉色制服，右眼戴黑色眼罩。"

23 点 24 分 18 秒。

画面上方的走廊里突然出现达利斯的身影。

23 点 25 分 21 秒。

达利斯向化妆间走去。

两位记者用慢镜头播放视频。人很多，人们把手上的盒子递给达利斯，他漫不经心地接下。就在此时，达利斯停下脚步，同某个人攀谈几句，这人递给达利斯一件小玩意。

时间条停留在 23 点 26 分 09 秒。

卢克莱斯定格画面，把镜头拉近，放大。

画面很模糊，不过还是能看清楚，一个化装成小丑的家伙递给达利斯一只漆成海蓝色的盒子。这个家伙戴着红色的大鼻子，圆圆的帽子遮住头发。

卢克莱斯继续拉近镜头，小丑的妆容猛然间显得有些与众不同。他嘴上画的不是微笑，而是悲伤的表情，右脸还画着泪珠。

"我有个又聋又哑的妹妹，所以我会读唇语。或许我可以帮你。"弗洛朗·佩尔格里尼提议。

年轻的女记者放大小丑嘴部的画面，然后用慢镜头播放视频，把小丑说的话断成一个接一个的镜头。

佩尔格里尼又凑近一些：

"小丑跟达利斯说：'这就是……你……一直……想要……知道的……东西。'"

卢克莱斯继续播放视频，找到悲伤小丑最清晰的图像，然后重新调整图像的位置，放大画面。

她连接打印机，打印出一张照片。

弗洛朗·佩尔格里尼的眼睛凑到蓝色盒子前，拉低眼镜。

"你没戴手套就乱摸，把你的指纹跟其他人的混在一起啦？"

我甚至完全没想到这一点。我怎么能这么蠢呢！

佩尔格里尼又凑近一些。

"'B.Q.T.'，这个三个首字母代表什么？好工作的商数[1]？"

---

1 法语 Bon Quotient de Travail。

"上网查查看。"

佩尔格里尼打开谷歌搜索引擎，浏览着显示出来的结果。

"调味牛肉[1]？这是种烤肉的商标"

"扭曲的美丽尾巴[2]？这是情色网站的名字。"

"用英语查查看？"弗洛朗·佩尔格里尼建议。

"波士顿马拉松赛[3]。"

"保持安静[4]。"

"大型智力问答[5]。"

弗洛朗·佩尔格里尼的手指抚过盒盖上的金色字母，然后又滑过"绝对不要读"的字样。

"里面还有这个。"卢克莱斯补充道。

佩尔格里尼小心翼翼地拿起那张一面黑色一面白色的相纸。

"会缓慢变暗的柯达牌感光相纸。我看，上面本该有写文字。达利斯看见了，然后……相纸变黑了，随后发现这张纸的人就很难辨认这些文字了。这样一来就出现了三个问题。"

"第一，感光相纸上写了什么？"

"第二，达利斯是怎么死的？"

"第三，谁想让达利斯消失？"

卢克莱斯·奈姆赫德撩起红棕色的长发，若有所思。

"假设他是……笑死的。"

大记者佩尔格里尼嘬了嘬嘴，对卢克莱斯的观点嗤之以鼻。

"笑死的？多么恐怖的死法啊！"

1　法语 Bœuf Qui Tourne。

2　法语 Belle Queue Tordue。

3　英语 Boston Qualifiying Time。

4　英语 Be Quiet。

5　英语 Big Quiz Thing。

"我不知道。或许还挺舒服的。"

"噢不,你无法想象这样会带来多么巨大的痛苦! 你有过不受控制地狂笑的经历吗? 这样的笑会卡死你的肋骨、腹部和喉咙,有种把脑袋架在火堆上炙烤的窒息感。笑死的? 太恐怖了!"

年轻的姑娘试着回忆最近一次狂笑的经历。

"不管怎么说,"佩尔格里尼补充道,"你的调查开了个好头。泰纳蒂耶想要惊喜,这个主意看起来不错。"杀人的文章"已经算得上新颖,"笑死人的文章"可以说是独一无二。起初我还不太相信你的谋杀故事,但我必须承认,你已经开始掌握真凭实据了。干得不错,小姑娘。"

"别叫我'小姑娘'。"卢克莱斯立刻甩出一句。

弗洛朗·佩尔格里尼笑了笑,迎上她的目光。

"卢克莱斯,为什么你对这件案子感兴趣? 跟我说实话。不会只是为了工作吧,嗯? 你倾注了太多的精力。我分得清单纯的好奇和偏执的热情之间的差别。"

年轻的姑娘站起身,在同事的抽屉翻找了一阵,找出一瓶威士忌和两只玻璃杯,给自己满满地倒上一杯,目光落进杯中的涟漪。

"很久以前,有一天……我……怎么说呢?'有点沮丧',碰巧在那会儿,收音机里正在播放达利斯的笑话,那笑话让我恢复斗志。于是,我在不知不觉中把达利斯当成了家人。"

"我能理解。"

"我仿佛失去了一位'爱讲笑话的大叔'。你知道,就是那种在酒足饭饱后,人们说完所有的话题时,会讲笑话的人。"

卢克莱斯一口喝干杯中琥珀色的酒。

"现在,你想替'爱讲笑话的大叔'报仇?"

卢克莱斯·奈姆赫德耸了耸肩。

"搞笑是门慷慨的艺术。不管怎么说,我年轻时的那天,那日子非常重要,我收到了这份礼物,达利斯让我的心情变得非常好。我打算以这一天的名义,像他曾经照亮我的人生那样,'照亮他的死亡谜团'。"

"听听啊,你都快成诗人了,你这可是喝醉的前兆。"

弗洛朗·佩尔格里尼夺过酒瓶,倒上一大杯,跟卢克莱斯碰了碰杯。她想要阻止他,但他示意能为自己行为以及由此产生的危险负责。他喝了一口,表情很痛苦。

"卢克莱斯,这事儿对你来说太复杂了。如果你带不回任何新闻,泰纳蒂耶不会放过你的。她把这篇报道托付给你,不是为了哄你开心,而是为了证明你没有能力承担起你选择的题目。这是个陷阱。"

"我知道。"

"卢克莱斯,她不喜欢你。"

"为什么?"

"她通常不喜欢女人。对她来说,女人是首当其冲的对手。你青春靓丽,而她又老又丑。"

"哦,我懂了,我曾经在《白雪公主》中读到过这样的故事。'魔镜,告诉我,谁是最美丽的人?'"

"卢克莱斯,我没开玩笑。泰纳蒂耶正在找机会把你赶出去,剥夺你按字取酬的记者身份。因为你当着编辑部所有人的面挑战她,现在,你职位因为这件案子岌岌可危。"

年轻的女记者还在沉思,越来越全神贯注。

她又倒了满满一杯威士忌。

"你有什么建议,弗洛朗?"

"找人帮忙吧。单打独斗永远无法成功。瞧瞧,你已经忘记要保护指纹了。"

他说得对，我怎么能这么马虎呢？

"你要跟我一起查案？"

"不，你是知道我的，腰板都快挺不直了。酒精是记者的避难药，他们看了太多见不得人的真相。尤其是在《当代观察家》。当几年记者后，要是没有酒，良心的煎熬能让人寝食难安。在这家编辑部里，我在大伙的冷漠中看见过太多令人作呕的东西，看见过太多披着'独家调查'外衣的蠢事和谎言。"

弗洛朗·佩尔格里尼又倒了杯酒，手抖得实在太厉害，不得不重新倒上好几次。卢克莱斯扶住他的手腕。

"唯一可以帮你调查这种案件的，是'那个人'，你知道是谁。"

年轻的姑娘和满头白发的记者四目相对，彼此心领神会。

"没什么好顾虑的，弗洛朗。我立刻就想到了他。"

"我已经感觉到了。事实上，你很希望再次和他一起查案，你选择这件案子，正是因为他会对这样的故事感兴趣。难道不是吗？"

卢克莱斯·奈姆赫德没吭声。

老记者朝她眨了眨眼。

"去吧，到城堡去见他吧。我相信他会答应的。"

17

登山者向山顶攀爬，山峰格外令人晕眩。

突然，登山者脚下打滑，脱离山体向下跌落。

登山桩一个接一个脱落，直到剩下最后一个。不过，登山者最终抓住一块岩石，但他只能用一只手抓住岩石，身体还悬在半空中。

登山者害怕极了，扯开嗓子嚎道："救命！救命！谁来帮帮我?"

就在这时,上帝出现了,对他说:

"我来帮你。你可以松手了,我会接住你,相信我,我会救你的。"

这人拿不定主意,喊得更起劲了:

"还有没有其他人帮我?"

——节选自达利斯·沃兹尼亚克的幽默短剧

《我身后,任他洪水滔天》

18

"不予考虑。甚至想都别想。"

"但是……"

"对不起。我再也不会帮您查案了。往后,我只是个退了休的科学记者,什么也不干了,也没打算重出江湖,只想清静清静。"

伊西多尔·卡森博格套着夏威夷花衬衫,黄底紫色条纹的百慕大短裤,鼻子上架着"雷朋"牌蛤蟆镜,脚上是双巴西人字拖。

他重新用"您",这让卢克莱斯·奈姆赫德颇感惊讶。不过距两人最后一次查案已经过去了六个月,她据此推断,伊西多尔想通过这样的方式强调,她已经变成陌生人了。

卢克莱斯叹了口气,把这位隐修记者的家仔细观察了一番,他曾经也算得上这个行业的奇才。这是座城堡,不过有点特别的是,这是一座水塔城堡。从前是蓄水塔,位于巴黎郊区帕丁门附近的荒地正中。

伊西多尔·卡森博格把它整修成公寓。访客通过中央的楼梯深入城堡。楼梯通向直径两米的仿海岛。岛上撒满白色的沙子,中间还栽了两棵棕榈树。直径 50 米,深 5 米的圆形游泳池将小岛包围起来。

木头和藤蔓搭起的浮桥连接池岸，岸上摆着几样家具，衬得城堡更传统一些。挂帐顶的床是卧室；摆上几台电脑的桌子是办公室；拐角的小灶台是厨房；拐角的水槽是水房；宽大的长沙发，矮桌和平板电视就是客厅。

一圈石质围边拦起蓄水池里青绿色的水，波浪在这里碎成浪花。

屋顶是透明的，所以，圆形的公寓里的任意地方都能看到天空、月亮和星星。

印度洋正中的某座小岛落入凡尘。

"你……好吧，'您'为什么拒绝帮我？"

"我不喜欢达利斯。"

"您不喜欢达利斯？他可是'独眼巨人'，最受法国人爱戴的法国人。人人都爱达利斯。"

"好吧，我又不是人人。错误并不因犯的人多而变成正确的。"

又是这句话……

"达利斯从来没有逗笑过我。我向来觉得，他的幽默沉闷而且粗俗。他当面蔑视女性、外国人和生病的人。打着嘲笑万物的幌子不尊重任何人。"

"难道这不是幽默的功能吗？"

"既然这样，我问您个问题：'为什么要幽默？'某个可怜的家伙踩中香蕉皮，滑倒了，或者有人被某个不怀好意的家伙摆放的水桶浇成落汤鸡，我只会鄙视那些看到这样的场景忍不住笑得肚子痛的人。"

"可是……"

"别再坚持了。我觉得对文明人来说，嘲笑霉运当头者、弱者或者异族人士不值得尊敬。然而幽默的实质却要求人们随意诋毁那些戴绿帽子的丈夫、酒鬼、残疾人、胖子、矮个子、金发女郎、比利时人、女性和教士。我不想要这样的幽默。只不过是大伙儿发泄发泄，看不起别人罢了，没有好瞧的。对充满智慧、品位优雅的人来说，达利斯·沃兹尼亚克的死简直是意外惊喜。"

"可是……"

"况且达利斯甚至都不是他那些幽默短剧的作者。他剽窃别人的笑话，或者说网罗匿名的笑话，然后署上自己的名字。人们却觉得这样的事无可厚非。"

卢克莱斯·奈姆赫德甩了甩红棕色的头发。

"可是……我刚才跟您说的初步的调查……"

"什么调查？写着'B.Q.T.'和'绝对不要读'的蓝色盒子是凶器？变黑的相纸？悲伤小丑的录影带？这就是您的'初步的调查'！奈姆赫德小姐，您在开玩笑吧？"

气死我了。气死我了。

卢克莱斯上下打量着伊西多尔。自上次碰面后，这位曾经的天才科学记者消瘦了许多。可他的娃娃脸、肥厚的双唇、秃顶、圆滚滚、边缘精巧翘起的耳朵还有他那相对于超过 1 米 8 的身高来说有些过分尖细的嗓音总是给人种大婴儿般的感觉。

"我没空说服您。对不起，我还约了朋友。"

朋友？我相信他没有朋友。

伊西多尔脱下条纹百慕大短裤，露出红绿花的紧身泳裤，摘下"雷朋"眼镜，戴上游泳镜，系紧泳裤的细绳。

他向室内游泳池走去，优雅地跳入水中，几乎没激起一丝浪花。

瞬间，两只海豚垂直跃出水面，仿佛在跟他打招呼。

这不是淡水，是海水！

当卢克莱斯头一次拜访这座奇特的府邸时，就已经能看到海豚了。当时，为迎接这几头海豚而准备的游泳池已经设计完毕。

多漂亮啊！

多不可思议啊！

多异域风情啊！

他不喜欢我，可真遗憾啊！

伊西多尔·卡森博格在池子里游泳，卢克莱斯则颇有耐心地坐在岸边。

突然，卢克莱斯失声喊了一嗓子：

"小心！有……"

她指着露出水面、高速移动的三角形鱼鳍。

"小心！有鲨鱼！"卢克莱斯喊道。

鱼鳍划破水面，游向沉入水底一动不动的男人。

就在恐怖的鲨鱼嘴撞上他的时候，伊西多尔·卡森博格伸出手，开始抚摸这只动物的腹部。

"啊，您说乔治？我救了它，它那时候正在古巴海上漂浮的渔网里奋力挣扎。"

伊西多尔和鲨鱼结伴游了一阵，然后胳膊肘挂在游泳池边缘。

"乔治落入陷阱，古巴的渔民正把它拖出水面。渔民们准备切掉鱼翅，烹制成被认为能够壮阳的汤羹。渔民割完鱼翅再把鲨鱼活生生地扔回水里。鲨鱼在海底渐渐腐烂，活活疼死，那种感觉简直无法忍受。鲨鱼为了中国男人的勃起牺牲，谁能为它们的痛苦说几句公道话？我一个'绿色和平组织'的哥们靠近这艘古巴渔船，把它救了下来。可这条可怜的鲨鱼身上已经挨了好几记鱼叉，需要医治，尤其需要心理安抚。"

他在说什么？给鲨鱼心理安抚？

"我给这条鲨鱼起了个名字，叫乔治，它再也不是无名氏了。乔治非常害怕人类。它认为我们全都是'危险分子'。它……怎么说呢？有点恐人类症。"

她看着远去的鱼鳍。

"除此之外,乔治还有点妄想症倾向。得让它过上安宁的日子,远离充满危险的海洋。"

这家伙疯了。

"我主动要求收养它。起初,我害怕乔治很难适应这里的生活,但它住得很好。乔治同我的三条海豚——约翰、兰格和保罗相处融洽。乔治是条白鲨,也就是通常被人们错当成'食人鲨'的那种鲨鱼。白鲨是种远古生物,恐龙时代就已经存在了。没经历过任何生理上的进化。它们不需要进化,自打一出现就直接完成了最复杂的进化,它们是完美的物种。斯皮尔伯格的电影《大白鲨》给人们造成很多错误的观念,所以我努力为白鲨平反。"

伊西多尔·卡森博格游了很长时间,他想抓住鲨鱼鳍,让它牵引自己,可鲨鱼很害羞,逃走了。这位曾经的科学记者追随鲨鱼游走,泳姿完美优雅。鲨鱼躲进池底,伊西多尔潜入水中找到它,抚摸它,可对方毫无回应,他又游了上来。

"我懂它的意思,乔治害怕了。因为您在这儿,奈姆赫德小姐。您让它精神紧张。它知道我不会伤害它,但是对于您,它可不敢肯定。只要我不把您请出去,它就会拒绝我的抚摸。楼梯就在您身后,您认识回去的路,是吧?"

伊西多尔重新潜回水底,去找他的朋友。

卢克莱斯·奈姆赫德愣了一会,望着伊西多尔出了神:他游得很优雅。

伊西多尔的脑袋露出水面,他摘下游泳镜。

"您怎么还在那儿?我想我已经说得很清楚了,您可以离开了。谢谢。再见,奈姆赫德小姐。"

他的语气又生硬了几分。

卢克莱斯心里打起了算盘,究竟什么样的钥匙可以开启这个封闭的家伙。

"伊西多尔,我觉得您是喜欢游戏和挑战的。来玩一把'三颗石子'的游戏,以您帮我查案为赌注。"

伊西多尔吃了一惊。

"啊,好啊,您还记得规则吗?"

"当然记得。没有比这更简单的游戏了。每人三根火柴。右手攥零根、一根、两根或三根火柴,右拳握紧,伸出来,大家轮流猜两人手里加起来的火柴数。"

海豚跃出水面,卢克莱斯不为所动,继续说:

"也就是说,这是个从零到六的数字。如果有一方猜到正确的数字,那么这人就扔掉一根火柴。游戏重新开始。第一个把三根火柴都扔掉的人赢得比赛,因为他赢了三局。"

伊西多尔·卡森博格迟疑片刻,离开巨型游泳池,用毛巾擦净身体,把毛巾裹在身上。

他直视着卢克莱斯明亮得宛如翡翠的双眸。

"话都说到这份上了,干吗不玩呢? 我同意了,就以帮您'查案'为赌注,玩一把'三颗石子'。不过,如果您输了的话,以后别再来打扰我,不论用什么样的借口。"

两个人每人拿起三根火柴,藏在背后,然后伸出握紧的拳头。

"您先请,奈姆赫德小姐。"

"我猜总共有,唔⋯⋯四根火柴。"

"⋯⋯三根。"伊西多尔回应道。

两个人摊开手掌。卢克莱斯手里有两根火柴,伊西多尔手里有一根。

所以,伊西多尔小心翼翼地拿起一根火柴,摆在面前。

游戏重新开始。这次,待猜的数字在零到五之间。

第一局伊西多尔赢了,所以他先猜。

"五根。"

"四根。"卢克莱斯回应道。

两个人摊开手掌。五根。

伊西多尔又扔掉一根火柴。游戏重新开始。

"……零根。"伊西多尔甩出一句。

"一根。"卢克莱斯说。

两个人摊开手掌。空无一物。

卢克莱斯望着空空如也的两只手掌,茫然若失。

"您连赢三局,我甚至一局也没赢。您是怎么做到的?"

"咳!既然上次您的手里已经放上了最多的火柴,我寻思接下来的一局,您会换成最小的数量。这很简单,最基本的心理学问题。"

"这是最后一局。那之前的两局呢?"

"您害怕失败,所以您的行为很容易预测。"

气死我了。气死我了。气死我了。

伊西多尔倒了杯蔬菜汁鸡尾酒,在杯子里插了一柄小小的阳伞。

"再见,卢克莱斯。"

卢克莱斯赖在梯子前不肯走。

"我需要您,伊西多尔……"

"我不是您父亲,卢克莱斯。您不需要任何人。"

卢克莱斯走到伊西多尔身旁,从口袋里掏出那只盒子,凑到他面前。

"请您至少给我提点建议吧,好让调查走上正轨。求您了。"

伊西多尔望着刻有三个首字母"B. Q. T."和"绝对不要读"的盒子,大脑飞速运转起来。

"唔……首先来谈谈这句铭文。这是心理学家米尔顿·埃里克森提出的著名的'逆反心理'原理。借童年的一段轶事,这位美国心理治疗大师成为传奇人物。埃里克森的父亲是个农民,有一次,这位农民试图用绳子把母牛牵回牛棚。可这头母牛拼命反抗。年仅9岁的小埃里克森想戏弄父亲。父亲对他说:'你太讨厌了,所以我没办法把事情做得更好。'小埃里克森心生一计,他没有向前拉绳子,而是把牛的尾巴……往后拉。在反作用力的影响下,母牛立刻就被向前拉走,一下子就被拉回到牛棚里。"

"埃里克森与'独眼巨人'之间有什么联系呢?"

"把这句话写在盒子上的人希望刺激达利斯去阅读其中的内容。按常理看,达利斯可能不会这么做。如果盒子上写的是'请阅读我',将立刻引起别人的怀疑。"

"别跟我卖弄学问了,帮帮我,真见鬼,我需要您,伊西多尔!"

伊西多尔面带微笑地扫了一眼卢克莱斯,犹豫了一阵,然后漫不经心地说:"好吧,根据您刚才说的只言片语,直觉告诉我,这件离奇死亡案的根源在那些为达利斯创作笑话的作者身上。"

"也就是说?别再故作神秘了!"

伊西多尔不慌不忙地回答道:"依我看,要想完成这次调查,首先应该提出的真正问题是:'为什么有一天世界上会出现幽默?'"

19

公元前 321255 年

东非某地,相当于后来的肯尼亚。

两个人族部落远远瞧见对方。通常,人类在小规模迁徙过程中会选择彼此避让。但这一次,或许是因为天气晴朗的缘故,两个部落打定主意正面交锋,抢夺对方部落的女性。

这是场大混战,双方都举着木棍或者磨尖的石头,拼尽全力,尽快给敌人造成最大程度的伤害。

战场正中央,双方的首领认出对方,用眼神相互挑衅。

北方部落的首领身材矮小,两只脚却很大。南方部落的首领身材高大,虎背熊腰。

他们毫不犹豫地向对方冲过去。一对一。

这样的场面立刻分散了其他人的注意力。交战的人群安静下来,排成两个半圆,观看两位首领大战。

在各自支持者的尖叫声鼓励下,两位首领瞪着对方。

彼此怒吼,威胁对方,用脚踩地面,愤怒地转动眼珠,彼此挑衅。

所有人都觉得这会是场大决斗,决定哪个部落将会成为领导者。

正当双方哑着嗓子嘶吼时,南方部落首领抓起一把沙子扔到对手的眼睛上,趁对方揉眼睛的空当出其不意地发动攻击。南方佬捡起一块大石头,高高举起,准备像砸核桃般砸爆对方的脑袋。

激动的族人在他身后有节奏地高喊,意思是说:"杀了他! 杀了他!"与此同时,北方部落的族人也大吼着:"站起来! 站起来!"

南方部落的首领瞄准目标,似乎在寻找砸烂北方佬脑袋的最佳角度。

一时间,人们屏住呼吸,连大自然都安静了下来。

碰巧这个时候,一坨秃鹫粪便从天而降,又大又黏稠,砸在挥舞着岩石的南方男人的眼睛上。

突然失明的南方佬吓了一跳,脱手的岩石正中脚面。

他一声尖叫,听上去很刺耳,意思是:"哎呦",双手立刻捧着伤脚跳了起来。

对躺在地上的北方男人来说，所有的一切都像慢镜头播放似的。起初，他脑袋里有种类似切断开关的声音，恐惧突然消失了。紧接着，又出现了一种新的感觉——痒痒的感觉，胸中有股类似热流的东西。热流经过大脑和胸腔后，同时占领嘴巴和腹部。横膈膜收缩，空气打嗝般溢出双唇。

这一切的现象只不过持续了十来秒，可生理程序一旦被启动，便再也没有任何东西可以阻止它。

北方佬打了个嗝儿，浑身剧烈地颤动。

他扑哧一声笑出声来。

瞬间，仿佛瘟疫一般，北方部落的其他成员也开始打嗝儿。这样从天而降的结局出人意料，他们感觉如释重负的同时又惊讶万分。

南方部落的族人犹豫了片刻，也被这种令人轻松的痉挛病传染了。

这样的情况并非第一次出现，但是从前，更确切地说，笑只是一种个人感受，或者最多是种家庭体验。但这次，面对同一件事，好几十人聚在一起，几乎同时笑起来。

南方部落的首领擦掉秃鹫的粪便，本打算继续攻击，但当他看到兴高采烈的部落民众时，意识到这样做确实不太合适。于是，他也跟大家一起笑起来。杀戮？双方阵营中再也没有人会这样想了。某些东西改变了他们的精神状态。

两个部落决定结盟，合二为一。

在决定命运的时刻，秃鹫粪便从天而降的故事一代又一代地流传下去。人们赞誉它，模仿它，表演它，丰富它的细节。但是每一次，听到这个故事的人都会哈哈大笑，仿佛亲身经历过这件出人意料的故事。

就这样，幽默史上第一段笑话诞生了。

很久以后,历史学家指出,也正是在那个时代,人类迈过了一个进化阶段。

——《幽默史大典》

（出自：GLH）

20

几只乌鸦正在尸骨未寒的老鼠尸体上争斗。

卢克莱斯·奈姆赫德返回蒙马特尔公墓,穿过女歌唱家达丽达的墓地后,又回到笑星达利斯的墓旁。

"我宁愿躺在棺材里的是您而不是我。"

他原本可以用镜子替代照片。

"好好看看自己吧,在我之后,您也会被虫子吃光。"我确信这类的想法能把他逗笑。

我不会停止调查。

我会找到凶手的,达利斯。

伊西多尔给我的建议是什么?回溯历史。寻找人类第一则笑话的起源。谁有本事第一次逗笑我们的祖先?

狂风又起,枝头的树叶随风摇摆。

我的确没看出来这条信息有什么价值,更没有价值的是,我应该去哪找呢。讲笑话的时候谁在场?谁看见了?谁听到了?谁在给别人讲笑话?没有任何人,肯定没有任何人。

风儿吹动云朵,吹得云朵飞快地溜走,仿佛正要去某个秘密的地方出急诊。

而我,谁让我第一次笑呢?

卢克莱斯回忆起人生之初的某个片段。

她出生的时候。

在一座公墓。

这已经是个不错的笑话了。

卢克莱斯把手伸进包里，掏出一包烟，本打算点上一支，可每次打火机的火焰都会被风吹灭。她弯下腰，不得不用手掌护住微弱的火苗。最后，她成功地点燃了香烟，深深地吸上一口，闭上眼睛。

父母把她放进篮子里，遗弃在一座坟墓上。掘墓人发现了她，然后把她带到医院。

从结束之地开始，难道不已经算得上是命运的大笑话吗？

离开医院后，卢克莱斯被送进天主教少女孤儿院——守护者圣母院。

受宗教伦理道德的影响，她和女伴们的心中埋下了前文提到过的著名的"埃里克森逆反心理"的种子。

只需稍做替换，不跟她们说"绝对不要读"，而是"绝对不要发生性行为""绝对不要肉体享乐""绝对不要寻欢作乐"。

越向她们反复灌输美德，这些姑娘越想犯罪。

似乎那个地方本身就是堕落的福地。在年轻的卢克莱斯眼中，收容少女的"守护者圣母院"在各个方面都很像"蓝胡子"[1]的城堡：散发着硝石气味的石墙；潮湿的地下室；嘎吱作响的橡木大门和阴暗的走廊。

15岁那年，卢克莱斯被一个来孤儿院"参观"的男人以体检的借口猥亵。这个男人是院长嬷嬷的亲兄弟，他也管着一间收容男孩子的教会孤儿院。后来，卢克莱斯·奈姆赫德离开教会后，被人发现，成为……跨地区选美大赛的冠军。

至少她最终找到了能够掩饰自身缺陷的职业。

---

1 法国民间传说中连续杀害自己六任妻子的人，他家道富有，长着难看的蓝色胡须。后人们用其指代花花公子、乱娶妻妾的人和虐待老婆的男人。

这次"意外事件"发生后,卢克莱斯对两样东西产生浓烈的、双重的厌恶。

一、男人。

二、自己的身体。

而且在卢克莱斯年幼的思想中,这两样东西是紧密相关的。

她不喜欢男人,所以自然而然地转而喜欢……女人。

她不喜欢自己的身体,所以自然而然地变成……受虐狂。

接下来的几年间,卢克莱斯遇到了一位与众不同的情人——玛丽-昂热·贾科梅蒂。

玛丽-昂热身材高挑纤细,皮肤呈棕色,深红棕色的头发垂至腰际,周身散发着沁人心脾的香味。

玛丽的脸上总挂着明亮的笑容。她的笑声清晰而高亢,仿佛报警器似的。

卢克莱斯一见到这个女孩便"坠入爱情中"。

"坠入爱情中",是种奇怪的说法。为什么不说"升入爱情中"? 多半是因为人们意识到,爱情是堕落,是迷失。"浓烈"的爱情就是迷失自我的爱情。

卢克莱斯的头顶的云朵散成晶莹的碎片。

回忆里旧情人的面孔变得更加清晰。

玛丽-昂热嘲讽万物,笑对万物,不为忧愁动容。玛丽-昂热双眸黝黑宛如深井……体香仿佛鸦片般令人难忘。

经历过院长嬷嬷兄弟的不幸事件后,卢克莱斯强迫自己在身体上留下伤痕。身体已经成为她的苦恼之源,必须惩罚它。她用针扎自己,用刀刃割自己,"体会受掌控的痛苦"。

有一天,玛丽-昂热无意间撞见卢克莱斯正用缝纫机的针尖扎自己。她悄悄地柔声说道:"如果你愿意的话,我可以帮助你。"

她把卢克莱斯领回自己的房间,锁好门。在房间里,她脱掉卢克莱斯的衣服,把她绑起来,然后抚摸她,舔她,轻轻地咬她,把她的脖子咬出血。

第一次撕咬的经历给卢克莱斯留下了一种"愉快的破戒"的感觉。

后来,两位少女经常在房间里私会。卢克莱斯越是在玛丽-昂热的邪恶游戏中沉沦,越是能重拾自信。生活中,卢克莱斯再也没有划伤过自己的身体。她让对方把一根针扎在舌头上,另一根则扎在乳房上。卢克莱斯终于获得能够主宰自身痛苦的感觉。她可以选择行刑者,可以选择接受何种肉刑。自此以后,除了这位情人,再没有任何人能给卢克莱斯带来相同的疼痛感。

慢慢地,卢克莱斯的魅力成倍增长。她的成绩变好了,抑郁和焦虑消失得无影无踪。这个眼眸似翡翠的少女开始变苗条,也开始做些运动。现在,卢克莱斯想让自己的身体变得完美、结实,变得犹如精雕细琢。

准备服从。准备享乐。

当两个人进行自创的仪式时,玛丽-昂热锁上房门,点燃蜡烛,然后放一段音乐来掩盖呻吟声,通常是莫扎特的安魂曲——《黑执事》。

撕咬过后,再用皮鞭和马鞭抽打。一切都按照次序进行,但每结束一个环节,卢克莱斯都会获得某种骄傲的感觉,迎战恶龙,摆脱并战胜凶手,控制恐惧,信赖行刑者,冲破道德束缚,以及震撼每一个有可能看到如此场景的人的骄傲之感。

终于有人爱上了她的身体并且照顾她。卢克莱斯知道,即使她扮演的是"被主宰者",但事实上她才是决定一切的人,她才是能选择伤痕的深度以及两个人爱情的浓烈程度的人。如果缺少"为主宰而服从"的感觉,她似乎就不能再适应两人间的这种游戏了。

"意外"不期而至。

继出生自公墓之后，我人生中的第二个大笑话。

那是一个星期六的晚上。

夜幕低垂，闪电远远地划过天际。轰隆声接踵而至，不过雨点还没落下。

卢克莱斯·奈姆赫德深深地吸了一口温热的空气，再缓缓地吐出。她闭上眼睛。

星期六晚上22点钟。

跟往常一样，两位女寄宿生在玛丽-昂热的房间中幽会。她们像往常一样脱光衣服。

这回，卢克莱斯被情人绑在床的四个角上，她躺在床上，四肢伸展，全身赤裸。玛丽-昂热用眼罩遮住卢克莱斯的眼睛，塞住她的嘴巴。

接下来，按顺序：抚摸、亲吻、撕咬、皮鞭抽打。

卢克莱斯感觉每条神经和每寸肌肤都升腾起禁忌的快感。呻吟声停在嘴里，莫扎特的《黑执事》在房间中弥漫。

突然，亲吻戛然而止。

卢克莱斯满怀期待，同时又焦躁不安。最先让她感觉奇怪的是掠过腹部的凉风。她想："玛丽-昂热忘记关上房门了。"

很快又响起奇怪的嘈杂声、滑动声。

紧接着是东西突然"跌落"的声音。

等到最终玛丽-昂热猛然掀开她的眼罩时，她明白了。

三十来个女孩站在那里，举着相机和手机聚在她身旁。

正当卢克莱斯羞愧得打算一死了之时，玛丽-昂热吐出几个恶毒的词。

"四月的鱼[1]！"

1　即法语中愚人节的玩笑。

那个星期六是四月一日。

卢克莱斯的朋友拿毡笔在她双乳间画鱼。她的笑声是卢克莱斯听到过的最可恶的笑声。

卢克莱斯不仅遭人背叛，而且还是被她深爱的人，打着"愚人节"的幌子，把她当作新闻卖给了整层楼的女孩。

该死的四月一日。

玛丽-昂热画完后把毡笔递给所有想在这件牺牲品的皮肤上画"四月的鱼"的姑娘。

就这样，二十多条鱼组成的鱼群赶来加入第一条鱼的行列。

卢克莱斯笑了，讨厌的笑话让她笑了起来。

该死的四月的鱼。

等姑娘们离开后，玛丽-昂热给卢克莱斯松了绑，抚摸卢克莱斯的头发。

"你知道，这只不过是个玩笑，对吧？"

卢克莱斯重新穿好衣服，一言不发。玛丽-昂热补充道："啊，我很高兴你坦然接受这件事。我本来还害怕你会甩脸子呢，太多的人缺乏幽默感。不过幽默就是要出其不意。愚人节快乐，卢克莱斯。"

她深情地捏了捏卢克莱斯的脸蛋，然后在卢克莱斯的鼻尖留下轻轻一吻。

天空又散碎成荧光花束。卢克莱斯·奈姆赫德记得这个难忘的四月一日后的每一秒钟。

卢克莱斯强忍住眼泪，先是回到自己的房间，然后带着洗漱用品溜进集体浴室。在浴室里，为了抹掉那些弄脏胸脯、腹部和四肢的该死的鱼，卢克莱斯戴着马尾手套一遍又一遍地揉搓皮肤，搓得渗出鲜血。可还是有一部分墨水残留在皮肤上。卢克莱斯被迫放弃了，违心地把印记交由时间慢慢抹平。接下来的几周和几个月的时间，唯有皮肤的自然脱落才能令她的皮肤光滑如初。

身上的小毛巾遮不住她的皮肤和胸口，卢克莱斯回到房间，一下子扑到床上。她再也无法抑制泉涌般的泪水，任由悲伤簌簌流淌。

她习惯性地打开床头的半导体收音机。收音机里有人噼里啪啦地讲话。她丝毫没有在意。检查过皮肤后，她被吓傻了，随着红肿退却，在红棕色的皮肤映衬下，那些鱼似乎又一次浮现出来。她最后的顾虑不无道理。

年轻的卢克莱斯拿出剃刀，刀刃贴着手腕上鱼的位置，脑海中不断回响"四月的鱼"……"这是为了搞笑。"

卢克莱斯清楚地记得冰凉的刀刃接触皮肤的感觉。一滴鲜血已然渗了出来。

"等等，不要这样！"

她呆若木鸡，听那个声音继续说道：

"……不要这样。"那个声音重复道：

"这样没用。这里没有鱼。"

于是，焦急的因纽特人放弃了。他走到远一点的地方，重新锯开冰层，把挂着鱼钩和鱼儿的钓线伸进冰窟窿，然后坐在冰窟窿前等待。这时，那个声音再次响起来。

"这里也没有鱼。"

男人转过身，想看看是谁在跟他说话，但是身后空无一人。他觉得那是自己的幻觉，所以他又走到更远的地方又挖了一个冰窟窿，把钓线扔进去，然后开始等待。那个声音又一次响起，口气生硬，有点发火了。

"我告诉过你了，这里，没有鱼！"

男人站起来,把拳头举向天空,高喊:"谁在跟我说话?是上帝吗?"

"不,我是溜冰场老板。"

半导体收音机里传出阵阵笑声。

卢克莱斯咯咯地轻声笑起来,丝丝的活力注入她寻死的冲动中。

人很难边笑边自杀。卢克莱斯的肌肉松弛下来,不假思索地放下剃刀,扭大收音机的音量。她蜷缩着身子,躺下来,突然被讲故事的声音吸引住,这个叫达利斯的人带给她的每次笑意都赋予了她一线生机。她终于睡着了,停止了哭泣。从此,卢克莱斯有了新朋友,一位不识其貌、只闻其声的朋友。命运就等在恰当的地方和恰当的时间。

这位来自普罗维登斯的喜剧演员就是这个躺在大理石板下的男人——达利斯·沃兹尼亚克。那时候,他还没有得到"独眼巨人"的绰号,还不出名,只不过是无名小卒。

达利斯不知道曾发生过什么,甚至也没见过她,却拯救了她,因为他让她笑了。

随后的几年间,卢克莱斯不停地尝试更深入地了解这位喜剧演员。每次只要一有可能,她便会去看达利斯的演出。看他在台上,呼吸他呼吸过的氧气,被他播撒给观众的幽默气息逗笑,这些都会重新唤醒她身上弥足珍贵的放松与安逸的感觉,当她第一次体会到这样的感觉时,她正打算让自己血流成河。即使他并不认识她,可对她来说,达利斯已经成了她的家人。一个她从未有过的,可以完全自由地组建的家庭。

"我欠你一份情,达利斯。"卢克莱斯面向墓碑喃喃自语。

"我宁愿躺在棺材里的是我而不是你,达利斯。"

卢克莱斯·奈姆赫德离开公墓。

该死的四月的鱼。

徜徉在蒙马特尔的大街上，沿着圣-文森街向高处走去。

她很欣赏这个街区古老的魅力，名副其实的村庄，逝去时代的见证。

房子是砖砌的，潮湿的大风吹得百叶窗咯咯作响。

她来到圣心大教堂前，坐在巨大石梯的台阶上欣赏巴黎全貌。万家点点灯火，烟雾缭绕，移动中的或红或白的车灯映衬出首都婆娑的身影。

荧光划过苍穹，转瞬即逝，遥远的地方传来一阵声响，突然，浓黑至极的乌云撕开一道口子，雨来了。周围的人，大多数是游客，四散跑开寻找避雨的场所。

卢克莱斯·奈姆赫德打了个寒战，脑袋缩进肩膀里，费力地又点燃一支香烟，然后闭上眼睛。

天色渐暗，路灯柔和的灯光勉强照在她身上。她孤身一人，被雨淋得浑身透湿，坐在圣心大教堂的台阶上瑟瑟发抖。

21

吉尔伯托打算拜访刚发生严重车祸的日本邻居。

他刚一走进医院病房就看见邻居浑身插满管子，打着石膏，总而言之与木乃伊无异。日本人的身体无法动弹，只剩下眼睛可以活动，他似乎正在睡觉。吉尔伯托默声站在邻居床头，观察他的情况。日本人一下子睁大双眼，大喊：

"SAKARO AOTA NAKAMY ANYOBA!!!"

就这样，日本人咽下最后一口气，死了。

葬礼那天，吉尔伯托走到日本人的遗孀和母亲身边：

"节哀顺变……"

吉尔伯托拥抱了两人，对她们说：

"要知道，他在临死前跟我说的最后一句话是：'SAKARO AOTA NAKAMY ANYOBA.'你们知道这句话是什么意思吗？"

闻言，死者的母亲昏厥在地，死者的遗孀怒气冲冲地盯着他。

吉尔伯托坚持问道：

"可是……他想说什么？"

死者的遗孀翻译道：

"弱智，你踩在我的氧气管上了！！！"

——节选自达利斯·沃兹尼亚克的幽默短剧

《最早的将会是最晚的》

22

太阳初升，放出赭红色与橙色的光芒，然后从地平线上腾起，露出标准的黄色圆脸。

卢克莱斯·奈姆赫德一夜未眠，待在室外思考问题，用香烟缓解睡意。

她开始咳嗽。

或许我应该戒烟了，否则，最后我也会变成跟泰纳蒂耶或者奥林匹亚剧场的消防员一样的"老"家伙——皮肤褶皱，心脏被熏得漆黑。

她用鞋跟踩灭烟头。

现在是早上9点。卢克莱斯向市立太平间走去，那里已经开了门。

这栋房子散发出一股甲醛和腐烂油脂的味道。

她走进迷宫般的走廊深处。

无名小卒与名角大腕最后驻足的地方。

接待卢克莱斯的法医是个瘦高的英俊男子，面带微笑，胸卡上写着：P.博文博士。

"对不起，小姐，如果您不是死者的家属，我是不会把死者的信息告诉您的。"

为什么人们总要阻挠那些迈向未来的人呢？

她在记忆中搜寻、回顾各自不同的，但可以开启人们思想的钥匙。

她递上五十欧元。

"贿赂工作人员？小姐，这可是刑事犯罪。"

年轻的女记者卢克莱斯犹豫着是否再掏些钱。就在这时，她回忆起上次调查期间发现的一份清单，是有关行为动机的。

一、痛苦。

二、恐惧。

三、物质享受。

四、性。

她想，或许第四把钥匙能在男人身上起到很好的作用。

她漫不经心地装出一副很热的样子，解开绣剑刺红龙图案的黑色丝绸旗袍的两枚衣扣。如此一来，她的乳房摆脱了胸罩的束缚，胸口露出乳沟。

"我只不过是想问几个问题。"

博士盯着卢克莱斯的胸部，犹豫不决。他耸了耸肩膀，转身向文件柜走去。

"您想知道达利斯·沃兹尼亚克的哪些确切的信息？"

"死亡原因？"

"心脏停止搏动。"

卢克莱斯·奈姆赫德打开"黑莓"手机上的录音器,不过为了以防万一,她又掏出本子做起笔记。

"所有人都死于心脏停搏,不是吗?甚至是那些被蛇咬死或者上吊自杀的人。我换一种提问方式:造成心脏停搏的原因是什么?"

"我认为是劳累过度。演出结束后,他应该已经筋疲力尽了。外人无法体会到,但对演员来说,两个小时的搞笑表演实在令人难以忍受。精神必须高度紧张。"

"'B. Q. T.'这三个字母在您看来是什么意思?"

男法医亮出几件不锈钢工具。

"是这些东西的缩写:质量合格的工具[1]。这是我在晋升到十级医师时购置的手术刀,英语里发'BI QUIOU TI'的音。类似'比古蒂'。没人会去花大把的钱为尸体买手术刀。"

这个方法行不通。得让他精神放松,否则他会随便找个借口溜走。先给他来一个我的 24 号乙式媚眼,18 号丙式浅笑,就这么干,温柔地留住他。

"达利斯有没有可能死于……笑?"卢克莱斯问道。

博士露出惊讶的神色。

"不会的,没人会笑死。笑能治病。笑有利无害。甚至还有大笑瑜伽呢——人们努力发笑来刺激免疫系统,提高睡眠质量。"

"房门紧闭,他却恰巧在临死前放声大笑,那么造成他死亡的原因是什么?"

帕特里克·博文博士小心翼翼地合上文件夹,塞回原位。

"他应该有健康问题。死前的大笑纯属巧合。他也能成为很棒的钢琴演奏家或者自行车手,但这并不意味着就有'杀人的钢

1　英语 Basic Quality Tools。

琴'或者'杀人的自行车'。只能说,笑是在他心脏停止跳动的时候正在做的事情。仅此而已。"

医生抓起盛着福尔马林的大口瓶,瓶里的人类心脏正打着转。

"我敢肯定,如果您去问他的家人,他们保证会告诉你,在这场致命事故发生前,他的心脏就已经出现过危险情况了。"

23

公元前 45000 年

东非某地,相当于今天的埃塞俄比亚。

大雨倾盆而至。

某个后来被称作"克罗-马尼翁"的人类部落发现了一处岩穴,打算进去避雨。

但率先走进岩穴的几个人立刻就被发疯的狮子一家吃掉了。

其他人犹豫不前。

老天开眼,附近的一根树枝被闪电点燃。

其中一个克罗-马尼翁人抓起燃烧的树枝。

他们借火势成功赶走了负隅顽抗的狮子一家,仅仅付出了两条人命的代价。

族人们刚刚在岩穴中安顿下,便收集起许多干树叶和枯树枝,维持保命的大火不熄。大家围坐在火堆旁,享受大火带来的光明与温暖。

正在此时,一群人型的身影出现在岩穴门口。

新来的人跟他们长得很像,但并不完全一样。

对方的身材要矮小、粗壮些,额头更宽更细,眉弓更加凸出,皮肤上的伤痕也更多些。

克罗-马尼翁人不认识这群人,但刚刚出场的这群访客日后会被命名为"尼安德特人"。

雨势渐强,两个部落——克罗-马尼翁人和尼安德特人相互打量彼此。他们已经筋疲力尽,没力气再找碴打架了。

"自然母亲的变幻无常已经让生存相当不易,就不要再同类相残了。"大部分人都这么想。

因此,来访者获准围在火堆周围。火能让人振奋。

他们以家庭为单位蜷缩在一起,相互抓痒,找虱子,以免显得尴尬。

闪电不时照亮岩穴,母亲们把最小的孩子紧紧搂在怀中,安慰着。

有个克罗-马尼翁人比同族的人好奇心更重,他站起身,向陌生部落走去,低吼了几句,意思是说:"今天天气不错,你们觉得呢?"

以下是尼安德特男人用另一种低沉的吼声回应的话,可以翻译成:"您说什么?"

于是,对话由此开始了。

"请您重复一遍!我听不懂您在说什么。"

面前的人开始轻轻地摇头,龇牙咧嘴。

"我还是听不懂您在跟我说什么,不过依我看,我注意到了,咱俩说的完全不是同一种语言,所以没法理解对方。"

另一个克罗-马尼翁人走过来,问道:

"那家伙跟你说什么呢?"

"不知道,不过我告诉他了,我们恐怕很难交流,很显然,我们说不同的语言。"

最后,尼安德特人生气了。他站起来,捡起一块烧焦的木头,开始在岩壁上画画。他画了一道之字形的线条,象征闪电。

克罗-马尼翁人低下头辨认对方的信息,然后,他的回应是:

也捡起一块炭,在之字形旁边画了一个站着的人,张大嘴巴表示惊讶。

他想说:"我完全看不懂。"

尼安德特人很满意自己创造了一种利用图像交流的方式,这种方式比咕噜咕噜的说话更有效。他在之字形上方画了一个圆圈——一大团孕育闪电的圆形的云。

克罗-马尼翁男人心想,对方是否在暗示某种带茎的水果。他指着自己的嘴巴,这个手势对他来说意味着:"您画的是食物,不是吗?您饿了?"

克罗-马尼翁人感觉对方似乎半信半疑,于是又画了一个更大的人,张着嘴巴要吃水果。

每交换一次图画,部落里的人便纷纷议论,然后表示赞同。

最终,对方的不理解让尼安德特人火冒三丈,他走出岩穴,冲着乌云高举起一根手指。

就在这时,云里劈出一道闪电,打在这根手指上——雨水溅湿后的手指变成了避雷针。尼安德特人被彻底击倒在地。

意外来得如此突然,以至于所有的尼安德特人都被吓傻了。

克罗-马尼翁人的脑袋里闪过一个念头:"啊!事实上他说的不是水果,而是雷雨云!……"

真相大白让他的身体产生某种奇怪的反应。他感觉腹部一阵紧张、发痒,然后笑出声来。

这立刻感染了其他人。

所有的克罗-马尼翁人都扑哧一声笑了出来。尼安德特人却还没缓过神来,他们失去了族中最能言善辩的家伙。尼安德特人决定不吃掉他,也不把他弃尸荒野,而是埋进岩穴深处。

人类又一次在幽默的帮助下越过进化道路上的重要关卡。自此以后,尼安德特人学会掩埋死者的尸体,而克罗-马尼翁人开始在岩壁上绘制图形。人们经常能在岩壁上看见冒出之字形的圆圈，张着嘴的男人不再被画在旁边而是被画在下方。他多么渴望真理啊！

每当有克罗-马尼翁人画下圆圆的云、之字形闪电，以及张着嘴站立的男人时，整个部落都会开怀大笑。

克罗-马尼翁人刚刚发明了在图画中添加笑料的方法，也就是未来连环画中人物讲话时使用的气泡状勾线。

人们认为，正是在这一时期，"智人"转变成"超智人"，也就是说转化成现代人。

至于尼安德特人，因为没能发现第二层次的幽默，所以灭绝了。

——《幽默史大典》

（出自：GLH）

24

塌脑门、宽肩膀、方下巴，眼前的男人似乎只会咕噜咕噜地说话。要不是身上那件裁剪笔直的粉色西装，他看起来活像化妆成人类的猩猩。

年轻的女记者卢克莱斯·奈姆赫德亮出记者证。在跟上司通过话后——上司也需要向上司的上级求证，身穿粉色西装的保镖准许卢克莱斯走进私人府邸的花园。

侧三轮摩托车越走越深，卢克莱斯·奈姆赫德发现，这座府邸果真富丽堂皇。

达利斯·沃兹尼亚克建造的不是别墅，而是缩小版的凡尔赛宫，一模一样的碎石小径，一模一样的法式花园，一模一样的喷泉，一模一样的雕塑。

达利斯的"U"型城堡正对庭院，豪华汽车一字排开。

端坐在院子正中央的不是路易十四的雕像，而是这位喜剧演员自己的雕像，雕像上的达利斯正挥手致意。

几面粉色的旗帜迎风招展，旗上印着内含心形的眼睛符号。

年轻的女记者刚把侧三轮摩托车停在一辆数字化操控的汽车旁，一位身穿中世纪仆人服的侍者就赶忙撑起雨伞向她跑来。

达利斯的母亲，安娜·梅格达莱纳·沃兹尼亚克78岁了，背有点驼，低胸连衣裙是黑色的，袖子镶着黑色花边。硕大的珍珠项链挡住了她的脖子，粉底填平了她的皱纹，复杂的波浪式发型让她染成粉色的斑白头发显得有些过时。

"达利斯的心脏有问题？绝对不可能！小姐，您想从我嘴里听到这些话：事实可不是那样，甚至完全相反！我的达利斯健壮得像头牛。他经常健身。甚至考验耐力的运动做起来也很轻松。他的心脏又强又有力，而且我们家里的每个人都这样。家族中出过马拉松冠军。他爷爷是奥运会游泳冠军。"

"跟我谈谈您的童年吧，沃兹尼亚克女士。"

老妇人坐在套着镶边麻布椅套的大扶手椅上，边说边抓起毛线团，开始做毛线活儿。她接着上次的活儿继续织，看样子不是侏儒的围巾，就是巨人的短筒袜。

"可爱的小姐，您想听实话吗？好吧，事实就是，我们曾经一贫如洗。第一次世界大战之后，我们家为了给北方的矿场打工，从波兰移民到法国。可矿场倒闭了，我的父母又失业了。70年代的时候，我们搬到巴黎郊区。我正是在那里，在好朋友的婚礼上，遇到了我的丈夫。他也是波兰人，在汽车修理厂里当修配工。不过，他是个酒鬼。他死在一次车祸中。撞上一棵法国梧桐树。我的生活变得艰辛起来。我失去了经济来源，还得负担四个孩子的饮食起居。"

"达利斯有兄弟姐妹？"

"我有三个儿子和一个女儿：老大塔德斯，老二雷欧卡蒂亚，老三达利斯，老幺帕维尔。"

卢克莱斯头也不抬地在小本子上做记录。

"达利斯——我叫他达利奥——天赋异禀，帕维尔害羞腼腆。雷欧卡蒂亚这个姑娘生性果敢。塔德斯或许是唯一一个地地道道的强硬派，不过他很欣赏自己的弟弟。令人惊讶的是，帕维尔似乎是最像达利斯的人。"

卢克莱斯尽量不让老妇人感到拘束。她想，礼貌和微笑同样也是获取信息的技巧。

"达利奥的童年是什么样子的？"

"他很小的时候就展现出幽默天赋。小姐，您想听我说吗？他有时候会用笑来消化不愉快的事情。他从父亲的逝世中琢磨出一段笑话，叫《法国梧桐树没有看见迎面而来的爸爸》。达利奥从大树的视角讲述这次事故。这不合规矩，不过，不得不说……还挺有意思的。"

回忆起这件事的时候，安娜·梅格达莱纳望着天空出了神，脸上露出腼腆的笑容。

"接受可怕的、露骨的、恐怖的事实，把它颠倒过来让人们能够接受，然后加工成缓解压力的笑料，这是达利奥的独门秘籍。"

"我必须承认，站在杀死父亲的大树的视角取笑死亡，胆子可得大才行。"

卢克莱斯·奈姆赫德仔细观察了客厅的装潢。灵感依然来自隔壁的那座城堡。天花板坠着烫金的线脚，房间被厚重的家具、镜子，以及古色古香的雕塑塞得满满当当。地上铺着饰有复杂花卉图案的地毯。只有一处细节不符合房间的时代特征——成排的烫金相框中摆放着独裁者、原子弹爆炸或者悲剧事件的照片,照片下写道:"您觉得这些可笑吗?"照片上还有达利斯的亲笔签名。他似乎打算用自己与众不同的视角审视悲剧。

老妇人竖起小指,有人端上热茶。

"后来,当我的女儿雷欧卡蒂亚因胰腺癌去世的时候,达利斯又写了一段笑话——《我的姐姐脚步匆匆》。"

"您的丈夫和女儿去世后,您身边又发生了些什么?"

"我和三个孩子陷入贫困。一位跟我境遇相仿的朋友给我介绍了份'维持生计'的工作——晚上在酒吧当服务员。起初我并没同意,不过后来我接受了。接着,这个朋友建议我多赚点钱,把我领到脱衣舞酒吧。刚开始我拒绝了,不过后来我又接受了。然后,这位朋友推荐我去妓院工作。"

"您拒绝了?"

"那里的收入更高。"

"您知道,我并没要您把所有的事都告诉我。"

老妇人理了理涂过发蜡的头发,摇晃着身上的珠宝。

"您想听我说吗?小姐,我对自己的过去并不介怀。我承受得起。如果您想搞清楚达利斯是谁,就必须要搞清楚我是谁,我可是他母亲。"

"当然。请您原谅。我洗耳恭听。"

这话给老妇人吃了颗定心丸。

"于是,我来到巴黎郊区的一家妓院工作。"

卢克莱斯·奈姆赫德假模假样地做着笔记。

"这份工作比我想象中容易。男人就像孩子。大部分的顾客愿意聊聊天,愿意找个不会指责他们的女人,听他们说说话,别跟他们的妻子一样就行,仅此而已。"

"很好。"

该死,她打算把每个顾客的事情都告诉我,连最小的细节也不错过。救命啊。要保持仪态。要微笑。

"我把他们打扮成女孩、骑士、流氓或者婴儿。这些人最喜欢我给他们换尿布，或者往他们的大腿上洒爽身粉，再或者打他们的屁股。事实上，我们是收费更低廉却更热情的'心理咨询师'，尤其是那些不惧怕触碰顾客的姑娘。顾客极其渴望被别人触碰。现在的社会死气沉沉，症结就在于缺乏肌肤之亲。"

老妇人边说话边抓住女记者的手，抓得很紧。

"当然。"

"我的顾客中有个小丑。艺名叫莫莫。又高又瘦，戴假发，一副尖嘴猴腮的模样，不过他能把我逗笑。所以我对他说：'只要你把我逗笑，跟你做爱就免费。'这样做是为了激励他超越自我。"

"那是自然。"

卢克莱斯心想，老妇人这是打算把积攒在心里的励志故事全抖搂出来。

"莫莫成功了。所以即使不在妓院上班，我也能负担起日常的开销。自从女儿去世后，我的三个儿子给我添了不少麻烦。达利斯在老师的座位上抹胶水，被赶出学校。这种恶劣的玩笑很多余，如果您懂我的意思的话。我把他关在家里，什么也不让他做，或者干脆让他到大街上闲逛。"

"我能想象。"

"后来，当他把大炮仗扔进一家商店，炸毁商店的玻璃橱窗，严重炸伤一位行人，并且因此蹲了三天牢房时，我想，可得赶在事情变得更糟糕前给他找份体面的工作。我想起母亲说过的一句话：'扬长强于避短。'如果他年纪再大一些就好办了，可以让他去商店里上班，但他才17岁……必须得找点别的事情。就这样，我想到了利用我最喜欢的顾客——小丑莫莫。我心想：'搞笑的男人心地肯定也善良'，您懂我的意思。"

"当然。"

"我对莫莫说：'我儿子天生幽默，最大的本事就是把事实讲得像笑话似的！但他的幽默能量缺乏良好的引导。'"

"我明白。"

"莫莫的确不是著名笑星，但是他的每场演出都有忠实观众前来捧场，足以靠工作养活自己。我把我的达利奥推荐给他，达利奥表演了一段笑话：《妈妈终于找到工作了》。他在这笑话里拿我开涮，说我死于卖淫。跟您说，他有在伤口上撒盐的天赋。莫莫立刻为达利奥的魅力倾倒了。"

"理当如此。"

"莫莫对我说：'这小子的天赋与生俱来，但还不够。我会训练他。但他必须学会尊重别人。只有尊重才算得上是真正的幽默。'啊，是啊，这就是悖论……""幽默是件严肃的事。"老妇人又强调了一遍。

"毋庸置疑。"

"'严肃的幽默'才是长久之计。莫莫要求我的达利奥称他'我的老师'，而他管达利奥叫'我的学生'。他们在一间废弃的工厂里上课，因为莫莫说必须要在没人能看到的地方练习。莫莫把'当小丑'这门崇高的艺术传授给达利奥。他教达利奥玩杂耍，吹喇叭，吐火，甚至'有效地'打嗝和放屁。因为莫莫曾经说过：'如果别的招数都不管用了，这也是喜剧演员的搞笑工具。'"

"真的吗？"

"有一天，当莫莫和达利奥在废弃的老厂房里练习时，铁栏杆倒了，砸在他们身上。莫莫死了，我的儿子身受重伤。"

"达利斯因此失去眼睛？"

"栏杆掉落时，一段尖锐的金属刺进达利奥的眼睛里。这对他来说这太残忍了。但是在达利奥还没完全康复的时候，他就消化了这场灾难,写出他著名的笑话——《正常人的国度里独眼龙称王》,您应该记得:'……一只眼睛足矣,两只就多余了,尤其是对花粉过敏的时候……'"

回忆起那场悲剧,笑星的母亲长舒一口气。

"莫莫培养了达利奥。我知道我的孩子准备好了,有朝一日他将像今天这样出类拔萃,家喻户晓。我知道,达利奥也知道。我鼓励他继续沿着这条道路走下去。达利奥与莫莫的演出制片人取得联系,就是著名的斯特凡纳·克劳斯,达利奥请求克劳斯雇自己。"

"啊?"卢克莱斯努力迎合老妇人,听得有点累了。

"克劳斯对他说:'来吧,逗笑我,'他翻转一只沙漏,'您有三分钟的时间'。"

"三分钟内逗笑一个未曾谋面的人?"

"那可是我的达利奥啊。他成功了。从那时候起,斯特凡纳·克劳斯雇了他,把达利奥送上明星宝座,之后就是众所周知的故事了。"

老妇人突然沉默,眉毛不悦地拧成一团。卢克莱斯身后似乎有什么东西让她感到不安。

年轻的女记者回过头,注意到窗户外面,一辆粉色的劳斯莱斯汽车停在院里的碎石路上,后面还跟着一辆粉色的哈雷·戴维森摩托车。

两个小矮子在另一位壮汉的陪同下走出劳斯莱斯汽车。

三个人一级一级地走上台阶,出现在客厅里。

"啊,塔德斯,帕维尔。我正说你们呢。"

年长者用下巴轻蔑地朝卢克莱斯点了点。

"'这家伙'是谁?"他问道。

老妇人倒了一杯茶。

"安静点,塔杜。这是大周刊《当代观察家》的记者。亲自来访问我,是关于达利斯的。"

卢克莱斯注意到,年轻稍轻的那个人——大概就是帕维尔,塔德斯最小的弟弟——与达利斯确有几分相似,不同的是,帕维尔更虚弱,也更腼腆。站在旁边的第三个人身穿粉色的西装,脑袋长得像牛头梗犬。

"妈妈!我们已经把所有的事都告诉过世界上所有的记者了。这次又要持续多久?停止吧!有时候必须说话,有时候必须要保持沉默。妈妈,你说得太多了,你又不懂。"

"我只不过挑主要的说了说。"

"……况且你完全不知道什么叫羞耻。我希望你没有把你的过去讲给她听?"

听到这话,老妇人放下茶杯。

"有时候我会问自己,你是不是为有我这样的母亲而感到羞耻,塔杜。"

"可是妈妈……记者不过是食尸的鬣狗。你是没看到,他们在弟弟未寒的尸骨上嗅来嗅去,是想尽量从他身上榨出点汁水吧?这姑娘只不过是贪财鬼,唯利是图。她如何从新闻中牟利呢?通过卖弄关于我们的新闻,更加轻佻、更加刺激的新闻。当你向她坦承自己的生活的时候,你是在恩赐她,而她回报你的将会是咒骂。"

"奈姆赫德小姐,这是真的吗?您是这样的人吗?"

老妇人的表情显得很忧郁。

塔德斯命令"牛头梗":"给我把'这家伙'赶出去。"

卢克莱斯站起身,后退几步,闪出穿粉色西服的大壮汉的攻击范围。

"我只不过是想调查达利斯的人生。调查达利斯的死因。我有一种明确的假设,任何人都没这样想过。"

塔德斯·沃兹尼亚克拦住保镖。

"你倒是说说看。"

"我认为,达利斯并非死于心脏意外,而是死于……谋杀。"

此言一出,大厅里鸦雀无声。达利斯的家人大吃一惊,注视彼此的目光中尽是询问。

"我不相信。"塔德斯说。

"据消防员说,达利斯摔倒前几秒钟曾狂笑不止。"

达利斯的哥哥撅起嘴,满脸狐疑。

"然后我找到了这个。"年轻的女记者补充道。

她亮出带"B.Q.T."及"绝对不要读"的蓝色盒子。

看到盒子,塔德斯忍不住扬起眉毛。

"就在他的化妆间里,扶手椅下面。"

塔德斯拿起盒子,仔细检查一番,然后交还给卢克莱斯。

"还有这个。"卢克莱斯边补充边把非常模糊的悲伤小丑的照片递给塔德斯,照片上的小丑戴着红色的大鼻子,眼角挂着泪珠。

塔德斯举起照片观察了很久,然后摇了摇头,还给卢克莱斯。

"不管怎么说,如果您想问的是:'这样的犯罪会对谁有好处'的话,我可以确切地告诉你一个人的名字。要说有人能从我弟弟的死中获得巨大收益的话,绝对是这个人。"

25

加拿大的偏僻森林里,猎人开始劈柴以备严寒之需。

一小时后,他停下来休息,心想:"这些木头足够撑过整个冬天吗?"

就在这时,一位印第安易洛魁族的巫师路经此地。猎人问他:"告诉我,你可是见多识广的人,冬天很难熬吗?"

印第安人盯着他，思考了几分钟，然后回答说："是的，白种人，冬天很难熬。"

猎人心想，必须要继续劈柴，于是他又开始干活。

一小时后，他又开始琢磨，木头现在是否够用了。

易洛魁巫师再次路经此地，猎人问他："你在这里生活很长时间了，冬天真的难熬吗？"

印第安人盯着他，答道："是的，冬天非常难熬。"

猎人很担心，又额外劈了一立方米的木头。

一小时后，印第安人又路过此地，他又问对方，对方预言："冬天极端难熬。"

猎人愣住了，停下手中活，询问印第安智者："可您是怎么预测天气的呢？"

易洛魁老者答道："我们有句古老的格言：'白人砍得木头越多，冬天越难熬。'"

——节选自达利斯·沃兹尼亚克的幽默短剧
《奇怪的外国人》

26

刺骨的冷风扫过蜿蜒的马路。

都三月份了，怎么还觉得跟大冬天似的。

回程的路上，卢克莱斯·奈姆赫德把车停在宠物商店门口，进去买了条红色的鱼，确切地说是条上等的暹罗鲤鱼。还买了全套的设备，包括鱼缸、沙砾、一罐子鱼虫、荧光灯、发泡水泵，以及水藻和其他造型的塑料装饰物。

回到家，卢克莱斯把战利品摆在桌子上，挨着电脑。

她把彩色沙砾、水泵和塑料装饰物安置妥当，给鱼缸加满水，替荧光灯和水泵通上电。一串水泡立刻冒了出来。

棒极了。

卢克莱斯把鱼放进新家。

好吧,或许我调查方面不如伊西多尔有天赋,但我也有我的鱼。应该给你起个名字。跟强壮有关的名字,比约翰、保罗、兰格或者乔治更好的名字。有了,恐怖巨鲸——雷维雅丹。这名字听上去挺传奇的。

年轻女记者的目光落在这条小鱼身上,手指伸向圆形的玻璃容器。

"啊,雷维雅丹,我感觉你能让我开心。"

她扔给雷维雅丹一大撮鱼虫。

"别怕变成大胖子! 要是你变胖了,我就给你换个更大的鱼缸,兴许甚至有一天我会把你介绍给伊西多尔的那几条鱼。你看,虽然它们的样子有点吓人,像这样,但它们还是挺招人喜欢的。除了那条神经兮兮的鲨鱼。不过这样对你来说反而更好。"

鲤鱼吐出几个气泡,搞不清楚玻璃壁后面这个吓人的家伙是什么生物。

接着,它一边摇曳优雅的橙色尾翼,一边绕鱼缸巡视一周。发现了岩石、冒泡的微缩海盗船、水藻。最后,它明白自己深陷进这座玻璃监牢中。于是,它决定躲到岩石后面去,总结自己五十多天的"鱼生"。

"小鱼会长大的,"卢克莱斯说,"而且,不能因为我们看起来比别人个儿小就认为我们不会咬它们一大口,对吧,雷维雅丹?"

她做了个鬼脸。鱼心想:"敌人离我这么近,我就藏在石头后面。等她一走,就去气泡下面揉揉肚子。"

它等待机会。"啊! 可不能乱了阵脚。这里的一切似乎都很危险,都令人不安,越是这种情况,越要保持清醒。妈妈在哪? 兄弟们在哪？朋友们在哪？大自然去哪了？我是条自由的鱼，不是消遣品！瞧啊，有食物。吃东西是我对抗压力最好的办法。可这些是干尸！"

卢克莱斯开心地看着小鱼吞食冻干的鱼虫。

"你啊，我的小雷维雅丹，我感觉我们能携手做些大事。"

卢克莱斯·奈姆赫德决定冲个澡，她想洗洗头。

卢克莱斯冲了个热水澡，花了很长时间。

过了一会儿，她停止冲洗已经湿漉漉的头发。要是赶在平时，她一般都会去理发店。理发是卢克莱斯最好的疗伤手段。她一向认为，如果要给最善于倾听同类声音的人排序，可以排成：一、理发师；二、纸牌算命师；三、心理咨询师。

理发师明显更受欢迎，他们至少可以边按摩你的头皮，边听你说话。

不过，她口袋里没什么钱，所以，她不得不承认，理发师是这三种职业中最昂贵的"倾听者"。尤其是那位自称"理发师界的园林设计师"的理发师。这头衔把他"出诊"的价格抬上了天。

"该死。"卢克莱斯啐了一句。

钱不够花的时候，卢克莱斯会自己动手，她认为这些过程必不可少：花 10 分钟洗头发，花 5 分钟涂蜂王浆修复膏，花 15 分钟用功率 2000 瓦的"三星"牌专业吹风机吹干、拉伸、弄直头发。这个时髦的顶级吹风机是卢克莱斯最大的奢侈品。雨水已经开始让她耳朵周围的纤细头发打卷，她讨厌这样。

卢克莱斯边擦头发边想到自己的脆弱。她已经有了可以阻止自己再冒出新的自杀欲望的生活方式。

一、大吃"能多益"[1]。（不过，她把自己的愿望藏在心底，那

1　意大利著名榛子酱品牌。

就是零脂肪含量的"能多益"问世。不过,她知道,这属于基本不可能出现的奇迹。)

二、啃指甲。(五个星期之前,她戒掉了,可她知道,当情绪低落到极点的时候,她还会深陷其中。)

三、理发师亚历桑德罗。这位理发师还把他的对事物的热情传染给卢克莱斯,依次是:埃尔顿·约翰的音乐、戴安娜王妃、电影《沙漠妖姬——普利斯拉》、"罗利"牌竞赛级自行车以及橄榄油烹制的希腊菜肴。不过最近这段时间,亚历桑德罗的感情生活遭遇不幸,他变得有点沉默寡言。

四、抗抑郁症药物混合15年陈酿纯麦芽苏格兰威士忌。(这东西有个明显的缺点:造成胃酸。)

五、把情人赶出去。(她刚刚这样做过,不过这一次并不是真的为了发泄情绪。)

还可以在第六的位置加上:六、有个名副其实的朋友。

吹开了头发,她又去看她的小鱼。

雷维雅丹,我可以和你交朋友吗?

"我感觉你不会像那些在这儿过夜的男人一样令我失望的。"

说完,她抱了抱鱼缸,不小心把装鱼虫的罐子碰倒了,不得不用小勺把鱼虫又舀回罐子里。

或许我的精神太紧张了?

然后,卢克莱斯又想到那些与欢乐无关,但有助缓解焦虑的东西。

七、"撕扯红色的草",也就是她身上的汗毛。

卢克莱斯穿衣服喜欢千挑万选,总觉得不够穿。

我怎么把最能放松精神的东西忘了:八、购物。哪个女人敢向男人透露真正的"G"点就藏在"购物"(shopping)这个词的末尾?

她笑了起来。这笑话是从达利斯的幽默短剧中听来的。她打定主意,立刻把已经搜集到的,跟这位"已故的朋友"死亡有关的资料重新整理一遍。

她又重温了一遍达利斯最著名笑话的精选录像带——《动物,我们的朋友》。

"伊西多尔是怎么说的?达利斯剽窃别人的笑话,网罗匿名的笑话,署上自己的名字。或许吧,但他至少懂得把它们搬上舞台,在这一点,他功不可没。"

卢克莱斯又看见这位身材矮小的白种男人,粉色西服,黑色眼罩,鼻子通红。

精力多么充沛啊!模仿和舞台表演技巧多么过人啊!简直是天赋异禀!嬉笑怒骂中,一切都显得那么流畅,那么简单。

现在,她了解到一些达利斯过去的故事,知道了他受父亲和姐姐雷欧卡蒂亚死亡的启发想出笑话,或者取材自母亲卖淫的笑话。在她眼中,这些笑话闪耀着正直与勇气的光芒,很了不起。

卢克莱斯·奈姆赫德按下暂停键,点燃一根香烟。

消化不幸。

她开始回忆"玛丽-昂热事件之后的那些日子"。

一开始,她把自己关在房间里,意志消沉地度过了一周的时间。

没剪头发,没有"能多益"。没有混合抗抑郁症药物的威士忌,没有红色的鱼,没有可以赶走的情人。只有可以咬出血的指甲。

很显然,"守护者圣母院"里所有的人都知道了"四月一日事件"。同时,人们躲她就像躲高烧患者,没人再跟她说话。人们害怕会被不幸传染。

年轻的卢克莱斯·奈姆赫德再也没去上过课,甚至没人因缺课指责她。

没人打扰她。食堂的厨娘给她端去食物。

有一天,有位姑娘不顾一切地坚决要跟她交谈。她说,玛丽-昂热做的事情是"不正确的",寄宿生们已经讨论过了,她们将会销毁所有的照片。

年轻的卢克莱斯语气傲慢地回答说:

"很遗憾,我相信有的人已经很成功了。"

她又开始播放达利斯的幽默短剧——《因纽特人与鱼》。又听到这段笑话,看样子,她打算从中找回某种隐秘的感觉。

"这里没有鱼……我是溜冰场的老板。"

卢克莱斯从中悟出一个道理,她搞错了问题、目的和愤怒之间的关系。在溜冰场里不应该钓鱼,应该溜冰。势必要做出些改变。

笑话要了她的命。

笑话救了她的命。

笑话令她重获新生。

但是首先,必须要做些令人痛苦的决定。

蛇在蜕皮之时是瞎的。

她去厨房拿了把切肉刀,走出门,准备要了玛丽-昂热的命。

"……让好笑的笑话就这样结束吧。"她握着刀心想。仿佛已经听见利刃插进玛丽心脏时,玛丽说:"四月的鱼!"

卢克莱斯一脚踹开上锁的门。可玛丽-昂热没在屋里。

卢克莱斯明白,行刑者早已离开了这里。不过,玛丽给卢克莱斯留下一张字条:"别恨我,卢克莱斯。这不是玩笑。我爱你,并将永远爱你。你的天使,昂热。"

字条旁是四月一日的照片,用透明胶带粘着。

她还在嘲笑我。

年轻的卢克莱斯撕碎照片。报仇未果的感觉糟糕极了。

她脑海中钻出一句话："我再也不当受害者了。"

从那以后，卢克莱斯开始集中练习武术。她发觉韩国跆拳道的力量与实战效果很合适自己，中国功夫太"华而不实"，日本空手又太"低端"。杂糅以色列近身格斗术的跆拳道是她摆脱一切危险境地的灵招妙法。她把这种混合格斗术命名为"孤儿院拳道"，后来又改称"卢克莱斯拳道"。没有招数限制，丑话说在前面。

为了检验习武效果，卢克莱斯变成了人们念叨的"大野蛮人"。她热衷打架，主动找碴，先打架然后再谈话。

就连最微不足道的手势都可能成为她大发雷霆的借口。

她确实有点恃强凌弱，是真正的法西斯，尤其是当她蛮不讲理的时候。卢克莱斯交的朋友越来越多。最后竟成了一群人的老大。

从此，卢克莱斯在"守护者圣母院"的宿舍里成了发号施令的人。

一阵又一阵的敲门声把卢克莱斯从沉思中拉回来。

拉回现实。

透过猫眼里，她看见前一天被赶走的情人。

"对不起，是我错了！我后悔莫及！"卢克莱斯听见对方喊道。

她任由男人喊了一遍、两遍、三遍，然后，打开房门，一句话也没说，照着对方的脑袋猛地打了一拳，冲击力不亚于锤头砸椰子。那人踉踉跄跄地向后退去，晃了几秒钟，眉弓冒出鲜血。

"我知道这看起来很无厘头，但我打算立刻就戒烟，我早就知道香烟让我变得容易激动。"

然后，卢克莱斯啪的一声关上门，把香烟重新点燃。

她等了一会儿，男人没有再回来。

她走回去坐下，又开始播放达利斯的幽默短剧，最后一段的结尾是这样的："……他读完最后一句话，哈哈大笑，然后就死了。"

　　听到这句话，她心乱如麻。

　　达利斯好像已经知道即将发生在自己身上的事。或者，仿佛他希望发生这样的事情。这样看来，就不是简单的预言性笑话了，而是对杀人凶手的召唤。

　　她看着雷维雅丹，新房客把她逗乐了。

　　"你呢，谁能逗你笑呢？"

　　鲤鱼游到玻璃壁旁，冲骚扰它的大块头吐了个气泡。

27

　　房客跟房东商量："我确定公寓里有老鼠。"

　　"不可能，"房东答道，"这套公寓是完美的。"

　　房客把奶酪放在地上，一只老鼠迅速穿过房间，快得几乎看不清楚。

　　"这又不是同居。"房客嘟囔着。

　　房客又扔下好几片小块的奶酪。又跑出来一只、两只、三只老鼠和一条红色的鱼，然后又跑出来第四只老鼠。

　　"好了，你看到了？"

　　"是的，我看见了。可我还看到了一尾红色的鱼。这意味着什么？"

　　房客大动肝火，甩出一句："先解决老鼠的问题，接下来再来讨论潮湿的问题。"

　　　　　　——节选自达利斯·沃兹尼亚克的幽默短剧

　　　　　　《动物，我们的朋友》

28

"古兹"摩托车马达嗒嗒作响,拖着一尾青烟停在门厅前,门厅上挂着一块铜制铭牌,铜牌上刻着三个大字:S.K.P.,下面写道:斯特凡纳·克劳斯制片公司。

这是一幢坐落在巴黎 16 区的奥斯曼[1]式的建筑。前厅铺着厚实的绿色机织地毯。

女接待指给卢克莱斯候客室的位置,已经有不少人等在那儿了。大家都显得很焦虑,如同在众所周知手法粗暴的牙医诊所里候诊似的。

大家都不说话,也没人抬头。姑娘正在锉指甲。年轻的小伙子正默记一篇文章。另一个年纪较长的人正阅读一本数月前的通俗杂志,封面上是王子夫妇。

墙上贴着达利斯和其他几位名气较小的艺术家演出时的招贴画。

门开了,从里面走出来一个男人,脸扭曲得变了形。

门里有人大声嚷嚷:"……再也别回来了!我没工夫听那些过时……2000 年的笑话!"

男人低着头走远了,另一个人顶替上去……跟前任一样,这人也怀着满腔愤恨走出门。

"……再给您打电话吧。谢谢。下一个!"相同的声音又响了起来。

刚刚被赶走的那个人冲其他人做了个手势,意思是说:"祝你们好心情。"

1　奥斯曼,法兰西第二帝国时期主持重建巴黎计划的主要负责人。

终于轮到卢克莱斯·奈姆赫德了。

她走进办公室，几张巨幅照片摆在室内显眼的地方，照片上的斯特凡纳·克劳斯或是同享誉全球的音乐界、电影界及政治界名人握手，或是搂着他们的肩膀。

克劳斯长着刀条脸，戴细框眼镜，胡子两天都没刮了，穿着黑色皮衣和名牌牛仔裤。他坐在斑马皮扶手椅上，正噼里啪啦地敲打笔记本电脑键盘。卢克莱斯注意到办公桌下面，他那双穿着圣地亚哥皮鞋的脚。

她等了一会儿。起初，她以为对方的注意力在面试上，但很快她就发现，克劳斯正在社交网站上同时跟许多人聊天。最后，他看都没看卢克莱斯一眼，只说了句："开始吧，逗笑我。"

克劳斯甚至连你好都没说，下意识地倒转沙漏。

"您有三分钟。"

年轻的姑娘一言不发。

"您在浪费时间，小姐。"

沙子漏完了。当最后一粒沙子落下的时候，克劳斯转过身，面向电脑。

"失败。"

他按下内部对讲机，说：

"嘉利娜，还要我再跟你重复多少次，不要再把那些对这儿不感兴趣的人放进来了，简直是在浪费我的时间。下一个！"

可卢克莱斯·奈姆赫德并没有离开座位。

"我来这里可不是为了逗笑你。"卢克莱斯说得理直气壮。

克劳斯疲惫地抹了把脸。

"您是演员？"

"不是。"

"我早该料到，您不像是疯子。让我猜猜……既然如此，您是税务稽查员？从年初开始，已经进行过两次税务检查了，您也太过分了吧。"

"也不是。"

另一个人已经出现在门后，等着接替卢克莱斯的位置。

"谁叫你了？没看我和这位小姐还没完事吗！"

新来者听到口试延后的消息如获大赦，边道歉边小心翼翼地关上门。

"好吧，我们继续猜谜。不是喜剧演员，不是演员，不是税务员。如果您是我和某位情妇的孩子，要知道，我可不会向敲诈勒索屈服，而且如果没在由我指定的机构进行医学测试的话，我可不会承认您是我的遗产继承人。"

"也不是。"

"您是来推销保险、厨具、落地窗的？"

"不是。"

克劳斯把手放在背带上。

"我承认猜不出来。"

卢克莱斯递给他一张名片。

"记者。卢克莱斯·奈姆赫德。替《当代观察家》工作。"

"我希望您此行的目的不是来跟我谈论达利斯的。"

克劳斯蹙起眉头。卢克莱斯脑海里飞速闪过一大串"万能钥匙"。

用哪把钥匙对付这人呢？

就用"自我"的钥匙吧。他跟所有指望别人的天赋生活的人一样，也渴望别人谈论他自己的天赋。

"人们都对达利斯感兴趣，但事实上，大家都没有注意到，如果没有您，达利斯什么也不是。这正是我们杂志社打算进行讨论的角度，我们打算写一篇报道，主题是'达利斯现象真正的创造者'。"

卢克莱斯心里直打鼓，如此粗制滥造的钥匙能否真的发挥作用。

"嘉利娜？五分钟，别接进任何电话，也别放任何人进来。"

然后，他转过身，面对女记者。

"刊发前我要审校稿件，同意吗？您可以提五个问题。"

"为什么只能问五个？"

"不为什么。还剩四个问题。"

卢克莱斯丝毫没有窘迫和难堪。

"塔德斯·沃兹尼亚克告诉我，您正在跟达利斯打官司。他想收回最初几本画册的著作权，这是真的吗？"

"我的回答是'是的'。还剩三个问题。"

"'艺术家对其作品享有道德上的权利'，所以您快要败诉了，因为在法国，这项权利是不可转让的。判决本该在上周宣布。很明显，达利斯的死令判决延期了，您可以继续享受这项权利。这是塔德斯告诉我的。您认可吗？"

"我的回答是'认可'。还剩两个问题。喂！您确定是想写一篇颂扬我的文章吗？"

"好吧。法院没有宣布判决的这几天您得了不少好处。达利斯的死不仅救了您，还让您赚了钱。您把最初的那几本画册——最受公众欢迎的那几本重新摆上货架，制作了"精选集"，并且在奥林匹亚剧场组织了盛大的悼念活动，外加重印的版税，以及盗版 DVD。您这可是绝地重生，天上掉馅饼啊。这些都是真的吗？"

"是的。还剩一个问题。"

"是您杀了达利斯吗？"

"不是。"

制片人克劳斯咧开嘴哈哈大笑。

"您骗了我。不过，我可不能再浪费时间了。谢谢，再见，小姐。我要求刊发前审校这篇文章，或者派律师跟您见面。我的律师是拿提成的，所以会据理力争。而且，出于某些个人原因，他讨厌媒体。"

卢克莱斯·奈姆赫德死死盯住对方，打算孤注一掷：

"我觉得您撒谎。您杀了'独眼巨人'。"

斯特凡纳·克劳斯盯着收藏的钥匙扣——肚子上有按钮的橡胶人偶，一言不发。他拿起人偶，按下肚子上的按钮。小橡胶人偶身上的麦克风里顿时传出笑声。

"您知道吗？这些是'发笑机器'。当我甚至不愿意强迫自己笑的时候，我就会开启其中一个。这对我的职业非常实用。替我的脸部肌肉省了不少力气，避免皱纹的出现。来，看在我对您有好感的份上，送您一个。选一个吧。比如说这个，'农民之笑'。"

他拿起一只钥匙扣，按下去，人偶发出掺杂喉音的笑声。

"这可不算什么回答，克劳斯先生。"

克劳斯放下钥匙扣，耸了耸肩。

"或许您更喜欢这个，"他边说，边拿起性感美女造型的人偶，"惊恐的年轻少女之笑。"

按下按钮，人偶发出一种更刺耳的笑声，轻微的打嗝声时而打断笑声，打嗝声越来越响，然后音量达到最高，有点像生理高潮。

"这个送给您。不，别跟我说谢谢。这些东西是我让人在中国造的廉价货。"

卢克莱斯注意到，事实上，说明下方还刻着 S.K.P. 的字样。她收下了这只奇怪的人偶。

"好吧，您做何回答？"卢克莱斯语气沉着。

"您的指责实在荒唐，也就只能配得上这个：机械笑声。您觉得事情是什么样子的？我会穿墙术还是利用秘密通道进入达利斯的化妆间，在门外还站着保镖的情况下把达利斯掐死？"

他按下"老色鬼之笑"钥匙扣。

斯特凡纳·克劳斯收敛笑容。

"小姐，您要明白：生气，这可不专业。干这一行，所有的一切都在变化，所有的一切都在变动，今天是朋友，明天就是敌人，但第三天又有可能重新变成盟友。人们打官司，打嘴仗，相互威胁，说些狠话，可都会言归于好的。从根本上来说，娱乐业就是个大家庭，不安分的大家庭，可不管行外的人怎么想，这个家庭很团结。这是杂耍艺人的家庭，这是喜剧演员的家庭，这是缓解气氛的艺人的家庭。我们的社会职能跟医生完全相同。怎么说呢，我们比医生强的地方就在于，我们能促使人们容忍同事、上司、下属、妻子、孩子、情人、丈夫、税务员和病人。"

"您还是没有回答我的问题。"

"可这就是我的答案。"

他叹了口气。

"是的，达利斯让我很失望。我恨他抛弃了我，怎么说呢，背叛，是的，我跟他打了场官司。我败诉了。这是事实。但我想借奥林匹亚剧场的悼念演出让人们永远纪念他。不管您是怎么想的，钱并不是我最主要的目的。如果在那一刻，他在天堂里看到我，我知道他想跟我说的话只会是'谢谢，斯特凡纳'。"

制片人用手捂住心口，任由目光穿过窗户，迷失在地平线之外。然后，他按下钥匙扣上的按钮，钥匙扣发出时断时续的尖笑。

"他死的时候您在哪？"卢克莱斯问道。

"在演出大厅里，正在给一个叫达利斯的家伙鼓掌，我帮他从无名小卒走到艺术生涯的巅峰。当时我坐在文化部部长身边，他可以为此做证。这样的不在场证明应该够了吧，不是吗？"

卢克莱斯按下性感美女人偶的按钮，人造笑声响了起来。

"我郑重地向您道歉。除了您以外，谁还能从达利斯之死中获利呢？"

"塔德斯，他的哥哥。他才是真正的遗产继承人。从今以后，他就是'独眼巨人产业'的首席掌门人。"

"如果不是塔德斯的话，还有谁会想除掉达利斯呢？"

"假设作案的动机不是钱而是名誉的话。如果是这样，我会说，假设这是场犯罪，显然对他最主要的对手有利，他的对手会变成幽默界新的头号人物。"

克劳斯摆弄着小丑造型的人偶。

"说来也巧，这人跟'独眼巨人产业'签了独家合同。"

29

公元前 4803 年

底格里斯河与幼发拉底河中间的地区，相当于今天的伊拉克。

犯过多次错误后，人类部落最终找到了肥沃的土地，足以满足人们定居生活的愿望。

人类慢慢地从狩猎-采摘者变成土地耕作者。

烧砖盖能长久居住的房子，建造起第一座村庄。为了维持生计，人类开始播撒种子，等待收成，特别是双粒小麦。动物冒险在村子周围吃些残羹剩饭，其中包括山羊、绵羊，以及母牛。人类驯化动物，把它们关在围栏里，畜牧业就这样诞生了。

一个又一个的世纪过去了，耕地面积和牲畜存栏数目不断增长。村庄变成城市。城市规模扩大，最终变成包含数百，乃至数千居民的大型城市。

最早的巨无霸城市出现在公元前 6000 年，这些城市的名字是乌瑞克、埃利都、拉格什、乌玛、乌尔。

它们构成了严格意义上最早的文明，苏美尔文明。

乌尔城是最强大、最现代的城市之一。

然而，就在公元前 4803 年，苏美尔的乌尔城和基斯城开战，基斯城属于阿卡德文明。两种文明属于相互竞争的关系。

苏美尔人与阿卡德人的战争持续了很长时间，耗尽了双方的精力。

直到有一天，基斯城在一场很重要但是并不起决定性作用的战争中取胜。阿卡德国王，昂比·伊斯塔尔，向苏美尔国王，昂沙古沙那，提议签署和平协议。交战的两国军队聚集在中立地区的一条山谷里。

两国国王相视而坐，翻译官站在中间。

"好吧，"昂沙古沙那国王用苏美尔语说，"他有什么提议？"

翻译官把问题翻译过去。

周围的大臣们正专心致志地关注着事态的进展。

昂比·伊斯塔尔的回答终于被翻译过来："他说想要和平。"

"非常好。答复他，就说我们也想要和平，这场战争令我们筋疲力尽。"

翻译官郑重其事地翻译。对面的阿卡德国王昂比·伊斯塔尔先跟大臣们谈论了一番，然后又跟翻译商量了一阵。信息传到了另一边。

"他说什么？"苏美尔国王问。

"他说他赢得了上次的战斗，所以赢得了整场战争。因此，要想乌尔城不被摧毁的话，他要五年的赋税，所有的粮食储备，5000名男性奴隶和 3000 名女性奴隶供他及他的将领挑选。"

苏美尔国王昂沙古沙那示意暂停会议。

翻译官不耐烦了："我应该怎么跟他说？他们在等待答复呢，

陛下。"

于是，苏美尔国王向阿卡德国王走去，露出奇怪的表情，张开嘴巴，好像马上要讲话似的，但他并没有用嘴巴讲，而是用肛门挤出沉闷的隆隆声。

屁声低沉，听起来像吹喇叭似的。这就是昂沙古沙那国王对昂比·伊斯塔尔国王的回应。

效果立时显现，所有的苏美尔大臣都笑了起来。

阿卡德国王没笑，脸憋得通红。

面对如此羞辱，阿卡德国王的眼睛几乎喷出火来。然后他下了几道命令，这些命令没被翻译成苏美尔语，阿卡德的将领离开了帐篷。

等帐篷里只剩下苏美尔国王昂沙古沙那和苏美尔军队时，所有人都笑了起来。

国王指示书记官："必须让所有人都记住这件事。要让大家笑得像我们一样。"

书记官名叫西恩-勒克-乌尼尼。他点头赞同，可心里却纠结万分。怎样才能把屁画下来？怎样才能把当时的笑点刻出来？

乌尼尼花了一整夜思考如何重现当时的幽默气氛。第二天和随后的每一天他都在思考。

两个月后，苏美尔国王昂沙古沙那在第二次战争中打败了昂比·伊斯塔尔。这场战争具有决定性的意义。苏美尔人攻入基斯城，阿卡德战败了，乌尔城的国王获得阿卡德城的统治权。

当苏美尔国王得意扬扬地在基斯城中游逛时，想起了那份夭折的和平协议事件，于是，他向书记官西恩-勒克-乌尼尼询问记录的进展情况。书记官闪烁其词。

可过了一阵子，西恩-勒克-乌尼尼萌生一个大胆的想法：放弃用绘画表现显形的事物的方式，转而使用音节。把音节组合成词汇，不仅可以表现"显形的事物"，还可以表现隐形，甚至抽象的，乃至情感的事物。

西恩-勒克-乌尼尼放弃使用尖锐的物体在潮湿的黏土上刻画，而是勾勒钉子状的线条。

后来，他决定把每个或垂直、或水平的线条搭配同音节组合起来。

楔形文字由此诞生。

书记官西恩-勒克-乌尼尼仔细记录下苏美尔国王同敌方国王的会面场景，还有国王如何用出人意料的方式结束争论。

西恩-勒克-乌尼尼不仅发明了非象形文字，还记录下了人类历史上第一段成文笑话。

——《幽默史大典》

（出自：GLH）

30

"给你染个颜色？"

卢克莱斯·奈姆赫德来到亚历桑德罗的理发店。亚历桑德罗刚刚在她的头顶涂上多少有些黏稠的、暗绿色的液态产品。

"差不多是红棕色。"

"不染橙红色了？"

"介于橙红色与红棕色之间。或许该再剪掉些头发。你不想让我用剪刀剪吧？只不过剪掉些冒尖的头发而已。相信我，卢克莱斯，我们靠手艺吃饭。"

"不了，谢谢。这样挺好的，我更喜欢留长头发。"

男人开始兴高采烈地按摩卢克莱斯的头皮。瓶瓶罐罐里散发出各种奇怪的香味，他打开闻了闻。

"你想听我讲个有趣的故事吗?"

"不,谢谢你,亚历桑德罗。现在我正有点……怎么说呢……'笑话厌烦症'。"

亚历桑德罗沉默了,没再打扰他的顾客。

我知道这次的调查很疯狂,但是我非常渴望了解真相。这次的调查让我有点神经兮兮的。我感觉还有需要理解的东西,我不想袖手旁观。搞笑可以杀人吗?

谁会讨厌最受法国人爱戴的男人呢?

B……Q……T……

沉默的人最幸运?

想到斯特凡纳·克劳斯,塔德斯·沃兹尼亚克说的有道理,他是最大的受益者。当然在克劳斯看来,最大的受益者是塔德斯。

"亚历桑德罗,你怎么看笑星达利斯?"

"我崇……拜……他。这家伙是个天才。他的去世让我很痛苦。这很简单,三个小时的时间里我都没什么胃口。晚饭只吃了些炸土豆片。"

"他的哪段笑话能逗你笑?"

"所有的!他太逗了。人们都觉得他很慷慨。这家伙不会自以为是,有博爱精神。你要知道,卢克莱斯,当他去世的时候,在我这儿,顾客们传得沸沸扬扬。甚至有传闻说政府秘密部门杀害了他。就像狄女士[1]那样。"

"为什么?"

"因为他掌握了太多位高权重的政客的把柄。你要清楚,达利斯认识所有的政客。听笑话的间隙,政客们应该会把心里话告

1　克莱德曼献给戴安娜王妃的著名钢琴曲,这里指戴安娜王妃。

诉他。事后他们又后悔了。类似玛丽莲·梦露与克鲁彻[1]。政客派出杀手,事后伪装成意外事件。你说说看。我们可不会上当。"

"秘密部门犯的罪? 你从哪儿听来的,亚历桑德罗?"

"从网络上。事实上是事发当晚发布的。有人声称掌握了秘密信息,说自己在国家安全部门工作,不便透露自己的姓名,但是可以揭露真相。发根和发梢染成相同的颜色吗? 如果你愿意的话,可以试试染几绺金色的头发出来,你认为如何?"

"他们是怎样把我们亲爱的达利斯给杀了?"

"根据这个自称'深喉的乔治'的叙述,这事是美国中情局干的。他们把微型装置安装在苍蝇、蚊子,或者蚂蚁身上,就这样,把它派出去,经通风系统进入房间,用微型注射器下毒,甚至不会留下任何痕迹。"

"嗯,我曾经在科幻小说中读到过这样的情节,那本书好像叫《蚂蚁日》。"

"可这事儿是真的。还有犯罪动机……"

"啊,什么? 哪个?"

我忘了……在理发店里,人们不仅可以获得精神治疗,还能获得其他地方得不到的情报。

"别告诉我你没听懂?"

他在卢克莱斯耳边小声说:"因为达利斯打算竞选共和国总统。就像克鲁彻那样。显而易见,他会当选! 这是必然的! 他是最受人民爱戴的人!"

"嗯,我懂了。这跟美国中情局有什么关系?"

他又弯下腰:"现任总统是美国中情局的间谍,他们不希望有竞争对手,嘘。"

1　克鲁彻,法国著名幽默大师。

亚历桑德罗手指压在嘴唇上，露出狡黠的表情。

"好了，奈姆赫德小姐，发根也染上，还是留到下次再说？"他冲着不知道什么人大声嚷嚷着，企图混淆周围人的视听。

"多少钱？"

"哦，对待像你这样的好顾客，卢克莱斯，今天半价。此外，如果你需要的话，我让路易斯给你修修指甲。我们这儿刚好来了批新指甲，美国货，加厚的塑料指甲，图案是夕阳下的林间母鹿。每片指甲都能让人想到母鹿和落日。如果您愿意的话，甚至还有脚指甲。"

一阵喇叭声盖过卢克莱斯的回答。街上突然喧闹起来。

狂欢节游行？距离四月一日还差几天的时候？又是气候变暖的反常效应。

一群乔装打扮的人吹着喇叭、单簧管和萨克斯风在街上游行。

强迫自己庆祝节日，在固定的日子开怀大笑，在诸圣瞻礼节时又变回忧伤，这种源源不断的需求从何而来？人们好像不得不在同一时间体会同一种感觉。

卢克莱斯·奈姆赫德情不自禁地从镜子里观察游行队伍，队伍一眼望不到头，把马路堵得水泄不通。突然，队伍中的一处细节令她浑身一颤。

欢乐的人群中有辆彩车，车上有个巨型人偶，人偶上坐着一个小丑，小丑戴着红色的大鼻子，笑眯眯的嘴巴咧向相反的方向，脸上还有泪滴。

见鬼，是"悲伤小丑"！

卢克莱斯冲上街头。

"喂！你！"

小丑注意到卢克莱斯，跳下彩车撒腿就跑。卢克莱斯的头发上涂满护发产品，紧跟在小丑身后。小丑利用人群拉开两个人的距离。

卢克莱斯爬上了一辆彩车，从高处观察小丑的去向。

卢克莱斯没跟小丑一起跑，而是从侧面绕过游行队伍，跳到他面前，把他按倒在地，用肘关节卡住他的喉结，卡得小丑喘不过气来。

小丑被勒得窒息了几秒钟。卢克莱斯放松手上的力道。

她拿起理发店的罩衫擦了擦小丑的脸。擦掉脸上的妆后，她发现对方是个还不到16岁的年轻小伙子。

"为什么要逃跑？"

"我向您发誓，那些手机不是我偷的。都怪别人！"

她放开小丑，对方飞快地跑了。身边来来往往的人吃惊地看着卢克莱斯。黏糊糊的液体就快要流进她的眼睛里了。

我以为会发生什么事？与杀人犯不期而遇吗？

整个"独眼巨人"事件是不是都跟亚历桑德罗的阴谋论断一样虚幻？

无耻的凶杀？几乎不可能。

艺术上的竞争？这死亡事件又太复杂了。

克劳斯？贪婪的制片人？他不像是如此不择手段的人。

塔德斯？急于获得遗产的哥哥？这说不通。

还有那只蓝色的盒子……我只有这个东西。蓝色的盒子和三个字母："B.Q.T."。

这些东西可凑不成一篇文章。

是否泰纳蒂耶说对了？或许我跟克劳迪尔德一样无能。我思考的东西还不够多。

弗洛朗·佩尔格里尼向我提了很好的建议：必须向伊西多尔求助，他是个经验老到的调查专家，只靠自己，我永远都没法成功。

可这个胖胖的家伙自命不凡，拒绝帮助我。

如果我就此放弃？"对不起，克里斯蒂娜，您说的对，是心脏病发作，我搞错了，这不是犯罪故事。我只是想出风头罢了。"

不可能。从现在开始，事关自尊心的问题。该死，我不想放弃。我想继续调查，不惜一切代价。我已经没有回头路可走了。

卢克莱斯返回理发店。

"好吧，好吧，卢克莱斯，刚才看见真命天子走过去了？"亚历桑德罗带着讥讽的口吻问道。

"事实上，我本来以为是的。但是我搞错了，那不是他。"她又坐下来，严肃地回答道。

她并没有注意到，理发店深处坐着一个男人，用报纸挡住脸，正在饶有兴致地观察她。

31

2岁的时候，成功就是不尿裤子。

3岁的时候，成功就是有牙齿。

12岁的时候，成功就是有朋友。

18岁的时候，成功就是有驾照。

20岁的时候，成功就是可以做爱。

35岁的时候，成功就是有钱。

50岁的时候，成功就是有钱。

60岁的时候，成功就是可以做爱。

70岁的时候，成功就是有驾照。

75岁的时候，成功就是有朋友。

80 岁的时候,成功就是有牙齿。

85 岁的时候,成功就是不尿裤子。

——节选自达利斯·沃兹尼亚克的幽默短剧

《恋爱时永远 20 岁》

32

他紧张极了。喜剧演员菲利克斯·沙达姆汗流不止,不得不用毛巾擦汗。双手抽筋般地抖动。

奥林匹亚剧场后台,卢克莱斯·奈姆赫德远远地打量菲利克斯。开场前的热身,最后一次紧急排练。

菲利克斯·沙达姆正跟助手一起解决表演中最后几处细节问题。

后者边接台词边按下秒表。

"在这里,说到'……迷人的乡村'时,应该会有笑声,留给观众 4 秒钟,别超过这个时间,你喘口气然后继续说。掌声应该会持续一段时间。所以,就照着剧本说。"

菲利克斯·沙达姆背书般说:"……鉴于当前的形势,这或许太容易了。"

"非常好,你转转眼珠,下巴干脆地点一小下,30 度就够。向右侧走三步,半转头,那儿有台黄色的探照灯,会照亮你四分之三的侧脸。然后说接下来的台词,嘴角得露点小表情出来。32 号乙式微笑。加油。"

扬声器响了起来:"观众们等不及了。都在大声嚷嚷,必须现在就登台!"

事实上,尖叫声已经传过来了:"菲——利克斯!菲——利克斯!"

喜剧演员开始显出惊慌的迹象。

助手扶住他的肩膀。

"不行。不能分散注意力。照着剧本说。"

"很好,我就这样说:'他们还是应该知道。因为如果我没搞错的话,在这样的情况下,你们可不是全部。'"

"咬字要更清楚。你说'知道'的时候打磕巴了。重说一次。"

"知——知——知——道,这次行了吗?"

"好一些。好了,集中精力。嗨,重新上台,台下应该有人会笑。你等一会儿。如果观众席上有人笑得更厉害了,你立刻就回击说:'啊哈,您,我的小公主,我相信您将是我第一个谈到的人。'用这样的方式,行吗?不然你就数五个数。然后装作生气的样子,把台词接下去。"

"'行,但是为了让他们明白,还是应该弄懂它。'"

"正常情况下,应该在开始后的第 1 分 20 秒。注意,不要打乱节奏。到那会儿,露出 63 号丙式微笑。这个笑容你摆得非常成功,能把酒窝露出来。然后你坐下。喘口气,接下来是段长台词,注意咬字要清晰,不要吞音,尤其注意习惯出现意外情况的两个词,'统计学'和'卑鄙行为'。"

卢克莱斯·奈姆赫德心想,彩排就像汽车拉力赛,副驾驶提示驾驶员拐弯、路障、加速,以及通过路段所需的速度。

正当卢克莱斯的手将要触到菲利克斯的胳膊时。

"不能打扰他们,尤其是现在。"

说话的是弗兰克·丹贝斯蒂,那个烟鬼消防员。

"您会把一切都给毁了,就像打翻了蛋奶酥。您不明白幽默表演背后的压力,还有需要完成的工作。精确地安排好一切,出入不能超过一秒。"

观众的喊声越来越响亮。

"菲——利克斯！菲——利克斯！"

扬声器里有人说："已经迟到二十分钟了！喂，小伙子们！再这样下去他们会把所有的东西都砸碎的。现在必须上场！"

菲利克斯·沙达姆又露出惊慌的神色。

助手搂住新人的肩膀，命令他保持冷静，不要再火上浇油。一位穿深色衣服的男人赶上他们。

"另外这个人是谁？"卢克莱斯小声问道。

"鲍伯，终结者。"

"终结者？终结者是做什么的？"

"专业的幽默技术人员，在节目调整进行至尾声的时候介入，删除所有不必要出现的东西，紧凑节目的流程，控制效果，明确标出重读音调，甚至眼神技巧。搞笑是门精细的行业。跟所有精细的东西一样，既脆弱又娇嫩。"

两个男人的精神过于集中，甚至没有注意到鲍伯。突然，菲利克斯·沙达姆瞪大眼睛。

"糟糕，我的嗓子失声了！鲍伯，又开始了，我说不出话来了。完蛋了。快，叫医生。"

扬声器里再次传来噼啪的噪音。

"快坚持不住了。已经推迟 25 分钟了。"

人群有节奏地高喊，配合跺脚的声音：

"菲——利克斯！菲——利克斯！"

演员开始痛苦地冒汗。

"不可能。大难临头了。我的嗓子说不出话来了。我放弃了。把钱退给大家。"

"给他点蜂蜜！"终结者插了一句。

消防员丹贝斯蒂跑去找来淡灰色的大罐子。菲利克斯咽下一匙，然后两匙，然后三匙。他尝试说话，可声音像唱哑嗓子的夜莺似的。

菲利克斯喝光罐子里的蜂蜜,然后,犹豫了一下,可能蜂蜜刺激了喉咙,他开始不住地咳嗽。

"必须退票!"菲利克斯又说了一遍,紧张得满面通红。

"好吧,得搞点大手笔,我去打电话叫医生。"鲍伯说。

卢克莱斯·奈姆赫德目睹了这微妙的瞬间,心中很是惊讶。

"给观众退票! 我宣布取消一切,我再也说不出话来了,我的嗓子失声了!"菲利克斯发疯似的再三重复。

"医生马上就到。"鲍伯安慰他。

消防员弗兰克·丹贝斯蒂在卢克莱斯耳边悄声说:"您别走。每天晚上都是这样。这叫怯场。他的声带是强直性痉挛。"

"真的会取消演出并且退票?"

"不会的。他这是心理作用。没有人比喜剧演员更焦虑。大多数时候,焦虑是因为神经结有待处理,还有无休止的抱怨。但即便根源在心理上,缓解痉挛症状还是需要医生来做。"

"医生给他用了什么!"鲍伯大发雷霆。

一个老先生背着松松垮垮的挎包走进后台。

"跟昨天晚上一样,医生,跟昨天晚上一样。"

医生似乎很为难。

"您知道这是违禁的。每天都可能有危险。会上瘾的。皮质酮类药物对身体可不是一点害处都没有。"

观众们高喊着。

"菲——利克斯! 菲——利克斯!"

"我们别无选择,医生,动手吧。"

于是,医生拿出一支注射器,慢慢地从细颈瓶里抽出液体注满针筒,然后比量声带的高度扎进菲利克斯的脖子里。

打完针,医生用棉花擦了擦菲利克斯脖子上的小红点。

"A.E.I.O.U.。大公夫人家的短裤已经干啦,特别干啦。叭啵吡啵叭,巴布亚的老爸嫁给了满头血痂的老大。"喜剧演员终于安心了,说起话来吐字清晰。

观众继续有节奏地喊着他的名字。扬声器又响起来:"能浇灭观众的热情吗?出发吧,小伙子们?"

年轻的女记者卢克莱斯待在走廊里,远远地观察着。

舞台闪亮,在观众的欢呼声中,绛红色的天鹅绒幕布顺着金属杆徐徐拉开。菲利克斯·沙达姆,这位达利斯去世后新晋的头号笑星开始表演第一段幽默短剧。

"好啦,观众们,你们花了不少时间!差点让你们久等了!"

菲利克斯模仿总统的声音。观众哈哈大笑。

"听着,小伙子们,我有一个好消息,还有一个坏消息。好消息是演出刚刚开始。坏消息是你们将不得不容忍我一个半小时。不过一个半小时可比五年计划强多了。"

哄堂大笑。

终结者鲍伯长舒一口气,前两拨开心的声浪达到了预期的效果,最艰难的阶段已经过去了,交响乐将会按照乐谱演奏下去。

鲍伯手拿秒表,盯着剧本。

消防员弗兰克·丹贝斯蒂走到卢克莱斯身边。

"就我个人而言,我不喜欢模仿者。他们大多私底下毫无个性。于是他们学别人的声音。"

看样子,消防员是想跟她分享自己的感受。

"我认识时下这些喜剧演员,是因为他们在这里演出:达利斯有点像克鲁彻,菲利克斯更像'勇士梯叶里'[1]。在经纪人勒戴尔

1　梯叶里,法国历史学家、作家,曾做过空想社会主义者圣西门的秘书,历史观深受圣西门的影响。著有《诺曼人征服英格兰史》《墨洛温王朝年代记》等,他倡导以阶级斗争的观点来解释历史,第一次把阶级斗争作为解释中世纪以来的全部历史的钥匙。

曼的资助下,这两个人相处融洽。"

卢克莱斯的注意力在幽默短剧上,消防员继续淡定地说:"模仿别人是种病态行为。这些人有多重人格,可他们不去精神病院治病……反而收费展示病状。"

卢克莱斯觉得这样的见解很有意思,心想,或许他说的没错。

笑声在演播厅里汇聚成来回涌动的声浪,宛如拍击岸边悬崖的海浪。声浪仍在不断增强。

终于,最后一波声浪吞噬了一切。奥林匹亚剧场的演播厅仿佛被掀翻了,观众们起立欢呼。

"再来一个!再来一个!菲——利克斯!菲——利克斯!"

笑星瞥了一眼鲍伯,后者示意时机已到。菲利克斯没等观众们再三恳求,又表演了两段幽默短剧,依次扮演了教皇和美国总统。

演出大获成功。

演出最后是致谢幕词的时间。菲利克斯挥手致意,表示要把演出献给达利斯。他明确表示,为了答谢观众的厚爱,他还将在奥林匹亚剧场登台演出。

天鹅绒幕布重新合拢。演员退向后台,费尽九牛二虎之力挤过高声索要签名的崇拜者,返回化妆间。

安保人员把崇拜者推回剧场出口,向他们保证菲利克斯会赶过来与他们相聚。

等所有人都被清空后,卢克莱斯·奈姆赫德出现了,她向站在化妆间门口的鲍伯申请为《当代观察家》做一期菲利克斯的专访。

"菲利克斯累了。别打扰他了,明天去找新闻专员谈吧。"

她抓住鲍伯的手腕,使劲拧,一闪身进入化妆间。

"谁让您进来的?"菲利克斯正在卸妆,尖叫一声。

"我是记者。想向您提几个问题。"

"我确实没时间。没工夫。"

鲍伯已经走进房间，威胁要叫保安。

万能钥匙高速闪过大脑。

用哪把钥匙对付他呢？

钱行不通。

勾引行不通。

颂扬行不通。

倾听行不通。

刚才他惶恐不安。这个男人生活在恐惧之中。恐惧是绝佳的钥匙。

卢克莱斯转过身，面向喜剧演员菲利克斯。

"我来是为了救您一命。达利斯已经死在这儿了。那不是意外，那是犯罪，如果您不帮我，您也会死。"

菲利克斯紧张地看着她，随后哈哈大笑，转过头面向鲍伯，后者依旧面无表情。

"这笑话真有意思！"

我觉得成了，对付他的钥匙是幽默。这证明我之前搞错了，爱笑的幽默演员是存在的。

"好吧，看在您挺像喜剧演员的份上，我允许您采访我，可有个条件：您必须再尝试逗笑我一次。"

卢克莱斯心想，男人永远都是孩子，想摆布他们，只要邀请他们玩耍就够了。伊西多尔向"三颗石子的游戏"让步，这家伙则屈服于最好玩的笑话。

可她只有一次尝试的机会。必须拿出撒手锏。

"失明的伞兵怎样才能知道快着陆了？"

菲利克斯扬了扬下巴，示意她继续说下去。

"……当手上的狗链变软的时候。"

菲利克斯没笑。

"这是达利斯的笑话。我把它给忘了。我会让您大吃一惊的,但除了我自己的笑话,我几乎记不住什么笑话……好吧,我边卸妆,您边提问题吧。"菲利克斯妥协了。

"您和达利斯是什么关系?"

"'独眼巨人'是我的老板、朋友、真心的兄弟。他教会了我一切,跟我签合同,把我聘到他的制片公司。他支持我,直到我获得荣誉。我亏欠他的东西太多了。"

"他死了,您难过吗?"

"您简直不能相信我难过到什么地步。这实在太不公平了。达利斯还年轻,才42岁。他这么坚强的喜剧演员,仿佛瞬间就垮了。我认为他还能站得更高。他在最后一场演出中表现出来的掌控力与革新精神让人惊艳。这应该耗费了他很多的精力。我看见大师站在艺术生涯的顶峰,同时我也了解隐藏在那看似轻松的喜剧表演背后所有的痛苦与牺牲。"

年轻的女记者表示赞同,边做笔记边不经意地用手捋了一下新发型,然后,语气平淡地说:

"刚才我没跟您开玩笑,我的确认为这是谋杀。如果是这样的话,您认为谁对铲除达利斯感兴趣?"

听到这话,菲利克斯停止卸妆,扔掉卸妆棉,眼神出现变化。

"没人有兴趣干这事儿。人人都爱'独眼巨人'。大家一致认可这个男人。"

"我猜当人的声望达到如此高度时,难免会有人嫉妒、吃醋。头号人物的位置人人垂涎欲滴啊。"

"我知道您来这儿的目的。小姐,如果您认为是我杀了他,那您就错了。他去世的那天我在演播厅里。跟朋友们待在一起,直到剧场开门,没离开过一秒钟。对我们这些喜剧演员来说,感受剧场氛围是非常重要的。"

"好吧,假设这是犯罪,谁有可能是凶手?"

"仔细想想的话……"

菲利克斯转过身,眉宇间深奥莫测,模仿电视上著名侦探的声音。

"如果想要找出对达利斯之死感兴趣的人,应该注意的不是新晋的头号人物,倒是应该注意……零号人物。"

"谁是零号人物?"

菲利克斯擦了擦手,扔掉化妆棉。

"被达利斯毁掉'职业生涯'的人,那人犯了错误,现在身处低谷。他的确有理由怨恨达利斯,更有理由除掉他。"菲利克斯回答道,声音有典型的电视风格。

菲利克斯·沙达姆擦掉最后几块化妆的印记,仿佛给惊险获胜的战役打扫战场。

"既然您喜欢猜谜,我倒是想起来一个谜语,作为回报,我可以讲给您听。"

"洗耳恭听。"

"男人正在寻找宝藏。他来到交叉路口处,路口通向两条路。他知道一条通向宝藏,走另一条就要迎战恶龙,也就是说必死无疑。每条路上都有一位骑士为他指路,一位骑士经常说假话而另一位骑士总是说真话。他只能提一个问题。他应该向两位骑士中的哪一位提问,应该提什么样的问题呢?"

卢克莱斯思考了一阵,然后说:

"对不起,我的逻辑思维向来不怎么好。这种类型的谜语……事实上,我有点不开窍,如果您明白我的意思?但是我有个建议,等我想出来的时候,我给您打电话。您可以把电话号码告诉我吗?"

等卢克莱斯从剧场里走出来的时候,外面下起了雨。

见鬼,但愿我的头发别打卷。可花了我不少钱……

她远远地望着灯火通明的奥林匹亚剧场。

我以前不明白,笑星这职业究竟令人难以承受到何种地步。达利斯曾经做的以及菲利克斯依旧在做的事情极其辛苦,极其艰难。

现在我了解他们的生活,我永远也不能容忍必须要靠搞笑养活自己的生活。

而且一旦观众再也不笑了,或者很少笑了,我觉得我就会被逼疯。"

她点燃一根烟放松身心,长舒一口气。

33

很多朋友都是幽默专家,听过海量的笑话,甚至都不用再给他们讲笑话,只要列举编号就够了。第一个人说:

"24 号!"

大伙儿立刻哈哈大笑。

"到我了! 到我了!"另一个人说,"听着,73 号!"

大伙儿又笑了。

随后,第三个人举起手。

"听我的! 57 号!"

这时,没有一个人笑。

"喂! 发生什么事情了? 你们不喜欢 57 号?"他略带愤懑地问。

"不,"俱乐部的一位会员回答道,"只不过你讲得不好而已。"

——节选自达利斯·沃兹尼亚克的幽默短剧

《搞笑学校》

34

手指划过布料,卢克莱斯·奈姆赫德从衣柜里挑出一件深紫色的绸缎长裙,然后从冰箱里拿出一罐"能多益",把小拇指伸进罐子里,舀出一块柔软、香甜的榛子酱。她坐在电脑前,用其他的九根手指打字,开始研究当红喜剧演员的传略。

除达利斯·沃兹尼亚克与菲利克斯·沙达姆外,还有二十几个人在奥林匹亚剧场从事这一职业。

根据每场演出的特色,幽默演员都有官方身价。达利斯每晚可赚 100000 欧元。菲利克斯只能赚到 60000 欧元。

年轻的女记者注意到,这个娱乐公众的职业可以带来巨额财富,甚至没人想过嫉妒他们,这与企业家或者政客的情况完全相反。

它仍不失是完美的工作。

她把菲利克斯·沙达姆的谜语记在小本子上。

这不是笑话。必须从哲学角度进行推理。

突然,一处细节引起了她的注意,红色的鲤鱼显得很焦虑,在浴缸里飞快地划八字转圈,不像平日里那样悠闲地转圈。

雷维雅丹想跟我说些什么。

她靠上前,观察了很长时间,突然转过身,仔细观察文件柜。

文件没被准确地摆在原来的位置上。

其他的东西也有被移动过的痕迹。

有人来这里找过东西!

入侵者几乎没留下痕迹,卢克莱斯据此推断这家伙经验丰富。

不是入室盗窃。更像私家侦探所为。

我多次搅和这个问题,开始令某人感到不安了。或者有人对我感兴趣。也许是凶手?

她又向鱼缸走去,暹罗鲤鱼藏在长长的水草后面,水草随着塑料海盗船喷出的气泡摇曳。

"雷维雅丹,你在想什么呢?我请你在未来的日子里监视这间屋子。如果有人闯进来,你就用更加清晰的方式表现出来,像海豚一样,也要跃出水面。"

说话间,雷维雅丹猛蹿出水面。

卢克莱斯只来得及看见鱼缸上反光一闪,藏在窗帘后面的黑影便悄悄地溜出门,消失了。

年轻的姑娘冲出门。

那家伙顺楼梯下了楼,卢克莱斯紧随其后。

他刚才还在屋里!这才是雷维雅丹想告诉我的!

卢克莱斯一路狂奔。可入侵者的双腿强健有力,跑得比她快。

他在我家能找到什么?

入侵者的脸被滑雪衫的防风帽遮住了,她什么也看不清楚。对方猛地冲进地铁站,卢克莱斯紧跟在后。入侵者跳过检票口的栅门,来到站台上。她匆忙赶到,正好跳上一辆启动的地铁……卢克莱斯在车厢里看见"防风帽"站在出站走廊上。她恍然大悟,对方只不过假意要上地铁,可列车已经开了。

该死,重病要用狠药治。我应该懂得这个道理。

她拉下警报器。地铁车厢立刻在震耳欲聋的嘎吱声中刹住车。铃声大作。她强行拉开车门,朝"防风帽"的方向追去。

远远地,她瞧见"防风帽"的身影消失在人群中。

绝对不能让他溜走。

卢克莱斯决定从不太拥挤的侧边通道抄近路。她跑了几步，远远地盯着目标，忘记注意脚下。光滑的黄色物体在脚下一滑，刹那间，她的身体便脱离了这颗星球。

"不，别是香蕉皮的笑料！不是它！不是现在！"

屁股重重摔在地上。

旁边坐着个乞丐，领着一只猴子，猴子穿着薄纱短裙，被打扮成小姑娘的模样。见此情景，乞丐放声大笑。

35

瞎子走进坐满金发女郎的酒吧，走到吧台前坐下，点了瓶啤酒。过了一会儿，他冲女侍者大喊："喂！想听金发女郎的笑话吗？"

酒吧瞬间鸦雀无声。坐在他身旁的女人嗓音低沉地回答：

"我的小先生，在你开始讲笑话前，让我告诉你一些你可能没有注意到的事：一、女侍者是金发女郎；二、女保安是金发女郎；三、我身高 1 米 80，体重 85 公斤，空手道黑带……也是金发女郎；四、坐在我身边的这个女人也是金发女郎，她是职业是希腊-罗马格斗术运动员；五、坐在酒吧另一边的那个女人是举重冠军，也是金发女郎。我们大家都对这个话题都相当敏感。现在，好好想想，我的小先生，你还想给她讲笑话吗？"

瞎子回答道："算了，最后还得把笑话解释五遍，实在是太麻烦了。"

——节选自达利斯·沃兹尼亚克的幽默短剧
《动物，我们的朋友》

36

"世界角落"剧场里的观众没笑。

聚光灯下的演员照本宣科似的讲了些嘲笑结巴的笑话。有人站起身走向出口,与此同时,喜剧演员又讲了另一段笑话。

第一排有位观众睡着了,呼噜打得震天响,甚至喜剧演员的声音都没能把他吵醒。这会儿,喜剧演员笑得很僵硬,想用笑容增强艺术表现力。

"……你们知道结巴联盟的格言吗?'让我们说完我们的句句句句………句子!'"

最终,掌声寥寥无几。几位观众吹起口哨,大吵大闹。喜剧演员仍然挥手致意,假装听到的是欢呼声。

观众迅速离场,有些人甚至故意没压低声音,遗憾地说:"这家伙真没用。"

舞台上只剩下怒气冲冲的喜剧演员。

后来,他看见一位漂亮的妙龄女郎向自己走来,穿着高跟鞋,腰肢纤细,大眼睛碧绿碧绿的。

"您喜欢这个笑话?"喜剧演员问道。

他掏出钢笔准备为女郎签名

卢克莱斯·奈姆赫德回忆起菲利克斯的话。

想杀死头号人物的人肯定是零号人物。

卢克莱斯做了自我介绍。刚一听到"女记者"这个词,"零号人物"立刻笑成一朵花。卢克莱斯提出疑问,对方一脸抱歉。

"啊,不,我不是赛博。赛博在楼上最小的演播厅里。我们管那儿叫'世界角落'的'尽头'。跑快点吧,表演快开始了。呃,您觉得我表演得怎么样?我只不过是想了解一下而已。"

"非常棒，确实非常棒。"话还没说完，卢克莱斯就向楼上的小演播厅跑去。

幕布拉开，绰号赛博的喜剧演员塞巴斯蒂安·多兰，以椅子杂技表演作为开场秀。在开始表演的同时，他还有时间向观众抛媚眼。

能容纳 50 人的演播厅里只坐了 5 个人。

赛博突然停下来。

"听着，"他说，"虽然人不多，可我又不想放弃表演，我就为你们量身打造一场演出吧。我将模仿你们，你们：观众。"

赛博开始给五位观众每个人创作一幅写实漫画。第一个人被这场即兴演出惊呆了。第二个人半信半疑的，一副"看你最后能不能把我逗笑"的样子。第三个人，不论任何东西都能把他逗笑，因为他不想白花钱。第四个人一脸疲态，快睡着了。最后，第五个人被眼前的变化彻底惊呆了。

接着，喜剧演员请五位观众往前坐，坐到第一排来，然后从早间新闻以及环球事件中就地取材，即兴表演幽默短剧。

奇特的、即兴的瞬间中流露出一些感人而又带阴谋的气息。

这男人是谁？为什么沙达姆会提到他？

塞巴斯蒂安·多兰的能力感染了卢克莱斯。他能在任何情况下即兴表演，而且表现出来的那份轻松自在无人能及。笑料一抖，五位观众便笑得前仰后合。观众哈哈大笑，鼓掌鼓得手都快断了。最后，赛博免费送了许多门票，想让观众们认识自己。

观众散场时，她已经乐得不行了。

卢克莱斯·奈姆赫德是最后一位进场的观众，她坐在最后面，在阴影中，等着看接下来的部分。

经理上台找到赛博·多兰："非常棒，你刚才做得好极了。"

"啊？真的吗？您这样认为？"

"问题是没多少观众。我们不能再这样继续下去了。"

"请再给我些时间，口口相传需要时间。我准备把百分之六十的收入留给您，"喜剧演员辩护说，"您是知道的，表演需要时间才能成功。"

"3张收费门票和2张免费门票的百分之六十，这可干不成多少事，赛博。"

"但他们刚才笑了啊！您听到了，他们笑得非常开心。好吧，给您百分之七十。"

剧场经理显得很痛心。

"你完了，塞巴斯蒂安。有时候，人必须懂得金盆洗手，懂得退隐江湖。"

"我才37岁！"

"对幽默演员来说，这个年级已经够大了。你起步的时候很年轻，才20岁。你做这一行已经超过17年了。是老演员了，你们这代人曾经有过辉煌时期，但是你们已经过时了。"

"好了，收入的百分之八十归您，百分之二十归我。您知道我的表演质量上乘。观众也知道这一点。"

"省省吧，塞巴斯蒂安。除了免费门票，你得再多做些事才能招揽到大批观众。不是我教训你：现在这年头，必须要在电视上出点彩才行。"

"但是，质量……"

"首先是电视，接下来才是质量。"

塞巴斯蒂安·多兰是个美男子，运动员般的脸蛋，下巴棱角分明。"世界角落"的经理是个胖男人，一副技术官僚的模样，穿灰色西服，打黄色领带，戴名牌手表，边说话边打量自己锃亮的皮鞋。

"给您百分之九十。"幽默演员狠心建议。

"剧场就像面包店，必须要卖出产品才能维持运转。空有最好的羊角面包，如果没人走进商店，你只能关门大吉。理解理解我吧，赛博，我喜欢你的工作，在这一点上不存在问题。我是你最大的崇拜者。可我不是施舍者，也不是文化部部长，我用积蓄购买了一家剧场，还欠着银行的钱呐。楼下的另一个蠢货已经令我名声扫地了，我不能再冒险了。"

"让我代替他吧。"

"不行，他能揽到 90 个失望的观众。而你，只能吸引来 5 名观众，尽管他们兴高采烈。只以数量论英雄。不管怎么说，你被炒鱿鱼了。对我来说，观众仍然是最好的指南。你或许是来这间剧场里演过出的人中最有趣，也最有才华的，可观众并不知道这一点。因为你没有媒体资源。况且口口相传的方式，对不起，成名的周期太慢。理解理解我吧。我要聘用喜剧演员贝尔加多。"

"阿兰·贝尔加多？但是他只会讲些有关睾丸的笑话。"

"也许吧，但至少他能逗年轻人笑，还能上大型节目。或许因为睾丸这样的话题比较'劲爆'。你应该向他学习，也尝试尝试更加劲爆的话题。"

"奸尸癖？您认为奸淫尸体够'劲爆'吗？"

"为什么不呢。我是认真的，赛博，必须突破自我，敢于制造丑闻，别怕冒犯别人。幽默就应该没规矩。睾丸很简单，但需要有所考虑啊。阿兰占了先机。"

赛博深吸一口气。

"好吧，如果您留下我，让我演出，我把百分之百的收入都给您。"

经理一只手搭在赛博的肩膀上，满怀深情地说：

"这不符合职业道德。你现在很穷。我不会让你白费力气工作的。你又不是狗！"

"这是我的选择。我实在太热爱舞台了，甚至愿意为它放弃我的职业。"

"话是没错，可我是个有良心的人。毁掉落魄的天才喜剧演员会让我心里很难受的。"

"您更愿意把工作给那些富裕却无能的喜剧演员，他们并不需要这些工作！您知道阿兰·贝尔加多是甜菜制糖商的儿子。他的个人秀纯粹是为了打发无聊的时间。他父亲为他到处打广告，他借父亲的关系网才上了电视。"

"够了，你变刻薄了。你刚才评论同事的言论听上去让人很不舒服。你忘记了一件事，当你上电视的时候，我没有侮辱你的意思，但你看上去就像一个……'正常'人。"

对于干赛博这一行的人来说，这话是最严重的侮辱，赛博的脸色变得很难看。

"喂，省省吧，赛博，给你点朋友的建议：妄想按照你的方式继续追求事业是病态的顽固。"

卢克莱斯·奈姆赫德缩在阴影里，窝在最后一排的扶手椅上，目不转睛，没有漏过这场对话的每一个细节。

塞巴斯蒂安·多兰犹豫着要不要反驳对方，张了张嘴，可又放弃了，然后拖着沉重的脚步离开剧场。

卢克莱斯悄悄地站起身，跟在他身后。

塞巴斯蒂安·多兰向最近的咖啡馆走去。他推开门，跟几位熟识的人打了招呼，然后坐在吧台前，点了杯伏特加酒。

咖啡馆老板热情地招呼他："对不起，塞巴斯蒂安，我不能再伺候你了。你已经欠我一千多欧元了。"

老板指了指瓶瓶罐罐上面挂的牌子：为挽留顾客，本店不再赊账。

"我今天过得很糟糕，只要一杯，我送你几张下次个人秀的免费门票。"

"我已经带我儿子看过你的个人秀了,你的表演没把他逗笑。"

"他才3岁!他一直在哭。还把演出搅黄了。"

咖啡馆老板无动于衷。

"说得对,的确如此,喜剧演出可不是为了弄哭小孩子。或许你应该从自己身上找找问题,赛博。"

咖啡馆老板满怀心事地看了赛博一眼,拿出一瓶伏特加酒,给他满满地倒上一杯。

"这是最后一次。"

一小时后,塞巴斯蒂安·多兰摇摇晃晃地离开正打烊的咖啡馆。咖啡馆老板又食言了。

赛博的衣服被路灯钩住,他摔倒了。没人搭把手扶他起来,他仿佛无脊椎动物般瘫在地上。

一个年轻男人走上前,假装想要帮助他,手却滑进了他的口袋,想要偷他的钱包。

卢克莱斯·奈姆赫德远远地看到这一幕,紧追小偷而去。最后,她逮住小偷,一记直拳猛打在小偷的肝脏部位。小偷在地上扭动身体,努力恢复呼吸。卢克莱斯轻松讨回钱包,物归原主。钱包的主人还被钩在路灯上。

塞巴斯蒂安·多兰睁开一只眼睛,没说谢谢,反而用讽刺的口吻说道:"反正它是空的。"

卢克莱斯扶着赛博往前走。他靠着她的肩膀,如同在摇晃的甲板上行走。

"我刚才看了您的表演,听您和剧场老板争论。我是记者,而且……"

赛博大手一挥,猛地推开卢克莱斯,几乎就要摔倒,可他运足力气勉强站直。

"不用您管！让我安静点！我不需要您的怜悯！"

卢克莱斯心想，"感激"这把钥匙没起作用。

这是只被扫地出门的鸟儿，必须新造一把钥匙才能翻越他自我保护的壁垒。让我们分享失落的感觉吧。

"我可以请您喝一杯吗，让您平静平静？"

他想拒绝，却又表现出一副不能拒绝的样子。

两人一起向前走。

"况且，我也饿了。"卢克莱斯说。

最后她找到一家印度餐馆，很少有餐馆能开到这么晚。一进门，赛博倒在椅子上，卢克莱斯立刻点了一瓶酒。

13.7度，应该够打开他的话匣子。

赛博几乎不用别人帮忙，一口气就把杯中的酒喝干了。

"我不需要任何人的帮助，"塞巴斯蒂安·多兰嘟囔着，"更不需要记者的帮助。呸，他们从来也没帮过我。一贯无视或鄙视我的工作。他们本来能救我，可他们却没有。现在又要跟我言归于好。太晚了吧。"

"告诉我，赛博先生，您多少天没吃东西了？"

赛博凸出的颧骨，瘦高的身躯无不透露着他的食不果腹。卢克莱斯点了泥炉炭烤鸡，还有几块乳酪馕饼。

"我不饿。"

卢克莱斯给他倒了满满一杯波尔多葡萄酒。

"您想从我这里得到些什么？"

"我正在撰写一篇有关达利斯之死的报道。"

"我谈腻了这个人。谈谈我吧，我只对自己感兴趣。"

"达利斯的死应该还是触动您了。"

"啊，想触动我，这件事已经触动我了！"

赛博一声冷笑。

"这个自大狂死了,我非常高兴,他被蛆虫啃得干干净净,正在腐烂呢!我肯定会去他的坟上撒泡尿,等着瞧吧。"

他说到做到,起身走进厕所,把一部分刚才大口喝进肚子里的液体排出体外。尿完边拉上裤门,边往回走。

"您见过他?"卢克莱斯问道。

"是的。我第一次演出的时候他还来过。我给他在第一排找了座位。我请观众为他鼓掌欢呼。我说:'今晚,我们有幸把我们中最优秀的人,'独眼巨人','伟大的达利斯本人请到这间剧场!'然后他站起来,所有我的观众,'我的'观众,为他热情地鼓起掌来。那时候现场坐满的观众,有 150 到 200 人。演出结束的时候,他走过来对我说,我清楚地记得他过说的每一个字:'你有三个幽默短剧让我笑得很开心,我将表演它们。'恍惚间我以为自己没听懂他的意思。我问:'您想从我这儿把它们买走?'他说:'不,思想属于所有人,我从你那学到了,就是这样。'我反击说:'可这些是我写的,我是它们的父亲。'他扶着我的肩膀,说:'思想不属于创造者,而属于有法子把它们传播出去的人。假如你的幽默短剧有生命的话,它们应该会选择一位能保护它们的父亲,它们肯定会选择我,一位著名笑星,而不是你,赛博,一个寂寂无闻的小喜剧演员。好了,不要自私了,把这些幽默短剧想象成自由的孩子,他们渴望换一个家庭,好让自己茁壮成长。'"

塞巴斯蒂安·多兰叙述当时的场景如同现场直播一般。

戴头巾,穿雕花皮拖鞋的男人端上一盘泥炉炭烤鸡。赛博吃得很香。

"我清楚地记得,达利斯随后又补充道:'更恰当地说,把我看成慷慨的养父。你的孩子,我会训练它们,让它们被礼物淹没,让全世界都认识它们。'我回应说:'那好,作为幽默短剧的亲生父亲,我不会让它们被别人绑架的。'于是,他说话的语气彻底变了,摆出一副威胁的架势,宣布:'我觉得你没搞清楚自己正在跟谁说话。非常好,既然你想这样,赛博,我本来更希望可以客客气气地解决这件事,可既然你不想公平竞争,我会不惜一切手段把我感兴趣的东西从你那里拿走,如果你不高兴的话,如果你试图挡路的话,我会把你的前程毁掉,让你永无翻身之日。'"

"我们谈的真的是达利斯·沃兹尼亚克吗?"卢克莱斯半信半疑地问道。

"您认为如何? 这么清晰的场景是我杜撰的? 我说的是'独眼巨人'。那个一只眼睛里装着会发光的心的男人。那个大众偶像。"

卢克莱斯一言不发,心思活络起来。

"我很难相信这件事,但我会洗耳恭听的。接下来又发生了什么?"卢克莱斯·奈姆赫德边提问边做笔记,示意自己愿意把这些情况记录在案。

"就像他说的那样,达利斯开始几乎原封不动地把我的那三段幽默短剧搬上舞台。但是这一次,是真的,在人数上千的剧场里。这个自大狂。他事先早有预谋,在我演出期间,他多半是开启了手机的'录音'功能。我最好的三段幽默短剧啊! 就好像他走进我的绘画商店,偷走了我最棒的三幅作品,然后又把它们卖掉。纯粹就是明抢。"

赛博把餐叉摔在地上,然后在其他食客责备的目光注视下又捡了起来,用餐巾擦干净。

为了分散他的注意力,卢克莱斯拿出斯特凡纳·克劳斯送给她的钥匙扣发笑机,按下按钮。事先录制的笑声立刻缓和了餐馆内的气氛。

塞巴斯蒂安·多兰继续讲故事。

"您该明白，多亏了我的笑料、串场和我塑造的人物，他才获得了观众的掌声。他甚至偷走了我的表情，以及我运用眼神的效果。"

卢克莱斯又给他倒了一杯酒。这次更多的是为了安慰他，而不是为了从他的嘴里套话。

"我把达利斯告上法庭，法庭受理此案。但您要知道，格言说得好：'优秀律师熟悉法律。极品律师熟悉规则。'"

赛博的格言只把他自己逗笑了。

"达利斯的辩护律师属于极品行列。收费昂贵，家喻户晓，号称从未打输过官司。他轻松打赢了我。但这还不是最糟糕的事。判决不仅对达利斯有利，让他有权利随意使用我的幽默短剧，而且法庭还以'滥用诉讼旨在损害公众人物形象'的罪名判决我偿还'他'的诉讼费用。我还得赔偿他，付给他钱！"

餐叉险些又被抛出去，卢克莱斯赶忙给他倒满酒，分散他的注意力，并尝试安慰他："就像拉封丹曾经说过的那样：'强者的逻辑永远是最好的逻辑。'"

"最虚伪者的逻辑，是的。可这还没有结束。最后，我的律师冲我扁了扁嘴，说了句类似'对不起，我们运气不好，瞧对手的论据啊，我们没办法打赢'之类的话，就跑去问达利斯索要签名。啊哈！我永远都不会原谅他的行为。不仅仅是他，就连法官都说：'不是为了我，而是为了我儿子，他是您的崇拜者。'事实上，法庭里的所有人都开始排队索要签名，仿佛诉讼也成了达利斯的表演——《嘉弗隆跪在吉乔乐面前》[1]。蹩脚的嘉弗隆就是我。"

塞巴斯蒂安·多兰的笑声很刺耳，边笑边大口撕咬乳酪馕饼。

1　嘉弗隆与吉乔乐均为法国著名木偶人物。

他嘴里塞满食物，继续说道。

"但达利斯的怒火永远不会熄灭。达利斯觉得偷走我的表演，毁掉我，在法庭上羞辱我还不够，他还打算'毁掉我的前程'，就像他曾经承诺过的那样。他要求所有的电视节目把我列入黑名单。"

一个男人手捧几束茉莉花走进餐馆，茉莉花散发着人造香水的味道。他把花递给两个人，错把他们当成情侣。卢克莱斯没抬头，可男人一再坚持。

"对不起，没这个必要了，我们已经上过床了。"为了摆脱捣乱者，卢克莱斯爆出猛料。

男人后退几步，赶忙去向其他的情侣推销这些漂亮植物。

"一位喜剧演员怎么让另一位喜剧演员被加进黑名单呢？"她被搞糊涂了。

"很简单，不痛不痒地甩出一句诸如'如果赛博来上你们的节目，那我就再也不来了'之类的话，只要跟一位记者宣布一次，这句话就能迅速传开，甚至不需要反复威胁别人，大伙儿就会传得沸沸扬扬，足以引起所有人的重视。"

"您讨厌他吗？"

"这个词不足以描述我从他身上体会到的那种厌恶感。"

"他死了，您很开心吗？"

"我开了瓶香槟酒庆祝，在家里对着电视机里播送的葬礼画面一个人跳起舞。"

"您杀了他？"

赛博神经兮兮地傻笑一声。

"不，我胆子太小，做不出这样的事。可我后悔没这样做。如果是我杀的，我就能面对镜子里的自己了，这是肯定的。"

"好吧，假设这是谋杀，您认为谁有这样的'胆量'呢？"

他陷入沉思。

印度侍者递上甜点菜单。

卢克莱斯点了一份名字令人费解的甜点——居拉伯·贾姆——藏红花粗面粉球牛奶露。

塞巴斯蒂安·多兰吃得津津有味,没考虑这究竟是什么甜品,上下腭骨运动的幅度很大,仿佛正试图咬断某位看不见的敌人的脊椎。

他含糊地比画了一下。

"所有的喜剧演员。我觉得除了他那群同伙以外,都反对他。不过,我说的是那些知道他真面目的人。"

为了缓和气氛,卢克莱斯又把发笑机器掏出来。机械的声音在餐馆里回荡。赛博惊讶地打量着摆在卢克莱斯身边的"惊恐少女"钥匙扣。

"最糟糕的是,我的官司造成了毁灭性的影响。经媒体报道后,其他人把它当成一种警告。喜剧演员们因此心怀恐惧。任由自己被剽窃,丝毫没有反抗。"

"我很难像您说的那样看待达利斯,但我也很难想象您能杜撰出所有这些情节。"

杯子已经满了,赛博还想往杯子里倒酒。酒洒了,流到桌布上。

"达利斯是小偷。从真正的创造者那里剽窃笑话。收集匿名笑话却不因强占他人之物为己有而心存不安。"

这样看来,伊西多尔可能是对的。

"所有的喜剧演员都明白他是一个怎样的剽窃者,他们打定主意采取中立态度:达利斯来看演出的时候就停演。面对他可疑的举止,这是他们唯一能表示谴责的方式。"

"可达利斯帮助年轻人,筹办喜剧学校,我认为他提拔了有才华的新人。在同行中可算是善行一件。"

"或许这才是最糟糕的地方。如果您仍然不相信,我建议您去看看他所谓的'大善举',他所谓的'达利斯剧场——年轻笑星的发现之地'。好好看看。您会在那儿找到答案:'达利斯的真面目是什么?'"

卢克莱斯·奈姆赫德心乱如麻。

眼看烂醉如泥的塞巴斯蒂安·多兰一杯接一杯地喝酒。

他身后的壁画尽显奢华,画上是金碧辉煌的宫殿。

37

公元前 3212 年

印度,哈拉帕城[1]。

女孩立在足尖翩翩起舞,同时,现场有三名乐手,一人敲长鼓,另一人吹长笛,最后一人弹竖琴,为女孩伴奏的是首绵软无力的吟唱曲子。

人类克服食物、安全、建筑、社会构造、政治、卫生等问题后,开始腾出空闲时间发展那些刚一开始没有明显紧迫感的活动。例如宗教、绘画、音乐、舞蹈、游戏、文学。

演出结束后,年轻的王子走到舞者身旁,拿出一张莎草纸,纸上有书记官绘画的各种性爱姿势。他指着其中姿势,标着印度数字 83。

年轻的女舞者把图画翻过来调过去,明白了王子的要求。

她接受了。他们上楼走进卧室,卧室中间端端正正地摆着一张巨大的床,床上铺着红色的垫子。

1　今巴基斯坦旁遮普省哈拉帕市。

女孩四肢着地，王子走过来插入她的身体，跟画里的场景一模一样。两个开始挪动双脚。

然后是手，再然后是嘴。两人的身体开始极其淫荡地起伏摆动。王子的舞跳得跟年轻的女孩一样好。身旁的香炉冒着青烟。

欢愉持续了很久。

年轻女孩的肌肤散发出木兰花的芬芳。

最后，男人打了个嗝，女孩长长地呻吟了一声。

他们想重新站起来，可性器官依然嵌在一起。身体再也分不开了。

刚开始，这情景让他们很开心，可麻烦很可能持续下去，两人最终恼羞成怒。王子决定召唤仆人。仆人走进房间，看到两人粘在一起的身体，忍不住哈哈大笑。

幸福时光与强加于人的两难"结局"之间的对比令人捧腹。

这则轶事广为流传，成为人们著书和绘画的素材。

事情发生在公元前三千多年，第一段性笑话由此诞生。

裴堡是皇家仆人之一，专司瑜伽。他借此机会发明了大笑瑜伽，通过强迫自己尽可能长时间的大笑来治愈病痛。

——《幽默史大典》

（出自：GLH）

38

从外观上看起来，"达利斯剧场"活像个马戏团。粉色的霓虹灯广告和铭文周围有五颜六色的灯泡不停闪烁。

每扇门上都飘着印有达利斯标志的旗帜，仿佛国家卫队般。黑纱提醒着人们，这里的创办者刚刚去世。

卢克莱斯·奈姆赫德排在等候入场的观众队伍中。她终于来到收银台前，掏出记者证，希望得到优惠价格的门票，但收银员告诉她，只有受公司邀请的记者才有权免费入场，只有伤残人士、学生、失业者、战争遗孀才能享受优惠价。

"这是法国的问题，"收银员认为有义务解释清楚，他说话的时候带着浓厚的斯拉夫口音，"法国人反对不平等……却支持优惠。"

售票员似乎对他得体的言论颇为满意，这些话应该是从剧场广告中某个人那里借鉴过来的。

走进剧场，演播厅能容纳 400 多人。中央舞台四周是舒适的座椅。事实上，舞台是用粗绳子围起来的拳击台，被强力聚光灯照得通明。

人群坐定，等待开场。伴着电影《洛奇》震耳欲聋的音乐声，台上出现两支队伍，分别是红队和蓝队，每支队伍由 6 名挑战者组成。

卢克莱斯·奈姆赫德认识他们，这些人是"即兴表演联盟"的学生，已经在电视上亮过相了。这群年轻的喜剧演员来自新的"喜剧学校"。

又是达利斯创建并确定的组织。

聚光灯照在他们身上，观众鼓起掌来。他们模仿拳击运动员举起手，走到拳击台的两个角上。

音乐声渐强，又有一个人走到舞台中央。

粉色西服，浅粉色衬衫，深粉色领带，他就是今晚的主持人，塔德斯·沃兹尼亚克，达利斯的亲哥哥。

他向观众挥手致意，等掌声渐止，他拿过话筒。

"女士们，先生们，今天是个特殊的日子。伟大的达利斯已经不在人世。"

就在他说话的时候，天花板上垂下一幅巨型照片。达利斯的照片，照片上的达利斯正掀起眼罩，向人们展示他发光的心型眼睛。

"达利斯不喜欢看你们悲伤，"塔德斯继续说，"我知道，今夜，他在这里陪着你们。他会把响亮的、疯狂的笑声看成最高褒奖。"

有些人鼓掌，而有些人努力让自己露出笑容。

"达利斯曾经说过：'人终有一死，但笑话长存。'因此，我提议，今天的即兴斗演要贯彻达利斯的精神，他的精神与斗演台同在。"

观众回应他经久不息的掌声。

"第一次来到这里的观众，我为你们介绍一下即兴斗演的比赛规则。身为裁判，我将从帽子里掏出话题条。然后每支队伍推荐最好的选手就此话题展开对抗。"

观众们发出阵阵嘘声，示意这些规则他们早就烂熟于心了。可塔德斯不为所动，继续说道："斗演可以是1对1、2对2，直至6对6。有些斗演甚至会出现1对2、2对4，或者1对6的情况。每队队长有权选择想要派上场的挑战者人数。每场比赛结束的时候，利用掌声测定器，你们的掌声将选出你们认为最有趣的队伍。比赛共有12场。获胜队伍的6名挑战者中——稍候将会为你们一一介绍——你们的掌声将会决定谁是大赢家。"

他的话又获得全场赞同。

"获胜者将有权到电视节目——《达利斯秀》上表演一段幽默短剧。"

卢克莱斯写在笔记本上。

塔德斯介绍12位挑战者。挑战者脱掉斗篷，露出本队颜色的运动短裤和T恤衫，以及贴在前胸和后背的号码，活像一队"洛奇"[1]。蓝队对红队。

1　洛奇，美国著名电影《洛奇》的主人公，一名拳击手，史泰龙饰演。

卢克莱斯想起来了,即兴幽默斗演的概念诞生于魁北克,在引入法国之前,这种形式的表演已经在蒙特利尔的"邻居们"那儿获得了巨大的成功。

十二名挑战者彼此握了握手。

塔德斯·沃兹尼亚克把两队队长叫到身边,抽签决定哪种颜色的队伍率先开场。

红队队长把手伸进塔德斯的帽子里,摊开一张小纸条,朗声读道:"您的母亲发现您是雇佣杀手。就此编一段笑话。"

两位队长分别与各自的队伍商讨了一番。蓝队推荐一名亚洲女孩作为挑战者,她的运动短裤和 T 恤衫上印着数字"4"。与此同时,红队针锋相对地举荐了一个有点沉默寡言的非洲裔年轻男子饰演儿子,给对方配戏。

队友在两个人耳边低声提着建议,两位选手大受鼓舞。两队队长给出最终的建议。

两位年轻人相视而坐,对话开始。

两人刚对到第三句台词时,卢克莱斯背后有人吼道:"要么搞笑,要么滚蛋!"

观众不断重复这句口号,仿佛给挑战者打了针兴奋剂。

饰演母亲的蓝队姑娘占据上风,而饰演儿子的红队年轻小伙儿越来越落入守势。这对雇佣杀手来说可不是好信号。

观众不断重复口号:"要么搞笑,要么滚蛋!"

有人笑了,有人疯狂地笑了,一道道蹙紧的眉头愈发清晰,两位喜剧演员明显焦虑起来。剧场中观众太年轻,太兴奋,太具叛逆精神。他们吹口哨,拍巴掌,把手中的海绵扔上舞台。

锣声响了。两位挑战者返回属于各自的角落同队友会合,如同精疲力竭的拳击手一般。

塔德斯把两位挑战者请到舞台中央。他抬起姑娘的手,人群爆发出掌声,掌声测定器显示 14/20。随后他又抬起小伙子的手,掌声指示器显示 11/20。

塔德斯再次举起姑娘的手,宣布这姑娘赢得了第一场比赛。

塔德斯把另一队的队长喊上舞台,让他抽出接下来的题目:"合伙人大会进行得不顺利,因为,狗能否出现在电梯里,这个问题他们无法达成一致。"这一次,两队队长决定派出全部兵力。

突然,卢克莱斯·奈姆赫德发现自己竟然不经意间笑了。这是对表演质量,以及喜剧演员才华的认可。

其余的四百名观众可不答应。

又有人狼嚎一嗓子:"要么搞笑,要么滚蛋!"

两个小时的演出对卢克莱斯来说,过得就好像 15 分钟。蓝队最终赢得胜利。

全部参赛者登台亮相,一个接着一个,饰演杀手母亲的年轻的亚裔姑娘赢得最多的掌声支持。

所以她被宣布为今晚的大赢家。

塔德斯·沃兹尼亚克把话筒递给她。

"我赢了,"亚裔姑娘欣喜若狂地说,"因为'独眼巨人'的精神与我同在。整场比赛期间我都在自问,达利斯本人会做何反应。"

"你叫什么名字?"

"尹幂。我想说的是,达利斯永远是全体幽默演员追随的榜样。"

现场气氛达到高潮。全场观众起立鼓掌。

等嘈杂声弱下去后,塔德斯说:

"因此,我们将会在电视上,在《达利斯秀》中看到尹幂的精彩演出。"

高音喇叭里突然又响起达利斯的声音:"有朝一日,全世界都将开怀一笑,于是,世界上将不会再有陷入困境的儿童,将不会再有濒临饿死的穷人,人们将拒绝战火。世界再也不会是黑、灰、白三色。世界将变成粉色。"

说完,喇叭里传来塞缪尔·巴伯的《弦乐柔板》,这首曲子曾经在肯尼迪的葬礼上播放过,与演出开场曲——《洛奇》原声音乐形成鲜明对比。

音乐播完了,剧场里的观众全都站着,向达利斯的巨幅照片鼓掌致意。

塞巴斯蒂安·多兰说的全是诽谤。这样的男人不可能剽窃其他人的思想。他是创造者,建设者,有他才可能有这家剧场。多亏了他,才华横溢年轻人才有机会展现能力,才有机会进步。赛博只不过是因为没能成功地崭露头角而心存嫉妒。

卢克莱斯·奈姆赫德在出口处找到今晚的赢家,尹幂。

"我是《当代观察家》的记者,"卢克莱斯做了自我介绍,"您对今晚的胜利有什么解释吗?"

"我能够取胜,因为达利斯的精神与我同在。整场比赛期间我都在自问,达利斯本人会做何反应。"

卢克莱斯心想,这个小姑娘早就准备好了应付媒体的官方说辞。她明白,要想确保能被人理解,必须再三重复相同的东西。

"您是他的学生,不是吗?作为老师的达利斯是什么样的人?"

"认真、慷慨。渴望帮助我们。他会纠正我们犯下的菜鸟级错误。一直鼓励,决不斥责或者批评。例如,他禁止我们嘲笑同行的工作。单单在这一点上我们就受益匪浅。再也不会出现如此优秀的男人了"

"嗯……您如何看待新一代的幽默演员?"

"我感觉他们搞不懂努力与工作的意义。人们认为天上会掉馅饼。今晚的胜利背后是我两年的刻苦准备。"

尹幂觉得应该用一段笑话来结束对话：

"您要知道：'甚至埃及金字塔的形状都在教导我们，从很古老的时候开始，工人便有种虎头蛇尾的倾向。'"

"这是你编的笑话？"

"不，是达利斯编的。这是他在我们极其懒惰的时候说过的话。"

39

埃及。

孟菲斯。

"您说他叫什么名字？"

"安姆后特，殿下。是个不错的书记官。来自戈伯伦，底比斯南郊的一座小村寨。我不懂他写的是些什么东西，"首席大臣说道，"他疯了，彻底疯了！请别担心，这种犯上行径将会受到惩罚。"

法老左塞，第三王朝的奠基人，手捻涂满油脂的圆柱形山羊胡子。铺在他面前的莎草纸显得非常奇怪。

到目前为止，法老只看过战争报告、财宝清单、已知地区的地图，但从今以后，他面前将会出现一种新的记叙形式。

这故事跟某位虚构的法老有关，作者给法老起了个名字，西斯贝克。

"读！这是命令。"

大臣十分惶恐，不敢迟疑，高声朗读起一卷卷的莎草纸。

"这位法老习惯在睡前吃东西。然而有一天晚上，他坐在餐桌前，觉得所有的菜肴都没滋没味。肉食味如嚼土，鱼类味淡似水。他躺下来的时候，全身是汗，无法入眠。西斯贝克立刻召来医生。医生承认他患上了与他父亲相同的病，他父亲因此去世。在他们看来，此病无药可医。于是，法老西斯贝克怀疑这些医生在报复他。事实上，法老颁布过不利于医生的法律。西斯贝克向医生们发难，他们发誓表忠心，但法老威胁他们，他认为这些医生有能力治好他的病，他们这样做纯粹是恶意的拒绝。在压力面前，医生表示，或许有人可以治这种病，那人名叫梅里莱，是个巫师。法老火冒三丈，一边恶毒地指责医生，一边窜起身，大声宣布，无论如何，这些医生罪责难逃，因为他们没早点把这位非同寻常的巫师的事告诉他。"

大臣不再出声，不安地看着法老。

"要逮捕这位写下这种羞辱性故事的蠢书记官吗？"

法老左塞只说了一句话：

"继续，接着读！"

大臣虔诚地跪倒在地，额头紧贴地面：

"故事到这里就结束了。这个故事是编造的。讲的是一位发怒的国王，一群不称职的医生，以及一个能治百病的巫师。这不符合'逻辑'。更不用说那些插图了。"

法老左塞的眼睛没离开文章，但在大臣的提示下，他靠前一些，仔细看了看那些插图。法老王明白了为什么首席大臣会如此慌乱的。法老西斯贝克这个人物被画成狮子头，医生被画成豺头，仆人被画成小狒狒，首席大臣长着颗老鼠脑袋。不过，衣着及佩戴的职务勋章还是能分出每个人的身份。

"像人类一样穿衣服的动物。这仍然是种羞辱。羞辱了您，法老，也羞辱了我们。"

法老左塞犹豫了几秒钟，不知道该做何反应，然后他放声大笑，下令立刻把寓言的作者，著名书记官安姆后特带来。

卫兵立刻找到这位罪人，逮捕后，紧紧地捆起来带进皇宫。

安姆后特被粗暴地扔到法老左塞的脚下。左塞走下王座，来到年轻人的身边。在卫兵的控制下，安姆后特保持着屈服的姿势。他看起来还不满20岁。

"对不起，法老，我没有搞清楚，我无意冒犯您。"安姆后特含糊地说，不敢抬头看自己的主人。

"要把他杀死吗？"首席大臣问。

可出乎所有人意料的是，法老把男孩扶了起来。

"我有一个问题，安姆后特。法老、医生与巫师的故事你写完了吗？"

"呃……"

"别害怕。它让我非常开心。我想知道后面的故事。"

于是，一名卫兵展开其余的莎草纸卷轴。

"我们读懂了故事里那些穿人类衣服的动物。"法老表明态度。

法老重新坐回王座，命人继续读剩下的故事。

首席大臣连声遵命："巫师梅里莱听诊后宣布，他知道怎样医治法老，但有个小问题，是关于治疗方法的。要想治愈法老，巫师就必须接受死亡的命运。"

法老哈哈大笑。

"这段太棒了！你从哪来的这些主意？"

"呃……我想象出来的……所有的事情都不是真的。这就是为什么我给他们安上动物脑袋，目的是不让人们误认为这是事实。"

"接着读。"左塞下令。

话音未落，首席大臣又开始读故事："牺牲巫师的生命是唯一可以拯救法老生命的治疗方法。法老想跟他做笔交易，他答应给

126

梅里莱各式各样的特别奖赏，只要对方接受为救他而死。巫师拿不定主意。西斯贝克许下更高的承诺。他宣布，巫师死后，巫师之子将在宫廷中享有优厚待遇。这样的报价还不够。于是法老又宣布，为巫师举行葬礼的时候，埃及全境举行哀悼游行，所有的寺庙为梅里莱举行祭祀法事，活动将从赫利奥波利斯开始，他的名字也会被刻在城墙上。但是巫师依然不为所动。巫师说他终于体验到了面见法老的荣耀与幸福，恰好在这种时候必须面对死亡，他感觉十分遗憾，也不太公平。"

法老左塞笑得更大声了。

首席大臣继续阅读，安姆后特重燃希望。

"最终，巫师妥协了，但他口述了自己的条件：他希望最高统治者在佩塔赫神[1]面前保证，羁押自己的妻子以防她跟任何其他男人见面。接着，他要求自己不能独自死去，希望所有曾经鄙视过他并将他的存在保密的医生陪葬。

法老同意了他的要求。

约定的那天，巫师梅里莱死了。纪念巫师之死的全国性游行持续了很久。最终，巫师遇到哈托尔女神[2]，他询问女神，人间发生了什么新闻。女神告诉他，法老在他死后迎娶了他的妻子，并且封她为皇后。于是梅里莱决定重返人间把事情恢复原样。

首席大臣已经读到了莎草纸的尽头。故事的每一行都逗得法老左塞哈哈大笑。

"我想听接下来的部分。我需要它。我喜欢你的故事，安姆后特，你的故事太有意思了。"

"现在我只写到这里。"

1　佩塔赫神，埃及神话中的万物创造者，国王与工艺者的守护神，孟菲斯的主神。
2　哈托尔女神，古埃及神话中代表爱情与丰饶的女神。

"从现在开始,你就是我的正式搞笑书记官,必须把你虚构的巫师梅里莱的奇遇讲给我听,必须逗我笑。我希望他复仇,明白吗?"

法老左塞仔细观察了一番插图,补充道:"我喜欢你用动物的脑袋表现虚构人物的想法。"

在这一刻,安姆后特不仅发明了连环画和连载喜剧故事,而且创立了动物寓言的原则。安姆后特作品中的某些桥段被翻印在花瓶,甚至家具雕刻品上。

人们大多数时候不理解历史,可乐于看见穿法老服饰的狮子;乐于看见打扮成牧羊人,把鸭群引向湖边的狐狸;乐于看见在一群穿着女人衣服的猴子面前弹着竖琴,接受豺头人身战士赐予礼物的猴子。

——《幽默史大典》

（出自:GLH）

40

脸上的表情难以捉摸,略带责备。

"我一秒钟都不相信。"

年轻的女科学记者卢克莱斯略微向后退了一步,似乎并不愿意女上司的唾沫喷到自己身上。

"还是有些线索的。"

"'有些线索'? 在跟我斗嘴吗,小姐? 您已经花了三天的时间,您管这些叫'线索'?"

年轻的姑娘依然无动于衷。克里斯蒂娜·泰纳蒂耶点燃大雪茄,猛吸几口。

"假设,虽然可能性极低,这是谋杀,如何研究它,有什么实际意义?"

卢克莱斯·奈姆赫德不为所动。

"简直是马基雅维利[1]的做派。到目前为止,还不知道凶器是什么。邪恶的凶手非常狡猾。动机没人知道。"

"您要清楚,这些只不过是冒牌记者的口头禅,是用来蒙傻子的话。我指的是那些外省的读者。"

坚守阵地。决不后退。

"我已经给您看过物证了。"

女主编的指尖轻轻划过放在大理石办公桌上的物品。她看了一眼写着"B.Q.T.",以及"绝对不要读"的蓝色盒子,模糊的黑色相纸上依稀可辨的大红鼻子悲伤小丑,斯特凡纳·克劳斯、塞巴斯蒂安·多兰和菲利克斯·沙达姆的照片。

"看也是白看。达利斯独自死在封闭的化妆间里。没有伤痕,没有任何闯入的痕迹,地球上唯独您假设这是谋杀。"

"谬论并不会因为坚持的人多而变成真理。"卢克莱斯从牙缝里低声挤出一句。

伊西多尔的这条格言用在这里再合适不过了。

"我可都听见了。您也不会因为说的是傻话就有道理。"女主编针锋相对。

两个女人互不相让地瞪着彼此。克里斯蒂娜·泰纳蒂耶吐出几口不透明的烟雾。

"您把自己当谁了,奈姆赫德小姐?您认为,就凭乳房高挺,屁股浑圆,不停地像超市里卖的珠鸡似的撒娇献媚就能为所

1　马基雅维利,意大利政治家和历史学家,以主张为达到目的不择手段著称于世。

欲为？"

卢克莱斯流利地说："请给我点时间。这件事情很复杂。"

"多久？"

"一周。"

克里斯蒂娜·泰纳蒂耶又在靴子上划燃一根火柴，把频临熄灭的雪茄重新点燃。

"最多五天。不多也不少。"

非常好。三天应该就够了。

"别忘了，您在编辑室的位置还没坐稳呢。这一行可有很多失业者。想要顶替您位置的人可不少。他们有真凭实据，而且严肃认真，查案时带回的证据无可争议。"

卢克莱斯想夺过她的雪茄，然后插进她的喉咙里。

卢克莱斯点了点头。

"当然，我懂。"

"带点新鲜玩意回来。我已经说过了，我想要惊喜！答案很简单。成功或者走人。只能二选一。明白了吗？"

卢克莱斯·奈姆赫德握紧拳头，想象着各种令人痛苦的方法送上司去见上帝。

"我有点好奇，您刚去过'达利斯剧场'，告诉我，谁赢了即兴表演联盟的比赛，中国人，不是吗？"

我小看她了。她什么都明白，知道很多事情。了解发生的一切。好像她不懂写作，但是会监视别人。

"事实上是中国女人。"

"她很……有趣，她漂亮吗？"

"为什么这么问？"

"我本来有套理论。我认为功能造就器官，功能的缺失令器官退化。我认为只有那些长得确实不漂亮的女孩才懂幽默。因为她们……需要。"

卢克莱斯·奈姆赫德眼见上司哈哈大笑，心想，这种笑声让人极度不舒服。

"不，这位中国女人非常有趣，而且非常美丽，"卢克莱斯回答道，"事实上，甚至算得上迷人。"

41

公元前 1268 年

中国北方。

商王朝。位于今天的河南省。

商王朝第 21 代皇帝，武丁，正焦急地等待军队归来。

刚刚指挥完军队与土方王朝作战的将军走进大殿，跪在地上，说："吾主，我军胜利了。"

皇帝长舒一口气。

"非常好，将军。"

就在此时，将军摘下头盔，散开丝般顺滑的长发。原来这位将军是王后妇好，武丁王最宠爱的女人。

武丁王回忆起自己怎样凭一己之力率领 5 000 人的强大军队击败夷、巴、羌三族。但打这场战争的时候，王后妇好再三要求独自领军与土方国王作战。武丁坚信她会失败，可这位年轻女子的意志和决心深深地感动了他，最后，他准许妇好独自领军作战。

从来没有哪位女性获得过如此尊重。

好战的王妃解下挎在皮背带上的包袱，把一个类似圆球的东西扔在皇帝的脚下。土方国王的项上人头。

"大王，敌人所有的军队都被消灭。所有的城镇都被占领。"

妇好说。

"我没想到你会获胜。"武丁承认。

然而,武丁王对这位与自己水乳交融的女人十分了解。妇好性格残忍、蛮横、专制。他曾经见过她焦躁地边吼边操练部队,曾经见她下令处死她认为不称职的军官。

"大王,我想向您提一个小小的要求。"

"我听着呢。"

"我想所有人都记得,赢得商朝最大规模战争胜利的是个女人。"

武丁抬起头,拨着正挂在身体一侧的宝剑。

"不用担心,我会把你的功绩昭告天下。"

"不,大王。我想要的不仅仅是功绩昭告天下,我想让人把我所说的全部战争细节记录下来。"

"多此一举,所有人都将知晓此事。"

"那是我们这一代的所有人,可后代会忘了。他们绝不会相信领导男人军队获得胜利的会是女人。"

国王让妻子坐下。

"大王,我是认真的。我想让您把书记官找来,我想立刻把这场伟大战争中的每一个细节讲给他听。"

武丁王拍了三下巴掌。书记官立刻闪现国王身前,依例向皇帝行礼。

"书记官!记录冒险经历……"

"功绩。"妇好纠正道。

"原谅我,王妃的'功绩'……"

"王后。"

"……王后妇好与……"

国王端详着面目狰狞的土方国王的断头。

"与……土方之战。"

"他们有 8 000 人。把敌人人数上的优势好好记下来。"王后再三坚持。

书记官跪在地上，拿起经过修剪的芦苇，从某只倒霉的章鱼身体里提取的墨水里沾了沾，开始记录王后口述的故事。

然后，王后一声令下，所有的战俘在王宫的大殿一字排开，佩刀的祭祀开始一个接一个地杀人，献给伟大的"上帝"，也就是高高在上之神。盛俘虏鲜血的青铜觚也同样一字排开。

每处死一人，行刑地周围的人就鼓一次掌。

"你当真想杀光所有俘虏？"武丁王问王后妇好，"可以把他们当成仆人使唤。"

"我是女人。必须让士兵认为我绝不多愁善感。为了军队的团结，让他们知道我'跟男人一样严厉'是很重要的。"

武丁王长舒一口气，可不再轻松。

死刑犯嚎叫一声，人群就紧跟着喊一嗓子。

王后转过头，面向书记官："一切都是从太阳升起时开始的。我们的军队集结在平原对面的山谷中。我亲自找出城镇的位置。那里的土地肥沃。"

书记官奋笔疾书。

"我命令骑兵断后……"

国王边听边转头面向侍卫长，耳语道："李，你对此有什么看法，对所有这一切。"

"王后妇好是伟大的军队统帅，伟大的女祭司，现在又是伟大的女文学家。这场战争将会家喻户晓，商王朝打败土方王国的功绩将会流芳百世。"

"好了，停，我问你的不是官方版本，我想问问你自己的看法。"

"王后妲好无与伦比。大王,您洪福齐天。"

"李,说实话。"

"但如果我说实话的话,就会有生命危险。"

"啊,所以你想到一些……"

"不,大王,我绝不敢。"

"敢!这是命令。"

死刑犯的惨叫声和人群的嘈杂声又传了进来,与此同时,王后还在向书记官口述故事。

"呃,好吧,我认为……"

"李,说实话。你可以把想说的话全告诉我,我要求你说实话。"

侍卫长渗出豆大的汗珠。

"好吧……我认为在王室夫妻关系里……您是女人,她变成了男人。"

国王呆若木鸡,眼睛望向对方,惶恐的侍卫长立刻跪倒在地。

武丁王哈哈大笑。

"她是男人,我是女人!"

武丁王的笑声越变越大,王后妲好停止了口述。

"大王,您为什么乐成这样子?"

随后的几天,侍卫长被判凌迟。人们从南方王国召来特别的行刑者,把侍卫长身上的皮肤一下片一小片地割下来,一气呵成,不用再重复第二遍。

这位名叫李宽佑的侍卫用自己的方式创造了第一段"宫廷喜剧"。

第一次的尝试戛然而止,再也没能在商朝宫廷中延续下去。在中国,很久以后才有人冒险再拿这种话题取乐。

至于商王朝,尽管最初打过几次胜仗,但是人们因该王朝后期战争中的不断的失败记住它。王国领土不断缩小,直至被周王朝推翻,销声匿迹。人们甚至记不清商朝所有国王和王后的名字,却记住了"李侍卫讲笑话"的故事。由此可见,在记忆中,好笑的笑话比国王存活得更长久。

——《幽默史大典》

(出自:GLH)

42

池心岛的金属门吱嘎作响,探出一颗脑袋。

"笃!笃!"卢克莱斯说,"没有人回答我,闸室的门虚掩着,所以我就自作主张地进来了。至少不会打扰您的……"

伊西多尔·卡森博格打着莲花座,双腿交叉,后背挺得笔直,眼睛微微闭合,坐在绣着吊钟海棠的丝绸垫子上。面无表情,像尊佛爷似的。要不是身上的和服微微动了一下,别人还以为他停止呼吸了。

"……否则,请毫不犹豫地告诉我。"

卢克莱斯穿着淡紫色底白花图案的裙子。脖子上挂着中国龙造型的首饰,翠绿得跟她的眼睛一样。

她穿过藤条和竹子编成的浮桥。

伊西多尔·卡森博格依然一动不动。

甚至海豚和鲨鱼都藏进巨大的游泳池里,它们大概也意识到,任何人都不得打扰主人冥思。

年纪的女记者绕着男人转了一圈,确定他还没死,面朝他坐下来。

她掏出小钥匙扣,按下按钮,响起惊恐的少女之笑。他毫无反应。

"不着急,伊西多尔。等您一练完就告诉我。"

他就这样持续了半个小时。面无表情。

卢克莱斯利用这段时间认真浏览了他的藏书，尤其是《可能之树》，这幅巨型图表上画满标签，仿佛树叶般，标签表现的是人类所有可能的未来。

她注意到，伊西多尔又在树上添了些树叶，电脑画面一直停留在 www.arbredespossibles.com 网站页面上，方便记录下脑海中闪过的每一个有关未来的念头。

卢克莱斯·奈姆赫德开始分析被伊西多尔命名为"如果"的新树叶。

"如果这颗星球地表全部被积雪覆盖。"

"如果气温升高令水变得稀有，以至于人们要为进入最后的绿洲而战斗。"

"如果这颗星球上只存在一种强制性皈依的宗教。"

"如果警察无法制服的武装流氓控制了所有城区。"

"如果地球的重力发生变化，让每一次走出的步伐都变得沉重万分。"

"如果所有野生动物消失。"

卢克莱斯·奈姆赫德心想，想象如此渺茫的未来应该会让他心情沮丧。她又发现另外了几个不那么令人沮丧的标签。

"如果地球上不再有女人。"

"如果经济停止增长。"

"如果人口增长得到控制。"

"如果我们建立起一个世界性的政府，一个不会出现独裁者、保证财富公平分配的政府。"

卢克莱斯又把脸转过来，盯着这座城堡的主人。他呼吸平缓，几乎让人难以察觉。

她发现他的嘴巴非常漂亮。

伊西多尔·卡森博格睁开眼睛,站起身,懒得跟她打招呼,给自己倒了一杯热气腾腾的茶。

他先呷了一口茶,然后小口地品起来,茶水似乎很对他的口味。

"伊西多尔,您应该……"

"出去。"

"可是……"

"我认为我已经说得很清楚了。我不想跟你一起查案。"

"有新情况了,伊西多尔。"

卢克莱斯·奈姆赫德一口气把调查中的所闻所见全都告诉了伊西多尔·卡森博格。

"从现在开始,我要补充说明一点,我找到了犯罪嫌疑人。"

伊西多尔没吱声。

"您该问我是谁了吧。第一,斯特凡纳·克劳斯,达利斯的首任制片人;第二,菲利克斯·沙达姆,成为头号人物的喜剧新星;第三,塞巴斯蒂安·多兰,被达利斯伤害最深的喜剧演员,已经变成了'零号人物'。"

伊西多尔·卡森博格似乎没听见。他打开冰箱,从里面拿出一大块牛肉,扔给鲨鱼乔治,鲨鱼边吞边在水中搅起巨大的旋涡。

卢克莱斯给自己倒了杯茶,尝了几口。

"伊西多尔,我是认真的,我越来越觉得这件案子非同小可,我没法独立完成,我确实需要您。"

"可我,我不需要您。"

"您还是不愿意帮我?"

"不愿意。"

"泰纳蒂耶跟我说要拿我的职位做赌注。"

"真替您感到惋惜。"

对于这种人，必须得用精巧的小钥匙。

"我重新向您挑战'三颗石子'的游戏。如果我赢了您就要帮我。"

伊西多尔动摇了，盘算了一阵。游戏的激情胜过一切。他耸了耸肩膀，叹了一口气，妥协了。

"非常好，我同意。"

"同意调查？"

"不，同意插手'三颗石子'游戏的调查工作。"

他指了指火柴盒。卢克莱斯从盒子里取出三根火柴，伊西多尔也拿了三根。两个人伸出拳头。

"三根。"她说。

"一根。"

卢克莱斯摊开手掌，手掌里有一根火柴。

伊西多尔摊开手掌，手掌里空空如也。

伊西多尔赢下第一局。

赢下第二局。

赢下第三局。

卢克莱斯没有赢上哪怕一局。

"至少告诉我，您是如何做到的，伊西多尔？"

"如果您习惯放弃的话，别人将无法猜透您，您将战无不胜。"

气死我了。

卢克莱斯把火柴扔在地上。伊西多尔捡起火柴，整整齐齐地放回盒子里，然后塞进抽屉。

"请帮帮我，至少稍微帮我一把。给我提供点线索，一种视角，一条思路。"

伊西多尔犹豫了，接着说："上次我已经给过你线索了：追溯幽默的历史起源。您这样做了吗？"

"好吧,也就是说,我得想,犯罪调查始于……"

卢克莱斯咬住嘴唇。

"您看,您没听我的。那您为什么还向我要建议呢?"

"必须承认,我现在还仅限于传统调查的范围:法医、家庭、犯罪嫌疑人,接下来,我要研究这案子的'哲学的、科学的'真相。"

伊西多尔·卡森博格找出几条鲱鱼,扔向海豚,海豚一跃而起叼住鲱鱼。

"您错了,但是……看在过去冒险经历的分上,我很愿意'稍微'帮帮您的'传统调查'。就像您说的那样。"

噢哟,谢谢,谢谢,谢谢。

他把最后一条鲱鱼扔进游泳池,把卢克莱斯请进办公室,挨着手提电脑坐下。

"最后一位犯罪嫌疑人跟你说过什么?"

"倒数第二位犯罪嫌疑人管他叫'零号喜剧演员'。他的名字叫作塞巴斯蒂安·多兰。他让我去'达利斯剧场'好好看看。"

"至少您听了他的话吧?"

"当然。我观看了'喜剧学校'里年轻学员的比赛,相互挑战即兴表演。"

"那是怎样?"

伊西多尔又倒满一杯热气腾腾的茶,还是没给她倒。

"他辜负了我的信任。达利斯的哥哥塔德斯多次向达利斯致敬。"

"您看到了什么?"科学记者伊西多尔不耐烦地问道。

"看到了一个创造的场所,一个鼓励年轻人的场所,这就是我看到的全部。我听到的是对伟大的职业演员达利斯的缅怀,他受人爱戴,受人欣赏,仍在激励许多年轻天才。"

卢克莱斯趁着说话的空当儿给自己倒了一杯茶。

伊西多尔陷入思考中，然后打开电脑屏幕。

"依我看，必须彻底调查'达利斯剧场'。既然塞巴斯蒂安·多兰这样跟你讲，自有他明确的理由。听话要听音。"

"可他是个失败的喜剧演员，尖酸刻薄、嫉妒心重、报复心又强，还是个酒鬼。他跟我说话的时候已经快醉了。"

"那就更要听他的了。酒精能消除心理障碍，暴露真实的动机。我认为这是可靠的。因此，'达利斯剧场——年轻笑星的发现之地'是第一条让我感兴趣的线索。"

卢克莱斯·奈姆赫德不置可否。

"您想寻求别人帮助……"伊西多尔继续说，"既然要帮您，我就不会只是纯粹的帮忙，我会阻止您由着性子查案。"

卢克莱斯一脸执拗。

穿和服的男人打开卫星图像程序。慢慢地放大图像，集中观察"达利斯剧场"大楼。利用 3D 视图，接着又打开街景模式，从各个角度仔细观察这座建筑物。剧场外部的图像一幅接着一幅出现在电脑屏幕上。然后是毗邻的围墙。

突然，伊西多尔定格一幅图像，调整画面，放大细节。

"喂，来看看这个。我看这不太正常。"

卢克莱斯往前凑了凑。

"上面写着'星期一关门'，入口的布告上也是这样写的。从他们的网站上也能确认这一点。"

"是的，然后呢？所有的剧场星期一晚上都暂停演出。无一例外。"

伊西多尔·卡森博格从网上下载了几张照片，交替换成白昼模式和黑夜模式。

"看看这张底片的拍摄日期和拍摄时间。"

"星期一，23 点 58 分。"

"剧场已经关门，但所有的窗户亮着。您不觉得困惑吗？"

"说不定是会计人员。"

"所有的窗户都亮着？"

"那就是星期一大扫除。正在工作的保洁女工点亮了所有房间的灯。"

伊西多尔又打开几个程序，截了几张图，把它们放进名为"达利斯调查"的文件夹里，然后调出带数字的曲线图。

"请看，这是'达利斯剧场'的电力消费图。星期一凌晨所有的灯都亮着，所有的设备都在运转。仿佛正在进行表演似的，可官方却宣称剧场关门歇业。"

"也许是私人晚会呢。他们肯定是把剧场租给了打算举行宴会的人。"

伊西多尔似乎不为所动。

"这儿，我进入了市政视频监控系统。可以看见院子里停放着许多汽车，大门却关着。"

"伊西多尔，您想到了什么？"

"好吧，星期一，就像您说的那样是闭演日，上演某些见不得人而又引人注目的东西，吸引来许多相当有钱的人（因为如果您仔细观察就会看到，更确切地说看到那些加长礼车和豪华小轿车）。我亲爱的卢克莱斯，您想让我提些更精准的建议，那就是：星期一晚上去那里，去看看有什么'非官方'的情况发生。"

"您就建议我干这个？"

他猛然抬起头。

"卢克莱斯，我烦您。不是我来找您的！我热情地回答了您的问题，您还不欣赏。您不知道自己想要的是什么。您问了一些事情，当别人给您答案时，您却说……这样的答案您不满意。"

他说得不错。我不知道我想要的是什么。但在他的帮助下我找到自己的缺点。我觉得他是知道这些的。

"我就不该让步。"

伊西多尔靠前几步，脸贴着卢克莱斯几厘米远，说："您只不过是被宠坏的任性的小孩子。给我滚。"

我是自由女性。

"我既不是您的父亲，也不是心理医生。去那里看看星期一凌晨发生什么吧，因为这将是我唯一的建议。"

卢克莱斯怒气冲冲地盯着他。最后，抑扬顿挫地说："我为什么需要您？"

"因为您缺乏的正是我的优势所在。女性直觉。"

他关上电脑，背对着卢克莱斯。

"是！"卢克莱斯怒气冲天，大吼一句，"您有，我没有！我想学学。请给我解释解释怎么获得这种厉害的'女性直觉'！"

他转过身。

"这太简单了。与'内心深处的自我'对话，那个自我不会受任何人影响，能从被其他人无视的种种细节和迹象中察觉一切。拜它所赐，我注意到了特别的地方。星期一凌晨去'达利斯剧场'看看。我说完了。"

池里响起哗啦的水声，海豚刚刚在玩杂耍。

卢克莱斯深吸一口气，挖苦道："很遗憾，伊西多尔，我本来认为您是最优秀的。从您那副'无所不知先生'的小嘴脸看来，您只不过是来自另外一个时代的家伙，与现实世界脱节的时代，自以为无所不知，却只窝在象牙塔里。我保证再也不会来打扰你。"

他一副恍然大悟的表情。

"我早知道您不会听我的。"

他脱掉衣服，跳进水里，同海豚一起游泳，丝毫没有再留意卢克莱斯。

卢克莱斯出神地望了他几秒,然后顺着梯子爬了上去,走出大门。

……至少他把窍门告诉了我:与自我对话,不受任何人的影响。甚至是他的!

43

单峰驼妈妈正在和单峰驼宝宝聊天。

"妈妈,为什么我们的大脚丫上长着三根脚趾?"

"好吧,是为了在穿越无边的沙漠时不至于陷进沙子里。"

"啊……我懂了。"

几分钟后,单峰驼宝宝又问道:"妈妈,为什么我的睫毛这么长?"

"为了阻止沙子钻进眼皮里。"

"啊,我懂了。"

又过了一会儿,小单峰驼又问道:"你说,妈妈,为什么我们背上长着大肉块。"

妈妈被它问烦了,回答道:"肉块为我们在沙漠中长途跋涉储存水分。多亏有了它,我们才能数十天不用喝水。"

"妈妈,我懂了,如果我理解得正确的话,我们长着大脚丫是为了不陷进沙子里,长着长睫毛是为了让眼睛里不进沙子,长着大肉块是为了在沙漠中长途跋涉储存水分……但是,妈妈,请告诉我一件事……"

"好的,我的宝贝?"

"我们在万塞讷公园干吗?"

——节选自达利斯·沃兹尼亚克的幽默短剧
《动物,我们的朋友》

143

44

《当代观察家》的科学女记者卢克莱斯特意为此次行动装备一番，黑色皮质运动上衣、黑色慢跑裤、黑色无边帽、防滑靴子，以及背包。

今天是星期一，天色已晚。

已经过了 23 点 30 分。

卢克莱斯来到距离剧场最近的咖啡馆，捡了个加座坐下，仔细观察对面小小的"达利斯剧场"。

此刻，一切都显得很正常。剧场外面漆黑一片，门关着，街上冷冷清清的。

我怎么这么傻，要去相信他。

伊西多尔完了，他只会装大人物，说些大话，只不过是虚张声势罢了。他的"女性直觉"，他说……自从他住进水塔城堡里之后，就与世界脱节了，什么也看不见，什么也理解不了，什么也不知道。只会装模作样而已。

卢克莱斯等了一会儿，看见右手边走过来一群嘻嘻哈哈的女大学生，嘴里叼着烟卷。

卢克莱斯想起自己离开孤儿院的那天，那时候的她也像这群女大学生。纯属巧合，又是一个四月一日。

该死的四月一日。

卢克莱斯那年 18 岁。五个男人在大门口边聊天，边抽烟。所有的姑娘都知道，他们是皮条客。

就像在森林边缘等候羚羊幼崽的四腿猎狗。

孤儿院丝毫不会考虑寄宿生能否融入社会。所以姑娘们离开孤儿院的时候只带走一只箱子和五百欧元的零用钱，连住的地方都没有。

所以，供给要适应需求，一群回收"社会边角料"的家伙慢慢地在富丽堂皇的"守护者"孤儿院对面定居下来。

首先找家不太贵的旅馆让姑娘们第一夜有歇脚的地方，然后找家同样不太贵的快餐馆。照逻辑来讲，接下来就是夜店了。

小孤儿们在旅馆里度过第一夜，旅馆的名字起得很巧妙——"避难所"。接下来在饭馆——"绿洲"饭店，吃个饭。在饭馆里，他们通常会建议姑娘们去做服务员。吃完饭后再去"黑色猫头鹰"夜店里跳会儿舞。

最后，他们会为这些孤儿院的姑娘描绘一条人生轨迹，离达利斯母亲赖以谋生的事业并不太遥远。

接下来，皮条客与毒品贩子会瓜分猎物。毒品贩子首先引诱姑娘们，给她们下药来更好地控制她们，然后再交给皮条客。卢克莱斯也曾在"避难所"里度过第一夜，在"绿洲"里吃过第一餐，但是她并没有继续接下来的旅程。她没有选择做服务员而是打碎了饭馆老板的下巴；没有选择在"黑色猫头鹰"里做舞女而是扭断了保安的胳膊，并且在夜店里放了把火；没有选择做妓女而是朝那位想通过给她介绍工作"帮助她"的皮条客的大腿上开了一枪。

事已至此，她只得睡在桥底下。

她计划换个职业。

卢克莱斯尤其渴望获得独立。只要去工作就得按照她自己的意愿。

一开始，她偷翻别人的口袋，后来，做了职业扒手，再后来开始入室盗窃。

夜幕降临的时候，年轻的卢克莱斯在一幢幢别墅和孤零零的城堡里作案。她的工作服质地柔软，颜色很深。她明白应该去那些信箱中塞满广告单、门口落满灰尘、百叶窗闭合的房子。她先踩点，然后切断安全系统，从窗户进去，拿走那些她认为容易出手的物件。她会把这些东西卖给一位做古董回收生意的朋友。这人80来岁，是个老妇人，看上了卢克莱斯的天赋，于是鼓励她更进一步，为了提高卢克莱斯的技术，老妇人传授给她一套"探访保险箱"的高超技巧。"每个保险箱都是人发明的。你了解发明者，就弄懂了它的机械构造。把每个保险箱形象地看成有待破译的人类思想，一把把钥匙就会出现在你的脑子里，直到弄懂锁的构造。开锁只不过是形式而已。"

这样的理论让卢克莱斯欣喜若狂，她成了最顽强的开保险柜专家。她懂得定位藏在挂画、假隔板，以及诺曼底式衣柜后面的保险箱。还能够找出战胜它们的钥匙。

最后，卢克莱斯在康布雷买下一间小公寓，过上差不多正常的生活。

她感觉自己是个"独立的手艺人"，是旧货批发商。

如果没发生那次变故，年轻的卢克莱斯应该还在从事着她擅长的地下职业。当卢克莱斯正在一座她以为无人居住的别墅中行窃时，惊讶地发现，很不巧，别墅的主人今天晚上想睡在自己家。

制服这个矮小瘦弱的男人对她来说轻而易举，可对方以失眠和她的夜间来访让他兴奋为由，提议跟她聊聊天，只是聊聊天。

年轻的卢克莱斯很困惑。随着最初的恐惧褪去，眼前的情形让她有点不知所措。她并没有感觉到任何威胁，于是同意坐下来。

男人穿着睡衣，向她解释说，很久以前，他从事的职业令他激情澎湃，可在那之后就变得"令人厌烦并且周而复始"。

他是当地日报社的主编。

两个人聊了一整夜。

他跟卢克莱斯讲了他如何看待这份职业，从前，干这行儿的都是热爱新闻的人，现在却被那些生性温暾的小伙和姑娘、贪生怕死之辈、游手好闲之徒、麻木不仁的人，尤其是那些没教养没文化的家伙侵占殆尽。

穿睡衣的男人一副幻想破灭的模样。

他承认，后来进入新闻行业就像当公务员。这个行业完全失去控制，记者不辨是非胡讲一气，人云亦云，伦理道义荡然无存，丝毫没有提高职业道德水平的意愿。

矮男人名叫让-弗朗西斯·海德。从前在《当代观察家》工作，是战争领域报道的大记者。他本该当上部门领导，但是他的位置却被一个阴谋家，一个叫克里斯蒂娜·泰纳蒂耶的人偷了去。他离开《当代观察家》，到了外省，成为《北方之声》的主编。但他再也没有了信仰，只想退休，因为同事的做法令他心灰意懒。

他给卢克莱斯倒了一小杯李子酒，然后问她人生经历如何。

很奇怪，卢克莱斯对他产生了一种信任感，她决定坦白相告。卢克莱斯给海德讲了孤儿院、流浪，以及入室盗窃的故事。海德跟她说，他认为卢克莱斯至少不害怕"上战场"，很勇敢。在他看来，这两项优点对他从事的职业来说既重要又不可多得。

他问卢克莱斯是否愿意为自己工作。在他看来，优秀的入室盗窃犯变成优秀记者的概率，要比任何从大学里走出来的人都高。"如果不在现场就获取好的新闻，文字一无是处。"海德如是断言。如果卢克莱斯同意来报社工作，他负责教她编辑文章和摄影。

"可我完全不会写文章！"

"门外汉都能写。非常简单，你可以使用五'W'法则，即who, what, when, where, why。翻译过来就是：什么人，什么事，什么时间,什么地方,什么原因。接着,你以'11 月 5 日夜,金合欢街发生了什么?'之类的问题作为开头。然后,把人物填进去:'或许康布雷市市长知道。'接下来是五个问题的答案。'因为在那一天……'等等。再提出另一个问题作为结尾:'可这一切难道不正是公款问题吗?'不管怎么说总会涉及公款问题。必须说些地区当选者的坏话,人们喜欢看这个。"

"就这些?"

"当然。你会看到,甚至即使只做一半工作,也绰绰有余。瞎子的王国里独眼龙能称王。当然,您的视力健全!"

卢克莱斯想掷硬币猜正反。如果是反面就做记者,如果是正面就继续入室盗窃。硬币飞起来,过了很长时间才重新落下。第二天,让-弗朗西斯·海德把卢克莱斯聘进康布雷《北方之声》报社,在毫无趣味的杂讯专栏工作。这对卢克莱斯来说是种全新的体验。

卢克莱斯热爱调查、写作、摄影,对一切都充满好奇。

只几个月的光景,卢克莱斯就变成了当地的知名人士,大家都很欣赏她。其他当地记者仅限于从市政府的通告中获取新闻,而卢克莱斯则会抢占先机,深入调查,最终把独家新闻带回来。

她很享受调查犯罪事件的感觉,并且已经解决了两起连警察都碰了一鼻子灰的凶杀案。

卢克莱斯披露了一起市政府的腐败案件,曝光污染的企业,找回诈骗案的主犯,引导民众关注不公平行为的受害者。

"你获得的成功已经超出了我希望,"让-弗朗西斯·海德承认,"但你不该把记者这一职业同执法者混淆在一起。你的工作并不是执法。我收到许多投诉。别触地头蛇的霉头,别毫不留后路地奚落丑化他们。"

年轻的卢克莱斯装出没有听懂的样子。让-弗朗西斯·海德本该把事情原原本本地告诉她。卢克莱斯笔下的一位牺牲品打算复仇,这人是报社老板的朋友,他要求报社无条件地辞退卢克莱斯。

让-弗朗西斯·海德声称:"发掘你让我倍感骄傲,所以我不能放弃你,我打算给你一封信,你把它递给《当代观察家》的领导,应该能成为你的敲门砖。"

他又偷偷地补充道:"一旦攀上顶峰就别停下来,继续干吧。"

推荐信起了作用。卢克莱斯·奈姆赫德被安排进社会专栏科学版面做实习记者,按字取酬。这是她进社时唯一空缺的职位。

可卢克莱斯对科学完全没兴趣,她对自己说:"我必须要对得起让-弗朗西斯·海德的信任。"

这就是全部故事的开始。这就是她为什么会走到今天这一步。

卢克莱斯小口地呷了几口浓咖啡。

突然,夜色中一处新的细节吸引了她的注意力。

大量豪华汽车缓慢地驶过"达利斯剧场",全部右转,驶入一条挨着剧场的小路。

卢克莱斯看了看手表。差五分到零点。结过账,背起小背包,她离开咖啡馆,向邻近的那条小路走去。

她很快发现了送货商入口,通向被当成停车场的场院。

院里已经停了几十辆豪华小轿车,从车上走下来的人都身着晚会礼服。

入口处灯火通明。

没准是私人晚会或者企业年庆。

可走进剧场的人看起来一点也不像是一家子或者企业的高级职员。

都是些叼烟卷的男人，有身穿晚礼服长裙的年轻女子陪伴左右。

粉色西服保镖在入口处查验邀请函。

卢克莱斯·奈姆赫德意识到自己没有邀请函，不可能从正门进去，于是她决定从屋顶翻进去。

她抓着排水管道爬上楼，爬到天台上，从一个屋顶跳上另一个屋顶。最后爬上"达利斯剧场"最高的地方。卢克莱斯脚下是被月光照亮的锌板屋顶，享受着猫咪的毛爪在人类头顶上行走的快感。

她发现一扇气窗，打破窗闩，钻进剧场内部。

卢克莱斯沿着高空中的滑道往前走，停在舞台正上方放聚光灯架的地方。

在这儿，她能随意观察周围的情况，像阴影似的，不容易被人发现。

卢克莱斯端起"尼康"相机的 200 毫米长焦距镜头，对准焦，仔细观察观众的模样。演出大厅可以容纳至少五百人，现在应该有两三百人。

突然，被改造成拳击台的舞台上灯光大亮。

两把扶手椅被摆上舞台中央。

椅子上方有块巨大的电视屏幕。

塔德斯·沃兹尼亚克走上拳击台，拿过话筒。

"万众期待的时刻终于到了。强于斗鸡、强于拳击、强于俱乐部、强于赛马、强于扑克，这是'真正'绝对的游戏，彻底的表演，富含超级维生素的激情发动机，这是伟大的……PRAUB 竞赛。也就是'先笑的要吃枪子'的首字母缩写。点 22 口径的伯奈利MP5E 型手枪，枪口抵住太阳穴开枪。这奖品将属于……输家。"

现场响起雷鸣般的掌声。

"……对赢家来说，奖品将不是 1 000，不是 10 000，不是 100 000，而是 100 万，是的，我确实说的是 100 万欧元，这钱属于在恰当的时候用笑话逗笑别人的人。"

极端兴奋的观众欢呼得很有节奏：

"先笑的要吃枪子！先笑的要吃枪子！先笑的要吃枪子！"

"好吧，100 万欧元的钞票，还是一枚铅弹？我们的挑战者将会做何选择？"

藏身地空间狭小，卢克莱斯窝里面一动不动，盯着照相机目镜，镜头的光圈被她开到最大，来获取最充足的光线。

伊西多尔说得有道理。真气人。虽然糟糕但也还是有好处的。泰纳蒂耶想要惊喜，我相信我会给她惊喜，而且还带劲。

粉色西服穿在塔德斯·沃兹尼亚克身上显得完美无暇，他挥手平息人群的欢呼。

"女士们，先生们，今天晚上的 PRAUB 将会上演三场伟大的对决。首先开始第一场对抗。对决的两名挑战者：尹幂，即兴表演联盟'官方'演出的最新一期赢家。"

第一个人戴着风帽，披着斗篷走上拳击台，戴着面具。

看啊，他们匿名参赛……

"尹幂刚刚获得'紫红色舞蛛'的称号。让我们把热烈的掌声送给她。"

尹幂摘下风帽，高举双臂向观众们挥手致意。

第二个人身形稍微高大些，他走上舞台。一簇刘海从面具上挑出来。

"她将对战人称'白牙刽子手'的阿尔杜。"

阿尔杜举起胳膊，摆起胜利手势的同时亮出牙齿，仿佛磨牙霍霍的捕食者。

"阿尔杜，你会用 100 万欧元买些什么？"

"这座剧场。"阿尔杜说。

观众席中传出阵阵笑声。

"啊，非常棒，现在就这么好笑，过会儿还了得啊！"

"你呢，尹幂，你要有 100 万欧元的话，会买什么？"

"给我家买间饭馆。我们想做寿司。"

"可寿司是日本的啊，不是中国食品，我是这么认为的。"

"您认识很多家日本人开的日本菜馆？"

又传出来几声笑声。

"非常有意思。干得漂亮。开始下注吧，迷人的女侍者——达利斯女郎会把赌金收上来。"

衣衫轻佻的姑娘挎着柳条筐在排排座位间往来穿梭，如同出售糖果的小贩。一捆捆 100 元面值的欧元在人群之间递来递去，换回几张粉色的票据。巨大的屏幕亮起来，屏幕里出现一串数字，以及两位选手戴面具的特写镜头。

肯定是赌金总额。

"PRAUB 演出现在开始！"塔德斯宣布。

钟声响起，意味着下注时间结束，照亮拳击台的聚光灯亮度陡然提升一倍。两位对决者被领到拳击台中央，塔德斯要求两个人握手。

塔德斯询问双方做何选择。

"黑色。"阿尔杜说道。

"白色。"尹幂接道。

后者把手伸进袋子里，掏出一颗白色的石头。尹幂率先开始。

两人分别坐在扶手椅上。两位盛装登场的年轻女子用皮带把他们的手脚捆好，确保他们无法动弹。

然后又挪来两支沉重的三脚架，枪托架在三脚架上以瞄准。

枪管贴紧两位挑战者的太阳穴。扳机上接通电线，电线接上盒子般的电子仪器。

助手们把传感器贴在两位选手的心脏、喉咙和腹部。

卢克莱斯屏住呼吸。她的大脑拒绝相信眼睛看到的东西。

"我想提醒你们 PRAUB 游戏的规则。每个人轮流讲笑话。对手听笑话。与传感器相连的电流计会记录下电阻率的变化。数据会被简化成从 0 到 20 的度量单位。如果有一位参赛者的数据超过 19/20，这数字意味着明显的笑，扳机就会叩响。谁能让对方笑谁就能活下去。谁不能抑制住笑谁就没命了。"

观众不耐烦地鼓着掌。

大屏幕稍有变化，每位选手戴面具的脸下方出现一道标线，代表这位选手的电阻率值。

枪管上拴着话筒。

开始信号一发出，尹幂投入状态，先讲了一段笑话，把这段有关兔子性别的笑话当作"第一波攻势"。

阿尔杜的标线几乎没变化，仅仅升到 11/20 的位置，很明显，这说明他已经听过这段笑话，或者觉得它很无趣。

阿尔杜也讲了段笑话，从男妓的登记簿讲起。这段笑话的杀伤力稍微大点，年轻姑娘的标线升至 13/20。

两位挑战者望着彼此。

一个人讲女同性恋的笑话，另一个人就讲比利时人的笑话反击。讲完大粪的笑话，立刻就有典型的英式无厘头笑话回应。

两位幽默演员在金发女郎的小笑话上展开较量，但谁也没能让标线超过 15/20。

观众席中有人喊了一嗓子，人们立刻群起响应。

"要么搞笑，要么去死！"

尹幂似乎急于找到阿尔杜防守的弱点，可后者的防线似乎固若金汤。

"要么搞笑,要么去死!"观众又开始喊道。

尹幂不得不铤而走险,她试图发起正面攻势,通过笑话直接质疑对手的性别。

偷袭的效果明显。对手吃了一惊,标线一下子升至17/20。见此情景,观众开始欢呼,给尹幂鼓劲儿。可"白牙刽子手"阿尔杜咬住舌头,咬得鲜血直流,成功控制住想笑的欲望。

他说了一段冗长而复杂的笑话。华裔姑娘不明白他目的是什么。但是当他讲到精彩的结局时,效果实在惊人。尹幂的电流计猛然攀升。先是到达16/20,观众认为标线会停在那里。但第二波感觉袭来,标线继续升高。17,18,19,最终,枪响了。子弹打穿了这位业余幽默演员的脑壳。

观众顿时沸腾了,斗士们的死亡竞技游戏配得上欢呼。

"先笑的要吃枪子!先笑的要吃枪子!先笑的要吃枪子!"

雨点般的掌声献给胜利者。

"好啊,这就是制胜的笑话,"塔德斯·沃兹尼亚克边说边走上舞台,给胜利者松了绑,朝失败者的尸体投下一朵白花,然后叫人把她抬下场。

卢克莱斯连珠炮般接连拍摄照片,双手不住颤抖。

这不可能。

"胜利者是……阿尔杜,'白牙刽子手'。"

胜利者亮出白牙,牙齿被舌头上的鲜血微微染红。

卢克莱斯·奈姆赫德神思恍惚,继续冲着舞台拍照片。突然,她停来,向后退去,大口大口地呼吸,飞快爬回屋顶,在屋顶上,终于放开喉咙大吐特吐。

变态!这些人完全是变态!

年轻的女记者重新爬过气窗,沿滑道来到布景总控制室门前。她走到楼梯上,仔细观察后台。

下面,女侍者正在处理赢家的赌金,这些人预测得很准,在"白牙刽子手"身上下了注。

正当她穿过化妆间的走廊时,身后传来说话声:"奈姆赫德小姐,您在这做什么?"

45

公元前 1012 年

玛雅王国。

奇琴伊察[1]观测台。

占星家汇聚一堂,解析命理并尝试预测未来。

就在此时,突然,某星象让其中一位名叫伊克斯塔奇克塔的占星家困惑不已。他开始查阅卡片,然后是历法。最终,他魂不守舍地宣布:"2480 年,世界将会毁灭。"

于是,玛雅的占星家们轮流在私人观测台前仔细观察星辰。他们没看到任何特别之处。

"伊克斯塔奇克塔,你在胡扯什么。天空中没有任何迹象预示这样的灾难。"

说话间,大祭司走进屋,他查阅过卡片后宣布:"伊克斯塔奇克塔说得有道理。世界将会在 2480 年准时消失。星期四,接近上午 11 点。"

没人胆子大到敢反驳大祭司。于是,所有的玛雅书记官都在象牙板、卵石,以及羊皮纸上记录下被预测出的地球消失的日期和时间。

1　奇琴伊察,墨西哥著名玛雅文化遗址。

全体玛雅人在代表人类和文明尽头的恐怖倒计时中为那一刻的到来做准备。

至于伊克斯塔奇克塔，后来他宣称自己的预言仅仅是为了博人一乐，除了搞笑之外，别无他意，可他的努力是徒劳的，没人敢反驳大祭司亲自宣布的意见。

这一事件为玛雅文明带来了一连串非同寻常的影响。2480年，星期三上午将近8点钟，出于对占星家文献的尊崇，在当时在位的国王指示下，玛雅人决定在世界末日时自行毁灭自己的城市。

令人难以理解的"巧合"是，那一天比西班牙征服者登陆的日子来得早。也就是西班牙历1492年。

很久以后，人们谈论神秘消失的文明。却从来没人知道，这一切都源自一位占星师的恶毒笑话。

伊克斯塔奇克塔创造了毁天灭地的幽默。

——《幽默史大典》

（出自：GLH）

46

男人并没有威胁她，只不过，这样的碰面似乎让他很困惑。

"您呢，您又在这里做什么？"卢克莱斯·奈姆赫德也吃了一惊，问道。

他回答得就好像是明摆的事情："我来参加 PRAUB 比赛。我想我参加的是今晚的第三场比赛。"

"可这很危险！"

塞巴斯蒂安·多兰笑得很平静。

"您说起话来很有技巧，很委婉。我更愿意说成'很致命'。"

"别去那。我求您了。"

塞巴斯蒂安抓住卢克莱斯的胳膊,把她拉进化妆间,锁好门,以防发生意外。

"我别无选择。要么参赛,要么穷困潦倒。您知道星期一的最终幸存者可以赚多少钱吗? 100万欧元! 100万欧元奖给在恰当的时刻搞笑的优秀者! 接下来,有了这笔钱,我就有权夺回被达利斯窃取的所有东西。我只不过是来收旧账而已。"

塞巴斯蒂安冷笑一声。

"可您会死的!"

"至少我会当着一群极其专注的观众,抖过本事后死去。人还能期待什么呢?"

塞巴斯蒂安·多兰坐上扶手椅,面朝四周嵌有灯泡的镜子开始化妆。他压低声音。

"关于达利斯,您说的对。"

"什么?"

"那的确是场谋杀。"

他说这句话的时候语气很随意。

"是您把他杀了?"

"哦,不,不是我杀的他。我已经跟您说过了,我没有这个勇气。但我认识凶手。"

这时,剧场和更衣室里的喇叭传出第二场PRAUB比赛的声音。

"大家请坐好! 表演继续。第二场PRAUB比赛,您将会看到上一场比赛的获胜者,人称'白牙刽子手'的阿尔杜与人称'银鼬'的卡蒂间的对决。我想提醒大家的是,目前,卡蒂已经数周未逢敌手了。"

欢呼声中,塔德斯继续说:

"赢得这场 PRAUB 比赛的人，不论男女，将会对阵老练的塞巴斯蒂安，人称'科学赛博'。"

卢克莱斯·奈姆赫德想提问，但被塞巴斯蒂安挥手制止。

"我想跟您说……"

"嘘！我必须得听比赛，否则我会搞不清楚胜利者的套路。"

他调高化妆间里喇叭的音量。

两人相顾无言，耳边传来"白牙刽子手"与"银鼬"间的比赛。

"您能不能至少告诉我，如果……"卢克莱斯小声说道。

"嘘！"

塞巴斯蒂安·多兰掏出笔记本。

喇叭噼啪作响。阿尔杜开讲性笑话。

"啊，他开场直接用了前面比赛中奏效的招数。"塞巴斯蒂安记录下来。

卡蒂回敬一段超现实主义的笑话。

卢克莱斯意识到，两位决斗者在心理以及战略层面上势均力敌。

这更像是生死战而不是对话。必须得想出不仅有趣，而且尤其能抓住对手心里弱点的笑话。

"白牙刽子手"阿尔杜讲了段疯子的笑话作为反击。"银鼬"略微有点想笑的迹象，可是没笑出声。人群喊得很有节奏："要么搞笑，要么去死！"

卢克莱斯·奈姆赫德叹了口气。

"阿尔杜的确太厉害了，他的技巧……"

"嘘……我正在听！"塞巴斯蒂安一边写，一边命令道。

卡蒂恢复镇定，回敬一段差不多算得上幼稚的笑话，是关于青蛙的。

结果自然没有说服力。

"她要赢了。"塞巴斯蒂安·多兰宣称，一副内行的架势。

阿尔杜抛出同性恋的笑话。

卡蒂接上金发女郎的笑话。

笑话逗得"白牙刽子手"快笑出来了，笑意变浓，再变浓，最终……一声干脆的枪响。

欢呼漫天。

"先笑的要吃枪子！先笑的要吃枪子！先笑的要吃枪子！"

门外传来达利斯女郎乱糟糟的声音，她们在过道里走来走去，讨论着把赢家的赌金还给他们。

接着，塔德斯·沃兹尼亚克重新拿过话筒。

"第三场 PRAUB，3 号 PRAUB，就像我刚才预告的那样，我们将会看到胜利者——人称'银鼬'的卡蒂与人称'科学赛博'的塞巴斯蒂安间的对抗。"

欢呼愈浓，尖叫再起。

"先笑的要吃枪子！先笑的要吃枪子！先笑的要吃枪子！"

卢克莱斯浑身一颤。

塞巴斯蒂安站起身，理了理格子纹外套，戴好面具。

"别去。"卢克莱斯哀求道。

"别担心。我会胜利的。我看这只'银鼬'的牙齿也不算太锋利嘛。"

塞巴斯蒂安读了读卡蒂的笑话，仿佛将军正在检查敌军炮弹的弹痕。他在奠定上一场比赛胜势的那段笑话下面连画几道重点线。

"不错，不错。比看上去更难对付。"

他在笔记里做下记号，重点标出'银鼬'每次开始笑的地方，他认为这些是对方的弱点，要从这里发动攻势。

"如果您失败了，我就不能知道凶手的名字……"

"我不会失败的。这可跟专不专业有关。"

他整了整领带结。

"听着,幽默幽默吧,我可以在这告诉您,也可以过会儿再告诉您。"

"我觉得这很合理。"

"但您的所有调查都得暂停。很遗憾……"

"别再让我受煎熬了。"

喇叭里响起来:"让我们用欢呼把塞巴斯蒂安,'科学赛博'请上舞台。"

人群喊得很有节奏:"赛博!赛博!赛博!"

"对不起,我必须上场了。决斗之后,我会把凶手的名字告诉你。"

话音未落,塞巴斯蒂安的手已经攀上门把手。

"不要,现在就告诉我吧。"卢克莱斯仍在坚持,死命抓着他,不让他上台。

"您是想让我输掉比赛……"

"当然不是。世事难料……说不准啊,把凶手的名字告诉我吧。"

塞巴斯蒂安·多兰脸色一变,突然变得非常严肃。

"您不知道您是在跟谁打交道吧,小姐。我可是伟大的职业幽默演员啊。即便酒瘾缠身,即使前途尽毁,我仍然是王者。我才不怕跟业余者对阵呢,他们不过是有些小聪明外加走运罢了。我很快就能回来,到时候我会把杀害达利斯的凶手的名字告诉您。我保证。"

他看了一眼卢克莱斯,安慰般微微一笑。

"您害怕了,嗯?我不知道您到底是为了我还是怕失去信息。"

"是为了……"

"您长得很漂亮。吻我吧。如果我注定死去，至少我的嘴唇品尝过您美妙双唇的滋味。"

卢克莱斯犹豫片刻，然后吻了他，吻得持久而热烈。亲吻了很久，远处，观众继续有节奏地喊着："科学赛博！科学赛博！"

"请告诉我，塞巴斯蒂安。谁杀了达利斯？"

我多想一拳砸在他脸上让他开口交代啊！

继续"勾引"模式。

塞巴斯蒂安·多兰抚摸着卢克莱斯的长发。她心想，去理发店真是去对了。

"好好听着我马上要跟您说的话，卢克莱斯。光明幽默与黑暗幽默的战争自古就有。达利斯属于黑暗阵营。'圣米歇尔宝剑砍在恶龙身上。'"

卢克莱斯一头雾水。

"这句话是什么意思？"

"达利斯代表着黑暗幽默，尽管他穿着粉色礼服，风度翩翩。真正的骗子的特点是，看上去能让人产生好感。"

"赛博！赛博！赛博！"观众喊得越来越不耐烦。

塞巴斯蒂安·多兰显得很兴奋，深吸一口周遭的空气，好像闻到了美味佳肴的香气。

"没什么能比得上人群有节奏地呼喊我的名字，为此值得挨一枪，您没体会过这种感觉吧，亲爱的奈姆赫德小姐？看吧，今天是我荣耀之日，或许是最后一次，在聚光灯照耀下离去也不错。"

说完，他握住卢克莱斯的手，吻了她。

"我求求您，告诉我吧，赛博，谁杀了达利斯？"

"是特……"

"特别？"

"……不，凶手的名字是……特里斯坦·马尼厄尔。"

结束了。一切都解决得了。我成功了。我知道了。我知道凶手的名字了。克里斯蒂娜·泰纳蒂耶将以我为荣。

但高兴的感觉过去之后，她突然觉得塞巴斯蒂安似乎很奇怪，费了这么大劲才开口，反倒一下子就把凶手的名字说了出来。她觉得这名字有些……"偏差"。

"特里斯坦·马尼厄尔，从前那个喜剧演员？"

"他跟达利斯私交非常好。"

"杀人动机？"

"就是因为这个原因。"

塞巴斯蒂安拿过一页纸，用粗记号笔写下三个大写字母："GLH"。

继"B.Q.T."之后，又出现了三个神秘的字母。他似乎非常享受玩猜谜游戏。

"找到特里斯坦·马尼厄尔，进入 GLH，达利斯谋杀案的谜底将会揭晓。"

"这个 GLH 是什么？"

"GLH 是个秘密团体……"

突然，门一下被推开，塔德斯·沃兹尼亚克出现在门口。卢克莱斯只顾得上飞快地捡起那页纸，塞进口袋，藏在门口后头。

"赛博，你在干吗呢？你没听见吧，他们激动得快要沸腾了！如果你不立刻过来的话，他们能把所有的东西都砸烂。"

塔德斯·沃兹尼亚克使劲用鼻子闻了闻。

"说，你身上喷了什么，怎么跟香水似的？闻起来像女人。"

"这是我的须后水。香柠檬与百合花香型。"

赛博整了整理面具，快步走出门，随手关上门。

雷鸣般的号声示意比赛开始。卢克莱斯等他们走远后，悄悄返回高处的观察位置。

完美的主持人塔德斯向观众介绍最后一场比赛的挑战者：

"这是我们新的参赛者，是我们中间最老练的人，他的名字是'科学……赛博'！"

观众们立刻反应过来。

"赛博！赛博！赛博！"

"塞巴斯蒂安私底下曾经是达利斯的朋友。他们甚至互换过喜剧点子，总之那一切都很美妙，大家已经不记得他了。不过，对所有喜剧演员来说，赛博依然是高素质的标尺，不是吗，赛博？来吧，让我们热烈鼓掌吧。"

卢克莱斯·奈姆赫德在屋顶上找到舒服的位置，拍摄即将发生的场面。

"对阵前几场比赛的胜利者，卓越的、勇敢的'银鼬'卡蒂。我要提醒的是，所有攻击都是被允许的……如果有趣的话。"

等他说完，塞巴斯蒂安·多兰从袋子里捞出一颗白色的石子，意味着比赛从他开始。

两位选手分别就座。

面对仍然因为上一场比赛而心绪不宁的对手，赛博似乎非常放松。

开赛信号发出。

塞巴斯蒂安·多兰犹豫片刻，从脑海中搜寻出第一段笑话试探对手。从容不迫地讲出来。

观众席中发出阵阵笑声。

相反，这笑话对卡蒂的影响却是不温不火。女人的电流计刻度升至 12/20。

观众不耐烦了。口哨声和喝倒彩的声音响了起来。然后又吵闹了好一阵："要么搞笑，要么去死！"

卡蒂回敬了狗的笑话。

观众哈哈大笑，赛博却无动于衷，再次展现出他对情绪的全面掌控能力。电流计甚至没有越过 11/20。

预示战斗将极其艰难。

双方轮流讲着笑话。

宝贝的笑话让卡蒂的标线升至 13/20。

西班牙人的笑话。赛博：11/20。

俄国人的笑话。卡蒂：14/20。

医学笑话。赛博：11/20。

神父的笑话。卡蒂：13/20。

"赛博！赛博！赛博！"一半观众有节奏地高呼。

"卡蒂！卡蒂！"另一半观众回应道。

两位挑战者依然自我控制得非常好，刻度被控制在 12/20 上下。观众并不满足，紧张情绪升级。竞技游戏不够残忍，不耐烦的情绪开始出现。

一半观众有节奏地高喊："要么搞笑！"

另一半接道："要么去死！"

塞巴斯蒂安·多兰抛出军人的笑话。卡蒂：15/20。

卡蒂讲了警察的笑话。

赛博：11/20。

观众群情激昂。卢克莱斯继续拍照。

两位挑战者似乎很难找到对方心理防线的弱点。同时，两个人越变越铁石心肠。

塞巴斯蒂安讲了母牛的笑话。铩羽而归：10/20。

对方回应了母鸡的笑话：9/20。

两个人搜肠刮肚却不得要领。嘘声四起，观众们有节奏的呼喊越来越强烈："要么搞笑，要么去死！"

小型遭遇战的结果几乎没有差别。不过，突然，出乎所有人意料的是，也许因为疲劳，塞巴斯蒂安汗出得越来越厉害，露出破绽。脸部肌肉跳动几下。嘴里没冒出任何的笑话，反而扑哧一声笑了出来。

或许这就是危险隐藏最深的地方。神经系统控制的笑容与比赛的紧张程度有关。他在讲笑话之前就已经落入 5 刻度的不利之势。他必须得喝酒才能鼓足勇气。

卡蒂的笑话穿破赛博的第一道心理防线。所有的观众都意识到了这一点。赛博的电流计不再停留在 13/20 上——这是他的心理防线——反而到达 15/20 的高度。

另一段笑话犹如鱼雷般穿过赛博的第二道心理防线。16/20。观众们屏住呼吸。第三段笑话又越过他的防线，同时数字不停攀升：17，18。

全场鸦雀无声。只听见赛博剧烈的呼吸声在绑在枪管上的话筒中回荡。

19/20……

卢克莱斯·奈姆赫德开启全速连拍模式，仿佛慢动作播放般观察每处细节。

就在下面几米远的地方，机电装置启动，扣下固定在三脚架上的手枪扳机。

撞针撞击弹壳，火药爆炸推动子弹携火光的晕彩中飞出枪管。点 22 口径的来复枪子弹飞出几厘米的距离，刺破人体表皮，钻进厚重的脑壳，穿过脑浆，再从另一侧的太阳穴离开。咧开的笑意依旧定格在赛博的脸上，他瘫倒在扶手椅上。

观众大为满足，纷纷站起身，高兴得大吼大叫。

"先笑的要吃枪子！先笑的要吃枪子！先笑的要吃枪子！"

衣衫清凉的姑娘们出现在拳击场上，解开赛博温热的尸体，往失败者的遗体上扔一块红色的盖布，用担架把他抬了下去。

塔德斯·沃兹尼亚克又拿起话筒："'并非如此老练的科学萨博'就这样死了。"

观众们对他这句话大加欣赏，他笑眯眯地继续说："我不记得是谁曾说过：'经验是每个人为自己所犯错误之和起的名字！'好吧，'银鼬'卡蒂是本周一比赛的胜利者。同时也是我们本周的冠军，下次比赛的被挑战者。她还能再坚持一周吗？下一次PRAUB比赛便知分晓，下次的比赛将于……下周一举行！"

"先笑的要吃枪子！先笑的要吃枪子！先笑的要吃枪子！"

塔德斯·沃兹尼亚克举起手，三个手指按在右眼上。在同样的激情催动下，观众们也做起了这个手势。

卢克莱斯·奈姆赫德又一次感觉到恶心，但这一回她成功控制住自己。

然而，就在年轻的女记者调节照相机，想放大那一张张脸孔，塞巴斯蒂安·多兰给她的那张写着"GLH"的纸滑了出来，仿佛落叶般飘荡在空中，落在拳击台中央，落在灯光下的两张扶手椅中间。

观众们立刻抬起头，发现正窝在他们头顶的年轻姑娘，还有她手里的照相机。

47

三只老鼠在聊天。

第一只老鼠非常骄傲地宣布："我总能找到弹簧捕鼠器的位置，并且毫发无伤地带走奶酪。只要跑得快就够了。"

第二只老鼠回答道："这不算什么。我你是知道的，灭鼠的玫瑰色小药丸？我当开胃菜吃。"

第三只老鼠看了眼手表,冷淡地小声说:"不好意思,小伙子们,现在是 17 点,我必须要走了。我该去强奸猫了。"

——节选自达利斯·沃兹尼亚克的幽默短剧
《动物,我们的朋友》

48

急转弯,刹车吱吱作响,风吹起露在头盔外的长发。

卢克莱斯·奈姆赫德扭动油门把手,侧三轮摩托车伴随转得发烫的金属声越开越快。

反光镜中,追逐者的小圆点越变越大。

转弯一个接一个,追逐者越追越近。现在,她都能从反光镜里瞥见追逐者,相当清楚。

牛头梗保镖骑着粉色哈雷·戴维森摩托车,穿荧光粉色的夹克衫,胸前印着绿色的"达利斯"字样。甚至没戴头盔,似乎对自己的骑术很有把握,仿佛非常肯定能把卢克莱斯抓住似的。

男人的问题在于总是轻视女性。一个世纪以来,数千年的大男子主义偏见并没有发生改变。尤其是在摩托车骑手领域。

年轻的女记者遇红灯没停车,如同滑雪般在来往的车流转来转去。

这一回,她注意到追踪者两侧还有另外两名保镖,也骑着相同的摩托车,衣着打扮也差不多。

幸运的是,虽然天色已晚,首都巴黎的交通还很畅通。卢克莱斯疾驰在风中。

她很了解"古兹"摩托车,了解得就好像骑士了解马匹一样。她能把发动机的声音听得好像奔驰的纯种马的呼吸一般,把轮胎的抓地力看得好像马的蹄子一般,她能让这台意大利机器立起来,在沥青马路上跳跃。不过,这台车挂边斗。

侧三轮摩托车体型巨大,有三个轮子,操纵性与速度都不及两轮摩托车。

这台特别的机器是卢克莱斯·奈姆赫德用在《当代观察家》当记者的第一份薪水买的。

她觉得这车是理想的战马。边斗可以运箱子、工具或者乘客。

卢克莱斯全速疾驰,超过一列车队,避开盲目倒退的卡车,逆街道而上,骑上人行道,把行人吓了一跳。

三辆摩托车紧追不舍。

侧三轮摩托车开到宽阔的马路上。

时速表显示,速度达到 110 公里/小时。她知道不能再快了,再快就要撞车了。

卢克莱斯又把车驶入环城高速公路,钻进几辆卡车中间。反光镜里那三个可怕的粉色斑点一直没变小过。

突然,狗头骑手挥舞武器,开了枪。子弹贴着卢克莱斯的身体飞过,另一颗子弹击中了旁边一辆汽车的头灯,第三颗子弹把卢克莱斯的手机打得粉碎。

啊!他们想玩这一套?我猜他们不知道自己在跟谁交手吧。算他们倒霉。重病要用狠药治。

卢克莱斯心里盘算着应急的法子。

做最坏的选择。

49

两个男人坐在桌前。第一个人把蛋糕切成了大小极不均匀的两块。自己拿走最大的那块。朋友不高兴了:"你刚才做的事情可真没礼貌。"

"呵！换作你的话，刚才会怎么做？"

"我会拿最小的那块。"

"这不就得了，那还抱怨什么，我把那块留给你了！"

　　　　　　——节选自达利斯·沃兹尼亚克的幽默短剧

　　　　　　　　　　　　　　　　《逻辑问题》

50

机械联动。卢克莱斯·奈姆赫德终于撬开了锁。

她推开闸门，气喘吁吁地走进屋。

"快点！"她边跑上藤条浮桥，边说道。

这一次，伊西多尔既没和海豚游泳，也没在思考问题，他正独自面向电视机吃饭，电视机上正在播新闻，被调成静音，取而代之的是一首古典交响乐。

应该是《海王星》，古斯塔夫·霍尔斯特[1]《行星组曲》中的一首。

屏幕上，几支救援队正在地震废墟中搜寻，伴随电视画面的是近百把小提琴奏出的洪亮乐曲。

伊西多尔似乎被脱离评论的可怕画面震住了。播过陷入不幸的人们后，屏幕上出现穿军装的国家领导人，看样子怒气冲冲，威胁就某事或者某人展开报复行动。可能是一座火山。可能是一位没有做好预防工作的部长，或者某个邻国。

"快点！"卢克莱斯·奈姆赫德重复了一遍。

1　古斯塔夫·霍尔斯特是祖籍瑞典的英国作曲家，代表作有《行星组曲》《萨默赛特狂想曲》等。

她站在电视和伊西多尔中间的地方,手舞足蹈,试图引起他的注意力。

他低头继续看新闻。

"又是您?"他语气苍白地嘟囔了句,"您还真是死缠烂打啊。"

伊西多尔自顾自地倒了杯琥珀色的饮品,示意卢克莱斯让开。

"伊西多尔!没时间跟您解释了,但是……"

"出去。"

卢克莱斯跑到窗户边,看见三颗车头灯刚在侧三轮摩托车边上停下。

"快点,伊西多尔,他们来了!"

"没什么好慌张的。"

"他们在追我,因为我发现了所有的事情。"

"那是您个人的小麻烦,您想让我做点什么?"

"伊西多尔!他们要把我……杀了!"

卢克莱斯亮出被子弹的冲击力彻底摧毁的手机。

伊西多尔似乎没什么特别强烈的感觉。

"人终有一死。"

"快点,必须准备好防御措施。"

"首先,进别人家的时候,人们会说'你好'。敲敲门或者按门铃是最起码的。"

"对不起。"

"我确实应该考虑更换更复杂的锁,把闸门锁起来。"

卢克莱斯快喘不过气来了。

"星期一凌晨的事情您说对了,的确发生了恐怖的事,那些人是疯子,非常危险。"

"您说什么?"

"我说'达利斯剧场'。星期一凌晨。他们用笑话和手枪自相残杀。"

老科学记者终于肯抬头看卢克莱斯。她红棕色的头发凌乱不堪,黑色皮衣上蹭了几道划痕。

"我完全听不懂。您在说什么呢?"

"他们来了!有武器!"

新闻换了个话题。画面上,教皇正对人群发表讲话。字幕显示他正谈论避孕套,劝信徒不要使用避孕套。音乐依然显得很奇怪,极不协调。

"总而言之,伊西多尔,听我的吧!"

卢克莱斯关闭高保真音响。伊西多尔沉住气,调高电视机的音量。

她夺下电视遥控器,关闭电视。

"您不明白?他们跟来了。他们知道我在这里。"

"仍然是三个选择:第一,战斗;第二,藏起来;第三,逃跑。"伊西多尔说道。

见鬼,我就是在他家学的这种用数字分析一切事物的怪癖。

他们听见三名男子的脚步声,正沿着水塔城堡的盘旋楼梯上楼。

伊西多尔打开视频监控:屏幕显示手拿武器的粉色西装保镖正在接近房间。

"您似乎说对了。"

"那我们怎么做?"

"选择之三:逃跑。"

"可只有一座楼梯。"

"我这儿有以备意外情况的应急出口。"

"做什么都行,就是得抓紧时间,他们来了!"

"别惊慌，您又会被人看穿了。保持冷静，跟我来。"

"可是他们已经……"

等入侵者距离他们不过几米远的时候，伊西多尔平静地爬下梯子，来到池心岛，关上闸门。三个追踪者手拍闸门，想把它撞破，朝门锁开枪，声如撞钟。撞金属门的力度越来越猛烈。

"您的'应急出口'是什么？地道、第二条楼梯、电梯、私人直升机，还是弹射器？"卢克莱斯气喘吁吁地问。

伊西多尔从壁橱里掏出布包，打开舷窗，从包里拿出一副很长的绳梯，展开。

"您在开玩笑吧？别告诉我您的应急出口是这玩意？"

撞击闸门的力度越来越强，穿过闸门就能进入房间。两位记者越过舷窗，飞快地顺着绳梯往下爬。

几只蝙蝠在身边乱飞乱撞。

我感觉等我们到达地面的时候，他会跟我说些不中听的话。男人总是这样，必须抱怨几句或者指责几句。

他们的脚终于触到地面。

卢克莱斯领着伊西多尔向侧三轮摩托车跑去，在边斗里翻腾了一阵，把头盔和摩托车眼镜递给他。

伊西多尔把毯子盖在膝盖上，然后坐好。

"您还是要明白，我正在家里安安静静地看电视，凌晨一点您跑来骚扰我。我希望您有合理的解释。"他低声抱怨道。

卢克莱斯递给他一把左轮手枪，可他只是轻蔑地看了一眼，接过来后又远远地扔了出去。

"您疯了啊！这可是马努汉制造，1973 年的收藏品，点 357 口径的大家伙，贵得吓死人！"

"火器让人没办法思考。人们相信它可以解决问题，可这观点是错误的。"

"可他们会追踪我们，必须得朝他们开枪呀。"

"暴力是傻子的最后手段。"

我是傻子，这是肯定的。我傻到跑来找他。只不过是为了自尊心而已，因为我无法容忍被别人拒绝。

卢克莱斯猛踩脚踏启动器。

"您在不恰当的时间突然出现在我家，把我扔在冰天雪地上，您有什么合理的理由？"

卢克莱斯终于启动了摩托车，这台大功率的机器被她轰得嗡嗡响。

"……召您去冒险。"

一加油门，消失在夜色之中。

51

公元前963年

犹太王国。

耶路撒冷。

直到这时，十二部落贤者议会仍然统治着这片土地。那里没有职业军队。守卫领土的只不过是兼职士兵的农民，也就是说，当国境遭到进攻时才拿起武器的牧羊人和农夫。但是，敌人妄图侵略的行为越来越多，伤亡也越来越惨重，北方有腓力斯人，南面有埃及人。希伯来人最终采纳了建立常备职业军队的想法。不过，养活这些专职士兵就必须收税。收税就必须建立政府部门。领导政府部门就必须集中行政权。就这样，犹太居民就从十二部落贤者议会体制过渡成埃及体制，产生了政府，以及各部门首脑——国王。

第一任国王是扫罗王。因战略才能，以及神赐的自然条件被推选成国王。

第二任国王是大卫王，也是一位睿智的战略家，战胜了腓力斯人，尤其是巨人歌利亚。

第三任国王是他的儿子，所罗门王。

所罗门王加强军队，与几个邻国签署和平协定，决定建造一座巨大的庙宇，这座庙宇凝结了那个时代最伟大建筑学和艺术方面的工艺。

他召集十二部落的代表，请求他们用税收再为这宏伟的计划添把力，并且向他们保证，当国家实现彻底和平、庙宇建成之日，他会降低财政开支。

等所罗门神庙完工，国境确保和平时，十二部落的贤者要求召开紧急会议，敦促所罗门王履行承诺。

但国王非常恼火。他的政府声势显赫，人员众多，雇人有多么容易，解雇这些省长、区长、警察和军人就有多复杂，甚至危险。所罗门王发现税收是台机器，增长便运行舒畅，反之则运行困难。

在特别会议上，当十二部落的贤者要求调整税收政策时，所罗门王开始不知所措。就在此时，国王的一位外交顾问，一个名叫尼西姆·本·耶侯达的人决定采取措施，讲了段笑话来缓解气氛。

十二贤者吃了一惊，犹豫了一会儿，然后哈哈大笑。与此同时，他们同意延期讨论降低税收的问题。

所罗门既感到惊讶又觉得松了口气，他把尼西姆·本·耶侯达单独叫到一边，感谢他出人意料的插手行为。

"我相信，没有你的笑话，我将不得不重新审核所有的经济政策。"

"幽默是通往精神修行的道路，"尼西姆说，"难道上帝不喜欢开玩笑吗？当他叫亚伯拉罕把儿子带来祭神，最后一刻，等到亚伯拉罕唯一的儿子被捆起来后,上帝对他说'不,最后,这是个玩笑'的时候,难道不是幽默吗?况且,亚伯拉罕难道没给儿子起名叫以撒吗?完全就是'喜笑者'的意思。"

"的确如此,我从来也没想到过这一点。"

"陛下,幽默是一切问题的解决方法。"

"不管怎么说,幽默可以进一步促进十二部落贤者议会容忍税收政策。"

这次事件后,所罗门王决定,除外交职责外,再任命尼西姆·本·耶侯达为国王的私人联络顾问。

有一天,所罗门王发现,从尼西姆那里获得灵感的话不仅能够让他被部落代表接受,也能让他被臣民接受,他单独召见尼西姆。

"尼西姆,我想让你教我,即使你不在身边,也能变成有趣的人。"

"事实上,陛下,幽默是门科学。"

"不对吧,这是种直觉,是有待学习的窍门,学成后能长久保留。"

"完全不是这样。您想想看。每段笑话里都有原则,例如三拍子节奏。"

"你在说什么呢?"

"我给您举个例子。举一个节日的例子吧。一个人穿着红色条纹的绿色长衫走进来。偶然事件。第二个人穿着完全相仿的绿色长衫走进来,更偶然的事件。但是当第三个人穿着红色条纹的绿色长衫出现的时候,事情就变得有趣了。这就是数字3的魔力。"

"你说的有道理!教我变得幽默吧,尼西姆。"

"规则之一,永远不要提前说'我要逗您笑'或者'听过很好笑的笑话'。笑无法预告,必须出人意料。"

国王开始困惑。

"规则之二。永远不要先笑。杠子摆太高就很难摸到了。因此,您要说'我听过一个故事',您正常地讲故事。出人意料的结局将带来喜剧效果。来吧,陛下。"

"'来'干什么?"

"请您讲个笑话。比如说谜语。"

"我一个都不会讲。"

"好吧,怎么样才能拥有漂亮、聪明、温柔的妻子?"

"我不知道。"

"只需要有三位妻子就行了。"

"啊,不错嘛!又是数字3,不是吗?"

"……笑话要因听众而异。您后宫有900位妻子,这笑话对您来说有特殊的含义,陛下。"

所罗门王刚才没跟自己比较,所以听到这话又笑了。

"来吧,作为交换,您也讲一个吧。"

国王同意了。

"不行,您笑了。不要笑。保持严肃。"

所罗门王重新开始。

"不行,笑话结尾时您忍住轻微的笑意。如果您想逗笑别人,您自己就不该笑。"

国王恢复镇定,把笑话重讲了一遍。

"接下来是,永远保持反向思维。或许您可以试一试,训练自己?比如说日常活动。陛下今天下午有什么安排呢?"

"我要判决一件案子。"

"很好,在判决中尝试反向思维。不论情形如何。这都将是您的首次幽默练习。"

所罗门王同意接受挑战。

很快，殿上来了两名妇女，声称对同一个孩子负责。

尼西姆·本·耶侯达站得远远地鼓励国王。

作为顾问的高徒，所罗门王心生一计，说了句他认为在如此富于戏剧性的场景中最失礼的话："既然两个人都想要，那就把这个婴儿切成两半，每人一半。"

这句话谁都没逗笑。但两位申诉人的反应令人颇感意外。

第一位妇女说："我服从国王的决定。"

然而第二位妇女大叫一声："不！我放弃！我宁愿看到儿子跟恶毒的妈妈生活也不愿意让他因我而死。"

所罗门王顿时反应过来，忍住心中的失落感，宣布："把孩子给这位妇女，因为她为孩子着想，她绝对是真正的母亲。"

掌声四起。人人夸赞国王的睿智。

"倒霉，没达到效果。"所罗门王又找到尼西姆，承认说。

"的确如此。没人笑。人们震惊过劲儿了。必须得把力度调节调节。陛下，我们再练练。"

然而，把婴儿切成两半的故事大获成功，风靡全球，并非因为搞笑，而是因为它引人思考。

所有的国王都梦想跟这位做出如此精妙判决的君主会面。

示巴[1]女王为所罗门王的智慧所倾倒，来犹太国拜访他。

尼西姆·本·耶侯达帮所罗门王做好准备。

"要想制造喜剧效果，就得做点跟人们期待相反的事儿。脑子里要不断想着'裂缝''惊喜''冲突效果''打破逻辑'。"

国王亲临会客厅，朝臣汇聚一堂，部长、省长、外交官，等候迎接这位非洲女王的使团。此外还有数百位国王的后宫女眷。赛

1　示巴，阿拉伯半岛西南部的古王国。

伯伊女王命人把礼物摆在所罗门王脚下,然后鼓起勇气好一通歌功颂德。女王想得很周到,叫人把自己的话翻译成希伯来语。

说完,大厅内鸦雀无声。人们等着所罗门王的回应。国王看了尼西姆·本·耶侯达一眼,后者抛给他鼓励的眼神。

所罗门王壮了壮胆子:"好啊,伟大的示巴,亲爱的女王,我无法对您的绝世美貌无动于衷,所以您的话更加令我感动。与其喋喋不休,倒不如让我提个建议……从今晚开始,您来我后宫,为我增添荣耀吧。"

国王微笑着,等着人群哄堂大笑。但什么也没有发生。

所有在场的人都愣住了,眼睛都直了。

双方都觉得非常不舒服。后宫女眷怒气中烧,匆忙离开了大厅。

会场沉默了很久。

所罗门王寻到尼西姆的目光,后者摇摇头,满面忧伤。

为了让场面有所改观,国王险些要道歉,解释,甚至笑出来。但他想起尼西姆的建议:"永远不要被自己的笑话逗乐。"

所以,所罗门王决定硬抗到底,他抓起示巴女王的手,当着目瞪口呆而又愤懑不平的与会者的面,把她领向国王的卧室。

所罗门王不承认失败。靠那颗无所不在的决心,他继续跟随尼西姆练习,提高说"笑话"的能力。

"幽默具有驱魔功能,"尼西姆安慰他说,"可以驱散让我们害怕的东西。想想看,陛下,最让您恐惧的是什么?我们马上尝试嘲笑它。这是我们接下来要做的练习。"

"什么让我恐惧?我的母亲。芭莎贝。当她生气的时候,能把我变成小孩子。"

"非常好。我们称呼她'一位犹太母亲',避开她的名讳。"

所罗门王在脑海中搜寻有关母亲的趣事,可这主题对他来说似乎过于犯忌。

"帮帮我，尼西姆。"

"想想看，她最让您生气的地方是什么？"

"监视我的一切行动。所有的事她都要提意见。不管我做什么，她永远都觉得不够。"

尼西姆露出一丝微笑。

"如何辨别犹太母亲，陛下？"

"我不知道。"

"如果您半夜起床要去厕所，等回来的时候……您的床已经被重新铺好了。"

所罗门王扑哧一下笑出声来。

"轮到您的，陛下。"

"我想不出来。还是这个主题，再给我出出主意吧。"

尼西姆·本·耶侯达思索片刻，笑得更欢了。

"三位犹太母亲坐在长椅上聊天。第一位母亲哀叹，'唉，唉，唉'；第二位母亲也哀叹，'嗨，嗨，嗨'；第三位母亲立刻反应说：'啊，别啊。我们可承诺过，不谈自己的孩子。'"

国王又一次哈哈大笑。

"你是如何做到的，尼西姆，轻易想到这些？"

"我观察街上的行人，观察他们的古怪之处。然后，思考如何把它运用得'别出心裁'。"

就这样，在所罗门王的陪伴下，尼西姆创造了最初的犹太母亲的笑话。

第二天，他向国王提出一个奇特的要求。

"我希望组织一批人，像研究新型科学那样研究幽默，陛下。"

"我不明白，幽默不是科学。是种消遣。"

"它'还不是'科学，但它能变成科学。我愿意召集能人，建造幽默工场。一开始，我需要自己选择三名助手和一间无人打扰的密室。可以吗，陛下？"

所罗门王表示同意，可他没有察觉出"幽默工场"的意义。

后来，以色列国王编了本笑话集，用嘲讽的话语命名为"赞美歌的赞美歌"（很难翻译的文字游戏）。第二本书被命名为"笑话书"，可这本书的书名被翻译成"箴言"，以此增添严肃感。

这是国王的悲剧。每次讲的笑话要么被当成智慧之言，要么被当成诗意的迸发。没有人领悟他的第二层含义。不管怎么说，人们认为，国王的职能绝非搞笑，相反，庄重与严肃应该更符合王权特性。国王因此很伤心。他的笑话穿破时间界限，风靡全球："人类，你是尘埃，你将重新变回尘埃。"本意是搞笑，但经胡乱解释后，被几乎所有宗教的教士当作带神秘色彩的格言，使用在葬礼上。

在这段时期，皇宫地下不为人知的大厅里，尼西姆·本·耶侯达和他的三位学生创造出一门新科学：笑的科学。这门科学每天都有可能出现特殊情况，这令他们颇感惊讶。

——《幽默史大典》

（出自：GLH）

52

马朗颂警长慢慢十指交叉，又慢慢分开。他胡子花白，剃光头，给人感觉好像已经看破红尘似的。

办公桌上摆着共和国总统的照片，旁边是偶像照片——电影《无名之辈》中的亨利·方达，更符合私人情趣。

单人醒酒间里传出房客的叫喊声和砸门声。

"也就是说……您跟我说的这一切，我觉得有点像，怎么说呢？'治秃疗法'，"马朗颂警官说，"也就是说，牵强附会。"

他似乎对自己的美妙措辞很满意。

卢克莱斯·奈姆赫德依然镇定。

"我是记者。跟您说的都是专业调查期间，我看到的东西，亲眼所见。"

警官疲惫地撇撇嘴，看了一眼摆钟：凌晨 2 点 02 分。这两个人突然出现在他办公室里，让他没办法在行军床上打个盹儿，但又不能把他们抓起来。警官急于摆脱两位不速之客。但仅凭三色证件上的《当代观察家》字样就能让他变得更加谨慎。

"是的，但是……跟我们警察正相反……记者并没发过誓讲真话，并且永远不撒谎。我可是知道的，不存在任何形式的'上级建议'以及任何旨在检查你们记者的出版物的监督体制。"

伊西多尔没忍住，赞许地点点头。

"干我们这一行，警督掌握警察的分寸。干你们那一行，负责监督和惩处'犯错'者的'记者督查'是谁，全靠自己监督还是根本就没人管？你们有权做所有过分的举动，却毫无风险。可我的职业却告诉我一个道理，失控的人倾向滥用权力。"

"他说的没错。"伊西多尔特意强调。

他先开的头。替记者辩护可不是我的活儿。况且伊西多尔还在添油加醋，走着瞧。

一位身穿海蓝色制服的女人走进屋，递给警官几页待签字的纸。

环顾四周后，伊西多尔注意到接待室里有几个穿制服的男人正哈欠连天地打扑克，女警察面朝流浪汉打报告，流浪汉的额头沾满血迹。

"你们同行的道德水平非常有限。同时，你们得明白，我觉得你们的故事极其不靠谱。"

这家伙很厉害。看来必须正面迎击，不能畏首畏尾。

"既然如此，我不得不在杂志上发表一篇能经受住检验的新闻：您的'不合作'。我已经想好了题目，《不该被打扰的警官》。然后我就讲一位女公民、女选民同时也是纳税人，如何被三名持枪的歹徒跟踪的故事。入夜后，民居的锁是如何被撬开。还有，为避开他们，当这位女记者向警察求助的时候，如何遇到一位警官，反驳说，记者身份让她的故事变得不可相信。"

"她说的没错。"伊西多尔重复道。

"显然我得谈谈那些令警察都提不起兴趣的罪行，即使每周一晚上，在相同的剧场里，当着 400 名观众的面犯罪，他们可全都是共犯。我还要控告您故意见死不救罪。"

两个人挑衅地彼此打量。

伊西多尔倒是愿意冲警官微笑，意思是说："您想办法对付她吧。我知道，她可不好相处。我放弃了。"

警官叹了口气，然后抓起电话筒。

"你好，我是马朗颂。有人在地铁站赖德律-洛兰一带巡逻吗？啊……让他们去'达利斯剧场'。例行检查……什么？是，我知道现在是凌晨两点。是，我知道星期一关门。可这是为了……好吧，让他们给我打电话。"

他又抓起电话。

"好了，不用再等了。"

警官的手指神经质般在办公桌上不断轻敲。电话刚响一声，他立刻拿起听筒，边听边点头，嘴里还说"哟，明白"。最后，他挂上电话。

"他们告诉我剧场已经关了门。没任何人离开，什么动静也没有。啊，对了，他们在门口发现了三名流浪汉，暖暖和和地缩在毯子和纸板里。我猜您大概就是把他们错当成凶手了吧。"

卢克莱斯·奈姆赫德恼羞成怒。

"事实显而易见,他们不会待在那儿等您,但那里应该还有痕迹。撬开门锁,进入剧场,您心中有数!"

马朗颂警官又把修长的手指相互交叉,再分开。

"也就是说……现在确实太晚了,没法弄到搜查证。况且那地方属于'敏感'人物。如果被媒体知道这件事,我有可能会出糗,我可不能冒这种风险。"

卢克莱斯·奈姆赫德站起来,一巴掌拍在桌子上。

"我就是媒体!"

马朗颂警官不为所动:"您是,其他人也是。据我所知,您并不是唯一从事这一职业的人。而且我也不愿意阴沟翻船,到科雷兹[1]的警察分局了却余生,如果你们懂我的意思的话。"

"可是有人死了。我发誓。"

"科雷兹也有迷人之处。"伊西多尔忍不住强调说。

警官摇了摇头。他转过头,看了一眼亨利·方达的照片,模仿照片里的姿势,声音变得严肃了:"回家去吧,请允许我给你们一条建议:不要进攻沃兹尼亚克一家……他们权势冲天,太强横,甚至比媒体与警察加在一起还厉害。不管是你们,还是我,都斗不过他们。"

53

女人丢了工作,丢了丈夫,丢了财产。

她去拜访祭司寻求建议。祭司对她说:

"脱困之途是,山羊。"

1　科雷兹,法国的一个省份。

"山羊?"

"当然。这非常简单。在房间里养只山羊,应该可以从根本上解决问题。"

听见祭司这么说,女人虽然不明白,但还是照做了。她买了一头山羊养在房间里。

山羊到处排泄粪便,撞毁并啃食家具和地毯,房间里充满山羊令人难以忍受的气味。

女人快疯了,又来拜访祭司,说这简直就是场灾难。房间彻底沦为羊圈,这只动物太好斗,她甚至都不敢回家。

于是,祭司对她说。

"非常好,现在,把山羊赶出您的房间。"

女人照做之后又回到祭司这里,感觉轻松很多。

"啊! 您说得对,祭司,自从山羊走了之后,生活变得如此惬意。我热爱流逝的每一个瞬间。感谢您珍贵的药方。"

——节选自达利斯·沃兹尼亚克的幽默短剧

《逻辑问题》

54

凌晨三点。卢克莱斯·奈姆赫德和伊西多尔·卡森博格慢慢游荡在空旷的巴黎街头。"古兹"摩托车的喇叭里响起"缪斯"乐队的旋律。

"很好,"卢克莱斯下定决心,"下周一必须带上照相机和摄像机再去一次。到时候人们将不得不承认,隐藏在'达利斯剧场——年轻笑星的发现之地'后面的是家恶贯满盈的公司。"

伊西多尔大声说,声音盖过音乐:"别跟他们起正面冲突。马朗颂警官说得有道理,他们权势冲天,太强横。塔德斯·沃兹尼亚克是最受法国人爱戴的人的哥哥,不仅拥有庞大的财富,大家还都很喜欢他,这是他的资本。所有的媒体都极力巴结达利斯,就算纯粹是为了图省事,他们也会支持塔德斯,其中就包括《当代观察家》,他们会随声附和。这非常重要。"

"杀人取乐同样至关重要。"

"您确定吗?依我看,在这颗星球上,人类生命的价值正在下降。十诫已经不再是人类的'本性'。有趣的游戏太多了:经济、政治、宗教,甚至喜剧。"

"我们还是不能……"

卢克莱斯突然不再说话,停下侧三轮摩托车,惊讶得目瞪口呆。

两个人刚刚回到伊西多尔的水塔城堡。

后者摘下头盔,愣在原地。

最高一层的窗户里青蓝色的波浪,起伏不定。

两位记者拔腿便跑,顺着盘旋楼梯爬上楼,跳上蓄水池中间的小岛。

客厅、厨房、卧室,以及所有的家具都被淹了。海豚和鲨鱼在房间里游来游去,越过桌子,绕过漂浮在水中的床、长沙发及沙发垫。海豚们兴高采烈地用鼻子尖儿顶开抽屉,从里面拽出衬衣和裤子,这些衣服在水中铺展开,好像水母似的。

伊西多尔·卡森博格没有反应。仿佛挨了当头一棒。卢克莱斯走到他身边。

"呃……对不起,伊西多尔。非常对不起。"

他依旧犹如虚脱一般。卢克莱斯支支吾吾地说:

"他们是达利斯的粉色西服保镖,是来报复……"

伊西多尔跳入水中,游向张着大嘴的进水阀门,转了转三个轮盘。水位停止上升。

他重新爬上小岛。

我觉得他马上又要说,这是我的错。

他还是没反应,但卢克莱斯看见他攥紧拳头。

"我明白,您不愿意再跟我有联系。我明白,如果我没把追踪者带到您家来,您就不会有这种小麻烦。算了,我承认错误。承认错误可以被宽恕一半,不是吗?"

突然,拳头一闪而至,砸中卢克莱斯的下巴。冲击力把她猛砸进水里。卢克莱斯落水的同时,伊西多尔也跳进水里,两人在漩涡中扭打。乔治、兰格、保罗还有约翰游过来,望着这两个人,似乎也想加入战团玩耍一番。

伊西多尔的拳头裹着杀人的念头,可惜被池水减弱了力道。卢克莱斯没有自卫,只是避开大拳头。伊西多尔怒火中烧,拳头越变越像棒槌。

两个人打得筋疲力尽,爬上小岛,池水让衣物变得更重。

"我恨您,卢克莱斯。我再也不想见到您。"

这句话我听过多少次了?还有'我带来厄运',还有'所有相信我的人都会后悔',还有我'没有改善人们的生活,而是让它变得复杂'。是的,我知道,我知道。

"我已经跟您说过对不起了。您还想怎么样,杀死我?"卢克莱斯气喘吁吁地问。

"也算不错的主意。"

"不,伊西多尔,别搞错了生气的对象。我不是您的敌人。敌人是塔德斯·沃兹尼亚克。"

可伊西多尔的眼睛还是瞪得如同发疯的公牛。

"我住在这儿的目的是远离好斗而愚蠢的人类。我选择这座水塔城堡就是为了确保没任何人来打扰我。但是因为您……"

"好吧,显然,我给您无滋无味的生活增添了一点趣味。您应该谢谢我。"

他环顾遭水淹的居室,又想拉住年轻的姑娘,不过后者谨慎地后退几步。

"伊西多尔,我不想再挨揍了,"卢克莱斯说,"把您的家居用品捞上来,在太阳底下晒干就行了。的确,有的物件变了样,可这又不是世界末日,您又不是第一个遭遇小型洪水的人。而且从积极的角度看,您的鱼类朋友从来没有过这么大的游戏空间。您看它们多幸福啊。"

伊西多尔又攥紧拳头。

"别忘记您的格言'暴力是傻子的最后手段',伊西多尔。"

伊西多尔扑向她,两个人又在岛上厮打作一团。伊西多尔在力量上更胜一筹,卢克莱斯的速度更快,但她不敢伤害伊西多尔,只躲避攻击而已。

最后,伊西多尔精疲力竭,停止攻击。

"好点了吗,您发泄完了吗? 现在可以像成人一样对话了吗?"

他气得脸色苍白,愤怒地盯着卢克莱斯,仿佛要用眼神杀死她。

"我再也不跟您说话了,卢克莱斯,离开这儿,离开我的生活,永远别再回来。'永远'!"

卢克莱斯依然面朝伊西多尔,做好躲避新一轮进攻的准备。

"看看您自己,浑身都湿透了,连个睡觉的地方都没有。理智点,伊西多尔。重新接受别人的帮助是很简单事情。来我家吧,那里,怎么说呢,呃,更加'干燥'?"

伊西多尔又扑上去掐她的脖子。

55

女人组装好衣柜。完工后，她后退几步欣赏成果。可当马路上开过一辆公共汽车时，衣柜倒塌了。

女人又组装起来，不明白发生了什么。她盯着衣柜，等待着。下一辆公共汽车经过时，衣柜又塌了。

她没法解释这种现象，于是打电话给卖衣柜的商店。了解到这种无法解释的问题后，商家决定派人解决。

刚一进门，雇员便开始自信满满地组装衣柜。两人等了一会儿，但公共汽车刚开过马路，衣柜就倒了。

"您看到了吧，我没说梦话。"女人说道。

"我完全不懂，"男人说，"也许发动机的声音引发震动，进而打破衣柜的平衡。可我想知道确切答案。"

修理工又把衣柜组装好，决定深入衣柜内部，查看究竟哪颗螺丝脱离了木料。

他小心翼翼地关上家具的两扇门。

等了一会儿，修理工在衣柜里面，女人在衣柜外面。

就在这时，女人的丈夫回来了，瞥见衣柜，惊呼道："瞧啊，你买了个新玩意儿？"

没待女人反应过来，他便打开新家具的门，发现里面藏着男人。

后者满脸通红，非常局促不安，支支吾吾地说："我知道这可能显得很意外，我也知道您肯定不会相信我，但是……我在等公共汽车。"

——节选自达利斯·沃兹尼亚克的幽默短剧

《逻辑问题》

如果有人靠近的话,最早能听到的是传向四面八方的尖锐警报,然后看见窗户里跳动的火焰。

热浪蔓延至房子周围数十米的地方。

人们站在封锁线后,脸被火光映成橙红色,交头接耳:"这是谁家呀?""您认识,那个穿中式衣服的小姑娘。《快报》还是《当代观察家》的女记者。""啊,就是那个把摩托车轰得嗡嗡响,喜欢停在禁停区的小姑娘?""我认为是的。"

消防员抖开水管,接上水龙头,同时升降机缓慢地升至两扇窗户正对面的地方。

卢克莱斯·奈姆赫德跳下摩托车,慢慢摘下云母眼镜。

哦,不!不要这样!

卢克莱斯嘴里只冒出一个单词:

"雷维雅丹!"

年轻的姑娘一蹿而起,撞开消防员,越过安全封锁线,猛冲进楼梯,跑上楼。

不一会儿,卢克莱斯又出现了,满身黑灰,凌乱不堪的头发冒着青烟,好不容易喘上一口气,烟呛得她直咳嗽。

卢克莱斯左胳膊里夹着融化掉一半的笔记本电脑,一只旧玩具熊,被熏黑的吹风机和那只刻着"B.Q.T."及"绝对不要读"字样的蓝色漆盒;右手上抓着一只烧焦的小家伙,它眼球凸出,长得很像碳烤沙丁鱼。

当卢克莱斯·奈姆赫德把她想要营救的生命拿给伊西多尔看的时候,对方不禁露出惊讶的神色。

"它叫雷维雅丹。他们要为罪行付出代价!"她低声嘟囔着,语调凄凉万分。

她把雷维雅丹的尸体放进火柴盒里。

重新骑上摩托车，轰得马达隆隆响，准备直接杀向"达利斯剧场"。

然而，伊西多尔却熄灭摩托车的火，没收了车钥匙，强迫卢克莱斯听自己说。

"现在不要焦躁，什么都别做。要遵照古老的原则：一、搜集情报；二、深思熟虑；三、投入行动。第一条原则的下半部分是：永远别在头脑发热的时候行动。找个安全地带总结一下如何？"

伊西多尔连说带比画，坐上侧三轮摩托车。

把钥匙递给卢克莱斯，后者打着火儿。

57

两位老人回忆起一家餐馆，在那里，人们吃完饭后有表演看。演员掏出生殖器，一下子砸碎三颗核桃。四十年后，两人故地重游。得到证实，演出还在。事实上还是同一位演员。那演员穿着礼服，比当年衰老很多。聚光灯亮起，男演员这回用生殖器砸的是……三个椰子！

演出结束后，两位老人去后台拜访这位男演员，询问他为什么把核桃换成椰子。演员回答道：

"啊，您知道原因：上了年纪……眼神不好。"

——节选自达利斯·沃兹尼亚克的幽默短剧

《逻辑问题》

棺材被细心合拢。

几只手在蒙马特尔公墓的地面上挖坑,把火柴盒棺材放进坑里。

然后,卢克莱斯插上一块木板代替墓碑,用粗毡笔在木板上写下"雷维雅丹"的字样。

没有墓志铭,而是写着:"生在水中,葬身火海,埋进土里。"

伊西多尔面带同情地点点头。

"我敢肯定'她'很出色。作为鲤鱼来说。"

"暹罗锦鲤。这是条雄鱼。'他'很出色。很有个性,满怀信心。雷维雅丹曾经提示我,有人趁我不在家的时候搜查过我房间。对一条生活在鱼缸里的红鱼来说,与人类交流可不容易。"

"我的盆栽也曾经一下子掉光树叶。"

"提示您有人搜查您的寓所?"

"不是……因为盆栽很脆弱。"

两位科学记者朝最近的旅馆走去,它坐落在蒙马特尔区的一条街上,名字容易让来浮想联翩——"未来旅馆"。

前台是个男人,又瘦又高,面颊向内凹陷,机智而冷静。他有点惊讶地盯着这对没带行李的客人。女人满身黑灰,头发乱糟糟的,男人的衣服还湿着。

"只是为上床而已。"卢克莱斯明确地说,她不打算留给对方任何提问的机会。

前台礼貌性地微微一笑,仿佛听到很好笑的笑话似的,把房间的钥匙放在吧台上。

"你们运气真好,这是唯一的空房。"

两个人上楼找到正确的房门。

卢克莱斯打开门，看见房间全貌。

"这可不行。"伊西多尔仔细看过后甩出一句。

"别担心价钱，伊西多尔，我会把它算进开销账单里。泰纳蒂耶会给我报销的。"

"我不是担心这个。"

"那是什么？"

伊西多尔看上去神情不悦。

"只有一张床。真倒霉，我睡沙发吧。"

说完便向窗户走去，欣赏巴黎全景，随后，他拉上窗帘，打开灯，坐在扶手椅上。

伊西多尔掏出 iPhone，按下一串号码。

"你好，让-路易。水塔城堡有麻烦了。不，不是水龙头滴水。也不是漏水。倒不如说是发洪水。"

他听对方说话。

"小？不，大洪水。当沙发和床漂在水上，电视机沉到水底的时候，你怎么用专业术语形容它？你能不能尽快过来看看，把一切都收拾好？求你了。得把受损的家具搬走，再检查一下混凝土墙是否在水压的作用下变脆。替我全面检查一番，然后把维修费用总额告诉我。你也可以买些家具，重新粉刷墙壁，我一并算钱给你。"

他喘了口气。

"啊，然后你喂一喂保罗、约翰、兰格和乔治。喂鲱鱼给海豚，乔治只吃不太肥的牛肉。如果牛肉上有肉筋，要剔下来。让我知道你的工作进度。谢谢你，让-路易。"

伊西多尔挂了电话，神色忧虑。

"该死，"卢克莱斯大发雷霆，"这是场战争。这些卑鄙的家伙要付出代价!”

“不要哭,不要笑:要去理解。”

“小丑阿基里斯·则瓦塔[1]说的?”

“不,是斯宾诺莎[2]说的。一旦陷入感情之中,我们就无法再思考,无法再观察,无法再理解。”

“这还是很好理解的。塔德斯·沃兹尼亚克和他穿粉色西服的走狗毁掉我们的住所,警告我们不应该插手他们的小秘密。”

“我们失去了家园。但我们得到了任何人都不知道的情报:星期一凌晨‘达利斯剧场’里发生的事情。‘旺盛的与欠缺的必定相互平衡。’”

“老子说的?”

“不,这是我说的。但我并不是唯一懂得这条普遍原理的人。”

卢克莱斯·奈姆赫德神经兮兮地在房间里转圈子。

“必须赶快行动,不能再让他们继续为患了。”

伊西多尔坐下来。

“不,首先应该思考。”

“您想做什么? 待在这儿讨论?”

“完全正确。对实干家来说,讨论有时是很好的行为。”

年轻的姑娘顶着红棕色的头发,手上的黑灰还没抹掉,她拉开窗帘,开得很大,观察夜色中巴黎的万家灯火。

“我有些朋友,他们认识的朋友又认识一些身居高位、胆子大得甚至敢惩罚达利斯家族的警察。”

1　阿基里斯·则瓦塔,生于突尼斯,法国著名小丑表演家。

2　斯宾诺莎,十七世纪荷兰唯物主义哲学家,在美学史上第一次明确提出了“美是主观”的观点。

"这不是我们要做的事。"

"我不喜欢听没用的空话。您有什么建议，'永远比大家聪明'先生？"

"首先要冷静下来。回到起跑线上。别受额外的变故影响，变故的目的是'摧毁'我们。解开达利斯之死的谜团把你难住了。"

卢克莱斯转头看着伊西多尔，眼神忧郁。

"从现在开始，更紧迫的是要揪出杀害达利斯的凶手。"

"不。这是最不打紧的事。一旦我们解开谜团，我们就会被公认成'独眼巨人'形象的捍卫者。我们'为了'达利斯调查。到了那个时候，所有喜欢和欣赏达利斯的人都会站到我们的阵营里。"

卢克莱斯·奈姆赫德开始懂了，安静地望着他。

"我所做的一切都是'为了'达利斯。为了达利斯，借他的'荣耀'与'才能'之名，我们才能抨击他'不忠诚'的哥哥，塔德斯背叛了达利斯，用'可怕'的生死决斗玷污达利斯的形象。感情的天平将倒向我们这边。"

卢克莱斯转过身，面向埃菲尔铁塔，铁塔上报时的灯光突然亮起来，裙子状的轮廓开始闪烁。

"可是达利斯或许知道星期一晚上的比赛……"卢克莱斯想到。

"'或许'？您在开玩笑吧？他当然知道。PRAUB比赛多半就是他鼓动的，但是鉴于他有世俗圣人的形象，我们不能从正面攻击他。"

"具体来说，您有什么建议，伊西多尔？"

"我们以天良未泯又极力追求'独眼巨人'之死真相的善良记者的形象进行调查。接下来，等我们被贴上'复仇者'的标签以后,就能借'他的名义'行动,揭发他哥哥了。公众和媒体都将接受这事实。警察只需要从这个突破口一拥而入就行了。塔德斯·沃兹尼亚克现阶段享受的政治保护伞将不复存在。他的武装将被解除,我们最终会同他势均力敌。"

我听懂了吗?!

"您刚才说'我们',所以您同意帮助我了,伊西多尔?"

他坐下来,突然变得不耐烦。

"不。这只是一套方案。我并没有同意参与调查。我和您一道逃跑只不过是被您强迫的,您把'您的'追逐者领进了我家。"

"可是我认为您被淹的水塔城堡……"

"……让我大发雷霆,我就情愿变暴力?我生你的气而不是生他们的气。只有那些我赏识却让我失望的人才能激起我的怒火。我对其他人没兴趣。"

"所以说我应该谢谢您生我的气咯?"

"我是非暴力主义者。即使所有人都想摧残我,我也不是那头只要有红布在眼前晃就猛冲的公牛。"

"您自己也曾经说过,调查就是进入事件中心……就是回到原点,就是找到真相……"

伊西多尔·卡森博格的表情毫无变化。

"直到现在,您对我都很无礼。但是对我来说,一切都没有改变。如果您想叫我帮忙,必须配得上我的帮助。"

"我该怎么做?"

"遵守您自己制定的游戏规则……"

卢克莱斯看着伊西多尔,眼神起了变化。

我从来就没搞懂过这个男人。

"三颗石子的游戏?"

"当然是三颗石子的游戏。"

"您的意思是抛开我们所经历的这一切,您是否决定参与调查,取决于三颗石子的比赛?"

沉迷"小孩子的游戏",但对"成人的剧集"又很敏感。

这家伙和寻常人正好相反。

跟他打交道,通常该优先考虑的是既定逻辑的反面。

两人坐在桌旁。最终,卢克莱斯从抽屉里找出一盒火柴,两人按规则开始游戏。

每一局游戏期间,伊西多尔全神贯注,保持镇定,仿佛已经忘记了来这里的原因。

"四根。"他宣布。

"五根。"她回应。

两个人摊开手掌。卢克莱斯手攥三根火柴,而伊西多尔只有一根。

所以,伊西多尔赢下第一局。

他赢下第二局。

按伊西多尔的习惯,他没做任何评论。

她赢下第三局。

她赢下第四局。

最后一局,两个人手里都只剩一根火柴。

伸出握紧的拳头,紧张地盯着彼此的眼睛。

"一根。"她说。

"零根。"他回应道。

卢克莱斯摊开手掌,手掌里空空如也。

伊西多尔没有摊开手掌。

"干得好。您赢了,卢克莱斯。"

他迅速捡起地上的火柴。

我赢了!我赢了他!我用三颗石子的游戏打败了伊西多

尔·卡森博格本人！

"我听取您的建议，"卢克莱斯说，"我决定思考，想碰碰运气，手里的火柴数量纯属巧合。"

伊西多尔承认她的战术很奏效。

"那么，您同意参与调查？我们从哪里开始？"

"现在是凌晨四点钟。我建议从睡觉开始。"

卢克莱斯走到他身旁。

"您知道，伊西多尔，您可以和我一起睡大床。"

"我已经强调过了，我情愿一个人睡沙发。"

这不可能，他不看我？他不看我的胸部，不看我的屁股？这种时刻，我穿着黑色皮衣，眼睛像埃菲尔铁塔一样夺目，应该超级性感才对。见鬼了，我是活生生的梦中情人。我认为没有男人能经得住这样的诱惑。

"我向您保证，每人睡一边，绝不碰您。甚至不会打呼噜。"

"我恰恰相反。"

卢克莱斯又靠近一分，抚摸着伊西多尔的胸膛。伊西多尔后退一步。

"您为什么拒绝我？您不喜欢我？"

"我跟您说过：我们的年龄差距让所有纯洁的柔美爱情沦为……滑稽。"

听到这两个词，卢克莱斯蹙紧眉头。

他差点说"乱伦"。为什么他要玷污我生命中最美好的回忆之一呢？

"必须要我提醒，您才能想起我们的已经有过身体接触了吗，伊西多尔？我认为您非常喜欢……"

"那不是爱情。您是孤儿，想找父爱。如果您想保证我们共事的效率，把我当成工作伙伴，而不是床上伙伴会更容易些。因此,今晚有三条规矩:第一,禁止碰我;第二,禁止吵醒我;第三,禁止……总之,算了,没有第三。"

伊西多尔走进浴室,找出塑料牙刷和牙膏。他刷好牙,洗了个澡。

他穿着短裤和 T 恤返回房间,开始在扶手椅上打莲花座。

"您那个姿势是在干什么?"

"遗忘。"

"什么?"

"遗忘一切。甚至包括您。这是我保持清洁的方法。我在睡觉之前:一、清洁口腔;二、清洁皮肤;三、清洁灵魂。为了不留任何怨恨,任何后悔,任何恐惧,任何失望。回忆一切,然后抹去脑子里出现的全部想法。至此,所有的一切都不复存在。嘴里不再有食物。皮肤不再被抚摸。脑子里不再有想法。"

"当您什么都不想的时候,您在想什么?"

伊西多尔睁开一只眼睛,叹了口气。

"算了,今晚放弃吧。我觉得无法成功了。"

"对不起,伊西多尔。我希望这不是我的错。"

"不必道歉。做好心理准备,恢复体力吧。准备好体验甚至想都没想过的吧。我也要做好准备。"

他从衣柜中翻出一床毯子,盖在身上,蜷缩在沙发里。

毕竟他也只是个男人,跟别人没什么区别。

仿佛为了证明自己说得有道理似的,又高又胖的科学记者睡着了,鼾声如雷。

第二幕
最初的叹息

59

希腊。

雅典。

厄庇卡尔摩斯是位年轻的大学生,刚刚光荣地从久负盛名的毕达哥拉斯学院毕业。他今年 21 岁,想当剧作家,已经创作出两部悲剧,可现在还没找到买主,于是心灰意懒,打算放弃这个念头,换个艺术性不怎么强的职业,比如凉鞋商人。

一天夜里,街上冷冷清清的。这会儿,他正在雅典城内一家大型市场附近散步。他瞥见一个男人被另外五个人追赶。五个人追上那人,把他摔倒在地,拳打脚踢,还翻他口袋。

在毕达哥拉斯学院学习的时候,厄庇卡尔摩斯学过数学、文学、历史和哲学,还学过格斗术。他很聪明,尤其善于把拐杖当成可怕的武器来使用。

他突然出现在打人者面前,拐杖舞得虎虎生风,落在打人者身上。这伙人不敢近前,最后被他赶跑了。

厄庇卡尔摩斯立马把受害者扶起来。通过对方的穿着,厄庇卡尔摩斯马上认出了这位年轻男子的身份,是个犹太人。

多亏在毕达哥拉斯学院受到的教育,厄庇卡尔摩斯能讲一口流利的希伯来语,所以两个人的交流并没有什么障碍。年轻男子表达了感激之情,然后试图赶紧上路。黑暗中,厄庇卡尔摩斯没有注意到这个希伯来人的衣服已经被大片红色污渍浸湿了。他肚子上挨了一刀。希伯来人走了百十来步后摔倒在地。

厄庇卡尔摩斯在大师希波克拉底[1]亲自教授的医学课上学到了不少东西。他撕开衣服,用最快的速度给希伯来人草草地包扎了一下。

希伯来人清醒后,含糊不清地说"我会好起来的,我想重新赶路",不过结局只不过是再次摔倒罢了。

年轻的厄庇卡尔摩斯把这个希伯来人架在肩膀上,带回住处。

厄庇卡尔摩斯整整照顾了他一夜,为他包扎伤口,希伯来男人终于睡着了。他高烧不退,开始烧得胡言乱语,泄露出一个本该不惜任何代价保守的秘密。

起初,厄庇卡尔摩斯猜这秘密涉及某个犹太宗教。他曾听人说过,这个信仰单一神明的宗教里出现过多少有些神秘的分支,但都只是昙花一现,他们的行动秘不外传。接下来的一整天,在高烧的影响下,希伯来人不停地说胡话,多亏了厄庇卡尔摩斯的香膏和植物糊糊,他才挺了过来。

苏醒后,他把自己的名字告诉厄庇卡尔摩斯,他叫艾玛纽埃尔,来自本雅明部落。

厄庇卡尔摩斯对以色列的近闻很了解。他知道,所罗门王去世后,他的儿子罗波安登上王位,十二部落的代表请求降低税收。罗波安王拒绝了,国家随之分裂。十个部落脱离以色列国,推举出新的国王:耶罗波安。

本雅明部落和犹大部落仍然效忠于所罗门王的儿子。

两个男人聊了很长时间,开始萌生出友谊。

厄庇卡尔摩斯教了艾玛纽埃尔几句希腊语,艾玛纽埃尔帮助厄庇卡尔摩斯提高希伯来语的水平。

1　希波克拉底,希腊著名医生,欧洲医学奠基人,西方医学之父。

"你昏睡的时候曾经提到过一个大秘密,那究竟是什么?"年轻的大学生问道。

于是,艾玛纽埃尔给厄庇卡尔摩斯讲了一段离奇的故事。所罗门王时期,国王的顾问是个名叫尼西姆·本·耶侯达的人,他建立了个作坊,追寻笑的力量。最终,他成功地发现了具有决定性意义的东西。是座精神宝藏。从那以后,他组建起一支意志异常顽强的骑士部队来守护秘密。

可亚述人从北方入侵以色列,听说了这座精神宝藏的事,但并不知道宝藏究竟是什么。从此,亚述人打定主意,不把这条至关重要的情报弄到手绝不罢休。

这就是为什么他们要追捕所有似乎与这个秘密有关的人。

这就是为什么他被那五个男人跟踪。那伙人是亚述人。

艾玛纽埃尔透露,他就是秘密修会的骑士,精神宝藏的守卫者。

"一定不能让它落入坏人之手。相反,宝藏是个活物,得喂它吃东西。就像动物,必须保护它,特别要注意,别让它咬到你。"

"动物?"

"一条龙,能咬死人。"

与艾玛纽埃尔的相遇打乱了厄庇卡尔摩斯的生活。他从希伯来人那里获得的不仅是启蒙知识,而是一套完整的学问,建立在新式哲学基础上的学问,每个细节都令人血脉偾张。艾玛纽埃尔把尼西姆·本·耶侯达麾下秘密守卫骑士的规矩和武器展示给他的朋友看,用这样的方式传授给他许多知识。从此,年轻的雅典大学生厄庇卡尔摩斯的观点、衣着、住所,以及交际圈发生了彻底的改变。他心想,起初,自己同其他的年轻剧作家一样,陷入了渴望创作希腊式悲剧的误区。他明白了,最有力量的思想是喜剧,而不是悲剧。

艾玛纽埃尔在希腊神话中搜寻最精通"搞笑"的人物,发现了默莫斯这个人物。

默莫斯是位下级神祇,黑夜女神尼克斯和阴暗之神厄瑞波斯的孩子,死亡之神塔那托斯的兄弟,奥林匹斯山众神的开心果。

他嘲讽赫菲斯托斯[1],指责他创造出的人类胸口没有门,无法透过门看到他们的思想。

他嘲笑阿佛洛狄忒[2],把她描绘成只知道说闲话和炫耀凉鞋的女神。

默莫斯甚至嘲笑宙斯,控诉他热衷暴力并且沉溺于性。

他总是嘲笑别人,开心果最终沦为令人讨厌的笑柄,众神将他逐出奥林匹斯山。

唯有狄俄尼索斯[3]还同他保持着友谊。默莫斯把创作喜剧诗歌的技巧传授给狄俄尼索斯,至关重要的是,默莫斯把幽默的秘密告诉了他:"如果您喝的是水,您不可能真正幽默。必须得彻底拜倒在酒的魔力下才能语出惊人。"

厄庇卡尔摩斯从这位神话人物写起,开始创作第一部喜剧。

艾玛纽埃尔帮厄庇卡尔摩斯构思喜剧的语言结构、舞台布景,以及服装。

至于厄庇卡尔摩斯,他善于使用华丽的辞藻和描绘人物的心理活动。

《默莫斯》上演的日子终于到来了,在雅典卫城附近的小剧场里。

1　赫菲斯托斯,古希腊神话中,火与工匠之神。
2　阿佛洛狄忒,古希腊神话中,爱与美之女神。
3　狄俄尼索斯,古希腊神话中,丰产与植物的自然神,喜嗜酒与狂欢。

剧中不寻常的对话方式让观众大吃一惊，不过，他们最终还是笑了，一波又一波的笑浪淹没了整个现场。

演出结束后，观众有些手足无措。他们沉默了很长时间。两位好朋友心里打起小鼓，不知道演出能否算成功。艾玛纽埃尔终于下定决心，鼓起掌来，观众立刻群起响应，他们获得空前的成功。

从此，厄庇卡尔摩斯风靡整个希腊。《默莫斯》之后，接连上映《赫拉克勒斯[1]的疯狂》《叛徒尤利西斯》。他用喜剧的方式改编并再现悲剧题材。就这样，35部神话题材戏剧与观众见面。

接着，他听从了艾玛纽埃尔·本雅明的建议，放弃描绘英雄人物，转而讲述平民百姓的故事，比如《锅碗瓢盆》《农民》《盗贼团伙》。他在平民百姓阶层获得的成功与在贵族阶层获得的成功相得益彰。所有的人，不论是富人还是穷人，都想看厄庇卡尔摩斯的著名戏剧，都想寻开心。

悲剧作家对他恨之入骨，说他是"肤浅的作者"，认为他的戏剧不配被严肃对待。

他反驳说，"不被严肃对待"恰恰是他的目的所在。为了展示喜剧的强大力量，厄庇卡尔摩斯把感兴趣的动物搬上舞台，戏剧中人的身体是人类，头却戴着动物面具。

很快，成功再次降临在他头上，并且持续了很久。厄庇卡尔摩斯创作了50部左右的戏剧。

然而，就在他如日中天的时候，厄庇卡尔摩斯找来了老朋友艾玛纽埃尔。

"你还记得吧，"他对艾玛纽埃尔说，"当我们第一次见面时，你被一群人追赶，他们想从你那里窃取一个秘密。你曾经提到过

1　赫拉克勒斯，古希腊神话中的大力神。

活着的宝藏,能咬死人的龙。我时常想起它。这秘密是什么?"

那一年,厄庇卡尔摩斯 92 岁了,身体哆哆嗦嗦的,艾玛纽埃尔 95 岁,身体状态也不怎么样。

可是,这位希伯来老人的眼睛里却闪动着异样的光芒。

"你真的想知道? 可如果我告诉你的话,你会有生命危险,懂吗?"

老希腊喜剧作家缓缓地点了点头,示意愿意承担风险。

于是,艾玛纽埃尔·本雅明拿来一只小箱子,上面刻着希伯来文。

"等一等,我来翻译。"厄庇卡尔摩斯说,他想向老朋友证明,对方的教导让他受用颇丰。他逐字逐句地翻译成希腊语:"'Bevakasha Lo Liqro'。那么,'Bevakasha'的意思是'请你'。'Lo'的意思是'不''不要'。'Liqro'的意思是'阅读'。所以,这句话就可以翻译成:'请你……不要……阅读'。"

艾玛纽埃尔把钥匙递给他,郑重其事地对他说:"这就是亚述人觊觎的宝藏。现在,按你觉得对的做吧,我从来也没打开过,我只不过负责运送而已。看不看里面的羊皮纸,你说了算。"

——《幽默史大典》

(出自:GLH)

60

它还没意识到发生了什么就被拍扁了。

一只手把被单上殷红的尸体揩干净。

我不喜欢蚊子。

可又有一只蚊子盘旋在房间里。

卢克莱斯·奈姆赫德睡不着,从床上坐起来。现在是早上 5

点零 5 分。

他答应跟我一起调查……伊西多尔·卡森博格答应跟我一起调查。

她的目光扫向被灯照亮的天花板,仔细地寻找那第二只叮人的昆虫。

太棒了。哪怕以付出房子和雷维雅丹的生命为代价。一切都是值得的。我接受这样的代价。

她看见幸存的蚊子落在窗帘上,果断出手,一巴掌把它拍扁了。清脆的响声惹得睡在床边沙发上的男人哼唧了几声。

他刚才说想回到最初的问题上。

年轻的姑娘从塑料包里拿出电脑。打开,没有反应。她掏出那只蓝色的盒子。

如果'独眼巨人'是个瞎子,他就不会死了。

他仅存的眼睛害死了他。

他这样的状态能看清楚什么呢?

猛然间,这位演员饱受众人追捧的人生,这种所有人都盼望拥有的人生,一个男人所能期望的一切物质追求:金钱、女人、尊重、欣赏,对她来说显得毫无意义。

极尽奢华的享受,仿冒的凡尔赛宫,服务员般的兄弟,以及作为头号粉丝的母亲,在这些包围下,他生活的唯一重心应该就只剩下权力了。他应该也会失眠,应该也会体会到忧伤,忧伤到不得不在公众面前强颜欢笑。阴暗的力量与逗笑别人的能力相互平衡,这就是他的人生。

"旺盛的与欠缺的必定相互平衡",伊西多尔这样说过。

达利斯比普通人幽默,因为他比别人忍受更多的忧伤与焦虑。

她站在镜子前。

甚至对我来说,我的所有优点只不过是缺点的补偿罢了,伊西多尔很清楚。这就是为什么他没被我的魅力迷住。

卢克莱斯扯过一把椅子,放在沙发旁,沙发上睡着的家伙是她这段冒险旅程的伙伴。

"你是谁,伊西多尔·卡森博格?为什么我既讨厌你又为你着迷?"她低声说。

她回忆起两人的初次相遇。那时,她正在调查一桩特别棘手的案子,弗洛朗·佩尔格里尼建议她向这位"自由记者""科学神探夏洛克·福尔摩斯"求援。他还提醒她:"这是头孤独的大象。"

后来,她发现这个人很古怪。最早给她这种感觉的是他的住所,一座位于巴黎郊区的沙漏形的水塔城堡。

当时他家里没安电话,她甚至无法预约。

她来到他家,遇到他。两人的体型似乎很互补。

她的块头有多小,他的块头就有多大。

大象和老鼠。

她坦言打算调查一桩古生物学家的谋杀案,案件与某涉及人类起源的惊人发现密切相关。可他直言不讳地说:"如果您对人类的过去感兴趣,说明您正被自身的过去困扰着。您应该是孤儿。"这句话犹如霹雳般砸在她的耳膜上。

大象压扁了小老鼠。

放弃可不是她的作风。卢克莱斯再三坚持,勉强说服了他,就像今天一样。他们走进非洲的丛林里,顺着一个又一个发现追寻下去。最终,解开了"我们祖先的祖先"诞生之谜。摆在他们面前的唯一障碍是,这个新发现颇为乖张离奇,如果披露于世,必定会扰乱人们的生活。

可如果不把这个鲜为人知的重大真相公之于世,两人心里又都不会心安。几年后,她又请他参与调查某国际象棋手的离奇死亡案。他身上略微产生了一些变化，比以前瘦了。与二人相对照的动物组合变了。

熊和兔子。

这一次，他比以前爱说话了，跟她谈起感兴趣的东西：追寻"减少暴力之路"，谈起以数字符号体系为基础的科学的发展，谈起"可能之树"。

他们跑进一家特殊的精神病院调查。精神病院坐落在蓝色海岸的海岛上，正对面就是戛纳。

两个人发现了"终极秘密"，当调查进行到最紧张的关口时，他们做爱了。非常美妙的两个小时。做爱时这具硕大的躯体运动得如同失重一般。他专心致志，保护她，令她安心，同时动作激烈、令人吃惊又不失优美。

当他们分开的时候，卢克莱斯相信伊西多尔会给她打电话。

就像所有跟她做过爱的男人一样。

可惜"孤独的熊"并不在这群人中。

于是，卢克莱斯开始讨厌伊西多尔。她当时心想："他以为自己谁？又胖，又老。甚至连朋友都没有。"

她第一次产生这样的感觉，别人从没给过的感觉。

为了报复伊西多尔，她找了个跟他很相似的男人约会。然后，她把那个男人甩了。可这种报复行为留给她的只不过是苦涩。

后来，她热衷与性伴侣们如胶似漆，以便当她毫无理由地抛弃这些男人时，从他们沮丧的表情中获得更大的快感。

为了报复伊西多尔，她像这样虐待过多少位情人？结合然后抛弃的游戏令她不能自拔。对她来说，这种游戏变成了艺术，她懂得如何将之推向高潮的艺术。有个被她抛弃的情人自杀了，还有两个人患上抑郁症。

他们的脆弱是她炫耀的资本。

除此之外的大部分时候,她毫不犹豫地向男人们表明:"要知道,通常我对男人不怎么样,您确定想冒险吗?"这句话非但没把男人们吓跑,反倒迷住了这些人,他们似乎愿意迎接挑战。

伊西多尔曾经反复说:"永远不要轻视对手。"可他们却轻视了卢克莱斯。因为她身材瘦小,年轻,尤其因为她是女人。所以,他们不得不为自己的行为"交学费"。

卢克莱斯记得。

她长成身高1米55,体重50公斤,头发红棕色,胸脯高耸,大腿结实,眼珠翠绿的女人,散发出无人能挡的致命魅力。

女人也喜欢她,但在这方面,只有控制才能给她带来快感。她尤其明白,真正的虐待狂是,当受虐者说"给我疼痛"时,另一个人回答:"不,我对此不感兴趣。"

卢克莱斯的目光落在睡着的伊西多尔身上。

多亏了他,她才体会到什么叫纯粹的爱。不想控制别人,只想跟理解自己的人灵魂契合,他在这方面足够敏锐。这……

我不敢相信他。

……这个人敢回答:"不,我对此不感兴趣。"

伊西多尔面带微笑,合着眼。大概正在梦中追寻美妙的际遇。

所以,他更像个大婴儿。

卢克莱斯几乎忍不住想把他揽在怀中摇晃。她抚摸着伊西多尔光秃秃的额头。

团结让我们强大。为什么他不明白呢?

她缓缓地低下头,在伊西多尔脖子上的肉窝处留下轻轻一吻。他下意识地伸手拍打这只讨厌的"蚊子"。

"你啊,我既不知道你是谁,也不知道你脑子里想些什么。可总有一天,你会发现,你没法一个人生活,"她在他耳边低声说,"你比自己想象中更需要我,伊西多尔。"

61

男人在沙漠中迷了路,一滴水也没了,快渴死了。

突然,有人路过,他冲那人喊道:"水!水!"

"水?没有,对不起,我只有几条领带。"

"荒郊野岭的,几条领带?管什么用啊!"

男人灰心丧气,继续艰难地走着。

后来,他找到一片绿洲,周围立起围墙,入口处设有岗亭。

他向花园冲去。

"水!水,可怜可怜我,给点水喝吧。"

"这里不对外开放,先生。如果您想进去必须得衣着得体。您有领带吗?"

> ——节选自达利斯·沃兹尼亚克的幽默短剧
> 《我身后,任他洪水滔天》

62

给"未来旅馆"餐厅送货的冷藏卡车按喇叭按了很久,就当是公鸡打鸣了。

太阳升起,从椭圆形慢慢变成圆形,从淡紫色变成粉色,然后是橘红色,然后是黄色,然后是白色。

两个人在餐厅吃早饭的时候,伊西多尔·卡森博格拿出iPhone,当成迷你电脑用,弹钢琴似的敲打出:"达利斯之死调查"。

"好了,把您掌握的全部信息告诉我吧,比如数据,再比如证据。我听着呐，卢克莱斯。"

可卢克莱斯一动不动，目光被伊西多尔身后的电视机吸引住了。

伊西多尔大为困惑，转过头，塞巴斯蒂安·多兰的脸出现在电视机上。

她站起身，把电视机的音量调高。

报纸上说喜剧演员塞巴斯蒂安的事业一波三折，后来他堕落了，并且酗酒成性，最终饮弹自尽。

"这是第七位自杀的喜剧演员，完全相同的自杀方式，让人联想起提到'职场'自杀流行病的那位专栏编辑。继电信行业、汽车工厂后，现在，又传染到行外人一无所知的喜剧界。"

"为什么开始调查的时候打开电视？"伊西多尔只问了一句。

"巧了，在他临死前，塞巴斯蒂安·多兰把杀害达利斯的凶手的名字告诉了我。"

伊西多尔一脸狐疑。

"照他说……是谁把达利斯杀了？"

这事儿是塞巴斯蒂安·多兰临死前亲口告诉她的，她一字一顿地说：

"特里……斯坦……马尼……厄尔。"

"特里斯坦·马尼厄尔？'那个'特里斯坦·马尼厄尔？"

"就是那个人。"

"我们说的是那个几年前神秘失踪的著名喜剧演员吗？"

"就是他。赛博的原话是：'这是光明的幽默与黑暗的幽默之战。达利斯属于黑暗的阵营。圣-米歇尔的宝剑砍在恶龙身上。'这就是他上台赴死前跟我说过的话。"

伊西多尔·卡森博格把一块羊角面包塞进嘴里。

"您怎么看？"她问道。

"我不喜欢幽默。我不喜欢笑话。我认为这种行为毫无用处，发明它的目的就是掩饰失望，但失望是人类的自然状态。"

伊西多尔眼神异样地看了一会儿第二块羊角面包，然后放弃了。

"正因为幽默的存在，人类容忍了反常的状态。否则人类会抗争。幽默的作用就像止痛剂，阻断疼痛感的同时，让人们容忍本该反抗的东西。"

卢克莱斯·奈姆赫德起身拿了几片吐司和"能多益"，然后又坐了回来，自己动手做涂酱面包片。她张着大嘴说道：

"我没说这些。我想说的是，您怎么看'特里斯坦·马尼厄尔'这条线索？"

"这个久不露面的人出现在这件案子里让我很吃惊。没准会引出一条可靠线索。真正有趣的秘密往往是被更加有趣的秘密解开的。"

伊西多尔又拿出 iPhone，敲打着虚拟键盘。

他找到几篇有关喜剧的文章。

他转过身，面向卢克莱斯。

"至少特里斯坦·马尼厄尔是个有天赋的演员。反反复复地讲些老掉牙的笑话不能满足他。我喜欢这个人。他把自己的人生编成有趣的笑话，他的结局将会是：'最后……他都没解释一下就消失了。'"

伊西多尔的手势让人联想起蒸发的雪花。

"我以为您不喜欢幽默。"

"相反，因为我爱它爱得深沉，爱它就像爱纯粹的艺术，看不得它沦为市井之徒的发泄工具，看不得它被人糟蹋。"

"我理解不了您。"

"因为您还不懂，理解这个世界有三条基本法则，其中之一就是悖论。"

伊西多尔停顿片刻,"悖论"这个词划破沉静,然后解释说:"我不喜欢……低品质的幽默。因为电视上推荐的幽默,从本质上来说只不过是作践人类,嘲笑别人,我瞧不上这样的幽默。也许这就是塞巴斯蒂安所谓的黑暗的幽默。不管怎么说,这是达利斯赚钱的资本。"

"您说得太夸张了。"

"可我喜欢巧妙的幽默,喜欢自我嘲笑和荒谬的语言。特里斯坦·马尼厄尔非常擅长自我嘲笑和荒诞的语言。我跟您说'我不喜欢幽默'的时候,就好像我曾经跟您说'我不喜欢劣质酒'一样。正相反,这并不妨碍我喜欢在天气好的时候来上一杯1978年的迪拜-拉迪拜或者1998年的智利卡斯蒂路-德-莫琳娜[1]。"

"问题在于,'高品质幽默'的概念是主观的。而当"高品质"这个概念牵涉葡萄酒的时候,大伙儿或多或少可以达成共识。"

伊西多尔挥舞着勺子。

"说得好。但是我个人认为特里斯坦·马尼厄尔是位伟大的,甚至非常伟大的笑星,因为他找到了类似第三层次的幽默。与胖人、性或者种族主义无关。这种幽默是精神黄金,能振奋精神,不会打击士气。"

伊西多尔念着从互联网上找到的新闻。

"特里斯坦·马尼厄尔的事业蒸蒸日上。跟达利斯完全一样,当时人们把他看成头号笑星。他拍了好几部电影。有一天晚上,演出结束后,他'烧断保险丝',然后就消失了。他一向不爱解释。抛下妻子和两个孩子。人们最常说的是,特里斯坦·马尼厄尔得了抑郁症,所以逃到某个遥远的国度,隐姓埋名地生活。"

1 　迪拜-拉迪拜与卡斯蒂路-德-莫琳娜均为葡萄酒品牌。

伊西多尔往茶杯里加了点糖,搅拌了几下。

"但我认为这一切有点过于简单了……特里斯坦消失的真相仍有待发掘。"

伊西多尔在手机文档里记下几句话。

"所以说,总之,我们现在有:

"一、凶器:海蓝色的盒子;

"二、烫金的铭文:'B. Q. T.'和'绝对不要读';

"三、曝光过度的'柯达'牌相纸;

"四、摄像头拍到的照片,拍的是化妆成悲伤小丑的凶手;

"五、犯罪嫌疑人的名字,另一位犯罪嫌疑人临死前提供的。该疑犯的死亡让指控具有某种特殊价值。特里斯坦·马尼厄尔……

"六、犯罪动机;

"七、证据;

"八、找到特里斯坦·马尼厄尔。"

伊西多尔·卡森博格让卢克莱斯把悲伤小丑的照片再拿给他看看。卢克莱斯从手提包里掏出黑莓手机。接着,伊西多尔在iPhone上打开"谷歌照片"程序,搜寻特里斯坦·马尼厄尔的照片。

"如果二者能够吻合的话,我们早就看出来了。"

他们对比这两个人的脸。

"妆画得实在太浓了,很难辨别面部特征,"卢克莱斯承认,"加上这个红色的大鼻子就更难辨认了。"

"更别提从高处拍摄的视频图像的画质有多差劲了,甚至都看不出悲伤小丑的身材。"

"比达利斯高,这是肯定的。从高矮胖瘦程度来看,应该就是特里斯坦·马尼厄尔。"

"……或者不是。"伊西多尔补充道。

他慢慢地品着绿茶。

"您有什么建议？"

"您，卢克莱斯，您去找特里斯坦。"

"您不跟我一起吗？"

"我嘛，就要秘密行事了，我会用我的方式调查。调查案件的本质而不是表面现象。"

"意思是说？"

"我跟您说过，寻找幽默的本源是打开一切谜题的钥匙。我认为这是输赢的关键。为什么地球上会出现笑？所以，我会从这种毫无用处的生理现象的起源查起。"

她长叹一口气，满脸失望。

"所以说，我还得一个人调查？"

"保持联系，告诉对方彼此的进度。"

卢克莱斯·奈姆赫德心里很不舒服，可又不敢表现出来，她把一根手指伸进"能多益"的罐子里，一口就把手指上的榛子酱吞了下去。

好吧，干点实事吧。第一件要做的事情：购物。首先得买个能装下所有物品的背包。接下来再买几条裤子，再买几件胸罩。长袜、盛化妆及卸妆用品的小梳妆盒、口红、香水、指甲油、7.65毫米口径的手枪、子弹、半油性的洗发露、舒缓型夜霜。再买个2 000瓦的吹风机，宾馆里的吹风机风力太弱了。再买把牙刷。还要台18—115毫米焦距的照相机，还有存储卡。还要……避孕套，万一最终我让他改变主意了呢。

63

希腊。

雅典。

观众起立为《公民大会妇女》鼓掌。剧中，雅典的女公民齐聚一堂，下定决心夺取政权，最终投票决定勇敢地行动起来。妇女的丈夫懦弱极了，他们可没胆子这样做。

在那个年头，这种题材的确算得上胆大妄为。

剧作者个头不高，胖胖的，还是秃顶。他上台向欢乐的人群致意。他曾经写过一部剧，《云》，在这部剧中大胆公开嘲笑伟大的哲学家苏格拉底，把他写成瞧不起女性的书呆子。在《黄蜂》中，他奚落腐败、自私的法官和那些为了鸡毛蒜皮的小事就把别人告上法庭的贵族。

没什么能阻止他。嘲笑完哲学家、法官、贵族后，他又把矛头对准了名头比他更响的同行——剧作家欧里庇得斯，他在《蛙》中拿这位作家开涮。在《鸟》里，他讽刺热衷随便找个借口便要跟邻国开战的雅典人。在《骑士》里，他公然抨击国家首脑——克勒翁，把他描绘成愚蠢的暴君。在《普路托斯[1]》里，他宣扬财富在贵族与平民之间重新分配。

这位新锐作家是第一个运用犀利的语言告诉人们如何真实评价他人的人。阿里斯托芬不忌讳使用粗俗词汇，不忌讳说"屁股"，不忌讳谈论性、金钱，以及政治。提倡新式喜剧，倡导把多幕小短剧、音乐及舞蹈插入戏剧。发明了插剧，也就是"独白"。独

1　普路托斯，希腊神话中的财神。

白过程中，主要演员脱掉戏服，语气严肃地表达作者的寓意。

独白时，剧场化身成真正的政治论坛。

所有人都搞不清楚这位作者还要鲁莽到什么时候，也不知道当局容忍的底线在哪里。

剧场里总是坐得满满当当的。雅典的观众放声大笑。没人敢批评这位风靡全城的明星人物。

阿里斯托芬在不知不觉中开创了讽刺现实的幽默。

这天晚上，他再次向观众致敬，突然，掌声戛然而止。一伙武装人员闯进剧场。

他们封锁出口，上台控制剧作者，把他捆起来带走。观众喝起倒彩。

幽默是有底线的。克雷翁忍无可忍，派出了警察。

庭审在一个月之后进行。

阿里斯托芬被指控扰乱公共秩序及煽动群众造反。柏拉图亲自赶来做证，说阿里斯托芬多次嘲讽老师苏格拉底，所以对老师的死负有直接责任。嫉妒阿里斯托芬的戏剧作家、文人和艺术家也来做证，说这位作家对天真的年轻人造成不良影响。

没有人为阿里斯托芬辩护，或者请求减轻罪行。裁决落定。

阿里斯托芬被禁止继续从事剧作家这个职业，并且必须向被他冒犯过的人赔钱。

阿里斯托芬被毁了，不得不像流浪汉般在雅典街头游荡。他被所有人遗忘了，从前的同行和那些从他身上获得过太多的欢乐的观众都瞧不起他。

然而有一天，一位自称伟大的厄庇卡尔摩斯之子的男人找到他。

"我知道你是谁。我是来帮你的。"那人说。

"我老了，当不了剧作家了。我们这行没有退休一说，"阿里斯托芬尽量用开玩笑的口吻说道，"我本来希望用幽默改变社会，可我失败了。"

于是，厄庇卡尔摩斯的儿子把他领到雅典的希伯来区。

"你的斗争就是我们的斗争。我们不会抛下你不管。在我们眼里，你就是英雄。"

"我们？你们是谁？"

"我们可以是几十个人，可以是几百个人，也可以是成千上万的人。"

厄庇卡尔摩斯的后代向阿里斯托芬解释说，他隶属于某秘密组织，该组织捍卫言论自由，捍卫嘲笑书呆子、独裁者、好为人师者的自由。秘密组织的第一批成员来自犹太国，他们在地下洞穴里聚会。

"你们也是'希伯来光明异端'教派？"

"不，我们是精神修行的捍卫者，不同于一般的修行。我们认为，你阿里斯托芬工作得非常出色，完全够得上我们的鼓励和支持。"

老剧作家满肚子疑问，可他知道，事到如今，已经没什么可以失去的了。于是，他跟上厄庇卡尔摩斯的儿子，后者带着他穿过地道，来到一间大厅。厅里有五十多个人，热情地欢迎他的到来。

接下来的几天，秘密组织出资为阿里斯托芬购置了一处房产，为了让他过上舒适的生活，这些人不惜人力和财力。

多亏了这帮人，阿里斯托芬重拾勇气，写出最后一部喜剧：《埃俄罗斯[1]的厨房》。

时过境迁，克雷翁已经不再当权。因此这部戏剧得以上演。戏剧在观众中获得巨大成功。

1　埃俄罗斯，希腊神话中的风神。

然而,筋疲力尽、重病缠身的阿里斯托芬感觉死期将至,他说自己死而无憾,因为他重新赢回了荣誉和观众。

　　厄庇卡尔摩斯的儿子把一只蓝色的小盒子拿给他看,上面刻着希伯来文。

　　"Bevakasha lo liqro。"他读出声来。

　　"是什么意思?"

　　"绝对不要读。"

　　"为什么给我看这个?"

　　"确切地说,是想让您读一读。这是所罗门圣殿的神秘精神宝藏。"

　　老喜剧作家的手颤颤巍巍地伸向古怪的盒子。

——《幽默史大典》

(出自:GLH)

64

　　"鸡蛋洗发露?"

　　卢克莱斯·奈姆赫德拿不定主意。

　　"为什么不呢?"

　　"你听过这个笑话没有? 理发师问顾客:'用鸡蛋的洗发露?'顾客答道:'不,用洗头的洗发露!'"

　　她做了个鬼脸。

　　"对不起,亚历桑德罗。最近这段时间,我的工作就是绕着这些笑话转,我有点听腻了,明白吧。如果你只是剪剪头发,不讲笑话,会让我,怎么说呢,会让我更加'轻松'。"

　　"卢克莱斯,你不喜欢听笑话?"

　　"恰恰相反。可这就跟酒似的,我只愿意喝名酒。"

"哎哟,她怎么能这么说!"

对不起,我受一个男人的影响。

不能再讲笑话了,理发师开始谈另一个他觉得中性一些的话题:"你听说塞巴斯蒂安·多兰死了吗?第七位自杀的喜剧演员。跟传染病似的,只感染有趣的家伙。你怎么看,卢克莱斯?"

别说这些,又不会威胁到你。

"你知道,"他继续说,"我看过他的演出,这个叫塞巴斯蒂安·多兰的家伙。当时我就想:'这家伙抄袭别人,讲的笑话跟达利斯的一模一样。'"

你都不知道自己在说什么。

"模仿大师可成不了大师。我们国家有句格言是这样说的:'模仿狮子的不是狮子,而是猴子。'"

"如果说是达利斯抄袭多兰呢?"

"开什么玩笑!达利斯可是大人物,就像俯瞰幽默世界的老鹰。啊,对了,我听过一段老鹰的笑话,非常好笑。话说两只同性恋的老鹰在秃鹫的婚礼上相遇……"

卢克莱斯没法堵住自己的耳朵,所以只能刻意不去听。理发师的声音再也钻不进她的耳朵,变得好像是从遥远地底下传来似的。

伊西多尔说得对,笑话能填补人们无话可说时的空白。

卢克莱斯喜欢理发师用灵巧的手指触碰她的头发。刚一理完发,她便掏钱结账,理发师的心理治疗可少不了高昂的费用,付完钱后,她又跨上侧三轮摩托车。

卢克莱斯骑着车,喇叭里高声放着创世纪乐队的歌曲——《我们时代的男人》。

她把车停在商业街上,买了几件衣服、一只化妆包、几件化妆品,还买了个玩具熊。接着,她又走进武器商店,给自己配了把

7.65毫米口径的小手枪。

一小时后,卢克莱斯把侧三轮摩托车停在第 17 区的一座大楼前,挨着特尔奈地铁站。她仔细查看楼门口电铃上的名字后,最终找到了想找的名字:"加里尼·马尼厄尔"。

后者同意接待她。

客厅里摆满照片,让人联想起她和笑星和睦的夫妻关系。相框里装的是两个孩子的照片。

"有人说特里斯坦脑子一热跑到马基斯群岛藏了起来。更有甚者说他得了抑郁症,已经自杀了,或者被恐怖分子绑架了。事实上,没人知道是怎么回事。我也不太清楚。"

卢克莱斯把她的话记了下来。

"他离开前就没什么让您印象深刻的异常情况吗? 比如说某些被人忽视的东西。甚至看上去不怎么重要的细节。"

加里尼·马尼厄尔缓缓地摇了摇头。

"B.Q.T.呢? 这三个字母能让您想起什么?"

"不能,对不起。"

"或者 GLH 呢?"

"也不能。"

对话似乎得不出什么结果。万能钥匙再次闪过卢克莱斯的脑海,她寻找着突破口。

如果我是伊西多尔,会做些什么呢? 啊,调查"终极秘密"的时候,他教给我一个窍门。

"可以请您跟我一起做个小实验吗?"女记者提议,"我说一个词,您立刻告诉我这个词能让您想到什么。"

加里尼·马尼厄尔腼腆地同意了。

"我们可以试一试。"

两个女人面对面坐在扶手椅上。

"必须立刻回答，不能停顿。可以任意联想，您明白吗？请听好，开始。如果我对您说'白色'？"

"我不知道。"

"把闪过您脑子里的第一个单词说出来。好了，白色？"

"……呃……牛奶。"

"牛奶？"

"……嗯……温暖。"

"温暖？"

"……家庭。"

"家庭？"

"……爱情。"

卢克莱斯很满意，心理机能已经启动。

"爱情？"

"……特里斯坦。"

"特里斯坦？"

"……懦弱。"女人立刻答道。

"懦弱？"

"……幽默。"

"幽默？"

"……失踪。"

"失踪？"

"……吉米。"

听到这个答案，卢克莱斯停止提问。听到这个词，两位女人惊呆了。

"谁是吉米？"

"让-米歇尔·贝特西安的昵称，特里斯坦的演出经理，也是他最好的朋友。哎呀，真奇怪，我没想到他，可您的游戏让他从我的记忆中冒了出来。"女人很惊讶。

"吉米与特里斯坦的失踪有什么关系吗？"

加里尼·马尼厄尔突然显得很紧张。

"……他失踪一周之后，吉米也失踪了。不过吉米没什么名气，所以没什么人谈论这件事。"

"像特里斯坦一样失踪的？"

"完全一样。"

"抛妻弃子？"

"是的。"

"他的妻子再也没有过他的消息？"

"再也没有。"

"这个叫吉米的，您知道他的名字，也知道他住在哪里吧？"

年轻的女记者向她要了张特里斯坦·马尼厄尔的照片，然后悄悄地离开了。

卢克莱斯重新骑上摩托车，又一次沉浸在"创世纪"乐队的歌曲中。

她自我感觉非常好，感觉血管里流淌的鲜血充满某种莫名的冲动。

冒险的冲动。

65

"妈妈，我想把新交的女朋友介绍给你认识，不过我会把她和另外六个女孩子混在一起，看你能不能把她认出来。"

母亲把七位女孩子请到家里来，给她们小蛋糕吃。最后，儿子不安地问："嗯，妈妈，你看，是哪个？"

"穿红色裙子的那个。"

"是的。简直不可思议。你看出来了,就是她! 可妈妈,你是怎么猜出来的?"

"她是我唯一不喜欢的。"

——节选自达利斯·沃兹尼亚克的幽默短剧
《人人难逃的两性战争》

66

四方脸,眉毛浓密,头发染成金色,稀疏的胡须也是同样的颜色。

"最顶尖的研究者认为,幽默始于 4000 多年前的苏美尔地区。官方记载的第一段笑话是在那里诞生的。"

伊西多尔来到自然历史博物馆。跟他说话的男人穿着白大褂,上衣口袋写着:H.勒温布雷克教授。

"认真想想看,那儿也是文字的诞生地。所以说,发现笑话的地方,就是发现……最早的文献的地方。"伊西多尔补充道。

"的确如此。"学者承认。

"有点像在路灯下找钥匙的人。'您把钥匙丢在这儿了?'想帮他的人问道。'不,但是这里有灯光。'好了,请继续说,勒温布雷克教授,我洗耳恭听。"

"我很喜欢您的比喻。泥板上的楔形文字是照亮祖先思想第一缕阳光,好吧……已知的第一缕阳光。"

"可也许还有别的,更古老的,"伊西多尔·卡森博格认为还是说清楚点比较好,"有点像在泥炭层中找到的'最早的'人类骨架。或许还有别的骨架,但没落入泥炭层罢了。"

他们走在自然历史博物馆的展架中间,周围都是稻草填充的动物,被固定成战斗的姿势。

"2008 年在伍尔夫汉普顿大学，我的英国同行——保罗·麦当劳教授，第一次把笑话的起源当成严肃学科来研究。研究过最古老的文献后，他发现了这块'精神化石'。"

"这段苏美尔笑话是什么？"

勒温布雷克教授拉开巨大的档案柜，抽出一份档案。

"我先提醒您，没有当时的语境，它可不好笑。"

教授取出一张塑封的照片。伊西多尔辨认出照片上有块泥板，密密麻麻地写满钉子形状的符号。

"就像您在页边看到的文字叙述所说的那样，它诞生于公元前 1908 年，距今已经有 3908 年的历史了。当然，这是碳 14 推断的结果。下面是语言学家逐字逐句翻译出来的文本。请听好。"

笑话之一，苏美尔。

"什么事情永远不会发生？答案是，美丽的女子坐在丈夫腿上时放屁！"

一阵尴尬的沉默。伊西多尔轻轻地咳嗽了几声。

"您确定这就是人类最早的笑话？"伊西多尔边记录在 iPhone 手机上，边问。

"不管怎么说，这是学界正式承认的第一段笑话。历史学家刚开始翻译这段文字时当然没有预料到会碰上这种类型的文献。最终，他们不得不参考当时的文化，还有习俗。"

勒温布雷克教授开始翻资料。

"麦当劳教授也研究了其他国家的文献。这是他找到的第二古老的笑话。这次是埃及的，公元前 1500 年。"

为了确保效果，教授逐字逐句地念起来，仿佛念的不是笑话，而是某种魔咒。

笑话之二，埃及。

"怎样让法老对打鱼感兴趣？在船上安排许多漂亮的姑娘，

除了渔网什么也不穿。"

两个人又沉默了很久。伊西多尔把手压在嘴唇上。

"我懂了。第一段笑话的笑点是'屁'，第二段笑话的笑点是'裸体女人'。"

勒温布雷克教授认可了他的观点。

"甚至这就是'古代'笑话的基础。甚至我们的人从古中国找到的也是些有关'大小便'或者'嘲笑外国人和女性'的笑话。然后就是些嘲笑残疾人、被戴绿帽子的丈夫、胖子、矮子、秃顶的人的笑话。古希伯来人有些嘲笑母亲和不幸命运的笑话。事实上，他们是最先自我嘲讽的人。然后要到希腊人那里才能读到有关逻辑和群体性愚昧的笑话。"

教授走向另一个档案柜，抽出一份塑封档案。

"这是 *PHILOGELOS*。"

"什么意思？"

"用希腊词源学的方法解读，就是——PHILO：'爱'；GELOS：'笑'。这是最早的笑话集。我随便挑一段。"

笑话之三，希腊。

"口臭的男人烤香肠的时候，往香肠上吹几口气，于是香肠就变成了……狗屎！"

"这是什么时候的笑话？"

"这部 *PHILOGELOS*？公元前 365 年。我再给您读一段。"

笑话之四，希腊。

"西米安人在公共浴室洗澡，突然下起暴风雨。于是，为了不被淋湿……他一头扎进浴池里。"

"西米安人，就是希腊人眼里的比利时人，对吗？"

"某种程度上说，是的。从历史角度来看，每个民族都会把另外一个民族当作笑料，通常这个被嘲笑的民族来自一个较小的国家。您还想再听一段吗？"

笑话之五，希腊。

"一个男人讨厌自己的妻子。妻子去世后他操持葬礼。有人问他：'谁可以安息了？''我，'他答道，'我现在终于清静了。'"

"简直就是史前的萨沙·吉特里[1]。"

"我认为，事实上，新的笑话几乎是不存在的。纯粹的创新，寥寥无几。时下大部分流行的笑话，尤其是那些风靡互联网的笑话，通常在几个世纪，甚至数千年之前就已经出现过了。经过人们的改编，这些笑话摇身一变，适应现实和本土文化。"

勒温布雷克教授又翻了几页。

"啊，这段也是希腊的。"

笑话之六，希腊。

"男人问妻子：'夫人，您为什么讨厌我？'妻子答道：'因为您爱我。'"

"这能逗笑当时的人？"

"不得不说，这就是事实。听听这个。"

笑话之七，希腊。

"男人碰见阉人，阉人身边站着个女人，男人问阉人：'这是你老婆？'对方回答说自己是阉人，不能讨老婆。'啊，是吗？既然这样的话，她就是您的女儿吧。'男人得出如此结论。"

勒温布雷克教授把档案放回整理屉，然后拉开更高处的抽屉。

"这里面是罗马的笑话。我给你读一段？您能听出来，这些笑话已经非常复杂了。"

笑话之八，罗马。

1　萨沙·吉特里，法国剧作家。

"理发师、秃顶和教授结伴旅行。他们在森林里支起帐篷,每个人轮流守夜。理发师守夜时感到很无聊,于是决定剃光教授的头发。后者醒过来,摸着突然被剃得光秃秃的脑袋。'理发师真是头蠢驴,'教授大喊道,'他叫醒了秃顶,没叫醒我。'"

"相比希腊笑话来说,我更喜欢罗马笑话。"伊西多尔一边记录,一边强调。

"既然这样,我再给您读一段。"

笑话之九,罗马。

"两个男人碰上头。'啊,有人宣称你已经死了。'第一个人说。另一个人很恼火,反驳说:'您看到了,我没死,活得好好的。'第一个人却说:'是啊,但跟我说这件事的人要比您可信多啦。'"

伊西多尔终于露出笑意。

笑话之十,罗马。

"外地人来到罗马,行走在罗马街头。他很引人注目,因为长得酷似皇帝奥古斯都[1]。

国王听说了这件奇事,把这个人请到王宫里。国王打量着这个人,感到很困惑,于是问道:'告诉我,年轻人,您的母亲是王宫里的女佣吗?'长得酷似国王的人回答说:'不是的。不过正相反,我父亲曾经在这里工作过,他是您母亲的园丁。'"

勒温布雷克教授说起神话传说。

"这个笑话源自弗拉维乌斯·马考比乌斯[2]的《农神节》,公元前 431 年问世。"

"您还有年代更近一些的笑话吗?"

"作为英国人,保罗·麦当劳教授找到了现今已知的最古老

1　奥古斯都,罗马帝国第一任皇帝。

2　弗拉维乌斯·马考比乌斯,古罗马作家、哲学家。

的英国笑话,可以追溯到公元 930 年。"

笑话之十一,英国。

"什么东西挂在男人的腿上,喜欢插进熟悉的洞里?答案是:钥匙。"

又是一阵尴尬的沉默。勒温布雷克教授把文件整理好,领着记者向远古文明展区走去。

"打破或者违反禁忌能产生幽默的效果。笑话还有政治功效,也就是说能'缓解压力'。如果男人嘲笑女人、阉人和外国人,那是因为他们害怕这些人。同样的情况也出现在犹太人和他们的母亲身上。"

"您认为存在世界范围内通用,能逗笑所有人的笑话吗?"

"也就是说人类在喜剧上的最小公分母?好吧,就我的研究来看,我会说是……'放屁的狗'。"

伊西多尔记在 iPhone 上。

"西藏的喇嘛、因纽特人、非洲的俾格米人或者是巴布亚新几内亚的萨满,以及孩子和老人,没有人能在突然听到狗放响屁的情况下忍住笑意。此外,我发现"放屁声"程序是目前手机上卖得最好的下载 app,例如在您的 iPhone 上,这让我很兴奋。"

伊西多尔若有所思。

勒温布雷克教授带他走进另外一间屋子,屋子正中间摆着盛满福尔马林的大口瓶,里面浸着人的脑子。

"这就是下一颗有待探索的星球:大脑。笑的大秘密就隐藏某个隐秘的角落里。领您探索它的秘密可就不是我的事儿了。那是研究笑的神经学专家的领域。如果您愿意的话,我可以给您个地址:蓬皮杜医院的分支机构,位于第 15 区。"

67

弗朗索瓦兹·贝特西安长得像极了加里尼·马尼厄尔。卢克莱斯不禁想到，这两位合伙人的妻子像一个模子里刻出来的。

"特里斯坦是吉米的主要客户，也是他的朋友，他的失踪一直困扰着吉米。"

卢克莱斯·奈姆赫德鼓励她继续说下去。

"他曾经告诉我，他感觉他知道特里斯坦'为什么'会失踪，不过他好像并不知道特里斯坦失踪的地点和方式。据他说，特里斯坦很纠结笑话的起源问题。特里斯坦老叨咕一句话：'总有一天我要到笑话的诞生地去。'"

卢克莱斯·奈姆赫德兴奋得眼里直放光。

"您知道，"弗朗索瓦兹·贝特西安继续说，"人们听到的很多笑话都不知道是谁创作的。特里斯坦在演出用过很多这样的笑话，可他意识到，这些笑话一定是有作者的。他有种当小偷，发不义之财的感觉。他说，有些笑话的构思及编排极其巧妙，不像是天然的。所以他想认识他们，认识这些作者，这些创造者……"

年轻的女科学记者心里琢磨，事实上自己可从来没有对此产生过疑问。

"吉米对我说：特里斯坦愿意像逆流而上的鲑鱼那样追溯一段笑话的源头。"

"哪段笑话？"

"我想不起来了，不过我记得特里斯坦打算见的第一个人是谁。在一家咖啡馆里，一群笑话爱好者定期在那里聚会。"

一小时后，卢克莱斯·奈姆赫德走进位于第 5 区的"约会朋友"咖啡馆。是家老式咖啡馆,基本上只有头发花白的老人才会经常光顾。角落里有伙人正在打扑克,另一个角落里有群人正专心致志地盯着电脑屏幕。还有几个人倚在吧台上,杯子攥得紧紧的,他们嗜酒如命。

老板大模大样地坐在吧台后面,系着红色蝴蝶领结,脸颊上的毛细血管好像画出来的蜘蛛网。

人们时不时地招呼他:"嘿,阿方索。再给我来一杯!"

"阿方索,快点,来两杯不带泡沫的啤酒。"

老板身后的牌子上写着:"借酒消愁者请先付酒钱。"

趁着给两位顾客服务的空当儿,刚才提到的这位阿方索跟几个看上去非常活泼的小老头儿聊了起来。

他们身边还有另外一块牌子,上面写着:"愚蠢中提炼精明,要比精明中提炼愚蠢好。"

阿方索正给老头儿们讲故事,所有的人都听得很认真,边听边点头。

老头儿们听完哄堂大笑。

阿方索紧了紧蝴蝶领结,把啤酒分给兴奋的听众。

"到我了! 到我了!"戴鸭舌帽的人喊道,"我听过一个非常有意思的。"

卢克莱斯·奈姆赫德颇有耐心地等这群老头说累了,仿佛炮手等待敌人结束攻击。一小时后,他们终于暂停讨论。系着红色蝴蝶领结的老板好像乐队的指挥,指挥着这场奇特的音乐会。现在,他身边一个人也没有,卢克莱斯趁机迎了上去。

她点了一杯威士忌,然后直截了当地问道:"我正在调查一桩失踪案。您见过特里斯坦·马尼厄尔吗?"

"从前那个喜剧演员? 没有。我搞不懂他干吗会来这儿……"

于是,卢克莱斯掏出失踪者的妻子提供的照片。

"啊！这可真有趣，您确定这个人就是特里斯坦·马尼厄尔？我见过这个人，那是三年前的事了。这人来过这儿，他自称是记者，正在调查巴黎的社交活动集散地。他当时留着胡子呐。"

"他跟您谈起笑话，不是吗？"

"是的，他想弄清楚为什么这儿会成为笑话的温床。我向他解释说，我的父母是乐天派。笑话让他们相遇、相爱。我把自己的生命也献给了这门高贵的艺术：搞笑。顾客们都知道这些。"

阿方索指着排得整整齐齐的鞋盒子，解释说，他把它们按"季"排列。每段时期都有特殊的"笑话风尚"。"例如金发女郎的笑话，"为了阐明自己的观点，老板忍不住讲了一个小段，"'怎么称呼把头发染成棕色的金发女郎呢？人工智能。'还有兔子笑话季。'您知道兔子的屁闻起来是什么味道吗？胡萝卜味儿。'还有比利时人的笑话。'您知道怎么样在淫乱聚会上认出比利时人吗？唯一带自己老婆来的人。'"

卢克莱斯示意自己快笑得受不了了。

"前面还有苏格兰人、匈牙利人、犹太人、阿拉伯人、南斯拉夫人、黑人的笑话。"

"怎么都是种族主义的笑话。"

"还不止，还有外星人的笑话呢。"

"还可以歧视外星人？"卢克莱斯问道。

阿方索把鞋盒一一打开，鞋盒里面装满标有号码的卡片。

"精神修行和烈酒可分不开。"戴蝴蝶领结的男人评论道。

"好吧，特里斯坦·马尼厄尔来看您，画假胡子，自称是记者。他问了些什么问题？"

"他问我是从哪里听到'电视机推销员'这段笑话的。"

"如果我没记错的话，这段笑话成了特里斯坦的幽默短剧，不是吗？"

"现在,既然您说到这儿,事实的确如此。我从我的'笑话图书馆'里找出这段电视机的笑话,找到把它讲给我听的那个人的名字,把地址给了特里斯坦。得了,您让我很开心。您想听段有意思的吗?"

伊西多尔说得对,幽默就像喝醉红酒后的状态。劣质的让人口干舌燥。

"不用了,我挺好的。您把特里斯坦·马尼厄尔去拜访的那个人的名字和地址告诉我,我就会很高兴了。"

阿方索失望地撇撇嘴,但他是拿得起放得下的人。

卢克莱斯·奈姆赫德记录下来,心想,用"鲑鱼的方式"寻找源头可能既漫长又艰辛。尤其当碰上的都是这种"爱开玩笑的人"的时候。

68

古罗马的集市上,男人解释说:"我的职业是阉割奴隶。"

"您实际上是怎么样操作的呢?"观光客好奇地问。

"嗨,我先把奴隶的睾丸放在有洞的椅子上,然后就用两块砖头猛砸呗。"

"那肯定特别疼吧!"观光客一脸苦相。

"哦不,不会弄痛您的。为了避免疼痛,当两块砖头撞在一起的时候,只要……缩回拇指就行了。我从来没有把自己搞痛过。"

——节选自达利斯·沃兹尼亚克的幽默短剧
《我们的祖先无所不知》

69

有人在门后尖叫。空气中弥漫着消毒水的气味。穿白色制服的男人和女人推着轮椅走来走去。

在几个交叉口处,人们焦急地等候通行。

"在这里,乔治-蓬皮杜医院设立了'发笑现象研究处'。社会福利部门的负责人看过某项调查后出了这个主意,报告显示,忧郁与悲观情绪导致身心不健康问题增多。增多的意思是增加了30％心血管疾病与精神疾病。"

勒温布雷克教授特意提到的这位科学家似乎对本职工作很是精通。

"我们是对抗忧郁的"官方"机构。因为这是种悖论,这个最美丽的国家有海有山,而且很民主,所有的人却都心怀不满,忧心忡忡,而且喜欢抱怨生活。就更别提年轻人中高得离谱的自杀率了。"

伊西多尔·卡森博格打开 iPhone 手机上的录音机。

"我非常理解为什么内阁部长会对笑星趋之若鹜,还有为什么笑星能得到所有政党的鼓励。"

"社会福利部门从来不敢小瞧我们的研究。笑是悲观主义的药方。"

"预防比治疗更有效。"科学记者伊西多尔表示赞同。

"抗忧郁最自然也是最便宜的疗法叫作幽默。笑话是治疗药物。可以无节制地使用。可我们想确切地了解它的工作原理。我们使用最尖端的设备,特别是核磁共振断层扫描仪和 X 光成像仪。如此一来,可以看到不同寻常的东西:笑话从开始到结束在大脑里的行动轨迹。请跟我来。"

女人白色制服的上衣口袋印着名字:C. 斯卡莱斯医生。在她的带领下,伊西多尔穿过蓬皮杜医院好似宇宙飞船般的现代化走廊。

"您说您是记者,哪家报社的?"

"《当代观察家》,"伊西多尔没说实话,"严格意义上来看,笑是大脑的活动现象,它是如何运作的?"

"笑是大脑犯的错误,作用是弥补另外一个错误:幻想出来的焦虑。这就是为什么其他的动物都不会笑。他们没有幻想出来的焦虑,所以完全不需要弥补错误。"

"好像猴子和海豚会笑吧。"

"不,它们的某些表情被我们分析成类似笑的东西。因为它们张大嘴巴,一喘一喘地呼吸。只有人类才会笑。'笑是人类的本性',拉伯雷曾经这样说过。"

"笑的本质是什么?"

"笑就是从思想中开辟道路,在最后关头放上出乎所有人意料的东西。这样就产生了心理失衡。思想就像身无分文的人,试图通过自我短路的方式争取时间以便弥补损失。亨利·伯格森[1]声称,笑是'紧贴在活人身上的机器'。"

"这种表达很巧妙。"

"在这间实验室里,我们研究笑这种人体机能是怎样出现的。"

斯卡莱斯医生按下对讲机按钮,叫人把 133 号试验品带进来。

一位长着疱疹的年轻大学生走进屋。

"他是志愿者。考虑到文化水平、智商及健康状况,我们特意

1　亨利·伯格森,法国哲学家。

选了他。"

助手们帮志愿者躺上轮椅床,在他身上插满传感器。然后,等信号灯一亮,轮椅床就被送进巨大的白色圆筒形机器里,直到看不见人。

志愿者全身只有脚露在外面。

斯卡莱斯医生打开几块屏幕,试验品头颅的各个角度出现在屏幕上。头颅是完全透明的,可以看见脑子、眼睛、牙齿、舌头,鼻腔以及耳道。

笑话开始了。

刹那的惊讶后,试验品放声大笑。圆筒形机器的共鸣作用让他的笑声变得更加响亮。

伊西多尔注意到,屏幕上闪过极其微弱的光。

斯卡莱斯医生放大闪光的区域。慢镜头重新播放画面。伊西多尔惊奇地看到被笑话激活的区域。开始时就像小白点,位于小脑底部,然后一直向上,直达脑额叶部位。

"笑话就是数股极其微弱的电流从 A 点到 B 点的运行过程。电流的强度必然存在差异,这取决于笑话的质量。"

"呃……您认为笑话可能会……笑死人吗?"

斯卡莱斯医生的表情略微有点惊讶。

"不可能,幽默可以治病,但不会给人造成痛苦。笑让人的肚子扭作一团,有助于消化;加快心跳速度对心脏有利;甚至可以增强人体免疫机能。"

他耸了耸肩,微微一笑。

"如果您有疑问的话,去发笑诊所看看吧,他们那里用笑治疗精神分裂和癫痫患者。那里甚至还有大笑瑜伽,练习者强迫自己跟大家一起大笑来达到某种麻醉的状态。我们不太相信他们那一套,我们信任生物化学和辐射学。"

助手帮 133 号试验品离开白色筒状机器。

伊西多尔注意到他的眼角挂着笑出来的眼泪。试验品谢过众人,礼貌地甚至几乎算得上是紧张地询问他应该去哪里领取支票。

70

"未来旅馆"的房间里,伊西多尔·卡森博格正在沉思,在扶手椅上打起莲花座。

卢克莱斯·奈姆赫德走进门,绕着他转了一圈,看样子是把他当成雕像了。她弯下腰,往扶手椅底下扫了一眼。

"不用理我,我在找手机呢。"

她继续翻箱倒柜。

终于找到了。

"希望刚才没有吵醒您,总之,我想说,当您沉思的时候打扰您,对不起,可没有黑莓手机我就感觉好像丢了魂儿似的。"

他睁开一只眼睛。

"在这儿呢,我找到了,您可以继续安心沉思了。"

他睁开眼,满脸怒火,然后慢慢地活动了几下膝盖和腕关节。

"哎呀,我感觉您还会需要我的,但我相信……"

伊西多尔站起身,抻了抻后背,向浴室走去。

他关起门,上了锁。

"您……总之,您累了吧,伊西多尔?"

她听见浴缸流出的水声。

"您调查到哪儿了?"伊西多尔隔着门问道。

"我找到了特里斯坦·马尼厄尔的妻子,她让我去找经纪人吉米·贝特西安的妻子,吉米的妻子告诉我,特里斯坦去找幽默的源头了。他管它叫'笑话诞生之地。'"

伊西多尔把头浸入水中,让头脑冷静下来。然后把头探出水面,听到透过墙壁传来的后半句话。

"……去他开始追溯笑话源头的地方。那是家酒吧,人们从早到晚都在讲些无聊的笑话。"

"跳过花边情节,别浪费我的时间。"

"好吧,离开酒吧后,我遇见了一位信息工程师,叫什么埃里克·维特泽尔,他打发我去'笑话网'的网站所在地。"

"再说快点。"

"……在'笑话网'公司,我找到了那里的头儿,然后找到了笑话负责人。所有人都听过特里斯坦想要追寻作者的那段笑话。"

"跳过细节……"伊西多尔不耐烦地说。

"最终确定,这段笑话来自布列塔尼,更确切地说是莫尔比昂省,更更确切地说是卡尔纳克镇[1]。"

"谁写的?"

"一个叫吉斯兰·勒费弗尔的人。"

"他是作者?"

"有可能。不管怎么说,这段笑话是从那里流传出来的。"

伊西多尔拿起肥皂搓洗脚趾。

卢克莱斯继续说道:"要我说啊,根据我的女性直觉,我们如果到那儿去的话,就快找到源头了。"

伊西多尔又把头泡进水里,憋着气,吐出几个小气泡。

"伊西多尔?"

他没有吭声。

1　卡尔纳克镇以巨石遗迹闻名,后者是法国新石器时代晚期至青铜时代早期宗教崇拜建筑。

她轻轻地在门上敲了几下。一开始敲得小心翼翼，然后突然担起心来。

"伊西多尔！"

他离开水面，穿上浴袍，可还是不准备搭理她，他把脑袋里冒出来的几个念头记在 iPhone 上。

"伊西多尔，您干了些什么？"

他没回过头，说道："我碰到一位研究笑话的历史学家。他给我讲了几段好几个世纪以前的笑话。我看到了逗笑祖先的故事，由此我萌生出一个愿望，我想弄一套有关幽默的历史与发展历程的资料，各个时期和各个国家的。这些故事看上去有些平庸，背后却有种第二层次的东西，还有待人们的理解。对我来说，每段笑话都像调查过程中的一块小小的里程碑。"

伊西多尔拿出一张纸，题为"PHILOGELOS"。

"意思是'爱笑'。"

卢克莱斯快速浏览了一遍伊西多尔记录下来的希腊和罗马笑话。

"今后，我会像集邮爱好者收集邮票那样收集笑话，"秃顶的男人一边戴上小眼镜，一边解释说，"我觉得这很新鲜，比我刚开始想象的要有趣。"

"还有别的吗？"

"我还遇到了一位迷人的女科学家。"

迷人？

"我们探讨了人类为什么以及如何发笑。"

从他的语调中，我能感觉到，他被这个女人迷住了，因为她有好几个文凭，或者有个唬人的名头，并且穿着白大褂在实验室里工作。他一直看不起我，因为我没有上过学。

她走到伊西多尔身边，温柔地抚摸他的肩膀。伊西多尔生气地推开她的手,然后又后悔自己这样做,于是任由她继续抚摸自己。

"伊西多尔,跟您一起调查让我很高兴。我总是感觉我们的调查不仅仅是找出凶手这么简单。"

他浑身猛地打了一个寒战。

"伊西多尔? 您冷吗?"

她拿起裹在伊西多尔身上的海绵浴袍,擦干他身上的水珠。

"您刚才跟我说,特里斯坦·马尼厄尔寻找的那段笑话出现卡尔纳克镇? 法国最古老的笑话恰恰就是在那里是被发现的。"

伊西多尔闭上眼睛,按摩鼻梁骨以便集中精力。

他站身,立在窗前,透过窗户欣赏巴黎全景。

"我觉得我们要去布列塔尼度假了。据说那里的空气含有丰富的碘。对身体有好处。"

71

男人走进大型商场,找到经理,对他说:

"请雇我吧,我是世界上最棒的售货员。"

"对不起,我们的编制满了。"经理答道。

"可是我说过了,我是世界上最棒的售货员。"

"是的,可这里不雇人了。"

"我觉得您没搞清楚您在跟谁打交道,"男人说,"我有个建议,不妨让我试一试,不用付钱,您会明白什么叫作世界上最棒的售货员。"

经理同意了。

第二天,出于好奇,经理想看看这个自称"世界上最棒的售货员"的人在哪儿。

经理看见这个男人站在顾客面前,正跟顾客说话:"……我不太懂如何向您推销这些苍蝇造型的鱼钩。它们是最棒的。特别适合这种鱼竿。"

顾客同意购买鱼钩和鱼竿。

"很显然,您肯定需要一件坎肩来装鱼钩。我们这儿正好有促销的坎肩,到处都是口袋,非常实用。"

顾客又同意购买坎肩。

"然后您肯定需要一副太阳镜来阻挡水面折射的太阳光。买最贵的吧,最贵的质量最好。"

顾客买下太阳镜。

"可如果您确实希望捕到大鱼,得买艘小船才能离岸边远一点。"

于是,顾客跟他来到卖船的柜台,买下一艘船。

"可您得给船买辆拖车吧,不然永远也没办法把它挪走。"

于是,顾客买下拖车。

"可您得给拖车买辆大马力的汽车吧。您有大马力的汽车吗?"

售货员把顾客领到卖汽车的柜台,卖给他一辆非常昂贵的越野车。

等顾客刚一结完账,经理便走过去,对他说:

"不错,我必须承认您说服了我,确实非常了不起。从卖鱼钩开始,一直卖到高档越野汽车。不过,我只不过是好奇,这名顾客刚开始的时候是来买什么的?"

"给他老婆买盒卫生棉。于是,我对他说:'反正周末已经毁了,干吗不去钓鱼呢?'"

——节选自达利斯·沃兹尼亚克的幽默短剧
《我身后,任他洪水滔天》

72

史前巨柱亘古未变,仿佛哨兵般注视着他们经过。

伊西多尔·卡森博格和卢克莱斯·奈姆赫德把车开到时速150公里。

卢克莱斯跨坐在摩托车皮座上,戴着头盔和飞行员眼镜,身子向前探,以便减小风的阻力。

伊西多尔则坐在边斗里,团着胳膊,看上去像个胖嘟嘟的婴儿,屁股下的边斗仿佛仙境中的婴儿车。

空气变了,变得更加清淡,更加腥咸,更加生气勃勃。

8点30分,他们到达夏尔特尔,然后是勒芒、雷恩、瓦讷、欧赖、普卢阿尔内。

12点30分,他们到达卡尔纳克镇中心。

这座布列塔尼小镇坐落着许多房子,房顶是石板做成的,还有装饰性的房梁。整个镇子散发出一股牡蛎、海风和被压弯的青草气息。

两名科学记者走进一家油炸鸡蛋薄饼店——玛丽饭店,教堂的餐厅。

大堂里只有一张桌子,一对美国游客夫妇坐在桌前。三月是旅游淡季。

满脸褶子的老妇人牙齿都掉光了,穿着比谷丹民俗服饰——双色的帽子和长裙,走过来给两个人点单。

两位记者看过菜单,开始点菜:卢克莱斯点了番茄洋葱牛肉末鸡蛋薄饼,伊西多尔点了无酱汁沙拉。两个人又每人点了一碗苹果酒,伊西多尔点的甜酒,卢克莱斯点的原味酒。

"伊西多尔,您不吃鸡蛋薄饼吗?这可是这儿的特产。"

"我决定节食。我感觉自己有点胖。都 95 公斤了。应该 75 公斤才好。所以必须减掉 20 公斤。我觉得这次调查可以帮我的忙。就从现在开始。"

卢克莱斯耸了耸肩膀。

总之，这个人有非常像女人的一面。

"打扰一下，夫人……"

"是女士。"女服务员纠正道。

"请原谅，女士，我只是有些好奇，您见过这个男人吗？"

年轻的女记者卢克莱斯掏出特里斯坦·马尼厄尔的照片。

老妇人看了看照片，摇摇头，然后走回厨房。

"您的鲑鱼，特里斯坦·马尼厄尔追笑话追到哪儿去了？"伊西多尔又把照片上的特里斯坦看了一遍，问道。

"要找幽默的源头，下一步得找到这个著名的吉斯兰·勒费弗尔。我已经有了他的住址，离这儿应该不远。"

两个人望着饭馆的装潢出了神。墙上钉着一条上过漆的鲑鱼标本，鱼嘴张得老大。

"我们要找的鲑鱼形象，"卢克莱斯觉得有点异样。"这儿正好是养殖鲑鱼的地区：布列塔尼。我只知道孩子从卷心菜里诞生，不知道笑话诞生于布列塔尼。"

美国游客夫妇大呼小叫地查地图。

"我从来没到过这儿，"卢克莱斯承认，"这儿的确很迷人。关于这个地区，您知道些什么？"

伊西多尔闭上眼。卢克莱斯等他唤醒记忆深处的回忆，可是他却拿出 iPhone，在迷你键盘上噼里啪啦地打起字来。

"有了，'卡尔纳克这个词来自'carn'，就是凯尔特语'小山丘'的意思。最早的人类生活痕迹可以追溯至公元前 450000 年。这似乎是个神圣的地方。7000 年前，人们在这里建了座 125 米长、60米宽、12米高的墓,埋葬他们的领袖和珍贵的陪葬品。一千年后,人们在墓对面建起一排排的巨石。总共有2 934块,分成12排,每块大石头都经过人工雕琢,立得极其笔直。最大的巨石高达4米。从西至东,巨石的体积逐渐变小。最小一块的仅有60厘米高。"

"就是我们来的时候看见的那块。"年轻的女记者卢克莱斯说。

伊西多尔翻过几页,挑出一段。

"传说圣人科尔内利[1]被一群罗马士兵追赶,他转过身看了一眼,士兵就变成了石头。"

"这个传说挺有意思的。有没有更近些的故事呢?"

"1900年,人们在原来的沼泽上建起海水浴场,这座镇在行政上变成两个地区:陆地上的'卡尔纳克镇'和对面海上的'卡尔纳克海滩'。"

"所以说,这镇子有两部分,我们只看见了一半。"

"1974年,人们在排干水的盐田上又盖起海水浴疗中心。经过准确统计,浴疗中心和赌场是当地4 444名居民的主要收入来源,"

"感谢旅游局的简介手册。"

伊西多尔发觉天色一变,暴风雨可能要来了。他皱起眉头。

"三月的天气真奇怪。"

比谷丹老妇人端上热气腾腾的鸡蛋薄饼和沙拉。

两个人美餐一顿。

老妇人待在离他们的桌子不远的地方。

等到美国游客夫妇离开后,她左顾右盼了一阵,然后低头悄

1　科尔内利,布列塔尼的牲畜守护圣人。

悄对他们说:"'他们'在等你们。"

两位记者你看看我,我看看你,不明白发生了什么事。

"我们没约谁呀,"卢克莱斯答道,"您应该搞错了吧……"

再看伊西多尔,他已经咽下最后一口沙拉,喝光苹果酒,掏钱付账,然后站起身,跟着身穿民俗服饰的老妇人走了。

卢克莱斯·奈姆赫德很不情愿地跟在他们身后。

女服务员确认过再没有打算进店的客人后,把"关门"的牌子挂在门上,然后领着他们离开饭馆。

外面正下着雨,蒙蒙的细雨笼罩天地。

"您没有雨伞吗,女士?"卢克莱斯问道,她很为自己容易打卷的头发担心。

"老话说:'雨水只会淋湿傻子。'"比谷丹老妇女嘀嘀咕咕地说。

一行三人在细雨中走了很长时间。他们沿着马路向前走,路面泛起水光,越走越窄,最后变成乡间小径。然后他们爬上一座小山包,山顶有座小教堂,教堂的墙是白色的,屋顶平滑,上面还有座尖尖的钟楼。

天色完全暗了下来。

女服务员推开小教堂沉重的橡木门。古老的木门吱嘎直响。教堂里连一丝光亮都没有,只有借助黑灰色的自然光才能隐约看见教堂的大玻璃窗。

两个人的向导融入黑暗中。

突然,闪电划破天空,照亮了四个逆光的身影。

光亮转瞬即逝,卢克莱斯只来得及看清其中一个黑影手举猎枪,枪口正对着她。

她听到有人嗓音低沉地说:"喂,你们想从特里斯坦·马尼厄尔那里得到什么?"

73

公元前 175 年

意大利。

罗马。

首都的奴隶市场人声鼎沸。

"我给您 200!"有人喊道。

"400!"另一个声音说道。

"500!"第三个人抛出一句。

"500？来啊，还有没有出价更高的？500 个银币买这个年轻人，公平合理。"

人群开始聚集在台子周围，台上的奴隶贩子正在推销新到的奴隶，这个奴隶来自刚刚被攻占的迦太基城。

奴隶贩子把这位 13 岁的年轻小伙子往前推了推，亮出他的牙齿，抚摸他的胸脯，向人群展示他看上去完好无损的胳膊肘和膝盖。

"这小子长得挺俊，气色也不错，我的迦太基佬能给您壮门面。来买吧，谁想要？来这儿看看，他是您的首选：瞧这大眼睛多亮啊，擦洗马厩或者伺候您吃早餐再合适不过了。健康又漂亮的奴隶是投资的未来。他可以为您提包，狂欢的时候可以当您的性玩具，能陪您度过艰难的老年时光。"

年轻的小伙子一副心不在焉的样子，任由别人在身上摸来摸去，似乎一点反应也没有。

"看看吧，女士们，500 个银币已经亏本了。出价呀，谁敢出600？没人敢？可别错过这样一件特殊商品，这个男孩子跟其他的奴隶可不一样！迦太基人曾经跟我说，他，你们知道吗？他……很幽默，他能在船舱里逗他们笑。他也会逗您笑，给您的

狂欢带去欢乐。来啊,现在这年头儿,娱乐可是无价的! 出 600
吧。幽默的奴隶,别那么小气嘛!"

"1 000。"有人喊道。

听到这话,所有的人都不说话了。1 000 个银币买个未成年
人,太贵了吧。

年轻的小伙子依然一副心不在焉的样子,任凭新主人把自己
带走。

到家后,主人自我介绍说:"我叫泰伦提乌斯·卢卡努斯,罗
马的参议员。你听得懂我说的话吗?"

年轻的小伙子示意听不懂。泰伦提乌斯·卢卡努斯没有再
坚持。他经常意气用事,"幽默的奴隶"这种理由显得如此可笑,
在他的眼里,奴隶无非是符号罢了。

泰伦提乌斯·卢卡努斯参议员是个睿智的男人,他知道,给
奴隶设计出怎样的道路,奴隶就会怎样发展。如果教奴隶清洗地
面,他肯定能成为优秀的用人。可泰伦提乌斯觉得自己对教育更
感兴趣。

所以,泰伦提乌斯决定给这个男孩提供全世界的人都想要的
东西:罗马式的贵族教育。

周围的人很吃惊,不明白泰伦提乌斯为什么会对区区一个迦
太基奴隶如此慷慨,他用奴隶贩子的话回应他们:"奴隶是对未来
的投资,投入的越多,回报的也就越多。"

年轻的奴隶展现出卓越的学习能力。学习结束后,泰伦提乌
斯决定废除他的奴隶身份,还给他取了一个和自己相同的名字:
"泰伦提乌斯",并且加上"阿菲尔"这个词,意思是"来自非洲"。

接下来,泰伦提乌斯·卢卡努斯把阿菲尔介绍给罗马上流社
会,特别是西庇阿家族——打败迦太基名帅汉尼拔[1]为这个家族

---

1 汉尼拔,迦太基著名军事将领。

赢得了财富与荣耀。

西庇阿将军喜欢跟泰伦提乌斯·阿菲尔谈论戏剧，尤其喜欢谈论他对喜剧的热情。或许是西庇阿家族和养父泰伦提乌斯·卢卡努斯的帮助都起了作用，公元前166年，泰伦提乌斯·阿菲尔写出第一部喜剧——《安德罗斯女子》。

阿菲尔从偶像希腊人米南德[1]那里汲取灵感来创作，但是他有自己的风格。

时下流行的通俗喜剧大多侧重刻画夸张的人物和反复出现的意外，与此相反，泰伦提乌斯·阿菲尔的喜剧挖掘角色的内心世界，描写细腻。阿菲尔的喜剧甜中带苦，能博得观众会心的一笑。最重要的是，他的喜剧经常能够发掘出隐藏在人物背后的真实人性。

泰伦提乌斯·阿菲尔舍弃合唱和接唱环节，为演员创作了大段哲学性独白，更确切地说是模糊的话语。随后他又推出另外六部喜剧。这位前迦太基奴隶很快就变成了最受有教养的罗马贵族喜爱的作家。他用《阉人》与《两兄弟》两部作品向米南德致敬。后来，尤利乌斯·恺撒给他取了个名字：泰伦提乌斯·"小米南德"。

跟他著名的主人一样，泰伦提乌斯·阿菲尔说过许多能为自己增光添彩的警世格言。

最著名的有：

"虚伪造就友谊，坦诚孕育仇恨。"

"没有克瑞斯[2]和巴克斯[3]，维纳斯[4]冷若冰霜。"

1　希腊新喜剧诗人。生于雅典，贵族出身，是亚里士多德的吕刻昂学院的继承人泰奥弗拉斯托斯的弟子。

2　克瑞斯，十二泰坦之一，农业和丰收神。

3　巴克斯，即酒神狄俄尼索斯，巴克斯是罗马人的叫法。

4　维纳斯，爱与美的女神。

"不论我们说什么,我们说的话从前就有人说过了。"

不过,当泰伦提乌斯·阿菲尔快 30 岁的时候,他想弄清楚喜剧的真正含义。于是他决定前往希腊旅行学习,时年公元前 160年。他此行的目的是寻找心目中的"戏剧艺术的秘密"。他在那儿待了一年。刚开始的时候,他把近百部米南德的戏剧从希腊语翻译成罗马语。然后开始独自潜心钻研。声称要通过始于耶路撒冷,途经雅典,最后到达高卢的伟大旅行来深入研究"喜剧艺术的秘密"。

公元前 159 年,阿菲尔神秘失踪,那一年,他 31 岁。

家人猜测阿菲尔乘坐的船在高卢海滨的乐卡特湾失事,他因此丧生

——《幽默史大典》

（出自：GLH）

74

猎枪越靠越近。

趁着又一道夺目的闪电划过,卢克莱斯转身回旋,踢飞对方的武器。另外三个人还没来得及反应,她的手刀已经砍在另一个人的喉咙上,飞起后蹬踢踹倒了最后一人。

伊西多尔·卡森博格平静地向门口走去,摸到开关,但是开关已经不起作用了,他又走到大蜡烛旁,找到一盒火柴,一根接一根地把蜡烛点亮。

袭击者缓过劲儿来,又跟她厮打在一起,现在是四对一。

卢克莱斯·奈姆赫德肚子上挨了一脚,被踹得撞到墙上。她向一边滚去,勾起两根手指敲在袭击者的脑门上,仿佛在敲椰子。

"来帮帮我啊,伊西多尔! 我不知道您清不清楚,我这儿有麻

烦了,就是现在。"

"我可不想干预您和这些当地人的交流。"

其中一个男人趁她分神的功夫拿起猎枪,冲她开了一枪。卢克莱斯勉强躲过子弹。对方又开了一枪,这次,她只来得及趴在地上。男人举起枪托,狼牙棒般一下子砸在她的后背上。她被砸得缩成一团,眼冒金星。她滚到一边,飞起一脚狠狠踹在靠自己最近的那个人的裤裆上。她也火了,抓过一杆猎枪,反手抡起猎枪砸中一个人的下巴,袭击者被砸得跌进忏悔室。

"啧啧啧……"伊西多尔的语气中带着嗔怪的意味。如同米歇尔·奥迪亚[1]对里诺·凡杜拉[2]说的那样:"确实挺有趣,但是公平性有待商榷。"

四名袭击者决定一起出手。个子最高的人攥住卢克莱斯的手肘,另一个人用胳膊锁住她的脖子,第三个人,也就是强壮的那个,照着她的肚子和下巴各打一拳。卢克莱斯奋力挣扎,却无法把两只胳膊挣脱出来,那可是她强大的武器。

"快来帮忙,伊西多尔!"她吼道。

"振作起来,卢克莱斯。我感觉您能控制住局面。"

她又挨了两拳,一矮身躲过第三拳,袭击者的拳头打在墙上,发出骨头断裂的声音。束缚她的力量顿时一弱,卢克莱斯趁机用后背抵住墙壁,以免后背再次遭人袭击。卢克莱斯的身手比对手更敏捷,速度也更快,她靠这些躲开对手的攻击。低头、转身、左摇右摆,准确出拳。

反复划过的闪电形成频闪仪般的光影效果。每次闪电都能照出不同的人物场景。

1　米歇尔·奥迪亚,法国电视编剧,电视导演。

2　里诺·凡杜拉,法国电影演员。

最终，卢克莱斯撂倒了最后一个还站着的男人，累得满头大汗，气喘吁吁。

"就这样？您打完了？"伊西多尔的语气很不耐烦，"您总是把时间浪费在这些事情上。"

卢克莱斯扶起第一个拿枪威胁自己的家伙，拔出武器——全新的格洛克[1]小手枪。

"你们想从我们这里得到什么？你们是谁？"

"……吉斯兰·勒费弗尔。我是镇上的小学老师。"

吉斯兰·勒费弗尔？我没听错吧？

伊西多尔补充道："呃，他身后那个人，从衣着打扮来看，我认为是镇上的神父，还有世俗执事。至于第四个人嘛，我觉得是勒费弗尔先生的朋友或者家人。"

"你们为什么给我们设圈套？"卢克莱斯问道。

伊西多尔替他们回答说："您把特里斯坦·马尼厄尔的照片拿给那位比谷丹女服务员看，她回忆起特里斯坦来过这里，还有随后发生的一些事情。"

"我是吉斯兰的妹夫，弗朗索瓦·蒂利耶。"第二个人说。

"我猜您大概是笑话搜集者，难道不是吗？"

对方揉着被年轻的女记者重创的下巴。

"的确如此。您是怎么知道的？"

"只不过是推理，观察，再加上一点点直觉罢了。特里斯坦向您讨教一段笑话的起源，您回答他说，您是从神父那里听来的。"

"事实的确是这样，"穿深灰色衣服的男人回答道，"我叫帕斯卡·勒根，你们可以叫我勒根神父。"

"……他亲口说是从世俗执事那里听来的。"

1　格洛克，武器制造公司，其制造的格洛克手枪风靡全球。

"是的，"最年轻的男人说道，同时他也是四个人里个头最高、身体最强壮的一个。

"找到您的答案了，卢克莱斯。这四位先生就是鲑鱼特里斯坦·马尼厄尔追溯'笑话诞生之地'时历经的四段旅程。"

伊西多尔把他们扶起来，坐在大蜡烛旁，仿佛早就预见到现在的情景，所以提前用蜡烛照亮了这块地方。

神父按住嘴唇上的伤口。

"你们属于'它'，不是吗?"神父问道。

"属于什么?"卢克莱斯很惊讶。

"另外的人。你们不是 GLH 的人? 那么你们就是另外阵营的人。"

年轻的女记者上前几步。

"该提问题的人是我，"她抓住神父的衣领，说，"GLH 是什么?"

"好吧，他们是守卫者，守卫……B.Q.T.。"

说什么疯话呢。

"B.Q.T.是什么?"

听到这话，四个男人傻了眼，显得十分惊讶。

卢克莱斯的手枪已经举在半空中。

"抛开外表和某些人的行为不谈，"伊西多尔·卡森博格为了平息卢克莱斯的冲动，特意说，"我们是记者。更确切地说是《当代观察家》的记者。我们正在调查达利斯·沃兹尼亚克的死因。"

伊西多尔从一言不发的卢克莱斯包里翻出那只蓝色盒子，上印着"B.Q.T."和"绝对不要读"。

四个人顿时露出恐惧的表情。

"Vade Retro Satanas!"神父闭上眼睛，边画十字，边大喊道。

其余的人则转过头,仿佛出现在眼前的是某种极其可怕的东西。

卢克莱斯突然灵机一动,走到世俗执事身边,把盒子放在他鼻子底下。

"说,否则我就打开它!"

她从来没有见过谁的脸上会露出如此恐惧的表情。

"别这样!"神父失声尖叫,"您这是白费力气。他是无辜的。他不该受到这样的惩罚。我来说。"

远处又传来低沉的隆隆声,三月的暴风雨要来了。

75

公青蛙很沮丧,决定打电话给先知,希望得到对方的鼓励。先知预言说:

"您会遇到一位非常美丽的年轻女子,她对您的事情无所不知。"

"太棒了! 我什么时候才能见到她?"青蛙问道,"在池塘的宴会上?"

"不,您会在下个学期遇见她,在生物课上……"

——节选自达利斯·沃兹尼亚克的幽默短剧

《动物,我们的朋友》

76

鞋底沾满烂泥,鼻子呼出雾气。

六个人走在荒原上,雨势渐弱,变成毛毛细雨。他们又来到巨石阵中。

"我们不知道 B.Q.T.这个缩写词的含义。我们只知道 GLH 这三个字母来自某个秘密组织,该组织的成员称自己是'B.Q.T. 的守卫者'。至于这个 B.Q.T.,我们只知道这是种'致命的思想毒药'。"

"我开始对这次调查感兴趣了。"伊西多尔嘟囔了一句。

天空中炸雷惊响,暴风雨再次袭来。

他们走到巨石阵中,巨人般的石头在闪电的映衬下仿佛活了过来。

"你们到底把我们当成谁了?"卢克莱斯问道。

"把我们当成 GLH 的敌人,卢克莱斯。您没听见吗? 做好记录吧。打算揭发 B.Q.T.的人。同时您的攻击行为肯定了他们的假设。我可要提醒您,他们害怕您打开盒子。"

卢克莱斯把到嘴边的话咽了下去。

我讨厌他替别人回答。他真气人。他真气人。

神父指着一片杂草地。

"这里就是我们最后一次见到特里斯坦·马尼厄尔的地方。当时我们并不知道那个人就是他。很久以后,当我们在报纸上看到他的一篇文章时,吉斯兰才说:'这家伙不就是来调查找到那段笑话的地方的人吗?'"

"这个'找到那段笑话的地方'是哪里?"

几个人把头转向世俗执事,执事犹豫了一会儿,然后,扫了同伴们一眼,像是要征询他们的意见,发现他们似乎对这两位巴黎人信任有加,于是一字一顿地说:"就是那里。"

执事指着一个石棚说道。石棚是由三块巨大的石板搭成的,模样跟巨大的石桌差不多。石棚下面有块岩石,一部分凹进去。

"就是这儿,在这个生锈的铁盒子里,每个星期六早上都会出现一只小塑料袋,袋子里面有张纸,纸上写着笑话。"

"从什么时候开始的?"卢克莱斯问道。

世俗执事郑重其事地解释说:"自打9岁起,我就开始收集笑话了。可从前我的父亲就已经这样做了。我的祖父比他还要小的时候就开始了。"

"谁写的笑话呢?"

"打一开始我们就不知道。父亲曾经对我说:'听清楚,有个玩意儿需要你去取,你必须把它转交给神父。'我只是按照别人的要求做事。"

卢克莱斯·奈姆赫德端起新买的照相机,机关枪扫射一般不断给石头遗址拍照。

"您把特里斯坦领到这里来了?"

"是的,先生。他在这里守了一天一夜,然后就消失了。"

"他能去哪里?"卢克莱斯问道。

伊西多尔·卡森博格替世俗执事回答道:"他发现了来这儿放笑话的人,追那个人去了。"

弗朗索瓦·蒂利耶深表赞同。

"那后来呢?"卢克莱斯变得不耐烦了。

"特里斯坦消失后,每周六早上还是会有笑话。可是事情发生了变化,出问题了。"

风刮得越发猛烈。

"什么问题?"卢克莱斯打算刨根问底。

勒根神父抬起头望向天空。

"来了些巴黎人。他们谈到特里斯坦·马尼厄尔。这群人想知道他去了哪里。"

"他们说自己是 GLH 的对头。说 GLH 是个神秘组织,使命就是看守 B.Q.T.。"伊西多尔补充说明。

"还说一旦 B.Q.T. 被散布出去,无异于'精神的原子弹'爆炸。

必须不惜一切代价消除这种威胁。"

"有些人拿着特里斯坦·马尼厄尔的照片,就像我们一样。这就是为什么你们不信任任何与特里斯坦有关的人,不是吗?"伊西多尔问道。

"事实的确如此,先生。"

毛毛细雨停了,天空中依旧雷声滚滚。

他们又走上泥泞的荒原。

"这些人去哪儿了?"年轻的女记者问道。

"他们返回'卡尔纳克海滩',上了船,"吉斯兰·勒费弗尔答道,"我敢肯定他们到水上俱乐部去了。"

"……因为这是特里斯坦·马尼厄尔在他们来之前曾走过的路。"男科学记者补充道。

"您很气人,伊西多尔,不要再替别人回答问题了!"

世俗执事的笑声略显刺耳。

"您女朋友说得对,可以让我自己说。我感觉自己没什么用。这很让人扫兴。"

"这是替您节省时间,卢克莱斯。还有您,先生,这是为您省些口舌。到目前为止,我有什么地方说得不对吗?"

"然后呢?"卢克莱斯转过身,背对伊西多尔又问了一遍。

伊西多尔被逗笑了,再次替世俗执事回答道。

"后来?铁盒子就一直空着,卢克莱斯。"

"事实的确如此,"世俗执事肯定了伊西多尔的说法,"再也没有笑话了。"

"这种情况开始于……达利斯死之前的几天,不是吗?"

"完全正确。"世俗执事惊讶地说道。

伊西多尔远眺着无边无尽的荒原和矗立在荒原上的巨石阵。

暴风雨又咆哮而来,闪电划破长空。伊西多尔自顾自地低声说:"但愿还不是太晚。"

77

公元 140 年

纳尔榜南希斯[1]高卢。

乐卡特城。

罗马船只已经望见海岸。

高卢被分成三个部分:塞尔蒂卡,位于中部、东部和西部;阿奎塔尼亚,最小的地区,位于西南部;纳尔榜南希斯,占据从加龙河到阿尔卑斯山的整个地中海沿岸地区。

船在乐卡特港下锚,这是纳尔榜南希斯海岸线上的一座小城。

这是一艘豪华船,所有挤在港口上的高卢罗马人都在彼此打听这是谁的船。

船主的身份有些特殊,是罗马的高级法官,吹牛说自己写过多部喜剧。

卖报的贩子大声嚷嚷着,这位名叫"萨摩萨塔的琉善[2]"的罗马作家(因为他出生在叙利亚的这个省份)创作的剧目即将在本市的环形大剧场上演。

即将上演的是《秃顶颂歌》。最受罗马观众欢迎的剧目之一。

剧目于当天晚上开演,观众主要是富裕而有教养的乐卡特人。演出立即获得成功。

1　纳尔榜南希斯,罗马皇帝奥古斯都正式建立的高卢四个行省之一,位于今法国西南部。

2　琉善,也译作路吉阿诺斯,生于叙利亚的萨摩萨塔,罗马帝国时代的希腊语讽刺作家,著名无神论者。

接下来的几天,剧团又演出了《苍蝇颂歌》和《死人间的对话》,"萨摩萨塔的琉善"的这两部喜剧曾在罗马帝国首都取得过空前的成功。

虽然他的作品在高卢罗马观众中大受欢迎,但在罗马艺术家圈子中鲜有人问津,琉善前去拜见乐卡特市市长,市长名叫鲁福斯·热得摩。

琉善向市长解释说,他想弄清楚是否有人找到原本属于他先祖的财产,那艘船就在乐卡特附近的海上沉没。

幸运的是,鲁福斯·热得摩看过他的戏剧,于是答应帮这位天才作家的忙。他准许作家进入市立档案馆。

就这样,"萨摩萨塔的琉善"在编年史中找到了"加里波索"号沉船事件的官方记载,事件发生在公元前159年。

遇难者名单中赫然有位罗马公民,名叫泰伦提乌斯·阿菲尔。

这些发现让琉善兴奋不已。他问鲁福斯·热得摩,沉船上的物品是否已经被拾荒者捡走了。

这回,鲁福斯·热得摩回答,这种事情基本不可能发生,所有被遗弃的东西通常都会被寄存在特殊的大厅里,他可以去找找看。

琉善的作品在这座城市大受欢迎,于是他决定在这儿多待几天。

早上,他写了一出新奇的小剧,全剧围绕一位到月亮上旅行的人展开。不知不觉中,琉善创作出第一篇科幻作品。

下午,在两名奴隶的帮助下,琉善在物品招领室中仔细搜寻,希望找出"加里波索"号的遗物。

过了一天,他又去拜见鲁福斯·热得摩,告诉对方自己刚才找到了想找的东西,必须返回罗马处理一些细节问题,但是琉善承诺会返回这座远离罗马喧嚣的迷人城市度过余生。

琉善一返回罗马便受到热烈欢迎，他受到的长期煎熬让公众更加赏识他，在"高卢蛮族"身边生活的经历给他带来巨大的荣誉。

马克·奥里略皇帝亲自在皇宫召见他，向他打听那些表示臣服的地方现在是什么情况。琉善说他已经向那些蛮子证实过了，他说，罗马帝国不是只会打仗而已，文化同样也很发达。

可惜马克·奥里略皇帝去世了。他的儿子——恺撒·鲁奇乌斯·科莫多斯·奥勒里乌斯不太喜欢琉善，他管琉善叫"爸爸的小宝贝儿"。科莫多斯皇帝向剧场施加压力，让他们停演"萨摩萨塔的琉善"的作品。

不久，科莫多斯皇帝下令建造巨型竞技场——克立赛竞技场，用于角斗士的搏杀及处死罪犯，让人民获得"真正的愉悦"。

琉善不喜欢竞技比赛。他在最后被准许上演的某部作品中借剧中人物之口说："大笑带来的愉悦感远胜于观看人们被处以火刑或者命丧狮口。"

科莫多斯皇帝把这句话看成极端挑衅，下令逮捕这位唯恐天下不乱的闹事者，然后把他扔进狮子的饲料中，以此"检验究竟什么东西能够赢得观众真心的笑声：是喜剧演员的笑话，还是看着这位喜剧演员被狮子吃掉"。

几位忠于老皇帝的参议员把这一情况透露给琉善。所以，琉善赶在被逮捕之前上了船。帆船再次向纳尔榜南希斯高卢驶去，目的地就是乐卡特。这一回琉善变成当地的知名人士，受到英雄般的迎接，被宣布为荣誉公民。

见过当地几个朋友以后，琉善取回了他眼中的"加里波索宝藏"。

然而,科莫多斯皇帝的警察也追踪到了这里。

于是,"萨摩萨塔的琉善"化装成高卢人,骑上马,深入高卢西部地区。目的地是塞尔蒂卡,布列塔尼人的国度。

——《幽默史大典》

(出自:GLH)

78

天空终于放晴了,黄色的小帆船朝着大海深处疾驶。布列塔尼的海岸逐渐消失在身后。

伊西多尔·卡森博格掌舵,卢克莱斯·奈姆赫德坐在船头调整三角帆。

男记者的眼睛始终没有离开过 iPhone 上的 GPS。屏幕上显示着卫星地图,小圆点代表的是他们现在所处的位置。

"您怎么知道特里斯坦·马尼厄尔会走这条路?"年轻的姑娘问道,"又是您的'女性直觉'?"

"逻辑推理而已。陆地上没法藏东西,来往的游客和好奇的本地人太多了。如果想创立真正行动自由的秘密组织……必须到海上去。"

说话间,远远出现一座岛屿,GPS 识别出这是瓦特岛。小型港口有小船进进出出。

"类似这样的岛?"

"不。应该是座荒岛,岛上可没有饭馆、旅馆或者港口。"

继续在海上行驶,经过奥迪克岛,著名的"圣女巨石"诉说着这座岛的身份,从海上就能看见这块巨大的石头。

"没有名胜古迹。没什么地方能让游客产生靠岸的兴趣。"

小船在莫尔比昂湾强劲的海风推动下飞快地向前驶去。

这会儿出现在右舷的是"海上贝尔岛",以及岛上的建筑物和岸边的船舶。

"一块光滑的岩石?可是这个秘密组织里还都是人类吧。他们得吃饭、喝水、取暖,必须得有个屋顶……"

伊西多尔·卡森博格一会儿看看地平线,一会儿看看GPS卫星地图。

面对伊西多尔的沉默,卢克莱斯心底突然涌起一阵幽怨。

"他们四个人打我一个人的时候,您为什么不立刻过来帮忙?"她问道。

"暴力是傻子的最后手段。"

"不管什么情况您都说这话,我听了很不舒服。希望您自己挨揍的时候您才会这么说。"

"您看上去揍那些男人揍得开心,我可不想打扰您的雅兴。您就庆幸我没帮他们来制服您吧。您总是先动手后思考。"

我简直不敢相信我的耳朵。

"您!……您!……"

"是的,我知道,您爱我,可这样的爱情是不可能的,卢克莱斯。"

"您只不过是头……"

"是头什么?孤独的老狗熊,最好孤独终老。这是我曾经一遍又一遍地跟您说过的话,可是您没听进去。得了,现在唯一该做的事就是盯住地平线,告诉我是否能看到座荒岛。"

离开贝尔岛,眼中蓝色的大海已经辽阔得分不出边界。帆船驶入公海。

他们在海上漂了很长时间,除了几艘重载航行的游船外什么也没发现。

终于,伊西多尔锁定了某块类似陆地的地方。

"这里？可那只是几块岩石啊。"

"这才有看头。"

船靠了岸，他们把帆船拖上沙滩，开始在这座微型小岛上搜索起来。

"我们在找什么？"卢克莱斯问，"翻版活门？山洞？地道？聚苯乙烯材料的假石？"

伊西多尔把小岛彻底走了一遍，好像地质学家寻找矿脉一样。半小时后，他一屁股坐到地上。

"这里什么都没有。"他宣布。

"这回您的'女性直觉'似乎出了错。"

卢克莱斯从背包里掏出几盒罐头。

"我没告诉您，我认识达利斯。"伊西多尔突然承认。

"我还以为您从来也没离开过您的城堡呢。"

"朋友介绍给我认识的。"

卢克莱斯·奈姆赫德点燃一堆火，烤上牛肉芸豆罐头。

"我很想跟这家伙见个面。即使达利斯从来也没有把我逗笑过，可我知道，他风头正劲。我很想私下见见他。就像跟共和国总统、教皇或者摇滚明星见面。"

伊西多尔拿起石片，撩旺卢克莱斯点燃的火堆。

"那次的晚会足足邀请了三百多名客人。他家似乎经常举行类似的宴会。每隔三天便会举行一次。传媒明星、政客、记者、演员、笑星、超模，所有上流社会人士在他的凡尔赛城堡里齐聚一堂。"

"总而言之，就是那些给他送葬的人。"

"那是他的文武百官。'小丑王十四世'的文武大臣。"

"很有意思的形容。"

"这是皮埃尔·德斯普鲁日说的。他在报纸专栏里提到，曾经参加过克鲁彻举办的一次晚会,为此,皮埃尔·德斯普鲁日创作了一部幽默剧,取名为'小丑王十四世'。"

"请继续说。"

"大果盘里摞满百元面值的欧元,下面写着'请自取'。更远处的果盘里堆满可卡因,感觉就跟面粉似的,下面写着:'请尽情享用'。"

"真大方啊。"

卢克莱斯拿出水壶递给同伴。

"整场宴会期间,我像在动物园里看野兽似的观察达利斯。达利斯的兄弟一直用摄像机拍他。当他打算去洗手间的时候,他的兄弟还在拍他,于是达利斯说:'行了,我还是自己一个人去吧。'当时我觉得很好笑。"

"达利斯的兄弟每天 24 小时拍摄他?"

"当然。大家都跟着他,一旦他说出两个词,不论说的是什么词,所有人都会笑起来。大伙儿会说:'他是个天才。'"

"不会骚扰到他吗?"

卢克莱斯瞧见罐头熟了,拿出塑料餐碟,盛给伊西多尔。

"事实正相反。我记得当时有个人想讲段有关波兰人的笑话,实际上是变相拍主人的马屁。起初,达利斯假装笑了,然后突然站起身,让保镖拿住这家伙,达利斯用尽全身力气把这个人打倒在地。没人敢反抗。我觉得他太敏感了。他嘲笑所有人,却不能容忍别人拿他或者他的祖籍波兰开玩笑。这又是悖论:达利斯是没有幽默感的笑星。"

"很难想象达利斯会干出这样的事。"

"哦,这还不算完。他想把一个姑娘,介绍给一位伙伴,那姑娘是瑞典人,是个模特。这个姑娘拒绝对方的亲近,所以,达利斯一边扇她耳光,一边大喊:'给我把这个傲慢的婆娘轰出去。'随便什么事情都能触怒他。事实上,我觉得大伙儿都怕他。"

"您确定没夸张?您不会是有……成见吧?"

海鸥落在两人身边,盯着他们。

"那天晚上,达利斯决定让新近发掘出的天才演幽默剧。这个人表演了一小段,可惜没有人听。于是达利斯从保镖身上抽出手枪,冲天花板开了一枪。大家顿时愣住了。他咆哮起来:'你们谁也不尊敬吗?一群白吃白喝的家伙!寄生虫!马屁精!你们没有看见这个男孩正在卖力气,想让你们高兴吗,你们却在那儿胡吃海塞,丝毫不尊重他的工作。搞笑是工作!甚至都没要你们付钱,闭上嘴,好好听,这样的要求很过分吗?'"

"支持同行挺能讨人喜欢的……"

"大厅里弥漫着死一般的沉寂。接着,他的笑星朋友继续演幽默剧。大家不得不笑,博达利斯的欢心。他确实是国王,是小丑王十五世,因为他继承了小丑王十四世——克鲁彻——的衣钵……"

人类从来不会非黑即白。我认为达利斯的确才华横溢。才华让他跻身行业翘楚。不管怎么说,那些跟他从事相同工作的人对他尊重有加。

总之,伊西多尔很正直,找出相当多的证据,想让我讨厌"独眼巨人"。

"无论如何,小丑王十五世利用全部出自剽窃的匿名笑话建立起他的帝国。就好像美国的开荒者那样,抢夺印第安人的土地,竖告示牌,拉铁丝网,然后发明所有权法。原因非常简单,这里存在法律空白。他是小偷,不是创造者。"

"听说他天生擅长运用恰当的语调和良好的舞台技巧来表现别人创作的笑话。总之,喜剧演员是表演性超过创造性的职业。"

伊西多尔把勺子插在餐盘上。

"我很害怕在满堂宾客面前说笑话,而且还得想着逗笑他们。"卢克莱斯说。

"我觉得您能做得很好。"

"面前的大厅里坐着五百名观众,花钱来寻开心,随时准备当您失败时报以鄙视,您能想象这样的场面吗?"

伊西多尔烧开水,递给卢克莱斯一杯速溶咖啡,给自己倒了杯绿茶。

他拿起双筒望远镜,仔细观察远方。

"这些笑话没有作者,如同盗窃行为被所有人忽视了,因为没有受害者跳出来抱怨。"伊西多尔特意说道。

卢克莱斯抬起头,也盯着海面。

"您想我们能找到GLH吗?"

"特里斯坦·马尼厄尔相信。所以他乘船来到这里。"

"我只是随便问问。您为什么认为是这座岛?"

"出海前,我找到了追踪特里斯坦·马尼厄尔的那群怪人使用的航海图。"

"他们停在这儿?"

"无论如何,他们在这里标了记号。可是地图有点模糊,我不确定就是这座岛。"

卢克莱斯愣住了。

不确定??

"我想我们得走得再远一些,仔细搜索这个记号代表的地区。我觉得应该不会太远,就从这里开始吧。"

"可这里是公海! 就好像……"

"柴草堆里找根针,您是想这么说吧? 您知道我会做何回答。"

"只要烧光柴草,用磁铁穿过灰烬就行了。"这是他的经典回答。

"别担心,卢克莱斯。我在港务监督长的地图上找到三座没有船有兴趣靠近的岛,在莫尔比昂湾。我们还得去剩下的两座岛。时间有的是。"

卢克莱斯站起来,把行李匆匆塞回背包,嘴里嘟囔了几句见不得人的威胁语。

他们重新登船,径直向开始变暗的地平线驶去。

79

逻辑课上,小学女老师问学生:"如果电线上三只乌鸦,猎人射中一只,还剩下几只?"

立刻有学生回答道:"当然是两只。"

女老师说:"不,一只也不剩。因为枪响声会把另外两只鸟吓跑。您没答对,但您的回答暴露出您的思想相当幼稚。"

于是,学生答道:"我可以问您个问题吗,夫人?"

"为什么不呢,只要不超过逻辑课的范围就可以。"

"三个女人正在海滩上吃冰激凌。第一个女人用舔,第二个女人用咬,第三个女人用吮。哪个女人结婚了?"

"好吧,我说是第三个。"

"不。正确的回答应该是:'戴结婚戒指的那个。'您没答对,但是您的回答能暴露出您的思想。"

——节选自达利斯·沃兹尼亚克的幽默短剧
《逻辑问题》

80

天色转阴,天气转凉。数小时攥紧缆绳的手开始发白。

天空像不断更新的剧场背景。小帆船行驶得更快了,天色迅速暗下来。

突然,伊西多尔下意识地看了眼 GPS,改变航向,朝左舷转去。

"这里应该就是我想去的地方。"

"又是您的女性'直觉'?"卢克莱斯讽刺道,"好在天气还不错。"

说话间,阴沉的天空被闪电照亮。轰隆声骤起,成千上万犹如捶打般的撞击声紧随其后。雨点打在海面上。

系在船帆上的带子竖了起来,桅杆上的风信标绕着中轴转动。海面上泛起带泡沫的波纹,起伏越来越明显。地平线上卷起的波浪越变越大,迎面扑来。

小帆船迎风而动。船底的漩涡让小船被迫像电梯般上下晃动。海风呼啸。两位记者把缆绳抓得紧紧的,小帆船在汹涌的波涛中行驶得更快了。

伊西多尔·卡森博格示意卢克莱斯放开三角帆。卢克莱斯立刻照办,放下船帆,把船帆的后下角卡在专门为这种情况设计的系缆钩上。

"我要做什么?"年轻的姑娘高喊道,海浪拍打着船身。

"舀水! 水已经到……腿肚子了。

"我,这是我第一次坐帆船!"卢克莱斯甩出一句。

"我也是!"伊西多尔大吼一声。

什么? 我没听清!

"您刚才说什么？"

他又吼道："我正在学，卢克莱斯！"

浪头迎面拍在帆船上，比之前的浪都大，船身被掀了起来，哗啦一声又落回水面。

伊西多尔·卡森博格被撞得松开船舵。帆船瞬间掉了个头。

张帆的桅杆劈开呼啸的海风，铝制桅杆击中卢克莱斯的眉弓。

年轻的姑娘破口大骂，脸上挨了一下，她立刻跳起脚来。鲜血顺着脸颊流下来。

伊西多尔非常担心，只不过没有表现出来而已。他走到卢克莱斯身旁。

"这都怪您对待世界的态度，"伊西多尔一边躲过侧面打来的浪头，一边大声喊道，"您总是生气，于是，世界也用怒火回应您。您打别人，世界反过来也打您。"

"总之，伊西多尔，我既不喜欢您的幽默，也不喜欢您的哲学。"卢克莱斯大声嚷嚷着，感觉额头越肿越大。

"小心！低头！"

4.7米长的帆船桅杆再次划破空气。年轻的女记者险些被再次击中。

"不犯两次相同的错误就是聪明。"伊西多尔迎着大自然狂躁的喧嚣宣布。

当他吼出这句话的同时，浪头又打过来，把船掀起，然后任由它落下。伊西多尔又松开船舵，感觉被某种东西猛地推了一把。这回铝杆打中的是伊西多尔的额头，打得他中空的头骨嗡嗡直响，站都站不稳了。

我觉得我懂什么叫搞笑了，伊西多尔应该会在呼啸的海风中这么想，提建议的人自食其果。对我来说再好不过了。

伊西多尔用手按住额头,发现头上的鼓包越肿越大。

两个人低下头,试图放下风帆,拉紧缆绳,固定在风中来回猛抽的桅杆。一叶轻舟在大自然的狂怒中飘零。

天色又暗了一分。即将来临的黑夜把他们吞噬了。

海风变成风暴。有几次,船几乎就要翻了。同时,两位乘客手脚并用,一手抓着能抓住的所有东西,一手把水舀出船。

卢克莱感到一阵恶心,呕吐起来。当她趴在船舷上的时候,伊西多尔稳稳地抓着她。

巨大的浪头突然直冲他们扑来。

船身失去控制,独自转来转去。

两个人在船上东倒西歪,海风、寒冷和船速弄得他们晕头转向,拍在身上海水让他们喘不过气来。

前方突然出现一块尖锐的岩石,树脂船身被劈开一道大口子。

所有的情节都好像慢镜头播放一般。

船瞬间停住,爆炸般的巨大轰鸣声传了出来。

小帆船被撞得翻了个筋斗,两位乘客被向前甩出去老远,顿时失去知觉。

81

公元 421 年

塞尔蒂卡高卢。

布洛塞利扬德森林周围。

罗马帝国分崩离析。

罗马文明仿佛倒流的浪潮,开始出现倒退,同时从四面八方发起进攻的蛮族入侵者全都排斥罗马文明。

驻扎在布列塔尼地区的第十七军团是最后离开高卢的军队之一。

军官们离开营帐亲上战场，保卫塞尔蒂卡省，对抗入侵的蛮族、骑士和高卢罗马贵族自己培养出来的子孙。

撒克逊人把布列塔尼人赶出英格兰，迫使他们迁往更南的地方，然后又从北方边境发动进攻。

布列塔尼的高卢罗马人决定重新选一位国王带领他们作战。布列塔尼人选出最优秀的战略家——亚瑟。

后者迅速集结起一支经过罗马第十七军团洗礼的精英骑士部队。因为他们围坐在圆形的桌子边开会，所以亚瑟把这些骑士命名为"圆桌骑士"。"圆桌骑士"是凯尔特人，但在罗马人的影响下皈依了基督教。亚瑟选定十二名军官，这些骑士都曾在战争中证明过作战才能。亚瑟选择"十二"这个数字的目的是想让人们联想到耶稣的十二门徒。

跟撒克逊人和皮克特人（来自苏格兰，叫这个名字是因为他们脸上涂着油彩，皮克特的意思是"涂油彩的男人"）的战争是残酷的，但亚瑟和他的骑士应付自如。

德鲁伊祭司梅林建议亚瑟必须打赢心理战，获取极端迷信的本地人的支持。为此，德鲁伊祭司委托十二名骑士完成一项神圣的使命：找回 Graal，即盛着耶稣鲜血的圣杯。

兰斯洛特[1]从耶路撒冷带回镀金的杯子。"我找到圣杯了。"他举着手上的东西宣布。没有人敢说这不是圣杯，传说深入人心。国王和他的十二位骑士突然获得了神秘的合法地位。介于罗马帝国时期与未来的法兰克王国时期之间的巅峰年代由此

1　兰斯洛特，亚瑟王的十二骑士之一，传说由湖中仙子养育成人。

出现。

但是，十二位骑士间的团结出现裂痕。这群热血青年难以融洽相处。高汶骑士揭发"湖之子"兰斯洛特骑士与亚瑟王的发妻——王后吉娜薇偷情。两个男人展开决斗，兰斯洛特杀了高汶，亚瑟王的神圣军官同盟土崩瓦解，分裂成兰斯洛特的拥护者和亚瑟的拥护者两派。

梅林祭司对亚瑟王说："陛下，我们的问题在于，我们打败了外面的敌人，同时却在内部树敌。无所事事是一切堕落之母。得让您的骑士重新忙起来。"

格拉海德也回来了，他也去了耶路撒冷。他说在那里听说了有关"第二个圣杯"的故事。

神秘组织的内部人士称之为"所罗门之剑"。

"如果第一个圣杯是有形的，"他说，"根据朋友透露给我的情况，第二个圣杯，也就是所罗门之剑，是无形的。"

"非常好，"亚瑟的心情一下子好了起来，"投入到寻找第二宝藏的任务中去吧。"

这次，国王派出卡拉托克骑士、格拉海德骑士和达格尼特骑士。

经过两年的寻找，三个男人打听到，世间确实存在一只珍贵的小盒子，属于所罗门时代，至今仍完好无损，盒子里装的"不是黄金，不是白银，不是首饰，而是精神财宝，与思想一样轻。人们把这个奇迹称作'所罗门之剑'。"

这个秘密让骑士们感到很困惑。

经过六个月的艰苦寻找，他们最终发现，为保护宝藏免遭亚述人荼毒，盒子被一个希伯来人带走了，被他藏到希腊去了。

他们又花了一年多的时间寻找这个希伯来人的线索。他叫艾玛纽埃尔·本雅明，为躲避战乱逃到雅典。

他们又踏上通往希腊首都的路。骑士们发现，艾玛纽埃尔又把盒子转交给了一个叫厄庇卡尔摩斯或者厄庇加尔摩的人，这个人也把宝藏藏了起来。

三名圆桌骑士没有气馁，又调查了很久，终于让另外的有关"所罗门之剑"的线索重见天日。希腊人阿里斯托芬得到宝藏，把它称作"能让傻子保持沉默的理想武器"。后来罗马人泰伦提乌斯得到宝藏，避开乐卡特皇帝的警察，那里或许就是藏匿宝藏的地方。后者把"所罗门之剑"称作：自大者的死神。

三名骑士动身前往纳尔榜南希斯——又一个高度罗马化的地区继续调查。达格尼特骑士发现盒子曾经在乐卡特城出现过，但是一个名叫路吉阿诺斯，又叫"萨摩萨塔的琉善"的罗马大贵族来到此地，把它找了出来，带到西北方去了。

他们非常惊讶地注意到，实际上调查把他们领回到此行的起点。

"'所罗门之剑'，事实上，被'萨摩萨塔的琉善'藏在……布列塔尼地区。"这就是他们调查的结果。"费尽千辛万苦要找的东西就在身边，这的确令人很痛苦啊。"达格尼特忍不住惊呼，他已经变成三个人中最有趣的一个。

他们又找了一年。最终，三位骑士获悉"萨摩萨塔的琉善"把"所罗门之剑"藏在布洛塞利扬德森林中的某块巨石之下，距离王者之剑，也就是亚瑟王的石中剑不远。

卡拉托克骑士是三个人中最强壮的，他举起巨石，发现石头下面的大盒子，每次打开盒子，里面便有一只更小的盒子。

"确切地说，所罗门之剑应该是把匕首或者刀。"卡拉托克心想。

盒子上用金色的拉丁文写着："HIC NUNQUAM LEGENDUM EST。"

达格尼特骑士率先打开盒子,发现里面有张羊皮纸,他不懂如何翻译,因为他不懂拉丁文。于是,他把它递给卡拉托克,后者读过后当场暴毙。格拉海德弯下腰,透过卡拉托克的肩膀读到这张羊皮纸,也以同样的方式死去。

只有达格尼特幸存下来,多亏了……他不懂拉丁文。

达格尼特意识到自己拥有了一件恐怖的武器。他决定把这只盒子藏起来,然后创建了秘密骑士修会:"所罗门之剑守卫者"。会员人数颇为稀少,但是入会最重要的标准:"不懂拉丁文"。

——《幽默史大典》

（出自:GLH）

82

海鸥靠近卢克莱斯的脸,尖尖的鸟喙冲着她紧闭的眼皮。

鸟儿犹豫了一阵,尖嘴距离她几厘米远,仿佛在观察她是否有反应。看她一动不动,海鸥的胆子大起来,跳上卢克莱斯的脑袋。鸟嘴靠近她的耳朵,突然啄了一下耳垂。

这一下的反应很强烈。卢克莱斯伸出一只手赶走海鸥,睁开一只眼睛。

年轻的女记者睁开另一只眼睛,发现自己身处黑色岩石的包围之中。

她看不清其他东西,浓雾笼罩在海岛上。

海鸥群飞过她的头顶,叽叽喳喳叫得很刺耳。

卢克莱斯感觉现在是早晨,雾气呈浅灰色,似乎能隐约瞥见高空中的闪闪银光,那应该是太阳。

她满嘴都是鲜血的味道,勉强站起身。

走了几步,发现帆船被长满青苔的岩石撞得粉碎。

"伊西多尔！伊西多尔！"她喊道。

没人回应。她在搁浅的帆船上翻找了一阵，勘探了周围的情况。最后，远远地瞅见岩石悬崖上站着一个人。

那是伊西多尔，举着手机一会儿朝东，一会儿朝西。

"伊西多尔，您得回答我呀，我还以为您遭遇不幸了呢！"

"我没听见您喊我，"他没回头，说道，"可我看见您还活着呐。"

卢克莱斯·奈姆赫德看他把 iPhone 举起又放下。他身上有多处挫伤和伤口。沉船时，他应该也跟她一样昏死了过去。

"关于您马上要提的问题：'您还好吗，卢克莱斯？'答案是：'还好，但是浑身瘀青，还又酸又痛。'然后如果您问我：'至少没受严重的伤吧，卢克莱斯？'我会回答说：'没有，我向您保证，伊西多尔，我觉得我能恢复过来。'总之，这是绅士看见好人家的姑娘发生严重事故之后应该说的话。"

"有比自以为是更重要的事情需要我们去做。"

"我管这些东西叫基本礼貌。"

"需要我提醒您吗，您是孤儿，还有我见过您跟疯牛似的打断了那些本地人的面颊骨？您的礼貌属于'边远部落的礼貌'，同样有待提高。脚踹别人的腹部表达不出'您好'的意思。"

"那是正当防卫，您说的那些本地人可端着枪呐。"

伊西多尔耸了耸肩，又开始尝试用手机捕捉信号。

"现在有些信号了。我相信船已经驶过了奥迪克岛外海的'大红衣主教'灯塔。尤其令我感到吃惊的是，在任何地图上都找不到这个地方。"

"我们在'失落之岛'上？"

"或许您暗示的是某部电视剧，对不起，我不看编造的节目，只看新闻。甚至'谷歌地图'上都找不到这座岛。这才是令人惊讶之处。"

卢克莱斯顺着他手指的方向看见一座类似圆塔的建筑。

"灯塔。"

"是的,不过是座不知名的灯塔。布列塔尼的灯塔名单上也没有。跟我来。"

两个人向这建筑走去。越走越近,雾中慢慢浮现出它的身影。灯塔似乎被人彻底废弃了。

两个人走到灯塔脚下,橡木大门紧闭,锁锈住了。

"我猜我们来对地方了。"伊西多尔一边检查大门,一边宣布。

"真让人吃惊。暴风雨恰好把我们扔到正确的岛上,这样的运气……"

伊西多尔·卡森博格弯下腰,捡起一样东西。原来是个粉色的徽章,徽章上有眼睛形状的符号,眼睛里有颗心。

他真气人。他真气人。他真气人。

卢克莱斯·奈姆赫德拉动把手,毫无反应。伊西多尔仔细检查大门,与此同时,卢克莱斯试图用肩膀撞开它,撞得肩膀生疼才停下来。

她走过来跟伊西多尔汇合,两个人一起检查这扇被恶劣的天气剥去全部装饰的木门。

"为幽默献身的秘密组织……也许使用的方法……"

卢克莱斯灵光一闪。

"门是颠倒的!"她猜测。

卢克莱斯推了推木门,发觉事实上真正的锁在人造铰链的侧面。只需朝正确的方向推,门就会打开。

"干得漂亮,卢克莱斯。"

"门和锁是我的强项。"她谦虚地承认。

我相信在这一点上我给他留下了深刻的印象。

借助手机的亮光，两个人走进灯塔，发现一条向上的楼梯和一条向下的楼梯。他们决定先走向上的楼梯。

两个人踩着台阶爬上灯塔顶。呼啸的海风撞上墙壁。

卢克莱斯冻得瑟瑟发抖。

"我受够了下雨天。刮风、下雨，以及暴风雨……我觉得天气正跟我们怄气。"

伊西多尔检查了瞭望室，中间是红色灯身和四块光学透镜组成的巨大塔灯，灯已经熄灭了。玻璃和铜制的保护罩罩在塔灯外面。

更远的地方摆着张桌子，桌上有几张地图，几支圆规和一把六分仪，落满厚厚的灰尘。

很久没人来过这里了。

卢克莱斯·奈姆赫德推开一扇门，门后是通向塔顶外部的狭窄通道。潮湿而强劲的海风瞬间涌进来。

他们肩并肩，享受着360度的全景视角。

"这里什么都没有。"年轻的姑娘总结般说道，狂风卷飞她的秀发。

"您希望找到什么？"

"别告诉我说您知道这儿什么也没有，伊西多尔。"

"是的。我当然知道。"

"那我们为什么还要上来？"

"来检查检查。找找线索。"

伊西多尔返回瞭望室，打开壁橱，找出一瓶朗姆酒，递给卢克莱斯。她对着瓶嘴喝起来。他也一样。

"我还以为您爱喝胡萝卜汁、绿茶和杏仁露呢。"

"确实爱喝，"再次举起瓶子前，他肯定地说，"不过那是在特殊情况下……"

有那么一瞬间,两个人出神地凝视无尽的大海,以及远处的几艘船。

"为什么您总是拒绝我的亲近呢,伊西多尔?"

"您的病叫'急性被遗弃综合征'。您被父母遗弃,伤口没有真正愈合。只要治疗一下,吃些止痛片,疼痛就会缓解,也能和其他人保持正常的关系。可您需要保证、被保护、被爱的需求大得难以估量。病态的需求。永远不会有任何男人能达到这样的高度,能满足您的需求。同时,您要找的是父亲,因为我拒绝了您,您有种我能当您父亲的感觉。对您来说,每个拒绝您的男人都是一种挑战。"

卢克莱斯一动不动地听着,每个词都钻进了她的血液,一直钻进细胞核里为止。

"您更希望拒绝您的男人像匹种马。诱惑我只不过是满足您可怜的灵魂罢了。"

至少他说得很清楚。

卢克莱斯咽了咽口水,然后温柔又不失清晰地说:"那您呢,伊西多尔,您的病是什么?"

"'急性厌世综合征'。我害怕人类。我觉得人类软弱、幼稚、受腐化堕落的东西引诱,赞叹所有发臭的东西,独自一人时很懦弱,成群结队时又会变得很危险。我仿佛生活在一群猎狗中间。人类嗜好死亡,喜欢看同伴受苦,没有任何良心可言,不讲任何原则,从不尊敬他人,从不尊敬大自然。播放电影教育孩子,电影里的人类折磨同类,他们管这叫'娱乐'。"

没人会这样。这是以偏概全。他太夸张了,简直是发神经。

"所以说,我得的是'急性被遗弃综合征',您得的是'急性厌世综合征'。是这样吗?"

天空中又传来隆隆的声响,雨越下越大。

"我满足了您的恋父情结。您满足了我与人类和解的需要，不管这个人类是谁。"

"那查案呢，是为了解闷吗？"

"不是。在猛烈的暴风雨中我也会思考。事实上，当科学记者的时候，我通过文章传播知识。我很怀念这样的方式。传播知识，揭露秘密，追寻未知的真相，这是我人生的意义。当我把自己关在水塔城堡里的时候，仿佛上天赐给我的才能都失去了作用。我是一辆停在修理厂里的跑车。这样感觉可不怎么好。事实上，我彻底搞错了。我曾经沉睡不醒。是您把我唤醒了。"

别被他感动，卢克莱斯。

"您想再当记者吗？"

"我从来也没离开过。可我喜欢远离报纸。"

"我不明白。"

"我有了新的抱负。我想把时间花在能让我获得自由，能让我把知识传播得更广，比通过报纸传播得还要广的事情上。我想通过其他的途径普及科学。"

"我承认，我猜不出来。"

"……做小说家。"

"您是在开玩笑吗？"

"我开始讨厌你了。您不相信我能办到？说一千道一万，我们总查到些不能发表的结论，倒不如把这些东西当成小说的第一手材料。"

远空中的云朵汇聚成杂乱无章的造型，黑漆漆的，不停地变化造型。

"人们读到的是真相，相信的却是，这些都是幻想出来的故事？"

"说对了，至少真相被写出来了。人们阅读时会产生下意识的疑问,进而思考答案。"

"可这种小说化的方式会降低真相的可信度。"

"无所谓,人们将在无意中获取知识,逻辑判断力不会对此产生影响。"

"例如'缺失的环节'的故事?"

"如果把'我们祖先的祖先'写成小说,人们将会读到人类和猪有80%的相同基因,吃这种动物意味着自相残杀。谁知道呢,也许会改变人们的饮食方式,也许再也不会有熟肉商这种职业了。"

"那'终极秘密'的故事呢?"

"……或许人类很困惑,为什么会做某些事情,甚至疯狂的事情。他们将第一次产生疑问,这是个人进步的基础:'究竟什么能让我真正感到快活,只让我一个人快活?'"

卢克莱斯·奈姆赫德望着呈螺旋状飘过的云朵。

啊,的确如此,对我来说,什么让我真正快活,只让我自己快活?他说得对,人们通常做事的目的是取悦他人、家庭、朋友、同事、老板、邻居……可什么时候会真正地尝试取悦自己呢?

"调查'独眼巨人'之死呢?"

"我想,我们将发现一个惊天大秘密,关于人类最明显的特性——笑。"

话音未落,海鸥群响起一阵尖叫,仿佛在嘲笑他们。

"我已经把参与查案的原因告诉您了,可您一直没告诉我,为什么您对这件事特别感兴趣?"伊西多尔冷静地回应道。

"哼,只不过是年轻时发生的故事罢了。"

他没办法了解更多的内幕。他怕闪电最后会劈中灯塔,于是深吸一口气,说道:"我们下去?"

83

公元 451 年

高卢。

奥尔良附近。

罗马帝国不断瓦解。

帝国东部边境遭受的攻击异常猛烈。

从前的盟友——匈奴王阿提拉变成了最凶残的敌人。这位皇帝来自匈牙利蒂萨河谷的某个部落。

很久以来,阿提拉乐于同罗马人维持和平的关系,他要求罗马的皇帝定期向他捐税以换取他的中立态度。

地震摧毁了君士坦丁堡的城墙,阿提拉相信这是命运的征兆,再也抑制不住想要成"世界之主"的欲望。

阿提拉向这座损毁过半的城市发动进攻。

在这次及随后的几次进攻期间,阿提拉遇到了各式各样的情况,最终停止从这一侧边境入侵罗马帝国。公元 451 年春,阿提拉决定调集全部军队,与日耳曼人和蒙古人结盟,从北部地区大规模入侵高卢——罗马自古以来的盟国。第一支军队从东北方入侵高卢,第二支军队从北方发动攻势。就这样,阿提拉的东路军先是占领了斯特拉斯堡,接下来是梅兹和兰斯。北路军攻下图尔奈、康布雷、亚眠、博韦。一座接一座的城池被洗劫一空,惨遭焚毁,人民被杀或者沦为奴隶。

互为双翼的两路军队在巴黎会师,但有谣言说霍乱正席卷这座城市,于是,阿提拉绕过巴黎,直扑奥尔良。

在距离奥尔良几公里远的地方,阿提拉遭遇意外抵抗。

奥尔良防卫军赶来阻击阿提拉。

史称"卡塔罗尼克田野战役"。对垒的两支军队:

一边是匈奴人以及他们的日耳曼和蒙古盟军:阿拉曼人、东哥特人、汪达尔人、艾鲁勒潘诺尼亚人、卢日人、潘诺尼亚人、阿卡兹尔人、热彼得人。他们组成 50 万人的部队,由阿提拉亲自领导。

另一边是高卢罗马人、西哥特人、布列塔尼人、法兰克人、阿兰人、勃艮第人、阿摩利卡人、巴高特人及萨马唐人的联盟。他们组成 12 万人的军队,受罗马将军弗拉维乌斯•阿狄乌斯的领导。细节决定成败,弗拉维乌斯•阿狄乌斯对阿提拉了如指掌。弗拉维乌斯幼年时曾被当作罗马的人质送进匈奴人的宫殿。年少的罗马贵族在那里与小王子阿提拉很合得来。

因此,弗拉维乌斯•阿狄乌斯是唯一深谙敌人习性的罗马人。

阿提拉的骑兵向驻扎在山顶的高卢罗马军队发起进攻。战斗从下午一直打到夜幕降临。匈奴人最终被击退。双方的损失情况差不多,均约 15 000 人。

首场交锋过后,双方的军官在防卫森严的营地里为随后的战争出谋划策。

交战双方互派间谍,刺探对方的军情。

匈奴人在营地周围抓到一个身材矮小的男人,骑着一匹红色的马,身穿绿色的衣服。这人号称布列塔尼的德鲁伊祭司,名叫卢瓦格。

布列塔尼人是罗马人的盟友,卢瓦格似乎颇受尊崇,况且他还会说好几门语言。

阿提拉亲自拷问这个男人。在饱受虐待后,卢瓦格终于开口:"您就是伟大阿提拉?让我有点失望啊,我本以为您会更加残暴,我一点也不疼,只不过是给姑娘挠痒痒而已。"

身陷困境仍然出言不逊,阿提拉感到很惊讶。他哈哈大笑,决定把这个男人留在军中。

接下来的几晚,两军的战斗趋于白热化。最后,高卢罗马联军起了内讧。第一次战斗中失去国王的西哥特人不再抵抗,撤退了。另一方面,匈奴人、汪达尔人和东哥特人的联盟也出现内讧。部落的首领们同时决定返回家园。所以,这是场没有胜利者的战争,最终的结果是各自的联盟宣告解体。

经过这次战争后,阿提拉最终决定放弃入侵高卢。他把卢瓦格当成行李带回国。

最后,阿提拉授予卢瓦格正式的职位:国王的弄臣。这位布列塔尼人,穿绿色的衣服,戴傻乎乎的帽子,手拿镶嵌铃铛的棍子,奉命在进餐期间滔滔不绝,用"幽默小故事"逗笑宾客。

公元449年,帕尼翁的希腊历史学家布里斯库斯受邀来到阿提拉王的宫廷,宣称给他留下印象最深的正是这位"国王的弄臣"。这个布列塔尼人能说多门语言,能用出人意料的故事娱乐宾客。

帕尼翁的布里斯库斯不知道的是,卢瓦格所做的远远不止是娱乐国王这么简单。他通过秘密联络网把主人的军事计划提供给罗马人。因此,阿提拉随后的全部军事进攻均告失败。正当匈奴王决定最后一次发动大规模进攻时,卢瓦格采取了行动。

他直接把一只刻着拉丁文的蓝色盒子放在阿提拉的床上。

第二天早上,人们在床上发现了阿提拉的尸体。

——《幽默史大典》

(出自:GLH)

84

卢克莱斯和伊西多尔用杂七杂八的东西临时拼凑成两支火

把，点燃后，沿着通往地下的楼梯台阶顺势而下。

十来分钟后，走到宽阔地上，一扇门也没有。

"我不知道为什么还会信任您，伊西多尔。"

"因为您爱我，我们俩都知道。"

卢克莱斯无言以对。

她举起火把，仔细检查了一遍所有的砖头。

"等一等！我看见了什么。"

"什么？"

"砌墙的砖头不太一样。"

卢克莱斯抚摸墙壁，终于找到一块孤零零的凸出物。假墙壁在金属的呼啸声中滑走，通道露了出来。

他们举起火把。

"您觉得我们正在靠近幽默之源吗？"她问道。

伊西多尔没有回答，向前走得很快。

墙上渗出水。

"又是您的女性直觉，嗯哼？"

"出生前我要求上天赋予我这种微不足道的能力。"

"您真的相信它？"

"我不是相信它，而是试验过。当我试验的时候，我发现自己真的具有这种直觉。或许如果我动笔绘画，我会发现自己是个画家。"

"所以在您看来，应该尽可能地把所有的工具摆在孩子面前，发掘自身的特殊才能。"

"完全正确。跟西藏喇嘛一样，面前摆上十二件物品，检验自己'本能地'或者'直觉地'率先对哪样物品感兴趣。"

有声音传过来。

卢克莱斯拔出手枪，瞄准前方。

伊西多尔的火把对准声音传来的方向。

虚惊一场,原来是天花板下到处乱撞的蝙蝠。

继续小心翼翼地向前走。

"相反,每个优秀的人都有缺点,优点有多大,缺点就有多大。同样,通过试验能发现这一点。"

"您的缺点是什么?"

"记忆力不好。"

"只有这个?"

"不,我还很难以相处。更不用说是和女人相处了。"

"我能为此做证。"

"至少我没弄虚作假,没骗过您。"

狭窄的过道通向一条更宽的路。

"我始终想问清楚。卢克莱斯,您从来也没有告诉我,为什么您对达利斯的死感兴趣。"

"他的离世触动了我。他费了多少心思才达到事业的顶峰啊。"

"他到达了顶峰,但也摔了下来。奥斯卡·王尔德曾经说过:'当众神打算惩罚我们的时候,先让我们的心愿成真。'"

"我不喜欢您这么刻薄。达利斯很有趣。为了大众利益呕心沥血。笑能治病,能哺育思想,能……"

"……救您的命?"伊西多尔接过话茬。

卢克莱斯没吭声。

"达利斯很幽默,可也仅限于他的墓志铭而已:'我宁愿躺在棺材里的是您而不是我',脸皮可真够厚的。"

"这样的幽默适合大众口味。萨沙·吉特里曾经对伊沃娜·普兰当说:'人们会在您的墓碑上写:终于冷淡了。'"

"……伊沃娜·普兰当是这样回答的,她说:'您的墓碑上写的会是:终于硬了。'"

伊西多尔·卡森博格深表赞同,抬抬手,表示很欣赏如此针锋相对的对白。

"伊西多尔,既然您这么聪明,那您说说看,您会在自己的墓碑上写些什么?"

他想了想。

"'误会了:我想被火化。'"

"不错。还有别的吗?"

"萝卜青菜,各有所爱。该您了,卢克莱斯。"

"等一等……'我早就跟你们说过,我生病了'?"

"太俗气了。不算数。再来一个。"

"'终于安静了。'"

"毫无新意。该我了。'能人历来死得早。'"

"'什么都好,就是结局不好。'"

两个人在走廊里边走边开玩笑。

"我有种感觉,这几面墙能给人灵感,让人变得风趣。"卢克莱斯说。

"不会的,只不过是幻想罢了。相信时,它才会出现。"

越走越深,恶臭开始侵袭两个人的嗅觉,这气味像腐水。两个人用袖子把鼻子捂得紧紧的。

走廊通向一间岩石中开凿出来的大厅。

藏在灯塔底下的神庙……

卢克莱斯举起火把,照亮壁画。

腐肉的气味变得令人难以忍受。

大厅中央有座小舞台,舞台上摆着两把面对面放置的扶手椅。舞台上还有几支摄像机三脚架,三脚架上绑着枪,联通电线。

"见鬼了! 跟达利斯剧场里的一模一样!"

"什么?"

"这种布局,这些座椅和三脚架!人们管它叫'PRAUB'。"卢克莱斯说。

"'PRAUB'?那是什么?"

"'先笑的要吃枪子'的首字母缩写。塔德斯·沃兹尼亚克是这么解释的。"

卢克莱斯注意到扶手椅上有几块棕色的印子,应该是风干的血迹。

两个人在地下庙宇里一点一点地搜索着。卢克莱斯的脚陷进一团物体中,踩得脚下发出一阵凄惨的咔吧声。她打起火把照亮膝盖以下的地方,不由得直打哆嗦。卢克莱斯踩中的是一具尸体的腹部。

"原来臭味是从这里来的。"

伊西多尔弯下腰,照亮腐烂的尸体。

"这里的低温减缓了尸体腐烂的速度。这人应该已经死去好几天,甚至好几个星期了。"

卢克莱斯照亮尸体四周。

"还有其他的尸体!有十几具呢,这地方没别的东西!"

男记者掀起第一具尸体的面具,面具下是张老人的脸。尸体的斗篷上印着三个烫金的字母:"GLH"。

伊西多尔·卡森博格仔细检查了一阵。

"这不是集体自杀。"

他走了几步,寻找房中的蛛丝马迹。

"这是场屠杀。来访者来到这里,大受欢迎,并没引起怀疑。他们仔细检查了所有的房间,没遇到阻碍。两伙人吵了起来,从人群的姿势来看,来访者拔出冲锋枪朝人群开了枪。"

科学记者伊西多尔在房间里来回踱步勘查现场。低下头收集弹壳,拿给同伴看。

"吵架和开火的地方应该就是这儿。这里的死尸最多。那些想逃跑的人挨了不少枪,在逃跑的过程中受了伤,然后栽倒在地。那些逃走的从……"

他顺着虚拟的线路走了几步。

"这里走了。"

卢克莱斯紧跟在他身后。

面前又出现几条走廊。一路上,两个人被其他的尸体绊了好几下,每具尸体都穿着淡紫色长衫,印着"GLH"。

"看啊。后背中枪,靠近心脏,然后一枪爆头。"卢克莱斯注意到。

他们走进一条走廊,两侧有许多房间。

"似乎这些人一直生活在这里,不见阳光。"卢克莱斯指出。

火把的光照亮食堂、厨房、浴室。

"完整的村落。里面应该住着几百人。"

他们走进一间屋子,屋里有好几台复杂的机器。卢克莱斯指着一台扫描仪和几台电脑说:"这是间科学实验室……"

继续探索,走进一间巨大的图书馆。

地上也躺着几具尸体。

书架前摆着一排半身人物像,有莫里哀、克劳克·马克斯、卓别林、巴斯特·基顿[1]、哈罗德·劳埃德[2]、伍迪·艾伦[3]。

"她是谁?"卢克莱斯指着一个埃及人的雕像问道。

伊西多尔用火把照一下。

1　巴斯特·基顿,美国默片时代演员及导演,以"冷面笑匠"著称。

2　哈罗德·劳埃德,美国喜剧明星。

3　伍迪·艾伦,美国著名导演。

"哈托尔,埃及的喜悦女神。"

他指着穿长袍的侏儒雕像说。

"还有默莫斯,奥林匹亚山众神的笑料。我在勒温布雷克教授那里见过。年代太久远了,公众对他们知之甚少,可他们甚至是人类最早的笑话的创作者。"

卢克莱斯·奈姆赫德举起火把,照亮版画、书籍和小雕像,全部都是些喜剧题材。

"我们这是在哪儿,伊西多尔? 真见鬼,我们这是在哪儿?"

"'笑话诞生之地。'这不就是特里斯坦·马尼厄尔寻找的地方吗? 追随他的脚步,我们发现的应该就是他在几年前发现过的东西。"

卢克莱斯差点又踩上一具尸体。她从尸体上跨过去。

"这地方不怎么吉利。"

"著名的悖论法则支配世界。为千家万户带去欢笑的笑话产自'不吉利'的地方。"

"您怎么突然变得煽情了,亲爱的伊西多尔。"

"我得训练自己,为未来当好小说家做准备。"

"您会讲这些?"

"我不会难为自己。"

"喜剧归根到底是悲剧的理论在这儿得以应验,我不得不承认,每种理论都有其道理。幽默的源头无疑是病态的。"

"先别评价,尤其别匆匆下结论,卢克莱斯。跟着感觉走吧。试着把这座神奇庙宇里的秘密找出来。至于我嘛,我相信这部描写幽默的小说最终会变成一部……阴暗逼人的侦探小说。"

卢克莱斯·奈姆赫德举起火把。

"这里简直就像邪教的老巢。或者说是笑的邪教,组织'PRAUB'决斗的邪教。"

"……他们还有座不可思议的幽默图书馆。我从来也没见过如此之多的笑话书。"伊西多尔一边照亮书架上的书,一边嘟囔。

他举着火把靠近一本书,字迹很难辨认,书名叫"PHILOGE-LOS"。

卢克莱斯发现墙上贴着几句话。

"笑是对生活的抗议,对抗的是阻止人们表达自我的避无可避的社会机器——亨利·伯格森。"

"我会按笑的质量给哲学家排名,哪怕要为此承担风险——尼采。"

"哲学家专栏。"卢克莱斯特意强调。

伊西多尔的火把照亮了亚里士多德和柏拉图论述笑的文集,然后是笛卡尔和斯宾诺莎的。

一本又一本的著作把他拉进时间的长河里,他又撞上一具尸体,这具尸体同样穿长衫,戴面具。

两个人又发现了其他几本晦涩难懂的作品,年代要更古老一些,是些羊皮纸,压在玻璃板下面。

"简直就像邪教。"卢克莱斯又重复了一遍。

"不,并不是狭义上的邪教,我宁可说这是种秘密组织。类似光明会、圣殿骑士团、蔷薇十字会。"

"共济会?"

男科学记者伊西多尔照亮头顶上巨大的盾形徽章。

"GLH……有了,我知道了,意思应该是:共济会幽默分会[1]。"

"谁想杀死他们? 为什么要摧毁捍卫幽默的共济会支部?"卢克莱斯问道。

"或许是那些不喜欢他们笑话的人……"

1　法语为 Grande Loge de l'Humour。

伊西多尔的评论显得似乎与此时的悲情气氛格格不入,卢克莱斯神经兮兮的小声笑起来。

他们举着火把靠近挂衣钩,背景突然清晰可见。

两位记者大吃一惊,愣愣地看着腐尸犹如路标般竖立在巨大的图书馆里。突然,伊西多尔仿佛凝固一般。

"嘘!"他命令,一根手指压在嘴唇上。

他走到书架隔板旁,清理走散落在地上的书,耳朵紧贴在木板上。

里面传来微弱的声音,弱得几乎听不清:"救……命……"

85

公元 1095 年

法国。

巴黎。

去往耶路撒冷的途中,朝圣者在叙利亚和土耳其境内遇害的情况时有发生,教皇乌尔班二世不胜其烦,决定于 1095 年 11 月 27 日发动十字军东征,以保护朝圣之路的安全。

第一次十字军东征的口号是:"神之旨意。"

教皇的旨意催生多支基督教军队。最终,十字军于 1099 年 7 月 15 日占领耶路撒冷。布永的十字军领袖——戈弗雷·德·布永骑士自封耶路撒冷新国王。

二十年后,确切地说是 1120 年 1 月 23 日,两名十字军骑士,于格·德·帕扬和约弗华·德·圣奥梅尔决心组织一支特殊的军队,旨在保护从欧洲来,希望到耶路撒冷去的朝圣者。

他们以守卫一切圣地为使命,得名为"基督和所罗门圣殿的贫苦骑士团",也就是后来人们熟知的"圣殿骑士修会"或者"圣殿骑士团"。

圣殿骑士修会战果辉煌。所有的年轻骑士都希望成为其中一员。因此,修会的首领之一,贝尔纳·德·克莱尔沃拟定清单,罗列出入会的必要标准,新成员必须符合的条件。入会的必要条件如下。

"年满 18 周岁。"

"未订婚。"

"不隶属于其他修会。"

"无负债。"

"心理与生理均保持健康,四肢健全。"

"没有为了加入圣殿骑士团收买任何人"。

"自由身份,非农奴或者奴隶。"

"未被教会驱逐。"

1201 年,圣殿骑士团的组织机构围绕大团长建立,大团长被看作耶路撒冷的国家元首,掌管各个国家的副团长。

圣殿骑士团的财富与圣物的拥有权密不可分:耶稣荆冠的残片及被看作耶稣十字架一部分的碎木片。跟其他年代更久远的宝藏一样,它们也来自所罗门神殿。

圣殿骑士的外貌与其他骑士不同:圣殿骑士留短发,上下唇均不蓄须,白色的无袖长袍加印末端粗大的红色十字架。

圣殿骑士团在中东地区建造了十几座要塞,又在西方建造了超过七百座府邸,这些府邸有点类似负责对圣殿骑士团新成员进行军事和宗教训练的学校。

召开内部教务会是圣殿骑士团的惯例。会议期间,圣殿骑士们在保证严守秘密的条件下评论圣文。

圣殿骑士团无数次增援军事远征,无数次拯救被强盗袭击的朝圣队伍。几个世纪以来,他们的军事行动和经济支援对西方势力的胜利起到决定性作用。

为了赎回被阿拉伯人扣为人质的基督教教徒,圣殿骑士团筹集一大笔财宝,实际上是白银、黄金和档案资料。财宝被放进一只箱子——"大木箱"里。

"大木箱"被隐藏在耶稣撒冷的圣殿中。

时年1189年,萨拉丁率领阿拉伯军队入侵耶路撒冷。基督徒惨遭屠杀或者被驱逐出境。圣殿骑士团被视为最优秀的基督教骑士,所以萨拉丁以骇人听闻的手段屠戮三百名被俘的圣殿骑士。圣殿骑士团把圣殿和"大木箱"转移到圣-让-达尔城。可这座城市也惨遭萨拉丁的攻击,于1291年被攻克。这一次,圣殿骑士团逃到距离基督教辖区最近的地方:塞浦路斯岛。后来,圣殿骑士团在逃亡过程中新选出的大团长雅克·德·莫莱带领下重返法国。

然而,军事上的接连失败折损圣殿骑士团的威望。圣殿骑士团失去了保护基督教朝圣者的能力,也就失去了存在和延续的意义。美男子腓力四世认为圣殿骑士团拥有数不清的土地和财宝,还有传说中的"大木箱",是具备经济及政治实力的敌人。

除此之外,许多国王都欠圣殿骑士团的钱。圣殿骑士一有机会便向各国元首放贷。

司法大臣纪尧姆·德·诺加雷采取行动。

纪尧姆·德·诺加雷借口圣殿骑士招供犯下流氓罪,说服美男子腓力四世下令无条件地逮捕法国境内的所有圣殿骑士。这次大规模行动于1307年10月12日星期五拉开帷幕(13日星期五的迷信由此而来)。

圣殿骑士束手就擒,骑士们坚信公平的审判很快会证明他们的清白。

巴黎、卡昂、鲁昂、日索尔的警察把圣殿骑士投入监狱,没完没了地折磨他们,逼迫他们供认罪行。在巴黎,137名被捕的圣殿骑士中有38人没能挨过最初几日的虐待。其他人全部承认曾背弃基督,定期鸡奸及崇拜名叫鲍芙默的异教偶像。不过,其中有三个人收回供词。

他们是大团长雅克·德·莫莱及两名团长。1314年3月18日,这三个人在西岱岛被活活烧死。

"上帝会为我们的死复仇。克雷芒教皇、腓力国王、纪尧姆骑士,一年之后,你们会为不公正的行为受到惩罚。我诅咒你们每一个人,诅咒一直延续到你们的第13世后代。"这是圣殿骑士团大团长的临终遗言。

雅克·德·莫莱死后,美男子腓力四世组织人手按部就班地抢夺圣殿骑士团的财产。

纪尧姆·德·诺加雷去世了,国王任命多米尼加人纪尧姆·亨伯特为法国的宗教审判长,同时也为圣殿骑士团的新任负责人。纪尧姆·亨伯特最终找到了盛放"大木箱"的密室,可他发现登记在册的一只小箱子不见了。

囚犯再次惨遭拷打,骑士们供认,丢失的那只箱子正是雅克·德·莫莱最珍视的。大团长管它叫"对抗不忠者的秘密武器"。囚犯们的描述很精确:蓝色漆盒,上刻拉丁文。

即使百般拷打,圣殿骑士们也没有透露出失踪的宝盒里所放何物,只是供认"小木箱"里盛放的既不是钱财,也不是珠宝,甚至不是任何的物质财富,大团长雅克·德·莫莱曾经提到过,这是种"精神财富",所罗门宝藏的遗物。

幸存的圣殿骑士,于格·德·派洛承认,来自布列塔尼的圣殿骑士彻底搜查过所罗门圣殿。最终从隐藏在圣地深处的地下室中发现了这件远古的宝物。

美男子腓力四世大动肝火。"一定要把蓝色的盒子带回来。"

他大声咆哮。"小木箱"成了他的心结,这件宝物似乎比"大木箱"珍贵得多。他命令纪尧姆·亨伯特不惜一切代价找回这只神秘的箱子。

经过长期调查,严刑拷打过很多人后,宗教审判长得到线索:一群圣殿骑士躲过大逮捕,逃往布列塔尼,藏在布洛塞利扬德森林里。

纪尧姆·亨伯特顺藤摸瓜,直奔逃亡者。逃亡的圣殿骑士又赶在逮捕和拷打之前逃走了。纪尧姆又获得了新的线索:逃亡的圣殿骑士已经在卡尔纳克港登上前往英格兰的船。

他立刻派出密探。密探在苏格兰发现了圣殿骑士的踪迹。

纪尧姆·亨伯特力劝美男子腓力四世要求英格兰国王介入此事。爱德华一世向来不信任这位傲慢的法国邻居,拒绝施以援手。

从此以后,在法国,再也没有人谈论过"小木箱",这只著名的"既不盛金钱又不装珠宝的蓝色小盒子"消失在人们的视线外。

——《幽默史大典》

(出自:GLH)

86

微弱的声音再次响起:

"可怜可怜我……帮帮我……"

卢克莱斯努力往前靠了靠,终于发现图书馆尽头有道缝隙。

"木墙后面有扇门,"她说,"肯定有机关。"

伊西多尔的手已经在木墙上抚摸了一阵。他夺过卢克莱斯的手枪,后退几步,冲机关扣动扳机。

又开了几枪,锁终于被打断了。两人推开隔板,隔板嘎吱作响。

　　地上躺着一个男人，胡子长长的，穿紫色斗篷，一动不动。

　　卢克莱斯急忙跑过去，手按住对方的心脏部位。

　　"他还活着。"

　　地上的男人哑着嗓子喘气，嘴里含糊不清："必须……必须……你们……应该……"

　　"您是谁?"卢克莱斯问道。

　　"别问这些没用的，卢克莱斯。应该清楚这是谁。他就是我们找的人。他就是特里斯坦·马尼厄尔。"

　　科学记者伊西多尔说这番话时语气波澜不惊，说完，立刻起身去给特里斯坦找水喝。最后，他在浴室里找到水，急忙返回来，扶着特里斯坦坐起身。

　　"慢点喝……"

　　伊西多尔仔细检查了他身体，发现伤口在腹部。

　　"上面，"卢克莱斯提示伊西多尔，"灯塔顶上，您的手机或许会有信号，可以去那儿求援。"

　　"我……我……哎呀……"

　　特里斯坦闭上眼睛。伊西多尔低声说："太晚了。我们什么也做不了，他失血过多，随时都可能死去。"

　　特里斯坦·马尼厄尔又猛地睁开眼睛，不顾身体极度虚弱，眼中燃起令人诧异的强烈光芒。他想把一些事情说清楚。

　　"你们……你们……应该……你们……"

　　伊西多尔轻轻地把他揽入怀中，仿佛安抚受惊的孩子似的摇晃着，安抚着。

　　卢克莱斯一动也不敢动。

　　特里斯坦平静下来，可还是想说话。

　　"你们必须……你们……你们……"

"慢点说，没事了。慢点说，会说得容易些。"

然后，伊西多尔低下头，耳朵贴在距离伤者嘴巴几厘米的地方，小声对他说："我听着呢，您说吧。"

男人冲伊西多尔耳语了几句。

后者郑重地点了点头。

特里斯坦·马尼厄尔仿佛松了一大口气。他眼睛睁得大大的，脸上挂着似笑非笑的表情，仿佛在向倾听者致谢，直到最后一丝嘶哑的喘息滑落嘴角。

伊西多尔合上特里斯坦的眼睛。

"下辈子再见。"伊西多尔喃喃低语，仿佛在念悼词。

记者把男人抱起来，放到桌子上。

"唔，他临死前跟您说了些什么，是否有些不妥？"

伊西多尔没有回答，满脸神秘。

"我把塞巴斯蒂安·多兰临死前透露给我的事情跟您说了，而您呢，却故弄玄虚，这不太公平，伊西多尔。"

伊西多尔依然一言不发。

"我觉得我们是自己人！"卢克莱斯发火了。

"我不会把他跟我说的话告诉您。所以请别再问我了。"

卢克莱斯一时间愣住了。

"您只不过是……"

"卢克莱斯，您太……"

"愚蠢？"

"不。年轻。"

卢克莱斯又迷茫了，不清楚对方究竟是在嘲笑她，还是在拐弯抹角地恭维她。她心想，如果面对他的时候，能永远并彻底地讨厌他就好了。可惜事不遂人愿。

"您……"

"不要说您……"

"什么?"

伊西多尔露出一丝微笑。

"我也非常欣赏您,卢克莱斯。谢谢您。所以,还是按规矩做事吧:第一,搜集情报;第二,思考;第三,行动。"

伊西多尔把房间检查了一遍,找到一只被打碎的箱子。

"这里发生过什么事?"

他指着被拉开的抽屉。

"我的第一感觉获得证实。来访者到过这里。GLH 的人迎接了他们。"

"所以这些人没撬锁就能进入神庙。"

"进入神庙后,两拨人先是交流了一阵,最后吵了起来。来访者,至少有五个人,就算六个吧,在交流的时候下定决心动用武力。他们带着武器,胡乱朝人群开枪。"

伊西多尔闭上眼睛,仿佛当时的情景历历在目。

"第一批人死在下面,我们已经发现了那些尸体。反应过来的人开始逃命,有些人被子弹打中,然后咽了气。打在头部的子弹就说得通了。特里斯坦·马尼厄尔是逃走的人之一。他迅速溜进密室。"

"这样就能说通了。可其中一位来访者跟上他,赶在关门前进了屋。这就是为什么这里的锁也没被撬。来访者一枪打中特里斯坦·马尼厄尔的腹部。不同的是,他并不想杀死特里斯坦,而是想让他交代出些事情。说不定是为了打开这只盒子。"

"完全正确,卢克莱斯。接下来,来访者掏空盒子,抛下特里斯坦·马尼厄尔,重新关上密室的门。"

"既然这样,特里斯坦·马尼厄尔就不是杀害达利斯的凶手了。"

"我可没这么说。不过似乎有两个对立的组织。一方是笑的神秘组织——GLH,他们藏在灯塔底下,其中还包括特里斯坦·马尼厄尔。另一方是达利斯和他的兄弟,还有他的保镖。"

"光明的幽默对抗黑暗的幽默……"

"您说什么?"

"这是塞巴斯蒂安·多兰说的。他声称两派人的战争自古就开始了。"

伊西多尔一边仔细勘察房间,不放过最微小的细节,一边思考。

"您刚才的话很有意思。您越来越像我的侄女,卡桑德拉。和您一样,她也是孤儿,和您一样,她也总拿别人和电影里的角色做比较,而且主要是科幻电影里的角色。或许您现在跟我说的话让我觉得您很像卡桑德拉。"

卢克莱斯·奈姆赫德负责检查书架。说是书架,架子上却没有书。

"继续说下去,伊西多尔。所以这是灯塔里的人,也就是光明幽默的守护者与粉色西装保镖——黑暗幽默的守护者之间的战争。"

科学记者伊西多尔从背包里翻出几块饼干,递给卢克莱斯。

"您真的觉得现在是吃东西的时候,伊西多尔?"

伊西多尔狼吞虎咽起来。

"继续假设。"

伊西多尔张大嘴巴:"假设两拨人进行一场您刚才提到过的'谁先笑谁吃枪子'比赛,或许这里就是它的发源地,假设达利斯和粉色西装保镖后来剽窃了这种比赛。"

伊西多尔坐下来。

"然后呢?……"

"没然后了。这就完了!"他的嘴巴仍然张得很大。

"什么叫'这就完了'?"

"这就是目前我能讲的所有的事。"

"打开的箱子呢?这间密室呢?"

"这里应该就是 GLH 藏宝的地方。跟踪、杀害特里斯坦·马尼厄尔的人应该把宝物偷走了。"

"所以说黑暗幽默派赢了?"

"是的。至少到目前为止,我得说,事情很有可能就是这样。"

"如此说来,根据您的理论,黑暗幽默派就是达利斯和他的兄弟。可是达利斯被杀了啊。"

"完全正确。"

"所以说,至少有一位光明幽默骑士——GLH 的成员幸存下来,或许会向达利斯兄弟寻仇。"

伊西多尔停止咀嚼。

"您还坚信达利斯是被谋杀的?"

"什么?您不相信吗?"

"我目前不做任何结论。"

"无论如何,必须承认,赌注是非常巨大的。对抗被诅咒的蓝色盒子的势力,面对任何情况绝不会退缩,他们举办'谁先笑谁吃枪子'死亡大赛,破坏我们两人的房子,屠杀岛上的居民。"

男记者摘下细框眼镜,又找出几块饼干,赶忙嚼了几口。

"确实很好吃。"

然后又嚼了几口。

"特里斯坦·马尼厄尔都快死在这里了,又怎么谋杀达利斯呢?用信鸽把蓝色盒子带过去的?"

卢克莱斯一拳砸在桌子上。

"不是信鸽……是悲伤小丑。"

伊西多尔又微微一笑,这种笑容似乎天生就能激怒卢克莱斯。

"我决定,调查到此为止,"伊西多尔宣布,"只要想办法回去就行了。然后把尸体的事情通知警察。"

我必须要冷静。整件案子开始让我大动肝火。这里发生的事情很严重。不能跟伊西多尔对着干,相反,应该控制情绪。

卢克莱斯挺起胸膛,从包里拿出相机,开始拍照。

"您觉得我能把整件事情写成一篇文章吗?"

"写一半吧,别全写,卢克莱斯。发表没有定论的文章毫无意义。在这儿找不出定论。走吧。我想一部分 GLH 的成员应该从秘道逃走了。"

他又点燃两支火把,远远走开,寻着出口去了。卢克莱斯跟在他身后。

两个人走到几条走廊交汇的地方,走廊从交汇处向四周辐射开。

"他们肯定是在这儿迷惑住了追踪者。"卢克莱斯说。

伊西多尔举起火把走到每条走廊的入口处,观察烟雾被气流吹动的形态,据此找到了通往楼梯的走廊。

两个人走出地下神庙,来到隐秘的小海湾,岸边停着几艘小"佐迪亚克"船。

伊西多尔拖着一艘船走向大海。

"特里斯坦·马尼厄尔刚才在您耳边说什么了?"

"他说我应该回去照顾我的海豚和鲨鱼。然后他又说天气将会好转,是出海游玩的好天气。您上船吗,卢克莱斯?我从来也没有驾驶过这样的船,我习惯了每次驾驶新船时都有您陪在身边。"

卢克莱斯上了船。伊西多尔拉动启动绳,马达先是突突了几声,然后响起规律的轰鸣声。

两个人离开灯塔岛。地平线渐亮。

"别再故弄玄虚了,告诉我,特里斯坦·马尼厄尔都跟你说了些什么。"

"跟调查毫无关系。非常私人的事。"

伊西多尔油门加到底,船向布列塔尼海岸驶去。

87

公元 1314 年

苏格兰。

格拉斯哥。

所罗门王的秘密宝物藏在苏格兰,圣殿骑士团古老的府邸中。

不过,苏格兰的时局甚为艰难。

自从苏格兰军队在法尔科克战役中被英格兰军队击败后,他们陷入群龙无首的状态。英格兰国王爱德华一世下令逮捕苏格兰军队领导人,威廉姆·华莱士。他叫人把华莱士吊起来,等华莱士快断气时再放下来,然后把他弄醒,开膛破肚,然后分尸,最后用火烧死(依次进行)。从此,苏格兰人民被长期镇压。

然而,在来自法国的新圣殿骑士团,特别是其中一位名叫大卫·巴里奥的骑士影响下,罗伯特·布鲁斯家族的首领重拾勇气,重新拿起武器。大卫·巴里奥骑士始终伴随罗伯特左右。罗伯特组织起一支新军队。1314 年 6 月 23 日,班诺克本战役,苏格兰人险胜英格兰人。

罗伯特·布鲁斯登上苏格兰王位,史称罗伯特一世。

罗伯特刚当上国王便发觉危险即将降临。他清楚,伦敦绝不会放弃这个富饶的北方省份。

大卫·巴里奥建议罗伯特利用幸存的圣殿骑士设下圈套。他提议伪造一封信，把法国的合法王位赋予……英格兰国王。

"如此一来，英格兰国王就会忙着派兵去南方而不是北方。"大卫·巴里奥解释说。

计谋的效果远远超出提议者的预期。

英格兰新国王也叫爱德华，他自认为是美男子腓力四世的小儿子，希望行使法兰克国王的权力。

这就是"百年战争"的导火索。

从此，苏格兰得到喘息之机，英格兰士兵全身心投入与法国人的战斗中。

英格兰军队装备的远程弓箭(已经在对抗苏格兰人的法尔科克战役中试验成功)能够轻而易举地射穿法国的重甲骑兵。阿赞库尔之战的最终结果表明，少量装备新型武器的弓箭手可以战胜重甲骑兵，即使骑兵数量占优势。法国战况惨烈，优势很快移向英格兰。

苏格兰人害怕英国人在战胜法国人之后卷土重来，重新跟苏格兰开战。

在大卫·巴里奥的建议下，苏格兰的新国王，雅克一世决定导演一出针对英格兰的戏，后者将之定义为"绝妙的笑话"。

这场戏实施起来比较复杂。

牧羊少女贞德略显幼稚，有一天，她突然从一群躲在树林后面的男人那里得到喻示，男人们用巨大的角代替传声筒冲她喊道："贞德，你应该把法国从英国侵略者手中解放出来。这是你的使命。"

这个玩笑开大了。甚至事件的导演者也必须努力憋气才不会笑出来。

不过,效果立竿见影。牧羊少女天真地把玩笑当真了。她宣称见过天使,天使们跟她说过话。圣女贞德极富说服力,身边的人被说服了,都来帮助她。最终,贞德见到法国国王,查理七世本人。

贞德郑重其事地告诉国王,她接到神的启示。误导愚昧的民众是法国国王的一贯爱好。国王借这次神秘事件把几名法国骑士的领导权授予贞德。这次事件足以打破双方的力量平衡,法英两国战火重燃。

英格兰国王不得不增援前线,对抗这位"不知道从何处冒出来的光明之神秘者"。苏格兰人民则欣喜若狂,奉大卫·巴里奥为救世主。

多亏大卫·巴里奥的"举手之劳",苏格兰获得前所未有的独立、宁静及繁荣的文化。雅克一世和儿子雅克二世颁布《教育法》,创办多所大学,尤其是圣安德鲁大学、格拉斯哥大学和阿伯丁大学。逃亡至苏格兰的法国圣殿骑士团获得许可,建立等级森严的修会,其中包括学徒、军士、监察、团长和大团长。由于圣殿骑士团从事的职业大多与纪念物和建筑物有关,所以人们称其为"共济会"。

除了浩大的宗教运动,还出现了更为隐秘的共济会第二分支,使命不再是建楼盖屋,而是建造思想的大厦。

该分支的大团长就是年迈的大卫·巴里奥,他已经超过一百岁了,这个年纪在那个时代是极其罕见的。大卫·巴里奥受尼西姆·本·耶侯达作品的启发,创办了GLH,即"共济会幽默分会",自称大团长。

该分会似乎比它著名的前身更神秘,也更活跃。在欧洲各国国王的小丑努力下,GLH维系起一张属于自己的信息传播网。

大卫·巴里奥把"小木箱"藏在自己的寺庙里,人们说这只箱子是所罗门的直系遗产,传说里面放着"对抗暴君、书呆子和傻瓜的无敌武器"。

——《幽默史大典》

(出自:GLH)

88

手抬起来。雨停了。

海鸥盘旋在被冲到岸边的海藻上空。

伊西多尔和卢克莱斯又回到玛丽鸡蛋饼店吃早餐。卢克莱斯点了鸡蛋薄饼,并抹上了"能多益"酱,伊西多尔点了绿茶。

"没人这样减肥,"卢克莱斯故意说,"如果少吃一顿,下一餐身体会囤积脂肪。"

伊西多尔似乎根本没听她说话。

透过花边窗帘,消防车来来回回地运送黑色包裹里的尸体。

为了避免引起过分关注,以至影响查案,两个人跟警长沟通过后,决定暂时不把这起恶性案件对外公布,只说是场单纯的事故:当伊西多尔和卢克莱斯乘帆船游荡的时候,在礁石环绕的岛上,发现一艘失事的船舶。在那儿找到这些游客,哎,全船的人都在事故中遇难了。

验尸及解剖工作在雷恩法医院进行。这样做既节省时间,又不至于在群众中制造恐慌和好奇心理。

卡尔纳克人聚集在大广场上,目送黑色包裹经过,没人会想到质疑官方的说辞。

比谷丹老妇人为卢克莱斯端上新鲜的酸樱桃鸡蛋饼和樱桃酒。

她把一壶黑咖啡放在桌上,弯下腰,低声说道:"神父想见你们，在圣-米歇尔教堂。上次我带你们去过那儿。如果需要，我可以再带你们去一次。"

话音未落，伊西多尔便站起身跟老妇人走了。卢克莱斯·奈姆赫德憋了一肚子火儿，抓起鸡蛋饼，紧跟在他们身后。

又踏上同一条马路，不同的是，这回是白天，他们也没被雨淋湿。

一行人爬上小山坡，走进刷得雪白的教堂。帕斯卡·勒根神父在教堂里等他们，一脸担忧。

"我没把全部的情况告诉你们，"神父干脆背对两人，说，"现在，你们解开了这个神秘组织一部分的秘密，你们有权知道真相。"

"我们已经知道了。"

神父转过身。

"知道什么？"

"十五天之前，几个从巴黎来的人到那儿去了。粉色西装保镖。"

"……事实上。"

"他们神色慌张。笑星达利斯也在其中。"

"我就知道是他。我对商业演出并不感兴趣，可他们所有的人都听其中一人的命令。那个男人头发金黄，个子不高。"

"右眼戴眼罩？"卢克莱斯抢先问道。

"就是他。他们去了'卡尔纳克海滩'，在那儿租的汽船。"

"有几个人？五个还是六个？"

"六个"

"很好。沃兹尼亚克三兄弟加上三名保镖。剩下的就不知道了。然后发生了什么？"

勒根神父神色警惕地打量了他们一阵。

"谁能说你们跟他们不是一伙的？"

"您知道尸体被运走了。他们最终找到了那群基督徒的葬身之地。"

"这又不能说明什么。"

卢克莱斯·奈姆赫德感觉神父欲言又止。她知道，贿赂、勾引、威胁在神父身上都不管用。她心里琢磨着伊西多尔能找到什么样的方法。

"说得好，不过您找我们来不会就是为了告诉我们，您不想再插手了吧?"卢克莱斯问道。

这一切都要归功于伊西多尔，他爱替别人回答，用智慧一举击败别人。

"您觉得幽默的基督耶稣会怎么想?"伊西多尔问道。

听到这话，帕斯卡·勒根再也掩饰不住惊讶。

"基督耶稣，幽默的?"

"是的，在您眼里，基督是爱开玩笑，喜欢和朋友们欢笑，欣赏风趣话语，还是严肃，喜欢教训众人?"

"呃，这……"

伊西多尔抢过话茬:"他还曾说过:'你们要相亲相爱。'如果了解当时的风俗，就能体会到这笑话简直妙极了。他还曾对准备暴打与人通奸的女子的人们说:'让从没犯过错的人投出第一块石头。'这也很好笑，前面的那段也很好笑。"

"还有'看邻居眼中的麦秆之前，先看自己眼里的横梁'，或者'头脑简单的人是幸福的，天堂会出现在他们眼前'。我甚至把水变成美酒，变出更多的面包看作'在朋友们的聚会上，为大家露了一手，或者讲了几段不错的笑话'。"

神父的脑子似乎转不过来了。

"不许诬蔑救世主。更何况这里还是教堂。"

"我想，'他'如果在这里的话，会允许我这样做的。"

两个男人针锋相对。

"如同自古存在艰苦战斗,光明幽默的斗士与黑暗幽默的斗士之战。战斗在这里打响。我们捍卫的是光明,请帮帮我吧。"

听到这话,穿长袍的神父好像有点动摇。

卢克莱斯·奈姆赫德觉得,伊西多尔的脑袋里应该也有万能钥匙,他却习惯对症下药。

这么说没用,伊西多尔操之过急了。他让对方感到害怕。

"说到底,"卢克莱斯插上一句,"是您把我们找来的,您究竟想跟我们说什么?"

神父低下头。

他想坦白一些事。

"……事情发生在两个星期前。那群穿粉色西服的人出海几个小时以后,十来艘'佐迪亚克'船靠了岸。"

那些逃过一劫的 GLH 成员。

"船上有五十几个人。不是同一批人,里面一个穿粉色西装的人也没有,都是些我从来也没有见过的人。还有人受了伤。他们告诉我,有人正在追踪他们,要把他们都杀了。他们想找个地方避一避。我不能丢下他们不管。说到底,教堂是受压迫者的避难所。于是,我把他们藏了起来。"

伊西多尔对此表示赞赏。

"五十几个人?应该不是普通人。"

"我把他们藏进圣-米歇尔墓中。随后,那六个穿粉色西服的人回来了,拿着武器,丝毫不掩饰意图,要找那些人。"

达利斯和他的打手。

"他们到处乱翻,可不懂这儿的历史,不知道教堂下面还有座墓,"勒根神父补充说,"我能让这群人摆脱追踪者的纠缠。"

"我们能不能看看这座墓?"卢克莱斯问道。

神父同意了，他打开硕大的锁，推开门，露出地下岩洞。

"为了避免被破坏，这里五年前就不对游客开放了。"

卢克莱斯和伊西多尔注意到石头上刻着一幅幅壁画，那是史前人类的印记。除此之外，还有些中世纪的版画。

"我给他们食物，照料他们。"

"年轻人？老人？还是孩子？"卢克莱斯问道。

"很多中年人，男女比例差不多，没有孩子。在这儿待了三天。他们情绪很激动，争论失败的原因，相互指责。"

伊西多尔攥着手机照亮墙壁。壁画连起来好像一套连环画。第一幅画上有座宫殿，里面有个戴王冠的国王。国王下面刻着"所罗门"。画的下半部分画着一伙人，正在制造某种类似龙的东西。其中身材最矮小的人下面刻着名字：尼西姆·本·耶侯达。龙旁边有三个希伯来字母。

第二幅画上画着一只箱子，三个希腊字母代替了前一幅画上的希伯来字母。边上，穿长袍的人打开箱子，在场的所有人都微笑着死去。

第三幅画上画着一个罗马士兵，登上帆船，渡过大海，向港口驶去。上岸后，他又换乘马匹，把箱子藏进教堂下面的洞穴里，箱子上面刻着三个字母，这回不再是希腊文，变成了拉丁文。

箱子上还有一段铭文：HIC NUNQUAM LEGENDUM EST。

第四幅画上的所有人都平躺在箱子旁，同样面露喜色，眼睛却是闭着的。

神父用双手捂住脸。

"我当时不知道！"神父哑着嗓子，很痛苦。

"当时不知道什么？"

"我救了他们，那是因为我不知道他们到底是谁。"

神父走到卢克莱斯身边，紧紧攥住她的胳膊。

"我当时不知道他们就是GLH。"

第五幅画上有位动身前往耶路撒冷的骑士，刻着名字：达哥奈特。

"我们反倒希望知道那是GLH，"卢克莱斯说，"那是个以幽默为使命的共济会分部。"

"他们骗了我。我不知道他们的真实身份，"神父坚持说，情绪非常激动，"他们号称龙的守护者，但事实上，龙正是被他们创造出来的！他们还养活了它！"

神父越说越生气，声音开始发颤。

"等你们离开后，我又把壁画检查了一遍，我本以为已经对壁画很熟悉了。那些人说壁画就是答案，他们领悟错了。我不明白他们要表达什么。"

神父走到伊西多尔身边，把第六幅画上的一处细节指给他看。蒙古首领和他的军队正准备进攻一座城市，可化装成小丑的人打开了箱子，蒙古首领跌倒在地。

箱子上有三个字母：B.Q.T.，还有一句话：HIC NUNQUAM LEGENDUM EST。

"我不知道这是什么意思。我一直以来都认为这只不是些字母而已。"

说到这里，神父下意识地动了动，流露出一股厌恶的神情。

"后来我明白，B.Q.T.……就是Bel Qzebu Th，也就是撒旦。看看这些壁画吧：GLH的成员崇拜这只箱子。"

神父的目光顿时惊恐起来。

"穿粉色西装的人也在寻找这东西，他们打算占有这条恶龙，它有未知的能力。一旦箱子被打开，好好看看这些壁画吧，所有人都会死去。看看他们的脸吧，撒旦现身把他们逼疯了！"

神父一把抓住伊西多尔的衣领，摇晃他的身体。

"现在你们知道了吧。别再试图破解 B.Q.T.之谜了,否则你们也会发疯的!别试图把它找出来!放弃吧!放!弃!吧!"

说完,神父突然后退几步,眼神迷离,不停地在胸前画十字。

"滚开,你这魔鬼![1] 你们也被这远古的魔物传染了。回巴黎去吧,你们这些巴黎佬!你们只会带来厄运。你们崇拜异教神,我不知道你们要找的是什么,但恶毒的化身已经不在布列塔尼的土地上了!它在你们那该死的权力与恐慌之都。找到它,然后死在它带来的疯狂中吧!"

89

公元 1450 年

法国。

巴黎。

与英格兰的百年战争临近尾声,法国打算结束这段阴暗、暴力的时期,举行欢庆活动。

一群法学院的大学生趁机复兴古代节日——农神节。

农神节是纪念萨图恩的节日。根据神话记载,这位神仙赐给人类黄金时代,解放人类。农神节期间,罗马人翻转社会秩序。在这一天里,所有的行为都被颠倒过来:奴隶不再听主人的话,可以肆无忌惮地谈论、批评主人,甚至让主人为自己服务。孩子不再听家长的话,妻子不再听丈夫的话,公民不再听官员的话。禁止公开处决犯人,学校和法院关门,禁止工作。

既不能惩罚别人,也不能命令别人。

为了适应法国国情,人们把农神节改名为"疯人节"。这项庆

1　原文为拉丁语。

典立刻在群众中大获成功。一年中有一次，释放压力，穷人和弱势群体感觉获得片刻的喘息之机。

甚至可以报复。

每年二月，节日进入高潮。人们把权贵人物的肖像挂在绞架上，然后跳舞、饮酒。

然而，疯人节的成功最终触怒了教廷和贵族，他们恶狠狠地盯着欢乐的民众，认为这样的活动极容易诱发真正的叛乱。因此，教皇莱昂十世下令禁止庆祝"疯人节"，违者逐出教会。

不过，有群年轻人不想放弃这个"发泄"之日。

他们属于圣-米歇尔修会，是群学法律的大学生。人们把他们称为：无忧无虑的孩子。

一直以来，这群年轻人在圣主米歇尔节这天聚在一起，排练讽刺剧，嘲笑政客。

受他们的影响，圣-米歇尔日变成"疯人节"，他们化装成疯子国王，穿半黄半绿的衣服，头戴挂铃铛的帽子，拖着驴耳朵，挥舞人头杖。

就在学生们举行一年一度的集会的时候，骑警毫不犹豫地猛扑向他们。

"无忧无虑的孩子"之一，弗朗索瓦·维庸是个特别爱热闹的大学生。1455 年，他在"疯人节"期间打伤了一位修士。第二年他又参与了一起破坏盗窃。经过严刑拷打，他对自己所犯的罪行供认不讳。于是，弗朗索瓦·维庸被逐出巴黎。他来到昂热，在那里，开始创作长诗：《矛盾者之歌》《格言之歌》《平庸言语之歌》。

私底下，弗朗索瓦·维庸继续行窃。他被警察盘问过后，又被关进沙特莱监狱，受尽折磨，最后被判绞刑。临死前，他创作出《绞刑者之歌》。

一位身穿淡紫色斗篷的神秘男子赶来死刑犯单间看望他。

"你想起我是谁了吗?"那人问道。

弗朗索瓦·维庸看着眼前的人,最后,对方的脸在他的脑海中变得清晰可见。

"啊,我想起来了,你是'疯人节'上那个人! 你是威廉姆·达莱西。人们管你叫'苏格兰人'!"

事实上,这人是维庸的老朋友,也是"无忧无虑的孩子"中的一员。

只不过后来,达莱西蓄起胡须,头发也变得花白。

两个人抱在一起,又聊到从前的美好时光,谈起并肩与那些"吝啬鬼"做斗争的经历。

来访者提议跟死刑犯做笔交易。达莱西知道维庸的文笔甚佳,要求维庸停止写诗,转而创作戏剧。

"可我从来没写过戏剧。我觉得我不会写。"弗朗索瓦·维庸失声叫道。

"你能行! 你的生活很有趣,文字却很悲伤。给你的文字添点乐子,我负责把你救出去。"

后来,1463 年 1 月 5 日,威廉姆·达莱西成功地救出弗朗索瓦·维庸,把死刑减成驱除出巴黎十年的刑罚。

从此以后,维庸来到布列塔尼生活。

按照官方说法,弗朗索瓦·维庸再无音讯。然而,和威廉姆·达莱西及其他"无忧无虑的孩子"一道,弗朗索瓦·维庸被吸纳进一项宏伟的计划中。

他们打定主意排练出从心理学角度来看,比集市中上演的传统市井闹剧结构更严谨的喜剧。

为此,他们组建了一整套创作班子为弗朗索瓦·维庸服务,帮他创作"喜剧著作"。

1464 年,距离维庸奇迹般地离开监狱刚满一年,他便发表了新作品《巴特兰老爷闹剧》。这是一部用通俗语言写成的戏剧,情节如下。

巴特兰老爷是个爱骗人的律师,生性顽劣,想骗走所有人的钱。他在商人纪尧姆那里定做了件羊毛衣服。他提议晚点结账,再请纪尧姆吃顿晚饭作为补偿。可当纪尧姆来要钱的时候,他发现巴特兰老爷快死了,巴特兰的妻子泪流满面。纪尧姆没敢提讨要欠款的事,空手而归。后来,有个名叫蒂博的羊倌来找巴特兰老爷,想请巴特兰为自己辩护,因为有人怀疑羊倌偷了主人的绵羊。巴特兰律师漫天要价,然后,给羊倌出了个主意:让别人把自己当成傻子,像绵羊般咩咩叫着回答所有的问题。开庭后,出乎巴特兰老爷意料的是,原告竟然是羊毛服饰商人纪尧姆。巴特兰老爷的计谋效果出奇的好,蒂博学绵羊咩咩叫,人们都以为他是傻子。看样子,不老实的家伙获得了胜利,可等巴特兰老爷向蒂博讨要服务费的时候,后者回应他的是绵羊的咩咩叫。就这样,律师巴特兰的诡计惩罚了他自己。

《巴特兰老爷的闹剧》是在集市中上演的第一部情节清晰、人物复杂的喜剧。笑料更加隐晦,比传统的市井闹剧更高雅。

演出顿时获得成功。这部喜剧在全法国境内许多家真正的剧院重新上映。

当局和教会清楚地意识到,这部喜剧里隐藏了某种批判社会及对基本法制不恭敬的成分,他们也说不清楚它究竟诬蔑的是什么。这部喜剧被禁演了。

"共济会幽默分会"藏身于布列塔尼,又发现了一种笑的新媒介:市井闹剧。

——《幽默史大典》

（出自:GLH）

90

烟雾为红棕色的月亮披上面纱。又是半点，埃菲尔铁塔灯光闪烁。

午夜。

古兹边斗摩托停在达利斯剧院旁的路上。

卢克莱斯·奈姆赫德摘下头盔，脱去车手服，穿上件更适合攀岩的运动服。

伊西多尔·卡森博格拿着背包，里面装着他们这次突击行动的必备器材。

年轻的女记者先是用远景镜头拍摄停在院子里的汽车。

然后，她抛出铁钩，爬上屋顶。伊西多尔跟不上了。

"对不起，卢克莱斯，我太重了。"

"您该严格控制饮食了，伊西多尔。"卢克莱斯嘲讽地建议道。

"我是想控制饮食。还有精神治疗。也许该换具身体，换个灵魂，换种生活。"

"认真的?"

"差不多。"

他把绳梯扔给她。她将梯子固定在一条管子上，示意他上来。

最后几米，是她用手拉了他一把才上来的。

他们总算爬到了达利斯剧院的锌制屋顶上。

伊西多尔好几次差点跌下去。

"您头晕了，伊西多尔?"她小声说。

"挺晕的。我在这儿什么也做不了。您是肌肉，我是神经。"他低声答道。

"二者兼具才是最理想的。"

"我跟您说过了：我只会是累赘，行动不便。别指望我能给谁来上一拳，踢上一脚，或者用什么武器伤到他。"

"好吧，我明白了。又是女人干活，男人休息。"

"狮子也是这样的。母狮子打猎，公狮子等着。这是大自然母亲的法则。"

"这就是你让我最生气的地方，伊西多尔。您有学识。总是能用 a 和 b 来说明我是错的，您是对的。"

"说得没错。"伊西多尔低声说。

他们小心翼翼走在锌顶上。来到气窗边，年轻女记者第一次就是从这里潜进去的。不过这次气窗被拴起来了。

她从包里掏出她的开门芝麻——两片金属刀片，她把刀片插到缝隙里，一点点地拨动，最后锁栓被打开了。她把绳子一根根结在一起，他们沿着绳子落到舞台拱顶的通道里。

从那里，他们可以俯视舞台和观众席。观众席逐渐坐满了人。

伊西多尔·卡森博格用小型望远镜观察着。达利斯女郎正把观众引到自己的座位上。

卢克莱斯一直在照相。他们等着。

喇叭响起。

塔德斯·沃兹尼亚克来了，穿着整齐的粉色西装，身边照常还是狗头保镖。保镖一来，就抬眼往通道那边看。

卢克莱斯·奈姆赫德赶紧把同伴的头按下去。

她把相机的取景器当作潜望镜，以确保没有危险了。

保镖正好坐在一个看不到他们的角落里。

音乐响起。

塔德斯·沃兹尼亚克走上被聚光灯照亮的舞台。

"'先笑的要吃枪子。'这是对'谁也不准笑'和'俄国式决斗'的完美发展。需要怎样的勇气才能搭上性命！胜利者会获得100万欧元。失败者会得到一颗伯奈利 MP95E 型手枪发出的点 22口径子弹。"

"先笑的要吃枪子！先笑的要吃枪子！先笑的要吃枪子！"观众立刻有节奏地喊道。

"啊，今晚观众尤为热情，我非常高兴。保证会上演更加惨烈的决斗。我知道你们想问什么：'出场名单呢？'好吧，大家会喜欢的，出场名单充满惊喜，既有大人物，也有无名小卒。首先允许我介绍一位新人。"

一个穿缎子斗篷、戴黑色面具的矮个男人出现在舞台上，露出白色的胡须。

"你叫什么名字？"

"真名？我叫雅克·吕斯蒂克，是'快乐'的意思。"

"不，我想知道你的别名。"

"啊？雅克，不过我的艺名是'文字游戏上尉'。"

"啊，这位选手，'文字游戏上尉'。"

"……糟糕的文字游戏会让人变傻！"

"啊！他已经开始发力了。不过忍着点，'文字游戏上尉'，为对付挑战者保存体力。"

"对，要个挑战者，而不是管不了的猫[1]！"

观众席嘘声四起。他用个礼貌的问好作为回应。

"棒极了。棒极了。你来自哪里，我亲爱的朋友？"

"我妈是寄宿女学生。我爸是市长。我哥是按摩师。我叔叔

1　"挑战者(challenger)"一词源自英语，从法文读音来看，包含"猫(chat)"和"管理(gère)"的读音。

是同性恋！”

这下观众尽情嘲讽。可雅克毫不在意。他举起双臂，似乎这是种鼓励。

“'文字游戏上尉'将会对阵一位我们的老朋友，他家乡尼斯的报纸已经多次报道他了，'绿鸢'弗兰基。”

这时出现了一位红棕头发的小伙子，戴着绿面具，穿着同色的斗篷和紧身衣。

他来到舞台中央，举起双臂。

“尼斯人弗兰基，'绿鸢'弗兰基，用话筒告诉我们，你对决斗有什么想法，弗兰基？”

“对手就是个'小傻子'[1]。”

观众这次发出欢呼声。塔德斯·沃兹尼亚克看起来很满意，抬手示意观众安静。

“朋友们，朋友们！两位选手如此痴迷于文字游戏这种高贵艺术中，这种机会真是难得。雨果把文字游戏称为'思想的放屁'。有好戏看了。”

达利斯女郎为两位笑星脱去斗篷，带他们来到座椅上，用带子把他们捆起来。

然后，她们来到观众席，一排排来回走，收集赌注，舞台上方的大屏幕上立刻显示出来。

“绿鸢”弗兰基更被看好，赔率是 5 比 1。

“他们戴面具，取兰开夏式摔跤运动员那样的名字，让人有亲切感。”

“'亲切感'？再过几分钟就是大屠杀了！”

“这里又不能告诉我们 B. Q. T. 在哪。B. Q. T. 才是我们要找

1　法语中的“决斗（combat）”的读音和“小傻子（con bas）”是一样的。

的,我提醒你,卢克莱斯。"

"不,我要的,是卖给《当代观察家》的独家报道。您要的,是幻想小说的素材。"

她不停地拍照。

"有了这个,马朗颂警长就会相信我们的指控了。"

塔德斯·沃兹尼亚克示意,观众席熄灯,舞台上的灯光加强。

弗兰基先说了个很有效的小笑话,似乎是他自己创作的。

在一阵大笑中,文字游戏上尉的读数快速上升,稳定在15/20。

文字游戏上尉则说了个很常见的笑话,里面的文字游戏非常简单。

几乎没什么效果。弗兰基没怎么笑。读数只上升到5/20。

嘘声一片。

已经传出口号声:"要么搞笑,要么去死!"

文字游戏上尉仍保持着自信的微笑。弗兰基又说了个笑话,让他笑到了15/20。

他的笑话让弗兰基的读数上升到7/20。

伊西多尔悄悄对卢克莱斯说:"获胜的会是'文字游戏上尉'雅克。"

"可'绿鹭'弗兰基更滑稽。"

"这不是滑不滑稽的问题。是心理控制的问题。文字游戏上尉就定格在15/20上了,永远不会超过这个数字。"

"他的笑话糟得很。"

"没错,可他会根据对手的反应进行调整。"

"弗兰基更年轻,更有活力。"她说。

又一轮笑话互攻。"文字游戏上尉"还是15/20。而他的笑话让'绿鹭'的读数升到11/20。

接下来的交锋就按伊西多尔的剧本来了。

即使观众倒彩连连，老喜剧演员还是保持在 15/20 上。小伙子虽然有观众的支持，却渐渐乱了阵脚。

不知从什么时候起，卢克莱斯不再拍照了，她发现自己已经被这场精神交锋迷住了。

这种游戏是犯罪，可我还是被吸引了。我明白了，幽默和死亡的混合体，对某些人来说就是种毒品。

我想在弗兰基耳边说几个笑话。我确定用关于性的笑话能让这个古怪的上尉起反应。不论如何，我一直觉得应该小心大胡子的人。他们把什么东西藏起来了，不仅仅是他们的下巴。

伊西多尔·卡森博格似乎也对这离奇的表演既恐惧又着迷。他还无法估计后果。

加油，弗兰基。别放松。

"文字游戏上尉"抛出一个新笑话，里面的文字游戏相当平庸。他的对手嘲讽地笑笑，大屏幕显示读数为 14/20。

观众席沸腾了。

"弗兰———基！弗兰———基！"不少观众有节奏地喊着。

一阵呼喊响起。

"要么搞笑，要么去死！"

决斗继续。

两名挑战者现在都是 15/20。双方都有可能获胜。

不过伊西多尔的预言成真了：老喜剧演员反应稳定，尽管有观众的一致支持，小伙子开始流下恐慌的汗水。

"文字游戏上尉"抛出一个关于性的笑话，到目前为止还没涉及这个主题。

"……永别了，弗兰基，你要死了。"伊西多尔小声道。

读数曲线一下子达到 16/20，然后超速上升……17/20，18/

20，19/20。

"……嘣!"伊西多尔小声说道,一秒钟后,扳机扣响。

点22口径子弹正面穿过"绿鹭"的脑壳,观众席发出失望的议论声。

达利斯女郎来来往往,付钱给那些有眼光赌白胡子老头获胜的人,他们露出胜利者平静的微笑。

另一些达利斯女郎则上台收拾那个不幸的尼斯挑战者的尸体。

该死,他用性的文字游戏把他拿下了。就像在一场剑术决斗中,一个人用扫帚打赢了击剑高手。

塔德斯·沃兹尼亚克重新上台,为获胜者解开绳索。举起他布满文身的右手。

"文字游戏上尉"像只小猫般捋了捋胡须。

"第一局,'文字游戏上尉'雅克获胜。稍后他也许会赢得今晚的百万欧元!"

"不可能,这种水平的家伙竟然能赢!"卢克莱斯小声嘀咕。

"一切决斗的首要法则就是,永远不要低估对手。您的弗兰基一无是处。他因为这个小老头年纪大,笑话简单,那么快就升到15/20,就瞧不起他。这不过是让他上当的烟幕弹。先让对手放松警惕,再将他拿下。"

他真气人。他真气人。

喇叭声让年轻的女记者回过神来。

塔德斯已经宣布下场PRAUB将是:上周的获胜者,"银鼬"凯蒂——她穿着银色斗篷,戴着同色面具上场——对阵"紫红霸王"咪咪。另一个女人出现,她穿着红色斗篷,也戴着同色面具。

"快,趁乱逃走,我们有足够的证据了。"伊西多尔小声说。

可卢克莱斯面色苍白,痉挛了一般。

"卢克莱斯？你还好吗？"

她一动不动，鼻翼颤动。

下面的决斗者抽签后被捆在椅子上，手枪对准她们的太阳穴。

"卢克莱斯？有什么问题吗？"

年轻女记者还是眼都没眨一下，凝视着。

下面，PRAUB的比赛开始了。

第一个笑话：企鹅的故事，"紫红霸王"的读数上升到11/20。

她用一个大象的笑话回击，只让她对手的读数上升到10/20。各式各样的笑话都有，关于死亡、肥胖、通奸、兔子、农民、卡车司机、搭顺风车、医生，还有护士。

"银鼬"凯蒂占优势，咪咪已经开始淌汗了。凯蒂的电流计的读数显示为14/20。而咪咪神经一跳，触到了16/20。还有几格就要致命了。

咪咪筋疲力尽，说了个关于女同性恋的笑话，效果只有11/20。

观众喝起倒彩来。

"要么搞笑，要么去死！"前排观众有节奏地喊道。

"这次我赌'银鼬'凯蒂，"伊西多尔不禁说道，"我估计再有两个笑话，另一个就要死了。"

卢克莱斯还是一言不发，泥塑一般。"银鼬"说了个长故事，讲两个男人来到了天堂。从她自信的微笑可以料到结尾必定非常出乎意料。

每个词都离结尾的笑点越来越近，听的人读数上升。15，16，17，18……

观众屏住呼吸。

就在这时，卢克莱斯抛下绳子，爬上去，滑到舞台中央。

电流计目前的读数是 19……

卢克莱斯一脚踢向枪口。子弹打到天花板上,打碎了一盏灯,让一片舞台陷入黑暗。

卢克莱斯趁混乱,迅速解开"紫红霸王"咪咪的绳索,带她来到后台。

她们躲在柜子里,等追捕者的脚步远去。

两个女人奇怪地互看着彼此。

年轻的女记者没法忍住她嘶哑的呼吸声。

走廊里的脚步声告诉她们粉衣保镖来搜化妆间了。脚步越来越近,她们知道逃不掉了。

咪咪仍然打起精神说:"谢谢你救了我的命……卢克莱斯。"

年轻女人并没有看她,颤抖地回答道:"我不知道这么久了,你还在走幽默这条路,'紫红霸王'咪咪。或者我能叫你名字吗……玛丽-昂热。你胳膊上的刺青出卖了你。"

91

公元 1459 年

荷兰。

鹿特丹。

他叫德西德里乌斯·伊拉斯谟,而之后人们熟知的仅是他的姓氏伊拉斯谟。

他生于鹿特丹城,是神父和医生女儿的私生子。他经过几年学习,年纪轻轻就被任命为神父。

可伊拉斯谟想去旅行。他放弃了神父的头衔,开始了旨在学习各门科学的欧洲之旅。

在苏格兰一所大学逗留期间,他结识了另一位和他一样充满好奇心的学生——托马斯·莫尔。两个人都喜欢讲笑话和机智妙语。托马斯向伊拉斯谟介绍了一个神秘团体，这个组织成立的目的，是要运用幽默的力量来提高人类的认知水平。

伊拉斯谟被这个构想迷住了。决定加入这个秘密组织，去探索其中的奥秘。

托马斯·莫尔和德西德里乌斯·伊拉斯谟不仅得到了这个神秘团体的帮助，也享受到了它惊人的图书宝藏，其中包括一些孤本，有的可以追溯到远古时期。

在对藏书和幽默的热情的驱使下，两人决心翻译这个神秘团体创始人之一的讽刺作品，这就是路吉阿诺斯，即著名的琉善。

托马斯·莫尔自己也写了书《乌托邦》。在书中，他阐述了对美好世界的构想，那里所有人都很幸福。同时年轻的伊拉斯谟也创作出在当时惊世骇俗的作品《愚人颂》。

这本书是献给他朋友托马斯·莫尔的，主人公是拟人化了的愚夫人。她总是嘲笑神父、修道士和高层神职人员的迷信。伊拉斯谟通过这一奇特荒唐的女主人公，也讽刺了神学家、哲学家之类的学究，他们向所有人说教，生活中的作为却完全相反。

《愚人颂》讽刺了所有职业、同业公会和行会，揭露他们的传统和过时准则的荒谬。

他宣扬的是一个没有等级，没有国家的世界。

让他惊讶的是，《愚人颂》在民间大获成功。这部用拉丁语写的书，被翻译成了法语，之后也翻译成了英语。而老汉斯·荷尔拜因[1]为其配了滑稽插图。

伊拉斯谟准备靠这部作品，推行教会改革（之后路德和加尔

1　汉斯·荷尔拜因（1465—1524），德国文艺复兴时代著名画家。和他同名的儿子也是画家。

文继续这一改革)和人文主义运动。人文主义运动正是在《愚人颂》出版后的几年中,在欧洲出现。

作为容忍主义、和平主义的狂热拥护者,伊拉斯谟并不赞成路德过于激进的种族主义观点,没有追随他宗教改革的主张。

同时,教皇保罗三世推荐伊拉斯谟做梵蒂冈的红衣主教,日后有望成为教皇。但伊拉斯谟仍旧拒绝了,他更愿意做个自由的思想者。

伊拉斯谟继续进行创作,他翻译《圣经》,编写了一本儿童教育课本。在一篇关于自由意志的论文中,他捍卫着这样一种观点:人有能力独自决定自身的毁灭或救赎,而不需要政治家或神父的帮助。这让伊拉斯谟遭到了神学家的反对。

孤身抵抗众人,他只得逃走,去找那个苏格兰神秘团体中的朋友,那是唯一支持他的人了。

感到大限将至的伊拉斯谟,在1536年春天返回巴塞尔[1]。在那里,他打开写有"B.Q.T."的小盒子,几秒钟之后去世。

伊拉斯谟死后,梵蒂冈宣布其为异端,公开烧毁了他的全部著作,并且禁止任何人为他的思想请愿。

——《幽默史大典》

(出自:GLH)

92

在一阵可怕的撞击声中,化妆间的门终于被肩膀撞开。

粉衣保镖抓住她们,推搡着把她俩带到了塔德斯·沃兹尼亚克面前。

1　巴塞尔,瑞士北部城市。

"奈姆赫德小姐,您再一次差点搞砸了我们的狂欢。我这个人,可不会如此轻易错过一次表演。既然您为了救"紫红霸王"咪咪而搞砸了最后的决斗,那就直接在台上和她对抗吧。"

年轻记者想要挣脱,可被粉衣狗头保镖用手腕紧紧抓住。

保镖把她往前推,几分钟后,轮到她被绑在舞台的椅子上了。"紫红霸王"咪咪也被捆着,但看起来镇定许多。

塔德斯·沃兹尼亚克重新上台,拿起话筒,示意观众安静。

"女士们! 先生们! 一切正常。状况完全在掌控之中,接下来演出将继续。"

可喧哗并未停息。一些观众起身准备离开。

塔德斯·沃兹尼亚克示意控制室负责人关灯,只保留两位挑战者所在舞台的灯光。

"感谢大家的观看。就像我刚才说的,没什么好担心的。这个小事故已经被迅速解决,您可以继续欣赏接下来的表演。"

一些人重新坐下。很快其他人也坐下了。

可一个穿黑西装、带着自己保镖的男人站起来,要求解释刚才发生的一切。

"好的,"塔德斯说,"您有权知道。那个突然出现的小姐被证实是《当代观察家》的记者。"

观众席立刻反响强烈。一些人重新站起来。

"保持镇静! 我提议,大家干脆来见证她的死亡。既然她要揭开我们小游戏的秘密,就得和她刚才差点救下的人决斗!"

这下,所有人都坐下了。

卢克莱斯·奈姆赫德在皮绳里挣扎,但被绑得太紧了没法挣脱。她咒骂着,晃动着她那红棕色的浓密长发。翠绿的眼中闪着怒火。

"没必要跟您重复规则了,奈姆赫德小姐,想必对您来说已不再是秘密。那么就开始吧。"

塔德斯摸摸口袋,掏出一块黑色石头。

"将是……'紫红霸王'咪咪先开始。加油,宝贝儿,向我们展示你的才华。"

主持人走下台,坐回第一排。

大屏幕亮起来,出现两名竞争者的脸,这次没有面具。屏幕下方是电流计的读数,刻度从 1 到 20。

咪咪清了清嗓子说:"这是两个寄宿学校的年轻孤儿的故事。一个非常漂亮,另一个非常爱她,但不知道怎么对漂亮姑娘说,就远远地看着漂亮姑娘。一天,当她看到漂亮姑娘用圆规的尖头往腿上划时,她对自己说,讨好她的方式,也许是代替她来弄痛她。"

一片沉默,观众们期待着出乎意料的结尾。

"这就是我的笑话。"玛丽-昂热·贾科梅蒂说。

卢克莱斯·奈姆赫德保持冷静。她的读数甚至没到 3/20。她接着说:"这是两个寄宿学校的年轻孤儿的故事。一个非常孤独,她遇到了另一个似乎理解她的女孩儿。她对自己说终于找到了可以交流的人了。但另一个实际上并不爱她,只是想玩弄她。"

再次沉默。

"这也就是我的笑话。"

玛丽-昂热的电流计微微上升到 6/20,但不是因为笑,只是因为激动。

观众开始因为笑话的糟糕而喝起倒彩来。

"要么搞笑,要么去死!"有人喊道。

玛丽-昂热变脸道:"……不,女孩儿并不是想玩弄她。她只是想给日常生活加点刺激。孤儿院的日子重复而悲伤。她就对自己说,既然她的朋友似乎喜欢受折磨,她可以帮她。她相信最终找到了和她交流的最佳方式。"

观众席发出几声烦躁的口哨声。

卢克莱斯的电流计保持在1/20。她不慌不忙地说:"……可是,两个孤儿中的一个背叛了另一个对她的信任。她并没有保守她们私密游戏的秘密,而是把她光着身子捆在床上,喊寝室的其他女孩儿过来,还一边喊'愚人节傻瓜',一边在她的身上画鱼。"

这次有观众开始笑了。

玛丽-昂热没抑制住感情,读数最后稳定在9/20.

一些人举手下注。塔德斯很惊讶,不过还是示意达利斯女郎往来收集赌注。

"告诉我你后悔了。"女科学记者喊道。

"不,相反,你发掘出了我的两项才能:喜剧和虐待。谢谢你,卢克莱斯。"

这次观众反响积极。赌注越来越大,所有人都聆听着这场似乎不合惯例的奇特对话。

"既然直到今天,我们才有时间谈谈,那我就跟你讲讲我是怎么把这两项爱好结合起来的。离开寄宿学校后,我就在小酒馆里尝试表演喜剧,但失败了。我失业了,变卖了所有财产,想找到份小活计,最好能在电视台或是广播台工作。之后有一天,一个靠性虐为生的女性朋友提议我跟她一起工作。她的工作需求量非常大,以至于已无法满足几何级增长的顾客数量。第一次发生在由她的公寓改造成的酷刑室内。八个男人,穿着丁字裤或者三角裤。我从中认出了一些大广播电视台的领导。我惊讶不已。所有这些老总,我曾想去接近他们以乞求一份工作,徒劳无功,而他们现在却四脚着地,戴着狗绳,穿着带钉子的皮具,绑住他们的性器官。我的女性朋友跟我说:'去,打他们,他们花钱就为了这个。'我开始抽打他们,他们咕哝起来。我以为这让他们不舒服了,可我朋友告诉我……我抽得不够狠,他们觉得不值。"

这回，哄堂大笑。

"于是我用尽全力抽打，他们开始在口衔下发出不同的嗥叫。就像动物一样。想象一下，卢克莱斯，最有权势的媒体人，那些我们从来没法接触到的人，四脚拜倒在我脚下。我用鞭子抽他们。但我的梦想，你知道我要对你说什么，是……把简历递给他们，好在电台找到个工作！"

这回所有观众都放声大笑。卢克莱斯却保持平静，读数是 3/20。另一位继续不动声色地说："甚至一份话务员的工作对我也足矣。"

观众席笑翻了。

"我放弃了这份工作。之后我找了份跟第一个爱好更相符的工作：恶作剧商店售货员。你知道冷冻液和痒痒粉吗？这正是我的特长。那儿，我的顾客大多是 13 岁的虐待狂似的毛孩子。他们之后会成为……在我女朋友家里的那些电台老总！"

观众又扑哧笑了出来，年轻的女记者依旧无动于衷。

"这不是什么了不起的事儿，但能为我登台表演提供资金。我完善喜剧技艺，想成为一名真正的职业喜剧演员。"

"你现在在这儿，还不是因为你是个真正的职业喜剧演员……不过是初级的。"卢克莱斯打断说。

出现几声赞同的笑声。

"啊，我喜欢看你这样。总是那么粗野。总是那么放肆。我知道你不相信我，但要知道我依然爱你，卢克莱斯。你是我一生中遇到的最漂亮的女人。女人味十足。

气氛一下冷却下来。

卢克莱斯的读数保持在 3/20 上。

观众抗议道："先笑的要吃枪子！先笑的要吃枪子！先笑的要吃枪子！"

卢克莱斯答道:"我觉得你很荒唐。你不过是个恶作剧商人,玛丽-昂热。"

一袭黑发的女孩儿并没有笑,但她的情绪改变了皮肤的电阻率,读数上升到11/20。

观众又一次反响热烈:"要么搞笑,要么去死! 要么搞笑,要么去死!"

"我永远不会忘记你,卢克莱斯。你曾是我最刻骨铭心的爱。但你什么也不懂。现在我要杀了你,因为搞笑是我的职业。你的死会是这个十多年前就开始的笑话的结尾。"

卢克莱斯的读数上升到9/20。这是愤怒的情绪。这下赌客们开始失望了。

"别说废话。先笑的要吃枪子! 先笑的要吃枪子! 要么搞笑,要么去死!"有人喊道。

"你看,你让大家失望了。你并不滑稽。加油,继续幽默。要知道在跟你说了'没关系'之后,我回到房间想要自杀。"

观众为这个回答鼓起掌来。

"自杀?"

玛丽-昂热没能忍住笑意,读数升到了13/20。

一些人举手增加赌注。达利斯女郎跑过去记录,很明显都看好卢克莱斯·奈姆赫德。赔率是八比一。

玛丽-昂热·贾科梅蒂开始担心了。决定攻击。

"你如此滑稽,绑在床上,在锁链里扭来扭去,赤裸着就像个小火鸡,全身装饰着鱼。"

她嘴里模仿着声音,加强效果。

观众的笑声。

在愤怒的作用下,卢克莱斯的电流计上升到11/20。

笑和怒都会被这个玩意儿记录进去。它并不能区别我的情

330

绪。高兴与苦恼都不过是种情绪，是一种表皮的灵敏度。

她会通过她在"幽默"中没有完成的厚颜无耻来取得胜利。换武器了，我得应对。

"你知道你为什么喜欢折磨我吗，玛丽-昂热？因为你只能靠这样站稳脚跟。你没有正常爱我的能力，无论是谁，你都不能正常爱他。正因如此，你培养了这两项爱好：幽默和虐待。嘲笑和折磨别人是弥补你性冷淡的两种途径。"

"性冷淡"这个词让玛丽-昂热的读数骤然升高。

"要么搞笑，要么去死！"大家呼喊着，虽然失望但仍然很惊奇。

"爱情，真正的爱情，既……既不滑稽，也不会伴随着痛苦。"

玛丽-昂热的计数升到14/20后稳定下来。

轮到她说了。

"很好。我承认，我是个恶人，喜欢折磨嘲笑别人。既然如此，我要问你个问题：为什么你被我吸引了？如果我是性冷淡的话，你倒似乎很享受！刽子手—受害者的关系是二元的。我们是一对，卢克莱斯。既然如此，我问你个问题：谁是我们中最邪恶的？难道不是从这种关系中享受最多的那个吗？如果说是你的顺从让我变成……现在的样子，你又有什么可指责我的呢？"

这段话如此出乎意料，以致卢克莱斯产生了奇怪的反应，就像一阵抽搐。

玛丽·昂热发现她找到破绽了，继续道："另外，如果你不是狂热地迷恋着……我，为什么在我面对'银鼬'卡蒂的挑战时，你会救我？"

卢克莱斯没有回答，她感到，一阵笑意随之而来，在身上升腾。后背开始流汗。汗毛竖立。她试着控制呼吸，但电流计上升着：12……13……14……15……16……17……

93

一个女人死了,因为一生模范,升上天堂,直接由圣彼得接待。圣彼得热情地迎接她。

"欢迎来天堂。"

周围的一切都那么宁静。天使拨弄琴弦,其他人走过来,对她微笑。

这一天是那么快乐、安详、舒适而又宁静,女人回到房间,听到下面有锣鼓的喧闹声。

第二天早上,女人去见圣彼得,问道:"那些喧闹声从哪里传来的?"

"啊,那是其他人……在下面的人,"他回答说。"你想看看吗?"圣彼得建议道,打开云中的一扇门。

女人弯下腰,看见一座楼梯,下面雾气弥漫,似乎隐藏着一片红色的空气,淫荡的乐曲和敲打声从中升起。

"这是地狱啊!"女人惊呼。

"如果你愿意的话,可以去看一眼。"圣彼得建议。

短暂犹豫之后,女人走下楼梯。到了底下,发现是个盛大的狂欢。气氛热烈。光着身子、大汗淋漓的人随着音乐鼓点起舞,她立刻被吸引了。整整一夜,她尽情玩乐。英俊的男人和她搭讪,让她陶醉,邀她跳舞、喝酒、唱歌。

清晨,女人回到天堂。平淡安静的氛围。天使不是在读诗,就是在弹琴,她决定去找圣彼得。

"呃,也就是说……我有权选择我住的地方吗?"她不好意思地问道。

"当然。可是一旦你在天堂和地狱之间做出选择,就不能更改了。"

"这样的话,我选择地狱。对不起,圣彼得,天堂太像个养老院了。"

"很好。"圣彼得说。他重新打开云中那扇面向楼梯的门。

一到下面,女人惊呆了,小鬼开始痛打她,咬她,然后把她带到悬崖上。到处回响着尖叫声。瘴气从地上升起。

一个更高大的、拿着长柄叉的魔鬼走过来。看看她,狠狠刺向她。

"哎哟!"

他又刺了下。

"哎呀!可是,"女人说,"我之前来过这儿的,不是这样的。为什么一切都变了?"

小鬼冷笑着,又给了他一下,告诉她说:"啊,我的夫人,不能混淆旅游……和移民啊。"

——节选自达利斯·沃兹尼亚克的幽默短剧
《我身后,任他洪水滔天》

94

·····18·····19

就在这时,消防碰头喷出水来,浇洒在观众席和舞台上。

被凉水一浇,卢克莱斯·奈姆赫德瞬间不笑了。

水流从天花板上喷出,洒遍整个剧场。很多地方突然同时蹿出火苗。一片惊慌。

安全出口堵塞了,观众推推搡搡地逃命。

塔德斯·沃兹尼亚克走上台放了玛丽-昂热,丢下仍被绑在椅子上的卢克莱斯·奈姆赫德不管了。

年轻的女记者挣脱不开绳索。观众成群撤离，火势凶猛。

尽管喷着水，火势仍在蔓延。卢克莱斯试图咬断绳索，就像陷入圈套的野兽。浓烟已经熏眼睛了，她咳嗽起来。

混乱中，一个身影走过来，为她解开绳索。

"哦！哦！您才来，伊西多尔。"

"别惹我不高兴，否则我会后悔救你的。"

"哼！我才不需要您的帮助。一切都会好起来的。我本可以自己逃脱的。哼！哼！"

伊西多尔·卡森博格的手腕正和一条系得特别紧的带子纠缠着。

"您还是到了 19/20。"他一边说，一边试着用钥匙上的锯齿割开皮绳。

她咳嗽着，喘息着。

"……18/20，还有余地呢，可是您阻止了我的复仇。"

火越烧越旺。燃烧的木块从天花板上掉下来。

"除了把剧院烧掉，您本来还有其他办法救我。"

"说着容易，做起来难。"

卢克莱斯不说话了。

伊西多尔还是解不开最后一道绳索。他开始用指甲和牙齿。剧场里只剩下他们俩了。火警出了故障不喷水了，剧场燃烧着，发出刺耳的嘈杂声。呛人的灰色烟雾吞噬了一切。一段燃烧的大梁掉了下来，劈开空气，从伊西多尔的肩膀掠过。

卢克莱斯因为吸入过多浓烟昏了过去。

这次男记者用尽全力，把连着绳索的椅子扶手拔了下来。

他使劲抱起卢克莱斯，冲出剧场。把她放到地上，大口呼吸新鲜口气。

卢克莱斯一直昏迷不醒。他犹豫了一下，开始给她人工呼吸。

她没什么反应,他只得重复多次。

终于她睁开双眼。

"哦!哦!哦!伊西多尔,为了得到您的吻……怎么样都行了。"

然后,她精疲力竭,闭上了她那大大的绿眼睛。

95

公元 1528 年

法国。

蒙彼利埃。

一群学医的学生正在挖坟墓里的死人。

这是他们找到的探索人体解剖秘密的唯一方法,虽然他们知道这种大逆不道的行为会有被处死的危险。他们是那么热爱科学研究以至于连切割死尸也愿意。

他们中领头的,拿着铲子和镐子在墓地中往来。这个仪表不俗、身材高大的男人叫弗朗索瓦·拉伯雷。他是个还俗的修士,已经是两个孩子的父亲了。他无疑在这群医学生中最具威信,不仅会说包括希伯来语、希腊语、拉丁语在内的十多种语言,还是个诗人,很受年轻姑娘欢迎,她们总是听他朗诵自己创作的抒情诗。

这群蒙彼利埃的学生不挖掘死人也不治疗活人的时候,就聚集在秘密地窖里喝酒、跳舞、玩乐,直到天明。他们喜欢淫词艳曲和机智妙语。周围没有耳目,他们就嘲笑反动的神父、巴黎索邦大学里的神学老师,以及所有他们称之为"可怜虫"的自以为是的资产阶级和贵族。

然而,拉伯雷和伙伴的放荡行为最终惹恼了一些人。尽管他们中的大多数都已是杰出的医生,他们的秘密聚会还是因为嫉妒者的泄密而停止了。他们只得逃出城。

1532 年春天,拉伯雷被任命为里昂主官医院的医生,向学生传授希波克拉底和盖伦[1]的医术。就在那时,他结识了诗人若阿香·杜贝莱,杜贝莱成了他的保护人。杜贝莱邀请拉伯雷同年七月去布列塔尼旅行。在那里,杜贝莱向拉伯雷介绍了一个非同寻常的秘密场所,在那里他被传授了一门地下科学。若阿香·杜贝莱还向拉伯雷展示了荷兰伟大哲学家伊拉斯谟不为世人所知的文章。

这成了一种启蒙。从那时起,弗朗索瓦·拉伯雷完全放弃了作诗而立志要成为小说家。同年,他以笔名阿尔戈弗里·纳齐埃(是把弗朗索瓦·拉伯雷的法文 16 个字的拼写顺序打乱后,重新排列而成的化名)出版了一部喜剧作品《庞大固埃》,副标题为"巨人卡刚都亚之子,狄波莎德王,大名鼎鼎的庞大固埃的可怖而骇人听闻的事迹与勋业记"。

在这部有流浪汉文学风格的小说中,弗朗索瓦·拉伯雷对那些伟大的骑士文学进行了戏谑的模仿,还嘲笑了王公和信徒。他宣扬比统治者意志更为强大的民间智慧。书中荒淫的主人公,巨人庞大固埃,喜欢聚会、性和酒。在该书的题字中,弗朗索瓦·拉伯雷向伊拉斯谟致敬。虽然他并没有说出自己的真名,还是自称为伊拉斯谟精神上的儿子,并致力于追随伊拉斯谟的哲学著作。

尽管这部书在民间迅速取得成功,但学究们还是指责它语言粗俗露骨。在主教的压力下,这部书被宣布为"异教文章"和"色情作品"。

该书因而被列入了罗马教廷的官方禁书目录。

而这并没有对这位医生兼作家造成影响,两年之后,他还是

---

1 希波克拉底(约公元前 460—前 370)和盖伦(129—199)都是希腊著名医学家。

以笔名阿尔戈弗里·纳齐埃，出版了《庞大固埃》的续篇《卡刚都亚》，副标题为"庞大固埃之父，卡刚都亚的可怖一生"。

该书极尽夸张之能事，比第一部还要奇幻，融汇了政治、纵欲和粗俗（尤其他还比较了从雏鸟到橡树叶的种种"擦屁股纸"的不同功效），文笔愈发形象化。他甚至把确有其人的弗朗索瓦·维庸也放进小说中。

这次，索邦的学者们对这个"下流东西"勃然大怒。

这些自诩为道德和宗教捍卫者的人，发文指，笑"有悖于美好的道德，笑的人在上帝面前是犯了罪的"。

但弗朗索瓦·拉伯雷仍继续他的文学生涯。在一些政客的秘密帮助下，特别是在红衣主教让·杜贝莱（若阿香·杜贝莱的哥哥）的帮助下，1550 年，拉伯雷获得了法国国王亨利二世的出版特许权，他可以免受任何审查，自由出书。

他在出版的作品中越来越不隐藏自己的身份：他的第三部作品《第三卷——高贵的庞大固埃之英勇言行录》。有了王室力量的保护，拉伯雷终于敢署下自己的真名。紧接着是《第四卷——善良的庞大固埃之英勇言行录续编》。

弗朗索瓦·拉伯雷热衷于理解幽默的机制。是他宣称："笑是人类的本性"。他有很多精彩的格言："那些想要放屁放得比屁股还高的人应该首先在背上戳个洞"[1]，还有"老醉鬼比老医生还多""一个美女要是缺了个美好的屁股是多大的遗憾啊""越吃越想吃，越喝越渴"。

他发明了将两个词的字母或音节颠倒以产生戏谑效果的手法，最著名的例子就是《庞大固埃》中的"热爱弥撒的女人"（变成

1　法语中"放屁放得比屁股还高"是句谚语，指好高骛远，不切实际。拉伯雷这句话是对这种人的讽刺。

"臀部柔软的女人")[1]他发展了各种文字游戏,各有各的巧妙——"伟大的上帝创造星球,而我们创造空盘子"[2]——而他也给我们留下了更为深刻的警句,例如"没有良心的科学不过是灵魂的毁灭"或者"懂得等待,一切才能来得正是时候"。

弗朗索瓦·拉伯雷思想自由,眼光长远。他想象出一处理想的生活之地,那里的人,生来美丽、智慧、有修养而又教养良好:特来美修道院。而修道院的座右铭是:"做你想做的"。

他游遍欧洲,学习、提高各领域的知识。

然而,1653 年 4 月 9 日,当在一个地窖里和几个朋友品尝美酒、尽情玩乐之时,醉醺醺的拉伯雷宣布他还要出本书:《第五卷——也是善良的庞大固埃之英勇言行录的最后一卷》。他拿出手稿,说完后接着喝酒,然后停下来做了个奇怪的动作。从褡裢中拿出个涂成蓝色的小木盒,笑着宣称"开始和结局"都在这里。他在惊讶的宾客面前打开了这个上面刻有拉丁文警句的盒子。

他看了内容,几秒钟后就去世了。那天在场的几个人也死了,官方的说法是"饮酒过度"。唯一幸存的两个人都有个特点,就是不懂拉丁语。

至于拉伯雷的最后一部作品《第五卷》,在这两个幸存的朋友的努力下,于他死后十一年出版。

——《幽默史大典》

(出自:GLH)

1　法语中,"热爱弥撒的女人"(femme folle à la messe)与"屁股柔软的女人"(femme molle à la fesse),在拼写上仅仅是把 f 和 m 颠倒了顺序,从而产生了戏谑效果。

2　法语中"星球"(planète)与"空盘子"(plats net)在读音和字母拼写上几乎一致。

96

她还是闭着眼,可有了呼吸。

她睡着的时候多漂亮。

她个子小小的多漂亮。

我想我从没见过哪个女子表现出这般的女人味,智慧,诱惑,优雅,力量。

她拥有为她而设的一切。

她完美无瑕。

伊西多尔·卡森博格把卢克莱斯放到摩托车的边斗里,盖上被单让她暖和点,给她戴上头盔,让她的头轻轻地靠着他。

他在她口袋里摸了摸,找出点火钥匙,自己也戴上头盔,然后跨上摩托。

他生平从没骑过摩托车。

我得回想下卢克莱斯是怎么发动引擎的。好像她是先转动钥匙,然后踩下某个油门踏板,最后转动手柄,加大马力,就像所有内燃机一样。

男科学记者成功地让引擎发动起来,但他试着超过一档的时候引擎就熄火了。他试了好几次,终于把这个机器开上路了。

他发现带边斗的摩托因为有三个轮子,所以特别稳。

谨慎起见,他没超过二档,以每小时 40 公里的速度在巴黎行驶,开往他们在蒙马特尔的旅馆。

他打开车上的收音机。喇叭里响起深紫乐队的《燃烧》。

七十年代的巴巴酷音乐,至少她知道这个很好听,尽管有点过时了。

很少有摇滚乐手有如此的创造力。从中可以看出她另一个才能：不俗的音乐素养。

《燃烧》。这是……前兆。

之后他把摩托停在未来旅馆对面。他手里抱着卢克莱斯，向前台接待员问好。接待员似乎又一次被这对反常的夫妇吓到了。

他把她抱进房间，放在她的床上。

惊吓之后她需要恢复体力。

他自言自语地说道，归根到底，他还是挺喜欢她的。

"挺"字反而减轻了"喜欢"的程度，真是可笑。

正因为如此，我做的一切都是为了保持距离。

我给卡桑德拉[1]带来了那么大的痛苦……但首先我得知道你究竟是谁。

伊西多尔·卡森博格打开他的 iPhone 手机，在谷歌上搜索卢克莱斯·奈姆赫德。发现的是各种零散的文字。

就像卡桑德拉一样，人们从来不让这种人存在。孤儿，入室盗贼，记者，而同时她还是个……人。就像这样，尽管她聪明貌美，但人们还是对她说："你，你一点儿也不重要。"我明白她是在用暴力和愤怒来对抗全世界。

他对自己说，她不过是在他身上找父爱。

她所追寻的，不过是一个能承认她存在的人。

他看着她。

她还是个很棒的记者。从以前的调查中我就看出来了。

伊西多尔把她的被单往上拉了拉，之后在窗前驻足，凝视灯火辉煌的巴黎。

1　卡桑德拉是希腊神话中的女预言家，特洛伊公主。因为拒绝阿波罗的求爱，被其诅咒。虽然她能预言灾祸，却没有人相信她，被看作疯子。现已成为凶事预言家的代名词。

他想起了自己才进《当代观察家》时的场景。

经验丰富的老记者弗洛朗·佩莱格里尼对他说："你将会发现没有记者是快乐的。"

当时才差不多 23 岁的伊西多尔回答说，他一直梦想着能够在像《当代观察家》这样著名媒体工作。弗洛朗·佩莱格里尼是这么回答的："有些饭店，即使是'著名'的，还是最好不要参观他们的厨房。"

年轻的伊西多尔并没有注意这个奇怪的回答，能够从事梦想中的职业，他太过兴奋。

第一个让他惊讶的是他消费部的同事。只有送上提到的产品，他们才会写文章。这些东西甚至包括汽车、电脑还有电视。他们并不讳谈起这项"传统"，这"很正常"，是"惯例"，或者更确切地说，是种"职业特权"。

就好比贵族的初夜权。我们直接从工作中捞取报酬。

第二个让他惊讶的，是他文学专栏写评论的同事，他们写评论……关于他们自己作品的评论，然后署上一个笔名。当然这些文章都是赞美之辞。

杂志社的所有人都知道这事，还都认为特权就是和职业相连，是理所应当的。弗洛朗·佩莱格里尼总结出了一个道理："这种行为如此恶劣，即使有人揭露出去，人们也不会相信。这样至少能确定评论家是读过那本书的。"

在著名杂志"厨房"里的发现越来越触目惊心。

在信息核实方面，就更加混乱了。弗洛朗·佩莱格里尼自己在越南战争期间，得过最佳战地记者奖。而得奖的那篇文章，完全是他……在巴黎写的，翻译和拼凑前线美国记者的文章，再加上点自己的文学发挥。

"你要明白，一个战地记者花费很大。宾馆，保险，诸如此类。

既然文章写得很好，就没人在乎这个人是否真的见到了他所宣称的那些。"然后他又更正："不，即便写得不好，只要有感情就行。"

弗洛朗·佩莱格里尼告诉伊西多尔自己的一个诀窍：一篇战地报道，总是可以用同样的图片开头，一个孩子，在母亲的尸体边哭泣。

他把这幅图放在他所有文章里，从来没人注意到。

"写战地报道时，应该有电影思维。这幅图在这里效果很好。"

而有关饥荒的文章，他也有一幅可循环利用的图片：一个小男孩，眼睛里满是苍蝇。

还有个发现：在以"左派"形象示人的报刊内部，并没有一个人是左派的。

对此，弗洛朗也跟他解释道：

"他们写些政治和经济社论，好像他们是社会党人。可是考虑到他们的个人财产，以及后代继承问题，他们别无选择，像所有富人一样，他们把选票投给右派。至于那些部门领导，比如泰纳蒂耶，她肯定是极右派。她私下里从没掩饰过她对国民阵线党[1]的支持。

一开始伊西多尔·卡森博格还以为这个老记者是因为嫉妒，才老是诽谤他的领导。但他不得不承认一些令人不安的事实。

"老实说，当你看到老总坐着有司机的豪华轿车过来，而大部分年轻记者都没有一个确定的身份，工资微薄，有些记者像你一样，按行或按页计酬，甚至都没有达到各行业最低增长工资的标准，你会认为这个被这些人领导的地方，真的会有左派的同情心吗？"

1　国民阵线是法国最大的极右政党。

可恶的弗洛朗。

伊西多尔知道，就是他，标准的《当代观察家》大记者，对卢克莱斯进行过职业乐趣的启蒙。

她跟他一样，从临时记者做起。

她也曾经希望有天能够转正，不用按页计酬。

伊西多尔回到床尾坐下，看着这个安静呼吸着的年轻女孩。和卢克莱斯一起，他已经两次揭开秘密，并且永远不能把它公之于众。现在他不再依附于等级、泰纳蒂耶和她的同僚们了。现在他可以通过小说来说出真相。

这是个颠倒的世界。

记者写文章，展示的是小说化的现实。而所有人都相信它。

作家写小说，展示的是真相。而……没人相信它。

伊西多尔·卡森博格抚摸着卢克莱斯的头发。他清楚记得和她的做爱。他想起那个不安的受惊了的小动物，想要控制一切，可同时什么也控制不了。

他曾经长久地抚摸她，安抚她。他对自己说："在她身上有那么多愤怒。"还对自己说："我做的永远不够。"

实际上，他并不喜欢他们的第一次拥抱。

突然卢克莱斯动了起来。似乎刚才的记忆还在她脑中回放。她闭着眼睛，还在梦中保证着：

"……18/20。我能逃脱。"

"19。"伊西多尔反击道。

"18。"

她睁开眼坐起来，发现伊西多尔坐在旁边。她开始咳嗽。

她艰难地吞咽着。他给她拿了杯水。她喝了水，用肘撑着，一边叹气一边站起来。

"您不应该管我，我本来能取胜的。"

"您差点被枪毙了。不是开玩笑。"

年轻女人揉揉眼睛。

"您为什么要救玛丽-昂热?"

"不是我救了她,是您。回忆下,您跳起来,让枪口改变了方向。

"我就要光明正大地战胜她了。是我干掉了她。"

"她是你的涅墨西斯[1],对吧?"

"您又文绉绉的。"

"如果您愿意的话,敌人正是您的活下去的理由。"

"那您呢,谁是您的'涅墨西斯'?"

"泰纳蒂耶,一个各方面都让人鄙夷的人。"

卢克莱斯·奈姆赫德深吸一口气,把一切都想起来了。

"您把照相机和摄像机救出来了吗?"

"没。我跟您说了,我先救活人。"

她叹气道:"那我们一切都白干了。"

伊西多尔·卡森博格去找了条湿毛巾放在她的额头上。

"不,调查进了一步。我趁您和玛丽-昂热'娱乐'的时候,悄悄搜查了塔德斯的办公室。"

"找到什么了吗?"

"没有。但从此我更坚信了我的想法。"

"啊,那我能知道你的结论吗,福尔摩斯先生?"

他拿出 iPhone 手机。

"我在你睡觉的时候研究了下。我在喜剧演员的论坛上找到了 B.Q.T. 的一些含义。可能是'能杀人的笑话'的首字母缩写[2]。

1　涅墨西斯,希腊神话中的复仇女神。

2　"能杀人的笑话"的法语是"blague qui tue",三个单词首字母缩写就是 B.Q.T.。

在职业幽默作家中，很多人相信这种'魔法事物'的存在。"

"您承认在蓝色盒子里的文字是致命的了。"

"我没这么说。只是您将不会是唯一相信这个的人了。就像很可能你不是唯一一个相信外星人存在的人。可事实上，不少人相信的不过是同一个传说罢了……"

"嗯，我知道您的那些套话！'真理不一定掌握在大多数人手里。'"

她靠着枕头舒服地躺下。

"无论如何，继续我们的调查。从现在起应该调查：1. 谁杀了达利斯？2. ……"

"塔德斯，"他立刻回答道，"是他继承了沃兹尼亚克帝国。"

"他在化妆间旁边。不可能是那个悲伤小丑。他没进去，消防员和保镖都看到了。"

"悲伤小丑是他的一个手下。粉衣保镖假扮的。"

卢克莱斯·奈姆赫德看着他，她绿色的眼睛投入他浅褐色的眼睛里。

她耸耸肩，突然站起来，走进浴室关上门。

"还有个小问题。"他提高嗓门说。

"什么问题？"她模仿伊西多尔，隔着门问道。

"塔德斯的人最终还是会找到我们的。"

她决定试试洋甘菊的洗发水，也许能让她的头发有光泽。"

"您的建议呢，伊西多尔？"

"进攻是最好的防守。如果就像我想的那样，他们有 B.Q.T.，我们就去给它给偷回来。这是他们的主要武器，而我想我知道 B. Q.T.在哪儿。"

"也就是说？"

"在他们的城堡里。在凡尔赛。"

97

公元 1600 年

法国。

凡尔赛。

当时在意大利流行的喜剧形式被称为"即兴喜剧"(意大利语字面上的意思就是艺人表演的戏剧)。由安吉洛·贝奥尔科在 16 世纪创立,旨在吸引农民阶层。这种戏剧形式经过演变形成了自己独特的风格。

即兴喜剧在人群前,广场和集市上表演。这些流动剧团以大篷车为交通工具,在临时搭建的露天舞台上表演。即兴喜剧的影响是多方面的:首先,它以讽刺的手法把公众熟知的人物搬上舞台,而人们通过演员的面具可以判断出所表演的人物:穿长裤的威尼斯市民,医生,充好汉的人,侍从,坠入爱河的美丽少女伊莎贝尔和她的女仆泽尔比内特[1]。其次,任用了女演员,以前女性人物都是由男演员化妆,戴上假发,穿女性服装饰演的。此外,大部分表演有赖于演员的临场发挥,这使得每场演出都有所不同。最后,这种戏剧形式靠的是演员的手势和戏剧化的表演,需要哑剧演员、杂技演员和江湖卖艺者这类的人才。

一天,当风行一时的意大利剧团的首领尼科洛·巴比耶里在巴黎巡演时,他遇到了一个孩子惊叹的目光,孩子对巴比耶里说他想从事同样的职业。这个孩子叫让-巴蒂斯特·波克兰。

成年后,孩子组建了自己的法语即兴喜剧团,并取艺名为莫里哀。

1　以上都是意大利即兴喜剧中的主要人物类型,有各自固定的性格和身份特点。

莫里哀的剧团演出了许多极具讽刺意味的闹剧:《小丑吃醋记》《飞医生》《屈打成医》。但剧团并没有找到自己的风格和受众。

1658年3月,在法国的一次巡演中,当莫里哀无意中把流动剧团驻扎在鲁昂时,有个男人过来找他,让他们跟他走。这个男人想让莫里哀见见他的哥哥,而他的哥哥不是别人,正是著名的喜剧作家皮埃尔·高乃依。

两人在高乃依鲁昂的住所里交谈。剧团首领从主人那儿听到了他的奇特经历。

皮埃尔·高乃依开始是个律师,也是个狂热的喜剧爱好者。他写过九部喜剧,没有获得任何反响。于是他便转型写下第十部戏剧,这次是悲剧《熙德》。

《熙德》取得了全国性的成功。社会各阶层,从贵族到贫民,都知道《熙德》。很多人甚至把它背了下来。以至法国国王路易十三为了奖赏这部不朽作品,把高乃依和他的父亲封为了贵族。还让高乃依进入了法兰西学院。

但那些嫉妒的老家伙们,立马就嫉恨起高乃依来。他们发起关于《熙德》的论战。指责高乃依违背了古典悲剧的神圣法则,因为《熙德》并不是发生在单一地点的,每一幕都要更换布景。

高乃依对莫里哀坦言,虽然他作为一名悲剧作家取得了莫大荣誉,但他唯一真正感兴趣的是喜剧。而喜剧已经是他的禁忌了。当一位伟大的严肃戏剧作家屈身创作通俗喜剧时,没有人会理解他。这是违背戏剧等级的。

第一级,闹剧,在戏剧创作中占90%,却被认为是一种给粗人看的低级戏剧形式。为最大限度取悦观众极尽夸张,甚至关于粪便和性爱的内容,都会被表演出来。

在这之上的第二级,悲喜剧,这是种混合形式戏剧,面向的是更加内行的观众。

第三级，受众为有教养的、富有的贵族和大资产阶级：古代悲剧（以希腊罗马神话为题）。

最后，位于顶层的，第四等级：最高贵的戏剧表现形式，神话英雄悲剧（关于圣人和耶稣的故事）。

严肃作家只会在悲剧作品上明确署名。喜剧是不署名的，因为他们的作者为写下它们感到羞耻。

因此喜剧都由剧团的首领署名。

莫里哀和高乃依非常投缘，他们决定一起工作。

于是剧团在皮埃尔·高乃依的花园里驻扎下来。在那段时间里，《熙德》的作者迷上了莫里哀剧团的女主角，阿尔芒德·贝雅尔。

皮埃尔·高乃依迫切想帮助他的新朋友，他主动帮莫里哀联系富凯，富凯则把莫里哀介绍给了国王的弟弟。

同年十月，莫里哀获得特许，可以在凡尔赛的花园里为国王路易十四本人表演。莫里哀害怕引起国王的不快，或被国王认为不够严肃，于是选了高乃依的古代悲剧《尼科梅德》。

表演开始……失败了。观众对这个故事一点儿也不感兴趣。坐在第一排的路易十四毫不掩饰地打着哈欠。

面对窘境，莫里哀决定在当晚的第二部分，演出一部独幕喜剧，这部剧也是皮埃尔·高乃依传给他的：《爱情的怨气》。准备离去就寝的路易十四被第二部剧惊呆了。他第一个爆发出笑声。一秒钟后，整个观众席都笑了起来。成功了。

最后，国王起身热烈鼓掌。这次演出之后，莫里哀被命名为"国王御用喜剧演员"，并且获得了一座剧院——网球场剧场（之后是马雷剧场）——来安置他的剧团。

从这时起，莫里哀只上演高乃依的剧作。为了声望和严肃性,首选悲剧。但在两场悲剧之间,观众无聊之时,莫里哀就上演高乃依创作的喜剧,由他署名创作的喜剧:《太太学堂》《女学者》《乔治·当丹》《愤世嫉俗》《伪君子》《唐璜》等。

这些喜剧,结构严密,把具有复杂心理的人物搬上舞台,实际上是高乃依在进行私人报复。比如,《女学者》就是影射他以前的敌人——朗布耶侯爵夫人,以及她的女儿和妹妹,她们曾经侮辱过高乃依。

1673年,莫里哀在演出一部标题具有预兆意味的戏剧《没病找病》时,死在了舞台上。

至于高乃依,害怕在他法兰西学院的同僚中失去声望,一直拒绝喜剧,把余生献给了严肃作品的写作,尤其还翻译了拉丁诗文《效仿基督》,即四福音书的普及版本。这部作品后来成了法国小学的课本,也是高乃依最大的"商业成功"。这部作品给他带来了受用终生的财富,也使他传统宗教作家的形象更加明晰突出。

但在距离鲁昂几百公里的布列塔尼某处,一群生活在地下的人知道真正的高乃依是怎样的:是他们最杰出的成员之一,尤其是"风俗喜剧"的发明者。

——《幽默史大典》

(出自:GLH)

98

满月。月球表面的圆谷,肉眼可见,让月亮看起来像张冥想的脸。

两位科学记者翻过沃兹尼亚克家族城堡的围墙。出现了一群杜宾犬。不过它们的警惕心很快就被含催眠药的肉丸化解,乖乖昏睡过去。

正是午夜,两名科学记者走在小凡尔赛的大花园里,这个城堡是由达利斯个人建造的。

摄像头从墙上探出,慢慢转动。

他们躲起来,等着摄像头扫视对面的区域。

"你真的认为是塔德斯用了 B.Q.T.,好除掉他的弟弟,控制独眼巨人集团?"卢克莱斯低声说。

"这是目前最可能的假设。"

"但根据卡尔纳克镇上神父的描述,在攻击灯塔时,塔德斯是在场的。"

"那又怎样?塔德斯可以拿走 B.Q.T.,然后用它来对付他弟弟。"

她撇撇嘴,并不相信。

摄像头开始拍摄对面的区域,他们起身,在花园里接着走。又发现迎面还有一台摄像头在转,再次躲起来。

摄像头又转到别处,他们可以继续前进了。

他们穿过和凡尔赛相对应的练兵场和入口。路上停着十来辆汽车。

每层楼的窗户都灯火通明。

"你确定我们不应该晚点来吗?"卢克莱斯小声道。

"相反,半夜了,城堡里还是灯火通明,很值得关注。"

两名记者通过一扇门潜入城堡内部。

他们躲在隐蔽的角落里,换上计算机维护公司的工作服。这是卢克莱斯的主意,她以前采访过计算机应急维修车。这样一个生产车间,总是很注意维护它的电子设备。

她用一顶帽子藏起自己的头发,戴上副大眼镜,乔装完毕。

伊西多尔则粘上胡子,也戴上一顶同样的帽子。

他们发现在大厅右边的厢房里,数百个年轻人在敲击着电脑键盘。

他们头上的挂钟显示着伦敦、马德里、柏林、莫斯科、北京、东京、首尔、悉尼、洛杉矶、新德里、伊斯坦布尔的时间。

伊西多尔和卢克莱斯走入人群，混在那些四处奔走的人流中。没人注意到他们。

他们坐在两台空闲电脑前读起来。文章不断出现在右边的一栏中。

这是些笑话。数十、成百、上千的笑话，被编了号，注明日期，贴上标签，还有评分。

"他们建了个生产笑料和短剧的流水工厂。"卢克莱斯小声说道，很是震惊。

伊西多尔观察四周。

"像是精疲力竭的苦役犯。看，他们不停地搜索挑选，脸都白了。"

卢克莱斯偷偷瞄了他们一眼。他们戴着话筒和耳机。有的电脑上还贴着十来张便利贴，上面密密麻麻记录着瞬间捕捉到的灵感。

那些应该是最具有创造性的。

有些人，一边敲键盘，一边机械地抿几口汽水，啃几下汉堡、比萨或是寿司。这些都是别人送进来的。

另一些人则一边思考着，一边在手中摆弄着发泄小玩具。

两人若无其事地静坐在没人的电脑前。出现在栏中的笑话，都标有编号，和进入独眼巨人集团数据库的时间。

"你看到103683号了吗？我觉得很可爱啊。"卢克莱斯指出。

她读到103683号笑话。

"两个宝宝才在医院降生。一个对另一个说：

'你是女孩还是男孩？'

'我是小女孩······你呢？'

'我，我不知道。'

'把你被单往下拉拉，我来告诉你。'

他拉下被单，可小女孩说：

'再低点，我看不到。'

他又拉了拉，小女孩说：

'哦，好吧，你是个小男孩。'

'你怎么知道的？'

'你穿的是蓝色的鞋。'"

伊西多尔把它记在名为"笑话集"的本子上。

卢克莱斯示意他装出忙忙碌碌走出房间的样子，好继续调查。

他们爬上楼。发现了一个巨大的图书馆，一个为即兴决斗准备的舞台，一个生理实验室，在那儿人们通过记录豚鼠的反应来对笑话进行实验。

尽管很晚了，到处都是数十个忙于工作的人。

"实际上，他们用决斗、图书馆和实验室复制出了一个 GLH。他们把手工秘密团体变成了面向大众生产的工业化组织。'独眼巨人国际娱乐集团'。"

伊西多尔带着年轻女人往更高一层走去。

那儿，他们发现了其他一些年轻人，戴着眼镜，窝在椅子里，正在看电视连续喜剧，并在笔记本电脑上做记录。

"这是什么？你觉得？"

"他们在打捞笑料。他们观看全世界和各个时代的所有连续剧和滑稽表演，来搜集可回收利用的笑话。"

一个大屏幕则列出编了号的笑料："132806 号构思。男人问老婆：'你总共跟多少个男人睡过觉？'女人回答：'只有你，跟别人在一起的时候我都是醒着的。'"

"132807 号构思。周日早晨,一对老夫妇去教堂礼拜。在做弥撒的中间,妻子凑到丈夫跟前说:'我刚才偷偷放了个屁。我该怎么办?'她丈夫凑到她身边回答道:'暂时什么都别做。等我们回家了,我给你换块新电池。'"

卢克莱斯震惊了。

"好家伙,这是他们的原材料?"

"对,再回收利用的幽默。"

"我明白为什么达利斯曾是法国人最爱戴的法国人了。他拥有最大的失窃笑话矿藏。这边的固定工作人员大概有 500 人。"

"艺人笑话再不能与之抗衡了。"

两名记者又上了一层。看到几个人西装革履,在发光的巨幅世界地图前忙碌着。

他们在说英语。伊西多尔和卢克莱斯明白了他们借助于曲线和数据在研究各国、各种语言、各种文化的幽默趋势。甚至连区域性笑话或者行话幽默都在统计之中。

在放映图片时,还有个计数器在计算总数。

"一旦有合适的笑话,他们就买下来或者复制下来,把它变个版本再出口其他国家。"卢克莱斯叹口气,开始明白了。

"沃兹尼亚克家族还在全世界收购剧院。"伊西多尔指着另一群穿西装的人说道。

"多妙啊。当音乐、电影和出版遭受互联网盗版时,喜剧表演本身,却越来越成功。笑星无处不在:广告里,政治上,电影中,传遍外省的城市和乡村。唯一的障碍就是语言了。"

他们观察着表格和曲线图。

"看,图片下的数字在不停地变。"

"要我说,这就是个笑话的股市。笑话就像赛马一样被研究和评分。"卢克莱斯说。

更远的地方,他们看到几个设计师在研究一个模型。

"啊,他们没耽误,已经有了新的工程计划,来代替被你烧掉的'达利斯剧院'。"

"你看到有多少个座位了吗? 那么多,至少一千人。"

"想象下,在一千个观众面前表演'先笑的要吃枪子'的比赛! 全世界的强盗每周一晚上十二点都在那儿娱乐。"

"征得受害人同意的犯罪,还有一千个鼓掌的同谋,这很可能提出了一个实实在在的司法问题……"伊西多尔指出。

他们离开右边的房间去往左边。卢克莱斯带伊西多尔来到沃兹尼亚克家族成员的房间。

那里一片漆黑。

"我第一次来这儿,采访达利斯母亲的时候,检查过这些油画。这是我过去做贼留下的职业病。"

"那你偷了一些名作,卢克莱斯?"

她回避了这个问题:"我发现其中有一幅画,贴墙贴得特别紧,中间都没有空隙。它一定是围着铰链旋转的。也许盒子就在那儿。"

他们在手机灯光下,悄悄往前走。

年轻的女记者走近一堵墙,上面挂着不少版画,紧紧框在画框里。每幅画上都有一张写着同样说明的照片:"你觉得这好笑吗?",说明后面还跟着个数字。第一幅是泰坦尼克号。第二幅是独裁者波尔布特[1]。第三幅是一个人坐在电椅上。第四幅是一群

1　波尔布特(1928—1998),1976—1979 年间出任民主柬埔寨总理。执政期间造成约三百万人死亡。

蒙面的三 K 党[1] 正在抓一个人，第五幅则是广岛的原子弹。

卢克莱斯·奈姆赫德径直走向最后一幅画。

这幅画的背后有个带电子屏幕的保险柜。

她仔细检查。

"你能打开它吗?"

"跟我以前'参观'过的那些相比，这是新近式样。但我能搞定。"

她从挎包里拿出一副电子听诊器和一套强力磁石，小声说："技巧就在于怎样放置磁铁，以便不接触就能操纵内部的装置。再往上照照，伊西多尔。"

他照做。年轻女人放上磁铁，听了听，把磁铁移动几毫米，又听了听。最终保险柜打开了。

他们在里面发现了几包可卡因，几捆钞票和一个宽宽扁扁的新式铁盒。盒子上写着三个字母："B.Q.T."。

"找到了。"

年轻的女记者小心翼翼拿出盒子，递给伊西多尔，仿佛这是颗炸弹。

可当她把广岛的那幅画调整回原处时，触发了一个看不见的装置。

瞬间保安系统开启，警报响起。红光闪烁。

一个男人出现了，手里拿着武器。他露出微笑。

"我不愿相信，可现在事实就在我眼前。"

他拿枪对准他们。

"……是您，奈姆赫德小姐，您就是那个'悲伤小丑'，还口口声声说要追捕他呢。"

---

1 三 K 党，全名 Ku Klux Klan，美国种族主义恐怖组织。

99

英国。

伦敦。

著名马术剧团的老板彼得·弗拉纳甘很烦恼。观众一天天减少。可他有最好的骑手。只有他们能完成那些既精彩又危险的动作：双连转(骑手的腿在马脖子和马屁股上来回旋转)，倒立剪刀(骑手倒立上马，交叉双腿，保持倒立)，单手侧坐，更不用说让马尽可能直立和在毫厘间停马的动作了。尤其是他们的大明星，国家战斗英雄、前上尉威廉·麦克弗森。

如果情况这么长时间持续下去，他的演员，所有这些王家骑兵队的老兵，就要失业了，而彼得·弗拉纳甘只能卖掉这个久负盛名的剧院。

正当老板一次次想起这些悲伤的念头时，舞台上发生了一起事故。正在演出，当着数十名惊愕的观众的面，又喝得烂醉的马夫约瑟夫·阿姆斯特朗，闯祸了。他跨过围栏，追着威廉·麦克弗森跑。而麦克弗森装作没看到他，仍旧在马背上保持笔直完美的姿态。马夫笑得喘不过气来，还说着蠢话，笨拙地模仿这位著名骑手的动作来取笑他。跟在骑手和马后面的阿姆斯特朗，开始追着马，拽它的尾巴，同时发出滑稽的吼叫声。

"这次他也太过分了。我要把这个醉鬼赶走。"彼得·弗拉纳甘想。可就在他发火的时候，约瑟夫·阿姆斯特朗因为鞋太大没站稳，在地上摔了个底朝天。观众立刻大笑起来，开始鼓掌。而马夫感觉得到了鼓励，向观众问好，露出牙，仿佛他为了报复要去咬那匹马似的，然后他又开始追。

威廉·麦克弗森必然要策马飞奔，但阿姆斯特朗还是毫不费力地截住他，追上他，还做鬼脸向他挑衅。愤怒至极的上尉要下马把这个捣乱鬼扔出去。可观众总是喜欢惊喜，在他们的鼓动下，马夫拔腿逃走了。这场表演最终取得了巨大成功。老板不得不接受现实：他从来没见观众这么兴奋过。因此，彼得·弗拉纳甘不仅没有开除马夫，还让他第二天再表演一遍。他还向马夫建议，为了让酒醉更明显，他要把鼻子染红，穿得更破，衣服更宽松，鞋更长。

在接下来的演出中，人们口耳相传，弗拉纳甘的马术剧院几乎爆满。一开始人们兴致勃勃地观看明星骑手威廉·麦克弗森在坐骑上的卖力演出，不过很快观众就开始喊："醉鬼！醉鬼！"

马夫一出现，观众席就一片欢腾。他几乎享受到和老前辈同等的礼遇。威廉·麦克弗森上尉对此愤怒至极，他下马追赶阿姆斯特朗，抓住他，朝他肚子上重重打了一拳。观众席嘘声一片，他们都在鼓励阿姆斯特朗，这证明，如果需要的话，观众总是站在给他们带来欢笑的那一边，而不是有理的那一边。当晚，威廉·麦克弗森上尉被解雇了，而马夫约瑟夫·阿姆斯特朗则加了薪。

从那天起，弗拉纳甘的剧场总是座无虚席。其他马术剧团也效仿打造他们的"醉鬼"。人们参考了"clod"（笨蛋）这个词，把他们命名为"clown"（小丑），而"clod"这个词在英语里表示"愚蠢的乡巴佬"。

这种表演的原则是小丑充当骑手的陪衬。他努力模仿骑手的动作，但总是学不像，这样可以最大限度地娱乐观众。骑手的严肃和小丑的笨拙之间的对比越强烈，观众笑得越厉害。

为了加强效果，骑手穿着纯洁、高贵的白色，而小丑则穿得花花绿绿，鼻子夹上红球。

当其他表演形式在不断发展时，没有小丑的马术表演被彻底淘汰了。不久,最初的明星,马,也成了马夫阿姆斯特朗成功的受害者,在舞台上消失了。

人们把小丑的脸化成白色,因此也称为白色小丑。还让小丑戴上滑稽的白帽子和表示责备的粗眉毛。

至于红鼻子小丑,被称为花脸小丑(是对罗马皇帝奥古斯都的戏谑)[1],穿着带红方块的衣服,戴软软扁扁的帽子,穿无底鞋,这些都大大加强了他行走和单脚转身时的喜剧效果。

剧本变成了如下样子:白脸小丑交给花脸小丑一个非常重要而又棘手的任务。花脸小丑听后保证出色完成。笨手笨脚的花脸小丑不顾白脸小丑的建议和命令,自以为做得很好,却导致一连串麻烦。表演经常用鼓和钹伴奏来加强效果。

然而观众最后还是厌倦了这种表演。以至于小丑们自己,也宁愿融入马戏表演中,作为中间插演的小节目。

不过小丑是最受孩子们喜爱,而孩子的父母通常也很喜欢他们。大部分小丑生活富裕,名声显赫,在卓越声望中去世。至于这一人物的创始人,约瑟夫·阿姆斯特朗,在荣誉巅峰时躲到了法国,加入了布列塔尼的一个神秘组织。

在那里,他远离关注,致力于完善化妆、舞台表演和各种逗笑技术。

——《幽默史大典》

(出自:GLH)

100

"好吧,我承认这些表象对我不利。"

1　花脸小丑法语中叫"auguste",与罗马皇帝奥古斯都"Auguste"的拼写一致。

塔德斯·沃兹尼亚克一直把枪管对着卢克莱斯。

卢克莱斯·奈姆赫德的视线搜寻着伊西多尔，但没找到他。

他有时间带着盒子溜走。现在我们得到 B. Q. T. 了。我只需争取时间。怎么对付这个家伙？普通钥匙对他行不通。害怕不管用。钱也不管用。

"好吧，我会把一切解释给您听的，能去卧房里慢慢谈吗？"

"不，我更想待在这里谈。"

挑逗不管用。

"王牌在您手上。我承认，您是最强大的。"

"我觉得您更强些。毁了我的剧场，杀了我弟弟之后，还来到这儿。这怎么说呢……'鲁莽'？"

自恋也行不通。换个试试。要快。

"好吧，还是都告诉您吧。我不是悲伤小丑。相反我怀疑是您杀了你弟弟。我来这儿就是为了找寻线索。"

真相。最好的杠杆。

他露出伤心的神色。

"这下你该明白我是多么需要除掉您了吧。"

该死。试试幽默的办法。无论如何，这是他的本行。

"如果我是您，我也不会犹豫的。"

他理解地笑笑。

"无论如何，我还是个绅士。两个选择。您是想让我射您的心脏还是脑袋？"

"我要告诉你，你不能杀任何人！"

两人都转过身去。

安娜·梅格达莱纳·沃兹尼亚克穿着黄色花朵的睡衣，站在门口。

"你在那儿干吗啊，妈妈。去睡觉，不过是个毛贼，我把她逮个正着。"

"我全听到了。你要杀了她！这个女孩，我认识，她是《当代观察家》的记者。"

"那又怎样？"

"这是犯罪，塔杜。"

"别说了，妈妈。这很严重的。马上就凌晨一点了，这时候记者没有任何理由到这儿来。这就是个扮成记者的毛贼，来踩点的。你已经都知道了。快去睡觉，这边交给我了。"

但老夫人走上前来，揪住他儿子的耳朵。他痛得脸都扭曲了。

"喂，塔杜，别把角色搞颠倒了。是我，十年里给你擦屁股，哄你睡觉。如果有一个人应该对另一个人说'快去睡觉'，我得告诉你这个人不是你。"

钥匙找到了。母亲。我从没想到，是因为我没有父母，但"害怕惹妈妈生气"，这个太强大了。大部分男人，只要母亲一出现，就像小孩子一样了。连恺撒和阿尔·卡彭[1]也应该怕惹妈妈生气的。我不要参与，让她代替我。

"可是，妈妈！你并不知道你在要求我做什么！"

"闭嘴，塔杜！你以为我不知道你在做什么？我已经沉默太长时间了。现在结束了。已经流了太多血。死了太多人了。够了。"

"别说了，妈妈。我没听错吧？如果可能是她杀了达利斯呢？"

"你说什么也不肯承认你错了。如果你还这样，我就把你舌头放到肥皂里。"

1　阿尔·卡彭是 20 世纪 20 年代芝加哥黑手党老大。

"不要！不要肥皂……"

安娜·梅格达莱纳抓住枪管，把手枪夺了下来，放进口袋里。

卢克莱斯已经趁他们不注意，逃走了。

没人追上来。她原路返回，跑出沃兹尼亚克庄园，跑向停着摩托车的小树林。

她以为伊西多尔已经逃走了。可他却戴着头盔坐在那儿，正在用手机玩游戏。

"我差点就不等您了。"他嘟哝道。

"您……您至少该待在那儿战斗。您就是个懦夫，伊西多尔。当女人遇到危险时，绅士是不会逃走的。"

他想了想，点点头。

"我同意您的说法。现在，如果您方便的话，我建议您开摩托逃走，因为他们会毫不耽搁地追过来。"

他们在夜里奔驰。

当开得足够远时，卢克莱斯打开收音机，放了首平克·弗洛伊德的老歌《闪耀吧，你这疯狂的钻石》。

在摩托上飞奔，边上坐着伊西多尔，他膝上放着'"B.Q.T."的盒子，她的头发飞出头盔，随风飘动，许久以来，她第一次感受到了真正的"快乐"。

101

公元 1688 年

法国。

巴黎。

皮埃尔·加莱·德·尚卜兰·德·马里沃出生于莫里哀死后的第十五年。学习法律后，他先后成了《新信使》和《法国观众》

的记者。他与一位贵族小姐成婚,妻子的嫁妆让他很快富裕起来。从那时起,他频繁出入于巴黎富人沙龙,渴望成为一名剧作家。

然而,1720年他遭到致命的打击。先是劳氏银行的倒闭让他破产。之后,他的第一部戏剧《汉尼拔》惨败。同年妻子去世。

有个人登门拜访他。这个人对马里沃说他剧本中的心理分析非常巧妙,他应该把才华投入到喜剧创作中,而不是悲剧。

这个人邀请马里沃观看意大利即兴喜剧,光顾仍在上演莫里哀剧作的剧院。可马里沃对这位奇怪的来访者解释说,他的理想是进入法兰西学院,因此,他只能写严肃的东西:悲剧。

来访者建议马里沃去了解一下,不要过早下结论认为"通俗的就是平庸的"。

"让人哭比让人笑要容易。"神秘人说。

这句话引起了马里沃的精神共鸣。

"取悦批评家比取悦大众容易。"那个人接着说。

这句话再次让马里沃震惊,他开始感兴趣了。

"归根结底,与那些戴假发、自命不凡、自称精神贵族的人相比,人民更有裁判权。那些上流人物不过是热衷于昙花一现的潮流,而这些潮流不过是他们增加自身分量的工具。时间将会是最好的证明。"

"那么您是谁?"马里沃问道。

"一个来揭示您真正才能的人。"

"不,我感觉,您没有完全告诉我。"

"好吧,我来自一个有着热情成员的组织。"

"一个组织?"

"我们是个秘密团体,我们的目的之一,举例来说,就是帮助有才华的作家不要误入悲剧的歧途,他们本可以在喜剧创作上出类拔萃。"

"但是逗别人笑……有什么好处呢？太荒唐了。"

"逗别人笑可以让人记住。"那个人回答，"喜剧比悲剧更能熏陶和教育群众。让人发笑的话语被不断重复，广泛传播，生命力长久。制造笑声，对改善同代人的行为大有帮助。就像拉丁谚语说的那样：'用笑声改变道德。'"

这个神秘的来访者，他那个帮助作家不在悲剧精英主义中迷失的神秘团体，让马里沃惊叹不已。从那时起，他试着创作第一部喜剧《被爱情软化的阿尔乐甘》。小获成功，这足以让他继续创作。接下来是《爱情与偶遇的游戏》。

可马里沃并不满足于过于简单化的戏剧，他要捍卫其中的哲学价值。他创作了一些乌托邦式作品，如《奴隶岛》和之后的《新殖民地》。马里沃想在剧作中证明，尽管有人企图把事实隐藏在刻板的规矩、古老的仪式和过时的制度中，人性总是强于一切，最终会占据上风。

马里沃创作了三十余部作品，其中包括《移情别恋》和《假机密》。他从来没有得到过知识分子的承认，但在巴黎流行喜剧界仍占有一席之地。

他主要对手是同时代的伏尔泰。两人因都想进入法兰西学院而互相憎恨。伏尔泰认为他的对手太肤浅，创作的剧作过于轻佻。而马里沃觉则得伏尔泰假正经、爱说教。

马里沃在势力的角逐中险胜，于1743年获得了法兰西学院院士的头衔。

尽管成了法兰西学院院士，马里沃仍然不被巴黎的批评家和知识分子接受。虽然他在民间大获成功，剧本想上演却愈发困难。生前，他的才华从未被真正承认过，他在饥寒交迫中去世。但他得到了那些秘密朋友的支持。

一个世纪之后，圣伯夫才再次发现了他的作品，使之重新上演。

这次大众和批评家一致称赞。而马里沃则成为法国剧作上演次数第二多的喜剧作家……仅次于莫里哀。

——《幽默史大典》

（出自：GLH）

102

慢慢地，伊西多尔的手抚摸着写有"B. Q. T."三个字母的盒子。

他的另一只手，把弄着锁的开关，既没有插销，也不用钥匙。

卢克莱斯忍不住动手劝阻他。

"您害怕什么，卢克莱斯？"

"我有种不祥的预感。达利斯·沃兹尼亚克拿到这个东西，年纪轻轻就去世了。"

伊西多尔·卡森博格耸耸肩。

"别那么幼稚，一段话不可能杀人的。只是一些词而已。一些词，一些排成行的图案。"

他用肩膀把她推开，打开了铁盒子。

然后，没看卢克莱斯，他拿起里面的文件，打开读起来。

卢克莱斯垂下眼皮。

伊西多尔要死了。这次调查不过是为了这个：杀死对我来说最重要的男人。

玛丽-昂热说的对，我根本就是个受虐狂。我所做的一切都是被一个念头所驱使：失去我最在乎的东西。开始我想失去生命，现在我要失去伊西多尔了。

他继续读。

年轻女人观察着他，忍不住皱了皱眉。

时间还是有点久。也许这个笑话比我想象的复杂。

她等着，观察他的反应。

他翻了一页接着读。

还有"第二页"？

他表情严肃，点点头，然后翻到第三页，像学究一样浏览着。

还有"第三页"？

他看起来时而震惊，时而兴致勃勃，时而激动。还忍不住露出一个惊讶的微笑。

让人等死了。他到底会不会死？

伊西多尔舔舔手指，翻到第四页。

"上面说的什么？"

"确实让人震惊啊。"伊西多尔说。

"到底是什么？快说！"

"哼，我以为您怕死不敢读呢。我可不想对您的英年早逝负责。您还那么年轻。"

他真气人！他真气人！

他又翻了一页。

"让我看看。"

"这……这……对您来说可能有点危险。我可以扛得住，但是您……"

她犹豫了一下，然后想从他手里夺过来。他及时躲开了。

"不可能……太危险了。我跟您复述。"

我想知道。

卢克莱斯·奈姆赫德想再次从他手里抢过文件，他这次用身体做盾牌完全躲开了，开始发表评论。

"根据这份研究,三千年前,一个人发明了 B.Q.T.。是某个叫尼西姆·本·耶侯达的人。他是所罗门王的宫廷顾问。他建了个秘密作坊,来创造一段'可以最大限度震撼阅读者的神奇文字'。之后他就死了。"

也许是被自己的创造杀死的。

卢克莱斯不再争抢,坐下来听他说。

伊西多尔坐在她对面,接着读。

"……后来,所罗门神殿被希腊人摧毁时,某个叫艾玛纽埃尔·本雅明的希伯来人带着这个宝贝逃到了雅典。他把它交给了当时的一位喜剧作家,厄庇卡耳摩斯。"

"他们没读它?"

"实际上,对得到这篇文章的人的劝告就是不要打开,不要读。"

"然后呢?"

"它在喜剧作家之间流传:阿里斯托芬、米南德、普劳图斯、泰伦提乌斯。之后,调查者失去了它在罗马的踪迹。然后,在高卢某个叫琉善的人那儿找到了它。"

"是怎么回事呢?"

"公元 8 世纪,几个法兰克十字军人在所罗门神殿的地下室找到了这段'藏在蓝色盒子里的神秘文字'的复本。他们把这段话从希伯来语翻译过来,然后翻译者死了。但他们找到了一种自我保护的办法。"

他顿了下,留下悬念。

"他们把这段话分为独立的三部分。然后把这互补的三份分别放在三个盒子里。把第一份放到第一个盒子里的那个人不看第二份,也不告诉第二个人。第二个人不告诉第三个人,也不看第三份。就这样他们使得 B.Q.T.得以运输,也不会太危险。

好主意。

"之后 B.Q.T.成了圣殿骑士团的宝贝和秘密精神武器。他们用它来报复纪尧姆·德·诺加雷,美男子腓力四世,纪尧姆·于贝尔,甚至是克雷芒教皇。这份研究上说,这三段文字可能会在打开抽屉或者盒子时出现,一旦读了纸上的内容,就会毙命。"

"因此 B.Q.T.是实现对可恶国王诅咒的武器?"

伊西多尔·卡森博格没有回答,而是翻到了另一页。他似乎被发现的这一切所吸引。

"然后呢?"卢克莱斯迫不及待地问。

"圣殿骑士团后来逃亡到了苏格兰,他们在那里建立了一个神秘团体,得到了苏格兰首位国王罗伯特一世的支持。"

"共济会幽默分部 GLH?"

"他们制定了仪式、等级、服装、法典。苏格兰 GLH 第一任首领名叫大卫·贝里奥。官方上他是国王的小丑,私下里他是秘密组织的谋士和领袖。"

种种画面在绿眼睛的年轻女人脑海中展开。她仿佛看到苏格兰人穿着短裙,聚集在那与世隔绝的地方,他们起誓⋯⋯以幽默的名义。

伊西多尔两眼放光,仿佛在品尝甜点。

"以苏格兰的总部为发端,GLH 的圣殿骑士开始移居。十二人一队向西班牙进发。他们在托莱多[1]繁荣起来。可是由于其中一个成员的出卖,女王伊莎贝尔得知了他们的存在,让宗教裁判所追捕信徒,夺取所罗门宝藏。西班牙 GLH 的成员于是决定用这一武器对抗她。她死于当时某些人称之为的'心脏病发作'。"

"历史上有多少因心脏病发作而死的案子,实际上是圣殿骑

1　托莱多,西班牙古城。

士们用 B.Q.T.干的啊!"

"随后,一些 GLH 成员,与那些所谓的因受迫害而改信天主教的犹太人汇合,与克里斯托弗·哥伦布一起逃走。在帆船的帆上,画着圣殿骑士的标志:白底红色八角十字。"

"受迫害的犹太人和 GLH 的圣殿骑士要去新大陆上找寻 B.Q.T.的避难所?"

男记者继续往下读,然后有些恼恨地解释道:"然而,定居在加勒比海圣多明戈岛的支部,因为 B.Q.T.的所有者之一不小心打开了写有'绝对不要读'字样的盒子而消失了。"

卢克莱斯·奈姆赫德觉得,实际上 B.Q.T.就像致命的病毒,无论何时被释放出来,就会杀人,而那些人的弱点就是好奇心。

从他们开始问自己"这到底是什么?"的时候开始,一只脚就已经踏进坟墓了。复本留存了下来。这个致命病毒到底有多少复本? 第一份 B.Q.T.杀了人,之后在布列塔尼消失。第二份 B.Q.T.杀了人,之后在美洲消失。每次,人们都努力把它分成三份,让它变得可以控制和复制。这是语句序列代替基因序列的生物学。

她靠近同伴,愈发疑惑:

"那么 15 世纪的美洲……支部,最后也消失了?"

"苏格兰支部反而发展壮大。"

"他们把复本放在三个盒子里,因此能够翻译和复制了 B.Q.T.?"

"据说如此。英格兰国王亨利八世,在聪明的托马斯·莫尔的影响下,决定无论如何要保护当时称之为'苏格兰哲学'的东西。"

"懂得把致命笑话分成不同三份的人本身不会被死亡命中。"

"托马斯·莫尔,就是那个创造'乌托邦'这个词的作家吗?"

"就是他。他也是国王的重要顾问。"

伊西多尔翻了一页,卢克莱斯把腿折在屁股下面,想找到个舒服的姿势,来好好听她朋友揭秘。

"之后是不可忽视的政治后果。梵蒂冈得知了这一异教精神武器的威力,想运用当时拥有的所有权势,不惜一切代价把它夺过去。在教皇克雷芒七世的铁腕统治期间,亨利八世想放弃天主教,建立英国国教。而西班牙新国王腓力二世,得知这个故事后,不惜代价想见识下 B.Q.T.,几年之后,他在教皇支持下,派出无敌舰队,企图侵略英国。"

"无敌舰队?发生在西班牙重型战船和英国小型快船之间的海战?"

"对。西班牙人惨败。如果我没有理解错的话,根据这份文件,这次失利很大程度上是因为,交战期间西班牙海军司令麦迪纳·西多尼亚公爵心脏病突发。"

"……B.Q.T.?"

"调查者认为仍然是圣殿骑士插手了此事。"

伊西多尔给自己倒了杯绿茶。接着读,然后开始解释。

"可是后来形势发生转变。GLH 的圣殿骑士害怕一直支持他们的亨利八世的女儿——女王伊丽莎白一世改变态度。他们返回苏格兰——他们选定的总部。他们完全脱离社会,藏在一座城堡里制定 GLH 的《生命法典》。共济会会员们成了教堂建筑专家,而他们成了……笑话建筑专家。第一代人创造的作品越高明精密,第二代人生产的作品就越简洁明了。"

"太神奇了。"

"在 GLH 的影响下,莎士比亚写出了他最好的喜剧《驯悍记》,作家本·琼森写出了滑稽剧本《炼金术士》。但英格兰正值动乱时期。苏格兰的 GLH 更加隐秘,而在意大利和法国的支部则发展起来。"

"落叶归根?"

"调查者提及了一些领导过 GLH 的首领:伊拉斯谟和弗朗索瓦·拉伯雷是创建元勋。之后的法国人有拉封丹、勒萨日和皮埃尔·高乃依。"

"没有莫里哀?"

"没有,没有莫里哀。调查者只提到皮埃尔·高乃依。"

"根据这份调查,GLH 最后一位众所周知的首领是 1799 年的皮埃尔-奥古斯都·加隆·德·博马舍。他因为读了 B.Q.T.而死去。"

"博马舍?"

男记者又舔舔手头,翻到最后一页。

"然后呢?"

"没了。这份研究就到博马舍。"

两位记者沉默了,他们感到通过调查,接触到了一段和课本完全不同的历史。

这份调查很可能被删节过,少了一些事实,其他的则被润色过。但它提供了一个理解历史的全新角度。

幽默和幽默的捍卫者就像政治世界的秘密催化剂,目的在于捍卫人道主义的价值。

他们的武器:喜剧,闹剧,笑话。

他们的撒手锏:B.Q.T.。

伊西多尔已经走到窗边,大口呼吸着巴黎的空气,好像在消化这一连串难以置信的信息。

"哎,这是份文件,并不是所谓能杀人的笑话 B.Q.T.。那么,塔德斯·沃兹尼亚克谋杀他弟弟达利斯的假设就像驴皮一样缩小了。"她说。

"别说笑了,卢克莱斯。所有人都有犯错的权利。我们并非生活在小说中。现实中，人们做出估计，探索或正确或错误的线索。在我看来，我们的调查仍是进了一步。"

"唉……我们不过是在一条错误的路上历尽艰险。确切说来，前进了一步的，是您小说的素材。可我，在达利斯之死的新闻调查中，还是死路一条。"

伊西多尔突然注意到一个细节，重新拿起文件从各个角度端详着。

他露出得意的表情。

"您又发现什么了？"

"看看这篇论文的署名。"

103

公元 1794 年

法国。

巴黎。

时钟转了一格，发出叮当声。心满意足的皮埃尔·德·博马舍听到街上传来的喧闹声。他转向窗户，几个脑袋挂在长矛上从他面前经过。

"这一切也许有些过头了。"他想。

他又仔细调了下时钟的发条。

皮埃尔·德·博马舍从他父亲那个专业钟表匠那里，继承了对精密机械的爱好，这些机械装置运转起来后可以长时间独立运行。

外面，贫民们正唱着《让我们跳起卡马尼奥拉¹》。皮埃

---

1 卡马尼奥拉，法国大革命中流行的舞蹈和歌曲。

尔·德·博马舍打开窗,看见人群正向位于夏特莱广场的断头台奔去。

他闭上眼睛,放下钟表匠的工具,陷入回忆。

24岁时,皮埃尔·德·博马舍和玛德莱娜-卡特琳·奥贝坦结婚,这是个比他大十岁却很有钱的女人。她于一年之后去世,随之而来的是那场该死的官司,人们怀疑他谋杀了妻子。这差点一下子毁灭了他的雄心壮志,不过他最终得以勉强脱身。

而这段婚姻,妻子的去世,还有那笔遗产,不过是皮埃尔·德·博马舍投机生涯的开始。1759年,他凭借巧妙谋略成为路易十五的女儿的竖琴老师。他和驸马结下友谊,靠着驸马的帮助,他进行了大胆的投资,迅速致富,并且获得"国王秘书"的头衔。

他从此可以沉湎于他最大的乐趣:喜剧写作。他为小型剧院创作了一些剧本:《七里靴》《泽扎贝尔》《集市上的让-贝塔》。

之后他娶了热纳维耶芙-玛德莱娜·瓦特布莱。一年后,她也死了,情景和他的第一个妻子相似。他再次继承了她的财产,这一次数额更加巨大。因为被怀疑谋杀妻子和侵吞遗产,他再一次被起诉。司法的丑恶激发他写出《备忘录》。

他再次勉强脱身,娶了第三任妻子,玛丽-泰蕾兹·维莱莫拉,开始了为国王效劳的间谍生涯。他游历了荷兰、德国、奥地利,曾一度因为破坏罪被投入监狱。释放后,他前往英国,去取回埃翁骑士手里的文件。埃翁是另一名法国间谍,他男扮女装以便不引人注意。

1775年,皮埃尔·德·博马舍应外交部部长要求,前往美国,研究美国的政治局势。他公开支持独立主义者抵抗英国,说服国王路易十六秘密向叛军运送武器。他创立了一家葡萄牙公司,靠向美国人出售军火弹药发财。他甚至还向独立主义者运送私人船队，以便攻击英国船只。

最终，他拥有了财富、声望和国王路易十六的支持，重新回到他的兴趣上，写出第一部四幕喜剧《塞维利亚的理发师》，该剧在法兰西国家喜剧院上演，立即获得成功。随后他创作出续集五幕喜剧《费加罗的婚礼》。

1790年，他归顺革命，被任命为巴黎公社成员。在此期间，皮埃尔·德·博马舍利用他曾资助过美国革命的武器走私网络，为罗伯斯庇尔的部队提供了武器。

在政府支持下，他创建了戏剧家协会，第一次使得作家权利的合法性得到承认。最终，使用已署名的文学作品，需要向作者支付报酬。

博马舍放下时钟。

从广场传来的欢呼声愈发热烈，他没办法集中精力完成作品。他关上窗。

有人敲门。他打开门，认出是他在GLH的一个伙伴。他脸通红，气喘吁吁。"快跑，首领，他们来了！特别要保护'应该保护的那样东西'。"

皮埃尔·德·博马舍迅速打开保险箱，拿出那个上面写有"绝对不要读"和"B.Q.T."三个字母的珍贵的盒子。

他犹豫了一下，把它藏到一个袋子里。他已经能听见走廊里靴子和武器发出的声响了。

他拿起时钟、手枪和小提琴，把它们放到另一个更大的袋子里。

警察不停敲着门，他只有从后门逃走了。他GLH的伙伴备了马，他们风一般逃走。

逃得足够远了，他们放慢速度，快步前进。皮埃尔·德·博马舍问:"发生了什么?"

"公安委员会的人疯了,他们互相检举,自相残杀。罗伯斯庇尔成了嗜血成性的暴君。他们甚至逮捕了丹东!"

"丹东! 他们疯了!"

"流血必然引起流血。应该跟他们保持距离。"

"我们去哪儿?"

"很远的地方。"

突然,他们被包围了。

警察从四面八方出现。

"带着这个快跑,"博马舍说,"他们要抓的是我。"

他的同伴带着那个珍贵的袋子逃跑了。

博马舍被捕,监禁在所谓的圣日耳曼·德·普雷修道院监狱。

他的诉讼案引发强烈反响。他凭借过人的口才,最终逃脱死刑。在一些仍然有影响力的朋友的帮助下,他出逃流亡到汉堡。他等革命浪潮减退后,于 1796 年返回法国,写作回忆录。直到 1799 年,他精疲力竭,这个曾经是现在也是钟表匠、琴师、外交官、间谍、武器走私者、喜剧家、作家的人,决定放弃生命。67 岁的他前往布列塔尼,返回那个秘密的地方,穿过一道道门,打开了那个神秘的小盒子,盒子是那个建议他逃跑的人放在那儿的。

几秒钟后他去世了,嘴角带着微笑。

——《幽默史大典》

(出自:GLH)

104

恐龙的骨架一直延伸到天花板。它们颌上长满利齿,似乎准备重新撕咬起来。

伊西多尔·卡森博格和卢克莱斯·奈姆赫德在自然史博物馆。

"对，是我撰写、展开了这次对独眼巨人的调查。所有或多或少跟幽默世界有联系的人，都迟早会为达利斯工作的。这是时代的要求。靠国家科学研究中心研究员那点可怜的薪水，我没法生存。因此我撰写了这份历史论文，这给我带来了一笔可观的收入。"

亨利·勒文布吕克教授带领他们参观进化展厅。硕大的恐龙之后，是更小些的动物。年轻的女记者观察着这一长队逐步迈向智慧的爬行动物，一边做着记录。

"为什么达利斯会对 B.Q.T. 如此感兴趣？"她问。

"也许您是知道的，在手工幽默和工业幽默之间正展开一场全球性的较量。而实际上，工业幽默已经获胜了。弱肉强食。这是进化的法则。就像恐龙吃掉蜥蜴一样。"

"可恐龙还是灭绝了。"卢克莱斯·奈姆赫德指出。

"目前战斗还未结束。带来的影响是复杂多样的。很明显，拥有 B.Q.T. 的一方，在竞争中可以占据巨大优势。B.Q.T. 就是圣杯，或者更确切地说，是圣剑，这一神圣武器，会赐给拥有者一种高于他人的正统性。"

"那么您已经选择了您的那一方了。恐龙对抗蜥蜴。"她说。

亨利·勒文布吕克教授捋着他稀疏的白胡须。

"我觉得更确切地说，是未来之幽默对抗昨日之幽默。"

"您说得不对。这不是未来，"卢克莱斯断言，"幽默也许是最后一处可以抵抗金钱的所在。再没有像手工艺这么好的配方了。弱小者也有成功的可能性。应该有一些……惊喜。"

她在布景上点了点代表流星雨的图标，正是它导致了恐龙的灭亡。接着出现了一种长毛的小型热血动物，鼩鼱。

"对音乐来说也是一样的。您听过所谓的青少年在广播里收听最多的前五十张唱片吗？这些旋律是根据那些在过去和在全世界都已经流行过的歌曲制造出来的。经过技术人员的重新编辑，这些旋律变得不同，避免了抄袭的危险。"

"这样就没风险了。"伊西多尔承认。

"或者至少可以通过数学曲线来计算风险。而曲线，是市场营销专家们操控的。他们是新兴的经济领袖。之后只需用诸如首饰、各色衣服之类的亮点将其整个包装起来就行了。包装取代了内容。"

教授指了指那些花花绿绿的小鸟，那是一种在物种进化历程中出现过的小孔雀。

"多样性和创新并不占优势。"卢克莱斯说。

"实际上作曲家和幽默作者都在谋求最大限度的一致性。长期以来，创造者必须融入流行潮流之中去。"

历史学家现在指向企鹅标本。

"对于幽默来说，同样如此。和其他东西一样，笑已经变成了一种商品。"

他们慢慢前行，身边是大象、狮子、豹子、鸵鸟和羚羊。

"您的调查就到博马舍在卡尔纳克的隐退为止。最终您对 B.Q.T.本身有什么发现吗？"伊西多尔问。

他们来到了大型猴类区域：大猩猩，黑猩猩，长臂猿。

"博马舍是最后一个我能确定身份的 GLH 首领。最后他死了，没能抵挡住求知的欲望。他打开了潘多拉的盒子，读了那段话去世了。"

"您觉得那段话里写的是什么？"

一道光突然在他眼中闪现。

"要我说……这是某种非常奇特的、有魔法的、有巨大力量的东西。这是精神的原子弹。阿尔伯特·爱因斯坦发现了物质的奥秘,产生了原子弹。而尼西姆·本·耶侯达发现了精神的奥秘,产生了 B.Q.T.。"

这时卢克莱斯停住了。她感觉在他们左边,在那些越来越大、用四肢站得越来越稳的灵长类动物中间,看到了一个比那些蜡像要小的身影。

悲伤小丑在监视我!

她揉揉眼睛。

"有问题吗,卢克莱斯?"

"嗯……没什么,出现幻觉了,我可能有点累了。该吃饭了,否则我的低血糖要犯了。"

这件事超出我的能力了,我开始紊乱了。实际上我觉得我出了问题。要小心这种幻觉。

亨利·勒文布吕克教授并没注意。他似乎更关心另一件事。

"不应该忽视与之相关的政治影响。这是我在撰写报告时发现的。今后,幽默不仅是经济武器,更是政治武器。"

105

中国餐馆魔塔非常冷清。在一个亮灯的巨大水族箱中,橘红色、白色的鱼列成一排,疑惑地面对着他们那些在热盘子里被浇上焦糖的同伴们的身体。

有个热情的女服务员,很像尹幂,那个死于"先笑的要吃枪子"对决的女喜剧演员。她向他们推荐有数百种菜色的菜单,这些菜色根据主题分类:禽类,鱼类,牛肉,猪肉。

伊西多尔点了份清蒸虾肉拼盘,卢克莱斯点的是北京烤鸭。

魔塔餐馆不愿放弃任何一个讨好顾客的机会,在水族箱上安了个大电视,上面循环播放着新闻台的节目。

卢克莱斯明白了是什么把伊西多尔带到这家餐厅的了。

即使在吃饭的时候,他也需要了解世界动态。

"您劳累过度了,卢克莱斯。您现在应该休息。

他给她倒了杯青岛啤酒。她配着开胃酒,吞咽着虾片。

"接下来是什么娱乐活动,我亲爱的朋友?"

"我不知道。我们陷入僵局。对于我的小说来说,已经有了
足够的素材。可对于调查,我不知道该怎么进行下去。"

服务员端上菜来,他们拿筷子吃起来,两个人都能熟练操作
筷子。

"您仍然认为 B.Q.T. 是有效的,我们会因为笑而死去?"

"对不起,我不再相信圣诞老人,不再相信小老鼠在枕头底下
找牙齿,不再相信沙子商人[1],不再相信民主。"

"可我确信这是调查的关键。应该去弄明白我们怎么才能杀
人……用一段话去杀人!"

他大吞一口。

"这一向是我和你的调查观念的不同之处,卢克莱斯。我想
知道'为什么',而您想知道'怎么样'。"

他又补充道:"很奇怪,一般是女人喜欢问'为什么',而男人
喜欢问'怎么样'。也许归根到底,在我们的二元关系中,女
人……是我。"

他忍不住笑出来,却没咽好。他呛着了,脸通红,徒劳地清着
嗓子,出现了窒息的迹象。中国服务员没管他。卢克莱斯赶紧使
劲儿拍他的背。没用。她用胳膊抱住他,扼住他的上腹部。食物
碎片立刻弹了出来,掉到了水族箱的另一边。

1　在西方,相传有个人会把沙子放到人们眼睛里,使人们入睡。

378

他道歉，艰难地喘气，想重新笑起来，眼里却满是泪水。年轻的女记者重新坐下，静静地喝着啤酒。

"您看，我们可以因为笑而死去。您差点呛死了。您还需要更多的证据吗？"

"谢谢，卢克莱斯。"

他还是一阵一阵地笑着。

"好吧，正好提出了一个问题，伊西多尔：您，什么能让您笑？您什么时候疯狂大笑过？"

他斟满啤酒，从容不迫地喝着。端详着从那金色液体中升腾上来的小气泡。

"那时，我 17 岁。第一次做爱，我笑了起来。女孩以为我在嘲笑她，愤怒离去，再不想见我。我的第二个女朋友，之所以选择她，是因为她天性爱笑。在高潮的时候，我们两个同时笑起来。因此我们在一起了一年。"

为什么他跟我说这些？我让他讲他的笑，他却跟我说他的性。

"除了这个，除了爱情，还有什么让您大笑过呢？"

"那就是看巨蟒[1]的《巨蟒与圣杯》的片头了。我当时不知道他们。我 18 岁。从片头开始的第一波笑料就那么新鲜惊人。我哈哈大笑。一屋人，我是唯一一个笑的，人们都跟我说'嘘！'。这让我笑得更厉害了。我觉得要想真正笑得疯狂，必须要禁止笑。"

他用筷子比画着。

"是的，对我来说真正的笑是对人类集体的一种反抗。而巨蟒则完美地运用了聪明的'失礼'这一观念。"

她吃着烤鸭，从中抽出根骨头，大声吮吸。

1　巨蟒（Monty Python），英国著名六人喜剧团体。

"您呢,卢克莱斯,什么能让您笑呢?"

"在我记忆深处,"她说,"让我大笑的是一个笑话。"

"哦?……是什么让您相信了笑话的力量?"

"这个故事是说一个带着大礼帽的患者来看医生。医生问他:'您哪儿不舒服?'这时病人取下帽子,上面有只青蛙,爪子仿佛焊在他的头皮上了似的。医生恐惧地问道:'您这样多长时间了?'病人没有回答,而他头上的青蛙解释道:'您知道的,医生,一开始不过是个足底疣。'"

伊西多尔一下子就笑出来了。卢克莱斯很惊讶,她的笑话竟如此成功。

"太棒了。因为这个笑话靠的就是无意义的荒谬。"

"当别人跟我讲这个笑话的时候,我 14 岁。要说明的是,我当时真的有足底疣,非常焦虑。这也是种缓和我病痛的方法。您呢,让您笑的笑话,是怎样的?"

"我记不住。听完就忘了。"

"试试嘛。"

"好吧,我想到的是个很短的。'医生,我记性不好。'一个人说。'是吗,从什么时候开始的?'医生问。病人诧异地问道:'从什么时候……什么从什么时候?'"

"就这样了? 不是特别好笑。"

"这让我笑是因为我害怕得老年痴呆症。因此这是个驱魔的笑话。"

突然,她停下来,看着电视屏幕。

"太棒了,今天是 3 月 27 号。"

"是的,那又怎样?"

她指指屏幕,正在播新闻。

一个记者在奥林匹亚剧院前做报道。身后是张巨幅海报,上面是那只著名的带有爱心的眼睛。这座享有盛名的音乐厅前已经聚了一大群人了。

卢克莱斯·奈姆赫德已经站起来了。

"冲。"她说。

"还干吗？我们从来都不能安心地吃顿饭？"

"今晚,在奥林匹亚剧院举行大型晚会'向独眼巨人致敬'。"

106

小独眼巨人问他爸爸:"喂,爸爸,为什么学校里只有我是一只眼?"

爸爸正一边吃早饭,一边看报,并没有回答。

"喂,爸爸,为什么我只有一只眼,而所有人都有两只？嗯,爸爸?"

爸爸放下报纸说:"因为你是独眼巨人呀,独眼巨人就只有一只眼。"

孩子沉默了,想了想说:"为什么独眼巨人只有一只眼呢?"

爸爸拿起报纸,把它当作阻挡他儿子问题的屏障。

"喂,爸爸,说啊,爸爸,为什么独眼巨人只有一只眼。嗯？说啊,为什么?"

爸爸一下子放下报纸,大声说:"啊,你,别来烦我!"[1]

——节选自达利斯·沃兹尼亚克的幽默短剧
《艺术家的一生》

1　"别来烦我"的法语对应的字面意思是"不要把我的睾丸割掉"(ne commence pas à me casser la couille)。而与之对应,希腊神话中,独眼巨人因不堪忍受他父亲乌拉诺斯的暴虐统治,用弯刀割掉了他的性器官。这个笑话就是利用了一语双关。

107

眼睛上有颗小小的爱心。

入口处飘扬着达利斯的旗帜。巨大的霓虹灯字母在奥林匹亚剧院大门口闪耀：向独眼巨人致敬。

明星们从黑色加长轿车中一走下，就成为人墙般摄影师手中闪光灯的目标。

保安格外引人注目。他们并不是独眼巨人集团那些穿粉色西服的保镖，而是穿黑色西服的斯特凡纳·克劳斯的保安队。他们在检查入场券，尤其是那些有贵宾票的。

"对不起，您不能进去。"

卢克莱斯出示记者证。

"对不起。座位与来宾的名字是一一对应的，您的名字不在名单上。"

"我私下认识斯特凡纳·克劳斯，"卢克莱斯坚持道，"如果有疑问，您可以去问他。"

保安最终同意给联络部负责人打电话。

"对不起。不管怎样，三天之前就一个空位也没有了。谁都不行。"

"我是《当代观察家》的记者。"

"对不起。要是这样的话，我可以告诉您，你们杂志社已经有人来了，叫什么泰纳蒂耶女士，或者类似的什么名字。"

伊西多尔和卢克莱斯不再争论。他们围着奥林匹亚剧场兜圈，走到演员入口处，前面有一群抽烟的人，在跺脚取暖。

"为达到目的，可以不择手段。"卢克莱斯说。

她盯上了一对小丑，都穿着粉色衣服，圆鼓鼓的。她借口说要采访，把他们引到一旁的门厅，亮出枪，塞住他们的嘴巴，把他们绑起来。然后扒下他们的衣服。

伊西多尔却把绳子稍微放松了点儿，让他们能够到自己的手机，从而可以轻易脱身。

"现在不是彬彬有礼的时候。"卢克莱斯指出。

"他们很有礼貌地把衣服借给了我们。我不过是表示感激。"

他们穿上衣服，跟着一群粉衣小丑混进剧场。他们一进去，保安就把门关上，防止记者闯进来。

"干得好，现在可没法脱身了。"

"我们可以藏在什么地方观察他们。所有主角都在这儿。"

"当心，这就来了一个。"

他们看到一个狗头粉衣保镖来回转悠，在找什么。他俩退后一点，想离开他的视线，却感到一只手抓住了他们。

"啊，原来你们俩在这儿，我们到处找你们。赶快，还有几分钟就要开始了。"

他们明白了，自己背后戴着的号码让助手认出了他们。

卢克莱斯和伊西多尔互看号码，两个都是 19 号。

"这应该是个双人节目。"伊西多尔叹气道，愈发担心。

可是狗头粉衣保镖总是在附近转悠，他们别无选择。

助手可没放手，把他们推到了一个大房间里，里面聚集着不少小丑，都穿得和他们一样。

他们和那些小丑一样，化了妆，粘上红鼻子，戴上黑眼罩。

然后和其他小丑一起在走廊里等候。

所有喜剧演员，就连那些最著名的，都化装成小丑，蒙着黑眼罩。

一个戴着耳麦的助手紧张地走过来。

"所有人把台词牢牢记在脑子里，我提醒你们，没有提词机和提词人。"

助手给他们递上水。监视屏传来舞台的画面。

在人群里,卢克莱斯认出了菲利克斯·沙达姆。所幸他正忙于复习台词,没注意到她。喇叭响起来:"还有两分钟。"

气氛紧张起来。狗头粉衣保镖停下脚步,似乎嗅到了什么。在门边上巡视起来。

"我感觉像是在飞机舱里等着跳下去,"卢克莱斯说,"而我没有……降落伞。"

"我只有一个傻问题,您可以不回答。卢克莱斯,为什么您觉得来这儿会有所收获?"

"我也培养了我的'女性直觉',伊西多尔。"

"很好,那么您到底怀疑谁呢?"

"这其中的一个小丑。看到这么多谋杀达利斯的嫌犯聚在一起,地点,时间、情形都和案发时如此相似,这不是很有趣吗。您应该知道那句谚语:'杀人犯总会回到犯罪现场。'"

男记者耸耸肩,不怎么相信。

"还有三十秒。"喇叭宣布。

年轻女人指着一个正在卷雪茄的消防员说:"就是这个消防员,弗兰克·丹贝斯蒂,我调查的第一个证人。好啦,就相信我一次吧,我们会'用我的方式'应对的。"

伊西多尔挑挑眉毛。

"我有种不祥的预感。我觉得我们还是等那个狗头保镖走远了就溜吧。之后可以躲在角落里看演出。"

喇叭发出喀啦声:"还有五秒,四,三,二,一。舞台安静。起动。开始!"

交响乐响起。

舞台上,唯一的聚光灯照亮慢慢展开的达利斯巨幅画像。

第一个出场与观众见面的，是穿扮成正直先生[1]的斯特凡纳·克劳斯。观众为他鼓掌。等掌声平息后，他说："第一次见到达利斯的时候，我对他说：'逗我笑，给您三分钟时间。'然后我按下秒表。他让我在56.2秒的时候笑了出来。现在，他不在了，他的魔法仍存。我敢说，二十年后，达利斯还能逗乐我。在之后的几个世纪里，他仍将给数百万人带来欢笑。"

掌声响起。

"达利斯是不朽的。永远活在我们心里。我非常了解他，我可以对你们说，在那个滑稽小丑背后，是个了不起的人物。文化素养高，慷慨无私，勇气过人。也许正因如此，我们不仅称他为独眼巨人，更称他为'伟人达利斯'。"

喝彩声再次响起。

之后斯特凡纳·克劳斯宣读了致敬表演的节目单，以及演出人员名单。这些喜剧演员，将穿着和达利斯一样的粉色衣服，表演他的短剧。

音乐再起，幕布拉开，菲利克斯·沙达姆第一个表演。他身旁有十来个女郎，她们也扮成粉色小丑的样子。

他模仿他导师的声音说："大家好，我的朋友们。我是达利斯的灵魂，我在菲利克斯身上……复活了。很荣幸看到你们为我的死而来，比生前看我演出的人还多……"

观众反响热烈。

周围的其他小丑似乎松了口气。第一个伞兵成功跳下。他们一出场，观众就开始笑。接下来上场的就会轻松一些。

"我讨厌模仿者。他们剽窃别人的声音。"一个演员说。"变

1 　正直先生，是法语原文 Monsieur Loyal 的字面翻译，指一个马戏团中的首领角色。

色龙,他们没有颜色,就拿别人的颜色。"

"对我来说,菲利克斯·沙达姆从来没逗笑过我。"

"听听他说的。他自以为是新达利斯呢。"

喜剧演员冷笑着。

卢克莱斯对这种敌意感到意外。

伊西多尔低声说:"我跟你说过的:喜剧演员对彼此是很残忍的。"

"所有职业都一样。同事不在的时候就说他坏话。您在《当代观察家》已经见识到了,一起吃饭时,他们总是把所有记者都臭骂一遍。"

"在喜剧演员中间,就更厉害了。尖酸刻薄正是他们职业本身的要求。"

卢克莱斯·奈姆赫德不知该怎么回答。

"好啦,狗头保镖不见了,我们走吧?"

他们想溜,可斯特凡纳·克劳斯来视察了。他们下意识地转过身去。

"2号。快点,准备。菲利克斯快结束了。再调整下妆容,站到候场区。一定要站在白色标记的地方。否则侧边的摄影机就拍不到你了。"

"他们按顺序出场。"伊西多尔悄悄说。"从现在到19号,我们还有时间想办法逃走。"

小丑们继续评论。

"还是老样子。还是在称颂达利斯。可谁都知道达利斯剽窃别人的剧本。"戴13号号码布的小丑说。

"后来,他都不用费力气去偷了。他的团队观看各种喜剧表演,窃取好的构思。都是超级大骗子,他们靠打手来让人帮他们干活。"15号补充道。

狗头粉衣保镖走回来，坐在面朝房间出口的椅子上。

2号小丑表演。

跟之前一样，其他喜剧演员在幕后评论起来。

"喔！一个失误，一个！"13号指出。

表演过程中，其他人在后台指手画脚。

"这儿，他口误了。"15号补充。

"这儿，他把结尾的台词忘了。都是大麻惹的祸，抽太多，记忆力都受影响了。"11号冷笑道。

"看，观众在笑点'烧煳的鸡'那儿没笑。这本该是高潮的。可怜的人，他弹尽粮绝了。"

几分钟后，小丑回到后台的同行之中。

"我表演的怎么样？"他急切地问道。

"棒极了！"13号小丑说。

"他们都为您倾倒。被您打动。"11号补充。

"观众们很配合。"15号接着说。

"真的，你们确定？我感觉有段时间有点乱套。"

"您过于追求完美了。"

3号准备，其他人给他鼓劲。

"加油。"

真让人吃惊。似乎每个人都认为只有别人会挨骂，而自己不会。

3号沐浴在投影机的灯光下。13号小丑盯着他看了几秒，然后对同伴说："照我说，不管怎么样，还是可卡因把达利斯杀死了。最后他吸太多了，以至于在台上都在抖。跟他说话时，都能看到他鼻孔里的粉末。"

"您看，"卢克莱斯低语，"关于他的死，我们得到了些信息。"

"我看到的，是我们很难脱身了。"

24号小丑补充说:"如果他被列为圣人,就是第一个被吊在可卡因上的圣人。"

所有人都哈哈大笑。

"就我个人而言,达利斯是我见过的最大恶人。"11号小丑接着说。

"而且很吝啬! 下馆子他从来不带钱包! 简直难以置信,这家伙住在城堡里,却不买单!"

"您说的真是代表了民意啊……他瞧不起工作人员。总是羞辱服务员。更别指望他会给小费。"

"想想他还创作过一个关于服务员的短剧,揭露顾客的吝啬呢! 这个世界真是颠倒了。"

又一阵冷笑。

"小心,'他的灵魂'在这儿呢!"

新一轮的笑声。

接下来的短剧非常成功。人们开始叫4号了。他走进一群参加演出的粉色小丑中间。

中场时,斯特凡纳·克劳斯说,独眼巨人不仅给人们带来欢笑,还通过他的喜剧学校和达利斯剧院提携新兴一代的喜剧演员。

人们在台上赞美他,在台下咒骂他,这种反差真是奇特。我不知还能做何感想。

"快,我觉得可以开溜了。"伊西多尔说。

可就当他们准备逃走的时候,7号小丑打了下年轻女记者的屁股。

"你看得高兴吗? 我急不可待地想看你登台了!"

卢克莱斯先是一惊,仔细看看那张藏在红鼻子和眼罩之下的面庞。

玛丽-昂热!!!

"你知道 19 号这对小丑要表演什么吗?"她问,语气里满是嘲讽。

卢克莱斯没说话。

"著名的短剧《我脱衣》,达利斯的。他们要一边说台词,一边跳脱衣舞。"

年轻女人攥紧拳头。伊西多尔低声道:"还不是引人注意的时候。"

"啊,你带着这位高大的先生来了,他是你父亲,来帮你的?而你把我看成孤儿!棒极了,你总算找到了……"玛丽-昂热接着说。

卢克莱斯咬着嘴唇。

"你看,卢克莱斯,你让我失望的,就是缺乏幽默感。只有在四月一号那天,我才发现你确实挺滑稽的。今晚你会有更好的表现吗?"

这下卢克莱斯准备动手了,可伊西多尔很了解她,已经站到了她们中间。

就在这时,演出指挥喊道"7 号准备"。

"对不起,朋友们,我本想再聊聊的,可要上场了。"

伊西多尔侧向卢克莱斯。

"我警告您,下次我再看到您失控,就不管您了。我没时间浪费在一个不知道自控的野蛮人身上,一旦有人拿块红布抖一抖就会冲上去,像只动物一样。赶快,开溜!"

他们还没走远,狗头保镖就又回来了。他们只得再等等。

候场的其他小丑继续评头论足。

"玛丽-昂热·贾科梅蒂,好像她和达利斯上过床。"11 号小丑说。

"对,不仅如此,她还和达利斯的兄弟睡过。也许还有他的保镖!"

又笑起来。

"我,我觉得达利斯是个了不起的人物,"9号小丑说,"我是个女人,他不仅帮了我,而且对我非常尊重。"

"这很正常。因为准确说来,您不是像玛丽-昂热那样的妖艳美女。您天生只能演费里尼的电影,而不是蒂姆·伯顿的。"

笑声。

"无论如何,达利斯是个真正的明星。你们不过是嫉妒。如果没有这次追悼他的晚会,你们可能一辈子都不会走进奥林匹亚剧院的大门!"

吐出这句话后,9号小丑在同行面前让步了。这些人不过是为了克服怯场情绪而进行发泄。

我不喜欢随声附和。我不喜欢滥用私刑。

年轻的女记者盯着监视屏,盼着她寄宿学校的老同学演砸。可也许是想给她看看自己的厉害,年轻的女喜剧演员超常发挥,笑声如狂风暴雨般。

这时喇叭宣布道:"计划有变。现在19号组合代替8号,请准备,到你们了。"

伊西多尔和卢克莱斯手脚发抖。保镖没有走开,正在和消防员弗兰克·丹贝斯蒂说话。

该死,我们跑不掉了。就像落入圈套的老鼠。

"只有一个问题,卢克莱斯:我跟您来是因为这是您的直觉,可您告诉我……呃……一旦我们上台了,究竟该做什么?"

她看了看递给他们的那张写有台词的纸,可找不到中心思想,没办法20秒内记住它。伊西多尔的脑门上闪着汗水。

已经有人过来找他们了。助手把他们领到后台某处,在那儿可以看到玛丽-昂热正在说她最后一个笑话。笑声最后一次应时响起,之后是持续不断的掌声。

幕布拉上。玛丽-昂热返回后台,跟19号组合打了个招呼。

然后她从舞台左侧下场,坐到观众席第一排。舞台已被重新照亮,斯特凡纳·克劳斯出现,用话筒喀啦喀啦地说:

"现在是国际表演。一对夫妇专程从魁北克赶来:戴维和瓦内萨·比托诺夫斯基!他们将为我们表演短剧《脱衣舞》,我预告下,将会非常'特别'。"

助手让他们上前几步,站到有白色标记的地方。

"你们很幸运,现在场子都热起来了。"

卢克莱斯和伊西多尔在舞台中央的红色丝绒幕布前候场。

奇怪,这一刻让我想起另一个在记忆深处的、很久以前的时刻。

红色丝绒幕布徐徐拉开。

这个很久以前的时刻是……我出生的那一刻。

很久以前的一天,我有个妈妈,我在她身体里面。

很久以前的一天。在一片漆黑中,红色内壁拉开,我暴露在光线之下。

然后就是那些目光。几个人在看我,期待我做些什么。

奥林匹亚的厚重红色幕布拉开,两名记者面向几乎座无虚席的观众,几百双眼睛注视着他们。

在让人目眩的投影机后面,卢克莱斯看到了电视摄像机,这一盛事将会在法国和法语国家地区的数百万人中现场直播。

她感到脖子上淌着冷汗。她在第一排看到了文化部部长,陪同他的,是各色政界要人。中间是一些著名演员,包括之前七个小丑。

他们看起来和蔼可亲。

她看到玛丽-昂热在向她眨眼。

右边一点，是一些政客和记者，其中有克里斯蒂娜·泰纳蒂耶，她穿着晚礼服，带着串像听诊器一样的项链。

在我出生的时候，有些事不对头。

所有眼睛看着我，期待我做些什么。

而我没有做。

她右边的伊西多尔，似乎也在手脚发抖。

他嘴角挂着微笑，通过心灵感应，只问了她一个问题。

现在，我亲爱的卢克莱斯，我们究竟该做什么？

108

三个人在一位共同朋友的葬礼上相遇。他们站在死者面前，琢磨着此时如果自己是死者，躺在还打开着的棺材深处，会希望听到别人怎么评价自己。

"我，"第一个人说，"我想听到别人说我在家里是个好父亲，一直照顾我的孩子，是个好丈夫，总是能满足家人的需要。"

"我，"第二个人说，"我想听人说我是个优秀的老师，教会了学生努力学习。"

"我，"最后一个人看着棺材说，"我想听到人们说：'哦，看！他动了！'"

——节选自达利斯·沃兹尼亚克的幽默短剧

《悬崖边的遗愿》

109

"开始。"助手在后台说。

卢克莱斯·奈姆赫德和伊西多尔·卡森博格依旧一动不动。就像被车灯弄得目眩眼花的兔子,卡车就要把它们轧个粉碎。

伊西多尔很可能要怪我了,可是我感到这里的某些东西,对接下来的调查有决定性意义,而这些东西,只有在体验了"笑星"在台上的经历后,才能理解。

她还是眼睛一动不动,眼皮都不眨一下。

我出生的时候也是这样,他们看着我,期待我做什么,但我没做,他们焦虑不安……

她看着那一双双眼睛,盯着她,像箭一样刺穿她。

我死了。

不,死了更好。不会有什么后果。很少有尸体是滑稽的。它至少还是让人可怜、让人尊敬的。这里有数百人,还有数百万电视观众,他们正在想:"为了把我们逗乐,她在等什么?"

我不复存在。

这么多双眼睛看着我,只会让我觉得自己一无是处。这是我经受过的最讨厌的感觉。

说到底,甚至连玛丽-昂热的四月一号那次,我也只是在那些满脸痘的少年面前出丑。

可现在,有好几千人,或者说是,好几百万人……

我死了。

现在会发生什么?

我想动却动不了。

慢慢呼吸,让心脏继续跳动。咽口水。

是什么让我来到这里？

泰纳蒂耶在第一排。

玛丽-昂热盯着我。

整个一生不过是个巨大的阴谋，要把我引至此刻，让我打破所有的不幸纪录。

我感觉自己从内心崩溃了。心中的黑洞正吞噬着我的肉体和精神。

这是我的末日。

我唯一的安慰是，并不只有我处在这恐怖的状况里。

我有个难友。还有一段共同的可怖经历。

现在，会发生什么？

不安也在观众席蔓延开来。

一些人开始不耐烦了。

可台上的两个小丑，一个又高又壮，一个又瘦又小，还是闭着嘴，一动不动。

在医院大厅里，我出生的那天，我的亲生母亲一定觉得我很平庸，活该被抽耳光，她很沮丧，因为孩子不能生下来就被罚。

可我该受惩罚。

用打屁股来教我礼貌：一生下来，就要说"你好，谢谢，请"。

你好宇宙。

感谢生命。

感谢孕育我的父母。

感谢母亲十月怀胎。我把她曼妙性感的身材变成了可笑的米其林轮胎人。

感谢母亲忍受了晕眩，昏迷，大腹便便，都是我的错。

谢谢助产士和产科医生，成功把我从黏糊糊的肚子里取出来。可我却是削肩膀，大脑袋，膝盖和胳膊都没安好，仿佛是脱臼的木偶。

感谢母亲,承受了孕育我的痛楚。

可我这个孩子却忘恩负义,什么都没说。

可能正因如此,后来她把我遗弃了。我父亲可能也在那儿,他是那些人中的一员,观察着我,期待我做些什么,然后就对我失望了,因为我什么都没做。

观众席,后台,摄影机后,舞台上,不安蔓延开来吞噬了一切。无可缓和。鸦雀无声,五秒,十秒,二十秒。每一秒似乎都有好几分钟那么漫长。

"你们在等什么?说台词,脱衣服!"助手提示道,慌乱至极。

可两名扮成小丑的记者仍旧四肢麻痹。

我出生的时候,他们在等什么?他们在等什么?我忘了做什么?为什么我一出生就让所有人失望?

几分钟变成了几小时。

所有这些审判的目光,对我失望的目光……

现在,脖子上的汗流汇聚成河。

我明白了为什么演员上台表演的酬劳那么高了。这是种难以忍受的考验。所有这些贪婪的眼睛……不能把他们逗乐的恐惧,太残忍了。

达利斯·沃兹尼亚克,他也应该经历过这种畏怯。因此他要用毒品、暴力和冷酷来作为补偿。

几小时变成了几年。从她出生,直到上台面对奥林匹亚的观众,一幕幕像幻灯片般在她脑海中浮现。有助产士失望的脸,玛丽-昂热嘲笑的脸,没认出她来的泰纳蒂耶疑惑的脸,照相机镜头上的黑色光圈,上面还安有红色二极管,想象中父母气恼的脸。突然有人有了主意。这个人戴着白色面具。用脚踢她,把她撂倒,打她屁股。

就该这么对待那些淘气的婴儿，没有礼貌，该做的不做。

就该一直这么对待我，因为我是个让人失望的存在。

正因如此，我父母遗弃了我。

他们打她屁股，这是她应得的。她疼得厉害，可只有这样她才能活下来，才能被他人接受。

突然，卢克莱斯开始放声嚎叫，叫声在整个奥林匹亚大厅中回荡。

伊西多尔依旧一动不动。

卢克莱斯·奈姆赫德的喊叫持久不息。

观众的不安达到顶点，就像一片越来越厚的乌云。然后，其中有人笑了起来。

也许这原始的嚎叫让他想起了自己出生时的哭喊，他开始狂笑，观众席一片沉默。

于是，台上的男人，高大壮实，一动不动，一言不发，两眼发直。他旁边的女人，小小个子，年纪轻轻，放声嚎叫。台下，有个观众狂笑不止。

这三个人的混合效果让观众们起了反应。摄像机给了卢克莱斯一个特写。

随后，这片乌云似乎骤然裂开，另外两个人扑哧笑起来，笑声回荡在观众席中。

第一排的几个人开始发出小声的神经质的笑，就像马跺着脚等待撒欢的信号。

很快，有二十多个人实在受不了了，笑出声来。

笑声的雨点登时意外降临。

接下来的几秒钟，大家都在笑。观众因为自己毫无理由地笑而笑，而两个小丑一动不动站在台上，一个呆若木鸡，另一个一直在嚎，上气不接下气。

我不知道是什么打动了我。

我不知道是什么打动了他们。

观众的笑在加强，在膨胀。

她知道，助手在幕后骂他们，但她不再注意。

卢克莱斯看到第一排的那些笑脸。几个人对他们指指点点，似乎是在让他的邻座证明这一荒唐的场景。

他们笑得真难看，脸都扭曲了，就像熔化的塑料。

嚎叫在持续。笑声亦然。

时间定格。

她面前的观众笑个不停，就连摄像师都在笑，还摘下眼镜擦眼泪。

她没气了，闭上嘴。观众亦然。

她抽了一下，呜咽起来。

这次成功了。所有人都起立为这震撼的表演鼓掌。

这就是从我出生起，全世界宙所期待的，期待着我嚎叫，期待着我哭泣。

正因如此，我让周围的人失望了：我忘了在他们面前嚎叫，哭泣。我偷偷嚎过哭过，可从不在他人面前。

正因如此，全世界都认为我"冷酷无情"。

出生那天，我只是呼吸，为了活下去。之后我延续这一"习惯"：呼吸，为了活下来。但我没有哭喊，而这喜悦的哭喊，正是所有人在开始生命的伟大冒险时都会发出的。

这是新生儿的"谢谢"。

婴儿的呼喊，是对生的喜悦。

这哭喊是想说："很高兴来到这里，很高兴活着，很高兴有你们做父母。"

现在我喊出来了，所有人都感受到了，这就是为什么他们会开怀，这就是为什么他们会笑。

一些人还在笑。

伊西多尔一动不动。卢克莱斯流下泪来，泪水夺眶而出。

最终，红色丝绒幕布从他们面前滑过，就像两面巨大的盾牌。

他们听到不息的掌声。

先前慌张的助手，现在对他们做出恭喜的手势。

我们成功了。我们还是成功了！干得漂亮！逗笑一群人！我做到了！

正直先生斯特凡纳·克劳斯走上台，站在红色丝绒幕布前。他对过了会儿才安静下来的观众说："嗯……嗯……对，幽默有时就是沉默。就像莫扎特那样，达利斯短剧之后的沉默，仍然是达利斯表演的一部分。然而这种沉默还不够，瓦内萨加上了她的个人色彩。这是对我们的朋友达利斯之死的痛苦喊叫和哭泣。"

掌声再次响起。

"感谢他们重新演绎了这出名为《脱衣舞》的短剧。摒弃所有把戏，仅仅是简单的嚎叫，多么朴实无华，不是吗？以上是戴维和瓦内萨的表演，您之前从没见过他们，这很正常，就像我之前跟您说的，他们两个是魁北克的喜剧演员，为纪念达利斯特地赶来。再次对他们报以热烈掌声。"

巨大而热烈的欢呼。

伊西多尔和卢克莱斯仍旧一动不动，似乎在回味那恐怖的一刻。他们的心脏剧烈跳动，许久才找回正常节奏。

卢克莱斯抓起伊西多尔的手，紧紧攥着。

"我以为我要死了。"他只说。

在我看来，他仿佛重生了。

"美国笑星安迪·考夫曼在 20 世纪 70 年代就已经这么试验过：一分钟的完全沉默，没有任何言语和动作。他成功了。在刚才的情形下,这是唯一可以采取的策略。"伊西多尔述说着,仍旧有些呆滞,仿佛在梦中。

"别马后炮引经据典了。我们吓呆了。什么也没做。我喊是因为……"

因为我当时在回想自己的第一次失败,而这一失败导致了我其他的失败。

"因为?"

"……因为这种等待让人难以忍受。"

他们决定回到后台观看接下来的演出。

其他喜剧演员看着他们,眼中是恐惧和怀疑。

我一定不能问他们对我们表演的看法。

他们坐下看着监控屏幕。

斯特凡纳·克劳斯重新上台,宣布有位意外来宾,大名鼎鼎。

"这是位朋友,同行,更是位伟大的制片人,就是独眼巨人的哥哥:塔德斯·沃兹尼亚克!"

塔德斯出场了,穿着粉色西服,打着蝴蝶结。他在右眼前伸出三个指头,向观众问好。

他和克劳斯握手。热烈拥抱。

"我亲爱的斯特凡纳,我能叫你斯特夫吗? 好吧,斯特夫,我知道达利斯有多感激你,你对他有多大的恩情。这次悼念晚会,这个剧场,他所有的朋友和崇拜者都齐聚一堂,他天上有知,一定非常高兴。"

"谢谢,塔德。你真是个了不起的人。"

"不用谢,斯特夫。你知道,我弟弟去世的当晚,我也在这儿,在奥林匹亚,在第一排,我想起了他最后的一部短剧。今天我想给你们读一下。"

塔德斯·沃兹尼亚克打开一张纸读起来,在最后一句话上,他加重吐字。

"他爆发出……笑声……然后……他……死了。"

观众起立鼓掌。

伊西多尔拿起一块毛巾擦脸。他给他的女同伴也递了条。

她淡淡地说:"等下,我想上厕所。"

卢克莱斯推开带着女性标志的门。有两个隔间。她扭了扭第一间的把手,锁着。第二间也锁着。

倒霉事全齐了,我感觉要憋不住了。

她不停敲门,催里面的人赶快出来。一个声音让她耐心等待。

她用冷水泼脸。跟水的接触难得让她感到如此舒服。

如果我出生在游泳池里,我不会哭也不会叫。我只会游泳。也许正因如此,当我看到伊西多尔和他的海豚游泳时,会那么快活。我该再买条雷维雅丹了。

可突然的一声让她跳了起来。

旁边休息室里,一个男人放声大笑。

一种预感涌上卢克莱斯心头,她冲出卫生间,顺着声源找过去,来到了塔德斯·沃兹尼亚克的休息室前。

伊西多尔·卡森博格过来找她,身后还跟着消防员弗兰克·丹贝斯蒂。

他们凑过去,听到塔德斯越笑越厉害。卢克莱斯试着把门撞破。撞不开。她开始用脚踹。

屋内,笑声变成了垂死的呼喊。突然一声跌倒。一些人跑过来看热闹。

消防员拿出一套钥匙来开门。可一紧张慌乱,找不到是哪根了。

卢克莱斯没有等消防员开门,而是察觉到了什么。她冲进一百多人的粉丝队伍里,他们刚得到塔德斯的签名。卢克莱斯一点点拨开人流往出口走。伊西多尔明白了她的意思,跟着她过去。

"在那儿!"她说,"他在那儿!"

她跑起来。那人在视线中消失,卢克莱斯停了下来。伊西多尔跟上来。

"我看到他了。是悲伤小丑!"

她调整呼吸。忽然在远处重新看到了他。

"那儿!"

"喂! 站住!"

悲伤小丑调转方向,跑得更快了。

"抓住他! 抓住他!"卢克莱斯喊道。

可是粉丝大军挡住了他们。

悲伤小丑消失在楼梯理,他打开一扇门,走到上面一层。两名记者跟着他往上爬,发现来到了舞台上方的圆拱里,距舞台大概十米高。

这样他们可以清楚地看到逃犯。

下面,观众在观看 13 号小丑表演的新短剧。

"站住!"卢克莱斯追过去。

悲伤小丑抓起一根粗绳,落到舞台正中间。13 号小丑和他的演员被打断了,十分惊讶。

悲伤小丑跪下来,在右眼前伸出三个手指。

观众立刻明白这是个笑点,开始鼓掌。

卢克莱斯和伊西多尔也沿着同样路径来到舞台中央。观众认出他们,尖叫道:

"戴维! 瓦内萨!

他们在右眼前做出同样的手势。

他们也跪了下来,掌声更加热烈。

卢克莱斯和伊西多尔因此证明了亨利·柏格森的定律:重复可以让幽默更好发挥作用。

当所有人被悲伤小丑搞得晕头转向时,他已经来到出口冲到马路上。

两名记者看到他跨上一辆摩托,风一般开走了。

他们找到边斗摩托,追赶悲伤小丑的摩托。

他们先扫看了下意大利大道,是双行道。就往单行道的鱼市大街开去。

摩托车没有迟疑开往反方向街道上去,钻进迎面向它冲来的汽车中。

可边斗摩托不能这么做。卢克莱斯惊险地避开一辆卡车,擦过一辆轿车和一个愤怒的行人,然后又差点迎头撞上一辆公交车,他们只得放弃追捕。

"现在我们怎么办,卢克莱斯?"

"您怎么办我不知道,我呢,要赶快找个厕所。"

110

这是个靠旅游业为生的村庄。可经济危机导致游客数量减少。

几个月过去了,所有人都对村庄的经济前景越来越悲观。

总算来了位游客入住旅馆。

他用一张一百欧元的纸币付款。

游客还没走进房间,旅馆老板就带着钱跑到肉店老板那儿,他正好欠肉店老板一百欧。

肉店老板立即带着这张纸币去找给他供应肉类的农民。

而农民则赶忙去还欠妓女的钱,她曾经陪他度过惬意的时光。

妓女系上腰带来到旅馆,把钱还给给她赊过账的旅馆老板。

她刚把一百欧元的纸币放到前台,游客就走过来对旅馆老板说,房间他不喜欢,不想住了,拿起钱走了。

什么钱也没花,既不赚,也不赔。

尽管如此,可村里什么人都不再欠债了。我们不正是这样在解决国际危机吗?

——节选自达利斯·沃兹尼亚克的幽默短剧

《基础政治分析》

第三幕
"因笑而死"

111

《幽默界再遭致命一击》

《悼念达利斯之后，独眼巨人的兄长倒下》

《塔德斯·沃兹尼亚克死于和弟弟相似的情形下》

这是第二天报纸上的文章。

这一事件也是 13 点电视新闻的开场白。

"奥林匹亚处于巨大不安中。达利斯悼念晚会之后，巨星的亲哥哥，塔德斯·沃兹尼亚克，昨晚独自在休息室内死于心脏病发作。让我们跟随本台特派记者来到事发现场。"

接下来是塔德斯休息室的画面，地上用粉笔标出尸体的位置。

"是的，热罗姆，塔德斯的死让人震惊，和他的名人弟弟达利斯死在同一地点，同一休息室。关于这桩奇特的死亡，在我旁边的是巴黎犯罪学研究中心法医，帕特里克·博文博士。那么，博文博士，该如何解释这第二例既没有伤痕也没有先兆的死亡呢？"

画面拉大，杰出的科学家露面。

"在调查现阶段，我们显然不能下结论。塔德斯·沃兹尼亚克独自在化妆间里，化妆间是从里面反锁的。他突然心脏病发作猝死。鉴于他死时保持微笑，应该没有受罪。"

"博文博士，您觉得这和某种家族心脏畸形有关吗？"

"这是假设之一。达利斯和塔德斯都活在亢奋状态下。据周围人说，他抽烟酗酒，很少睡觉。公开演出是对身体和精神双重考验。我认为兄弟俩可能都是心脏衰弱。尸体解剖会让我们做出进一步判断。"

"谢谢博文博士。"

主持人重新出现说："共和国总统已经向沃兹尼亚克家族发去唁电。塔德斯·沃兹尼亚克的葬礼将于星期三 11 时在蒙马特尔的家族墓地举行。"

112

"'沃兹尼亚克家族，厄运又来敲门'加个惊叹号。要不就来个省略号。这个标题你们觉得怎么样？"克里斯蒂娜·泰纳蒂耶问。

"妙，妙得很。"几个声音应道。

"你们喜欢一点儿也不意外。这题目是头儿想出来的。好也白搭。你们知道为什么白搭吗？因为这个标题这两家日报都用过了。也许你们顾不上看报？好吧……要找个比它更好的！"

社会版主编掏出根牙签剔起来。这些小动作让人不舒服，可她似乎就是乐在其中。这是种证明她的方式，她想干什么就干什么，没人敢有半句指责。

在场的二十来名记者假装在不停地写或看。

"幽默兄弟被幽了一命？"马克西姆·沃伊哈提议，他总是很起劲。

"不错。谁还有更好的？"

"奥林匹亚连环案？"

"像意大利式西部片。还有吗？"

"沃兹尼亚克大厦崩塌记？"

"这次像出自爱伦·坡之手了。还有吗？没了？我们又要落在对手后面了。真想不到在他死前几分钟我还见过他呢！是，没错，有人老是指责我从不去现场，现在我告诉你们，那晚我在场，惨剧就在我眼前发生。如果你们愿意，我还可以作为目击者，让你们来采访我。卢克莱斯呢？达利斯之死的调查是她负责的，不是吗？难得有一次能让她发挥点作用了，她恰恰又不在！谁知道她最近在干吗？"

几个记者摇摇头，很庆幸没撞到上司的枪口上。

"弗洛朗！您是她最好的朋友。您总是护着的那个小宝贝，您知道她到哪儿去了吗？"

他努努嘴表示一无所知。

"好，这下过头了。明天我就开除她。"

门开了。卢克莱斯突然出现，冲到位子上，撩了撩头发坐下来。

"原谅我，来晚了。"

"不，不应该说'原谅我'，这是一种命令。而应该说'您可以原谅我吗？'，这是一种请求。好吧，希望你的调查能给我们带来点猛料，奈姆赫德小姐。"

年轻女人脱下外套，露出的又是那身中国样式的衣服，是丝质的，上面绣着大象。这次是紫黑色搭配的。

"塔德斯的死是谋杀。"年轻的女科学记者宣布。

克里斯蒂娜·泰纳蒂耶两腿跷在桌上，露出靴子底。

"这个我们知道，是您的假设，可目前，您还没怎么说服我们。而尸体解剖倒是证明……是心脏病突发。"

"塔德斯跟达利斯的被杀一模一样。凶手用了同样的作案手法。同样的武器。在同样的地点。在同样的情景下。"

"那您认为这个'神秘武器'是什么呢？"

卢克莱斯·奈姆赫德吸了口气，仿佛懒得再重复同样的话。

"一段话。读了这段话，就会死。"

"怎么死的？"

"……笑死。"

反应过来后，编辑部里发出笑声。

"是您让我们笑死了,奈姆赫德小姐。我觉得您没什么经验,分不清胡说八道和可能的假设。"

年轻女人没答话。奥林匹亚的经历让她学会了沉默的力量。只是盯着她的上司。

这让气氛紧张起来,社会版主编不得不打破沉默:"好吧,奈姆赫德小姐,您让我想到了瓦内萨和戴维,您知道吧,奥林匹亚的沉默小丑!"

那些在电视上收看了悼念晚会的人笑着表示赞同。

现在反抗还为时过早。

暂时运用法则:"为统治而屈服。"

假装跟他们一样,假装赏识他们。否则我就会像伊西多尔那样,独处象牙塔。

他也给了我一个忠告:"和傻瓜对话的方式的唯一方式就是傻夸。当你傻夸傻瓜的时候,他就会觉得您理解他,就会立马喜欢上您。"

"我还是要谢谢您,克里斯蒂娜。"卢克莱斯说。"多亏了您给我的调查经费和信任,我才得以找到一些有价值的线索。我想您的直觉还是不错的。"

卢克莱斯拿出蓝色盒子,上面印"B.Q.T."三个烫金字母和"绝对不要读"。

还有那张小小的相纸。

"啊,这个? 您已经给我看过了。"她提醒道,并不感兴趣。

"上次我给您看的盒子是我在达利斯化妆间找到的。可这个,是消防员在塔德斯的化妆间发现的。"

她拿出另一个相似的盒子。

"您有道理,克里斯蒂娜。凶手是用这些东西杀人的。"

"有指纹吗?"弗洛朗·佩尔格里尼问。

"因为这个我才来迟了。我刚从刑侦实验室回来。没有任何指纹。可无论如何，我见过凶手，他戴着手套。"

她递上鉴定书。

"您还见过凶手?"泰纳蒂耶惊讶道。

"当然。"

"很好，那他是谁?"她问，语气里满是嘲讽。

年轻女记者拿出得到的照片，从上面可以把那张脸看得更清楚些。

"戴着红色大鼻子，化了妆，还有假发和帽子。显然认不出他是谁了。"主编咕哝道。

"我们差点就抓住他了，可被一辆公交车……拦住了。"

编辑部再次响起冷笑。

"您知道您想让我们相信什么吗，奈姆赫德小姐?"

泰纳蒂耶摸摸外套，找出一根雪茄，闻了闻，用小铡刀削掉了雪茄的脑袋，点上火，吐出几口怀疑的烟雾。

"至少我的假设把两起死亡联系起来了，其他记者可没这样想。"卢克莱斯坚持。

"都是废话。盒子，黑纸，看不出长什么模样的小丑，无法证实的离奇理论。总之，您肚子里完全没什么货来写一篇名副其实的文章。是幻想小说，但不是严肃的报道。"

"两起相似的死亡，同一地点，同样的情景，通过……"

克里斯蒂娜·泰纳蒂耶一下子站起来，手掌拍着桌子。

"……心脏病发作。这也证实了他们的家族病史。我可怜的卢克莱斯，我决定，从现在起，您被正式解雇了。您被解雇的原因很简单，因为您不过是个……"

"……工作出色的记者。"

说这话的人已经走进房间。

主编从头到脚打量他。

"呦,好久不见。伊西多尔·卡森博格?您在这干什么?这个编辑部不欢迎您。您再也不能做什么了。这是例会,又没请您来。给我滚开!"

男记者没有照做,而是找了张空着的灰褐色大皮椅坐下来。

"如果您想搞定这件事,还是会需要我们的帮助的。我的和奈姆赫德小姐的。"

"没人需要您,伊西多尔。在哪儿,您都会引起一致的反感。也正因如此,您才会被解雇。就像现在要解雇这个傲慢无能的小女孩一样。"

"您不会的。"

"我不需要听您指挥,我可怜的伊西多尔。您不过是个失败的记者。请您离开,要不我只好叫保安了。"

他并没有动。

"三天以后,我们会给您找出杀死沃兹尼亚克两兄弟的凶手、武器及作案动机。我和卢克莱斯的调查已经大有进展。就要找到谜底了。您跟我一样清楚,没有哪家报纸曾派出过记者调查犯罪线索。如果您想'最终'在沃兹尼亚克事件上发出真正的独家新闻,就要冒险相信我们。相信我。也相信卢克莱斯。"

没人回应。而伊西多尔继续平静地说:"而且我知道,杂志社的境况还没好到可以仅仅为了骄傲而放弃这一尝试。说到底,我不认为头儿会认同您这种过于'个人化的'反应。"

最好的防御就是进攻。他大举压上了。

克里斯蒂娜·泰纳蒂耶吸了口雪茄,似乎想从尼古丁中找到救兵。其他记者仍旧只是在一旁窃窃私语。

伊西多尔掏出一根甘草味无糖棒棒糖,慢慢拆开,使劲儿吮起来,目光并没有离开泰纳蒂耶。她犹豫了下,然后掐灭雪茄。

"目前你们找到什么了?"

"有来有往嘛:1. 重新雇奈姆赫德小姐。2. 再给我们提供一笔调查经费。我们已经有了些开支。我估计要3 000欧元。3. 有麻烦得罩着我们。我希望所有这些可以写下来,签名,注明日期。"

泰纳蒂耶重新点了支雪茄。

她权衡利弊。用眼神征求其他人的意见。弗洛朗·佩尔格里尼示意她接受。

"你们有三天时间。一天也不能多。"

"很好。来,卢克莱斯,我们去工作了。"

他牵起年轻女人的手,带她走出这片他认为污浊不堪的空间。

"我不喜欢您,伊西多尔。"泰纳蒂耶喊道,"我一点儿也不喜欢您,您的举止、声音、行为,都不喜欢。"

他停下来,好不容易才转过身来:"我也不喜欢您,克里斯蒂娜。"

"无论如何,要知道您永远不可能重新回到这个编辑部。"

"我可没这种奢望。我永远不会喜欢监狱和狱卒的。自从我离开杂志社,我睡得很香。我的良心不再折磨我。"

周围人小声议论起来。

这个家伙让我越来越喜欢了。

克里斯蒂娜·泰纳蒂耶掐灭才点燃的雪茄。

所有记者都发现,他们的上司第一次遇到了难对付的敌人。

正面较量失手了,她试图从旁路进攻:"还有个问题,伊西多尔:既然您个人什么都不索取,既不要名也不要钱,为什么要帮这个小姑娘呢?啊我知道了……您想泡她,不是吗?那么我再提个问题:为什么您要和这个小女孩纠缠不清呢?您去找个妓女,至少一清二楚嘛。嗨,既然我们在讨论幽默,我知道个很好的笑话。您知道付费爱情和免费爱情的区别在哪吗? 通常免费爱情更加昂贵。"

她因为这个笑话笑起来,其他记者也跟着她笑。

伊西多尔耸耸肩。

"卢克莱斯有您永远没有的东西,克里斯蒂娜……"

他看着她,然后不紧不慢地说:"……那就是记者的职业才能。"

113

一个流浪汉在阴沟洞边上重复着:"33,33,33。"

一个路人走过来问:"您为什么要一直说33?"

流浪汉把他推到阴沟里,说:"34,34,34……"

——节选自达利斯·沃兹尼亚克的幽默短剧
《我身后,任他洪水滔天》

114

卢克莱斯和弗洛朗·佩尔格里尼共用的办公室是开放式的。每人有一台大屏幕电脑,一部电话,一沓未读信件,一沓已读信件,还有一堆为文献资料的报纸。

大部分记者远远地看着他们,还在惊讶伊西多尔面对那个统治一切的女人时的大胆放肆。

伊西多尔打开电脑,新建了一个记事本文档。

"那么,"他说,"这场战争:一方是由达利斯·沃兹尼亚克领导的粉衣保镖……"

"……黑暗之道。"卢克莱斯补充。

"一方是特里斯坦·马尼厄尔的共济会幽默分部 GLH。"

"……光明之道。"

"还要加上第三方。悲伤小丑，目前他似乎是独立的。"

"……蓝色之道。因为他拿出的盒子总是蓝色的。"年轻女人建议道。"我越来越确信，这张脸，虽化了妆，却很面熟。"她自言自语。

"嗯……我也是，我感觉之前见过他，卢克莱斯。"

这时，弗洛朗·佩尔格里尼走过来。这位脸上布满深深皱纹，而又带着欢快酒窝的记者，看起来很高兴与他的老同事重逢。

"那么，到目前为止，和小姑娘的调查进行得怎么样了？"他漫不经心地问道。

"哦，还是老样子。"伊西多尔说。

"只有一个小细节。"卢克莱斯指出，"因为伊西多尔家被水淹了，而我家着了火，我俩只得住旅馆了。弗洛朗，今后如果你要找我们，就去蒙马特尔的未来旅馆，18 号房间。"

弗洛朗·佩尔格里尼记在本子上。

伊西多尔在搜索引擎谷歌上搜索"悲伤小丑"。

出现了一些小丑的面孔。每个都有编号和化妆师的名字。没有一个能和他们追踪的那个小丑对上的。

弗洛朗·佩尔格里尼把椅子滑到他们旁边。

"对了，我忘了，有你的信，卢克莱斯。你失踪了那么多天，你的办公桌都放不下了，我都放到箱子里了。"

"谢谢你，弗洛朗，等一下。"

她研究着那些"悲伤小丑"的脸，并没有分心。

老记者耸耸肩。

"那我帮你大概分拣下吧,管理信件是很重要的,要不就要被信件淹没了。"

他用一把军刀形状的长型裁纸刀把信封一个个拆开,之后又去拆包裹。

"等一下!"卢克莱斯喊道。

她指着一个漆成蓝色的盒子,弗洛朗刚把它从牛皮纸里拿出来。

她小心翼翼地拿起盒子,放到一个透明塑料袋里。

透过塑料袋,伊西多尔看到:"B.Q.T."和"绝对不要读"。牛皮纸上有印刷体的批注:"这就是你一直想知道的。"

"角度变了。猎人倒被猎物追捕了。"伊西多尔说。

"而且猎物还大干了一场。"卢克莱斯接道。

弗洛朗·佩尔格里尼显得很迷惑。他不明白。

"我们要不要看看里面是什么?"伊西多尔·卡森博格建议。

"您开玩笑吧?"

"没啊。卢克莱斯,别告诉我您真相信'能杀人的笑话'的传说?"

他想把塑料袋夺过去。她猛地一下拦住他。

"这个包裹是寄给我的,您不能碰!"她命令道。

她把塑料袋和其中神秘的物件都藏到了包里。

"无论如何,您忍不住的,卢克莱斯。好奇心会占上风的。让我打开它。我年纪更大,没有未来。如果我们两个中,有一个要因笑而死,那就应该是我,我想所有人都会这么认为的。"

她一副执拗的样子。

"好啦,奈姆赫德小姐。我们不再是在科学领域了,而是在……魔法领域。"

他不能像对付克里斯蒂娜那样对付我。我开始明白他打嘴仗的伎俩了。要顶住。

"好吧,要承认,这个东西那么奇特,很可能已经杀死了两个人了,我有充分的理由对它保持警惕。这是在执行'谨慎原则'。"她说。

他耸耸肩。

她把盒子又往包里塞了塞,并且用围巾盖起来。

"别坚持了,伊西多尔。不行的。"

"实际上我知道这段'魔法文字'是怎么起作用的。"伊西多尔说,"它靠信仰起作用。因为所有人都相信我们会'因为读一个笑话而笑死',所以当我们读它的时候,怎么说呢,就'错乱'了。可是我,因为我不相信,所以它不会对我怎么样。我的怀疑论天性将会让我免疫。"

"我累了。"她说,"我走了,您过来还是待在这儿?"

弗洛朗·佩尔格里尼没有插话。

他笑了笑,从抽屉里拿出一小瓶威士忌,喝了满满一杯,闭上眼睛感受个中滋味。然后把没开封的那摞信件放回箱子里,推到办公桌底下。

115

飞机上,乘客就座,等待飞行员起飞。不久,两个穿飞行员制服的人走进机舱。他们戴着墨镜。一个跟着导盲犬,另一个拿一根白色手杖探路。

他们通过过道,走进驾驶舱,关上门。不少乘客不安地笑了笑,然后大家你看看我,我看看你,表情由惊讶变为恐惧。

过了一会儿,引擎转动起来,飞机开始在跑道上加速。越开越快,好像永远不会起飞似的。乘客朝舷窗外一看,跑道已经到头了,飞机正径直冲向湖里。飞机还在加速,很多乘客明白了,起飞不了了,要一头掉进湖里了。机舱里满是恐慌的叫喊声。就在这时,飞机缓缓起飞,毫无问题。乘客们缓过神,笑起来,觉得自己很蠢,被这个恶作剧骗了。

几分钟后,大家都把这个插曲忘了。驾驶舱内,机长在仪表盘上摸索着,找到自动驾驶按钮,按下去。随后他对副驾驶说:"你知道我害怕什么吗,西尔万?"

"不知道,多米尼克。"另一个回答。

"如果哪天,他们叫得太迟了,我们就都得死了。"

——节选自达利斯·沃兹尼亚克的幽默短剧
《我们是微不足道的》

116

他们开着边斗摩托。

伊西多尔·卡森博格显得很平静,而卢克莱斯看起来怒气冲冲。她把包放在左肩上,这样坐在右边边斗里的同伴就够不到了。

既然不说话,她就放了首重摇滚乐,金属乐队的《其他事都无关紧要》。

能杀人的笑话 B.Q.T. 就在离我眼睛 25 厘米的地方,只有一个木盒子和一个皮袋子挡在中间。

到底是什么?

几个字母,几个单词,几句话,在一起,就能让人死?

她闯过红灯,汽车喇叭愤怒地齐鸣。她做了个下流手势,作为回应。

伊西多尔说得有理,不可能的。

这是魔术。

可是我感到还是不能读。

勒文布吕克教授称之为"潘多拉的盒子"？不能打开的盒子，否则地狱里各种的魔鬼都会跑出来。

她驶向最宽的那几条街。

伊西多尔总是说中，可这次，我觉得他搞错了。我的女性直觉比他强。

他们驶向巴黎环城公路。她超过卡车、小汽车和摩托车。

恰好道路畅通无阻，她就越过克里昂古尔门，又开始绕圈。

伊西多尔一点儿也不开心，他知道她是想用开车来思考。

一个笑话，从远古时期以来，读到的人都会死……还是难以置信。可是。

达利斯死了。

塔德斯死了。

我们追踪悲伤小丑又被悲伤小丑追踪，无意中得到了这个有毒的包裹。

卢克莱斯加速前进，没有意识到自动雷达已经飞快地拍下她。

想一想。结果是已知的。而原因却不确定。

勒文布吕克说了，各个时代的人不会为同样的东西笑。不同国家的人也不会为同样的东西笑。

B. Q. T. 超越了文化和年代。终极笑话？这不可能。不可能。可是……

他们最后还是来到了未来旅馆门前。走进大堂，伊西多尔又开始了："卢克莱斯，别耍孩子气了。我是个成年人，让我负起责任，我已经准备好冒生命危险了，我想知道 B. Q. T. 到底是什么。"

就在电梯关门前她走了进去,伊西多尔没赶上。他爬楼梯去追。她已经在 18 号房间里了。他走进来,从身后关上门。

"好吧,我承认,现在我中邪了。我就想知道这个该死的蓝盒子里是什么。"

"那我认为您还没有意识到我们手上的这个东西是什么。"

"就是纸上的几句话,又不是炸药。好啦,别孩子气了,卢克莱斯,把它给我。"

他试图把包夺过去,可她转来转去,他总是够不到。

"几个词,卢克莱斯,不过是几个词!"

"几个能杀人的词。达利斯和塔德斯都死了。"

"他们精神脆弱。"

"在我看来他们并不是傻瓜。"

"让我读,我要负起我的责任。"

"不行!"

"为什么?"

我太在乎你了,傻瓜。

他躺到床上,盯着天花板。

"我在想我们是否适合一起调查。我们探索真相的理念并不完全相同。"

"总有一天,您会感谢我救了你的命。"她针锋相对地回击。

"我宁愿知道了然后去死,也不想无知地活着。"

"这么说来,那我更想让您无知地活着。"

"不管怎样,您总会睡着的,到时我就把包偷过来。"

卢克莱斯·奈姆赫德来到房间保险箱边,把蓝色盒子迅速塞进去,然后用四位密码锁上。

他耸耸肩,似乎妥协了。

"我们玩三颗石子的游戏,用 B.Q.T. 打赌怎么样?"伊西多尔提议,"如果我赢了,您就把它给我。"

"不行。"卢克莱斯回答,毫不含糊。

"您把保险箱密码给我,作为交换,我吻你一下?"伊西多尔问。

就在这时,有人敲门。

117

一个人为马戏团的经理表演节目。

"经理先生,我要给您表演个非凡的节目。非凡! 您肯定会雇我的,肯定的……"

"啊,是吗? 您说非凡……给我解释下……"

"我爬上四十米高的地方,跳下去,在空中摆出天使的造型,做三次单脚原地旋转,然后结束动作是,螺旋落入地上的一个玻璃瓶里……"

经理不知该做何感想。

"这不够非凡吗? 如果您愿意的话,我可以蒙上眼睛给您表演……"

他犹豫了下。

"好吧,您很挑剔,正常! 我蒙住眼,手绑在背后表演!"

经理看起来还是半信半疑。

"那我用牙爬绳子,爬到四十米高的地方跳下去……雇了我吧! 我要吃饭,我有孩子……"

最后经理说:"如果您真能做到,我就雇你。不过,您能完成这么复杂的动作,肯定有什么秘诀……能偷偷告诉我,究竟是什么诀窍吗?"

"我的诀窍就是……"

喜剧演员凑过去在他耳边说：

"实际上，我在瓶颈上放了个漏斗。"

——节选自达利斯·沃兹尼亚克的幽默短剧

《我只是个小丑》

118

那个人又敲了下门，力道更大了些。

年轻的女记者把门打开，仍然插着安全栓。

"希望没有打扰您，奈姆赫德小姐······"

是斯特凡纳·克劳斯。

卢克莱斯打开门。这个瘦高男人的眼睛找寻着可以坐的地方，最后看上了床。

"我可以坐吗？"

"逗我笑，您有三分钟时间。"年轻女人说，模仿他的口头禅。"我没有沙漏，那就用手表的秒针计时了。开始。"

"《水浇园丁》。"第一个笑料是电影里的。[1]

"还有两分五十五秒。"

他转向已经站起来的伊西多尔。

"显然，我当场就认出你们了，瓦内萨和戴维。我的职业要求我必须善于记脸。就算脸上扑了粉，我还是能认出来的。"

他观察了下房间，只有一张床和伊西多尔，他装出才发觉他们是在一起的样子。

"我是来感谢你们的。"

1　《水浇园丁》是卢米埃兄弟拍摄的一部早期喜剧电影，片名如果直译的话是"被浇的浇水者"。

"哦,为什么?"

"在你们表演期间,收视率暴涨。沉默。您在我的办公室就表演过了,小姐。我没有意识到它在观众中产出的效果。您知道是谁第一个尝试这个的吗?"

"美国笑星安迪·考夫曼?"

"没错。您的喜剧文化素养很高嘛。他在座无虚席的观众面前表演,而你们,是在直播的电视机面前,真够胆啊。"

"还有一分五十秒。"她看着手表说。

"……还有之后返场的点子,追赶突然出现在拱顶的小丑!好有想象力啊。我都没想到,真是惭愧。要知道,所有人都以为是我出的主意,电视台的老板都来祝贺我。甚至连非法语国家的新闻节目也都来找我们订购这些'让人震惊'的片段。而'让人震惊'就是所有成功演出的关键词,你们起码可以称得上是'让人意外的'。"

"还有四十五秒。不要告诉我们,您来就是为了祝贺我们,让收视率上升的吧?"

制片人的脸一沉,变得严肃起来。

"我来是为了找 B.Q.T.。"他冷冰冰地说。

"您怎么知道在我们这儿呢?"卢克莱斯问。

"我也有我的消息源。"

"……也许是弗洛朗·佩尔格里尼吧。"伊西多尔猜道。

斯特凡纳·克劳斯点头。

"实际上,他是我巴黎政治学院的老同学。"

"弗洛朗?"卢克莱斯惊讶道。"可我还以为他是我的……朋友。"

"是,有这种朋友,连敌人都不需要了。"伊西多尔道。

"他知道我对你们的调查很感兴趣。他跟我说了您的小包裹以及里面的独特内容。"

"他还把旅馆地址给你了。"

"我过去帮了他很多忙。知恩图报，这很正常。"

制片人露出经纪人式的微笑。

"您说您甚至可以透过小丑的妆容辨别容貌。那么也许您可以帮我们找到寄这个礼物的人。"

卢克莱斯把悲伤小丑的图片显示在 iPhone 手机上，递给斯特凡纳。

"这是谁？"斯特凡纳·克劳斯问。

"就是他杀死了达利斯和塔德斯，可能也正是他把这个您如此渴望的魔法包裹寄给了我们。"

斯特凡纳·克劳斯显得很感兴趣。他从不同角度观察照片。

"不认识，很抱歉，我从没见过他。我想你们还没意识到你们究竟把什么拿走了。"

卢克莱斯没说话。

"这个'武器'落到外行人手里，会带来很大伤害。实际上，正如你们已经发现的那样，它已经造成了不少损失。把它给我。这是为你们好。"

"作为交换，你能给我们什么呢？"卢克莱斯问。

"……留你们性命。这还不够吗？这就好比我替你们拆除了定时炸弹。你们还是不要它更好，相信我。"

伊西多尔站起来，给自己倒了杯热水，说："您是 GLH 的成员，对吗，克劳斯先生？"

制片人启动他的自动笑机器。卢克莱斯明白，这是他争取时间的方法。

"好吧。您了解我们的小'俱乐部'吗，伊西多尔·卡森博格先生？"

伊西多尔一次次把茶包浸到水里。

"那么,条件很简单。您把我们带到 GLH 的最新藏身之处,告诉我们一切,关于你们是谁,是怎么运转的,然后我们就给你们……"

"……准确地说是'还'给我们。我提醒你们,它本来就是我们'俱乐部'的。"

"我们把你们的'定时炸弹''还'给你们,我们也不知道它是怎么落到我们手里的。"

斯特凡纳·克劳斯微笑着。

伊西多尔也向他投来微笑。

"好个伊卡洛斯[1]。我们已经离太阳太近了。太阳决定把我们的翅膀烧化,对吧?"

"的确。"

"您还没回答我们呢。接受交易吗?"

斯特凡纳·克劳斯重新审视他对面的这个人。

我们不可能把 B. Q. T. 给他们的。用什么交换呢?他们的神秘组织在外省某地的秘密藏身处?可我对他们的神秘组织没什么兴趣,我们在这边的调查进展得很顺利。除非……

我知道了。看来伊西多尔认为杀死达利斯的凶手不再是塔德斯了,而是 GLH 里的某个人。不应该在黑暗幽默阵营的中心再继续调查了,而是去光明幽默阵营的中心。

制片人还在微笑,可嘴角已经抽搐了。

"你们应该明白我们现在的处境。在我们'俱乐部'里,最近有一些……"

1　伊卡洛斯是希腊神话中人物。他用蜡将鸟翼粘在肩膀上,携父逃亡。但因为飞得太高,靠近太阳,翅膀上的蜡被太阳融化,落入爱琴海身亡。

"'老鼠'?"伊西多尔转过身问道。

"这是委婉的说法。"

"达利斯粉衣保镖的攻击,是吗?死了很多人。你们自然要加强防御。"卢克莱斯补充。

"换了别人也会如此。"

"于是你们决定更加封闭,加强警惕,采取一切防御措施,好让秘密组织存续下去。"

伊西多尔慢慢品着茶。

"那么您根本不打算接受我的要求,在您看来,这不过是记者的好奇心罢了。"

"没错。就是您说的这样。"

"可是……B.Q.T.在我们手里。而您想要。"

"可如果我从你们那儿强夺回来呢?"斯特凡纳·克劳斯问,突然从口袋中掏出手枪。

"这样跟我们谈判可不好,"卢克莱斯说,"我的朋友伊西多尔对暴力很反感。"

"没错。我始终认为这些器具可笑至极,有损对话的质量。相信我,将来在我的小说里,连弹弓、小折刀和童子军都不会出现。"

"我很欣赏您的镇静,卡森博格先生,但我认为您还没意识到后果。为了得到 B.Q.T.,我们已准备冒险。"

他给枪上膛。

"我们到了现在这个地步,再多死一两个人也不会有什么问题。好啦,蓝色小盒子在哪里?"

他把枪对准伊西多尔的太阳穴,伊西多尔仍翘着小指在品茶。

"我们可没幼稚到这个地步,克劳斯先生。我们把它藏起来了。离这儿很远。如果您把我们打死了，您就永远别想拿到它了。"

"您在吓唬我!"

"要冒险吗?"

制片人放下手枪，拿出手机发了条短信。收到回信后他又回了一条。就这样静静地来回了六条短信。斯特凡纳·克劳斯神情紧张。

"他们可以考虑你们的提议。不过安全措施肯定是必不可少的。"

伊西多尔喝了口绿茶。

"见我们必须要加入我们，"斯特凡纳·克劳斯接着说，"这条规矩不能改变。"

"这么说，达利斯加入你们了。谢谢告知。"伊西多尔说。

"要见您朋友的话，您是说，必须入教?"卢克莱斯更直接地问。

"这是必要条件。"

"但是如果我们入教了，我们还能退出吗?"卢克莱斯问。

"入教就要学新的东西。我们能忘了游泳或骑自行车吗? 我们能忘了甜味和咸味吗? 不能，一旦你们加入了，你们就不能退出了。你们学了新的东西，就成了我们的一员。我们是个'封闭俱乐部'。这是你们自己选的。但我并不强迫。你们可以把 B.Q. T.给我，然后我就怎么来的怎么走。"

他把枪放回口袋。

"为了解 GLH 而加入 GLH? 我感觉像是骗人的买卖。"卢克莱斯说。

斯特凡纳·克劳斯意识到已经掌握了主动权，换了个更舒服的姿势坐着。他再次开启自动笑机器，仿佛要把时间填满。

伊西多尔和卢克莱斯思索着。

"我们需要想一想,"伊西多尔说,"把手机号码留下来,回来给您打过去。"

"不必了,"卢克莱斯打断说,"成交。明天下午 4 点,在这里,旅馆楼下,不见不散。我们拿着 B.Q.T.,而您带我们去'俱乐部'的新址。"

"我发现您懂得当机立断。要知道我很欣赏这一点,奈姆赫德小姐。"

制片人起身走向门口。

"啊,再补充一点。穿暖和点。离这儿远着呢,有点儿冷。"

119

一个人在街上碰到了个老熟人。

"啊,你好!你这两个大箱子里装的是什么?"

"打开你就知道了。"

这个人打开其中一个行李箱,里面有只深色的大虫子,长长的触须,腿上带钩。

"这是什么虫子?"

"你看,这是只大螨虫。"

"那你另一只箱子里是什么?"

他打开第二个行李箱,里面是片厚厚的烟云。一个精灵跳出来对他说:"许个愿吧,我能满足你。"

这个人立即说:

"我想要十亿!"

他抬起头,看见天空打开,一个大家伙落在了地上。

是张台球桌。

"这是什么？你的精灵耳背吧？我要的是十亿，不是台球桌。[1]

而另一个人伤心地说："那我呢，你觉得我是要了只'大螨虫'[2]?"

——节选自达利斯·沃兹尼亚克的幽默短剧

《如你所愿》

120

情趣商店的售货员向她展示各种钢制手铐。蒙马特尔正巧靠近毕加尔区[3]，未来旅馆周围并不乏特殊商店。

"您不想要皮制的吗？有带粉色皮毛的或者用泡沫塑料加厚的，会更舒服些。"

年轻女人拒绝了她的提议，最终选定一副美国警用钢手铐，最贵也最结实。

之后的准备工作是买新鞋，她花了一个小时挑选，在售货员就快要疯了的时候，买下了最初试的那双。

接着她去了亚历桑德罗的理发店。

"啊呀啊呀，你的头发怎么了，卢克莱斯，毛鳞片全张开了，像朝鲜蓟一样！别说，让我猜猜，你刚被男朋友甩了，没猜错吧？"

"没错，猜对了。"

他牵起她的手。

"好啦，别伤心。失掉一个，找回十个。我的女顾客里，你是

1　法语中，十亿(milliard)和台球桌(billard)谐音，只是开头字母 m 和 b 的差别。

2　同上，法语中螨虫(mite)与男性生殖器(bitte)谐音，也是 m 和 b 的差别。这个笑话里的精灵，总是把 m 和 b 听错，所以闹了笑话。

3　毕加尔区是巴黎有名的红灯区，著名的红磨坊夜总会也位于此。

最漂亮的。我，如果我对女人感兴趣的话，一定会把你扑倒。"

"谢谢。"

他靠近些观察这位顾客的头发。

"呃。看起来更加糟糕。你在工作上碰到难题了。老板拒绝给你加薪？"

"是的。实际上，她干脆把我开除了。"

"啊对的，你跟我说过的，就是那个发型跟碗一样，头发染成红棕色的女人？"

"你在头发上的记忆力不错嘛。"

"好吧，我今天给你怎么做呢，卷成波浪，吹发或是全套？"

"呃……给我好好按摩按摩头皮，不过考虑到我将要被绑架，待在汽车后备厢里旅行，就不必弄得太复杂了。"

"你被绑架？在汽车后备厢里，嗯……你开玩笑呢吧？"

她拿出手铐。

"不过你别担心，我都料到了。这手铐牢固得很。"

他给她揉肩。

"在紧急情况下，我的心理学博士文凭就不够用了。"

"你学过心理学？"

"当然了。在大学学了七年。现在想当理发师，这是最起码的条件。不过现在你让我担心了，需要来点更厉害的。"

他请她到后堂去。

她发现是一间粉白相间的迷你小屋，里面有电影海报，瓷器，六十年代流行歌星的照片，还收藏着许多明信片和贝壳。

他请她坐在一张花饰丝绒椅上。

"哲学到此为止，现在是……塔罗牌时间。"

亚历桑德罗打开抽屉，拿出一套纸牌，牌边都磨破了。

"你先洗牌。然后切牌。再从中随便抽出第一张牌。"

她照做了。

"好了。这张牌代表你。"

卢克莱斯翻开牌。是个戴宽檐帽的男人,他正在用魔术杯和魔术棒变戏法。数字是1。

"街头卖艺者。你活在幻想中。别人眼中的你并非是你真正的样子。可你并不是骗子。你想改变。再抽一张。"

她抽出第二张牌。

"这张代表你的敌人,你真正要解决的问题。"

她翻开牌,是个大胡子老人,披着长长的斗篷,拿着手杖前进,照亮了黑暗。

"奥秘7。隐士。"

伊西多尔?

"隐士就是孤独。事实上你在思索着是否该结束单身生活。"

那么就不是伊西多尔了,是我……

"你在想是否存在这么一个人,愿意陪你走过人生路。这让你忧虑。抽第三张。"

她任手指自然伸向牌堆。

"现在让我们来看看是什么阻碍了你。"

她翻开牌,是个长着山羊头的人,他用狗绳牵着一男一女。数字是14。

"魔鬼。是原始冲动妨碍了你。性,占有欲,被占有欲,贪婪,愤怒,恐惧,好斗。你身上有只本能的猴子,为了满足一时冲动,不加思考就会行动。抽第四张,看看是什么在帮你。"

她翻开牌:教皇坐在椅子里。数字是3。

"教皇。一个比你年纪大的人跟着你。他看书或者写书。他也研究心理,但和你完全不同。他拥有王位,而你在流浪。他并没有活在幻想里。你们是互补的。这个人对你很有帮助。离开你的就是他?"

"不,他还没跟我在一起呢。不过本不该耽搁。我们早就该在一起了。"

"抽第五张,它会告诉我们一切会怎样结束。"

卢克莱斯·奈姆赫德翻开最后一张牌。

是个淘气的骷髅,正用镰刀砍从地里冒出来的脑袋和胳膊。牌上的数字是 13。

卢克莱斯忍不住打了个寒战。

"死?"

"是,死神。奥秘 13。不过别担心。"

"怎么?"

"呃……你的人生将会彻底改变。"

"我会死?"

"不,不会。你会改变。彻彻底底地改变。奥秘 13 是张重生之牌,因此它在一副牌的中间,要不它就是最后一张。看,有植物在生长。就像冬天之后春天来临。没有毁灭就不会有建设。枯叶飘落为的是新芽的诞生。"

卢克莱斯并不怎么信服,可还是接受了这个解释。

"我不知道这样是不是让你有所启发,不过在我看来都是正面的。你得到帮助,面前是一条真正的心灵之路,你会活在现实中,而不再是在幻想中。"

"谢谢你,亚历桑德罗。你就像我的哥哥。"

"占卜让我对你的新发型有了灵感。我要试试更偏栗色的颜色,试试浅栗色。劳驾你了,这对我来说很重要。我认为颜色可以释放出一种能量。给我灵感……也许我可以发明一种塔罗理发术。根据占卜结果来决定顾客的发型。"

卢克莱斯·奈姆赫德接受建议,准备变身。完成后,她照了照镜子,想吼,忍住了,想抓住亚历桑德罗,把他的梳子刷子都插他身上,忍住了,想不付钱,因为做得太烂了,可还是付了,还给他小费,还一边离开,一边谢谢他为她塔罗占卜,让她有所思考。随后她买了块头巾,把这灾难般的发型遮了起来。

还好我今天不去什么重要地方,他给我把颜色完全搞错了。我的头发现在就像能多益的榛子酱。也许该改换个理发师了。他说得对,眼光与内心需求相对应。在心理疗法中,医生和病人必须保持距离。现在他成了我的朋友和占卜师,他就不再客观了。

她路过一家宠物店,犹豫着要不要再买条鱼。

等我回来再买。那张 13 的牌并没有给我预言什么好事。

之后,年轻的女记者还要买个旅行包,几件羊毛衫和一只铁箱。

最后她到杂货店买了瓶威士忌和三块巧克力。

如果我就要死了,死之前也要享受下。

然后她回到旅馆,跟伊西多尔会合。

他看到她戴着副手铐,手铐把手腕和铁箱子连在一起。

"锁上有密码。交换 B.Q.T. 之前我们要保管好它。"她解释。

好吧,我希望如此。

121

神父和修女在暴风雪中迷了路。后来他们找到了一间小棚屋。他们精疲力竭,准备睡觉。地上有一摞被子和一床羽绒毯。但只有一张床。神父颇有绅士风度地说:"修女,你睡床上,我盖羽绒毯睡地上。"

他刚把羽绒毯盖上准备睡觉,修女说:"神父,我冷。"

他掀开羽绒毯，起身，拿起一床被子给她盖上。他重新睡到羽绒毯里，盖好，准备进入梦乡。这时修女又说："神父，我还是好冷。"

他又起身，给她再盖了一床被子，回去躺下。刚闭上眼，她说："神父，我好冷好冷。"

这次，他躺着没动，说："修女，我有个主意：我们在这荒郊野岭，没人会知道发生了什么。我们就像……两口子那样吧。"

"啊好的，很乐意，行！"

神父于是大吼道："亲爱的，你别老让我来，你起来，自己去找那该死的被子，让我安静睡觉！"

——节选自达利斯·沃兹尼亚克的幽默短剧
《在乡下》

122

货车后厢没有一扇窗户。斯特凡纳·克劳斯把车停在未来旅馆下面，看到两位记者如期赴约，很是满意。

"我之前跟你们说过了，全程要坐在小汽车后备厢里，不过你们看到了，我给你们找了更舒服点的车。"

"我们向你保证不说出去还不行吗？"卢克莱斯问，一想到一路上都看不到路，她就兴致索然。

"抱歉，我和记者打了四十多年交道了，我知道他们的诺言值几个钱。我相信你们不会中途跳车就够了。"

"为什么如此不信任我们？"

"我们的座右铭之一就是：'除了幽默，其他都可以拿来开玩笑。'我们的'俱乐部'非常封闭，一定要完全保密。你们应该知道，这趟旅行对我们来说，已经在安全规定上开了特例了。"

他注意到连在卢克莱斯右手腕上的小行李箱。

"我们也一样。'除了 B.Q.T.，其他都可以拿来开玩笑'。因为你们不信任我们，所以我们也不再信任你们。"卢克莱斯抢先回答。

两名记者爬上货车，坐在软凳子上。里面只有一盏灯照明。

制片人起动柴油发动机，货车开动。

卢克莱斯看到通风栅栏正对着驾驶舱。

"路上我们能问你几个问题吗？"卢克莱斯问。

"老规矩，只能问五个。"

"是您和你们'俱乐部'的人杀死了达利斯吗？"

"我已经回答过您一次了。不是。把问题想好再问，小姐。"

"您认识杀他的人吗？"

"也不认识。还有三个问题。"

"您相信我们会因笑而死吗？"

"是的。还有两个问题。"

"您认为达利斯是在读 B.Q.T.的时候笑死的吗？"

"是的。还有一个问题。"

"您直接或间接参与了此事吗？"

"也许。好了，问完了。"

"您恨他，对吗？"

"我？您开玩笑吧。我爱达利斯。他就像我的儿子。他还是个天才，很有文化，实际上他成名后更讨人喜欢了。我认为是我第一个发现了他与生俱来的喜剧才华和把不幸变为玩笑之源的能力。您知道这是个独一无二的人。很少有人被'玩笑'女神如此垂青。无论他之后做了什么，对他的同胞来说，他终究还是行善多于作恶。你知道他给别人带来了多少欢乐吗？您知道他为每个人做了多少好事吗？既然他被选为最受法国人爱戴的法国人,肯定是有原因的,您不这样认为吗？好啦,问完了,现在你们休息吧,到了我会叫醒你们的。"

克劳斯打开收音机,传来埃里克·萨蒂的《裸体歌舞》[1]。

"我给你们放这段音乐,是因为作者也是 GLH 的成员。这是在进入正题。埃里克·萨蒂,天才啊。他在音乐中尝试幽默的可能。对你们这些渴望揭开 GLH 神秘面纱的人来说,是道小小的开口冷盘。"

卢克莱斯听着这古怪的音乐。

我喜欢这一刻。我喜欢被汽车载到某个神秘的地方,而我即将揭开那里的秘密。

我喜欢待在伊西多尔旁边。

当着泰纳蒂耶和所有记者的面,他说过,我有记者的职业才能。

我可没有这么幻想过。

归根结底,如果我是个好记者,那么很可能是因为我得到了两个人的真传,他们都很信任我:让-弗朗西斯·海德和现在的伊西多尔·卡森博格。第一个人让我学会走上战场,无畏地向前冲。第二个人让我学会在表象之外进行观察和思考。

我有两个父亲,但我没有母亲。

或者我只有那些鞭打我的母亲:玛丽-昂热,泰纳蒂耶。我这个女人,只喜欢女人,憎恨男人。可现在颠倒过来了。

我相信,在某时行得通的东西,会不再可行,或者会向相反方向发展。

这没什么大不了。

1　埃里克·萨蒂是法国作曲家,20 世纪法国前卫音乐家,《裸体歌舞》是他最著名的钢琴曲。

这是伊西多尔教给我的。

接受事物的颠覆。

坐在她对面的伊西多尔·卡森博格也在思考。

我讨厌这一刻。我不喜欢被汽车载到某个未知的地方。

卢克莱斯，她在干什么呢？

她闭着眼。该是在睡觉，为调查保存体力。她还是那么单纯。对她来说，报道就是："我去一个地方，询问嫌疑人，等着其中一个给我爆料。如果有人不同意，我就威胁他、揍他。"

然而在我们生活的这个世界里，每个人都在撒谎。

谎言是支撑这个社会不致坍塌的水泥。如果人们说出真相，一切社会组织将化为齑粉。

"投我的票，但无论如何我不会做得比前任更好，因为今后一切决议都需要在世界范围内实行，而我们不过是个小国，在真正的大事上没有什么影响力。"如果政客这样说。会发生什么呢？

"亲爱的，我们共同生活二十年了，做爱已经变得相当老套乏味，坦率地说，我更想去找个站街女，至少她能带来点创造力和刺激。"如果一个男人这样对他的妻子说，会发生什么呢？

不，没人能说真话。不管怎样没人愿意听真话。

可无论如何，这个女孩儿最终还是找到了一个绝佳的话题："我们为什么会笑？"

我不知道在这条曲折之路的尽头会发现什么，但我知道多亏了她，我才能发现目前已经发现的那些东西：去探索被他人忽略的东西，向人们讲述自己的发现，为他们排解忧愁。

从一开始我就搞错了，新闻业绝对不是传播知识的地方。

新闻业是死路一条。

小说正是新闻报道的反面。

小说把读者当作一个可以形成独立观点的人。新闻报道则强迫读者持有和记者同样的观点，为了加强效果，还耍花招：用照片，还加上注解。

电视记者则更不老实，音乐可以在无意识中发挥作用。

怎样才能走出谎言？

这是唯一让我无法正视的职业，它的坏毛病可以追溯到中世纪。

我却如此希望有所改变。

以前，我相信通过传播知识，可以孕育革命——就像狄德罗用他那著名的《百科全书》实验的那样。

之后，我相信借助可能之树那样的工具，让人们幻想未来，能促使他们去寻找乃至理解未来。

现在，应该找寻第三种撬动重石的杠杆了。

笑？

尽管卢克莱斯一脸稚嫩，可她也许又一次告诉了我最最困难的问题的答案。

显然是通过笑。

只有笑能让人比掌权的伪君子更加强大。就像阿里斯托芬，就像莫里哀，就像拉伯雷，应该用嘲笑来对抗那些"可怜虫""吝啬鬼"。

但我在这方面从来没什么才华。

我相信这次调查将是填补这方面空白的绝佳机会。

是的，我想从今以后，我确实有了个念头，学习某种全新的、我所欠缺的东西：逗笑的艺术。

123

一对夫妻来到法官面前要求离婚。

"您多大了?"

"98 岁。"女人说。

"您呢,先生?"

"101 岁。"男人回答。

"你们结婚多久了?"

"我们七十年前结婚的。"

"你们的夫妻生活什么时候开始不和睦的?"

"六十五年前。从那以后,越来越糟。"老太太痛苦地承认。

"她老是骂我,"老头儿确认道,"筋疲力竭。"

"那为什么你们现在才决定离婚?"

"怕惹他们伤心,所以我们宁愿等到孩子们都去世了。"

> ——节选自达利斯·沃兹尼亚克的幽默短剧
> 《夫妻问题》

124

两名记者感觉走了六七个小时。

终于,车在一阵巨大的刹车声中停了下来。

斯特凡纳·克劳斯打开货车后厢,让他们戴上眼罩。

他们照做后走下车。

他们感觉走在一个空旷广阔的地方,风很大。

由看不见的手牵引着,先是走过一条路,再是一条上坡的路,第三条路更陡,脚下的石子直打滑。一扇大木门吱嘎打开。

穿过一个院子,接着又穿过另一个院子。

斯特凡纳·克劳斯当着伊西多尔和卢克莱斯的面,对几个人小声下着指令。又一扇门打开。走进一间凉爽的屋子。似乎出于本能,卢克莱斯摸索着抓起伊西多尔的手。他并没有把手抽开。

戴着眼罩……真让我兴奋。

如果此刻我和伊西多尔做爱的话,我想让他先抚摸那些让我感觉不到他的部位。他的唇先要触到的是我的脖子,然后是腰,再是耳朵。

锁的生锈声让年轻的女记者从幻想中回过神来。往前走,下楼梯。走廊。又是楼梯。又是走廊。通过狭窄的螺旋梯又下了一层。

最后他们来到一个暖和点的地方。人们请他们坐下。

斯特凡纳·克劳斯终于摘下他们的眼罩。

他俩发现自己坐在舞台上的扶手椅上,不过行动自如,没有绳子,也没有对着太阳穴的手枪。

装潢地和他们在灯塔下面发现的非常相像,但这里要狭小得多。

他们旁边,有个人系着紫罗兰色斗篷,穿着长袍,戴着同样颜色的面具,面具上的脸在开怀大笑,嘴巴笑成 U 型,眉毛挑起。

站在她身后的两个人,斗篷和长袍都是更浅的紫色。面具上的脸在哈哈大笑。

他们之后,另外两个人戴着深玫红色的面具,笑脸就不那么明显了。

斯特凡纳·克劳斯自己也穿戴着淡紫色的斗篷和面具,面具上的嘴巴咧得大大的。他对那个戴着开怀大笑的紫罗兰色面具的人报告说:"首领好。我把卢克莱斯·奈姆赫德给您带来了。

她是《当代观察家》的科学记者，28岁，我一开始碰到的就是她。她调查过达利斯的死。"

克劳斯平静的语气和他面具上的笑脸形成对比。被称作首领的女人点点头。

"这个男人是伊西多尔·卡森博格，失业的科学记者。"

"……隐退的。"伊西多尔纠正。

"总之，他有工作，他曾经也是《当代观察家》的科学记者。"

"……在被解雇之前。"伊西多尔补充。

"48岁。这两个人都在调查独眼巨人的死，已经知道了我们的存在。他们去过'灯塔'。知道我们的惨剧。"

戴紫罗兰面具的女人轻微颤抖了下。

"而且他们最近得到了B.Q.T.。"

这下，在场一片议论纷纷。

"把B.Q.T.夺回来。"她命令。

"我们的行李箱安装了引爆装置。"卢克莱斯说，"如果你们打开的时候不用密码，里面那珍贵的东西就毁于一旦了。"

戴紫罗兰面具的女人转向斯特凡纳·克劳斯，后者表示肯定。

"你们想用什么交换B.Q.T.?"她问。

"知识，"伊西多尔说，"我想这些都已经协商过并且完全达成共识了。"

"什么知识?"

"关于笑，关于你们的秘密组织，关于您。"卢克莱斯回答。

"就这些?"

声音的严肃反衬着她面具表情的欢快。

"我想在我们来之前这些就已经达成共识了。"卢克莱斯又重复了一遍。

"我们不接待'游客'。要想'进来',就必须入教。辛苦、艰难、漫长、危险,异常危险。你们确定要这样?"

"入教要多长时间?"伊西多尔直截了当地问。

"9个月。相当于妊娠的周期。"

"那我们9个月后把B.Q.T.给你们。"伊西多尔·卡森博格回答。

戴紫罗兰面具的女人和站在身后的、戴淡紫色面具的随从商议起来。

"问题在于,"最后她说,"我们很急。我们的组织没有B.Q.T.就像是……"

"贝壳没有珍珠?"伊西多尔提议。

"……教堂没有了圣骨。它是我们正统性的一部分。"

为数不多的在场者再次发出赞同的议论声。

"你们是知道的,有些'个人'没有经过任何允许,就声称继承了我们的传统。我们出了些问题……'分裂'问题。"

"独眼巨人集团?"卢克莱斯问道。

戴紫罗兰面具的女人没有回答。

伊西多尔说得对,达利斯之死的关键在这儿。这肯定也是塞巴斯蒂安·多兰试图让我明白的,他悄悄对我说:"找到特里斯坦·马尼厄尔,加入GLH,这样就能找到谋杀达利斯的答案。""加入。"他说得很明白,是加入。仿佛他已经预见了现在发生的一切。

最后,戴紫罗兰面具的首领说:"鉴于情况比较特殊,为你们开个特例。我们将给你们提供速成培训。你们的入教时间不是9个月,而是……9天。"

淡紫色面具们表示赞同。深玫红色面具们开始指责,议论纷纷。

"这就是我们的决定!"戴紫罗兰面具的女人一边说,一边拍手想恢复平静。

深枚红色面具们逐渐安静下来。

"你们已经知道了,将由斯特凡纳·克劳斯担任你们的老师,9天之后你们将参加最终的入教考试,作为交换,你们把 B. Q. T. 还给我们。"

伊西多尔·卡森博格看起来很满意。

"如果我没理解错的话,你们想让我们9天之内学会搞笑?"

在场的面具们发出嘲笑声。首领再次拍手,宣布:"你们看,已经开始起效果了。你们已经开始了喜剧之路。"

我们这是在哪儿? 是不是在哪个疯人院里? 我对所有这些面具斗篷没有一点好感。可是伊西多尔似乎并不担心。

戴紫罗兰面具的女人打了个手势,一个面具斗篷都是浅玫红色的人走上前来。

"我想你们一定累了,有人会带你们去房间的。"

浅玫红斗篷带他们下楼。是一条楼道,有几十间编了号的房间。

卢克莱斯注意到所有门都没有锁。最终浅玫红色给他们打开了103号房。

屋内的陈设再简单不过了:两张金属双层床,一张桌子,两把椅子,一个衣橱。没有窗户。仅在右边有个浴室。

卢克莱斯把她的小行李箱藏在床铺底下,把手铐铐在床架上,而床架本身是用螺栓固定在地上的。

他们精疲力竭,各自选了张床。

"这一切,您怎么看,伊西多尔?"

可是男记者被一天的颠簸搞得疲惫不堪,已经瘫在上铺。闭着眼,轻轻地打着鼾。

我在想我们是否做了件大蠢事。

125

两个朋友相遇。

"你工作还好吗?"第一个问。

"不好。我们公司刚刚破产,我被解雇了,没工作了,而我睡得跟婴儿一样。"

"跟你的妻子在一起?"

"她知道我失业后承受不了,离开了我,找了个更有钱的家伙,而我睡得跟婴儿一样。"

"啊? 你身体怎么样?"

"不好,这一切让我崩溃,我这儿开始疼。去看病,他们说我可能是因为遭受挫折得了癌症。而我睡得跟婴儿一样。"

"太不可思议了,"第一个人说,"你经历了这么多不幸,可你说你睡得跟婴儿一样!"

"你见过婴儿是怎么睡觉的吗? 每个小时他们都会醒过来大哭。"

——GLH 第 911432 号笑话

126

远方传来的钟声把伊西多尔和卢克莱斯叫醒。

没有窗户,他们不能看天色,手表显示是早上 7 点钟。房间的椅子上叠放着他们身材尺码的白色长袍和斗篷。上面还放着白色的面具,面具上毫无表情,既没有悲伤也没有笑意。

他们去洗澡,水是冷的,也不能调节。

"我们好像在修道院里。"卢克莱斯叹息。

"或者说是在兵营里。"伊西多尔纠正,"还不知道我们在这里战斗,究竟是为了精神原因,还是政治原因。"

斯特凡纳·克劳斯过来找他们。他还是穿着他的长袍,戴着淡紫色斗篷和面具。

他脱下面具。

"睡得好吗?"

"床垫有点儿硬。"年轻女人指出,她的大眼睛有些疲惫。

他递给他们一个托盘,上面放着茶和面包。

"是,我知道,粗茶淡饭。今天就开始培训了,你们要清淡饮食。"

"为什么是白色的?"伊西多尔指着他的袍子问。

"这是新手的颜色。当你们入教后,你们就能穿学徒的浅玫红色长袍和斗篷了。之后,如果你们的经验和才干提高了,就将得到出师学徒的深玫红色长袍。如果你们再长进,就会得到淡紫色长袍。"

"这是大师级别的,我猜。"卢克莱斯推测。

"没错,最后是紫罗兰色,首领的颜色。不过目前你们还是零。严格说来,你们甚至还没有接受入教培训。因此你们面具上没有表情。你们行动的时候要戴上面具。"

"为什么?"

"我们中的一些人会去外面的世界,他们不能知道互相的名字和身份。因此在过道里行走时必须一直戴着面具。这是从中世纪就定下的安全准则。更确切地说,是从迫害时代开始,当时我们的一些弟兄在酷刑下出卖了其他人。"

他们穿上长袍,系上斗篷。之后试戴面具。

"就像某种共济会的秘密组织?"卢克莱斯问,她带着笔记本做记录。

"某些方面是这样。可是我们的教学更像武术学校。"

"逗别人笑,武术?"年轻的女记者惊奇道。

"当然。逗笑就是向别人传递一种能量。根据我们使用它的方式和用量,这种能量可以带来好处,也可以造成伤害。"

"可是就算没学过你们的'武术',谁都会逗别人笑啊。"卢克莱斯诧异道。

"这正是我们要讨论的。许多人逗别人笑都是无意识的,并不知道他们做了什么。就像其他人本能地用拳头打架,可如果他们学了少林派的功夫会打得更好。"

"你要教我们变成'笑话界的李小龙'?"

他并没有理会这个玩笑。

"在这里,你们将要学习用控制和有意识的方式完成以前你们用原始和本能方式完成的事儿。我们将教你们如何精心安排每个单词,每个逗号,每个感叹号,让你们的喜剧艺术趋于完美。你们的笑话将是非常精密的武器。"

"武器?"

"当然是。一个笑话就像一把经过多次锤炼的钢刀。按照熟练操纵它的人的意愿,进行击中,插入,切割,救人……"

"……或者杀人?"卢克莱斯补充。

制片人拿起暖水瓶给他们泡茶。

"首先,培训前两天的头号原则是:'绝对不能笑。'"

我没听错吧?

"绝对不准笑,违者要受到惩罚。"

"什么惩罚?"

"以前我们是体罚,可自从新任首领上任后,已经变得'现代化,即减轻了惩罚。'"

"惩罚？太傻了。我们又不是小孩子。"卢克莱斯道。

"可是我们要像教育孩子一样教育你们。这样你们才能明白为什么说'我们不能拿幽默开玩笑'。"

显然，这句话是他们的口头禅了。

伊西多尔赞同道："这很合理。空无创造完满。修道士为了体验说话的快乐，必须发誓沉默，为了品尝食物必须禁食，为了了解肉欲的力量必须禁欲。是安静让我们学会享受音乐。是灰暗让我们学会理解色彩。"

斯特凡纳·克劳斯表示赞同，很高兴他的话被理解了。

"那这种'不是体罚'的惩罚是什么呢？"卢克莱斯不解地问。

"你笑了就知道了。不过我给你们的建议：无论今天发生什么，遵守命令，'绝对不能笑'。"

"不笑？不可能。总会有不注意的时候。"

斯特凡纳·克劳斯语变了语气，突然强硬起来。

"要想在我们这儿有好日子过，小姐，您最好立刻抛弃这种现代社会特有的爱嘲讽的习惯。不要事先没思考就要开玩笑。笑是能量，不自控，笑就没有力量。"

"在集体活动，社交场合……人们总是开各种各样的玩笑，来掩饰尴尬，放松自己，节省时间，或是讨好别人。"

"很难一直保持严肃。"伊西多尔·卡森博格承认。

"只有两天，其他人规定是一整个月不能笑。"

两位科学记者试图想象遵守这样一条纪律过一整个月会是什么样的。

"现在，我们平均每天笑八次。通常随着年龄的增长，笑的次数会减少。五岁以下的儿童一天平均笑 92 次。现在，一个成年人每天平均笑四分钟；1936 年，这个数字是 19 分钟。"

我在想他们是怎么统计到这些数据的。通过调查？人们会按自己希望的那样告诉调查者。就好像被问到一周做爱几次一样，他们回答的是每周他们"希望"做爱几次。幸好我的职业教会我对这些不知从哪儿冒出来的数据保持怀疑。

"笑的禁令从什么时候开始？"伊西多尔问。

制片人看看手表宣布："今天8点准时开始。后天8点准时结束。无论什么理由，都不能看到你们笑。我的建议如下：一旦你们感觉到笑意，就咬舌头，在口袋里掐自己，或者用一只脚踩另一只的脚趾。通常这样很有效。"

我确实落入了疯人院。

"现在几点了？"男科学记者问，似乎很是认真。

"7点58分。你们还有两分钟享受下最后的笑话。"

卢克莱斯·奈姆赫德试着克制自己，可没用。伊西多尔静静等待着，闭着眼。

"注意，四，三，二，一……开始！现在正好8点。从现在起，你们要忍耐四十八小时。不管什么理由，都绝对不能笑。"

一吃过早饭，斯特凡纳·克劳斯就命令他们跟他走。

场地比乍一看大得多。这真是个走廊、房间和多层楼梯组成的迷宫。

制片人带他们来到上层的大厅，里面都是放满书的架子。大厅深处是座三米高的格劳乔·马克斯[1]的塑像。他盘腿而坐，披着纱丽，就像尊大佛。他嘴角叼着半只雪茄，眼镜半掉着，向外斜视。

屋子中间，是张椭圆形办公桌，周围放着椅子。

1　格劳乔·马克斯（1890—1977），美国喜剧演员和电影明星。

"我们培训第一天的学习主题是历史。我们经常提起爱神厄洛斯和死神塔纳托斯，但忘记了笑神默莫斯[1]。而这正是第三种促使人们去行动的巨大能量。你们知道它的真正起源吗？"

"我们有幸见过勒文布吕克教授了。"卢克莱斯说。

"我知道他的理论。平庸，还断章取义。他有机会接触到了一些事实，但作为完整的纪事，是远远不够的。"

穿淡紫色长袍的男人从架子上拿出一本厚厚的书，就像本魔法书，长宽是 70×30 厘米。

书的封面印着金色的花体字：幽默史大典　出自：GLH。

在第一页的羊皮纸上，只能依稀辨别出一幅画，上面人物模糊。

"据我们所知，最古老的笑话可追溯到两百万年以前，在相当于今天南非的区域。根据两位与 GLH 关系密切的古生物学家的观点，这个笑话是说一个人被一只老虎追赶，老虎的牙齿如刀般锋利。就在这头野兽要撕咬它那吓坏了的猎物时，一只猛犸象横向而来，把它踩了个粉碎。先是极度恐惧，再是猛犸象的突然出现，造成了一种出乎意料的力量关系的转换，从而引发了这位史前人的换气过度。"

"你们怎么知道的？"卢克莱斯诧异道，她总是关心信息的来源。

"在笑的作用下，这位史前人就滑进了黏土里，一动不动，死了。我们由此找到了某种印记，就是某种现场的立体照片。他下颌和骨盆的位置似乎清楚地表明，他死的时候正在笑。"

"妙极了。"伊西多尔评论道。

"GLH 的科学家们确定这一事件发生在公元前两百万年。

1　词根 gelos（此处音译为默莫斯）在希腊语中就代表"笑"。

他们认为人类文明就在这一刻诞生了。人类文明的诞生,不是因为埋葬死人,而是因为产生了幽默。

男科学记者兴致勃勃地记录着,为他的小说积累素材。卢克莱斯则更加谨慎。

"正因为这最初的笑声,'智人'从他的动物兄弟中脱颖而出。通过笑,人类表明,他,且只有他,拥有这种可以瞬间将悲伤转变为欢乐的呼吸和神经机制。"

"太棒了。"伊西多尔接话道,加快记录。

"然而,我们并不确定这一事件。自从新的首领上任以来,我们决定估算得保守些,把幽默的起源定在公元前三十二万年,在相当于现在肯尼亚的区域。"

"三十二万年?"卢克莱斯问道,仍带着怀疑。

"两个部落间发生战争,一方占优势,可就在要处死战败者时,一摊秃鹫的粪便正好落在胜利者的眼睛上。"

"一摊秃鹫的粪便? 这是你们的'第一个笑话'? 可是它……很糟。"

卢克莱斯·奈姆赫德忍不住,嘲讽地笑了笑。

"我已经警告过您了,"斯特凡纳·克劳斯立刻失望地说,"就像拉丁语说的,法律无情,可这就是法律。"

他拿出一串小铃铛,叮叮当当摇起来。

三个穿着深玫红色斗篷的强壮男人突然出现,女记者还没反抗,就被抓住带到了地下室。

"呃……你们要对她做什么?"伊西多尔问。

"惩罚是加深记忆的一种方式。"

"好像您说过的,'没有体罚'。"

"不是体罚。不过在我看来比体罚还惨。她几分钟后会上来的。"

卢克莱斯果然重新出现,脸蛋红得像芍药,呼吸短促。她似乎经历了什么辛苦的事儿,可并不悲伤,只是很严肃。

"对不起,"她低垂着眼帘说,"相信我再也不会了。"

斯特凡纳·克劳斯不再注意她,继续说:"好了。正如我刚才所说,最古老的笑话是发生在三十二万年以前。我们可以想象到它在物种进化中起的作用,因为我们观察到,在东非的这个区域和族群中,人类意识突然出现了跳跃式的发展。"

斯特凡纳·克劳斯翻了一页。

"之后记录在案的第三个重要笑话是在公元前四万五千年。是一个发生在克罗-马尼翁人和尼安德特人之间的不可理解的故事。"

制片人把故事讲给他们听。

他顿了顿,仿佛在等着看年轻女记者的笑容,可她只是在记笔记。

他已经承认了达利斯是 GLH 的成员。

因此独眼巨人很可能在这里待过。他很可能接受了和我一样的教育。他听过秃鹫粪便的故事……一定是有什么事不顺他的心了,产生了与这些人作战的念头。我感觉 GLH 的人在这里隐藏着一些并不……并不光明正大的东西。

斯特凡纳·克劳斯似乎很满意。

"接下来我们要说的是苏美尔人。公元前 4803 年。"

"坐在丈夫大腿上的女孩儿的笑话?"伊西多尔问。

"啊您知道?您读了麦克唐纳教授关于幽默起源的博士论文?论文很有趣,可他的理论还是不完整。麦克唐纳提到了一个公元前 1908 年的苏美尔笑话。而我给您讲的是更早之前的事。"

他讲述了苏美尔国王恩沙古沙那面对阿卡德国王昂比·伊斯塔尔的故事。

他翻了几页。

"之后幽默来到了印度。我们发现了公元前 3200 年哈拉帕文明的一个笑话。"

斯特凡纳·克劳斯讲述这个印度笑话,说的是王子和舞女在做爱的时候卡住了。

卢克莱斯·奈姆赫德,把哽咽回去后,又大笑起来。制片人露出遗憾的神情,再次拿出铃铛。

"不要!我向您保证再也不笑了。"她允诺。

"这是为了您的学业。必须管管您。"

他摇响铃铛,那三个男人又来了,重新把她带走,她还在叫着"不要,不要这样"。

一会儿后她又回来了,脸更红了,面颊上还带着潮湿的痕迹,仿佛哭过了。可她看起来并不悲伤,只是一副经受了考验的样子。

"我刚才不知道是怎么了。我下面会忍耐的。"她强调。

她低下眼睛。

"现在我们在这里学的东西,也许有一天就能救您的命。"他说。

这天早上,卢克莱斯还是又笑了两次,消失在地下室里,回来的时候脸蛋总是更红,她也更加后悔。

之后,他们一个国家一个国家地学习了远古时代的幽默。

终于他们被批准去餐厅吃午饭了。

"他们没有面具?"

"那些需要隐姓埋名的人不在这里吃饭。"

斯特凡纳·克劳斯摘下面具,两位新人亦如此。

他们一走进去,所有人都停下来看他们。

卢克莱斯·奈姆赫德也观察着他们。有一百多人。有些人年纪很大了。

大部分是女性。大部分都四十岁朝上。

"大家好!"伊西多尔稍稍做了个友好的手势,大声说,"大家都吃好喝好。"

这句话和它的语调让气氛缓和下来。

我明白了,达利斯想颠覆或者替代他们。这里也有战争,在享有权力的老者和想取而代之的后来者之间的永恒战争。可我现在在他们手上,是他们想传授给我知识。我应该抛弃成见,接受他们的教育,以便之后弄明白他们的秘密和达利斯的问题。清醒点,卢克莱斯。想想伊西多尔的那句话:"我们总是因为小看对手而在战斗中失利。"他们看起来并不坏。目光中充满活力。也许幽默是绝佳的青春之泉。

"您还好吗,卢克莱斯? 您好像在胡思乱想。还沉浸在'惩罚'的伤痛里?"伊西多尔问。

"我刚才不知道怎么了。很抱歉,伊西多尔。"

"他们对您做了什么?"

"如果您想知道,只需笑一笑。"

一位穿淡紫色长袍的女人给他们端来了蔬菜和清蒸鱼肉。餐后甜点是水果。没有糖,没有肉,没有面食,没有奶制品。只在蔬菜和鱼肉上配了些橄榄油。

吃饭的时候,年轻女人仍在观察周围的人。

"他们怀疑我们。"她小声说。

"通常他们肯定会怀疑新来的人。所有的封闭俱乐部都是如此。"

斯特凡纳·克劳斯过来看他们。

"你们喜欢这些菜吗? 都是直接来自我们菜园的绿色食物。为了变得滑稽,就如同为了成为高水平运动员,必须要严格保证食品卫生。"

"我们不能喝酒吗?"卢克莱斯问。

"在培训结束时也许可以喝。现在这个阶段,我认为酒对你们没什么好处。"

"得了,卢克莱斯。您见过少林寺的学员在功夫课上喝酒的吗?"

"那抽烟呢? 我是个烟鬼,不能待在这儿9天不抽烟!"

"如果你们需要的话,我们可以提供戒烟贴,"制片人说,"这是我们能为你们做的了。"

卢克莱斯耸耸肩。

"谢谢。您又给了我一个不想笑的理由。"

斯特凡纳·克劳斯给他们倒了杯水。

"没有葡萄酒,没有啤酒,没有汽水。"

"也没有咖啡?"

"我们还能喝到比水更滑稽的东西吗?"

"胡萝卜汁。"

"好啊,我喜欢。"伊西多尔说。

卢克莱斯·奈姆赫德的眼神变得忧郁起来。

"我不确定是否想长时间待在在这里。"她低声抱怨。

"您会的,我们会习惯一切。之后您的身体会感谢您给它提供了健康、无糖、无油的食物。"

他们咀嚼着。

下午,幽默史加速前进。

斯特凡纳·克劳斯是个很棒的老师,他讲述奇闻逸事,引用流浪汉文学故事,列举传奇人物,生动再现了那些探索幽默的伟大时刻。

"并不是所有伟大的喜剧家都是我们'俱乐部'的成员,但还是有很多人是属于我们这里。你们同样也会学习一些从来没听说过的幽默家,他们也都是伟大的革新者。史书上有时记载的不过是些被宣传的抄袭者。"

斯特凡纳·克劳斯随后拿出一本书,上面配有化装人物插图。

"我要给你们讲讲小丑。宫廷小丑,即'国王的弄臣',他们的地位非常奇特。首先在法国,比如在十四到十七世纪,直接由国王任命,不考虑外界意见。他们酬劳丰厚,是唯一获许可以不遵守宫廷规章的人。他们可以嘲讽国王的大臣,大臣们给他们小费,以便确保不会成为其演出的攻击对象。某些小丑比如特里布莱和布里昂达,都由此积累了大量财富。"

"这真是理想的职业。"伊西多尔说。

"并非如此。首先所有人都畏惧他们,再来很多人都憎恨他们。在社会符号体系中,他们承担着对君主的诟病。人们把这些小丑看成魔鬼的化身。"

"他们同时得到了最高的特权和最深的仇恨?"卢克莱斯惊讶道。

"在人们眼中,他们就像避雷针,化解国王对大臣的怒气,同样,也化解大臣对国王的怒气。"

"通过笑话?"

"通过'去悲剧化'的句子。可就算人们欣赏他们的才智,本质上还是瞧不起他们的。另外他们不被看作基督教徒,不能按照基督教徒的方式埋葬。"

"这种情况在法国一直持续到什么时候?"

"实际上,小丑渐渐衰败,莫里哀可以算是最后一个小丑。或者更确切些,是他把小丑的职能转变为'国王御用喜剧演员'。这样这个职业就成了某种公务员了。"

两名记者耐心等待着行动时机,安然接受现状,仿佛在无拘无束地游戏,倾听着那被历史忽略的、时而让人惊奇的故事。

午夜12点,斯特凡纳·克劳斯讲到了博马舍。

卢克莱斯·奈姆赫德惊讶地发现,她并没有察觉到时间的流逝,不再想抽烟,也履行了不再笑的承诺。

斯特凡纳·克劳斯随后把他们带到了空空荡荡的食堂,他们在那里安静地吃完迟来的冰冷晚饭,接着克劳斯陪他们回到房间。

"明天7点我们继续。珍惜这次机会,九天入教,这里每个人都梦寐以求啊。"

"今天晚上在房间里可以笑吗?"

"我劝你们不要。如果有人经过你们门前,听到了,会举报的。等到后天早上8点你们就可以放松了。睡个好觉。明天我们从博马舍开始继续学习历史。"

斯特凡纳·克劳斯看着他们。

"我忘了补充一点。后天早上8点,你们将'不得不'笑。如果你们想训练控制自己的身体,我建议你们先实验下。试着尽可能长时间地控制呼吸。如果你们去上厕所,尽量忍住,然后仅仅通过意念释放出小便。今天晚上,尽量在你们希望的时刻准时入睡,以便于在你们希望的时刻准时苏醒。瑜伽大师甚至可以运用意念控制自身的消化和心跳。这不过是攻克自己的身体。"

他走到年轻女人身边。

"我们的身体就像个被宠坏的孩子,总是要求更多的糖、抚摸和舒适。可如果您训练他,教他在不前不后正好的时候做该做的,一开始他会不满,可最终会感谢您。一旦您不能容忍他,就教育他引导他。"

制片人对他们道了晚安后离去,把他们单独留在房间里。

卢克莱斯浸没在冷水浴中。她闭上眼睛,感受着她的呼吸,她的心跳。她思忖着是否所有这些生理机制都可以被控制。

真让人惊讶,似乎我体内的某些东西真的改变了。

过去对烟、糖、油、笑的向往当然还存在着。可就在另一方面,有一个全新的卢克莱斯,更加稳重,更加沉静,更加强大。

也许生活在这些老头儿中间真的会有益处?就连这冰冷的淋浴也不再让我感到难过了,我为能够经受它而感到自豪。

她开始打肥皂,感到肚子在咕咕叫。

我肚子生气了,因为我既没给它肉吃,也没给它糖吃。

她开始咳嗽。

我的肺不高兴了,它在期待尼古丁和焦油。

她把淋浴开大。

该死,如果说调查达利斯之死把我引向这种冒险,那么我应该三思而行。

在我看来这些人越来越奇怪了。在捍卫幽默的使命之外,他们隐藏着一些不那么清白的东西。

她胡乱涂抹着潮湿的头发。

127

一个人的车在高速公路抛锚了。他发现有个轮胎爆了。想换一个,可备用轮胎也漏气了。于是他想拦车寻助,可没有人停车。

开始下雨了。

下着雨,更没有车肯为他停下来了。

这时突然一辆跑车在他旁边停下。里面是个金发美女,马上提出要帮忙。发现轮胎都不能用之后,她请他上车载他去服务站。

他们开了很长时间,没看到一个服务站,于是金发美女对他说,天黑了,最简便的办法就是停下来找个小村庄吃晚饭。后来天色已晚,他们就决定留宿,可只剩下一间单人房了。于是他们就睡在了一起,半夜女子靠近他,他们做了爱。

第二天天亮,男人醒来看看表,发现时间已经不早了。他迅速穿上衣服,下去找旅馆的门房,问地下里有没有台球室。得到了肯定的回答。他来到台球室,在手上涂满蓝色的滑石粉。之后叫了辆出租车赶回家去。

他的妻子等在门口,凶神恶煞,手里还拿着根擀面杖。

"昨晚在外面过夜,你还有什么借口?"她问。

"亲爱的,昨天发生的一切真让人窝火。昨天傍晚我在高速公路上爆胎了。备用胎也漏气,于是我找人帮忙。开始下雨了。没人停下来,突然一辆跑车停下,里面是位年轻女子,非常漂亮,金黄头发,主动要帮我。我们往前开,想找个服务站。没找到,就停在一个小村庄里吃饭。之后,就在旅馆过夜了,可只剩一间单人房了。于是我们睡在一起,夜里还做爱。我太累了,所有没感到时间过那么快,今天早上起晚了。"

他妻子顿时平静下来,冷笑道:"你觉得我会相信这些废话吗?你以为我没看到你手上满是蓝色滑石粉。别装了,我知道你跟那些哥们儿又去打了一晚上台球!"

——GLH 第 572587 号笑话

128

水流过她的头发,肩膀,还有胸部和胯部的弧线上。

"快点,卢克莱斯!"伊西多尔小声说。

"又要干什么?"她把水关掉问道。

她披上一条毛巾,头发湿漉漉的走出来。

"我们来这儿是为了调查。我觉得这儿藏着什么可疑的东西。"

他总算和我得出同样的结论了。

"光明幽默的这场斗争似乎并没有这么光明正大。"

我可没让他这么说。

"我们不能就待在这儿当喜剧学徒了,要去寻找达利斯之死的真相。现在我们确定不是他哥哥塔德斯所为,那就很有可能是 GLH 里的某个人干的。"

"可是 GLH 的人并没有 B.Q.T.。"

"也许他们曾经有,然后弄丢了。或者有人没有通过官方程序就行动了。无论如何,我感觉关键就在这里。"

我该怎么办,是同意他的观点,还是指出他的矛盾之处?

"看到您这样我真高兴,您不再只是分析而不行动,伊西多尔。"

"当务之急应该不惜一切代价把这里的每个角落都探个遍。"

他拿出一个袋子,之前他把它藏在了白色斗篷下面。

"吃午饭的时候,我假装去上厕所,经过洗衣房,偷了两件淡紫色衣服,这样我们就能不暴露身份地往来了。"

"您要穿着它做什么?"

"我们应该探索我们在哪里,这些人究竟是谁,他们友善的外表之下究竟藏着什么。"

"还是您的直觉?"

"当然。只满足于他们提供给我们的信息就不专业了。应该去寻找他们拒绝提供给我们的信息。"

他已经穿上长袍,告诉她,他还拿了两支手电筒。

她没时间迟疑,尽管头发湿答答的很碍事,也穿上了衣服。

"走,'为了新的冒险前进'。"就像电影里说的那样。

这么晚了,大部分寄宿生都睡着了。他们在走廊的迷宫里前进,并没有碰到什么人。

"您怎么看这个马戏团,我亲爱的伊西多尔?"

"跟您一样,我亲爱的卢克莱斯。"

"如果您想知道我的观点,这就是一群无聊的老头儿,还自以为是。"

这时,走廊拐弯处突然出现两个身影。年轻的女科学记者吓了一跳,她的同伴示意不要放慢脚步。

那两个穿戴淡紫色斗篷和面具的人安静地往前走去。

这也许是他们内部的保安制度。

那两个人一直往前走,其中一个在遇到他们时说:

"没什么情况吧?"

"没有。"伊西多尔平静地回答,既没有加快也没有放慢脚步。

两个人走了。他们一离开,伊西多尔就转过身对卢克莱斯说:"刚才您在发抖。您害怕被惩罚,对吧? 告诉我您笑了之后,他们对您做了什么?"

"如果您想知道,笑笑就可以了。抱歉,知道需要付出代价。"

他们继续在走廊里前进。

"我们掉进狼窝了,伊西多尔。"

"在这里,我们才能知道真正的狼是什么样的。"他回答。

他们来到楼梯前。

"上去吗? 我们就可以知道上面有什么了。"

"不,我们下去。有趣的东西总是在底下。"

他们走下楼梯。

"您不害怕吗，伊西多尔？"

"我把这次经历看作大学实习。我们是大一的学生……把它叫什么呢？叫它'笑学'吧。哲学，字面上的意思是热爱智慧的艺术。笑学，就是热爱笑的科学。"

"科学？"

"为什么不是呢？在这里我们研究笑话，就像其他人研究病毒。总之，笑话难道不正如病毒一样吗？一旦被释放出来，就从口到耳蔓延传播。像病毒一样，也会突变。"

"而且像病毒一样，可以杀人。"

他并不同意。

"我担心这一切会以悲剧收场，伊西多尔。我们被困在这儿，他们所有人看起来都很奇怪。我们甚至不知道在哪儿。"

"生活就是一出悲剧收场的电影，卢克莱斯。吸引人的正是片尾字幕之前的高潮。"

他想了想补充说："不。我说错了。结局对我们的肉体来说是悲剧，但对我们的灵魂来说是喜剧。"

卢克莱斯·奈姆赫德重新提起了那句话："您相信灵魂是永恒的吗？"

"我的灵魂相信。我的身体表示怀疑。"

我相信这次"笑学"的实习，让他产生了超越自我的念头。

他们走在楼道里。

"您相信九天之后，我们会变得'滑稽'吗？"

"我希望如此。以前我真不该忽视这个领域，我'喜剧'的一面。多亏了您，我希望，这次调查能让我填补这一巨大的空白。"

"我……您觉得我滑稽吗？"她问。

"很滑稽。当我见到您的时候，就忍不住想笑。"他淡淡地说。

"您还是在取笑我，伊西多尔？"

"对。您不舒服?"

"有点儿。"

忽然他们走到了一条长廊前,长廊通向一扇大门,门上的铁饰极其精致。

"这次该您展示才能了。"

卢克莱斯提醒说她需要工具。他们只好放弃了,那两个保安的背影正在靠近。他们可不想又被撞到,只好迅速紧贴在走廊的拐角后面。

129

夏洛克·福尔摩斯和华生医生去野外露营。他们张起帐篷,在篝火前吃了晚餐,就睡觉了。半夜,夏洛克·福尔摩斯起来叫醒华生。

"华生,看,告诉我这让你想到什么了。"

华生医生不明白为什么福尔摩斯把他叫醒,可他还是答道:"我看到了几千颗星星,感觉我们所在的这颗星球是那么渺小,迷失于无垠的宇宙之中。"

夏洛克·福尔摩斯还是说:"更确切地说,你从中推断出了什么?"

华生疑惑不解,想了想。

"好吧,有好几千甚至好几百万颗星星,某些行星很可能像地球一样。上面可能也有生命存在。"

"那所有这些星星让你想到了什么?"

"相似的外星智慧文明。总而言之,十有八九至少和我们的文明一样高妙。"

夏洛克·福尔摩斯对他说:"不,我亲爱的华生,这不是正确的推断。如果你看到了这些星星,就意味着在我们睡着的时候,有人偷走了我们的帐篷。"

——GLH 第 878332 号笑话

130

钟声响起。他们醒来后发现了干净的白色长袍和斗篷。课程安排放在椅子上。

"今天,还是学习历史,但比昨天的强度大,会结束得更晚。"卢克莱斯叹口气。

"照这个节奏,我们会精疲力竭,也越来越难找出时间去调查了。"

"可是独眼巨人之死的关键一定在这里。"

他们洗澡,吃早饭,然后来到昨天的房间。

格劳乔·马克斯穿纱丽的雕塑在他们看来愈发引人注目。第二天的课程讲的是现代幽默家,GLH 的首领,幽默的创新者、改良者和哲学家。

"我们讲到哪儿了? 啊对,讲到博马舍了。提醒一下,我们只讨论死者,不会向你们披露健在者的姓名。"斯特凡纳·克劳斯说,"任何幽默教友在没有得到本人允许的情况下,都不能提及其他教友。"

他打开巨大的魔法书,出现了第一批提及人物的照片。

"博马舍之后,我想首先谈谈欧仁·拉比什[1]。是他创造了现代寓言式喜剧。他还和雅克·奥芬巴赫致力改进谐歌剧。他曾是 GLH 的首领。"

1　欧仁·拉比什(1815—1888),法国戏剧家,法兰西学院院士。

制片人引用了一些拉比什的话,他认为这些话经常被当成是其他人说的:"'自私的人就是那个没有为我着想的人';'最后我发现自己并不是唯一享有我妻子忠贞的人';'只有上帝有权杀死他的同类';'人们喜欢我们,不是因为我们帮助他们,而是因为他们帮助我们。'"

"《贝利松先生的旅程》。"伊西多尔指出。

他们的老师翻了几页。

"接下来这一位,既不是喜剧演员,也不是小丑,亦非喜剧作家:亨利·柏格森。他是第一位把笑和幽默起源理论化了的现代哲学家。是他提出了:'笑是镶嵌在活的东西上面的机械的东西。'"

"他当过 GLH 的首领吗?"

"没有,只当过大师。他,怎么说呢,对幽默的感知'过于严肃'。太理论化,不够实用。引用几句他的话:'作家的艺术在于让我们忘记他在使用文字';'预测就是把在过去观察到的投射到未来。'"

归根结底,了解一个名人的最好方法不是读他的传记,而是看他说过的话。相比那些好好先生的故事,斯特凡纳·克劳斯通过引用,让我们能更好地理解所涉及的人物。

接下来他们提到了乔治·费多[1]:

"乔治·费多同样致力于对幽默现象的理解研究。这是他的嗜好。他因此而死。"

"能告诉我们几句乔治·费多的名言吗?"卢克莱斯问道,装出一副用功学生的样子。

"'我唯一的健身方式就是去参加那些为保持身体健康而健

1　乔治·费多(1862—1921),法国戏剧演员。

身的朋友的葬礼'；'我们喜欢的女人的丈夫都是傻瓜'。"

伊西多尔·卡森博格差点就要微笑起来，不过及时忍住了。

"接下来我要给你们讲的当然就是查理·卓别林了。讲个这位全才不为人知的趣闻：一天，编剧查尔斯·麦克阿瑟拿着剧本中的一幕喜剧场景，征求查理·卓别林的意见。'我该怎样展现一位胖太太被香蕉皮滑倒来引人发笑呢？'他问，'先描写香蕉皮，再是胖太太走近然后滑倒？ 还是先描写胖太太，之后是香蕉皮，再是胖太太滑倒？'查理·卓别林回答说：'两个都不要。您先展现胖太太走近，然后是香蕉皮，再是胖太太和香蕉皮。接着她小心翼翼地跨过香蕉皮，却掉进了阴沟洞。'"

"太棒了。"卢克莱斯不禁评价道。

"查理·卓别林是 GLH 的成员吗？"

"当然是了。当时 GLH 的美国支部发展迅猛。他曾经是首领。"

伊西多尔把这个细节记下来。

"格劳乔·马克斯。好吧，为在我看来求知欲非常旺盛的奈姆赫德小姐引用他的语录。'我天生就非常年轻'；'我从不会加入一个接受我为会员的俱乐部'；'女人爱一个男人有多深，这个男人就有多年轻'；'要不就是这个人死了，要不就是时间停止了。'"

卢克莱斯忍住笑意，伊西多尔也是。

"格劳乔·马克斯是 GLH 的大师吗？"

"他也当过首领。任期三年。"

"他最后还不是加入了接受他为会员的俱乐部嘛。"年轻的女记者说。

制片人翻了几页。

"萨沙·吉特里我们就不再介绍了，引用几句他的名言：'我很乐意承认妇女比我们高等，如果这样可以打消她们要和我们平等的念头'；'如果那些骂我的人，知道我究竟是怎么想他们的，会骂我骂得更厉害'；'您是否曾听到一个孩子说：当我长大了，我就能成为职业批评家了？'；'有些人我们确实可以依靠。而这些人通常我们并不需要。'"

"不错。"卢克莱斯承认。

"最后是最应景的一句：'引用别人的观点，是懊悔自己没有想到它。'"

"萨沙·吉特里当过 GLH 的首领吗？"

"不，只是大师。"

"啊，非常重要，最重要的人物之一：皮埃尔·达克[1]。他既曾是我们的首领，也是第二次世界大战期间抵抗运动的成员，他主持喜剧节目，嘲笑维希和希特勒政府。他的语录：'那些人生从零开始最后一事无成的人，不用感谢任何人'；'对存在某种外星智慧的最好证明，就是他们从来不试图联系我们'；'并不是因为我们无话可说，才应该闭嘴。'"

"今天我们的历史课以这位人物结束。我们由此完成了从博马舍到皮埃尔·达克的回顾。"

他合上书，请他们去吃饭。

他们吃晚饭。

对所有这些喜剧先驱的回顾似乎调动了他们的积极性。

卢克莱斯发现了所有这些 GLH 成员的共同点。

他们都有着不堪的过去和人生。对这些人来说，笑是一种反击，一种克服他们莫大忧伤的方式。他们靠幽默取得成功，可所有人在生命结束之时，都会请求宽恕过往的滑稽。许多人尝试创

1　皮埃尔·达克(1893—1975)，法国戏剧演员，喜剧表演艺术家。

作过艺术的、"悲剧的"作品，因为他们难以接受自己的形象。

斯特凡纳·克劳斯陪他们回到房间。

伊西多尔淋浴后穿上T恤。

他一言不发，瘫在床上。

睡觉的时候，卢克莱斯微微一笑。

明天我可以笑。

然后她改口道。

明天我"应该"笑。

她发觉如果忍住不笑对她来说很难的话，那么按指令一直笑也许更加困难。

我要控制我的身体。

于是她练习控制呼吸。

我要倒数。数到 0 的时候，就要一下子睡过去。10，9，8，7，6……5……4……3……2……

"好了，不能忘记调查，卢克莱斯。起来，我们回那里去？"

伊西多尔已经拿着淡紫色斗篷和面具来到她床边，挥动两根手电筒。

他们重复前一晚上的路线。

来到长廊尽头的大门前，他拿出偷来的螺丝刀和铁丝。

她开始撬锁，但似乎困难重重。

"我还以为您是专家呢。"伊西多尔诧异道。

"我是现代电子锁的专家，不是三个世纪前的古锁专家。我不知道这些装置是怎么运转的，而且里面都是古代小齿轮，牢固得很，我搞不明白。这把锁就像挂钟一样。"

"您让我失望，卢克莱斯。我突然在想是否高估您了。"

这下卢克莱斯更加发奋撬锁。

我要证明给他看！

她专心听这把大锁的声响，但还是一无所获。

她对他示意，今天打不开了。

"我需要一个照 X 光的机器，看看里面的构造。"

那两个穿淡紫色衣服的身影又朝他们这边走过来，他们只好赶紧躲起来。

我真的让他失望了？

131

亚当在天堂感到很无聊。想要个妻子。上帝告诉他，会给他造一个绝顶的女人。美丽，亲切，和气，聪明，殷勤，精通各门艺术，优雅，温存。这将是创世纪的所有动物中，最最成功的。问题就是花费高昂。具体来说，需要一只眼，一条胳膊，六个脚趾头。于是亚当想了想说："对我来说有点贵了，如果就一根肋骨，您能给我造个什么出来？"

——GLH 第 234445 号笑话

132

大拇指无情地按在秒表的开关上。

"注意，准备。数到三就开始。一……二……三。笑。"

开始，卢克莱斯勉强露出微笑，然后笑声更加洪亮优美，还很有节奏。

"停！"斯特凡纳·克劳斯命令道，按下秒表。

她花了点时间才刹住闸，不过最终还是把笑忍住了。

"再来。数三下。一……二……三。笑！"他一边说一边开始计时。

她刚开始笑,一直把秒表拿在手中的斯特凡纳·克劳斯就又说:"停!"

她更勉强地刹住闸。

"再来!"

这次他让她笑得很久,直到她精疲力竭自己停下来。

"5分22秒。如果没人喊停,您大约可以自然地笑5分22秒。到您了,伊西多尔。"

伊西多尔在斯特凡纳·克劳斯对面坐下。

"准备好了吗?注意,倒数三下。三……"

"也不能用一个小笑话来帮我启动吗?"男记者问。

"不行,这是训练的一部分,就像您朋友一样,必须不靠任何帮助地开始和停止笑。"

男记者示意准备就绪,然后他深吸一口气。

"三……二……一。笑。"

他按下秒表,伊西多尔开始提高那微小、做作、可怜的笑声。

"这沙哑的引擎是什么?做得更好些,伊西多尔,您可以在脑海里自己给自己讲故事。"

于是伊西多尔给自己讲了个笑话,笑得好了些。

"加油,再来,您可以做得更好。重新开始。三……二……一。笑!"

伊西多尔的笑声越来越大,愈发悦耳,仿佛他开到了三档,又开到四档,就在他准备开五档时,斯特凡纳·克劳斯干脆地说:

"停!"

伊西多尔开始减速,四档,三档,二档,一档,刹车。

"啊,您进步神速呀。应该一下子停下来。从现在起,你们两个应该在脑袋里储存一些笑话,好让笑加速,还要储存些悲伤的想法,好让笑一下子就刹闸。"

这会把我们带到哪儿？这个家伙让我开始担心了。

"……正如你们所见，我们脑子里都有一根无形的滑稽之线，一旦越过这道边界，就会导致笑这种机械现象。我们将一起，一毫米一毫米地研究这道边界。"

"为什么？"卢克莱斯问。

制片人挑挑眉毛。

"为了你们入教……这不正是你们想要的？"

"更确切点呢？"

"……很好。如果你们想知道的话……为了最后的生死考验，这将是你们培训的结束。

什么？？

"我们已经说好了……"

"你们会入教。而你们的入教，和我们这里所有人的入教一样。"

"那 B.Q.T. 呢？"

"担保你们入教。但我们从来没说过，它能担保你们活命。"

瞧，这就是陷阱。

斯特凡纳·克劳斯露出一个夸张的笑容。

"来，别担心，我是你们的指导老师，会帮你们好好准备最终考验的。我们现在能在这里，是因为我们活下来了。因此，我对你们不吝惜任何惩罚和考验，就是要确定你们在决战之前变得坚强。"

我们完蛋了。达利斯，你救了我，我想弄明白你的死，却让我也死了。

"喂，卢克莱斯，什么想法能让您最快速度停下来不笑？"

"我必须说吗？这很隐私。是，好吧，是在寄宿学校里对新生的一种戏弄。"

"您呢,伊西多尔?"

"我见证了一次恐怖袭击。"

"很好。把它放在记忆可以触及的抽屉中,用来停止任何一次笑。接下来几天,这种小练习是很有用的,让你们为今天的主题做个热身。历史之后,是医学。我们将学习笑是如何发生的。"

斯特凡纳·克劳斯带他们穿过其他的走廊和楼梯,来到一个小实验室里,和伊西多尔之前在蓬皮杜医院看到的那个类似。在这里,用扫描仪和放射装置来跟踪脑部电流脉冲。

"第一个设备,机能磁共振成像仪,简称 IRM - F [1]。不要和 IRM——磁共振成像搞混了。用 IRM - F 我们可以跟踪脑部电磁微场的变化。"

他请他们坐在椅子上,椅子安在巨大的塑料球里。在穿深玫红色长袍助手的帮助下,制片人在他们的皮肤上放置传感器。一切接通后,他给他们讲了个笑话。

卢克莱斯和伊西多尔笑起来。

同时屏幕上出现瞬时画面。

两名科学记者跟踪着笑话在其头脑中的路径,照亮的区域表示神经束被激活了。

"我们将学习控制笑话。我给你们讲个笑话,你们自然地笑出来,我说停的时候就停。我一给你们信号,你们就要在几秒钟之后重新笑。

两名记者多次进行笑声控制训练,得到的结果越来越精确。接着他们来到一个房间,里面挂着身体和脑部图。

"笑是一个在多个层面发生的完整动作。"斯特凡纳·克劳斯

1　IRM - F,是机能磁共振成像仪(Imagerie à Résonance Magnétique Fonctinnelle)的法语首字母缩写。

解释道。

"在大脑层面,左脑,即分析半脑,接收意外信息而无法找到逻辑,平衡问题瞬间转移到右脑,即诗意半脑,右脑也不知该如何处置这个烫手山芋,于是发出笑的神经脉冲,以便节约时间。

"激素层面,笑会释放出内啡肽,引起愉悦和兴奋感。

"心脏层面,心脏加速。快速跳动。"

一直到心跳停止?

斯特凡纳·克劳斯指向图片的另一区域。

"心脏膈膜会跳动。在肺部,笑会引发换气过度,以每小时120千米的颤动速度排气。瞬间造成腹部震动,按摩周围所有器官,包括胃、肝、脾、肠,并使得腹部组织得到放松。笑在所有层面震动所有组织。"

因此,制片人说,男性不能一边笑,一边做爱。女性也如此。这两种活动都会消耗身体的全部能量。

GLH 的这两位新手,按斯特凡纳·克劳斯的说法,一上午都在试图控制他们的"脑部烈马"。

午饭时间到了,日程暂停,他们很惊讶,竟感到如此饥饿。

"笑可以开胃。笑可以瘦身。这很正常,因为这一活动会消耗大量脂肪和糖分。实际上,这是极佳的减肥方式。"

所有的食物都显得那么美味。一丁点胡萝卜,一小块白萝卜,一小片黄瓜,似乎都有着无可比拟的滋味。

下午,训练、实验和笑的化学电流机制说明交替进行。

接下来大概 18 点的时候,他们开始研究"短笑话"。他们随之更换了显示机器。

"这种机器叫电子偶素放射地形扫描仪,简称 PET 扫描仪。我们可以用它辨认出流质、血液、水分和淋巴液的流动情况。在一个精彩的笑话中,需要'词句留白'。有些词句虽没有说出,可是已经被暗示出来了。听的人在脑海中已经写下笑话的一部分。比如，'51牌茴香酒和69体位的区别是什么？回答：51牌茴香酒让你的鼻子在香料里。'"

卢克莱斯在笑话层面并不喜欢它。却发现里面确实没有提到"性"。一切都是言下之意。这更加恶心。

视频屏幕上，我们可以清楚看到笑话对其机体产生的效果。染色的区域被照亮了。

"不要害羞。地球上80%的笑话都是关于禁忌的：性，死亡，粪便。因为被禁止的反而传播最广泛。因此打破禁忌就能造成最强烈的效果。"

斯特凡纳·克劳斯又给他们讲了几个笑话，训练他们的思维。

"两颗精子在讨论。第一个说：'卵巢还很远吗？''你说呢'，第二个回答，'我们不过才游到扁桃体。'"

制片人仔细观察在两位记者身上产生的效果。

"另一个关于性的：'为什么狗老是舔它们的屁股？回答：因为他们能舔到自己的屁股。'"

卢克莱斯这次忍不住微笑了下。

"当然，也有不那么强烈的禁忌，不过你们会发现效果也会打折扣。"

"宪兵拦下女司机：'没看到红灯吗？''看到了'，女孩儿回答，'可我没看到您。'"

"把这些笑话记下来，之后好研究。为什么它们好笑，为什么它们不好笑。禁忌的限度，效果最大化。要把笑话看作菜谱，需要完善剂量和原料。"

他向两位记者展示之前笑话在他们机体产生的效果。脑部的一个区域出现了几条白线，这些白线在另一些区域中停下来。

"思考一下话语和图像之间的关系。应该在听者的头脑中画出场景。比如这个：

"一个人在泳池里游泳，挨了骂，因为他在水里撒尿。'可说到底，'游泳者抗议道，'又不是只有我这么干！''是的，先生，可您是唯一在跳板上撒尿的！'"

接着制片人介绍了创作笑话的一些基本技巧，"反向破裂""突变""一语双关""人物隐藏""定时谎言""零可能大话"，以及"下流暗示"。

斯特凡纳·克劳斯接着说："另一条原则，'无逻辑之逻辑'。"

"一个学者训练一只跳蚤。他命令它：'跳！'跳蚤就跳。他剪掉它的爪子，再说：'跳！'跳蚤不跳了。于是学者在其论著中写下：'剪掉跳蚤的爪子，它就变聋了。'"

两名记者无动于衷。屏幕显示这个笑话在他们大脑中冲击甚微。

"好吧，既然你们如此顽强，现在轮到你们创作了。"

他命令伊西多尔和卢克莱斯编一些小笑话。

他们需要构成层次分明的三段式结构，在这个笑点系统中，第三拍和前两拍要形成对比。

几秒钟之内编个笑话？在这里，马上，我可永远办不到！

"大胆地编，对自己要有信心，不要害怕编得荒唐或者下流，只要想着让人吃惊。"

年轻的女记者闭上眼睛，构思了一个关于男人自私的淫秽笑话。伊西多尔用一个关于女人歇斯底里的笑话反唇相讥。

斯特凡纳·克劳斯听这些笑话，进行评价，向他们解释该如何优化。指出他们的弱点和长处，和他们一起改写。晚饭时，制片人告诉他们："笑话是西方文化中的俳句。这是种三句诗体。就像俳句一样，笑话总是遵循三段式结构原则。一个笑话总是三拍的。第一拍:介绍人物和地点。第二拍:情节推进,悬念迅速上升。第三拍:最出其不意地抖出笑点。这三层中的每一层越是精简,越是保留精华部分,效果就越好。记住,要为最后一个词保留最大的效果。"

伊西多尔和卢克莱斯记下这些建议。

"注意,我将给你们讲一个稍微长点的笑话,它的三拍体系非常明晰。你们会发现和写电影剧本没什么区别。另外,一个精彩的笑话就是一部有一个情节、一个悬念和几个人物的小电影。所有都要迅速罗列出来,只保留必要部分。明天你们要给我详细分析整个笑话的结构。"

133

三个人来到天堂。圣彼得接待了他们,看到他们都严重毁容,圣彼得十分惊讶。

"发生了什么,你们怎么会变成这个样子?"他问道。

第一个人回答:"事情是这样的。我怀疑妻子出轨了,于是提前下班回家。我打开门突然出现在房间里。发现妻子裸体躺在床上。于是我叫嚷着,要知道那个下午和我妻子睡觉的混蛋藏在了哪儿。她不愿意说。我把家里搜了个遍。最后我发现,从客厅可以看到阳台,而阳台上挂着一个人。

"我走过去一瞧。我们住在 8 楼。一个男人悬在半空中,仅靠双手支撑着。我试图让他松手,他扯着嗓门大喊着听不懂的话。我用尽各种办法还是没让他松手,于是走回厨房,找了把锤子,砸他的手,他总算松手了。我探出身子看他掉了下去。可这个家伙,运气好得难以置信,被我们楼下花店的帘子弹起,毫发无损。我狂怒之下,走回厨房拿起冰箱。然后走回阳台瞄准他,向他身上砸去，这次总算把他砸了个稀巴烂。"

"啊，"圣彼得说，"可是你毁容了，是怎么回事？"

"我低估了冰箱的重量，把冰箱扔下去一瞬间，我被带了起来，在阳台上失去平衡，也掉下了去。可我没那么好运落在花店的帘子上，而是在下面像煎饼一样粉身碎骨。"

"很好，那你呢？"他问第二个人。

"哦，我发现自家阳台被铁锈腐蚀了。就决定重新刷下油漆。我站在板子上喷除锈剂，板子边是由两个钩子固定的，突然一个钩子松开了，我还没来得及抓住，另一个钩子也松开了。我住在9楼。所幸我抓住了下面一层的阳台。可当我试图爬上去的时候，一个家伙走过来。我以为他要来帮我，可是不是，他砸我的手想让我松开。我紧紧抓住，大叫着，于是他放弃了，走开了。我以为他是去找绳子来帮我，可是不是，这是个疯子，他拿着把锤子回来，砸我的手指。实在是太疼了，我最终松开了手。但幸运的是，底下花店的帘子让我得以缓冲。我才回过神来，一抬头，就看到一个冰箱全速朝我飞来。"

"啊，我明白了。那你呢？"他问第三个人。

"我是那个情夫，我听到她丈夫回来了，就藏到了冰箱里。之后我一直等着。突然我感到冰箱飞起来了，然后就什么都不知道了。"

——GLH第773423号笑话

134

卢克莱斯做了个梦。

她在一个体育场那么大的剧院里。她登上被红色丝绒幕布围起的舞台，面向观众。

她知道要逗笑着数万名热情的观众。

她开始脱衣服。

她脱下衬衣、裤子、长筒袜和鞋子。只剩下文胸和三角裤。她脱下文胸，露出胸部。她脱下三角裤，转过身来，把臀部面向成千上万的观众，他们吹着口哨，兴奋不已。她用喜剧的方式震撼着他们。

然后她身体左右扭摆着，邀请披戴白色斗篷和面具的伊西多尔上台。

伊西多尔凑到单脚话筒前说："笑话就像病毒。一旦被释放，就从口到耳蔓延传播。像病毒一样，也会突变，而且……像病毒一样，可以杀人。"

观众鼓掌。

然后他从斗篷中拿出一个系着丝带的盒子。

"今天是四月一号！生日快乐，卢克莱斯。"

她解开礼物上的丝带，拆掉包装纸，发现是一个蓝色盒子，上面是镀金的铁饰。下面写着 B.Q.T.，再下面是："绝对不要读。"

伊西多尔对她说："绝对不要读，卢克莱斯！"

突然达利斯·沃兹尼亚克从舞台下面的活动门里出现。他用讥讽的口气重复着："哦！不，不，不……'绝对不要读。'"

他去掉眼睛上的眼罩，露出的不再是闪光的爱心，而是一个塑料雕像式的笑声机器。它一边笑一遍重复着："绝对不要读。"

达利斯的母亲和哥哥也从舞台下面的机械活动门里出来。

"我儿子身体一向很好。"母亲说。

"先笑的要吃枪子。"哥哥说。

接着悲伤小丑通过绳子从舞台上方的拱顶滑下来。

他取下面具，原来是勒文布吕克教授。他道："这是潘多拉的盒子，打开的人并不知道将要面对什么。"

话音刚落,他的头就变成了塞巴斯蒂安·多兰,说:"这是对心灵的亲吻和爱抚。"

随后,头又换了,出现了卡尔纳克的勒根神父。

"这是撒旦,是魔鬼!"

最后斯特凡纳·克劳斯戴着淡紫色面具从后台走出来。他摘下面具保证道:"这个笑话不过是个简单的俳句,遵守三拍原则:介绍。"

他指指卢克莱斯的胸。

"发展。"

指指她的臀部。

"结尾。"

指指她的阴部。

年轻女孩用两只手捂住乳房和私处。

"别害羞! 幽默就是性,就是粪便,所有被禁止的都让人震惊。幽默就是打破常规,就是淫秽,就是反社会。幽默应该是恶心的。鼻子在香料里,卢克莱斯,在香料里!"

他想强行拿开她的手,可她紧紧捂着。

随后响起铙钹的声音,一支新奥尔良爵士乐队奏响狂乱的铜管乐。

聚光灯照亮舞台的另一个角落,出现一个男人,他在花店门面旁边粉身碎骨,另一个人被冰箱砸得稀巴烂。冰箱门打开,一个浑身是血的家伙一边往外走,一边说:"我就是那个情夫,我什么都不知道!"

观众席响起掌声。

卢克莱斯再仔细瞧了瞧他,认出来了,这是她为了进行调查而甩掉的情人。从剧院拱顶上传来口哨声。什么东西掉了下来。原来是她的电脑,在她面前碎成了无数块。

观众再次鼓掌。

戴着紫罗兰面具的首领在斯特凡纳·克劳斯身后出现。她走到直立话筒前："九天之后，你们将经历最终考验，9 天，就好比 9 个月，是孕育生命所需的时间。"

随后出场的是消防员丹贝斯蒂，带着一个装有轮子的棺材，上面写着："卢克莱斯·奈姆赫德长眠于此，从来没人爱过她，因为她丑陋，愚蠢，而且不能将一个犯罪调查进行到底。"

勒根神父出现，划着十字。

"她生于墓地，又重返墓地。"

观众鼓掌。卢克莱斯来到单脚话筒前。

"你们认为我一无是处，是因为我还没脱光。我要继续表演脱衣舞，我还没脱完呢。"

斯特凡纳·克劳斯拿出手枪，威胁她："来，逗我们笑，这是您入教的终极考验。"

于是她摸摸头发，摘下假发，露出像鸡蛋一样的光秃脑袋。接着露出脖子上的拉链，拉开，脱下整具皮肤，就像在脱一件粉色的连体潜水服。露出红色肌肉和黄色脂肪板。

她脱下肌肉，摘除器官：心，肠，肝，胰腺，肺；干净利落地把它们放在自己面前，仿佛这是衣服，之后还要再穿起来。然后她脱下最后几块小肌肉，露出骨骼。

观众吹着口哨，给脱衣舞鼓劲。

"还要再脱吗？"她问。

斯特凡纳·克劳斯挥舞着手枪。

"终极考验！"

于是她拧下头的上半部，就像拧开果酱罐的盖子，从中拿出粉红色的花菜般的胶状脑浆，放在她的器官旁边。

接着，已经成了一副直立骨架的她，打开盒子，拿出雷维雅丹瞪大眼睛、被烤焦的身体。

观众鼓掌。

她打开一张纸,高声朗读。

"你们真想让我逗你们笑吗？这是终极考验吗？好吧,现在我准备好为你们朗读 B. Q. T. 了。可你们,你们准备好倾听它了吗？"

所有人齐声回答:"是的,是的,是的。"

伊西多尔点点头。泰纳蒂耶鼓着掌。丹贝斯蒂点了根烟,烧到了他的胡子。克劳斯说:"注意吐字清晰,在每句话中间换气。

她吸了口气,仍然是骷髅的外表,把那卷纸放到她空空的眼眶面前:"这个故事是说一个非常著名的喜剧演员因为读了一个笑话而丧命。"

达利斯举起手来说:"是我,是我！"

观众开始笑。

"两个科学记者展开调查,想发现这个笑话是什么样的。"

伊西多尔咕哝道:"是我们,是我们。"

观众笑得更厉害了些。

"现在是结尾:'最终,他们发现这个笑话就是人类的真面目！'"

观众们哈哈大笑。

上万人同时剧烈地笑着。他们裂开来,皮肤裂成碎片。肌肉脱落。器官脱落。他们发现所有人,包括伊西多尔,都变成了骷髅,站立着,正在哈哈大笑。

"就是这样,"伊西多尔惊讶地说,"'终极笑话就在于提醒人们,他们实际上是……上面带着肉的骨头。'"

他自己也哈哈大笑起来。

"这是会传染的病毒……对真相的认识……是如此难以承

受,以至于我们只能笑,以免变得疯狂。"

接着聚光灯照亮舞台后堂,露出一道厚厚的门,就像地下长廊尽头的那扇。锁里有把古老的钥匙,在徐徐转动。门打开了,理发师亚历桑德罗出现。他把镰刀递给卢克莱斯。

"现在是结束工作的时候了。我们应该把冒出来的砍掉。相信我,卢克莱斯,我们总是砍得越多越好。"

卢克莱斯仍旧是骷髅的形象,姿势就跟那张塔罗牌上的骷髅一样,在刺耳的呼啸声中,她挥动镰刀,砍下观众的脑袋,他们仍在为她的精彩笑话而笑着。

她黑莓手机的闹铃响起,是墨西哥的库卡拉恰舞曲。

卢克莱斯·奈姆赫德浑身是汗,梦里的那些恐怖画面让她印象深刻。

她揉揉眼睛。

要把这个噩梦忘了。为什么我的大脑给我传来了这部恐怖片?

她回忆着梦境与现实。

前一天晚上,她和伊西多尔还在尝试打开那扇门的锁。还是徒劳。

她冲了个澡,使劲搓着自己,想把梦境的残迹从皮肤上连根拔除。

她更加使劲地刷牙,直到在水池里吐出血来。

然后她穿衣,化妆,梳头,最后系上斗篷,戴上面具,并没有和也起床了的同伴说一句话。

斯特凡纳·克劳斯已经在食堂里坐着等他们吃早饭了。

"那么,你们怎么看《天堂的三个人》这个笑话?"

"我觉得它的结构让人印象深刻。"伊西多尔承认,还说创作它的人一定是精心设计了每个细节。

"这是我们当时的首领，西尔万·奥尔德罗在 1973 年创作的。显然，因为没有人知道我们的存在，这个笑话没有任何版权就问世了，延续着其笑话的生命力。"

"1973 年？我们听到它的时候应该已经变形了。"

"变了无数次了。变形是衡量一个笑话成功与否的方式。天才式的笑话发明家会构思出足够稳定的机制，以至于即使笑话变形了，经过口耳相传，稍微遗漏了点什么，也不会失去它最初的含义。我们称之为从人到人传递的口头文学。每一位'讲故事的人'都对笑话进行了再创作。因此这种艺术已经预见到了那些传播它的人的才华或者……'非才华'。"

他们吃着水果。

卢克莱斯·奈姆赫德发现她不再想念香烟了，甚至感觉呼吸更加畅快。她把这一发现告诉指导老师。

"这是笑的作用之一，"斯特凡纳·克劳斯解释说，"可以清洁支气管。笑是清除积存在肺泡中的焦油和尼古丁的理想方式。"

他微笑道。

"今天我们要学习的是：用笑治病……然后是用笑下毒。因为笑这种武器，既可以自卫，也可以杀人。"

他们走进一间没进去过的隔音教室。在那里学习用喉部、肺部和腹部笑。

"某些笑话，确切说来是在震动腹部。因此对便秘患者可以起到按摩的功效。"

卢克莱斯和伊西多尔得知，可以用喉部的笑来治疗咽喉肿痛。作用于脑部的笑话可以治疗头痛和偏头痛。

在带他们学习了笑的药效后，他教他们笑的杀伤力。

"笑话应该以讲述者所期望的速度和力度进行攻击。一，告知。二，使之失去平衡。三，反向刺杀。这不再像是功夫了，更像是柔道。”

之后他们剖析了好几个笑话，逐个探寻是如何酝酿最后的反向刺杀的。

他们得知，笑不仅存在于笑话的叙述中，也存在于负载它的嗓音的能量上。而这种能量就像气息一样可以控制其所到范围。

“现在你们要把同一个笑话讲三遍。一遍用近距离能量，一遍用稍远些的能量，第三遍用能穿透一切的激光能量。别忘了眼神，它可以增加笑话的能量。

他们接下来上的是表演课。学习为每个人物调整嗓音。

作为训练例题的笑话是关于青蛙的。斯特凡纳·克劳斯讲述道：“有只青蛙嘴巴很大，说话的时候咬音夸张。它看到一头母牛在吃草，就对它说：‘你——好——母——牛——夫——人！你在吃——什么？’母牛回答：‘吃草。’青蛙又问：‘好——吃吗？’‘好吃。’母牛回答。大嘴青蛙看到一条狗。‘你在吃——什么？’‘狗粮。’狗回答。“好——吃吗？’‘好吃，你想尝尝吗？’可是青蛙已经走远了，他碰到了一只在湖边觅食的鹳：‘你——好——鹳——夫——人！你在吃——什么？’‘大嘴巴的青蛙。’鹳回答。于是青蛙说：‘这儿应该没多少。’”

斯特凡纳·克劳斯在说最后一句话时，口型变小，字词仅从紧闭双唇中极小的开口发出。

“当然，你们可以增加你们想要模仿的动物的数量。就在于青蛙张大嘴说话和最后噘嘴说话形成的对比上。”

他们多次练习，最后各种变体让他们被对方逗乐了。

午饭时分，气氛愈发轻松。

第四天下午的课程说的是人物的创造和管理。

“应该设法用极少的词语定义人物，并且迅速使‘老先生’‘漂亮姑娘''小男孩儿'形象化。不用害怕稍微的漫画化,但不能太过,否则场面就没法控制了。最少的语句'有个人如何如何'通常就足够了。每个故事不要超过五个人物。否则听众记不住,或者没有耐心来使这些人物形象化了。"

伊西多尔和卢克莱斯互相进行这种新的练习,创作带有漫画式人物的笑话。

斯特凡纳·克劳斯对其进行修改,调整和完善。

"啊,还有件小事。别费心去捣鼓地下室大门上的锁了。首先,在走廊里到处都是微型摄像头和话筒,你们每次都会被发现。其次我明天就要⋯⋯亲自带你们去。"

伊西多尔和卢克莱斯惊愕地互相看着。

"如果你们早知道了,为什么不抓住我们?"

"实际上,这逗乐了视频监控室的工作人员。也逗乐了每次你们都会碰到的那两个淡紫色斗篷。对不起,在一个以笑为宗教信仰的地方,我们不会放过任何一个逗笑的机会。"

两名记者都有些恼火。

"那为什么今天告诉我们?"

"我不喜欢别人取笑我的学生。我想让你们内心足够强大,以便迎接最终考验。"

结束时,就在他们去睡觉之前,制片人又讲给了他们一个笑话,以便明天思考。这次的笑话是基于视觉的,用到了电影无法实现的场景。

135

有个人喜爱天文,造了个巨大的天文望远镜,聚焦于宇宙中的一片区域,他怀疑那儿可能存在外星生命。他耗尽资财来改良他的望远镜。总是观察同一片区域,相信那里存在生命。有一天,他死了。他的儿子继承了这架望远镜。父亲在遗嘱里要求儿子继续他的观测。他儿子改良了望远镜,有一天,奇迹出现了,他在这片宇宙空间的一个小行星上,发现了离奇的事。在行星的整个表面上,写着一句话:"你们是谁?"

这句话应该是用一些巨大工具刻上的,因为它占据了整个暴露在外的表面。

天文爱好者的儿子立刻通知地球上的所有学者,展示他的观测成果。所有人都承认,这句话并非偶然。甚至连问号都清晰可见,所有字母都字迹清楚。

因此,联合国决定推出一项宏大计划,用推土机在整个撒哈拉沙漠上写下:"我们是地球人,你们呢?"

这个计划花费了一年时间。所有天文台都转向这颗小行星,等待着这场星际对话的回应。

然后有一天,"你们是谁?"逐渐消失。出现了一条新的信息:"我们问的不是你们。"

——GLH 第 208165 号笑话

136

第五天,斯特凡纳·克劳斯教他们创作笑话。

他给他们一小时来构思一个笑话的雏形。

他又按下了秒表,两人按指令编起故事来。

"奇了怪了,"卢克莱斯说,"以前我觉得一下子就能讲个笑话,可自从学习了你的课程,我感觉自己幽默不起来了。"

"这就和照相一样。回忆下,你们第一次用一次性相机或者普通数码相机时,马上就能照出漂亮的照片。后来,你们买了一台专业相机,有各种调节功能。别人教你们怎么用光圈、快门、感光度、取景、光源分析,你们却意外发现什么照片都照不好了……"

"确实如此。"伊西多尔承认。

"这是从业余级别过渡到专业级别所付出的代价。一旦你们有意识地做事,它们就会变得困难起来。可如果你们过了这道坎,之后就会照出更漂亮的照片。因为你们拍照的时候,知道为什么要如此如此,而不是相反。"

伊西多尔·卡森博格表示赞同。

两位笑学学生接下来学习笑话中的精神分析学。

"西格蒙德·弗洛伊德是位伟大的笑话收藏家。他认为笑就像一个阀门,我们打开它,释放内部压力。因此,幽默是压抑和禁欲的解放者。最终表达的是无意识的东西。西格蒙德·弗洛伊德用它来治病。"他解释。

他们学习了新的幽默手段。

· 错误线索

· 譬喻

· 类比

· 暗示

· 笑话反转,也叫作"苹果馅饼"。[1]

· 出言不逊,说禁止说的内容

· 夹带私货(比如:"我跟我前男友吃早饭,我给他做了煎饼。我在里面加入牛奶,鸡蛋,毒鼠强和面粉。")

他们接着学习外国幽默的风格。

斯特凡纳·克劳斯给他们拿出一张地图,上面每个国家上都

---

1 做苹果馅饼时,需要把装有原料的碗倒扣在盘子上。

标有数字。

"关于笑的报告可以揭示一个社会的状况。20 世纪 60 年代的一项研究表明,德国人更喜欢关于粪便的笑话,美国人更喜欢关于口交的笑话,英国人喜欢同性恋笑话,法国人喜欢关于绿帽子的笑话。事实上,笑的数量和质量可以揭示出一个国家的普遍精神状况。"

卢克莱斯和伊西多尔发现笑的质量最高的国家,并不是工业化程度最高的。

"在日本,笑或者微笑都被视为软弱和愚蠢的象征。在阿富汗,完全禁止在公共场合笑,违者要受鞭刑。但也有些地方,真实存在着对自嘲和超脱的祭拜,比如印度和中国西藏。"

斯特凡纳·克劳斯展示每个国家的人们大笑时的笑脸。要求他们研究照片上的肌肉、眼睛和神态。

"有种最初的原始之笑,其实是一种因恐惧而产生的驱魔式的笑。"

斯特凡纳·克劳斯在黑板上写道。

"还有一种中性的笑,即不理解的笑。疯子对另一个在油漆天花板的疯子说:'你抓紧刷子,我把梯子搬走了。'

"最后还有高尚的笑。"

他带他们来到一间很小的屋子,一尊十米高的笑佛端坐其中。屋子里没有架子,没有书,只有这座雕像,和雕像对面的一把椅子。

"目标就是要完全宗教化。这个笑是超脱之笑。这样笑的人,已经明白了嘲讽世界和自己,退一步,就会感觉一身轻松,漂浮于悲剧和情欲之上。一切从此都可成为笑的源头。这是终极感悟之笑。

"这间屋子是用来做什么的呢?"卢克莱斯问。

"准确地说,是完全超脱时,用来笑的。"伊西多尔回答。

"确实如此。这里没有强迫的笑,没有笑的瑜伽。当明白了嘲笑世界时,我们就来到这个地方嘲笑自己。"

"很少有人可以来到这儿。"卢克莱斯估计道。

"不错,这种笑很难达到。只有大师和首领每年来这里一两次,来'真正地'笑。基本不会比这更频繁了。"

伊西多尔似乎在佛前着了魔。卢克莱斯也被震撼了。

多美啊。如此精妙的笑。一切修行只为达到一个伟大的笑容……无论如何,这一概念绝对可以称得上是革新。

她注意到佛像的对面是列奥纳多·达·芬奇的《蒙娜丽莎》。制片人解释说:"她的微笑正是超脱之笑的前奏。实际上我们说这是未来人类的笑。"

笑就是一条人类意识的进化之路。

伊西多尔和卢克莱斯对斯特凡纳·克劳斯的教学内容越来越感兴趣了。

制片人随后带他们来到另一间屋子,这次里面是火刑柴堆、酷刑、十字架和枪决的图片。

"现在我要跟你们说说'幽默的敌人'。第一个例子:柏拉图。这位被主流哲学家高度评价的人物,还一字不差地写过这么一句话:'笑的两个真实原因就是罪恶和愚蠢。'"

斯特凡纳·克劳斯一边说,一边指着几张画像。

"亚里士多德,另一位哲学明星,宣称:'笑是丑恶和下流的表达方式。'"

下面这幅图是个头顶有光环的人。

"这位,塔尔苏斯的扫罗,更为人熟知的名字是圣保罗,天主教的官方创始人。他在给以弗所基督教徒的信中,劝导他们拒绝玩笑乐趣和'非繁殖功能的'性爱乐趣。说开玩笑是一种'精神通奸'。可笑。这些人肯定是得了失笑症，自己还不知道。"

一听到"失笑症"这个词，两名记者竖起了耳朵。

"这是种已经被完全认知且有据可查的病症。"制片人解释。"这个词前缀 a 表示'没有'，gelos 表示'笑'。这个词是由一位自称……拉伯雷的医生发明的。"

又是他。总之都是他发明的。他是幽默界的列奥纳多·达·芬奇。

"这种病确实有人得过，他们从来不笑或者很少笑。最著名的失笑症患者是艾萨克·牛顿。根据他周围人的说法，他只笑过一次：当时是有人问他，在阅读欧几里得的《几何原本》中得到了什么乐趣。还有斯大林。周围人说他只有在拍宣传照或录像时才会强迫自己笑，因为需要显得和蔼可亲。要不然，他就只有在处决列宁以前的战友时会笑了。"

在笑的敌人中，斯特凡纳·克劳斯还提到了阿道夫·希特勒，一位幽默家竟敢把自己的狗取名为阿道夫，他因此吃了官司，这在当时引起轰动，之后希特勒就投票通过了一部法令，严禁人们拿"未经许可"的主题开玩笑。

"巴斯特·基顿[1]，他的绰号是'从来不笑的人'，他是失笑症患者吗？"卢克莱斯问。

"不是，他和电影公司签了协议，不准在摄像机前笑，不过在现实生活中，他是个很风趣的人。"

斯特凡纳·克劳斯在魔法书上翻了几页。

"笑的敌人向来众多。不过你们接下来会看到，有些人会用

1　巴斯特·基顿（1895—1966），美国著名电影演员、导演。在镜头面前，他永远是面无表情，形成其独特的喜剧表演风格。

笑……来对付笑。有些失笑症患者,比如乔纳森·斯威夫特[1],极其寡言少语,却曾经是……GLH 的大师。

"不应该混淆工具和工匠。一切都由使用者的意图决定。"

"人们可以改变幽默这种武器的功能,以获得与幽默家所追寻的抵抗暴君功效相悖的功效。比如齐奥塞斯库曾创设了一个幽默部,好让人们忙于欢笑而不再想造反。"

伊西多尔记下这些。

"这就是我们如今的战斗之一。为恶势力幽默不致毁灭美好幽默而斗争。因为这两种幽默是并存和互相抗衡的。"

"就好比高密度胆固醇和低密度胆固醇。"卢克莱斯说。

回顾了笑的敌人之后,制片人告诉他们笑的排气过程。

"想象一下,当一阵海浪滚滚向前时,我们可以在波涛上冲浪,从而比海浪本身跑得更快。为了加强一个笑话的效果,我们可以,比方说,同时想另外一个笑话,这样就会让我们笑得更厉害。我们称之为'涡轮效应'。在加速度上再次加速。"

他们还是反复练习,寻找"涡轮效应"。有时引擎会超速运转,他们就会意识到应该把大脑想象成一台引擎,不能过量供给燃料。

"'涡轮效应'发挥过度或者持续时间过长,就会有危险,甚至会导致人脑死亡吗?"卢克莱斯问。

制片人在回答之前停顿了下,静静地看着他们,完全明白了年轻女记者的言下之意。可他没有转移话题,还是继续当他的老师。

"事实上,历史上存在一些'因笑而死'的案例。我们都已将

1　乔纳森·斯威夫特(1667—1745),爱尔兰作家,讽刺文学大师,代表作有《格列佛游记》等。

其记录在册。"

他拿出一份文件,翻了翻。

"希腊画家宙克西斯在凝视其刚刚完成的一幅奇丑无比的女人画像时,死于由笑引发的紧张症。之后,安东尼·特罗洛普[1]也在读 F.安斯蒂的小说《颠倒》时大笑而死。"

斯特凡纳·克劳斯又花了几个小时教他们'逗笑'的武术。之后伊西多尔和卢克莱斯被要求进行他们之间的第一次比赛。

"就像……'先笑的要吃枪子'那样的比赛?"伊西多尔问。

他们老师的表情一下子严肃起来,那是克劳斯在旅馆房间里威胁他们时的表情,那是在来到此地之前卢克莱斯认识的那个他的表情。

"我很惊讶,你们已经知道它了……"

"这就是最终考验,对吗?"伊西多尔问。

"我们确实从没提到过这个。不过,最后,是的,你们两人之间确实是将有一场'先笑的要吃枪子'的比赛。"

"为什么?"卢克莱斯惊叫道,"我们的协议规定……"

"作为你们加入我们 GLH 的交换,你们要把 B.Q.T.给我们。但我们从来没在协议里注明将有两个人入教。唯一的结局就是'先笑的要吃枪子'。你们两个中谁在比赛中赢了,谁就入教成功。"

我没听错吧?我要杀死伊西多尔?

她看看同伴,他眉毛都没动一下,仿佛这一切对他来正常不过。

"我们的原则就是一个人的入教是由另一个人的毁灭完成的。这一原则是五个世纪之前,由我们的苏格兰支部创立的。它是我们数百年传统的一部分,如此我们才能确定获得最'好'的

1　安东尼·特洛洛普(1815—1882),英国现实主义作家。

成员。"

"可是这个规矩一定也让你们牺牲了许多优秀的学徒。"伊西多尔指出。

"有得必有失。"

卢克莱斯拍桌而起,受不了这种虚伪。

"这些人都疯了!走,伊西多尔,让我们逃离这些杀人犯!"

伊西多尔没说话。

斯特凡纳·克劳斯垂下眼睛。

"实际上,最初无论在犹太行省还是在布列塔尼,并没有这一终极考验。是戴维·贝利奥尔鉴于 GLH 的迅速发展,认为有必要选拔候选人,以确保成员都是最优秀的。之后,从来没有人质疑过这一培训后的考验。它反而让我们意识到'幽默是一件严肃的事情。'"

"但是你们会杀死一些优秀的人!"卢克莱斯反抗道。

"确实如此,许多有才华的人因此丧命。不过这也是通往杰出之路的必要压力。只有对死亡的恐惧才能真正激发出对滑稽的渴望。"

这是谋杀!他们和那些粉衣保镖是一样的,他们为了"玩笑"而杀人,而他们组织里的所有人都认为这很正常。包括那些受害者……

他们的指导老师一直盯着他的鞋。

"你们两个需要互相竞争。只有一个,那个你们中间更滑稽的,伊西多尔,或您,卢克莱斯,会活下来,被我们'俱乐部'所接纳。"

"如果我们不干呢?"

"太迟了。你们既然已经接受了传教,必然也要接受它的后果。"

"伊西多尔,伊西多尔,有点反应啊！他们和其他人一样,是杀人犯。您说得对,他们同样隐藏了某些事情。"

伊西多尔一动不动。

"别大惊小怪了,卢克莱斯。我们早就知道了。利弊均衡。没有风险,就没有收获。"

"什么??"

"既然您曾经准备好和玛丽-昂热决战'先笑的要吃枪子',那跟我决斗的时候又何必扭扭捏捏呢?"

他不愿意和我做爱,却准备冒生命危险！一切都颠倒了。

卢克莱斯想要逃走。很快被制服。

后来,他们去食堂吃午饭。她依旧萎靡,拒绝进食。

甜点之后,她同意跟着他们,可不再说一句话。接下来的课程越来越专业。

很快,卢克莱斯意识到这是某种准备活动,就像高水平运动员那样。细节至关重要。限定饮食,一点点饭没被消化,就可能引发注意力下降,导致笑话无效或是笑容失控。睡眠亦是如此。一点点疲惫都会影响到决斗。

而伊西多尔似乎在如饥似渴地学习。他学到一种构建笑话的技巧,就会马上记下来,似乎是又有了些长进。他并没有使用iPhone 手机,而是拿了一个记事本和一支铅笔,用圆圈、箭头和号码标注笑话的结构。

"别那么消极啊,卢克莱斯。目前你们俩在同一水平上,我不知道谁会在'先笑的要吃枪子'的比赛中占上风。伊西多尔是知识型的幽默。而您,卢克莱斯,您的幽默更加本能。你们就像是罗马的角斗士。您,卢克莱斯,好比莫米罗角斗士,强壮,结实,头盔盖住整张脸,拿着短剑和盾牌。您的策略是正面进攻。"

年轻的女记者没有回应。

"伊西多尔,您则更像一名捕鱼角斗士:武器是三叉戟和捕鱼网。要更快,出其不意。"

斯特凡纳·克劳斯假装亲热地拍了拍两个人的肩膀。

"这将是场精彩的比赛。实不相瞒,这里所有人都在谈论它。他们都等不及要看你们表演了。"

这就是为什么,从一开始他们就奇怪地看着我们。

"啊,我还没跟你们说吧?比赛定在周六晚上。半夜十二点。"

第六天,他们学习长笑话,甚至是非常长的笑话。卢克莱斯开始练习,不过刚开始她还是像没通电一样无精打采。决战的演练让她振作起来,这几乎是身不由己的,她天性好战。

晚上,比赛演习愈发激烈精彩。

斯特凡纳·克劳斯过来看他们,并对他们说:"你们想让我展示一下幽默是怎样思考政治的吗?"

137

一位非洲部长对法国进行官方访问。法国部长邀请他去家里吃晚饭。

他非常羡慕法国部长的豪华别墅,以及墙上数不清的名画。

他问法国部长,他作为工资微薄的共和国公仆,怎么能生活得这么有排场,法国人带他来到窗边。

"您看到那边的高速公路了吗?"

"看到了。"

"它造价两亿欧元。开发商在发票上的开价是两亿一千万,他把差额,就是一千万,给了我。"

494

两年之后,法国部长对非洲进行官方访问,拜访非洲部长。

他一走进非洲部长家,就仿佛来到从来没见过的官殿:大理石墙面,纯银家具,所有的装饰品都是纯金的⋯⋯

他惊呆了,问:"可是我不明白。两年前,您认为我生活排场阔绰。可与您相比,我真的是微不足道⋯⋯"

非洲部长带他来到窗边。

"我听了您的建议,也上马了一个两亿一千万欧元的高速公路项目。在那边,您看到了吗?"

他指向远方的河谷。

"呃⋯⋯没看到。"法国部长说,揉揉眼睛,"抱歉,我什么也没看到,只看到一片无边无际的森林。"

非洲部长拍拍他的背,大笑起来:

"嗯,就是这样。我就这么富裕起来了!"

——GLH 第 123567 号笑话

138

第八天,培训的最后一天。

在斯特凡纳·克劳斯看来,他俩都进步神速。

卢克莱斯·奈姆赫德在反抗了一段时间后,屈服了,重新找回了某种奇怪的热情。她完全忘记了吸烟。爱上了水煮蔬菜和胡萝卜汁。说话的时候,她斟酌每个词语,总是以出人意料的方式结束,尤其精心设计最后一个词,以便收到最惊人的效果。

伊西多尔也变了。他变轻了。一周没有摄入脂肪和糖分,瘦了很多。总是保持微笑,这样就可以随时迅速笑起来。

他在自己的每个动作、每句话中寻找笑点,玩文字游戏,甚至是将两个词的字母音节颠倒来产生戏谑效果。

最后一晚,斯特凡纳·克劳斯第一次邀请他们单独和十来名淡紫色斗篷们共进晚餐。

与这些 GLH 的大师们的交谈,是智慧、笑料和巧答的喷涌、狂欢。

伊西多尔·卡森博格一点儿也不感到厌倦,他愈是开玩笑,愈会听到其他人开玩笑,他就愈发渴望开更多的玩笑,听到更多的玩笑。

尽管处境凶险,卢克莱斯还是很欣赏这帮幽默风趣的高人。

最后一晚,他们破例喝到了葡萄酒。话匣子打开了,一位戴眼镜的矮个秃头先生承认就是他创作了那个关于天文学家和行星上写着"我们问的不是你们"的笑话。

"达利斯把它编到他的一个短剧中后,这个笑话取得巨大成功。"当事人说。

一位同样年纪的稍微有些胖的女士承认是她创造了"换一个灯泡需要几个……"的笑话模式,其中最著名的是"换一个灯泡需要几个女人? 回答:一个都不需要。因为这是男人的活儿"。

第三位专门创作校园笑话,他承认是他发明了"什么东西?"的笑话模式。这些笑话故意隐藏信息,之后笔锋一转:"什么东西是绿色的,从一根树枝跳到另一根树枝上? 回答:人猿泰山口袋里的口香糖。"

卢克莱斯·奈姆赫德发现这种被看作低等亚文化的"笑话文化",实际上对社会有巨大影响,因为它主要影响的是儿童和青少年。他们一辈子都会对这些笑话印象深刻。

考虑到这是决战前夜,绿色大眼睛,头发已变成浅栗色的年轻女人在葡萄酒前犹豫了下,可还是喝了。伊西多尔也喝了。

培训的最后一夜以淫荡歌曲结束。这些歌的词作者都是和拉伯雷、高乃依或者博马舍同样著名的 GLH 成员。

晚餐结束,斯特凡纳·克劳斯决定履行诺言。

他们走下狭窄的楼梯,来到他们之前曾经试图打开却坚不可摧的大门前。

他们的老师拿出一把沉重而精巧的钥匙,开了锁。

门内立着一个看似圣诞老人的人。

"让我们过去,雅克,有新人人教了。"

"啊?我希望他们是新人,而不是没什么本事的牛犊。"[1]

雅克?这是雅克·吕斯蒂克,那个"文字游戏上尉"。我明白了,他是 GLH 成员,所以赢得很轻松。在"先笑的要吃枪子"的决斗中,其他人都敌不过他。可为什么他要去比赛呢?可能是去敌营卧底的。

那个人同意放他们过去,然后又沉浸在《维尔莫年鉴》[2]的阅读中。

"并不是所有笑话都一定能成功。"斯特凡纳·克劳斯解释道,"实际上,甚至可以说,大部分笑话都是不成功的。真正滑稽的笑话就是个'奇迹'。这里是无效笑话的'耻辱厅'。我们把这里叫作地狱。更确切地说是'喜剧之地狱'。"

他打开一间方形房间的灯。

"这间屋里储存着所有不成功的笑话,或者是在我们中间试验过而失败了的笑话。我们尽量回收它们,然后放归自然。"

制片人拿起一份文件,读了其中十来个特别蹩脚平庸的,或者完全失败的笑话。

斯特凡纳·克劳斯指着书架上的一片区域。

"这里是还未完成的笑话雏形。是'笑话的开头'或是'几乎

1　法语中,新人(nouveau)与牛犊(veau)谐音,这里是在玩文字游戏,使语句风趣。

2　《维尔莫年鉴》是法国著名刊物。

成形的笑话'。可它们永远不能投入到生产阶段,更不要说流通了。都是些'死产儿'。"

"真伤心,"卢克莱斯说,"这些笑话都不能带来欢笑。"

"这有点像教堂。"伊西多尔说,"人们总是惊叹那些由数厘米的扶壁支撑的教堂,但谁又会想到那些由于短了小小一厘米而顶部坍塌砸到教民的教堂呢?"

这是夭折笑话的墓地。

这里的笑话永远不会被宣读,永远不会被阅读,永远不会被表演。

斯特凡纳·克劳斯转向看守者。

"喂,雅克,最近有到新货吗?"

另一个指了指一个档案袋。

"有,是些失败的笑话……关于香柠檬的。"

他递了个眼色,加以强调。

"香柠檬茶……"

斯特凡纳·克劳斯狡黠地低语道:"每周五晚上,雅克·吕斯蒂克对夭折的笑话进行编目,因为他是唯一可以忍受待在这些有缺陷笑话旁边的人。其他的成员都无法忍受。这让他们沮丧。"

之后他用更加低沉的声音说:"有人甚至怀疑雅克因为彻底堕落而偷偷读了它们。"

"……至少,这些笑话并没有完全死亡。"卢克莱斯承认,想起了她在达利斯剧院的表演。

"但为什么要加那么大一把锁,还要有个看守呢?"伊西多尔问。

"我们有义务阻止劣质幽默的传播,"斯特凡纳·克劳斯回答,"哪怕是走出这道门都不行。"

圣诞老人模样的人把他的白胡须捋成自行车圆形车把的样

子,又向他们投来热情的眼神。

他们走上楼去。

"好啦,现在你们知道了我们所有的秘密。如果还感到紧张,今晚你们可以一起为明天的决斗做准备。学会发现彼此。我们这儿有句谚语说得好:'有时我们在'先笑的要吃枪子'一局中所了解的一个人的思想,比结婚二十年了解的还要多。"

139

一个人在走路。因为粗心,没看到来了辆自行车,正好撞在脸上。他跌倒在地,站起来,可又没看到来了辆摩托车,正好撞在肚子上。他跌倒在地,头有点昏。站起来,可又没看到来了辆小汽车,正好撞在肩膀上。他跌倒在地,头更昏了。站起来,可没看到来了架飞机,正好撞在他背上。就在这时,有个过路人大叫道:"把旋转木马停下来,轨道上有个人。"

——GLH 第 505115 号笑话

140

他们在寝室里。卢克莱斯去找伊西多尔,坐在他床上。

"是他们杀了达利斯。他们才是凶手,他们才是疯子。他们声称保卫幽默,可不过是在成员中实行恐怖统治罢了,他们必须除掉达利斯,因为他了解他们,可能会暴露他们的存在或者秘密。"

"这说不通。杀达利斯的凶手,如果有凶手的话,一定有 B.Q.T.。可他们并没有 B.Q.T.……因为 B.Q.T.是我们带给他们的。"

"也许是他们中的某些人偷偷干的。"

"可能吧。"

他真奇怪，我不喜欢他这个样子。他似乎知道了什么，可是不想告诉我。我们可是一起调查的啊。

"我们不该同意参加最终考验的。太危险了。"

"您说得没错。"

"我们还有个护身符。我们掌握着对他们来说最重要的东西：拿到 B.Q.T.需要的密码。"

他没反应。

"您要我把密码给您吗？如果我死了……"卢克莱斯平静地问。

"好。"

"没有密码。只需按下开关，就打开了，没有密码。"

"不错。"

"是您教我的。利用别人的想象而不是依靠技术。"

他正在读从图书馆借的连环画。马塞尔·哥特里布的《笑话专栏》。旁边还放着伍迪·艾伦、盖瑞·拉尔森和皮埃尔·德普罗日的书。

他从图书馆借了这些书在临阵磨枪呢，他尽可能多的阅读幽默文章，为明天做准备。也许我也该如此。

"告诉我，伊西多尔。您不再想看 B.Q.T.了吗？"

他一边看连环画，一边微笑着，在书后面回答道："自从我接受了 GLH 的教育，我发觉幽默是一个奇特、强大、未知的领域。也许过去我并未估计到它真正的破坏力。"

她把连环画压低，强迫他看着她。

"吻我，伊西多尔！"

他没反应。

她靠近他，吻他的唇。他双唇紧闭。

她语气严肃地说:"明天,我们两个中有一个人会死。"

"我承认这很有可能。"

"别什么都不在乎了。今天是最后一晚可以'这样'的了。"

他看着她。她离他更近了,距他的嘴只有几厘米。他闻到她迷人的体香。

"一个女人必须战胜她的骄傲,才会要求男人和她做爱。您不喜欢我吗,伊西多尔?"

"您可能是我遇到过的最美的女人。肯定很多男人做梦都想取代我的位置。"

他在取笑我?他在说反话?

"那就不要拒绝我,拜托。"她低声说。

卢克莱斯慢慢把她的唇靠近他的唇。他没有往后退。两片粉红的小垫子只相隔五厘米,三厘米,两厘米。他一直没有后退。她继续向前,一厘米,零点五厘米,零点二五厘米。他没有动。

她吻了他。

这次他张开嘴,他们拥吻着,更加深入,热烈,持久。然后他缩了回去。

"您这是什么意思?不想继续吗?"

他推开连环画,站起来。

"目前,无论如何我们不能再更进一步了。笑话现在结束了,也就是说,在出人意料的结尾之前结束了。"

她顿了一下,然后抓起伍迪·艾伦的书,使劲往他脸上砸。

"您这个……"

"我从不指望成为别的什么东西。明天见,卢克莱斯,但愿最优秀的人获胜。"

"我会战胜您的,伊西多尔。您不过是个……"

年轻女人搜肠刮肚,脑海中出现各种骂人的词。

粗俗,下流,笨蛋,智障,自大,虚伪,迂腐,狂妄,自负,自私,自我为中心,自以为是,总以为自己有理,总以为无所不知,还真把自己当回事儿了。

然后她冒出一句似乎可以对所有这些修饰语进行概括的话:"您不过是个……男人。"

141

一个烂醉的女人,在荆棘丛中一边闲逛,一边喝着威士忌。一条鳄鱼游过来,对她说:"酒鬼!"

女人低声抱怨着,喝着酒,继续往前走。

"酒鬼!"鳄鱼重复道。

这时女人转过身来说:"如果你还说我是酒鬼,我就把你抓起来,像翻手套一样把你翻过来。"

他们往前走,鳄鱼看她还在喝,说:"酒鬼!"

这时醉酒的女人抓起鳄鱼。

"我警告过你了。"她说。

她把胳膊伸到鳄鱼的嘴里,深深插进去,从里面抓住鳄鱼的尾巴,利落地把鳄鱼完全翻过来,让它的肉暴露在外面。然后她得意地把鳄鱼扔到水里,继续上路。而在她身后,传来一个声音:"鬼酒!"

——GLH 第 900329 号笑话

142

卢克莱斯·奈姆赫德睡着了。她白皙的脸庞上,神经微微跳动着。双唇微翕。胸部不时起伏,仿佛正在噩梦里奔跑或作战。

伊西多尔·卡森博格从床上爬起来，看着她睡着的样子。

她时而微笑，时而看起来沮丧或愤怒。

"……不，"她说，"这样，肯定不行。"

她又激动起来，喘着气说："……哦对。当然。为什么不早点告诉我！除非……别。不要，求您了，不要。"

他抚摸她的头发，她立刻平静下来。

他靠近她。她感到脖子上的气息，露出浅笑。

他显然想起了那次对"最后的秘密"的调查。

调查后，他们最终做爱了。

在生活中，他和女人的关系曾是那么复杂。

首先他有个咄咄逼人的母亲。

父亲回家次数越来越少。

每晚能听到的，只是母亲的叫骂声。

可她教育他，培养他在各种艺术门类上的爱好：绘画，音乐，电影，戏剧。她把他唤醒，抱起来。虽然他并不乐意。

她总是对他说："伊西，你是个天才。"

他知道，她并不真正了解他，不过是把她对理想儿子的幻想投射到他身上。

可是这"伊西，你是个天才"规划深深影响着他。他想让母亲开心，告诉她，她并没有说错，告诉她，他值得她的喜爱。

他并没有成为自大狂……而是成了工作狂。

他知道自己智力普通，没有特殊才能，他对自己说，为了不让母亲失望，必须用勤奋来弥补。

他睡眠很少，大量阅读。想知道关于一切的一切。体验一切。了解一切。在考验面前，他从不退缩，勇往直前，不怕跌倒，只为下次重新登上胜利的巅峰。靠才华得不到的，他要用勤奋得到。

为了不让他生命中的第一个女人失望。

他的母亲。

正是这种母性神经的条件反射，以一种惊人的方式塑造了他。他觉得自己并没有胜利，而是"为了证明自己没有辜负母亲的预言而永远走在前进的道路上"。

他的母亲并不知道也没有注意到这些，她终于把他变成了一个非凡的孩子，也就是字面上说的"不同寻常"。

这种无形的却可以感知的差异，立刻招来了其他孩子的怀疑和嫉妒。

"他伊西多尔以为他是谁？总是埋在书堆里！摆什么臭架子！"

接着就开始打他了。老师也并不喜欢伊西多尔，觉得伊西多尔妄图靠读书知道比他们还多的东西，他们可不会放过任何机会来贬低他。

他的分数越来越低。

于是，他封闭在自己的世界里。无法忍受团体，等级，聚会，还有一起大笑的人。

强烈的孤独感由此产生。之后是另一种感觉：不惜一切代价追寻自由和独立，这样就不必在乎他人的目光和评价。

同时，他和女人的关系也变得复杂起来。

他选择像他母亲的女人作为情人。她们就像他的母亲一样，崇拜他的与众不同和才华。她们一旦开始指责他，或者发起争吵……就像他母亲一样，他就离开她们。

他意识到自己并不了解异性。这也许可以解释为什么到了48岁，他还是单身一人。

他回忆起自己肌肤触碰到女性肌肤的那些时刻。总是害怕。害怕达不到高潮，害怕同时让她们和自己失望。

他从来没有真正放松地做过爱。

除了，调查"最后的秘密"之时，在蓝色海岸和卢克莱斯在一起的那次。真的，他不再想着互相欺骗。他感觉到一种独特的化学反应。就好像蜂蜜和兰花的结合。两个完全不同的个体却合为一体。共生。他嗅着她的香气。采撷她的花蜜。他让她激动。而她升华了他。

按"升华"的字面意思来说，就是她把他从冰块变成了蒸汽，而没有经过液体的形态。

他由冷变热。他由重变轻。他由坚硬变得轻盈。

这就是女人的巨大魔力，她们改变男人，让他们看到自己的最佳状态。

有些特殊的情况。

一起战胜考验，之后一起调查欢笑，让他们彼此接近，沉浸在爱情中。仿佛是在一种美妙毒品的作用下，他也许生平第一次没有恐惧地做爱，他忘记了自己是谁，而这种毒品叫卢克莱斯·奈姆赫德。

第一次，他并不是害怕女人，而是害怕这种关系。

我成熟。她年轻。

我的事业到头了。她的刚刚起步。

我高大粗壮。她娇小玲珑。

她应该和比我更好的人在一起，那个人年轻，热情，快乐，纵情玩乐，去夜总会，跟她生孩子，和她结婚，给她一个正常的未来。

我甚至可以帮她找寻这个男人。她确实配得上一个好男人，在一起幸福生活。

因此，我要守住朋友的界限。帮她挑选丈夫。我将是他们婚礼的见证人，他们孩子的教父。一切的一切，但我不能和她在一起。

我应该更加冷淡，更加疏远，更加专横，让她放下对我的感情。我确实该让她放弃关于我们之间的愚蠢想法，而变成另一种感情，诸如事业上的搭档，抑或友情……

他发现了调查的一个功效：他瘦了。以前他95公斤。自从调查开始，已经瘦了5公斤。他能感觉到。她却丰满了一些，变得壮实起来。

明天会发生什么呢？

他靠近她，亲吻她的额头。

"我想我爱你……卢克莱斯。也许你是我生命中第一个真正爱过的人。"

143

一个大个儿卡车司机坐在酒吧里喝酒。这时进来一个瘦小的男人，问外面的比特犬是谁的。

卡车司机立刻回答："是我的狗！有问题吗？"

小个儿男人回答："不，没什么，不过我想我的狗刚才把你的狗杀死了……"

大个儿卡车司机立刻站起来说："什么！您那是什么狗？"

另一个人回答："矮种卷毛狗。"

"矮种卷毛狗！！！"卡车司机大叫，"矮种卷毛狗能杀死比特犬？"

"是这样的，"那个人回答说，"我想它是噎死了……"

——节选自达利斯·沃兹尼亚克的幽默短剧
《动物，我们的朋友》

144

聚光灯骤然亮起，照亮中间的舞台。

GLH 的所有成员都来了。

两名科学记者被带到神殿大厅里。他们穿着白色长袍和斗篷，戴着没有表情的面具。

好吧，我们来了。

他们坐在舞台上的大椅子上。被皮带捆起来。

两名穿浅玫红色斗篷的助手把两支装有点 22 直径的马努汉 PP 手枪安在三角支架上。枪管对着他俩的太阳穴。

我有种不祥的预感。

女首领走上台。她戴着开怀大笑的紫罗兰色面具和同样颜色的斗篷。她用一种庄严的口吻宣布："今天是个特别的日子。我们两名加入 GLH 的候选人是有史以来培训时间最短的。9 天。我们可以在 9 天之中学会滑稽吗？即将知晓。"

观众表示赞同，议论纷纷。

"我们马上开始'先笑的要吃枪子'的决斗。女士优先。从卢克莱斯·奈姆赫德开始。"

透过面具眼睛上的洞，年轻的女记者观察着对手，她以一个关于淫秽兔子的笑话开始战斗。

鱼雷发射。

伊西多尔几乎是出于礼貌地笑笑，指数上升到 9/20。

轮到他了，他讲了个关于农民移居的笑话，让对手的指数升到 8/20。

好了，现在情况明朗了。他没打算一下击垮我。这不是闪电战而是壕沟战。我们用毫厘之笑对战毫厘之笑。

卢克莱斯接着说了个关于同性恋的笑话,让伊西多尔的计数器上升到10/20。而伊西多尔用一个金发色情狂的笑话回击,让对手的指数升到11/20。

　　归根到底,我们还是在玩三颗石子的游戏。需要预测另一个人要说的话。于是问题就是"他是怎么认为我认为他怎么认为的……"

　　我能战胜伊西多尔。要不是后果过于沉重,我很乐于向他证明,我了解他是怎么谋划的,而且我可以在他的领域战胜他。

　　她说了个导盲犬的笑话,伊西多尔的电流计读数重新降到7/20。

　　该死,我忘记了关于盲人的笑话可能会被误解。

　　伊西多尔用吸可卡因成瘾的企鹅的笑话回击,这让对手真正有了笑意,13/20。

　　可恶,我笑是为上一个笑话致歉。

　　全体观众都不耐烦地跺着脚。

　　算了,伊西多尔,太迟了。不管怎样,这次调查越变越糟,我再也控制不了了。这种精神错乱的行为超出了我的能力范围。我只好设法保住性命了,即使是要赔上你的性命。

　　卢克莱斯再次感到汗流浃背。

　　首先我要强大。要把我的头脑想象成一座城堡。这座城堡被厚厚的高墙保护着。墙上是投石器。我要把石块砸向邻近的城堡。用巨石砸。

　　她抛出一个关于上帝的笑话。这给隔壁大脑城堡造成14/20的损失。伊西多尔没忍住笑的苗头。

　　好了,我已经找到缺口了。

　　他和上帝有特殊关系。他害怕上帝。

　　他进行反击,说了个关于死亡的笑话,同样在卢克莱斯那儿打开了缺口,14/20。

我应该加强防御。快,在缺口变大之前进行加固。

在她脑海中,工兵在修补缺口,同时,新一批负责投石的士兵在投石器上装好弹药,这一次是点燃的投石:关于发福男人的笑话。

如果他有一点点在乎他的体重,就会造成伤害。

果然,伊西多尔的读数升到 15/20。

有效果了。射击应该更加精准。我要利用对这个人的特殊了解来瞄得更准。在我看来:1. 他拒绝我是因为他害怕女人;2. 因为他害怕自己;3. 因为他蠢。

卢克莱斯讲了个害怕女人而显得笨拙的男人的笑话。燃烧的投石从墙上射出,在空中高高飞过,越过对方围墙,让里面的建筑着了火。

16/20。

伊西多尔又笑得比前次更厉害了些,不过很快控制住了。

男科学记者明白他要调整战术了。

他的笑话是说一个男人和小他二十岁的女人谈恋爱。

结尾,男人滑稽可笑。

惊讶的观众屏住呼吸。

他把自己作为反面角色表演出来,用自嘲来对付我。他通过嘲笑自己,出其不意地攻击我。

卢克莱斯感到一阵笑意。她赶紧回想各种伤心事。重现了玛丽-昂热侮辱她的场景。

幸好斯特凡纳·克劳斯教过我运用小刹车和大刹车。这次应该狠劲拉动手闸,否则我就要从车里飞出去了。

她笑起来,可还是被她最终控制在 17/20。

我用的是投石器,而他用的是巨型弓箭,瞄准更加精确,因而更具杀伤力。

她想象着自己的城堡有了个巨大裂口，难以填补。

他在利用我的感情。如果下一轮他再自嘲，我可能就支撑不住了。

在围墙的雉堞上，她新放了个重力投石机，它有沉重的砝码，可以发射更大的石弹。

不。我要用他自己的武器和他作战。

她安置好投石器，还加了一把巨型弓箭。

她的笑话是说一个有恋老癖的年轻姑娘，不惜代价要和四十岁以上的男人做爱。结尾，女孩儿滑稽可笑。

伊西多尔吃了一惊，但没卢克莱斯那么强烈。

他读数一直上升到 16/20。

不要模仿。要创新。我本应该料到，既然他用自嘲来对付我，他就会想到我也会这么对付他。

伊西多尔用一个关于记者的平淡笑话回击。

他在缓和游戏氛围。或者他需要时间准备猛烈一击。

年轻女孩儿又加了道防护墙：抵挡自嘲，抵挡影射个人的笑话。

接下来的几分钟，卢克莱斯说了个作家的笑话（效果是 14/20）。伊西多尔的笑话是关于理发师的（效果是 16/20）。卢克莱斯用关于性障碍的笑话迎击（效果是 15/20）。

观众屏住呼吸。

两位挑战者发挥聪明才智，出击和反击，战斗还在继续。

"莫米罗角斗士对阵捕鱼网角斗士。"斯特凡纳·克劳斯对旁人说，"他们两人水平相当，可风格各异。"

又一轮休息时间，就像被击昏了的拳击手，两个对手用平淡的笑话互相试探。接着，更精确、杀伤力更强的进攻再次上演。

不过每次他们总能设法阻止笑意上升。决斗还在继续。

十分钟。二十分钟。半小时。

两名挑战者先是用短小辛辣的笑话进行了一段时间的机枪扫射,接着又用含义深刻的长篇笑话开始新一轮齐射连发。斯特凡纳·克劳斯的所有上课内容都被这两位斗志昂扬的学生利用起来。这位大师并没有说错,每次看到自己的教学内容被运用了一点,他就会在面具后发出骄傲的感叹,同时指出所运用技术的名称。他不禁小声说着:"啊,干得漂亮。'双重暗示''含义隐藏''三重线索''反向嵌套''后空翻'。"

然而一小时之后,电流计读数再次下降,只在 8/20 到 13/20 之间游移。很少会上升到 14/20 以上。卢克莱斯在白色面具后面做了个鬼脸。

就像我做爱的时候,快要到高潮了,如果不能一下子达到,就会一直处于低迷中了。

"要么搞笑,要么去死!"一个观众喊道。

卢克莱斯开始出汗,在皮制镣铐下活动着手脚,以便让血液循环畅通。

我们太了解彼此了。和他一起调查,和他做爱,和他争吵,一起玩三颗石子的游戏,所有这一切成了我们相互适应的盾牌。

终于,女首领站起身,敲了下锣。

"停。他们永远不会达到 20/20 了。"

观众席爆发出惊讶的议论。

"因为他们相爱。"她指出,"他们对彼此的感情困住了他们。他们永远不会互相伤害。"

议论声越来越大。

"我知道,这从没发生过。不过早该料到会发生这种事。我们应该适时调整。我建议把他们二人都留下来。"

这下从淡玫红色和深玫红色面具后爆发出嘘声。

"要么搞笑,要么去死!"面具后面的声音重复着。

穿紫罗兰色斗篷的女首领走上台,把手枪从卢克莱斯和伊西多尔的太阳穴上拿开。她拿起话筒:"不!已经死了够多的人了。今天我宣布爱就是允许出现平局的理由。给他们松绑。"

助手们拒不从命,于是她亲自解开了皮带。

"我宣布这场比赛是平局,有两名获胜者。今天晚上,GLH多了一位修士和一位修女。"

喧闹声并没有减弱。一些人跺脚表示抗议。后排的观众,在面具后面还在无力地重复道:"要么搞笑,要么去死!"

女首领使劲鸣锣,金属发出共鸣声。

"血流得够多了!我宣布从今天起我们进行'先笑的要吃枪子'比赛时不再使用致命武器。"

议论声越来越大,鞋跟击打着地板。

"大逆不道!"面具下的一个声音叫道。

这个词被重复着,演变成一阵声浪。

"首领不能未经我们同意就改变规矩!"后排的一个声音说。"我们要重新选举首领。"

"对。选举!选举!"

这个词被数十张嘴重复着,变成了轰隆声。

女首领淹没在反对自己的暴动中,她转身面向伊西多尔和卢克莱斯。

"所有人都是冒着生命危险入教的,他们不理解我为什么要质疑这一规矩。可我受够了这种杀戮。"

她走上台打开话筒。

"你们想重新选举首领?好吧,你们选吧。立即开始。"

人群的骚动达到顶峰。尽管隔着面具,GLH的成员们仍热烈地交换着意见。

穿紫罗兰衣服的女人再次鸣锣。

"谁愿意取代我成为首领？谁？要不现在就说，要不就闭嘴遵命！"

没人回答。

"谁?!"

沉默依旧。突然观众席中一只手举了起来。

"我。"

所有人都转过身来，这是一张淡紫色面具。

卢克莱斯已经听出了他的声音。是斯特凡纳·克劳斯。

制片人没有拿下面具，拨开人群，走上台。现场沸腾了。

女首领鸣锣示意安静下来。

"听他说！"她命令道。

"今天表现出两种倾向。传统主义者认为我们应该继续以往的道路。改良者认为鉴于最近突发的'悲剧'事件，应该改变规则。至于我，我认为显现 GLH 强大的最佳方式就是，尽管历尽风暴和海浪拍打，它依旧坚如磐石，岿然不动。"

"而我则认为宇宙的法则就是运动和变化。"女首领说，"一切都在改变，一切都生机勃勃，一切都在运动。夏天过后，是秋天，秋天过后，是冬天，冬天过后，是春天。我们已经从冬天中走出来，这是个严酷的毁灭性的冬天。现在春天来了，让我们面貌一新，改变陋习，珍视生命。"

现场响起巨大的喧闹声。

"我们是个秘密但民主的组织，"女首领强调，"我建议举手表决。"

回答她的是一阵赞同的低语。

"谁希望斯特凡纳·克劳斯成为新一任首领？"

数十只手举起。一些人在犹豫。一些人又放下了,另一些举起手。

在两名淡紫色斗篷助手的帮助下,女首领进行了计算:144个成员中,72人支持制片人。

"好吧,出现这个结果同样让人意外,我们得票数完全相等。我提议重新投票,万一有人改变主意了呢。谁支持斯特凡纳?"

重新开始。结果一个人改变主意支持斯特凡纳,一个人改变主意支持女首领,二者相互抵消。第三个人犹豫了一下,最终把手放下了。

"无论如何,话都说出来了。也都表达了民意。大家还是反对这项改革的。即使他们一下子不敢和你作对,也都受够了你对制度的破坏。千年的传统不能动。永远不能。"

紫罗兰色面具和淡紫色面具对峙着。开怀大笑对峙哈哈大笑。他摘下面具。

"永远不能。"

"既然如此,斯特凡纳修士,你是知道'最后时刻质疑首领'的传统的。"

他咽了口吐沫。

"你可以在'先笑的要吃枪子'的决斗中跟我较量较量。如果你赢了,你将自动取代我,你就可以把传统上锁,这样就永远不会有任何一点改革了。你要决斗吗?我准备好坐上椅子了。"

斯特凡纳盯着面具,一动不动。

他很矛盾,一方面他想冒险,另一方面他也知道对手的厉害。

他转过身去,看到那些刚才举起来表示支持他的手一个接一个放下。

他把面具丢在地上,从边门离开。

"还有其他候选人吗?"戴紫罗兰色面具的女人问。

没人举手。

"那么我仍是 GLH 的首领,我决定,从现在开始,再没有致命的入教。我们在之前就选拔挑战者,人们来到这里时,就是最终被接纳了。"

掌声和嘘声混杂。

"这一决定是多数票通过的。你们必须遵循。至于你们两个,伊西多尔和卢克莱斯,从现在起,你们就是 GLH 的成员了。"

她鼓掌。女助手给他们每人拿来一条长袍,一件斗篷,和一副面具,都是浅玫红色的。

她示意卢克莱斯跪下。女首领抽出宝剑,把剑刃在卢克莱斯的两个肩膀都放了一下。

"我宣布您为 GLH 学徒。从今以后,您就是世间修行事业的一名骑士。您必须保卫幽默不受所有黑暗势力的侵袭。您必须保守我们组织存在的秘密,您必须团结我们所有的修士修女。卢克莱斯·奈姆赫德小姐,您发誓效忠 GLH 吗?"

"我发誓。"

"如果您背叛了 GLH,您将永远舌头腐烂,双眼干枯,头发脱落,双手颤抖。"

伊西多尔·卡森博格也跪着以同样方式宣誓 。他也接受了用宝剑完成的骑士授予仪式。

之后女首领让他起身,鸣锣,拿起话筒。

"现在,我把最精彩的一刻留在最后。要知道,修士们修女们,这两位新成员给我们带回了我们的珍宝:B.Q.T.。"

145

一个八十岁的男人来到医院做体检。

"您感觉怎么样?"穿白大褂的人问。

"我身体好得很。我跟一个20岁的年轻姑娘谈恋爱,让她怀孕了。"病人回答。

"让我给您讲个故事吧,"医生说,"我有个朋友喜欢打猎。从不会错过狩猎季节。一天,他急匆匆出门打猎,把雨伞当成猎枪拿走了。在树林深处,他发现一只巨大的野猪向他冲来。他抓住雨伞,用肩抵住,扣动扳机。您知道发生什么了吗?"

"不知道……"

"野猪应声倒地死去。"

"这不可能,"老人反驳道,"一定有人替他射了。"

"嗯……这正是我想说的。"

——GLH 第 53763 号笑话

146

纤细的手指放在紫罗兰色面具上。女首领摘下她欢笑的"脸",露出面部肌肤。

卢克莱斯·奈姆赫德发现这是个接近50岁的棕发女子。短发,目光炯炯有神。可看起来异常疲惫。她端坐着,那么高贵,一举一动都优雅至极。她并没有笑。

"我叫贝亚特丽斯。"她说。

她吞咽了下,之后说出憋了太久的一句话:"它在哪儿?"

卢克莱斯·奈姆赫德知道她在说什么,指了指她房间的方向。在伊西多尔陪伴下,她打开小房间的门。拿出钥匙,打开把箱子和床腿连在一起的手铐。

她取出它,递给穿紫罗兰斗篷的女人。

GLH的女首领抚摸着铁箱子,长久地叹息着,在多年的等待后终于可以松口气了。

"你们可知道这张纸所走过的路。你们可知道所有那些誊写它、阅读它、让它延续下去的人。你们可知道所有被它杀死的人。"

"这就是我们协议的交换。我们想知道一切。"卢克莱斯·奈姆赫德说。

"很好,跟我来吧。"

她带他们来到她的办公室,是一间很大的圆形房间,里面有穿紫罗兰衣服的男女画像。卢克莱斯推断出这些都是之前的首领。

贝亚特丽斯坐在书桌旁。她小心翼翼地把铁箱子放在面前。

"我们的故事,你们知道多少了?"她问。

"斯特凡纳·克劳斯给我讲到皮埃尔·达克和第二次世界大战了。"

"战争期间,GLH 的一部分成员逃往美国,一部分留在法国,隐居起来,并在抵抗运动中作战。我们运动支持的一些地下报纸嘲笑希特勒,那些漫画家因此被逮捕和枪决。有些人在严刑拷打下招供。以致希特勒最终知道了所罗门宝剑的存在。我们和共济会成员及犹太幽默家的密切关系,让我们更加可疑。法国保安队在贝当的命令下对我们进行追捕,我们中很多人被逮捕,关进集中营。"

"那些去美国的 GLH 成员呢?"

"我不知道斯特凡纳在他的历史课上有没有告诉过你们,美国支部曾经非常活跃。查理·卓别林,也是我们神圣团体的成员,他不顾所有人的劝告和恐吓,创作了《大独裁者》。他知道应该不惜一切代价,继续用滑稽这一武器来抵抗纳粹,否则只剩下恐惧了。希特勒就会在心理战中获胜。"

"那在法国呢?"卢克莱斯问。

"开始一切顺利。可是我们中的一个成员被纳粹理论蛊惑,出卖了我们。他披露了卡尔纳克墓地的存在,这是我们在欧洲的战略中心。1943 年冬天的一个早晨,维希政府的警察包围了圣米歇尔山教堂。我们进行抵抗,死了一百多人,只有一小队人勉强从紧急出口逃生。"

"我并不知道保卫幽默的战斗造成了这么多死伤。"年轻的女科学记者承认。

"而我们毫不客气地把含有 B.Q.T.的致命信件寄给那些激进的投敌者。这是我们进行抵抗运动的形式。我们甚至还给希特勒寄了一封含有 B.Q.T.的信(我们用三段分别翻译再由盲人汇总的方法,把它翻译成了德语)。可是他的信件由秘书拆封,据说在那里引起了大规模死亡,却不幸没有伤及首脑。"

"真是离奇啊。"伊西多尔不禁低声说道。

"戴高乐的文化部部长,安德烈·马尔罗,也知道我们的存在和所做出的牺牲,他以'补偿款'的名义赠送我一座神庙,名副其实的神庙。"

"卡尔纳克海面上的灯塔?"卢克莱斯问。

"是的。这是座特别的灯塔。不会出现在任何地图上,这很重要,这样水手们就不会搞错了。从外面看,似乎已经荒废。它曾是执行法国秘密行动的前方独立哨所。是拿破仑构想出了这座神秘灯塔,以便预报英国海军的袭击。从远处看,不过是座荒废的灯塔,而内部实际上是个军事哨所。在第二次世界大战期间,贝当向德国人披露了它的存在。他们深挖它,建造了更大的房间,配备现代化装置,把它变成了秘密司令部,以防同盟国从布列塔尼南部进攻。"

"我现在明白了,为什么我们会在那儿发现楼梯、电梯、水、电,以及供数百人使用的起居设备。"

"作为德国占领时期的遗迹,那里不会引起人们的强烈关注。很少有人知道,它相当于'大西洋壁垒'[1]的掩体,也就是令人作呕的垃圾分类堆放场。我们当时的首领建议国防部长放弃对此处的管辖,国防部长把它秘密出让给了我们。1947 年 4 月 1 日,GLH 迁入灯塔,并且对其进行了修缮。"

"在那里,你们最终获得了宁静。"

她站起来指着一位紫衣男人的肖像。他秃头,嘴角叼着香烟。

"当时我的首领正是皮埃尔·达克。战争期间他负责从伦敦广播电台播送地下节目《法国人对法国人说》。他曾是一位伟大的抵抗运动成员,历经被捕、困居牢狱、越狱,最终在伦敦定居,在那里嘲讽维希政府。"

"他的著名口号是以库卡拉恰舞曲为伴奏的'巴黎广播在说谎,巴黎广播是德国人的'。"伊西多尔回想起来。

"是的,没错,很少有人能记起这个细节。皮埃尔·达克和他的朋友们,比如弗朗西斯·布兰奇、勒内·戈西尼和让·雅南,要在法国创造一种战后辛辣幽默。这也是 GLH 的复兴。我们渗透进讽刺报纸、漫画报纸、政治报纸,后来渗透到广播、电视和电影界。是我们创作了布尔维尔、费南代尔和德·菲内斯的电影。"

她忍不住抚摸着仍然锁有 B.Q.T. 的铁箱子。

"皮埃尔·达克死后,首领一职总是由在灯塔外并不为人所知的男女们担任。组织越来越封闭,与世隔绝。有些慷慨的捐赠人,通常是著名笑星或是电影制片人,暗中资助我们的组织。我

---

1 大西洋壁垒是二战期间纳粹德国用来防止盟军登陆欧洲大陆的西线防御军事设施,北起挪威,南至西班牙。

们因此可以完全独立，定期生产匿名笑话。"

"酒馆笑话？卡蹦吧[1]笑话？校园笑话？"

"各种笑话，不过总是隐藏着同样的哲理：揭露暴君、学究和自大狂，与宗教、说教者、吝啬鬼、迷信和种族主义做斗争。我们可以谈论一切，取笑一切，因为这实质上仍是一种尊重，并没有侮辱人。"

"你们曾经有过学校吗？"

"当然有了，在灯塔里我们培养人才。我们训练幽默家。我们启发幽默主题。鲍里斯·维昂[2]是我们中的一员。是他发现了'出口是另一种意义上的入口''说蠢话，是在当今所有人都深刻思考之时，证明自己思想自由独立的唯一方式。'"

卢克莱斯发现引用幽默家语录是一项地方运动。所有 GLH 成员都热衷于此。

"1968 年五月风暴的时候，我们幕后指挥学生运动，给他们提供口号、招贴和笑料。'铺路石下是海滩''禁止使用禁止''我不想把生命浪费在谋生上''做现实主义者，求不可能之事''前进，前进，旧世界已经被你抛在脑后'，这些幽默的口号，都是我们的创作者在神秘灯塔里拟定的。"

"可是 68 年五月风暴失败了。"卢克莱斯提醒。

"我们曾对新社会做出了构想和规划。学生和工会干部只部分听从了我们。个人利益和政治私心比改变世界的由衷渴望更有诱惑。1968 年五月风暴失败后，我们决定潜伏得更深。我们曾经通过英国支部，赞助创立英国喜剧团体——巨蟒。"

1　卡蹦吧(Carambar)是法国的一个糖果品牌，每颗卡蹦吧糖果的糖纸上总会写着一两句给孩子读的笑话。

2　鲍里斯·维昂(1920—1959)，法国先锋艺术家，小说家、剧作家、诗人、音乐家（曾创作 400 多首歌曲）、画家、电影演员。

"啊，他们也是你们幕后策划的?"伊西多尔问，很是兴奋，"我非常喜欢他们。很久以前，他们是我的最爱。"

"巨蟒是没有极限的。没有。以至于有一天他们创作了一个关于……B.Q.T.的短剧!"

贝亚特丽斯站起身，沿着以前首领的头像走着，然后来到一扇贴有电影图片的门前。指着一张巨蟒的照片。

"啊，对，我想起来了，短剧《世界上最好笑的笑话》。是这个吗?"伊西多尔·卡森博格问。

"巨蟒希望我们允许他们婉转地提及 B.Q.T.。其中的格雷厄姆·查普曼曾在灯塔里培训过，与当时的首领发生争执。他说：'B.Q.T.是如此难以置信，以至于没人会想到它真的存在。'"

"您不会告诉我，当时的首领允许他将你们组织最大的秘密公之于众了吧?"卢克莱斯诧异道。

"1973 年，首领仍是皮埃尔·达克。他年老疲乏，可仍旧乐于挑战。这在他看来就像是做了个搞笑的鬼脸。短剧《世界上最好笑的笑话》于 1973 年四月，在他们的节目《飞行马戏团》中首次播出。它安排在其他两个短剧之中，观众们笑得很'正常'。"

"太不可思议了。"男科学记者承认。

贝亚特丽斯回来坐下，目光没有从铁箱子上离开。她还是用手抚摸着金属，带着敬意，和一种怀旧的情绪。

"至于我，是 1991 年到这儿的。我的父亲曾是喜剧演员，人们跟他开了个龌龊的玩笑。"

她的脸一下阴沉下来。

伊西多尔知道一定发生了什么严重的事情，他请她讲出来。

"他在一个大剧院表演。有三百个座位的大剧院。他开始表演，可……第一个短剧，没有一个人笑。他并不惊慌，继续表演，可是第二个短剧还是没人笑。他于是继续表演完所有的短剧，可还是没有一个人笑。

这一定很可怕。

"最终，三百个观众表演一次也没笑过。甚至连扑哧一声，微笑一下都没有。只有三百张紧闭的脸，就像一堵墙。"

哎呀……恐怖至极。

"实际上，观众都是花钱找来的演员，故意不笑的。这是一个电视主持人的'滑稽'主意，想引起轰动。"

"三百人，在一个半小时里，没有笑一下！这是多么震耳欲聋的沉默。"卢克莱斯承认，她想起了自己在台上的恐慌。

"对一个喜剧演员来说，就是场噩梦。他脸色苍白，颤抖着，窘迫不堪。显然，观众觉得这样很'滑稽'。就像在中世纪，看人受刑觉得很滑稽一样。"

她停下来，仿佛在设置悬念。

"然后呢?"卢克莱斯好奇地问。

"我父亲假装并没有受到这个别人给他挖的陷阱的影响，可之后他自杀了。没有用 B. Q. T.。用一根绳子，打个结，和一把椅子。"

贝亚特丽斯垂下眼睛，看着小箱子。

"从此，我明白幽默并不是万灵丹。我们同样可以，为了逗别人笑，做出真正卑鄙的事来。"

我了解。玛丽-昂热至少教会了我这个。

"这场悲剧给了我要和'恶毒幽默'做斗争的渴望。我认为实现它的最好地方就是这儿了，追根溯源。我父亲在去世前几个月跟我谈到过这里。我来到这儿。接受训练。进行决斗，获胜，入会。然后晋级。成为老师。之后有一天……"

"……您看到喜剧演员特里斯坦·马尼厄尔走下船来。"伊西多尔替她说完。

"他在寻找'笑话的诞生地'。从一个讲述者到另一个讲述者,追溯笑话的源头,他最终来到了我们这里。我培训他。我帮他准备决斗。他碰巧要和自己的经理人决斗,他的经理人跟随他也来到了我们这儿。"

"吉米·贝特西安?"

"就是他。特里斯坦获胜,成了 GLH 的学徒。"

"……和您的男朋友。"伊西多尔已经先说出来了。

她惊讶了一秒钟后,迅速恢复平静。

"是的。这次喜剧训练让我们彼此靠近,在地下,远离一切,我们的感情愈发强烈。"

"多美好。"伊西多尔说。

他忘了特里斯坦·马尼厄尔为了追逐灯塔下的伟大爱情,抛妻弃子。我不知道当他的妻子和孩子得知后,能否还能幽默地接受他。

贝亚特丽斯看着远方。

"当皮埃尔·达克的继任者因为感觉年纪太大,不能履行职责而递交辞呈时,我们投票选举新的首领。特里斯坦一致通过而当选。"

她指着穿深紫色衣服的特里斯坦·马尼厄尔的画像。两位记者几乎认不出这个看起来成熟的笑眯眯的男人,就是那个胡子拉碴、面容枯槁,在阴暗房间里奄奄一息的人。

"一直待在地下,在灯塔下,你们最后不会得幽闭恐惧症吗?"

贝亚特丽斯终于笑了。

"幽默就像是我们头脑中永恒的大窗户。有了幽默,我们既不会缺乏温暖,也不会缺乏阳光。在这里的每一天都由笑声和笑话构成。这里曾是天堂。我们曾经和一些明星保持联系,他们过来看我们并保守秘密。"

"德·菲内斯?"

"不,布尔维尔。"她一边纠正,一边指着那个穿紫色衣服的喜剧演员。

"科吕什?"

"不,德普罗日。并不是所有人都加入我们了。有些人原则上讨厌我们。还有一些人嫉妒我们。后来,和间接杀死我父亲的那个电视主持人一样,同样力量上升了的还有……与我们尊重个人的原则相反的一种幽默。"

"您是指什么?"

"幽默是一种能量。就像核能。用核能我们可以造发电站,为人们的生活提供便利。但也可以造原子弹,杀死数百万人。"

"就像一把锤子。用锤子,我们可以造房子,也可以让脑袋开花。"卢克莱斯思索着,想起了她同伴的推理。

"工具什么也不是。而工具使用者的意识决定一切。因此一切都取决于新技术使用者的动机。甚至在暴君周围,还活跃着一些幽默家,他们让人民更加顺从于极权体制。"

动机……这是关键之一。

"这种非凡的力量可能会落入坏人之手。于是出现了一种新现象。我们称之为'黑暗幽默'。以我父亲的不幸来逗人笑,以嘲笑外国人来逗人笑,用贬低妇女、智力低下者和穷人来逗人笑。以牺牲他人来逗人笑,这也是幽默。"

"这就是讽刺和粗暴的区别。"卢克莱斯补充。

"幽默是精神的贵族。可在坏人手中,就成了破坏者。"

两名记者开始触及这次谈话的关键了。

"当今,善意幽默和恶毒幽默可以说是势均力敌。而恶势力把善良的人当作屏障,让那些往往让人恶心的思想传播开来。在这里,在GLH,我们警惕地关注着黑暗幽默势力的上升,它赶上并超越了光明幽默。"

"'恶'总是比'善'更滑稽。"

"一些幽默家借口挑衅，坚持修宪和种族主义理论，托词说这'仅仅是为了笑'。"

"而那些揭露这种偏差的人则被看成'不幽默'的人。"伊西多尔补充。

"我已经跟你们说过了，我们首先是人道主义运动。应该反击。"

女首领抚摸着铁箱子。

"斯特凡纳·克劳斯出现了。这是个很优秀的制片人。他加入我们三年了。他提出了一个解决方法：'为了与黑暗幽默抗衡，我们需要一个冠军。'他把他认为当今最有前途的九位年轻幽默家邀请到灯塔来。让他们互相残杀。"

"获胜者是达利斯·沃兹尼亚克？"卢克莱斯预测。

就这样一切开始了。

"是的。从此，这位年轻人得到了我们协会最大程度的培养。我们每天工作八小时来打造他，让他形成无人可比的临场反应。一组生理学家研究他的大脑。导演、演员、默剧演员来让他更完美。我们研究他的气息，他的仪表，他一只眼的眼神。在他的眼窝里放爱心，这个主意是我想出来的。一切都考虑周详。当我们认为他合格了，就把他推上舞台，他享受到 GLH 所有的人际网络。直接在大剧场表演，很快就上了收视率最高的的电视节目，我们动用了一切财富，政治影响力和科学手段，就为了让他成为能够反击'流行的邪恶幽默'的冠军。"

贝亚特丽斯起身，走到特里斯坦·马尼厄尔的照片前，深情注视。

"达利斯的成功超出我们的全部预期。他的成功像闪电一般。所有人都被他的魅力折服。我们达到目的了。'黑暗幽默家'一下就过时了。他们似乎还停留在中级阶段,而达利斯的水平已经在高级乃至更高级阶段了。甚至连政客们都巴结他,想利用他在年轻人中的影响力。在幕后有着数十名 GLH 的作家,为他提供最好的短剧。"

女首领突然不说话了,沉浸在过去的回忆里。

"然后呢?"

"然后达利斯成了独眼巨人,独眼巨人成了'法国人最爱戴的法国人'。宣布的那天,我们开香槟庆祝。此外,在斯特凡纳·克劳斯的努力下,这一成功给我们带来了丰厚收入,我们再次对灯塔下 GLH 里的起居设备进行了改造。"

"然后呢?"卢克莱斯性急地再次问道。

"然后……他离开了我们。我觉得,在媒体光环的压力下和可卡因的影响下,他变了。他的腼腆不过是假象,他变成了自恋狂。神经质,狂妄自大。尤其是为 B.Q.T.着了魔。他不惜一切代价想知道它是什么。"

贝亚特丽斯再次抚摸小箱,就像在抚摸一只小动物。

"一天他回到灯塔,要求全体淡紫色斗篷人员集会。他发表了一大通演讲,说既然他是最有钱最有名的,是他养活了 GLH,那么很正常,应该进行选举,由他取代特里斯坦成为首领。"

"这是必然的。"伊西多尔说。

"我们进行了选举。最让人吃惊的是,他以一票之差落选,也许是我的那一票让他落选。他离开的时候说:'我用礼貌的方式要求,你们不给我的东西,我就要用其他方式得到……'"

"你们的'幽默冠军'并不幽默。"

"我们并不知道,我们培养出了一个怪物。"

"诸如菲德尔·卡斯特罗、诺列加或者本·拉登之类的独裁者，一开始都得到过美国中央情报局的支持。"

"达斯·维达[1]以前是绝地武士的一员，后来加入黑暗原力一方，同曾经培养他的人作战。"卢克莱斯觉得自己补充得很恰当。

"可是决裂并不在计划之内。我们是那么为他感到骄傲，以致变得盲目。我们原谅了他的一切，我们像对待被过分溺爱的天才儿童那样，给予他一切。达利斯·沃兹尼亚克开始创建自己的剧场，之后又创建了他的喜剧学校，当然，还是在我们的资金、师资和技术支持下。当时我们仍旧相信，他是，就像斯特凡纳·克劳斯说的，我们'面向世界的窗口'。他的权力不断增长，达利斯让观众们兴奋。他可以在体育场立把数万名观众逗乐。"

"贝西体育馆，王子公园球场，法兰西体育场……"卢克莱斯回想道。

"在到达太阳后，伊卡洛斯的翅膀熔化了……"伊西多尔低声说。

"达利斯不停自我膨胀。他私下里变得易怒、专横、偏执、暴躁。不能忍受一点儿批评，完全丧失了自嘲意识。不能忍受自己成为幽默的对象。"

她双手放在箱子上。

"我们不愿承认现实。总是给他找理由。认为这是一个被媒体过分煽动的明星的小小任性。"

"你们不愿意承认你们选错了代言人。"

"直到他离开了斯特凡纳·克劳斯集团，和他哥哥塔德斯组建了自己的公司。这下破裂就公开化了。他忘记了一切都是我们给他的。他的所有创意都是抄袭我们的：喜剧学校的概念，'先笑的要吃枪子'的概念，甚至是 GLH 学徒的颜色粉色。实际

1　达斯·维达为《星球大战》系列电影中的人物。

上,他试图筹建他自己的类似的秘密组织,这个组织不仅按照他对我们的全部了解进行模仿,还享受到他声望带来的战争财富。"

"他只缺一样了。B.Q.T.。不是吗?没有权杖的国王不是真正的国王……"伊西多尔说。

"对,B.Q.T.,所罗门的宝剑,我们的圣骨,让真正的国王被承认,带给我们正统性,根植于我们三千多年古老历史的圣剑。"

"于是,有一天他回到灯塔说:'我用礼貌的方式要求但你们不给我的东西,我就要用其他方式得到',对吗?

"他带了六个同伙。沃兹尼亚克三兄弟,还有个怪脸保镖。"

狗头人。

"还有个女孩儿和一个长小胡子的男人。"贝亚特丽斯补充道。"开始他们自称是来'交涉'的。

"我们很不快,成员是不准把陌生访客带到神庙来的。突然,达利斯狂怒起来,说这是他的地盘,这里的一切都属于他。我们的保安已经开始想把他们带到出口,可是他做了个手势,他们就掏出了冲锋枪。"

贝亚特丽斯的脸抽搐着。

"我们逃跑。特里斯坦,在几个后来牺牲了的成员的保护下,带着B.Q.T.最先逃走。"

"就像在蚁穴中,我们首先要救蚁后和幼虫。"伊西多尔低语。

"有些人得以逃脱。多数人都死了。为了保全B.Q.T.,特里斯坦远远跑在前面。我们奔跑着。把纳粹引到卡尔纳克墓地的那次叛变足以警示GLH的成员,我们之前就建造了紧急出口。我们坐上摩托艇,从海上逃走。"

"可达利斯和他的帮凶对你们紧追不舍,对吗?"卢克莱斯接着说。

"他很可能想把我们全部铲除，这样就没有人证了。

"神父救下我们，把我们藏在圣米歇尔山教堂下的墓地里。

"帕斯卡·勒根神父很快就明白了情况。他真是个好人。"

她停了一会儿，让画面在记忆中浮现。

"可当我们在那地下洞穴重聚时，发现少了一个人。特里斯坦。我们推测是达利斯把他和 B.Q.T. 劫走了。"

卢克莱斯想插嘴，说出特里斯坦的下落，可还没开口，伊西多尔就直接踩了她一脚。

"然后呢，发生了什么？"他问。

"我们一直在墓地里等着，直到没有危险了。鉴于灯塔已经不能再用，勒根神父给我们指明了另一个他认为我们可以安全定居的地方。于是我们来到了这里。"

"嗯，那我们现在究竟在什么地方？"

贝亚特丽斯深吸一口气。

"现在你们有权知道了。跟我来，你们将会发现，最滑稽的就是，在这次谈话中，你们自己已经把这个地名说了十多次了。"

女首领带他们来到通往上层的楼梯。

往上爬的时候，传来阵阵喧哗和气味，他们逐渐明白了 GLH 决定把新的秘密神庙安置在怎样一个不可思议的地方。

147

天主教徒、新教教徒和犹太教徒的区别是什么？

天主教徒有一个妻子、一个情人，他爱的是情人。

新教教徒有一个妻子、一个情人，他爱的是妻子。

犹太教徒有一个妻子、一个情人，他爱的是母亲。

——GLH 第 452897 号笑话

148

贝亚特丽斯带他们走的时候，并没有放开箱子，而是紧紧抓在右手里。

他们离开地下，来到一个花园。

"这是耶路撒冷十字花园。"女首领解释。

伊西多尔和卢克莱斯疑惑地互相看着。

然后他们折回食物贮藏室，上楼来到另一间屋子。

"这是骑士殿。"

他们走上另一条路。

"这是通往三十蜡烛圣母院的路。"贝亚特丽斯说。

然后来到北边的耳堂，看来这是座宏伟的教堂。

"好了……现在你们明白你们在哪儿了吗？"

透过一扇开着的窗户，卢克莱斯和伊西多尔看到了一望无垠的大海。海鸥的叫声和含碘的海风穿过这个神圣的地方。

海上教堂？

贝亚特丽斯带他们来到哥特式祭台区。他们穿过大殿，来到南边的耳堂，那里的螺旋梯带他们走上教堂主塔，主塔上还有个镂空的小钟楼。尖顶上，矗立着大天使圣米歇尔的金色雕像，他用剑尖刺向恶龙。

我们又来到了一座岛上。

而它又不仅仅是一座岛。

她笑了。

圣-米歇尔。

圣-米歇尔山。

"是卡尔纳克圣-米歇尔山教堂的勒根神父帮我们联系了在

这座同名山峰上的修道院的兄弟会。"

"卡尔纳克神父把 B.Q.T.看成了魔鬼的象征。"卢克莱斯惊讶道。

"勒根神父在 GLH 成员离开到这里安家后,已经知道了 B.Q.T.的存在。"伊西多尔回答。

他们看着下面的修道院,穿棕色粗呢长袍的人们来来往往。

"修士都很喜欢我们。勒根神父对 B.Q.T.的看法不过是他自己的幻想罢了,他非常谨慎,没有把这事告诉修士们。"

"茫茫大海上的神秘岛后面,是个截然不同的世界。圣-米歇尔山是仅次于埃菲尔铁塔和凡尔赛城堡的法国第三大旅游目的地。四十一名常住居民和……每年三百万的游客。事实上,极其矛盾的是,保护你们的,就是那群武装着摄像机的游客和他们冒失的注视。"

远方,他们看见数百辆大客车并排斜停在附近的停车场里。

谁会想到一个献给幽默的神秘组织会生活在献给上帝的修道院之下?

海鸥在他们周围盘旋,其中一只停在圣-米歇尔雕塑上,圣人正挥舞着长矛刺穿恶龙。

"仙境啊。"伊西多尔低语,"在诺曼底和布列塔尼的边界上,一半岛屿一半陆地,一半土地一半海水,我一直在寻找这样一个超自然的地方。"

"迁移也给我们带来了现代化。从此,我们不再派人骑自行车把笑话放入史前巨石柱下面的铁盒里,而是运用受到严格保护的因特网。我们走在技术前沿。我们还组建了外事办,拥有一群高水平翻译。"

"是您首先倡导现代化的,对吗?"卢克莱斯问,"是您意识到不能像在神秘灯塔里那样再在圣-米歇尔山上生活了。"

"他们把我选为新任首领,是因为需要一个懂得应对危机和随之而来的变革的人。可是我知道,仅仅靠我们是无法应对的。我们在等待奇迹。而奇迹降临了。"

"奇迹?"年轻的女记者问。

"这个奇迹就是……您。"

贝亚特丽斯转向绿色大眼睛、浅栗色头发的年轻女孩。

"您,卢克莱斯·奈姆赫德。您去找斯特凡纳·克劳斯,让他明白了几件事:1. B.Q.T.不在达利斯手上,2. 在我们逃跑途中,得到 B.Q.T.的人在暗中帮我们,3. 这个人杀死了达利斯,4. 他装扮成悲伤小丑的样子。"

"他不是你们的人吗?"卢克莱斯问。

"不是。给刽子手带来他最渴望的东西,以此来杀死他,我们从没想到有人会有这样的胆量。这实在是……"

"是个很精彩的笑话?"伊西多尔建议。

"是一次完美的犯罪。我们曾渴望实施它。从那以后,我们寻找 B.Q.T.和悲伤小丑的唯一线索就是……您,奈姆赫德小姐。"

她叹了口气。

"斯特凡纳·克劳斯派了我们的一个人跟踪您。他搜查了您的公寓。觉得您有一些关于 B.Q.T.的信息,于是在您的公寓里装了窃听器。"

"我知道你们搜了我家,可我没发现窃听器。"

"窃听器在鱼缸底下。您公寓失火后,我们就失去了联系。"

"可在我们返回《当代观察家》的时候,你们又重新发现我们了。"

"记者弗洛朗·佩尔格里尼是斯特凡纳·克劳斯的朋友。他知道斯特凡纳在关注你们。他跟斯特凡纳讲述了包裹的插曲。于是我们又立刻接近了 B.Q.T.。"

"而且弗洛朗还给出了我们旅馆的地址。"卢克莱斯低声抱怨。

"不要怪我们。毕竟你们知道了围绕 B.Q.T.所发生的一切，我们担心……"

贝亚特丽斯突然停下来，一动不动。

卢克莱斯和伊西多尔转过身。

几支枪正对着他们。

149

一个神父在原始森林里散步，突然他感到脚下的土地在松动下陷。他来不及抓住什么，意识到自己陷入流沙中了。就在他的脚踝已经陷进去之时，一辆消防车经过。

"您需要帮助吗?"他们队长问，"如果您愿意，我们可以扔给你一根绳子。"

"不必了，我有信仰，主会来救我的。"

神父已经陷到腰部了。消防车折回来，消防员重新问他:"您确定不需要帮助吗?"

"我已经告诉你们了，我有信仰。主会来救我的。"

教父只剩下头露在沙子外面了，消防员又来了。

"您真的确定不要我们给您扔一根绳子吗?"

"我有信仰，上帝永远不会抛弃我。"

于是神父完全陷了进去，窒息而死。

他来到天堂，怒气冲冲，要求立刻去见那里的主人。

"我想知道我一生效忠于您，为什么您对我不闻不顾？"神父生气道。

"听着，我三次派消防员去救你，我不知道还能做什么了。"

——GLH 第 511905 号笑话

两个戴淡紫色斗篷面具的人正举枪瞄准他们,用枪口命令他们下楼,回到 GLH 神庙里。在下楼往秘密神庙的途中,他们把武器藏在斗篷里,并没有引起偶然遇到的几个成员的注意。

他们一进去,淡紫色斗篷中的一个就偷偷把进来的门闩上了。

"生活永远在重复,不是吗?"第一个人评论道。

"你们是怎么找到我们的?"伊西多尔问。

"多亏了奈姆赫德小姐。或者更准确地说,多亏了她的手机。荒唐的是竟然可以用这些小东西来跟踪人。因此我们得以一直监视你们到这里。不过你们来到这以后,信号就中断了。可能是因为你们所在区域没有信号覆盖。"

"戴着面具真热。"第一个说。

他摘下面具,卢克莱斯认出是帕维尔·沃兹尼亚克,达利斯的弟弟。第二个穿淡紫色斗篷的人也摘下面具,是狗头保镖。

第一个人用镀铬的大自动手枪瞄准他们,而第二个人用的是冲锋枪。

"你们在地下的时候,我们获取不到一点信号,可你们一走上教堂,就能精确定位你们了。"

卢克莱斯·奈姆赫德看看保镖,他似乎有些紧张。

"终于……就是它!"帕维尔盯着铁箱子惊叹道。

努力最终换来回报。

他想把箱子从女首领的手中夺过来,可是伊西多尔插了进来。

"有密码锁的。如果第一次没有输入正确的密码,里面会自动爆炸的。"

"吓唬人。"

"您准备冒险吗?"

伊西多尔已经拿下箱子,就像怕粗心的孩子会伤到自己一样。帕维尔·沃兹尼亚克把手枪靠近男记者的太阳穴,后者保持镇静。

"这个东西是属于我的。"帕维尔干脆地说。

"是您把它从特里斯坦·马尼厄尔那里偷过来的,对吗? 您觉得应该归……最后一个偷到它的人所有。真是奇怪的逻辑。不过如果这样说的话,目前我们是所有者。我们有密码。"

伊西多尔没有松开箱子,并不管手枪正瞄准他。他坐在"先笑的要吃枪子"的椅子上,漫不经心地说:"我能想象出当时的场景。在进攻灯塔时,你们发现特里斯坦·马尼厄尔通过一条横向小通道逃跑,你们就跟着他,对吗?"

帕维尔·沃兹尼亚克听着,保持戒备。他旁边的保镖等着他下命令。

伊西多尔继续平静地说:"……特里斯坦·马尼厄尔并不知道把你们带进了他的秘密工作室,你们在门还没关上之前走进屋。"

贝亚特丽斯看起来非常关心。

"你怎么知道的?"独眼巨人的弟弟紧张地问。

"我从你们现在的行动中推理出来的。"伊西多尔回答,十分镇定,"你们跟着特里斯坦进入他的秘密工作室,你们威胁他,可他不愿妥协,你们朝他肚子上开了一枪,剧痛下他只好告诉你们藏箱子的地方,你们拿走箱子,把奄奄一息的特里斯坦抛在一边。"

帕维尔·沃兹尼亚克无动于衷。

"……您的沉默就是回答。因此是您在袭击神秘灯塔时拿走了 B. Q. T. 。您本要像事先预料的那样,交给您的哥哥达利斯。可什么事阻止了您这么做。您产生了留下 B. Q. T. 的想法。也许是为了取代首领成为首领……"

粉衣狗头人意识到还不是打斗的时候,把冲锋枪收起来,不过仍然举着拳头。他的每个指骨上都文了一个字母,组成单词,右拳是'滑稽的',左拳是'悲伤的'。

暴力:傻瓜最后的武器。

帕维尔·沃兹尼亚克没有放下武器,他说:"达利斯总是不尊重我。我永远是'小弟弟'。我的亲生母亲说:'达利斯多的,帕维尔要少一点。'因此他把我称作他的'补充'。我犯错了,他肯定会来一句:'归根到底,你是蠢上加蠢?'还一边说,一边哈哈大笑。"

"而塔德斯则添油加醋,对吗?"伊西多尔说,想维持这种紧张状态。

"不,塔德斯并没有上当受骗。他一直知道达利斯是个暴君。可是他对我说:'别跟他斗,利用他。他把我们当挡箭牌。'当达利斯羞辱我时,塔德斯就对我说:'他需要一个替罪羊,弟弟,这个人本应该是我。'"

他一边说,一边慢慢放下武器。

"在我要把 B. Q. T. 交给达利斯时,他轻蔑地看着我说:'你去哪儿了? 啊,帕维尔,你真是个累赘,我在想如果没有你,我们会不会更快达到目标。'"

"这并不礼貌。"伊西多尔承认。

"某种情绪在我身上发作,我对自己说:'达利斯不配拥有 B. Q. T. 。'"

"没错。"卢克莱斯肯定道,她明白了同伴的计谋,"是您拥有了宝藏,您是最强大的。"

达利斯的弟弟回想着那一刻，目光迷失在回忆中。

"那天晚上，经过灯塔地下室的激战后，我们都心力交瘁。想赶快结束这一切。达利斯服用了可卡因，激动急躁。什么都能让他发火。我们坐上摩托艇，来到达利斯认为藏着逃跑者和宝藏那一边海岸。我们整夜都在荒野中搜查。"

贝亚特丽斯脸色苍白，她的呼吸加重了。

"就在那时，您意识到自己可以成为帝国的首领，笑之帝国。"卢克莱斯说，"是您用 B.Q.T. 杀死了两个哥哥，"卢克莱斯说，"您就是悲伤小丑。"

伊西多尔插嘴道：

"好啦，卢克莱斯。如果真是这样，他就不会来这儿威胁我们了。"

"他之前有 B.Q.T.，用了它，可后来他把它弄丢了。"她反驳同伴。

巧妙牵制敌人。表现出意见不合的样子。

"也许吧，可他在用之前就丢了。"

帕维尔最终打断他们："您的同伴说得对。当其他人在卡尔纳克地区搜查 B.Q.T. 的下落时，我一个人在角落里检查那个盒子。

他不说话了。

"然后呢？"

"就在这时，后面突然来了一个人，把我击昏。等我醒来，B.Q.T. 不见了。"

帕维尔·沃兹尼亚克一直拿着那支大手枪对着他们，不过似乎注意力都在他的叙述上了。

"我觉得是村子里的哪个人干的。于是两天之后，当达利斯回到巴黎时，我返回卡尔纳克，希望能找回 B.Q.T.。"

"之后呢?"卢克莱斯不耐烦地说。

"我碰到了神父带领的、装备着猎枪的村保安队。我故意认输。计划这之后带大队人马回去进攻。"

"就在这时,凡尔赛发生了'卢克莱斯·奈姆赫德'事件,对吧?"伊西多尔提醒。

"你们带着'绝对不要读'的盒子出现在我母亲家里。这让我觉得不可思议。塔德斯和我都不敢相信自己的眼睛。"

"您把惊讶掩饰得很好嘛。"她承认。

"这下形势改变了。塔德斯认为你们是关键。开始调查你们。"

"B.Q.T.的拥有者已经在她的鱼缸下面放了监听器,你们的是放在哪儿的? 在花盆里?"伊西多尔讥讽道。

"我想到的是追踪你们的手机。我认为我的选择非常正确;多亏了您,卢克莱斯,我找到了 B.Q.T. 和 GLH 的新窝点。"

帕维尔·沃兹尼亚克突然用胳膊抓住卢克莱斯,从后面扼住她,用手枪抵着她的下巴。

"好啦,已经浪费了够多时间了,我要箱子的密码!"

"别指望了。"伊西多尔平静地说。

"我数到三就开枪。"

"最后通牒和威胁恐吓从来不会让我屈服的,"男科学记者回答,"您可以把她杀了。"

至少这让我看清了我对他有多不重要。

"一……"

"这是原则问题,我认为如果妥协了一次,一生就都完了。"

他任我被杀死,就仅仅为了调查里的一个秘密!

"二……"

我高估他了。这是个不可靠的男人。和其他男人没什么两样。

伊西多尔一直没看他们,让贝亚特丽斯站在他身后。像是要保护她。动作看起来那么自然。

我是有多天真啊。怎么会一时相信在他眼里我有一点点的分量呢?他跟我一起调查只是为了他的小说计划。他并不在乎我。

帕维尔·沃兹尼亚克举起枪口。

"好吧。您赢了。我让步。"

伊西多尔·卡森博格一下子打开行李箱,拿出标有"B.Q.T."和"绝对不要读"字样的蓝盒子,猛地打开,露出里面的内容。

帕维尔·沃兹尼亚克和狗头保镖的眼睛没法从写着三句话的纸片上移开。

他们从左到右读,小小的字母组成单词,单词组成句子,句子组成意思。两人脸上写满惊讶。

一开始两个人长时间地痉挛着。然后开始微笑,扑哧笑出来,接着放声大笑。笑声很快越来越大。

151

在苹果树上,两只苹果观察着世界。

"看,这些可笑的人类,"其中一只苹果说,"他们自相残杀,抗议示威,没人看起来想和邻居和谐相处。总有一天,我们,苹果,将统治地球。"

"'我们'是谁?"另一只苹果回答,"是红苹果还是黄苹果?"

——GLH 第 511905 号笑话

152

他们越笑越厉害,声音越来越大,然后开始打嗝……

帕维尔·沃兹尼亚克放下武器,好去擦眼泪。

他们弯下腰,调整呼吸,呛住了,又开始狂笑起来。

对面,两名记者和 GLH 的女首领呆呆地看着他们。

两人笑了很久很久。他们捂着肚子,笑成了痛苦,可还是越笑越厉害,直到极点,才稍稍平静缓和了一点。

枪声响起。很快又是另一声。

第一发子弹穿过帕维尔·沃兹尼亚克的脑门,他向后倒地。第二发子弹穿过狗头保镖的头颅。后者下意识用双手捂住脸,子弹穿过"悲伤"文身下面的骨头。

两名记者转过身来。

贝亚特丽斯拿起了"先笑的要吃枪子"的椅子上的枪。她的手颤抖着,任凭武器落下。

卢克莱斯的眼睛无法离开写有"B.Q.T."的盒子。

盒子在地上,纸片飞来飞去,落在地上,写字的一面朝下。

伊西多尔慢慢探过身去,捡起纸片翻过来。

不!

男科学记者放低眼镜,读完那三句话。

他感到抑制不住的笑意。

他放声大笑,格格地笑,笑得很厉害,然后摇摇头。

"好啦,好啦,好啦。"他说,像是刚完成了一次跳伞。

"您没事?"卢克莱斯问,难以置信。

"我跟您说过的,卢克莱斯。这只对相信它的人有用。是脑袋上的子弹杀死了他俩,而不是笑,这我知道的。"

卢克莱斯疑惑不解。眼睛没法离开伊西多尔还夹在手上的那张纸。

也许他说得对？也许他足够强大，可以抵抗能杀人的笑话……我要知道！

她犹豫了下，深吸一口气，鼓足勇气，拿起纸片，把眼睛放在黑体字母上。

她读起那三句话来。

第一句："别掺和这件事。"

第二句："否则下次就是真正的 B.Q.T. 了。"

第三句："那么您就会真的因笑而死。"

"这不是真的。只是一个警告。"伊西多尔承认。

该死，我们被要了。

153

两个人去捕大猩猩。第一个人对第二个人说："你拿着枪，和狗站在这儿，我爬到树上去。我一摇树，猩猩就会掉下来。这条狗经过特殊训练，它会扑上去，咬下猩猩的睾丸。你趁猩猩惊讶的时候，拿绳子过去把它紧紧捆起来。"

"好的。可这样的话，枪有什么用呢？"第二个人说。

"万一是我从树上掉了下来……你立刻把狗打死。"

——GLH 第 134437 号笑话

154

几小时后，他们提着行李，贝亚特丽斯亲自把他们送到最近的火车站。

"出发吧。继续调查。找出悲伤小丑是谁。"她说，"把放有真正 B.Q.T.的盒子给我带来。作为你们已经加入的教会的首领，我命令你们。这是你们入教的条件。你们应该信守诺言。"

她说这些话时，带着一种难以遏制的愤怒。

伊西多尔看起来忧心忡忡。

"临死之前，特里斯坦让我给您带了样东西。"他说。

"什么?"

"只有一句话，他在咽下最后一口气之前在我耳边说的。"

"什么话?"

"'我爱你，贝亚特丽斯。继续。'"

GLH 的女首领愣住了。一滴泪在她的脸颊慢慢滑落。

站台的铃响了。机械门合上，火车开动。

风景在他们身边穿过。母牛鼻子不抬一下地吃着草。它们可没兴趣看火车，高速列车以每小时 200 公里的速度开过。

伊西多尔·卡森博格放好行李，然后盘腿坐下。他慢慢抬起眼皮。

"您在干吗? 睁着眼冥思?"

"不，我的侄女卡桑德拉最近教了我一样新东西，她称之为'开启五感'。由此可以沉浸在此时，分析我们大脑接收的全部信息。一，视觉。二，听觉。三，触觉。四，嗅觉。五，味觉。"

"有什么用处呢?"

"停止思考过去和设想未来。让此时此地在身体中完全激活。"

疑惑的卢克莱斯·奈姆赫德坐在他对面，摆好同样的姿势。

"好了，开启五感后，您脑子里出现了什么?"

"视觉。此时此地我看到:1. 您卢克莱斯;2. 车厢包间;3. 不断出现风景的窗户;4. 非常模糊:我的鼻尖。"

我，我看到了伊西多尔。门开开合合，让乘客通过。我还看到了椅背垫巾上的 TGV 缩写[1]。

他闭上眼继续："听觉。我听到：1. 我的声音；2. 火车的声音；3. 隔壁包厢里一个孩子的喊声；4. 我自己的呼吸。"

我听到他的声音，火车的侧向摇动，飞快的风撞击着玻璃，我的座位有点松动，嘎吱作响。

他停了一会儿。

"触觉。我感觉皮肤上有：1. 我的衣服；2. 座椅上的布；3. 火车的侧摇。"

我感觉到胸罩有点紧。背后的搭扣有点痒。我感觉左手拇指上的戒指。

他吸了口气。

"嗅觉。我闻到：1. 您的香水味；2. 您的体香；3. 隔壁包厢里他们在吃的食物的气味；4. 一种臭氧的味道，估计是火车上的空调。"

我闻到他的古龙水味。也许是"铬元素"[2]。我闻到他的汗液。这味道挺好闻。我闻到自己头发的气味。该死，我该洗头的。但愿在这么潮湿的天气下头发不要卷起来。

他咂咂舌头。

"味觉。我嘴巴里是十分钟前给我们端上来的茶的余味。"

我感到咖啡的余味。罗布斯塔咖啡。

"现在，五感都已一起开启，不再有一点点对过去或将来的思考。现在达到最大化。"

她睁开眼睛，感受此刻。

1　TGV，法语中"高速列车（train à grande vitesse）的首字母的缩写。

2　"铬元素"是法国香水品牌阿莎露于 1996 年推出的一款男士运动型香水。

在经历艰险后，我喜爱这一瞬。不，不应该回想过去。我喜爱这一瞬，之后我们会发现解决方法。因为我相信今后我们会成功。不，不应该展望未来。我喜爱这一瞬，我和伊西多尔共享此刻，玩着小孩子的玩意儿。

她吸气，感到空气进入肺部。想专注于现在的这一刻，可思想已经像蝴蝶般翩飞。她开口道。"特里斯坦·马尼厄尔在死之前真的说了'我爱你，贝亚特丽斯'？"她问。

他停了会儿，然后伸展双腿，恢复正常坐姿。

"没有，不过这是贝亚特丽斯应该听到的。如果用一个小小谎言就可以带来快乐，为什么要剥夺它。"

"特里斯坦到底说了什么？"

"听不懂的咕咕声。这是喜剧演员的职业病，有时吐字不清楚。"

年轻女人理理头发，然后使劲儿闻手指上的味道。

"那么，现在我们怎么办？"

"要不我们终止调查？"伊西多尔建议。

他总是从反面进攻我。这对他来说是一项运动。可武术教会我应对攻击的方法。不要拦截，而是相反，要顺着它，直到对手被自己的招数击中。

"嗯……算啦，为什么不呢。只有在小说里他们能找到凶手和宝藏，男女主人公在结尾做爱。现实中是：1. 找不到凶手；2. 找不到宝藏；3. 男女主人公分床睡。至于报道文章，我稍微夸张点，让人们相信这是个重大发现。最终，我还是像《当代观察家》里的其他人一样行事了。"

一座小村庄飞速跃出他们的视野。

"我开玩笑的。不，我们答应贝亚特丽斯了。这不是为了泰纳蒂耶，而是为了 GLH。我们已经是它的成员了，需要尽义务。"

"您还把这次入教当真了？"

"需要我提醒您吗？我们差点就死了。对着您太阳穴的枪管里，真的有子弹。是的，我当真。我们要找到 B.Q.T.。"

他打开 iPhone 手机，重读资料。

"关于这个悲伤小丑，一直有什么困扰着我。"卢克莱斯嘀咕说，"我确定我们曾经见过他。即使他戴着红鼻子，还是很面熟。您想怎么做？"

"就像玩三颗石子的游戏，想击败别人，就要预测到对手的招数。目前，我们只是接受他的游戏。从现在起，是我们该采取主动了，强迫他按我们的节奏来。最好的防御就是进攻。悲伤小丑应该根据我们的进攻来反应，而不是相反。"

"哟，真动听，不过具体说来我们该怎么做？"

一座山，一片油菜地，一条河被窗户抛在后面。

伊西多尔思索了一会，然后继续看资料。

"标出我们所知道的他的情况。悲伤小丑认识达利斯，因为他把盒子给达利斯时，对他说过：'这就是你一直想知道的。'他们用你相称。"

"的确如此。不过还有。"

"在攻击和偷走 B.Q.T. 的时候，悲伤小丑在卡尔纳克。他也许是粉衣保镖，也许是 GLH 的成员。"

"……再也许是卡尔纳克的居民。"

"卡尔纳克的居民？"

"对，为什么不可能是神父，"她说，"勒根神父。"

风景加速而来，出现了一座核电站，一群猎人，一座城堡。

"但是神父不会出现在荒原上，击昏帕维尔，因为他当时和 GLH 的人在地下墓地。"

"然后他也不可能去巴黎，更不必说在奥林匹亚了。"卢克莱斯承认。

"而且他块头那么大,也和悲伤小丑的体型不符。"

他们琢磨着。

"假设是粉衣保镖。那晚的袭击我们还知道什么?"伊西多尔问。

"有六个粉衣保镖去了卡尔纳克。其中包括达利斯,塔德斯和帕维尔。还有狗头杀手。四个是已知的。"

"那么还有两个。一定是他们两个中的一个。"伊西多尔回答。

"怎么才能知道是哪个呢?"

男记者又看了看笔记。

"如果您还记得的话,贝亚特丽斯说过是一个长小胡子的男人和一个女人。一个跟随男人们远征讨伐的女人,要不就是职业杀手,要不就是……"

"……跟其中一名成员关系很亲近。您真的认为悲伤小丑是个女的?"

"为什么不呢。化了妆,戴着假发,还有个大大的红鼻子,我们就看不出性别了。"

"多遗憾,我们没有现场目击证人。如果有,我们可以让他场景再现……"

"证人就是我们。"

卢克莱斯不明白。

"我们不需要到那儿。我们的想象,我们的直觉,我们的灵魂能够和时间、空间中的那一刻相连通。"

他神秘主义的那面要占上风了。还有和他有联系的奇怪任女卡桑德拉,在我看来不过是个一流的宗教幻想家,似乎对他造成了干扰。

他重新盘腿而坐，闭上眼睛。

"回到情景中。把想象的摄像机放在卡尔纳克，放在帕维尔和粉衣保镖搜查荒原、找寻逃跑者的那一晚。和开启五感的方法是一样的，不过不是考虑现在，而是考虑想象中的过去。我们要用已有的要素进行重构。"

年轻的女记者做个鬼脸，半信半疑。

"六合彩中奖者百分之百是买了彩票的。如果我们不这样做，肯定什么也发现不了。"他坚持道。

卢克莱斯也盘起腿，闭上眼睛，在她脑部电影院的大屏幕上播放画面。她想证明她主动，于是说："天黑了。可能下起了小雨，就像布列塔尼经常下的一样。六个身影拿着手电筒来来往往。很冷。"

"帕维尔拿着手电筒。装 B. Q. T. 的小盒子可能在他口袋里。他焦虑不安。意识到手里是个烫手山芋，可以给他带来很大的好处和莫大的不幸。他保持戒备。"

"……突然悲伤小丑出现，他是……"

"就像电影里那样拉近镜头。是谁？"

"……一个粉衣女人，被看作达利斯的一个朋友。"

"……一个精力充沛，和独眼巨人团伙熟悉的女人。"

"……一个能打架的女人。"

"……一个在喜剧演员团伙中的女人，应该很有喜剧才华。"

"……尤其她被当成小丑。达利斯身边演小丑的女人，只有她了。"

卢克莱斯睁开眼。

"太棒了！您真厉害，伊西多尔！"她欢呼道，"怎么我没早点想到！"

155

一个美国人和一个法国游客在高楼上讨论。美国人对法国人说：

"您知道吗，在纽约，有些秘密只有真正的纽约人才知道。比如楼房太高，产生了涡流。大楼之间的气流非常强烈，可以把一个人从一幢楼运送到另一幢楼上。"

"别把我当傻瓜。"游客说，"我才不会相信这种无聊的话……"

"您不相信我？好吧，您看到对面路上那幢楼里，正对面亮灯的那个窗户了吗？"

"是的，当然看到了。您不会是让我相信，气流可以把您送到那边去吧。"

美国人于是来到窗边。嗨，他跳了，张开双臂，以几乎完美的弧线滑翔，落在对面大楼的窗户上。然后在那边叫：

"您看到了吧，气流强得很，可以支持一个人的重量。来，来找我。我在这里等您。"

游客惊愕不已。他爬上窗边，犹豫着。

美国人朝他喊："任自己被托起，一个人完成它。"

于是游客往前一冲，展开双臂，前进了二十厘米，然后号叫着以自由落体方式从120米高空坠落。

他在底下摔成了肉泥。

美国人所在的那幢楼里走过来一个女佣，对他低声说："一喝酒，您还是会犯点浑，超人。"

——GLH 第 556673 号笑话

156

世界之眼剧场。

最大的厅,可容纳 120 人,座无虚席。

"不能用手机。"引座员说,"今天我们要电视录像,不能对演出造成任何一点干扰。"

大幕拉开,演员出现,用雷鸣般的嗓音开始了第一个短剧,立刻引起第一阵笑声,这是接下来笑声的通行证。

玛丽-昂热·贾科梅蒂一个个抖出她的笑料。她在第一排观众中发现了两张面孔。

她慌了十分之一秒的时间,认出是卢克莱斯·奈姆赫德和他的同伴,那个高个秃顶,和她在独眼巨人追悼晚会上一起扮小丑的男人。

她微微打了个寒战,但在一左一右两台正在摄影的摄像机的中间,她并没有自乱阵脚。

她表演关于门房的短剧。关于肥胖女人的短剧。关于难产的短剧。

观众开怀大笑,可她忍不住把目光转向第一排的卢克莱斯和伊西多尔,他俩跟"普通观众"一样,一副享受的样子。

还有一个短剧,然后她就可以说再见,去冲个澡了。如同在最后一条直线上奔跑的赛马,她向终点加速前进。可突然意想不到的事发生了。在一个短剧中间,注意力高度集中时,卢克莱斯·奈姆赫德站起来走上舞台。

这位不速之客一点也不羞涩,向观众示意问好,仿佛她是演出的一部分。

观众们大吃一惊,鼓起掌来。他们知道,幽默表演就是充满戏剧性变化。

在自己的现场被突袭,玛丽-昂热不敢抵抗。

而卢克莱斯则用一种诙谐的口吻,夸张地说:"玛丽,玛丽,玛丽……啊?你还记得我们俩年轻时在寄宿学校的虐待表演吗?"

"当然记得,当然记得,我的'卢卢'。"

"那我们要重新来演一遍,对吗?在这里当着所有人的面!你愿意吗?从那儿过来,别害怕,你信任我的,不是吗?"

观众大笑,以为这是事先安排好的。迫于观众的笑声,玛丽-昂热机械地张开双臂,做出滑稽的样子。

卢克莱斯·奈姆赫德从口袋里拿出绳子,把玛丽-昂热的手绑在背后,让她坐在椅子上,再把她的脚踝绑上。

观众们屏住呼吸,惊讶不已。年轻女人随后从另一个口袋里拿出剪刀,向观众展示。观众愣了一下,然后笑起来并报以掌声,因为他们花 20 欧元就是为了这个。

"那次和这次差不多,你还记得吗,玛丽,我心爱的天使?"

"那是很久之前了……很久之前……嗯,我的卢卢。"玛丽-昂热回答,试图掩饰这一过火游戏带来的不适。

"呃……也有一些观众,不过比今天少,对吗,玛丽,玛丽,我的甜心?"

卢克莱斯·奈姆赫德慢条斯理地一个个解开玛丽衬衣上的扣子。

玛丽-昂热,不知该怎么应对,保持微笑,装出轻松的样子,正如塔列朗[1]所说:"当事情超出我们的预料时,就假装是同谋者。"

卢克莱斯解开玛丽-昂热衬衫的上部,露出黑色蕾丝文胸,之

1　塔列朗(1754—1838),法国著名外交家,历经旧体制、大革命、王朝复辟等各个
　　时期。

后把剪子放在支撑两片罩杯的松紧带上。

"停,卢克莱斯。"玛丽-昂热小声说,"你一点也不好笑。今天晚上都要录像的。"

可另一个提高音量答道:"嗯,那天晚上,气氛非常热烈,你还记得吗,玛丽,我温柔的小老虎?"

"很好,我心爱的卢卢。"

"啊,你已经有幽默感了。你对我说过,'幽默的关键,在于出其不意'。"

卢克莱斯一下子剪断松紧带,玛丽上身裸露,乳房暴露在观众面前。

"你们知道她对我说什么吗?'停,卢克莱斯,你一点也不好笑',观众朋友们,你们觉得好笑吗?"

观众笑着鼓起掌来,掩饰自己的尴尬。

"你看,他们喜欢这个,玛丽,我的天使。尽情干吧,我们将创造这次表演的高潮。"

玛丽-昂热犹豫了一下,假装微笑。

卢克莱斯拿出自来水笔,在她身上画了一条鱼。然后在鱼上面写上"愚人节傻瓜"。

"就是今天!多好的庆祝方式啊!你不这么认为吗,我心爱的玛丽?那我们继续?"

她的剪刀已经靠近玛丽的裤子了。

"停,卢克莱斯,今晚是现场直播的。你不知道吗。"她小声说,语气中带着愤怒。

"你的自嘲精神哪儿去了?看,他们喜欢这个!我可以跟你保证,没人在底下睡觉,先生们女士们,对吗?来,给演员点鼓励。"

作为肯定,观众一齐爆发出热烈的掌声。

"你给我等着瞧,卢克莱斯!"女喜剧演员低声说。

而剪刀已经咔咔作响了。

"你究竟想怎么样?"她嘟哝道。"报复?"

"是,首先是报复。'地狱并不足以抑制一位被嘲笑的姑娘的怒火。'"

"那么,你已经报复了。还有什么? 你到底要什么?"

卢克莱斯从裤脚开始剪,一直到大腿。

"我要 B.Q.T.,我认为是你把它拿走了。"她小声说。

玛丽-昂热突然爆发出力量,挣脱绳索,推倒卢克莱斯,冲向后台。

等两名科学记者反应过来,女喜剧演员已经消失在通向马路的外部楼道中。她跨上她粉色的哈雷·戴维森摩托,在夜幕中溜走。

卢克莱斯和伊西多尔并不想就此罢休。他们已经开着古兹边斗摩托追了过去。

他们在巴黎奔驰,进行追捕。

这次她逃不掉的。

玛丽-昂热玩命地向前开,何况她的车较之笨重的边座摩托,要好得多。街道拐角,一变成绿灯,她就猛踩刹车,在交通灯前的柏油路上留下一道长长的车痕。卢克莱斯对这个动作大吃一惊,全力踩刹车,不过等长时间的滑行停下来,他们已经在街道的另一边了,这时变成了绿灯。

在他们过马路的时候,玛丽·昂热已经变成小点,在远方消失了。卢克莱斯狠按加速手柄,边斗摩托一下越过晚上这时相对冷清的街道。

远方的那个点越来越大。

汽车司机看到女骑士光着上身经过,黑色头发随风飞舞,不少人的汽车都失控了,引发几起小型车祸。

这让追捕变得愈发困难了。

甚至连警察都不敢干预。所有人站在一边，看着两个女人骑着噼啪作响的机车，奔驰在城中，好像是启示录中的两位女骑手。

157

长途飞机上，一位律师和一位金发女郎并排坐着。律师提议金发女郎玩个有趣的游戏。金发女郎看起来很累，拒绝了邀请。律师仍然坚持，并解释说游戏非常简单："我向您提个问题，如果您不知道答案，您给我5欧元，反之亦然。"

金发女郎还是礼貌地拒绝了。律师仍然坚持："好吧，那么我向您提个问题，您不知道答案，您给我5欧元。可是如果您向我提个问题，我不知道答案，我给您100欧元。"

这个建议激发了金发女郎的好奇心，最终同意进行游戏。律师先开始："地球和月球之间的距离是多少？"

金发女郎一言不发，打开钱包，拿出一张5欧元的纸币递给律师。

"该您了！"律师自信满满地说。

金发女郎问："什么上坡用三条腿，下坡用四条腿？"

律师不知该怎么回答，可是为了100欧元，他决定努力寻找答案。他拿出笔记本电脑，在刻成CD的百科全书和其他参考资料中查找，没有找到答案。他用飞机卫星提供的电信服务联网，在所有图书馆和谜语网站上搜索，没有找到答案。他给朋友发邮件：没人知道答案。一小时之后，他叫醒金发女郎，递给她100欧元。她说了声谢谢，继续睡觉。而律师有些失落地问她："答案是什么？"

金发女郎一言不发，打开钱包，拿出一张5欧元的纸币递给律师。

——GLH 第974432号笑话

边斗摩托闯进了一个死胡同。粉色的哈雷·戴维森摩托倒在地上,还冒着烟,它主人的鞋跟断在摩托车支架边。

这是个偏僻安静的地方。

卢克莱斯·奈姆赫德和伊西多尔·卡森博格查看死胡同里的店面。其中一个引起了他们的注意。

虎尾兰。底下写着:"各年龄恶作剧用品。"

门没关。有人刚刚进去,没来得及关门。

伊西多尔和卡森博格走进去。没有电。卢克莱斯回去从边斗摩托里找了支手电筒。

卢克莱斯·奈姆赫德往前走,一手拿手电,一手拿手枪。伊西多尔走在后面,就像游客跟着导游。

玛丽-昂热说过,她的第一份工作就是恶作剧用品商店的售货员,也许就是这里。

一只大蜘蛛突然出现在年轻的女记者面前。她用手一推,一摸,是橡胶的。手电筒的灯光在墙壁上投射出一片巨大的阴影。

她又踩到了一条同样质地的蛇。

他们周围,杂乱至极,面具、装着臭包的盒子、会跳的肥皂、胡椒味的糖果、咬人的茶杯、装冷冻液的瓶子、缠绷带、指上扎着钉子的血手,还有格格作响的假牙。

也许很久没人来这里整理了,要不就是故意弄这么乱的。

他们小心往前走去,越来越多的奇怪玩意儿出现在灯光下:趴着苍蝇的糖、爆炸香烟、塑料粪便。

伊西多尔踩到了一个放屁垫,立刻有什么东西在他们右边动了下。

卢克莱斯赶紧往那边一照，发现是只长毛胖猫。它跳来跳去，碰到了一个芥末罐，罐子发出恐怖的冷笑声。

猫通过楼梯逃到了二楼。

两名记者的腿碰到了假牙，它们开始格格作响，就像在笑一样。

在手电筒光亮的指引下，他们爬上楼梯，来到一间满是假人和化装用具的屋子。

这些模特跟真人同样大小，就像一动不动的人正在嘲笑着他们。一些模特戴着或大笑或微笑的小丑面具。

卢克莱斯示意伊西多尔不要出声。

手电筒搜遍房间，什么也没发现。于是卢克莱斯装出要离开的样子，然后突然转过身，一个个查看那些模特。

她摸摸这张面具，再摸摸下一张……当她走向一个绿发小丑时，那个小丑发出了断断续续的喘息声。

两个女人在模特中间奔跑，模特乱七八糟地倒下。她们用手边的各种东西互相攻击：啪唧作响的充气锤、可以放电的手持蜂鸣器。

互相揪头发，互相撕咬。

伊西多尔拿出手机，打开摄像功能。

"您在那儿做什么，伊西多尔？"卢克莱斯叫道，"现在不是拍电影的时候。帮我，您没看到我有麻烦吗？"

伊西多尔在找了好几个柜子后，找出一包痒痒粉，放在玛丽-昂热的脖子里，玛丽乱了手脚，被制服了。

他们用虎尾兰、花环、皮带和细线，把她捆在椅子上。卢克莱斯恶毒而快乐地捆绑着她的胸部、脚踝、手腕和大腿。

"就像往日在寄宿学校的美好时光，玛丽-昂热。"

"你到底想怎么样，卢克莱斯？"

"是你拿走了 B.Q.T.，对吗？"

玛丽-昂热紧闭着嘴，表情严肃。

卢克莱斯从印第安人的帽子上拿下一根羽毛，开始用羽毛的尖端抚摸玛丽-昂热的脸蛋。

"这是在 GLH 培训的时候，他们给我的惩罚。"

玛丽-昂热开始颤抖。她咬着嘴唇，克制自己。

"别，我怕痒。别这样！"

卢克莱斯用羽毛在她胳膊上来回移动。张力上升，玛丽-昂热爆笑起来，哀求卢克莱斯。可女记者毫不在乎地继续她的活计。仿佛是在她女朋友的皮肤上画画，玛丽被紧紧绑在花环里，因为痉挛和抽搐颤抖着。接着卢克莱斯脱下玛丽右脚的鞋子，把羽毛靠近她的脚底板。

"我说！"

女喜剧演员调整着呼吸。

"那么，B.Q.T.在哪儿？"卢克莱斯低沉地说，抓住已经备受折磨的玛丽的脖子。

伊西多尔插嘴说：

"冷静，卢克莱斯。我想这位小姐愿意告诉我们实情。我们不要急，慢慢来，安静倾听这一切是怎么开始的。"

"可是……"

"嗯……卢克莱斯。速度和仓促不是一回事儿。"

他拿出记事本，从桌上拿起一瓶水，倒了一杯，帮女囚犯舔了两口。

他要先礼后兵。

"我们不急，真的。您是怎么遇到达利斯的？您做喜剧演员的时候，他发现了您？"

玛丽-昂热咽了口水。

"不,不是在我做喜剧演员的时候,而是在做性虐情人的时候。他请我到他凡尔赛附近的城堡里。我还在那里看到了娱乐圈的各色人物。我正在鞭打他的弟弟帕维尔,这时,达利斯来了。他对我说非常喜欢我的'风格'。"

"很有趣。"伊西多尔承认。

"他建议我去打他的另一个兄弟,塔德斯。我把塔德斯绑在圣-安德烈十字架上,抽打他。达利斯就在旁边给我鼓劲。这让他很兴奋,于是他去找了个女孩儿,把她的胳膊吊起来,在我旁边鞭打她。"

"达利斯是性虐狂?"卢克莱斯问道,难以置信。

"我不知道什么是真正的性虐狂。只是他似乎很喜欢这种表演,他甚至还让保镖代替他去打。"

"我明白了,还有懒得动手的性虐狂。"伊西多尔开玩笑道。

"没人控告他吗?"卢克莱斯问。

"你想象不到的……这可是伟大的达利斯,这可是独眼巨人!女孩儿都是自愿来的。她们希望在他的电影里出演角色。她们能接近他都相当自豪。"

"总是同样的故事。"伊西多尔指出,表示理解。在弗洛朗的课上,已经有人告诉过他们了。

"接着说。"卢克莱斯命令道。

"之后,我和达利斯上楼到他的房间去做爱。"

"在'筋疲力竭的刽子手'之间?"卢克莱斯讽刺说。

她露出高傲的神色。

"在'懦夫世界的统治者'之间!我们是捕食者,都很了解自己。"

"猎物这么多,捕食者那么少……"伊西多尔承认,充满同情。

"我告诉他,我也是喜剧演员。他说他会帮我。我遇到过太多给我许下空头支票的制片人……只是浪费我的时间,他至少兑现了诺言。他哥哥塔德斯打造我,在晚会上给我引荐他的几位记者朋友。他们写了几篇文章,对我极尽赞美之词。"

"真是好人。"伊西多尔承认。

"可是达利斯不想我成为超级明星。他害怕我会离开他。于是把我安插进粉衣保镖队里。我是他们团队的'女助手'。"

"同时他还能跟你上床。"

"我的同伴是说他和您做爱。"伊西多尔纠正。

"说做爱是言过其实了。其实……达利斯生理上有点小毛病。"

她似乎不太好意思。

"什么?"

"我不知道能不能说。怎么说呢……非常隐私。"

"你也不看看你现在是什么处境!"卢克莱斯冷笑道。

"实际上,有个笑话和他的性问题很贴切。人们想创作它,可是不敢……"

伊西多尔似乎沉思起来,他拿出记事本,复习从调查开始记录的所有笑话。突然他叫起来:"独眼巨人的笑话! 我知道了,卢克莱斯。达利斯只有一个睾丸。"

玛丽-昂热点点头。

"在某些人身上,这并没有什么影响。可在他身上……其实,他并不能正常做爱。"

"据说希特勒也有这种病,不过从未得到证实。"伊西多尔补充。

"达利斯是天生的。巧的是,后来事故又夺去了他一只眼。"

"一个笑话可以决定一生。"卢克莱斯嘀咕着,"也许正因如此,他对待女性非常残暴……对男人居高临下。他需要一些东西作为弥补。"

"他尤其需要安慰。我很少见到如此憎恨自己的人。我们在一起的那段时间,他每天早上起床,都有强烈的自杀冲动。他说:'我是男人里最糟糕的,应该被千刀万剐,没人敢阻止我。谁敢?'之后有一天,就是他被选为'法国人最爱戴的法国人'那天,他两眼冒光。对我说:'你,宝贝儿,打我!'"

伊西多尔和卢克莱斯不说话,惊呆了。

"他像在寻找自己的极限。痛苦的极限,自我的极限。他被那么多人喜爱,他却如此厌恶自己,他说这种情况只有我能解决。我。"

"这是女人的力量,让男人升华。"伊西多尔说,"也许是让他们自我拯救。"

他在说什么?好吧,他又开始哲学的那一套了。这可真不是时候。他让我恼火。

"我让他疼痛不已,奇怪的是,这是他对自己最有信心的时候。他离开了别的情人,我敢说,我是他当时唯一的女人。只有我知道他阴暗的一面。因此他对自己有了信心。他想参与政治,组建自己的政党。有一天,我在打他的时候,他产生了一个灵感。他只说了一句话:'我要 B.Q.T.!'他跟我解释什么是 B.Q.T.。他终于找到了一个和他相称的新计划。从那一刻起,他为这个计划着魔。日日夜夜都在谈论它。"

"他还是个孩子,可恶而任性。"卢克莱斯嘟哝道,对这个她曾经如此崇拜的男人失望了。

"不能这么评价他。有时他慷慨无私。会仅仅因为对职业的纯粹热爱而大力推荐一个演员。帮助慈善协会,不求回报,甚至不会告诉媒体。"

"……他剽窃别人的短剧,收集无著作权的笑话,署上自己的名字,仿佛那些是他的作品!"卢克莱斯补充道。

"这是夸张了。他并不只是抄袭。他也创作了自己的短剧,创作自己的笑话,他有着不可否认、无人可及的即兴创作才华。"

"她说的没错,"伊西多尔承认,"如果有这么简单的话,他之前任何人都可以这么做了。他必然带来了极大的附加值。"

"他的短剧妙极了! 由于'独眼巨人'问题带来的自卑,让他非常敏感。他理解他人的痛苦。是个好人。"

卢克莱斯仍有疑问,伊西多尔似乎准备复习他的笔记了。他知道评价一个人不能凭一面之词,应该听取所有认识他的人的说法,才能下结论。

"继续说 B.Q.T. 的事儿。那天晚上,你在卡尔纳克。发生了什么?"

"是的,在进攻神秘灯塔的时候,我和沃兹尼亚克兄弟们在一起。我相信达利斯希望防御更坚固些。我向你们发誓,他希望他们有武器,他希望他们抵抗,希望他们斗争……"

"这种人一直在追寻物质财富的增加,直到有一刻,生活给了他一记响亮的耳光,让他变得更加谦卑。"伊西多尔评论。

"可是生活的响亮耳光并没有来临。只有我打过他,不过也是按照他的命令。他实际上是在寻找他的极限。他已经杀过人。已经组织了'先笑的要吃枪子'。他想看看能否屠杀数十人而不受到惩罚。"

"他也想毁灭成就他一切的人。俄狄浦斯情结,杀死抚育自己的父亲。"伊西多尔说。

"或者像是欧仁·拉比什在《贝利松先生的旅程》中说的。"卢克莱斯说道,她学得很快。"对成就你一切的人说谢谢是如此困难。历史上不乏宁愿暗箭伤人也不愿感恩戴德的人。"

"在神秘灯塔岛上的经历非常恐怖,GLH 的人毫无准备。他给出信号，我就撤退了。我在后面，他们给我手枪，可我并没有射击。达利斯看到了，就强迫我干掉几个人。他对我说：'这和打屁股是两码事，对吗，我的洋娃娃？从今以后，宝贝儿，你再也不清白了，就是我们的同谋。你是个真正的'粉衣保镖'了。'他才注射过大剂量的可卡因，处于好斗的兴奋中。我藏在角落里呕吐起来。"

"你没试着脱离他吗？"伊西多尔问。

"当时我被他控制。他让我着迷。他仍是'法国人最爱戴的法国人'。给每代人带来欢笑的人。我梦想成为著名喜剧演员。即使我们没有性关系，在皮肤上还是有的……这些无法解释。"

"你这么做我并不惊讶。"卢克莱斯悄悄说。

"杀了很多人，也有一些人逃跑了，达利斯勃然大怒，因为没有找到 B.Q.T.。他说：'我们不能两手空空的回去。'于是我们开始找，发现有一百人左右通过暗梯逃走了。达利斯说我们都是废物。我们坐上船回到卡尔纳克，在史前巨石附近仔细搜索。达利斯认为他们藏在附近的树林里了。"

玛丽-昂热顿了下，气喘吁吁。

"突然……我看到了他弟弟帕维尔。他背上背个包，拿着手电筒和冲锋枪。他看起来很奇怪，我问他哪里不对劲。他说一切都好，说一定可以找到 B.Q.T.。可我们一无所获。然后我们回到了巴黎。就是这样。"

两名记者默地看着她。然后说：

"我认为您在恬不知耻地说谎，玛丽-昂热小姐。"伊西多尔说，语气强硬。

"这就是事实。我向你们发誓。"

"卢克莱斯，准备好再挠一次痒了吗？"

"我提议这次抚摸她的脚趾尖。"

卢克莱斯脱掉小丑的靴子，把她的脚抬起来，准备把羽毛移近。

"不，你们没权这么做。"

女记者开始摆弄羽毛，引起受害人一阵先是神经质而后痛苦的笑声。

"够了！"

她痛苦地喘息着。

"我远远地跟着帕维尔。突然我看到树林里一个身影跳起，用类似短粗木棍的东西给了他一棒。我用冲锋枪射击。凶手逃走了。我赶过去，发现帕维尔一动不动，手里有个小小扁扁的盒子。"

"是你拿走了 B.Q.T.！"卢克莱斯说。

"是我拿走的。不过我没占有它多长时间。"

"别把我们当傻瓜。"

卢克莱斯已经抓起了羽毛。

"我不知道该怎么处置这个东西，我意识到这是枚炸弹，可以摧毁得到它的人。于是我把它交给了……"

"给谁了？"

"一个我爱的人，因为我知道他知道该怎么处置。"

"达利斯？"

"不……'别人'。"

"我还以为你疯狂爱着达利斯呢。"

伊西多尔代替玛丽回答说："您没听她说吗，卢克莱斯？她对您说了达利斯有毛病。因此她爱他，就像爱正牌男友和邪恶游戏中的搭档一样。可是对于真正的性来说，她一定有其他人……"

"到底是谁？"

伊西多尔笑笑。

好吧,他又要开始回答了。他让我恼火。

"长小胡子的粉衣保镖,既不是达利斯兄弟中的某一个,也不是狗头保镖。那么一定是这个家族里的一个幽默家朋友。那个人现在没小胡子,可是以前是有的。嗯……我想我知道是谁了……"

他一说出名字,玛丽-昂热就震惊了,承认确实是那个人。

"好了,现在我把一切都告诉你们了,可以放开我了吗?"惨败的女喜剧演员问。

卢克莱斯走近她年轻时的前女友,给了她一个长长的吻,然后一边离开,一边说:"愚人节快乐,玛丽-昂热。"

159

莫里斯去海上旅行。可是船沉没了。只有两名幸存者,他和著名美国女演员朱莉亚·罗伯茨。他们爬上救生艇,来到一个荒岛上。

第一天他们建起露天营地,寻找食物,点燃篝火,筋疲力竭地入睡。第二天,他们进行讨论,改善居住条件,寻找求救方法。第三天他们讨论地更加热烈,第四天他们做爱。第五天早上,莫里斯找到在篝火边吃早饭的罗伯茨,面带惭愧地对她说:"我对你有个十分特别的要求,不过你可以不接受。"

"尽管说,莫里斯。"

"好吧,如果你不介意的话,我想,只要几分钟,只要一会儿,让我叫你……阿尔贝。"

女演员不明白,问他是什么意思。

"我叫你阿尔贝,你回答我,假装你是阿尔贝。好吗?别问我,只需这么做,让我高兴。这样我就满足了。"

年轻女人有些讶异，还是同意了，因为这个看起来对他如此重要。

"好吧。"

于是莫里斯给了她一个微笑，突然兴奋地说："喂，阿尔贝，是我，莫里斯。我亲爱的阿尔贝，你永远猜不到昨天晚上我跟谁上床了？听好了，哦，昨天晚上我和朱莉亚·罗伯茨上床了……就是她本人！"

——节选自达利斯·沃兹尼亚克的幽默短剧
《我的一生就是场海难》

160

他住在讷伊镇雅特岛上的一幢豪华别墅里。里面有个小丑服饰博物馆，还收藏着许多马戏演员半身像。白脸小丑，花脸小丑，英国、美国、法国、意大利、西班牙、非洲、印度尼西亚，甚至韩国小丑。

"我想你们还没意识到现在筹码是什么。获得 B.Q.T. 的战争并不仅仅是幽默的决战，也是……智力的决战！"

喜剧演员菲利克斯·沙达姆走到一个有着健美二头肌的泡沫塑料小丑旁边。

"很久以前，在人类历史之初，权力属于操纵肌肉、拿着狼牙棒的人。他们的统治靠人们对于暴力的恐惧而维持。"

然后，他走向一个像稻草人的小丑。

"之后，权力落入掌握耕地的人手上。他们的统治靠人们对于饿死的恐惧而维持。"

菲利克斯走到另一个模特面前，这次的装扮是神父。

"接着，权力落入控制教会的人手中，教会是用来训练信徒的。他们的统治靠人们对于下地狱的恐惧而维持。"

他再往前走，指着一个宪兵模样的小丑。

"后来，权力落入掌握行政权力、控制一切社会活动的人手中。他们的统治靠人们对警察、司法和监狱的恐惧而维持。"

他又指了指穿资产阶级服装的小丑。

"然后，权力落入控制工业的人手中，工业生产可以给我们带来幸福的产品。他们的统治靠人们驾驶汽车或是收集一切被广告吹嘘的无用物品的乐趣而维持。"

他又往前走，指向一个资本家小丑，大大的肚子，嘴角叼着香烟。

"接着，权力落入控制金融的人手中。他们的统治靠能赚更多钱的许诺而维持。他们的统治也靠不劳而获的快乐而维持。"

他向前走，指着穿记者衣服、拿相机和记者证的小丑。

"再后来，权力落入控制媒体的人手中。从此只需在屏幕上露露脸，就能取悦女性，享受礼物和特权，甚至可以不用交税。上过电视的人回到家里，会直接影响到他的家人。他们统治的合法性在于获取消息的快感。"

最后菲利克斯·沙达姆走到一个穿粉色西服、戴着面具的小丑跟前，它的面具跟达利斯·沃兹尼亚克的那张很像。

"现在，权力属于控制大众笑声的人。这种人是媒体从业者的分支。不过这一分支实际上是更高等级。他们的统治依靠让人们忘却或减轻不幸的能力。靠的也是在一个麻木无聊的世界娱人的能力。对无聊的恐惧已经成了最主要的恐惧。在我看来，现在逗笑是最高权力，无人可及。"

"可是，这不过是些……'搞笑的人'。"卢克莱斯反驳。

"没错，人们因此小瞧他们，他们的权力却因为这样变得更大了。这是，或者更确切地说，'我们'是游戏的真正主宰。一切游戏。"

第三种力量。爱神，死神……笑神。

"没人质疑我们的权力。与政客和媒体人不同，我们凌驾于法律之上。凌驾于一切之上。喏，这种无形权力的一个标志就是，你们没注意到政客、经济学家，甚至科学家，为了赢得听众的好感，总是用一个笑话来开始他们的演讲的吗？没有幽默，演讲不过是……乏味的。"

"这是最近的情况。就像盐一样。吸收味道。盐成了一种瘾，腐蚀着我们。"伊西多尔·卡森博格说。

菲利克斯叹口气。

"幽默让我们按照希望的方向引导观众。我们已经有了第一位演员出身的总统罗纳德·里根。也许你们知道，在冰岛，最著名的喜剧演员乔恩·葛纳尔被选为雷克雅未克市长。你们看着，很快就会有位喜剧演员在一个有影响力的大国担任总统。"

"在香榭丽舍或者白宫的小丑？"卢克莱斯诧异。

伊西多尔再次代替嫌疑人回答："科吕什在 1981 年参选，第一轮获得了超过 18％的选票。以至让密特朗切实感到不安。在预测公布一周后，科吕什的总管勒内·科兰被暗杀。科吕什因此放弃选举。"

"你说得有些仓促了。你确定两件事有关联？"

菲利克斯露出狡黠的微笑。

"科吕什失败了，因为他是一个人，只是个艺人。达利斯研究了科吕什的选举。我知道的，我和他一起查阅了当时的资料。他对此进行了细致分析，从中吸取教训。"

菲利克斯请他们在客厅就座。

"让我们看看全球的情况。过去，幽默是由独立的艺人各自炮制。这些人弱小而没有野心。一旦围绕笑的经济政治筹码出现，我们就不能再让这一宝藏落入不懂得经营它的人手中了。"

"比如塞巴斯蒂安·多兰。"

"当然，塞巴斯蒂安·多兰，他是个杰出的创造者，可不幸的是，他太温和了。老按游戏规则出牌，可游戏就是要……作弊！这种人是有害的，他们破坏了游戏规则。"

"因此他死了。"

"他来参加'先笑的要吃枪子'，想成为百万富翁。他本有能力获胜。他却输了。"

伊西多尔·卡森博格更想回到幽默的主题上。

"我们已经看到，"菲利克斯继续说，"大集团的集权化倾向。达利斯也是如此。无论人们怎么说他，他是个有远见的人。他预测到了幽默从手工业向大工厂的转变。"

"他大量注资，创建独眼巨人集团。"

"他投入巨资。我已经跟你们说了，这是个目光远大的人。他明白要让火箭起飞，就必须在油箱里装满油。"

而达利斯的煤油，不是金钱，而是一种能量，笑神默莫斯，笑让金钱有了形式和意义……正如石油因为要向前发展，就创造了运输它的管道……真不可思议……

"他雇数百名创作者写笑话，雇导演研究舞台表演，还雇商学院的学生研究短剧、笑话、电影，和电视节目的市场、传播和全球经销。他是第一个让喜剧公司上市的人，并使之进入很难进入的巴黎 CAC40 股市连续报价系统。

他确实是全球幽默战役中的战略家。

"而和他同名的著名前辈，波斯皇帝达利斯，意欲建立帝国，打败其他对手。"伊西多尔补充道。

"没错，他身后留下大量尸体。可是谁又会提起建造长城或者凡尔赛城堡的那成千上万名工人的尸体呢。每部杰作的背后，都有一座坟墓。这就是代价……为了载入史册必须付出的代价。"

"你接着说。"

"达利斯挑剔，严格，追求完美。没有哪个幽默家拥有如此高超的逗笑艺术。"

卢克莱斯点点头，然后直接提出从开始就一直困扰她的问题："现在，您是'皇帝'的继承人。是您杀死了达利斯，对吗？"

"达利斯是我的老师。我的一切都是他给的。他培养我，把我录取到他的学校，然后到他的剧院，然后上他的电视节目。"

"……然后成为他的粉衣贴身保镖。"卢克莱斯狡黠地说。

另一个假装没听到。

"然后上台表演。然后得到荣誉。他是我的父亲。我是他的王国继承人。我延续他的生命，我是第二个他。沃兹尼亚克家族待我像儿子一般。"

他说这些话时很是自豪。

"现在沃兹尼亚克兄弟去世了，庞大的达利斯帝国苦于没有领袖。只有您能担此重任，哦，可这又是多么让人心满意足的火炬啊。达利斯的母亲就是这么建议您的，不是吗？"伊西多尔问。

菲利克斯·沙达姆皱皱眉头，开始正面进攻。

"确实，现在她所有的孩子都去世了，她今天早上要我担任独眼巨人集团的主管。她马上就要召集股东，正式任命我。"

"B.Q.T.的力量让您从此有了合法性？"

他没有回答。

"玛丽-昂热都承认了。"卢克莱斯继续说，"是您拿走了 B.Q.T.。因为您是她的情人，不是吗？"

他点了根烟争取时间。这让卢克莱斯也想抽烟了。

我都没发现，所有这些关于笑话的故事竟让我忘记了我的

'香烟反射'!

他深吸一口,吐出烟雾。

"我们这些喜剧演员,性需求比'正常'人更强烈。也许是因为我们更加敏感吧。而且幽默是一剂强效的春药。您知道那句谚语吗——女人一笑,离上床就不远了?"

"那么 B.Q.T.在您那儿了?回答问题,别兜圈子,该死的。"

卢克莱斯用手掌拍着桌子。

菲利克斯·沙达姆并不着急,站起来,走向书架,假装检查幽默作家的书,没有看他们,说道:"那天晚上,我们去攻击神秘灯塔。他们逃跑。我们追赶。帕维尔拿到了战利品。我看到了,就跟着他。"

"于是您把他打昏了?"卢克莱斯问。

"没有,我发现他的时候,他已经昏过去了。"

"您没仔细听,卢克莱斯,玛丽-昂热跟我们说了,她看到有人把他打昏过去。他们是一伙的。菲利克斯拿走了 B.Q.T.。"

卢克莱斯再次为同伴代替嫌疑人回答问题而恼火。她主动问道:"那么,您是最后一个拥有 B.Q.T.的。"

"不错。我知道我读了它就会死。"

"您相信这个传说?"伊西多尔问。

"于是您把盒子收起来,用它杀死了达利斯?"卢克莱斯追问。

"我已经了解这么个东西的全部后果。"

"您怎么处置它的?!说啊,该死!B.Q.T.在哪?"

"让他说完,如果您打断他,就没完没了了,卢克莱斯。"

"您这么说我,伊西多尔?是您老打断嫌疑人,好向我证明您知道答案!"

"好啦……你们两个别吵了。现在,骰子被掷出来了。我没什么好隐藏的。"

卢克莱斯急着说:"您拿到 B.Q.T.后发生了什么?"

伊西多尔看看她,说:"我来告诉你,卢克莱斯,事情是这样的。尽管菲利克斯感激他的恩师,他还是受不了了。他爱上了'你的'玛丽-昂热,未婚妻和头儿调情让他很不高兴。"

菲利克斯一动不动。男记者继续推演着剧情的发展。

"……达利斯让他身边的人越来越难以忍受了。"

"他发怒,丧失理智。服毒剂量越来越大。他不再配做企业的领导,更不必说帝国的主宰了。"

"于是您穿上这些小丑装扮中的一套,就是悲伤小丑的那套,把 B.Q.T.递给他,对他说:'这就是你一直想知道的。'"卢克莱斯补充道,"好啦,现在,真相大白了,我们破案了,凶手是菲利克斯。我们只需向警方告发他,然后撰写报道。"

伊西多尔·卡森博格把手放在卢克莱斯刚掏出的电话上。

"不要。"

"为什么不要?"

"如果他是凶手的话就不会接待我们了。对吗,菲利克斯?"

喜剧演员点点头,呼出一团烟云。他又给卢克莱斯递了根烟,可被恼怒的卢克莱斯拒绝了。

他想让我重染这愚蠢的恶习。

"我是商校毕业的。我是管理者,是个很有理性的人。我考虑过后,把 B.Q.T.放在了一个安全的地方。"

"哪里是您的安全地方?"

"达利斯剧院。那里有个新式保险箱,就在两米高的达利斯雕像的空脑袋里。雕像上的达利斯盘腿而坐,吸着烟。"

是抄袭格劳乔·马克斯那个雕像的。他连这个都要抄袭。

"作为他的得力助手和亲信,我知道保险箱的密码。就把 B.Q.T.藏在那儿了。"

"聪明。这样的话,如果哪天达利斯找到它了,您也可以说您正要给他。"

"您是说达利斯找寻的 B.Q.T.就在他自己的雕像里面! 在他脑袋里!"年轻的女记者惊讶道。

"我用报纸把 B.Q.T.包起来。保险箱里有好多东西,都是放在报纸里的。不会引起注意。"

"对达利斯来说,"伊西多尔补充道,"这必然是难以获得的东西,因此他不会想到每次拿钱或者取毒品的时候,它就毫无保护地出现在他眼前。"

菲利克斯并没有回应这一赞赏。

"还要说的是,有人从他的保险箱里把 B.Q.T.偷走了。"

"谁?"年轻的女记者立刻问道。

"我不知道是谁,可我知道是什么时候。就在他去世前四天。更确切地说是在一场'先笑的要吃枪子'的比赛中。人们都专注于比赛,达利斯的办公室无人看守。"

所有这些嫌疑人都对我们故弄玄虚。我感觉像是在进行一场剥洋葱般的穷追不舍。可我觉得我们从没像现在这样接近终点。另一方面,这是我第三次询问这家伙了。如果之前,我能提些恰当的问题,就能少好多波折。显然最精彩的笑话就是,消防员就是第一个犯罪嫌疑人,拥有 B.Q.T.。如果是这样,1. 我哈哈大笑,2. 我杀了他。占有 B.Q.T.确实是致命的考验。

伊西多尔用眼神询问她。

他跟我想的一样。在一起工作久了,也许有天我们能通过心灵感应来交流。这次我感觉他在问我:"您怎么想的,我亲爱的卢克莱斯?"我要用一点点心灵感应来回答他。我认为,亲爱的伊西多尔,现在应该"揍他一顿,让他交代他是怎么处置这个里面有张纸片的该死小盒子的"。

伊西多尔挑挑右边的眉毛。

他对我说:"暴力是傻瓜最后的手段。"

他撇撇嘴,她立刻翻译出来:"不管怎样,我认为他不知道更多的了。他看起来挺真诚的。"

她看看拳头。

不管怎样,即使他说的是真话,我也不喜欢这个家伙,我想把他的脸打开花,只是为了发泄一下累积的压力。

这次,伊西多尔又挑起左边眉毛以示反对。

他们站起来,装作要离开的样子。

"您知道我那个谜语的答案了吗?"菲利克斯在送他们出门之前问。

"嗯,把谜语给我复述一遍?"

"一个人找寻宝藏。他来到一个十字路口,有两条路。他知道一条通往宝藏,另一条通往恶龙,要面临死亡。每条路上都有一个骑士,可以给他指路。一个骑士总是说谎话,另一个总是说真话。他只能提一个问题。他应该问这两个骑士中的哪一个,又该问什么呢?"

"当然,"卢克莱斯说,"他应该说:'让另外一个骑士给我指出通往死亡的路。'无论这个问题是问说谎话的那个还是说真话的那个,得到的答案总是指往通向宝藏的那条路的。"

"不错。"菲利克斯说,"为什么之前不打电话告诉我呢?"

女记者微微一笑。

"实际上,是现在听到您撒谎后,我才想到的。"

161

一个老太太总是定期在户头上存大笔款项。这让法兰西银行行长非常疑惑。有一天他忍不住问老太太："我不禁要琢磨您的这些钱是从哪儿来的,您是怎么谋生的?"

"很简单,我赌博。"

"赌博?什么能让您赚这么多?哪种赌博?"

"好吧,比如……我跟你赌 10 000 欧元,你的睾丸是方形的。"

"这是个笑话?"

"不,先生,如果您愿意打这个赌,我明天跟律师一起来,他会证明我是对的。"

行长大致想了下,觉得毕竟这一大笔钱很容易赚。

"好吧,我打赌,明天见。"

第二天,老太太带着律师来了。她走进行长办公室,拉开他裤子前面的开口,拿出他的生殖器,用放大镜仔细检查。

"好吧,先生,我输了。明天我给你 10 000 欧元。"

行长很内疚,让她损失了这么大笔钱,就对她说:"说到底,夫人,这让我难堪,忘了这荒唐的赌局吧。"

"哦,别为我担心。我之前跟我律师赌 100 000 欧元,赌我将走进法兰西银行行长的办公室,拉开他裤子前面的开口,检查他的生殖器,而他并不会阻止我。之后,他还会露出狂喜的表情。"

——节选自达利斯·沃兹尼亚克的幽默短剧
《我的一生就是场海难》

162

蒙马特尔公墓。

伊西多尔和卢克莱斯在墓碑间行走。

"您知道我是怎么看的吗,卢克莱斯?我们真的就要到达调查终点了,可一无所获。既没找到凶手,也没找到 B.Q.T.。我的小说将第一次以……调查者的失败而告终。"

"真扫兴。对于我们，对于您的读者。尽管从没出现过这种情况。这还是挺……时髦的。"

他们走着，天阴了下来。

"不，我开玩笑的。我不会认输的，卢克莱斯。这不是我的风格。"

"您有 B 计划了吗？"

乌云被风驱赶，积压成堆。树木沙沙作响。

"您知道我年轻的时候是怎么做的吗？我尝试一个方案，如果行不通，我就尝试完全相反的方案。"

"是吗，那我们调查的反方向是什么？"

他们穿过贵族墓区。几只乌鸦扑动黑色的翅膀，呱呱叫着。

"我不认为菲利克斯在说谎。他跟我们说出实情，我们因此陷入困境。从一开始，我们就跟踪 B.Q.T.，找到了它待的最后一个地方，却晕头转向，没了线索。现在，可行的方案就是放弃。我们走投无路。就应该从反方向考虑问题了。不再从被害人出发，也不再从犯罪武器出发，而是从……罪犯的角度出发。"

卢克莱斯回到雷维雅丹的微型坟墓前，在它遗体的位置放上一支雏菊。

"喂，我给您提个从一开始我们就忘了问的问题，我亲爱的卢克莱斯。'为什么悲伤小丑是悲伤的？'"

他们驻足在一个墓穴前，一个家族二十人的姓名都列在那里。

"我跟不上您的思路了，伊西多尔。"

"当我们找到了他行为的动机，我们就可以造一个'捕捉悲伤小丑的陷阱'。就像为了抓老鼠，我们会放置一只带格鲁耶尔奶酪的夹子。"

卢克莱斯深深吸口气。

"这样问题就不再是：'我们为什么会笑？'而是……'我们为何悲伤？'"她说。

稍远点的地方，一个女人在坟墓前揉着眼睛。

"发现了笑的作用，我们也许就能发现眼泪的作用了。"

他们在墓碑间走着。墓碑一个个映入眼帘。

"我生在这里。"卢克莱斯说，"这让我悲伤。这就是为什么我和死亡有种特殊的联系。这就是为什么我一直想被活人认可。这就是为什么我喜欢回到这里，我犯第一宗罪的地方，出生。也是我第一次被惩罚的地方，被遗弃。"

男记者理解地点点头。

"那您呢，伊西多尔，什么让您悲伤？"

"体制，大写的体制。我是个无政府主义者。不能容忍等级。甚至不能容忍无政府主义政党中的等级。也不能容忍上帝和导师。工会也不行，政党也不行，小团体也不行。我一直和小头目抗争着。我总是拒绝统治者-被统治者的体制。可是显然到处都是领导和朝拜他们的臣子。"

"简而言之，您拒绝参加社交游戏和它的……"

"……虚伪？是的。我拒绝他们，因此，他们作为回应，总是结盟来反对我。"

他不仅仅孤僻，还是个偏执狂。

"最后，奴隶和暴君在对我的不满中和解。简而言之，人类社会的运转，就是永恒的失望之源。看电视新闻对我来说就是每天遭罪。可我还是忍不住要打开电视。"

"您称之为'鼠辈的神化'？"

"我自认为是体制的反叛者，这个体制下却似乎没人看到它的邪恶。怒火在我身上燃烧，永不熄灭。"

我觉得开始抓住这个人的关键了。他比我之前想得更复杂。无论如何,他这样是因为在弥补一些久远的、深层的东西。

在惹恼我之前,他一定惹恼了很多人。

他只是在为自己树敌。

因为他跟其他人不一样。他不会为讨好别人或者人际交往做任何努力。

这让我想起他说过的一句话:"我不知道怎样才能幸福,但我知道怎样才能不幸:只需想要取悦所有人。"

两名记者很喜欢这个地方,远离世间的纷扰。

"我们都带着幼年的伤口行走着,伊西多尔,为什么呢?"

"所有的孩子都会受苦。这是世界法则。所有人都宣称保护寡妇和孤儿,这就是个笑话。寡妇被抛弃,孤儿被卖淫网络利用,全世界都这样。"

她打了个寒战。

"我们至多不过是经历了一些'舒适程度上的小小挫折'。其他人则遭受了乱伦、虐待、营养不良、加入恐怖组织、强制婚姻……他们真是在一开始就被毁了,通常凶手就是他们的亲生父母,而且没有可能重生。"

"我们是怎样的败类才……"

"年轻一代不断重复上一辈的暴力。没有止境。因为暴力是唯一被熟知的体制。剩下的都是未知的。看看那些最流行的电脑游戏:在那里,人们杀人,让别人忍受痛苦。战斗、战争唤醒了我们身上的远古残存。博爱是个新概念,催化不了我们细胞里的任何已知的东西。我们要为之压抑深层本性,自我教育。"

卢克莱斯在一座墓前停下。照片上的家伙戴帽叼烟,看起来很高兴。

他说得对。暴力,我们只知道这个。抛弃暴力,能够去爱,是需要想象力和创造力的。

"上小学的时候,有一次,我被高年级的学生揍了一顿。我去找老师,他对我说:'那又怎样?你不明白,生活就是丛林。没人会帮你。最强大好斗的消灭最弱小敏感的。你只能去怪达尔文了。应该谢谢揍你的人,因为他们让你对之后要面对的世界有了思想准备。'"

卢克莱斯把一颗石子一脚踢飞。

"我们在竞争中成长,为了生存,必须消灭他人。"

"没错。从娘胎里一出来,我们就精神紧张。无论人们怎么说,大部分时候,父母并不知道怎么爱我们,这仅仅是因为从来没人教过他们。"

他们自己也从来没被爱过。

"怎么才能从零开始产生出一种我们并不了解的感情呢?"

他们回到达利斯的墓前。

"他呢?"

"他也一样。没有得到爱的孩子不会去爱别人。可他找到了生存的独特方法:让别人笑。"

"……'生存'?"卢克莱斯回答。

"正如过去物种发生突变以适应食肉动物或者艰难的生活条件一样。他,他的突变就是培养出一种才能,并全身心投入其中。而心理防御正是我们物种进化的难题之一,因此他很快便被当成了英雄。"

"可他内心深处,什么都没有解决。只是找到了一种即时应对的方式。"她强调。

"他总是像个哭啼的小孩子。如此需要安慰。笑是一种弥补缺爱的方式。"

他,他缺了一只眼睛和……一个睾丸。

两名记者再次凝视墓碑上的字："我宁愿躺在棺材里的是你而不是我。"

卢克莱斯·奈姆赫德把一束花放在喜剧演员墓前，那里已经有很多花束了，旁边还有塑像、纸片、T恤、图画，都是崇拜者的祭品。

"这个人身上，还是有闪光点的。"伊西多尔承认，"没有勇气和执着，他不会走得如此之远。"

"照我看，最后他厌倦了，一切都有了：金钱，权力，女人，毒品，众人的奉承，政客的支持。还有那极致的奢华：他甚至可以不受制裁地杀人。"

"B.Q.T.是他最后渴望的东西，确切说来因为这是他唯一得不到的东西。这就是他为什么为了得到它而拼尽全力。"

他们继续在蒙马特尔墓地的墓碑间漫步。

"问题是，'达利斯做了什么，让悲伤小丑哭泣'？"他说。

"嫌疑人有长长一串。除了我们已经遇到的，塞巴斯蒂安·多兰（被达利斯剽窃、嘲笑、毁灭），斯特凡纳·克劳斯（达利斯剥夺了他的版权），GLH成员（达利斯杀死了大量教徒，还杀死了首领），女首领贝亚特丽斯（达利斯杀了她的情人），他弟弟帕维尔（他总是羞辱他），他哥哥塔德斯（达利斯总是把他放在幕后）。还有谁？"

"他抄袭过的喜剧演员，在'先笑的要吃枪子'决斗中丧命的喜剧演员的家人……"

"……我们还可以加上在赌博里输了钱的黑手党，那些得到他的承诺却没有兑现的政客。"

"菲利克斯·沙达姆。达利斯和玛丽-昂热上过床。菲利克斯也想成为头号人物和集团的领导。"

"悲伤小丑不是菲利克斯。"

他们来到另一位著名笑星的墓前,他早达利斯几年去世。

"您知道吗,卢克莱斯,我对您说了谎。"

"什么?"

他要对我说什么? 他已经结婚了?

"我对您说我了解幽默界,他们全都是坏人,我跟大众观点唱反调是为了出风头。我确实需要改改。我是认识一些焦虑、易怒、暴力而又狂妄的喜剧演员,他们仅仅是极少数。我不得不承认,大部分喜剧演员都是很了不起的。"

好吧,这是另一回事了。

"我认识一些笑星,他们在台上嘻嘻哈哈,在生活中却悲伤忧郁。我也认识一些笑星,他们在生活中和在台上一样滑稽。而……后一种是绝大多数。"

越来越好了。

"我认为,就个人而言,他们是了不起的人物,是体制把职业、金钱、荣誉和媒体搅在了一起,腐蚀了他们。这些年轻的幽默家刚起步的时候,很可能只是沉浸在逗笑周围人的简单快乐中。"

风越来越大,天空黑压压的,树叶颤抖得愈发剧烈。

"悲伤小丑很久都没笑过了……,"伊西多尔嘀咕着,闭上眼,"因为达利斯。所以他要杀死他,重拾笑容。"

"您中魔了吗,伊西多尔?"

"悲伤小丑杀死了达利斯和塔德斯。复仇完成了。"

伊西多尔猛然睁开眼睛。

"不,还没结束。悲伤小丑还会出击。"

"是您的女性直觉,伊西多尔?"

"不。比这准确得多。这个!"他说,指了指面前的一个小细节。

163

婚礼三周后,女人给为她主持婚礼的神父打电话。

"我的神父,我和我丈夫发生了可怕的争吵。"

"冷静,我的孩子,"神父回答她,"不要夸张。每段婚姻都会遇到第一次争吵。一定没有您想的那么严重。"

"我知道,我知道,"新娘回答他,"既然如此,我的神父,再给我最后一个建议吧:我该怎么处置这具尸体?"

——节选自达利斯·沃兹尼亚克的幽默短剧
《夫妻问题》

164

她在看电视,手里织一件粉红色毛衣。

在摇椅上慢慢摇摆,昏昏欲睡。

她背对着门口,并没看见一个身影刚刚溜进房间。

越织越慢。

不速之客走过去,来到她面前。

是悲伤小丑。

他鼻子又大又红,嘴巴像个括号,左脸上还画着一滴眼泪。

"这就是你一直想知道的。"他说。他戴着白手套,递上写有"B.Q.T."和"绝对不要读"的盒子。

摇椅不再往复运动。她的手放下织针和粉色毛衣。揉揉眼睛,接过盒子,放在膝上。

然后到针织篮里去找眼镜,还拿出了……一把大手枪。

"把手举起来!"

悲伤小丑的眼中闪过一丝惊讶，可他已经把脚滑到摇椅底下，给它掀了起来。摇椅连上面的人一起向后飞去。

卢克莱斯·奈姆赫德的假发被震了下来，露出脸来，化妆成了达利斯母亲安娜·梅格达莱纳·沃兹尼亚克的样子。

年轻的女记者有点晕，慢慢回过神来。悲伤小丑已经带着那个珍贵的盒子逃走了。

"伊西多尔！拦住他！"卢克莱斯一边喊，一边脱下妨碍她行走的长袍。

高大壮实的男记者出现在悲伤小丑面前，用他的大块头拦住去路。

逃犯明白他过不去了，却做了个奇怪的动作，继续朝伊西多尔跑去，任凭被他抓住。

伊西多尔用胳膊从背后抱住他。而悲伤小丑的双手还可以活动。他把两个指头放在伊西多尔肋骨处，伊西多尔瞬时感到一阵瘙痒，下意识松开手。

伊西多尔还没回过神，小丑就按下了挂在脖子上的雏菊开关，一股柠檬水喷流而出，喷在他的眼上。伊西多尔骂骂咧咧地用手捂住眼睛。道路一下畅通了，悲伤小丑逃出房间，跳上一辆奔驰 Smart 逃走了。

两名记者跳上边座摩托。卢克莱斯发动马力，摩托追小汽车而去。

路上，卢克莱斯对她的调查搭档吼道："您为什么没拦住他，伊西多尔！您都抓住他了！"

"他挠我痒。我特别怕痒。一下就失去控制了。"

"我特地在您口袋里放了枪。您本可以在他腿上开一枪，拖延时间，等我过去。"

"在喷射柠檬水的雏菊前，我没法用手枪。"

Smart 闯过红灯,消失在视线中。汽车从左边右边川流不息。卢克莱斯只好刹车。

"干得好,伊西多尔,因为您,我们让他逃走了。您的'捕捉悲伤小丑的陷阱'毫无用处。"

"唉……您这么快就失望了。"

"可我们让他逃了! 我们好不容易才抓住他。现在完了。完了。完了!"

伊西多尔并没回答。只是耸耸肩,表情像犯了错挨骂的孩子。

好吧,我有点凶了。我承认多亏了他我们才找到悲伤小丑。他在达利斯的墓碑上发现了玛丽亚·梅格达莱纳的名字,这是沃兹尼亚克家族墓穴上刻的最后一个生者的名字。他推断她将是下一个受害者。他没搞错。可该死的,怎么就半途而废了呢?

"好吧,既然您那么聪明,现在我们怎么办?"

"我们去找悲伤小丑,找到重要而坦率的最终解答。就像小说里一贯的那样。"

卢克莱斯惊讶于他的冷静。

"那您一定知道他是谁,逃到哪去了?"

"是的。"

"那么我们冲过去!"

"唉……速度和仓促不是一回事儿。几点了?半夜十二点?这个时候,我想去干一件非常疯狂的事。"

"什么事?"

"睡觉。明天早上,好好洗个澡,吃个早饭之后,我们去找他。可为了满足您对此的好奇心,给您透露点关于这个人身份的情况,你可能会感兴趣。"

"别让我等得心焦了。"

"好吧,这不是个悲伤小丑先生,而是位悲伤小丑小姐。我抓住她的时候,触摸到在她装扮之下的乳房,小但紧实。当您知道她是谁的时候,您就会明白一切。"

165

开学几天后,按照传统,大家去拍班级照。一周之后,女老师试图说服学生每人都买一张照片。

"想想以后,几十年之后,当你们长大了,一定会很高兴地对自己说,看,这是弗朗索瓦丝,她现在是医生了!这是西尔万,他成了工程师!"

就在这时,教室里的一个小小的声音接着说:

"还有:看,这是老师。可怜的人⋯⋯她已经死了。"

——节选自达利斯·沃兹尼亚克的幽默短剧
《生活就是小小奇妙瞬间的总和》

166

蓝色地面,白色走廊。

他们走过好几条走廊,灰色,浅灰色,白色。几个穿白大褂的女人经过,并没注意到他们。回荡着喘息声、呻吟声。

一束微弱的光从天花板投下来。

他们来到一扇门前,上面画着个骷髅头,底下写着:辐射危险。

他们绕过这扇门。他们暗中收买了几个医生,进入手术室。没人转过身来。有很多人,都专心致志,忙着观察监控窗后面的情况:一个穿布衣的男人躺在床上。信号一发出,床就进入一个白色滚筒中。只有男人的脚还露在外面。

机器开始大声运转。

屏幕上出现由 X 光摄像机从各个角度拍摄的脑部图像，这些 X 光摄像机连接着扫描仪和电子照相机。监控室中，一个声音用话筒平静地朗读着："笑话 1：一个女人带着她的小孩走上公交车。司机对她说：'我生平从没见过这么丑的小孩。'女人狂怒，在公车尾部坐下，转过身对旁边人说：'司机刚才侮辱我！'旁边人回答她：'赶快去反击，去，去，别担心，我帮您看猴子。'"

短短一秒钟后，那个被当作小白鼠的男人，在塑料圆筒中爆发出笑声。他的脚趾微微痉挛。

大屏幕上，脑部出现了一个闪光点。

说笑话是个穿白大褂的女人，她慢镜头回放这些图像，出现了一条闪光般的白色光线，从小脑后部的一点发出，通过皮层中最细微的区域，到达脑半球，穿过胼胝体，最后停在额叶中。

穿白大褂的女人重新把嘴靠近话筒："笑话 2：一架电视天线爱上了避雷针。于是她对他说：'喂，你相信闪电般的一见钟情吗？'"

男人再次爆发出笑声，脑部图上出现一个白点，脚跳动着。

笑话的路径在屏幕上显现出来，像宇宙飞船一般。从起飞到降落，都在大脑前部。

"笑话 3：两个猎人走在树林里，突然，一个猎人跌倒了。似乎没气了，眼睛也一动不动。他的同伴用手机拨打紧急电话：'我朋友死了！我该怎么办？'对方回答：'保持镇静。首先确定他真的死了。'一阵沉默后，响起一声枪声。猎人重新拿起电话说：'好啦，行了，现在我该怎么做呢，医生？'"

脚趾再次抖动。从塑料滚筒的一端传来呛住了的笑声，穿白大褂的女人宣布："他完成了。谢谢大家。"

床反向滑动，把小白鼠送出来。

男人在助手的帮助下走下来。他回想着那些笑话,还在咯咯地笑。接着助手和男人离开房间,穿白大褂的女人独自留下,观察脑部的光线图。

"我们能跟您面对面谈谈吗,医生?"

她转过身,认出了男记者。

"似乎我们已经完成了您报纸的采访,卡森博格先生。"

"我还有个小问题,就能结束调查了,不过我还是想在您安静的办公室里提出它。可以吗,卡特琳娜·斯卡勒斯⋯⋯或者我叫您'银鼬卡蒂'⋯⋯"

她犹豫了一下,看看手表,然后打开对讲机。

"好吧,我们休息一下。媒体要采访我。我 5 分钟后回来。跟下个小白鼠说等一下。把所有图形都记录下来。"

卡特琳娜·斯卡勒斯医生请两位记者跟她来到办公室。这是间挂着印花壁毯的房间。墙上排列着研究过幽默机制的学者的肖像。他们都穿着白大褂,坚定的目光让人想起战斗先锋,似乎要去围捕幽默的本质。

斯卡勒斯医生的椅子后面裱着一句名言:"把想象给予人类,是为了弥补他们不是什么。把幽默给予人类,是为了安慰他们是什么。——赫克托·休·芒罗[1]。"

女科学家关上门,拿起电话。

"喂,总机,五分钟内,谁的电话都不要接进来。我和记者有个小小的采访。谢谢。"

然后她平静地请两位记者坐在大皮椅上。给他们端来两大杯橘汁。然后一直盯着他们,一言不发。

最终她说:"你们怎么找到我的?"

1　赫克托·休·芒罗(1870—1916),笔名萨基,英国短篇小说家。

"昨天打架,我抓住您时,闻到了您的气味。让我想起了我们的初次相遇。我惊讶于您去实验室工作还喷香水。还喷的是小熊宝宝这种儿童香水。我对自己说:'她不想离开童年。'"

"您真细心。"

"我还注意到您耳朵上的黄玉。保留着同样的香气。还不摘下耳环,扮成小丑也白搭。"

"您实在很细心。"

"这是我的职业。让五感发挥作用。"

她露出奇怪的微笑,一点也不慌张。

"我们可以融洽相处的。真正的细心,是首要,也许也是最重要的智慧形式。"

"您知道我和我同伴来这里是为什么吗?"

"我想是为了知道B.Q.T.的下落吧?"

"也是为了知道您为什么要杀达利斯。"卢克莱斯补充道,语气愈发强硬。

卡特琳娜·斯卡勒斯似乎并不惊讶。她给自己倒了杯橘汁,还加了石榴汁,小口喝着。

"关于谋杀,我们还有其他问题要问……"

"得啦,卢克莱斯,别冒犯我们的女主人。"

我在做梦吧!他在犯罪嫌疑人面前羞辱我!

"卡特琳娜,我能叫您卡特琳娜吗?您能帮我们了解沃兹尼亚克事件的真相吗?"

她在大椅子里向后靠去。

"我很想告诉你们真相,可是你们准备好去听了吗,特别是你们准备好去理解它了吗?"

"您把我们当成……"

伊西多尔打断卢克莱斯说:"您要知道,卡特琳娜,从这一秒钟起,我们把计数器调回零。抛弃所有成见、判断和私下的盘算。只带着了解真相的意愿来听您诉说。"

她看起来并不相信。

"我能从中得到什么呢?灵魂的安抚?对真相的尊重?说出机密的如释重负?我不再是相信这些废话的年纪了。"

快,要找到钥匙。她即将打开最后一道门,可要我们帮她。怎样才能让这样一个女人有吐露一切的愿望呢?用警方威胁她?太单纯了。用失业威胁她?她已经给出了信息,应该留心。她的香水是小熊宝宝,童年的气息,所以钥匙就是她的童年。塔德斯和男人的钥匙是母亲,卡特琳娜的钥匙可能是……

"您的父亲。"卢克莱斯说。

这个词在卡特琳娜·斯卡勒斯身上产生电击般的反应。

"我父亲的什么??"

"就是这个,因为您的父亲。"

注意。一定要注意。她在等钥匙出现。啊,也许菲利克斯·沙达姆两条路前的两个骑士的谜语能帮到我。如果我说假话,她撒谎,我就可以知道真相。如果她没说谎……无论如何,我都能知道真相。

"您的父亲是达利斯之死的起因。"

这次女科学家的反应更加戏剧化。她大口喘气,脸颊变红,困难地吞咽着。

"您说什么?"

"您的父亲。他认识达利斯,对吗?"

"你们去法院查了档案,是吗?他们说的一切都是假的,完全是假的!"

她怒气冲冲。眼睛在燃烧。

对了!锁开始转动了。

"你们把自己当成什么了,小小的蚂蟥,在数十年前的故纸堆里搜寻,相信报纸上所讲的一切? 你们这些记者,相信自己的谎言。提出一个错误的真相是如此简单。"

她不小心掀翻了一摞文件。

伊西多尔并没有抱怨。

"镇静,卡特琳娜。我们来这儿就是为了找到真相。报纸上关于您父亲的说法是错的,我相信。"

他总算在变动中跟上我了。

"你们要干什么,把我抓起来? 要是这样的话,在过去的谎言上,又会加上现今的不公正!"

啊,前进过多了。应该后退一点,稳住她。

"我们是站在您这边的。"伊西多尔承认,"要不我们也不会来了。"

"您曾阻止我……"

……杀死安娜·梅格达莱纳·沃兹尼亚克?

她停下来,仿佛已经说出了这个想法。

"如果我告诉你们我的版本,你们保证按我所说的公之于众吗?"

"以记者的名义发誓!"卢克莱斯说。

"当然,我们来就是为了这个。"

她还是踌躇了一下,然后说:"事实上,一切开始于我 16 岁的时候。当时达利斯 17 岁。我们互相爱慕。也许所有莫大的悲剧都是以小小的爱情故事开始的。这已经是第一个笑话了,对吗?"

伊西多尔表示同意。

"我父亲成了他的朋友。或者更确切地说,可以说,成了他的老师和主人。我父亲选中达利斯就像从动物保护协会那里收养了一条狗一样。是出于怜悯。当时,后来成了独眼巨人的那个人,当时只不过是个缺乏教养,或者说是被遗弃的、咄咄逼人的少年。除了进监狱或者沦为无业游民,他毫无未来。巧的是,他母亲认识我父亲。她坚持让我父亲帮帮他。她没耐心来管教达利斯了,他过于好斗和粗鲁。"

"您的父亲是……"

"当我父亲看到他时,他对我说:'今天,我遇到了一个不幸的小伙子。他唯一的错误就是在错的时候生在了错误的地方。我们不能责怪他。而他对于喜剧,有那么一点点小天赋。我们要给他浇水,让这小小的才华之种生长。'"

"那么您的父亲是……"

"我父亲的艺名是莫莫,是个喜剧演员,更是一位喜剧艺术老师,也就是说他有一些学生,正如这个"学生"这个词所指的——教他们学习生存技能。当时,他也忙着教另一个人。"

"谁?"伊西多尔问。

"就是我。因此达利斯和我一起师从我的父亲,接受'滑稽艺术的启蒙教育'。这两颗种子肩并肩成长。在某些练习中,我父亲要求我们化装。他带我们复习喜剧演员的祖先:小丑。达利斯扮成笑的小丑,而我扮成哭的小丑。共同学习让我们彼此接近,以至于我们之间产生了纯洁的感情。"

卡特琳娜·斯卡勒斯从抽屉里拿出一只小丑的红鼻子,烦躁地把玩着。

"一天,我父亲告诉我们:'当你们准备好了,我就把你们介绍给我的朋友,大制片人,斯特凡纳·克劳斯。你们会进入 GLH。有一天你们也许会了解那个对于全世界的喜剧演员来说最大的秘密:B……Q……T。'"

女人似乎在描述的时候已经重现了那幅画面。

"'GLH 是什么?'我立即问道。'B.Q.T. 是什么?'达利斯问。

我父亲全告诉我们了。达利斯很震惊,他想不惜一切代价知道 B. Q. T. 的秘密。而我想不惜一切代价进入 GLH。"

她的手越来越激动地摆弄着红鼻子,红鼻子在她指间滚动。

"这之后,喜剧课程继续进行,然而达利斯和以前不一样了。B. Q. T. 的秘密让他无法自拔。"

她深吸口气。

"然后'那件事'就发生了……"

"达利斯在废弃的工厂失去了一只眼睛?"卢克莱斯先说了出来,她记起安娜·梅格达莱纳·沃兹尼亚克说过的话,想比伊西多尔推理得更快。

"这不是一场事故!"

卡特琳娜·斯卡勒斯说出这几个词的时候,带着一种意想不到的愤怒。

"我父亲确实喜欢达利斯。他给他加课,而没有给我加课。可我不想吃亏,就远远地窥视他们。一天,他们正在复习手技,我在上层的过道上看他们。他们在说话。突然达利斯发怒了。我听到了。是关于 B. Q. T. 的。达利斯威胁我父亲。他说:'说,告诉我 B. Q. T. 是什么,否则我就杀了你。'我父亲矮小瘦弱。达利斯强壮得多,还在盛怒之下。虽然才 17 岁,他毫不费力地制服了我父亲。他抓住他的衣领,把他的头放到机械夯下面。

卡特琳娜·斯卡勒斯沉默了,过去的画面让她喘不过气来。

"可我父亲并不明白,他以为这不过是一时冲动。可达利斯威胁得愈发厉害,他重复道:'说! 告诉我那个能杀人的笑话的秘密! 我要知道。'我父亲拒绝再说下去。'说! 我警告你,我不会犹豫的!'最终我父亲说:没有人,甚至是 GLH 里,也没有人知道 B. Q. T. 上写的什么,因为那些词是致命的。达利斯不愿相信,他狂怒不已,一直说:'你到底说不说? 说,否则我就杀了你。'我父亲竟敢讲了个完全不合时宜的笑话。他说：'鼻毛。'达利斯没有笑，他再次咆哮道：'你知道的，我不会犹豫的。'我父亲，脑袋在夯下面，说道：'手毛。'达利斯说：'算了！这是你自找的。'我父亲还想说：'……毛。'可他并没能说完最后一句俏皮话。达利斯开动机械夯的手柄，巨大的铁块砸碎了我父亲的脑袋，它像核桃那样被砸成了碎片。"

她神经性地微微颤动着，呼吸着。

"我呆住了，直到最后，我还以为这不是真的，这是他们在排练某出小短剧。悲剧发生时，我期待看到一个解释，一个模特，假的血和一场模拟。可是这并不是模拟。这是一场不折不扣的谋杀。"

红鼻子在她指间裂开。

"冲击力太大了，以致我父亲的一颗白齿……从颌骨里飞出，击中了达利斯的右眼。"

卡特琳娜·斯卡勒斯沉默了，神情激动。

"之后，发生了什么？"伊西多尔终于低声说。

她喝了口混合着石榴汁的橘汁。

"我向警方举报他。侦查员在现场发现了许多和我的说法吻合的迹象，还有一些迹象存疑。案件经由刑事法庭审理：达利斯被指控'有预谋地故意杀人'，被关押起来。"

"我并不知道这件事。"卢克莱斯承认。

"他哥哥，塔德斯，还有他母亲，安娜·梅格达莱纳，做证说他们在事发现场，他们的口供显然和达利斯的一样——舷梯生锈倒塌，造成不幸。然而最可怕的是接下来达利斯的自我辩护。他来到法官面前说：'我谋杀了莫莫，因为他知道能杀人的笑话的秘密，而这个秘密，我要不惜一切代价知道。'"

她又打了个寒战。

"然后他停下来等着。他的律师首先笑出来，之后两三名惊讶的陪审员也笑出来。之后，如同蔓延的火灾，所有陪审员和听众都哈哈大笑。以至于法官不得不敲锤子要求肃静。

这就是所谓'没人相信的真相'的手法。斯特凡纳·克劳斯说得对：笑话是武器……

"因为他获得了第一阵笑声，我父亲把这个称作'鲨鱼的试探性撕咬'，他赢了。他接着说：'我从中获益，失去了我的右眼。我眼睛太多了，你们懂的。一只用来看就绰绰有余了。'那时他已经戴眼罩了。他摘下眼罩，露出空空的眼窝。感动了陪审员和听众。他最后说：'从此你们可以叫我独眼巨人。'"

卡特琳娜·斯卡勒斯放下红鼻子，把手放在额头上。

"恐怖的眼眶和欢快的口吻形成对比。演出得到强烈反响。这次所有人都笑了。甚至，法官和检察官都忍不住了。

他还是那么强大。在一个遭受如此不幸的人面前，人们觉得这样的惩罚已经足够了。

"笑声持续了好久。后来我做证时，就没人听了。有些人还在擦去笑出的眼泪。我用客观的语气诉说。只说我看到的事实，因此显得并不可信。"

另外，她也不滑稽。公众更喜欢搞笑的人。

"当我说到犯罪动机'B.Q.T.'时，笑声再次响起，不过不是善意的笑声，而是嘲笑。"

"达利斯已经把它变成了笑话。地上已经被布上雷了。"伊西多尔说。

"当我说到他的眼睛是被我父亲的牙弄瞎的时候，听众和审判席都爆笑起来。"

"'回想'机制。"卢克莱斯评论道，她牢记着 GLH 的教育。

"陪审团一致投票认为是一场事故。其中一个人甚至过来对我说，不应该把一切往坏处想。他把名片递给我，是个精神病医生。"

她手指颤抖,重新拿起红鼻子,把它捏碎。

"我上诉。情况更糟了。人们过来就是为了听如此滑稽的被告说话,当时人们已经叫他'独眼巨人'了。达利斯让他们不虚此行。二审成了一场盛大的演出。他重演杀人笑话和独眼巨人的把戏,不过似乎不够,他就谈起了我们一起接受小丑培训,谈起了我们的关系。"

这是男人的手法,不怕揭露私生活的真相。

"他说他理解我,他要是我,也会做出同样的事:找个罪人,无论是谁,来平息怒气。他最后说:'如果这能让你好受些,卡蒂,我甚至准备好说:是,我有罪,是的,我的过失造成了你父亲的死。'"

还是埃里克森的奶牛原理。人们把奶牛赶往一个方向,它们会自然而然走向相反方向。

"'我甚至准备好上断头台、绞刑架或者电椅……我不知道现在时兴的是这三个中的哪一样。'这次他在笑声和掌声中胜利了。我再次被当作'想干掉与之竞争的青年艺术家的妒妇',而他被看成不记恨的典范。他甚至给了我一个飞吻,还深情地说:'好啦,我不怪你,卡蒂,如果需要帮助,尽管来找我。我一直在你身边,以我对你父亲敬重的名义,以……我们一起经历的一切的名义。'"

"他已经在首批观众面前表演了。"伊西多尔说,也被震撼了。

"我的生活停止了。我一度消沉。一动不动,一言不发。我憎恨一切或多或少像玩笑、像笑话、像喜剧的东西。一天,来了一群'红鼻子和白褂子'的人,他们看到我消沉的样子,想通过逗我笑来让我释怀。我用手边的各种东西打他们。"

塑料红鼻子在她手中爆裂。她粗暴地把它扔进垃圾桶。

"之后我碰到了一位心理医生。是他诊断出我的疾病。"

"失笑症?"伊西多尔问。

"完全正确。您知道它？"

"我们在 GLH 学过。是拉伯雷发明了这个词。"卢克莱斯补充道，像个用功的学生。

"这种病有不同的种类。有时是由外伤造成的。而我则是最为严重的类型。再也不能笑一下。对幽默完全过敏。听一点点笑话都会让我长荨麻疹。电视上的一个短剧就让我头晕。那个精神病医生对我说，治疗慢性失笑症，没有公认的方法，不过他愿意实验一种新的温和疗法，主要就是……读悲剧。"

"天才啊。"伊西多尔不由说道。

"他跟我讲消极的故事。让我阅读以悲剧结尾的作品，诸如莎士比亚的《罗密欧与朱丽叶》或者《麦克白》，维克多·雨果的《巴黎圣母院》，哈里特·比彻-斯托的《汤姆叔叔的小屋》，丹尼尔·凯斯的《献给阿尔吉侬的花束》。我喜欢看那些不可能的爱情故事，还有主人公在结尾被杀死或者自杀的故事。这些书给我一种感觉，我不是唯一遭受不公的人。我回避一切喜剧结尾的或者滑稽的故事。"

卡特琳娜·斯卡勒斯站起来，在办公室里踱着，目光停留在西格蒙德·弗洛伊德、阿尔弗雷德·阿德勒[1]和亨利·柏格森的照片上。

"你们不知道没有笑的生活是什么样的。实际上，笑是一种对不幸的消化反应。如果不会笑，那不幸就会在脑部积聚。"

"您消沉之后，在医院待了很长时间？"卢克莱斯问道。

"几个月，后来我转诊了。在一个疗养中心待了三年。我的精神病医生为了让我承担悲伤，教我医术。他认为我应该了解自己的大脑，来自我治疗。"

1　阿尔弗雷德·阿德勒（1870—1937），奥地利精神病学家，个体心理学创始人。

"您和您的精神病医生发生了什么故事吗?"伊西多尔问。

他又一次超过了我。我应该想到的。显然,她肯定移情到这个男人身上了。

卡特琳娜·斯卡勒斯在靠近他们的椅子上坐下。

"他是我的救命恩人。出院后,我想继续医学学习。写博士论文的那年,我的精神病医生建议我选择"笑的机制"作为题目。他认为,这对我有帮助。"

再次印证了我的观点,医生们选择自己有毛病的领域来作为专长。精神病医生是疯子。皮肤科医生长痘痘。笑的专家是失笑症患者。

"我撰写的论文,最全面地探讨了笑的机制、它的历史。它的神经学、生理学、电学,乃至化学反应。关于这个看起来'无足轻重'的主题,从来没人写过如此详细的文章。630页。一名记者发现了我,很快,我就小有名气了。这成了当时的流行话题。"

"也许是《当代观察家》的一个记者?"卢克莱斯试探地问道。

"不,是竞争对手。《快照》,我记得。制片人斯特凡纳·克劳斯看了这篇文章后,产生了跟我见面的想法。我给他展示了我关于幽默生理学的研究,他非常感兴趣。建议我进行一次小小的旅行。"

"在汽车后备厢里?眼睛被蒙起来?"伊西多尔问。

"您怎么知道的?"

"继续说。于是您来到了神秘灯塔底下。"

"在那里,我认识了GLH,我父亲提起过的,答应有朝一日让我了解的那个GLH。那一刻,我清楚感觉到,梦想实现了,而与此同时,梦想也被一下子打破:我父亲许诺让我见识的GLH,就在这里。我清晰地感觉到一道门闩在脑中打开。换了很多地方后,他们特别为我开了一个实验室,给予我大量资源,还给我提供一些我不了解的关于幽默机能的关键信息。"

"您入教了?"

她犹豫了一下,然后承认:"是的。我杀了一个人。求知的代价:无辜者的死亡。'先笑的要吃枪子'的决斗很快就结束了。我的受害者是个胖胖的、热情的小个子。可怜的小男孩并不知道,面对我,他没有任何胜算,因为我那奇怪的病。"

她稍稍耸了耸肩。

"鉴于我研究者的身份,我成了少数有权自由出入神秘灯塔的人之一。达利斯要求被选为首领的那天我在场。他没有认出我。当然我投了反对票。我记得他的对手比他多一票。"

"进攻那天您在场吗?"伊西多尔说。

"……我和其他人一起逃走了。可当他们走进圣-米歇尔山教堂下的墓室时,我则更想在外面等着。"

"您想杀掉达利斯,对吗?"伊西多尔猜测。

"我拿起一根树枝,他们全都带着手电筒和枪支,分头搜寻。我等着达利斯经过。我似乎认出他来了,于是使出全力砸向他的脑袋。"

"可那并不是他,是帕维尔。"卢克莱斯说。

"没错。不过,他倒下去的时候,一个东西从他的背包里掉了出来。"

"B.Q.T.?"

"让她说,卢克莱斯。"伊西多尔说。

好吧,好得很,他任何时候都能打断,好显示出在行的样子,而他却不准我说话!

"一切都在我脑中快速闪过。除了好奇心,更多的是复仇心。我想起父亲的一个笑话:'上帝想惩罚我们的行为,就会满足我们的愿望。'于是我对自己说:'我要拿走 B.Q.T.,把达利斯如此想要的东西送给他，来报复他。"

"只需把 B.Q.T.留在那儿，他就会拿到它的。"卢克莱斯指出。

"不，我想要亲手交给他，看着他的眼睛，最后对他说：'这就是你一直想知道的。'我欠身捡起 B.Q.T.。可不远处来了个人，一个穿粉色西服的女人。"

"玛丽-昂热。"卢克莱斯断定。

"在黑暗中，她只能辨认出我的身影，她朝我这边开枪。一切都发生在毫秒之间，我没办法抓住盒子。就逃走了，藏起来观察发生的一切。玛丽-昂热拿走了 B.Q.T.的盒子。她呼救，说帕维尔被击昏了。"

"过去的是菲利克斯。"

"她指给他看 B.Q.T.和帕维尔横躺着的身体。讨论之后，菲利克斯决定不把战利品交给达利斯，而是把它藏起来。他们非常激动。我清清楚楚听到他们的对话。她说：'如果达利斯发现你有 B.Q.T.，却不交给他，他会杀了你的。'我听到菲利克斯回答：'除非我把它藏在他剧院的保险箱里。如果他发现了，他就不能怪我没给他了。'"

这种主意来自笑话的思维结构。说出不被相信的真相。把觊觎之物藏在找寻者家里。不错。

"就这样，我知道了 B.Q.T.在谁手上，被藏到了哪儿，只需把它拿回来，就能复仇了。"

"于是您扮成了'银鼬卡蒂'？"

"我需要一个在现场的理由，以便展开搜查。反常的是，在进行'先笑的要吃枪子'的比赛时，运行的安全系统是最少的，待命的粉衣保镖也是最少的。所有人都沉浸在比赛之中。于是我萌生了在决斗进行期间搜查剧院的想法。"

"因此您自己也参加了决斗。您不怕死吗？"

"我的失笑症毛病让我得以免疫。我父亲的教育，GLH的训练，还有我关于笑的生理学上的知识，给了我一张大大的王牌。我感觉自己是戴盔甲、佩长剑的战士，周围却是武装着狼牙棒的匪徒，我对'先笑的要吃枪子'有什么好怕的呢？"

"毕竟那是致命的……"卢克莱斯插嘴道。

"我的对手不过是些多少被煽动了的业余爱好者。他们总是会'恐惧'。而一旦恐惧了，就已经输掉了一半。相反我的问题是要假装笑笑，以免引起怀疑。"

"您怎么让电流计上升的呢？"

"悲伤的想法带来的感情和快乐的想法是一样的。我假装笑，想着我的父亲。因此我可以决定显示在屏幕上的数字。"

伊西多尔惊讶于她的镇定。

她确实为此而发狂。

"由于我在'先笑的要吃枪子'中的小小胜利，我得以回到观众席。我发现敌人们并不多加小心，于是可以直接去他们的巢穴寻找宝藏了。"

卡特琳娜·斯卡勒斯医生挤出一个黯淡的微笑。

"我开始喜欢这种游戏了。笑神和死神在一起，组成了一杯激情四射的鸡尾酒。"

面对这样一个对手，塞巴斯蒂安·多兰毫无机会。

"于是，在比赛的紧张气氛中，您去搜查办公室寻找B.Q.T.？"

"我找到了。我听到菲利克斯说：'我把它放在了脑袋里。'我并没有立即明白，以为是种隐喻，可这又是一个我们以为有深层含义却只需表面理解的笑话。它就是在他脑袋里。或者至少在他巨大雕塑的脑袋里。"

"不错。"

"可我没有密码。我只得去好几次，为了打开那可恶的空脑袋。"

"我们的各种才能都可以互补,卡特琳娜。您应该找我的,我会帮您的,我论文的题目是锁。"卢克莱斯说,突然很同情她。

"我成功了。拿走了 B.Q.T.。"

就在这时,门开了,进来一位焦急的女助手。

"我们不能再等了,斯卡勒斯医生,好几个五分钟都过去,好久了。154 号小白鼠准备就绪。他已经在扫描仪里,给他注射过指示剂了。"

"啊?对不起,"女人说,"我该走了。先工作,再娱乐。"

女科学家发现两位记者有些怀疑。

"别担心。我答应回来给你们讲之后的事。"

伊西多尔·卡森博格看着她走远,然后站起来在书架里找一本笑话集看起来。他随便选了一本。

167

科学家和哲学家被狮子追赶。科学家说:"小心,据我计算,狮子正在靠近,很快就要追上我们了。"

而哲学家回答科学家说:"这个跟我没关系。我不求跑得比狮子快。我只求跑得……比您快。"

——节选自达利斯·沃兹尼亚克的幽默短剧
《生活就是小小奇妙瞬间的总和》

168

卢克莱斯·奈姆赫德又看了看遍挂在墙上的名言:

"'把想象给予人类,是为了弥补他们不是什么。把幽默给予人类,是为了安慰他们是什么。——赫克托·休·芒罗。'您知道赫克托·休·芒罗是谁吗?"她问。

"英属印度陆军的老兵,他的短篇小说具有十分辛辣的英式黑色幽默意味。这句话说得很妙。我觉得他对幽默的定义,是继拉伯雷之后最好的。"

"有时候,伊西多尔,我在想是否我们有些单纯了。"年轻女人承认。

"这话怎么讲?"

伊西多尔·卡森博格仔细观察这间办公室,最小的细节也不放过。

"嫌疑人对我们说:'等一下,我离开一小会儿,之后回来。'而调查者相信了并还等着她! 即使在搞笑影片里,我们也不敢上演这种场景。"

伊西多尔·卡森博格已经看完笑话集,并且对其中一些做了记录。他走到红鼻子收藏前,这些红鼻子大小各异,装在镜框里,挂成一串一串的。

卢克莱斯看看表。

"也许还不算太迟,如果卡特琳娜·斯卡勒斯还在实验室里,我们就可以抓住她。"

"您要干什么,卢克莱斯? 把她绑起来,挠她痒痒,像对待玛丽-昂热那样?"

"逮捕她。"

"我们可不是警察。"

他让我恼火。

"不管怎么样,让她招供! 我从一开始就对谈话进行了录音而且……"

"录音并不是有效物证。法院认为这些是可以动手脚的。而且我知道,她不用我们求她,就承认有 B.Q.T. 了。"

年轻的女记者在屋子里转来转去,很是生气。

"您真的相信她会回来,把 B.Q.T. 给我们?"

"我们在这儿不是为了相信什么。神父和神秘论者才会相信。我们是科学记者,我们观察,我们倾听,我们感知,我们试图找出事件之间的联系和证据,查明真相。"

卢克莱斯·奈姆赫德回到椅子上,只是发出叹气声。

"该死的,离目标这么近却失败了,就是因为她小看我们,而我们不敢动她! 太无能了。"

伊西多尔·卡森博格查看着底层的书籍。

"想象一下没有笑的生活! 达利斯·沃兹尼亚克,把欢笑带给那么多人,却让一个人彻底失去了欢笑。这就是导致他死亡的原因。"

卢克莱斯·奈姆赫德并没在听。

"她在给我们放烟幕弹。她回家了! 把她的住址找出来,去找他。或者提供她的体貌特征,让警察去抓她。"

门开了,卡特琳娜·斯卡勒斯医生回来了,胳膊里夹着一沓厚厚的材料。

"对不起,"她说,"我希望没有出去太久。"

"我们讲到您打开了他剧院里的保险箱,拿走了 B.Q.T.。"卢克莱斯说,没有正面回答她。

"嗯……是的。"

笑生理学专家坐在办公桌后面,又给他们端来橘汁。

"然后呢?"卢克莱斯不想喝了,问道,"您读了 B.Q.T.?"

"是的。"

"然后呢?? 发生了什么?"

"她因为失笑症而对致命的笑有了免疫力,活了下来。"伊西

601

多尔回答，"卡特琳娜·斯卡勒斯是世界上少数可以读了终极笑话而毫发无损的人之一。"

女科学家点点头。

"B.Q.T.的笑话确实非同凡响。特别是要知道它是由三千年前所罗门王时代的幽默家创作的。它的结构和精密钟表一样奇妙。一旦读了第一句，就会想读第二句，然后就完全折服于最后一句带来的意外，而这最后一句会给你致命一击，让你目瞪口呆。"

我再也受不了了。我要知道。这个该死的笑话是什么！！！是什么？

"三句话：开头一句，中间一句，结尾一句。而三句话合在一起组成了致命的野兽。像一条恶龙。那个尼西姆一定是个超时代的天才。"

"那么，是什么！？"卢克莱斯激动地问。

"这肯定是我一生中听过的最好的笑话。那么多年我都没笑过了，身上的什么东西解开了，我感到脑部的一阵冲动和战栗，笑了出来。仿佛积聚多年的压力最终得以释放。我感到自己的脑袋是一座喷发的火山。我笑啊，笑啊，笑啊。我为笑而流泪。"

"然后？？"

"……我没有死。也许你们很惊讶。然后，我现在和你们说话。"

"我就知道，这个笑话并没有致死效果。"伊西多尔指出。

"无论如何，我康复了。这个笑话治好了我的失笑症！"

"那么它还是有效的！"卢克莱斯惊叹道。

"不，没效，她刚才跟您说了，她读了，还活着。"伊西多尔反驳。

"她不一样，是个特例。对无论哪个正常人来说，B.Q.T.都是致命的。"

"没效!"男科学记者坚持。

"有效!"卢克莱斯生气了。

"没有。"

"有。"

他为什么不肯认输。他明明知道我有理。因为她被免疫了,所以她只是笑了笑,否则她也会死的。

卡特琳娜·斯卡勒斯医生打断他们:"您的朋友说得对,小姐。没效。这不过是一个非常棒的、非凡的笑话。就是这样。"

我什么也不明白了。

"可是 B.Q.T.数千年的神话,本身千真万确地存在啊。"

"所有说读了 B.Q.T.就会丧命的传说中的人……"

"……最终不过是些骗子。只是些谣言、传说和无法证实的间接证词。"伊西多尔补充说。

"可是……"

笑生理学专家表示同意。

"很抱歉,小姐,您的同伴还是说对了。这是个很棒的笑话,不过并不是一个致命的笑话。如果有些人因此而死,我可以向您保证是因为他们以前就有严重的健康问题,B.Q.T.不过是让容器溢出来的那一滴水而已。"

"可是……"

"我知道,您失望了,我当时也是。这一信仰却深深根植于很多人心里。B.Q.T.的传说确实是所有幽默家的幻想。而我医生的职业告诉我,信仰是可以产生切实作用的。如果我们真的相信,就会成真。"

"对信仰的需求和对真相的需求成反比。"伊西多尔叹息道,把数千年的宗教战争概括为一句话。"在我看来,我一直认为,飞机能飞在天上,靠的不过是乘客们相信它在天上。他们相信,一大堆铁皮、钉子和塑料可以比云还要轻。可是如果有一个乘客闪过这还是不太合乎逻辑的念头,那么……就坠机了。"

卢克莱斯变得激动起来。她绿色的眼睛似乎在燃烧。

"那么您发现 B.Q.T.也许不能杀人……"

"可我并不想放弃我的复仇计划。从那时起,我计划把传说变为现实。"

"多妙的主意。"伊西多尔强调。

该死的,我没在做梦,他当着我的面勾引她。她比我强在哪里。我更漂亮,更年轻,更有活力。她……她……不过是个非常平庸的女人。她连头发都没好好梳。她的手呢?她咬指甲。从来没去过美甲店。吸引他的只是她的科学家身份。

卡特琳娜·斯卡勒斯把手伸进抽屉里,拿出一个红鼻子,让它在指尖滚动,看来她确实学过杂技。

"然后呢?"卢克莱斯问。

"然后……我把它造出来了。我发明了真正的 B.Q.T.,真的可以杀死读了它的人。"

两位记者惊呆了,交换了一个迷惑的眼神。

"我感到自己应该继续,或者更确切地说,完成由三千年尼西姆·班·耶胡达开始的工作。他已经找到了道路,我要让它到达终点。这只能在当今实现。我了解笑的时候人体发生的一切作用。我知道各种笑话的效果。我可以观测到笑话在脑部微米级的位移。"

"可是怎么才能创造这样一种奇迹呢?"伊西多尔问。

"要解决的问题是,笑是非常主观的。不同性别、年龄、语言、国家、智力的人笑的东西并不相同。"

卡特琳娜·斯卡勒斯站起身,从柜子里拿出一个金属大箱子,箱子上安有复杂的电子锁,就像个小电脑。

她把箱子放在桌上。

"这就是真正的 B.Q.T.,保证所有读了它的人都会丧命。"

两名记者很谨慎,不敢靠近。

卡特琳娜·斯卡勒斯走到白板前,拿起一只水笔。

"我是怎么解开这个难解之谜的呢?首先我问自己:'怎么才能让人真正笑得很厉害?'我找到了答案,它叫作 N_2O。"

"这是一氧化二氮的化学式。"伊西多尔说。

"不错。也叫作'笑气'。这种气体由约瑟夫·普利斯特利在1776年发现。当时人们聚在一块,吸入这种气体会一起笑。而想到把它用作牙外科麻醉药的是霍勒斯·威尔士。当时已经出现了由于缺氧而造成窒息的风险。因此现在使用的配方里混合了氧气。"

"似乎一氧化二氮也作为助推气,被用在尚蒂利之役[1]的炸弹中。"

"是的。它还可以用作电脑除尘剂。甚至作为火箭助推燃料的成分。还有些人把它作为毒品使用。"

"有副作用……"

听听,这两个人在卖弄学问呢。我感觉我们在和一个虐待狂打交道,她故意让我们等得心焦。

"是史密斯医生在1922年发现了笑气的毒性,特别是找到了由麻醉引起的病症的病源。"

"过多吸食一氧化二氮?"

"简单说来,会引起神经紊乱和呼吸困难。"

---

1 尚蒂利是美国弗吉尼亚州的一个地名,1862年的尚蒂利战役是美国南北战争时期的重要战役之一。

"您加大了毒性？"

卡特琳娜·斯卡勒斯这下明白说得太快了。准备详细解释她的"发明"。

"我产生了一个想法，浓缩一氧化二氮，再加入能增加效果的其他气体。"

"您由此制造出致命的化学笑声？"卢克莱斯说道，不甘示弱。

"一氧化二氮，加上添加气体，再加上笑话，造成致命效果。在我的鸡尾酒配方中，各个原料的毒性比例如下：70％的毒性来自一氧化二氮，20％来自添加气体，而笑话本身只占10％。用炸药打比方，一氧化二氮是火药，添加气体是导火线，而B.Q.T.，是火花。"

伊西多尔被这个新发明迷住了。

"我并不确定完全弄懂了。"卢克莱斯承认。

伊西多尔接过话茬解释道："我们可以把作用于神经递质的化学物质看成被装进轮船的汽车，轮船有100个空位。当释放出普通的一氧化二氮的化学刺激时，100个空位的轮船中载有70辆汽车。如果加入添加气体，装载量增加了20辆。于是轮船上有90辆汽车。如果再加上一个精神刺激，最后的十辆车将会填满有100个空位的停车场。于是停车场——也就是神经递质——达到饱和，事件触发：满载汽车的渡轮离开港口，进行最后的斯提克斯河[1]之旅。"

"就是这么回事儿。"女科学家表示赞同。

"这可以杀死人？"

"神经递质的饱和立刻会引发非常强烈的神经放电，而神经放电会导致心脏纤维性颤动。效果强烈到即便是一颗健康的心

1　斯提克斯河，希腊神话中的冥河。

脏,也会骤停。"

女科学家在白板上写道:"一氧化二氮 + 催化剂 + 笑话 => 纤维性颤动 => 心脏停搏"

她用化学的办法解决了一个精神问题。这个女人一定是复仇心切。

她指指箱子。

"最精妙之处在于这个箱子的设计。"

卡特琳娜·斯卡勒斯画图展示气筒的摆放。

"我对混合气体进行了试验,混合气让我的豚鼠陷入昏迷状态,于是达到了 90% 的效果。豚鼠之后,我试验了兔子和猴子。每次它们都濒临死亡,只缺少最后的小小一击。"

"笑是人的专利。"伊西多尔回想起。

"因此最后决定性的 10% 是个未知数。"

"不可思议。"伊西多尔重复道。"您有炸药、导火线,没有火花。"

"我没有选择,我的首个人类试验品,就是这一切努力所为了的那个人:独眼巨人本人。"

我知道了。这确实是桩谋杀案。确实是利用了 B.Q.T.。

卡特琳娜·斯卡勒斯继续用非常专业的语气说道:"这还不是那么容易的。不能让其他人有读到它的危险。"

"于是您想了个主意,读后就会变黑的卷成团的相纸。"

"不过是个顺便的安排,需要确定他想打开它。完全是心理因素在起作用……"

"于是您化装成悲伤小丑?"

"好让他回忆起过去,我希望由此激发他的好奇心。即便他认不出我的脸,也认得出装扮和微笑。"

"一切顺利?"

"超出我的预期。他对我说：'我的卡蒂！这么多年后和你重逢真是太好了！你怎么样了？'他跟我说话的方式，仿佛我们是童年的玩伴。他确实很有才，能从来不惊讶，从来不从表面看事物，友好对待死敌。他杀人，出卖人，侮辱人，却带着微笑，带着笑话和诙谐的口吻。"

"您对他说'这就是你一直想知道的'？"卢克莱斯·奈姆赫德猜测。

卡特琳娜·斯卡勒斯转向年轻女人。

"我惊讶万分的是，竟然成功了。后来我在第二天的电视新闻中得知此事。"

"那么是您发明了真正的 B.Q.T.，真正的能杀人的笑话，您真了不起。"伊西多尔·卡森博格承认。"尼西姆·班·耶胡达会为您骄傲的。您比他厉害。您的名字将会出现在历史上最伟大的科学家之中，就像玛丽·居里，罗莎琳·萨斯曼·耶洛[1]，还有丽塔·莱维-蒙塔尔奇尼[2]。"

不，我在做梦吧。他马上就要赞美她犯罪了！

"您是个杀人犯！"卢克莱斯纠正道。

卡特琳娜·斯卡勒斯医生并没有反驳。

"当您来找我的时候，卡森博格先生，当您跟我谈起'因笑而死'的时候，我就知道终于碰到了真正找对线索的人了。"

"至少我没有妨碍到你们吧？"卢克莱斯插嘴道。

"我立刻进行了调查，知道了您是谁。被您吸引了。"

"您这样的女性赞美我，真让我感动。"伊西多尔低头小声

1　罗莎琳·萨斯曼·耶洛（1921—　），美国医学物理学家，1977 年诺贝尔生理学或医学奖得主。

2　丽塔·莱维-蒙塔尔奇尼（1909—2012），神经生物学家，1986 年诺贝尔生理学或医学奖得主。

说道。

"我们在各自的领域,以各自的方式成为先驱。因此,与那些满足于跟随和模仿的人相比,我们更难以处理社会关系。"

不……听听这两个人,他们在打情骂俏!

"您刚才对我们承认您有预谋地,在清醒情况下杀了一个人。在尝到了第一次未受惩罚的谋杀的滋味后,您毫不犹豫运用你的'魔鬼杀人机器'对付第二位受害者:塔德斯·沃兹尼亚克。"

卡特琳娜·斯卡勒斯把注意力稍稍投向年轻的女记者。

"在我父亲之死的诉讼中,他做了伪证。他活该。"

"接着,您通过报社把 B.Q.T. 的盒子寄给我们!"

"每个人都有他的立场,卢克莱斯。"伊西多尔打断道,"我们不能因为自卫而指责对手。"

"这不过是为了让你们打消继续调查的念头。我很清楚你们在大步前进。"

绿色大眼睛的年轻女人没有理睬她的同伴。

"而且您还去攻击一个 78 岁的女性。您本想杀死安娜·梅格达莱纳·沃兹尼亚克!"

卡特琳娜·斯卡勒斯厌烦地撇撇嘴:

"她的伪证最具决定性。如果她能闭嘴,我就有可能打赢官司了。那么现在达利斯还是活着的。"

"在监狱里?"

"没错,那正是他该去的地方。"

"这样的话,年轻人就没有了短剧,没有了前途,没有了剧院。数百万法国人就没有了欢笑。"年轻女人提醒道。

"那么就没有任何喜剧演员会死。'先笑的要吃枪子'的选手都不会被杀。"伊西多尔补充道。

那么我将会自杀,死在寄宿女校的浴缸里。

卡特琳娜·斯卡勒斯以一种奇怪的方式抚摸着铁箱子。

"一切依次偿还。我父亲的灵魂可以安息了。"

女科学家打开抽屉,拿出一只红鼻子,这只比其他她把玩的鼻子都要大。

"现在你们知道了一切。或者说几乎知道了一切。"

她慢慢地、灵巧地操作微型电子键盘,这正是铁箱子的锁。咔嗒一声,两片锁舌弹出。她拿出漆成蓝色的小盒子,把盒子转向他们。那三个他们熟知的金色字母格外注目。"B.Q.T.".

下面用花体字写着:"绝对不要读。"

她调整着鼻上的圆球,带着鼻音说:

"既然你们那么卖力,我就该彻底满足你们的好奇心。这就是'你们一直想知道的'。"

他们还没反应过来,她就朝他们打开了蓝色盒子。

瞬间,两团灰色气体嗖的一声从盒子深处的两个开口中喷涌而出。气团扩散,很快充满屋子。

"别吸气,卢克莱斯!"伊西多尔喊道,"快出去!"

他自己捏住鼻子,他的同伴效仿他。

"卡特琳娜有保护! 她的红鼻子,是防毒面具!"卢克莱斯喊道。

戴红鼻子的女人赞同道:

"实际上这是我的小小专利发明之一:红鼻子微型防毒面具。"幽默生理学的女专家带着鼻音宣布。

她笑着展示门的钥匙。

"眼睁睁看着少有的似乎可以理解我的人消失,真是可惜。可是,我恐怕没有别的选择了。是你们的错,你们怂恿我说出太多。"

卢克莱斯·奈姆赫德张开嘴,以便呼吸一点空气。她看看伊西多尔，他开始窒息了。

漂浮着的数百万原子穿过年轻女人的口腔到达肺部。经由肺部，进入血液。血液由心脏输出，经过颈动脉，直抵大脑。

就像伊西多尔描述的那样，她细胞深处的某部分起了化学反应。神经递质的 90％ 都被一氧化二氮充满。

卢克莱斯·奈姆赫德感到一股无法抑制的笑的冲动。疯狂的笑意像热喷泉的蒸汽般在她体内升腾。

不！不能这样！要挺住。这不过是个化学产品。

年轻的女记者想撞头，可她做不到，她软绵绵的姿势滑稽可笑。心跳加快。她看到伊西多尔也开始笑起来。

卡特琳娜·斯卡勒斯拿着盒子，盒子里装着卷起来的文字。这次可不是相纸。她把盒子放到他们眼前。

"好啦，我把 B.Q.T. 留下来，由你们处置。如果我能给你们一个建议的话，那就是：'绝对不要读。'"

卢克莱斯·奈姆赫德把手捂在她和伊西多尔的眼前。

卡特琳娜·斯卡勒斯医生随后安然走出办公室，用钥匙把门锁起来。

两名记者什么也不能做，不能阻止她。

伊西多尔试图推开卢克莱斯的手，去看桌上的盒子。年轻女人把他拉回来。

她努力发出声音："这是……炸药的火花。如果您读了……B.Q.T.……哈哈！哈哈！哈哈！"

他们进行着某种慢动作的格斗舞蹈，伊西多尔试图靠近盒子，而卢克莱斯试图阻止他。

男记者跟跟跄跄，跌倒了。他开始在地上扭动。而卢克莱斯流着口水，用拳头拍打地面，希望用痛苦来抑制笑气的作用。

"哈哈！哈哈！哈哈！"

"嘻嘻！嘻嘻！嘻嘻！"

他们开始打嗝，心跳加速。伊西多尔抓着椅子腿站起来，重新向书桌走去，那个致命的笑话正摆在桌子正中，摊开在那儿。

她试图拦住他。

"哈哈！哈哈！哈哈！……不……唔！唔！……千万不要伊西多尔……哈哈！哈哈！不要读！"

169

笼子里的三只小白鼠各自总结他们的工作。

第一只说："我是个大科学家。我的专业是物理：我的笼子里有个大轮子，轮子连着一台发电机。我想证明一条规律，在轮子里跑得越快，连着发动机的小灯泡就越亮。"

第二只说："呸，这算什么。我也是个科学家，不过更厉害。我的专业是几何。我总结了一条数学公式，可以在任何迷宫里快速找到路线。靠这条公式，可以节省很多时间。"

第三只说："你们开玩笑吧，都一无是处。我的发现更加重要。我的领域是心理学，特别是'动物心理学'。也许你们不相信，我成功训练了一个人，让他听我命令。这是条件反射的原理。我只需按下手柄，让铃声响起，人类就会立即给我拿来食物。"

——节选自达利斯·沃兹尼亚克的幽默短剧
《动物，我们的朋友》

170

斯卡勒斯医生的办公室里回荡着他们的笑声。那些著名科学家们，在相框里定格着滑稽的动作，似乎在嘲笑他们。

伊西多尔·卡森博格一直试图走到办公桌前,桌上的台灯照亮展开的纸片,这是他垂涎已久的东西。

"她说过这不是相纸的,"卢克莱斯用她仅剩的还在平稳运行的神经细胞思索着,"光照下不会毁坏。"

卡特琳娜·斯卡勒斯承认有三句话。

野兽的开头。

中间。

结尾。

如果有人读了,恶龙就会喷射出火花,点燃导火索,让脑袋爆炸。

卢克莱斯在地上打滚,抓住伊西多尔的腿,他正试图挪向书桌。他们没法不笑,无力地对打着:

"让我读,卢克莱斯!哈哈!哈哈!哈哈!"

"不行,永远不行!嘻嘻!嘻嘻!嘻嘻!"

"我想知道!唔!唔!嘻嘻!嘻嘻!"

伊西多尔眼里噙着泪花,可不管怎样他还是往笑话那边走去。

这就是他的弱点。好奇心。

我比他强大。我能够接受无知。

圣米歇尔山教堂上的金色圣米歇尔击败恶龙的图像,进入年轻女人的脑海。

这次,宝剑是她的精神。

爱情为剑。

幽默为盾。

她在一本书里读到过这句话。此时,这几个词有了特殊的含义。

爱情为剑。

她知道，正是靠她对伊西多尔的爱，她才可以找到让他战胜好奇心的武器。

卢克莱斯陷入沉思，回想所有自己克服一时冲动的时刻。和玛丽-昂热在一起的时候，玛丽-昂热折磨她的时候。

这就是刹车，就像斯特凡纳·克劳斯教我们的那样。

我要再现过去的这一恐怖时刻。

我要再次看到那一刻，玛丽-昂热把我捆起来，蒙上我的眼睛，给我套上口衔。

"愚人节傻瓜"。

这就是伤痛记忆的用处。让人失去读致命笑话的愿望。

她想象自己佩戴着盔甲盾牌，装备着像圣米歇尔那样的宝剑，把剑刃刺入恶龙头部。恶龙张开嘴巴，奄奄一息。

她扯开嗓子全力大声喊道："愚人节傻瓜！"

她突然爆发了，站起来，冲向笑话，把它撕成四片。

还在笑的伊西多尔·卡森博格立刻冲过去，试着像拼图般把它们重新凑起来。

而也在笑的卢克莱斯·奈姆赫德把它撕得越来越碎，可伊西多尔还在试图把这幅越来越复杂的拼图凑起来。

这一双重荒诞的动作，让两名记者笑得更厉害了，他们跌在地上，筋疲力尽。

很久之后，一直在打嗝的卢克莱斯，站了起来，试图走过去打开窗户，可窗户没有把手，没法打开。她拿起一把椅子，无力扔向窗户，椅子弹了回来。

伊西多尔则艰难挪到红鼻子收藏那边，打碎玻璃。这些鼻子并没有过滤器。

卢克莱斯·奈姆赫德试图把门撞开，可门的面板十分坚固，而她则过于虚弱。伊西多尔拿起办公桌上的电话。

"哈哈！哈哈！哈哈！……喂，是警察吗？来救我们，我们被关在乔治-蓬皮杜欧洲医院，神经科。哈哈！哈哈！哈哈！"

可电话另一头，警察以为是在开玩笑，挂断了。

伊西多尔·卡森博格又试着拨火警，同样的结果。

"哈哈！哈哈！应该给信得过的人打电话。我要试试其他人。"伊西多尔一边说，一边尽力回想号码，尤其还要笨拙地按电话键，按键在他指间跑开。房间里依旧充满一氧化二氮。

"不知道多久救兵才会来。现在应该去想些悲伤的事情。"他说。

"经济危机？"

他哈哈大笑。

"哈哈！哈哈！哈哈！注意，"她一边说一边恢复平静，"如果您让我笑得太厉害，我就要死了。找些悲伤的事。"

"气候变暖？"

她再次爆发出笑声。

"哈哈！哈哈！嘻嘻！嘻嘻！您应该想想那些让您在做爱时没法享受的事儿。"

"能让我没法享受的，我想到了泰纳蒂耶。"

她又一次哈哈大笑，心脏在胸腔里剧烈搏动。

"哈哈！哈哈！哈哈！您会杀了我的，伊西多尔。快，悲伤的事儿。"

"我不知道，想想您父母的离世。"

她又一次爆发出笑声。

"哈哈！哈哈！唔！唔！您忘了我是个孤儿！我父母把我丢在了墓地里！"

"该死。"

他也笑起来。

"好啦,我找到了一件很悲伤的事。"

他在她耳边说出来,他们总算笑得没那么厉害了。两颗心脏平静下来,可还是伴有笑的痉挛和抽搐。

卢克莱斯有了主意。她想起伊西多尔在达利斯剧院救她的办法,她把 B.Q.T.的碎屑聚成一堆,点燃。出现小火苗。烟雾上升到消防探头上可……并没有响起警报。

她把燃烧的纸片靠近探头,探头没有反应。也许探头坏了。

这次我们完蛋了。千万不要取笑这滑稽的一幕。

门被一下子撞开了。

两名记者被他们的救兵吓了一跳。

是雅克·吕斯蒂克,"文字游戏上尉""喜剧地狱"地下室的看门人。他一步跨进房间,手里抓着解救他们的工具:一只大号灭火器。

"对不起,来迟了一点。"他说。"受贝亚特丽斯的命令,从你们离开圣-米歇尔山开始,我就跟着你们。更确切地说,是你们的自动笑声钥匙环帮我们定位,知道你们的所作所为。可我遇到了点小意外,让我耽搁了,是关于……"

卢克莱斯·奈姆赫德冲到他面前,用手捂住他的嘴。

他要说个笑话作为结尾。

我们不能在火药库里玩火。

伊西多尔明白了他同伴的反应,也用手去捂雅克的嘴,确保一个字也漏不出来。

"文字游戏上尉"的眼睛诧异地转动着。

年轻女人一边抹眼泪,一边调整呼吸,总算说出来:

"别,拜托,雅克。可怜可怜我们,忍住……不要说一点点笑话,一点点文字游戏。如果您有什么要对我们说的,必须是忧愁的,悲惨的或者沮丧的,行吗?"

171

一天，小女孩问她妈妈：

"喂，妈妈，第一对父母是怎么出生的呢？"

"嗯，"她妈妈回答，"是上帝创造了最初的人类，亚当和夏娃。他们有了孩子，之后孩子也成了父母，依此类推。正是这样形成了人类大家庭。"

两天之后，小女孩对他爸爸提出同样的问题。她爸爸回答："是这样，几百万年以前，猴子慢慢进化，直到变成我们今天的人类。"

小女孩困惑不已，立刻又去找她妈妈。

"妈妈！你跟我说最早的父母是上帝创造的，而爸爸跟我说是猴子进化成的，这是怎么回事呢？"

妈妈微笑着回答她："亲爱的，这很简单。我说的是我的家族，而你爸爸说的是他们家的。"

——节选自达利斯·沃兹尼亚克的幽默短剧
《身临其境的两性战争》

海豚兰戈落入水中，周围溅起浪花。第二只海豚保罗，立刻向前冲去，想跳得更高。

而鲨鱼乔治则被这吵闹搞得心烦，躲在了蓄水池底部的角落里。蓄水池已经重建、加固和整修过了。

伊西多尔·卡森博格坐在书桌旁，对面是他从摄影器材旧货摊淘来的强光灯。显然在工程结束后，他又进行了装修。

中间的泳池依旧又大又深，可他还给自己的居所增添了一些异国风情。棕榈树、椰子树、沙丘、攀缘植物跟他抢着地盘。

屏幕扁平宽大。中间最大的屏幕上一直显示着"可能之树"，任何人都可以到这个网站上按自己的想法丰富对未来的想象，他们的想法会以树叶的形式展示出来。所有这些对未来的构想组成了一棵繁茂的大树，在黑色背景下呈现出蓝色。

伊西多尔·卡森博格戴上耳机，连着他的 iPhone 手机。

耳机里播放着电影《海鸥乔纳森》的配乐。

他试图回忆关于 B.Q.T. 调查的激动瞬间。

他从旅行箱中把物品一件件拿出，放在面前的书桌上。

一小包卡尔纳克的煎饼，一架塑料玩具帆船，和把他们带到建有灯塔的小岛的那条一模一样，一幅所罗门王的画，没有表情的白色 GLH 学徒面具，一张明信片，上面是卡尔纳克的成排史前巨石柱，另一张明信片上则是圣-米歇尔山，大天使击败恶龙的照片，格劳乔·马克斯穿长袍的半身小塑像，达利斯的照片，达利斯墓地的照片，亨利·柏格森的照片。他把好几本各个国家各个时代的笑话集放在一起。最后，他观察着一只小丑的大鼻子。

他敲击键盘，写下第一句话："我们为什么会笑？"

他笑了，对这句开头很满意，这句话是整个故事的构建基础。

他手里把玩着小丑的红鼻子，试着让鼻子在每根手指间滚动，接着把它扔到巨大的泳池中。那只红色的圆球还没碰到水面，海豚约翰就跳了出来，很高兴给他带来了新的游戏。另外两只海豚兰戈和保罗凑过去，高兴地互相抛球玩。

伊西多尔·卡森博格思索着。他觉得不能像珍珠项链那样把句子串起来，而应该顺着提纲和情节的总体思路走。

他觉得应该发明种特别的技艺，来配合他要写的小说：带悬念的科幻侦探小说。

他认为一切创作活动都可以归结为创造生命,应该像构想一个生命那样构想故事:先是作为骨架的情节,支撑叙述。然后加入作为器官的重大场景,让血液、空气和荷尔蒙在情节中流动。接着加入肌肉:传递故事的张力。随后,骨架匀称了,器官运转了,肌肉有力量了,就可以把皮肤整片放上去,就像一块覆盖一切的布,让我们看不到底下发生了什么。

他认为文风应该像笑话一样简单明了。不要装饰花哨的饰品,诸如那些冗长繁复的句子。就是一张结实紧绷的皮,覆盖在骨骼的神秘形状之上。

科学记者,未来的小说家,拿起铅笔和水笔,听着《海鸥乔纳森》的洪亮交响乐,画出骨架,对他来说这就是"故事的总体架构"。再画上脚,大腿,肚子,肚脐,胳膊,脖子,脑袋……和生殖器官。

然后,他在这身体构造图的合适位置,放入一些句子。

"我们为什么会笑?"在腿上。

他玩了会儿水笔,随后在右边小腿上写下:"谁杀了达利斯?"

左边小腿上则是:"怎样能在密室里不留痕迹地行凶?"

接着他在右膝上加上:"最初的线索。"

在生殖器上写下:"三种能量。厄洛斯:爱。塔纳托斯:死亡。默莫斯:笑。"

他让这三种能量辐射到整部小说的机体中。

心脏上的字更大:"我们可以因笑而死吗?"

肠子上是:"先笑的要吃枪子,吞噬幽默家的决斗,把他们变成尸体。"

额头上是:"GLH,起源于混沌初开之时的神圣遗产。"

臀部是:"巴黎的娱乐圈。"

他越思考,越觉得达利斯的悲剧是由体制人为催生的,这一体制创造明星，是为了让他们更好地牺牲。

这一体制让他们膨胀，用金钱、权力、可卡因和性塞饱他们。就像圣诞节那胖乎乎的大火鸡，它们的死被当作表演来欣赏。

伊西多尔·卡森博格把白色面具扔向海豚，一只海豚把吻突滑进橡皮筋里，似乎戴上了面具，仿佛已经明白了它的用途。

面具，这就是陷阱。明星们分不清面具和他们真实的面孔。一旦他们不再面对现实，就趋于毁灭了。

也许幽默界更加残酷，因为那里权力更加强大。

达利斯·沃兹尼亚克的确在光明界接受了教育，却坠入了黑暗幽默界。这迫使第三种力量诞生：卡特琳娜·斯卡勒斯。

她以自己的方式创造幽默发展的新道路："蓝色幽默。"

他在咽喉处标上："卡特琳娜·斯卡勒斯。"

她，她完全了解幽默。她像小丑般被训练。她抓住了笑的深层机制，把其发挥到极致。她比贝亚特丽斯更有资格做 GLH 的首领。

他思索着，看着画下的结构图。

不，贝亚特丽斯是最优秀的首领，因为她不仅掌握着笑声的来源，更掌控着书面笑话的源头，而且她执掌的团体位于世界上最神奇的地方，那里的地面既不是岛屿，也不是陆地，而是二者兼有。圣-米歇尔山本身就是个地质上的笑话。

他回到键盘敲击道："所有创作活动就像在创造生命。"

"那么……所有小说都可以被概括为一个……莫大的笑话。"

然后他补充道："那么是否人类的一生不过是个笑话？"

"那么是否一切生命形式不过是个笑话？"

"那么是否幽默是思维意识的最高层次？"

"那么是否一切形式的生命进化方向正是变得'越来越滑稽'？"

他陷入遐想。

突然有人按响门铃。

他打开新的遥控开门系统。

卢克莱斯出现在中心岛上。

她走过桥，向他走来。

卢克莱斯·奈姆赫德穿一件衬衫，上面的图案是被剑刺穿的恶龙。这次不再是中国风，而是威尼斯式样。她穿着超短裙高跟鞋。浅栗色的长发做成了复杂的两鬓带卷的式样。

她亲吻他的额头。

"怎么了？"伊西多尔问，他从没有别的开场白。

年轻女人把《当代观察家》扔到书桌上。封面的红色大字写着："惊天秘密。"下面的字稍微小些："独家揭秘达利斯之死。"

伊西多尔抬起眼，满是疑惑。

"那么您说服泰纳蒂耶把它刊出来了？我没想到您会成功，好样的，卢克莱斯。"

他拿起杂志仔细看看封面。照片上是达利斯在奥林匹亚剧院最后公开露面的时刻。艺术家正取下眼罩向人致敬，露出眼窝里的粉红色小爱心。

"想不到这个手势到头来是整个调查的谜底。"他叹气道。"所有人都因为他生理上的缺陷而同情他，可这正是他犯罪的证据。甚至连这颗小爱心都可以暗指他和卡特琳娜·斯卡勒斯的爱情故事。从一开始，一切都在于眼睛，都在我们的眼皮子底下。这就是个笑话。"

他翻到文章的那一页，看到的是幽默家坟墓的照片，黑底白字写着："达利斯·沃兹尼亚克的离去，我们的震撼报道"。

"克里斯蒂娜·泰纳蒂耶的独家调查，弗洛朗·佩尔格里尼提供了实地帮助。"

伊西多尔还没评论一句，卢克莱斯·奈姆赫德先说起来："这是文章发表的必要条件。克里斯蒂娜·泰纳蒂耶需要重建声誉，长久以来，所有人都在嘲笑她一辈子没写过一行字。"

"那弗洛朗·佩尔格里尼呢？是他写的文章？"

"不，是我写的。可泰纳蒂耶说在关于重大犯罪的调查方面，公众习惯读署名为弗洛朗·佩尔格里尼的文章。这是，用她的话来说，是'可靠性的保证'。"

"我懂了。"

"他们还是在文章结尾提到我了。"

伊西多尔·卡森博格注意到在页面底端重复了二人的署名，旁边有行更小的楷体字出现在括号里：(资料收集 卢克莱斯·奈姆赫德)。

"这总比什么都没有强。有 31 页，他们一次完全付清了。还给我加了薪：从今以后我每页可以赚 50 欧元了。生活可以改善点儿了。"

伊西多尔并没说话。快速浏览了文章开头。

"这还不算完。泰纳蒂耶同意报销一切开支、餐馆、旅馆、汽油。"

她的兴奋并没有感染到他。

"对一篇杂志封面文章来说，这对我来说是最低价钱。"他说。

卢克莱斯·奈姆赫德接着说："克里斯蒂娜·泰纳蒂耶还向我表示祝贺。她甚至对我说转正指日可待了。她向我保证会对高层领导提到此事。"

男科学记者翻了一页，在一个小标题上停下：达利斯在台上因笑而死，正如《没病找病》中伟大的莫里哀。

"这是您想的？"

"不，这是佩尔格里尼的主意。"

"我明白了。艺术家们在舞台上殉职。痛苦的牺牲成全了他人的消遣。多么壮烈。真是好主意。"

他在取笑我。他没听到泰纳蒂耶的承诺，或者他认为她不会兑现诺言。为什么他总是扫兴？

恼怒的卢克莱斯·奈姆赫德想把杂志拿回来。

"我就不该来。我就知道这是个错误。总之我宁愿您不要往下看了。"

"不，相反，我愈发感兴趣了。"

"不，我来告诉您里面的内容。1. 达利斯是个工作狂。2. 他用笑声让各代人重归于好。3. 他致力于发掘和培养年轻人才。4. 他不再好好照顾自己，因为完全献身于造福同时代人的使命中。5. 他在寻找完美笑话，职业上的渴求导致行为上的疯狂。6. 很可能正是由于这种苛求和完美主义让他死在台上。"

"您完全没提到卡特琳娜·斯卡勒斯的事儿？"

"我把一切都详细告诉了泰纳蒂耶。"

"然后呢？"

"我向她提议，提及此事时，采用她认为的最不会给我们带来司法麻烦的措辞。她一字不差地对我说：'不能败坏达利斯的形象，尤其在我们试图把他的遗体移入先贤祠的时候。'"

伊西多尔·卡森博格慢慢摇了摇头，表情严肃。

"好啦，伊西多尔，我们清楚得很。真相是不能刊登出来的。而且无论如何也没有人愿意了解。泰纳蒂耶一字不差地对我说：'中伤达利斯就是失去读者。'"

"至少应该说清楚。我个人而言，作为少有的知道真相的人之一，很乐于揭穿说给大众听的谎言。这是种美妙的乐趣。"

伊西多尔·卡森博格放下杂志，走向水池，他的海豚们已经游到岸边了。他给它们扔去几条鲱鱼。

"她说：'达利斯是数千名生活在贫苦郊区的年轻人成功的希望。他们都想成为像他那样的人。而您要告诉他们，他不过是个厚颜无耻而又麻木不仁的家伙？一个吸毒成瘾、自我陶醉的自大狂？'"

"人们也揭发了阿根廷足球运动员迭戈·马拉多纳，他仍是年轻人的偶像，并没有造成动乱。他依旧深受欢迎。"

"观众在足球上能接受的，在笑上并不能。喜剧演员比足球运动员更加神圣。"

伊西多尔没有回答，继续喂他的海豚。

"泰纳蒂耶还说：'您想要干吗，奈姆赫德小姐，革命？这个国家很脆弱。大部分受访者都表示独眼巨人是最杰出的国民，意味着这是至少两千万人的观点，而你要告诉他们，他们天真无能，没有认出一个卑鄙小人的真面目！'"

"泰纳蒂耶说得没错。我们不能告诉受虐狂他们喜欢受苦。我们不能告诉傻瓜他们是傻瓜。不然他们会发火的。"

伊西多尔·卡森博格回到书桌旁，重新拿起杂志，无意中看到文章中的一句话："'……达利斯，这位丰碑式的艺术家，他的喜剧作品将永远铭刻在人们的记忆中。'卢克莱斯，您不觉得还是有点过头了吗？您既然知道真相，本可以，怎么说呢，不那么'克制'。"

"一旦我们想出了标题，用它来吸引眼球，那么真相就不过是充实材料的一个元素。而这并不是一篇文章中最重要的部分。您不会要指责我出卖了灵魂吧？"

男记者表示理解地点点头。她生气了。

"对不起，伊西多尔，我，我还是在体制内的！我要谋生，必须写别人要求我写的，而不是……这个没人感兴趣，也没人……相信的该死的真相。"

"既然如此,寻找真相有什么用呢?"

"也许我并没有想到可以查明奥林匹亚剧院发生了什么。"

伊西多尔·卡森博格转过身,去冰箱里给他的鲨鱼乔治找了块牛肉。

"您小看自己了,卢克莱斯。我,从来不怀疑这个结果。"

她沮丧地坐下。然后把杂志收了起来,仿佛害怕他会把整篇文章读一遍。

"您呢,您的小说,进展得怎么样了,伊西多尔?"

他抛出肉块,鲨鱼游过来,张开长有两排锋利牙齿的嘴巴,一口把肉块撕碎。

"它和您的工作完全相反,或者恰是您工作的补充。我会说出真相,而没有人会相信。可至少真相在某处被写下来了。然后我会把人们的注意力引到一个看起来无足轻重实则非常关键的问题:'我们为什么会笑?'"

"那您的答案是?"

他走向他的高保真音响。

圣桑《动物狂欢节》中的《水族馆》,从喇叭中响起。

伊西多尔·卡森博格把衣服脱掉,戴上护目镜,跳入池中。

他和海豚一起游泳。鲨鱼乔治则装出艰难撕咬牛肉块的样子。

他让我恼火。

卢克莱斯·奈姆赫德也脱掉衣服,穿着三角裤和文胸,跳入泳池。她游到他身边,靠脚小幅度动作维持在水面上。

"在我把 B.Q.T. 撕成碎片前,您已经瞥见了,对吗?"

"第一句话。"

"那么这恶龙的头是什么?"

"我还是不告诉您的好,您会……招架不住的。"

"我要知道。只是三句话中的第一句。没有一氧化二氮，也没有接下来的两句话，不会起效果的。"

"您醒醒吧。第一句话就已经非常强力，难以招架。我都不敢想象第二句和第三句会是什么样的。"

"您在取笑我，伊西多尔？"

"好吧，我承认，我没看见。我们永远都看不见它了。"

什么时候我才能认为他是在认真地跟我说话呢？他在对我撒谎吗？他害怕我的反应吗？

"我调查过了，"他说，"卡特琳娜·斯卡勒斯不再去蓬皮杜医院了。按官方说法，她失踪了。"

"无论如何，她报过仇了。没有受到惩罚。"

她看到一只海豚经过。认出来是约翰。它把鱼鳍伸向她，她发现任动物牵着走，颇有乐趣。

我喜欢这样。真是神奇。

海豚把她放在伊西多尔旁边。

男记者没有动，凝视着她。他把温柔的手伸到她湿漉漉的长发里。她没有反抗。

"您知道吗，卢克莱斯，我应该谢谢您。这次调查教给我许多东西。尤其是让我知道我不能一个人进行调查。"

"您知道吗，伊西多尔，我想我也应该谢谢您。这次调查教给我许多东西。尤其是让我知道我可以……一个人进行调查。起码可以没有您。"

他们用目光挑衅着。

"卢克莱斯，如果我提议您到这儿住，跟我一起生活，您会同意吗？"

她靠近他，在唇上轻轻吻了他一下，然后说："不，谢谢。我们还是做朋友吧。我已经租了另一间公寓，已经把东西搬过去了。

我甚至又买了一条金鱼,是条上等暹罗鲤鱼,跟我的手一样大,叫雷维雅丹 2 号。我保证您一定会喜欢它,当您……来我家喝茶的时候。"

他不再微笑。

"我提议,玩一局三颗石子的游戏来决定如何?如果您赢了,您就去您的公寓,和您的雷维雅丹 2 号在一起,我们时不时喝喝茶。如果我赢了,您就来我的水上城堡居住,跟我一起生活。"

"我住下来?"

"几天。只是想让我们彼此更加了解。"

"几天?干脆点!是或不是,伊西多尔。"

"这更滑稽了,不是吗?"

卢克莱斯·奈姆赫德犹豫了下,然后接受了挑战。他们从水里上来,坐在池边,每人藏三支火柴,然后握紧拳头伸出来。

"零。"她先说。

"一根。"他回答。

他们张开手,两只手都是空的。

"漂亮,卢克莱斯。猜对了。不过这才刚开始。"

"好奇怪,我感觉像在继续'先笑的要吃枪子'的决斗似的。"她承认,一面以胜者的姿态放下一根火柴,留下两根继续决斗。

"两个灵魂一起舞蹈,肯定像一场决斗。而且仍是那三种能量在起作用:爱、死亡和笑。

第二局,她说:"三根。"

"四根。"他接着说。

他张开手,三根火柴。她张开手……空的。

"干得好。"他承认。

游戏继续,卢克莱斯说:"四根。"

"三根。"

这次伊西多尔赢了。他把一根火柴放在自己面前，重新攥起手，先说。

他猜两根，而她猜一根。还是他赢了。

"每人赢两次。这局定胜负。"他宣布。

他们把两只握紧的拳头放在一起，伊西多尔顿了一下，然后说："一根。"他宣布。

卢克莱斯看看他的眼神，吸了口气，闭上眼睛。

"两根。"她回答。

他张开手，一根火柴。她张开手，也是一根火柴。年轻女人获胜。

"您赢了，我输了，卢克莱斯。我小看您了，我错了。我自找的。"

我从没听哪个男人这么说过。也许这就是他强大的地方，伊西多尔的引擎还装了倒车。

"还不止这件事。我还在许多其他事情上都搞错了。"

"什么？快说，您开始让我有兴趣了。"

他要为拒绝我付出代价。

"我跟您说过，我不喜欢笑话。而从这次调查开始，我深深喜欢上了这项看起来平庸无用的活动。甚至从此笑话对我来说至关重要。我认为幽默是修行的最高境界。当明白一切时，我们就会笑。"

他露出抱歉的神色。

"还有呢？"

"还有我也觉得从此以后，我……确实挺欣赏您的……"

"欣赏"？想不到他爱我这句话竟让他开不了口。

"……非常欣赏。"他补充道。

就在这时，海豚兰戈跃出水面，再重新落入水中，激起一簇密集的水花，一下把卢克莱斯淋了个透。伊西多尔站起身，拿来一条温热的干毛巾，搭在她肩上。

他把她包裹在柔软的海绵中，她还没说话，他就把她紧紧搂在臂弯里，亲吻她的脖子，然后一直往上，直到下巴。他吻她，热烈而持久。卢克莱斯并没有反抗。他离开她的唇，卢克莱斯长时间地看着他。

时间停止。他们眼神交汇，都在等对方打破沉默。

伊西多尔首先起了反应。先是眼底闪出一丝火花，卢克莱斯注意到，前一秒钟还没有呢。一簇小小的磷火，在瞳孔深处跳动。也照亮了卢克莱斯那翠绿的眼睛。让她的脸颊边，生出浅浅的酒窝，脸部肌肉稍稍紧张，几乎是要微笑出来。伊西多尔的脸颊也同样如此。此时此刻，一切都加快了速度，伊西多尔跳过微笑阶段，直接哈哈大笑起来。卢克莱斯也跟着笑了。

两名记者狂笑不止，自调查开始以来的所有压力都被释放了出来。

"现在，要是我们吸入了一氧化二氮，我们就要死了。"她格格笑着。

"……也不一定。"他反驳道，仿佛还沉浸在三颗石子的游戏中。

他们还在笑。

"我想我也可以承认错误，往后退一步。我还是改变主意了。"年轻的女记者说，"我要待一个星期。一天也不多。我把雷维雅丹2号带过来。我肯定它会和乔治、兰戈、约翰，还有保罗友好相处的。不过要明白，伊西多尔，有三个条件。1. 不准碰我。2. 不准叫醒我。3. 不准……"

他把一根手指放在嘴上。

"我觉得我不能遵守这么多禁令，"他承认，"诱惑太强烈了。"

"……既然如此，我还是要告诉你，如果您坚持的话，我就……让步。"

"不要吓我，奈姆赫德小姐。"

"啊，还有一件事。仅仅是原则上的。求我留下来。"

"我恳求您，卢克莱斯，您愿意和我待在这里吗？时间稍微长点……"

"好吧，15 天。"

"16 天？"

"好吧，但不能超过三星期。"她回答。

他们对望着，再次陷入大笑中。卢克莱斯发现他已经放弃了所有的骄傲。

似乎他已经卸下了沉重的负担，而给予了我所不足和缺乏的东西。总之，这也许是次"真正的相遇"。两种情结互相弥补。弃儿情结遇上孤僻情结。

他再次抚摸她，为她按摩肩膀。她突然转过身来，双手托住他的脸庞，把嘴唇放到他的唇上，这是个长长的深深的吻，让他们无法呼吸。

他还没回过神来，她就用卢克莱斯拳道把他按倒在地。她的身体靠着他的身体。她的嘴唇靠着他嘴唇的气息，她低语道："我想和您做爱，立刻，伊西多尔。"

"今天由您来决定。"他回答。

于是她脱去他剩下的衣服，长时间地抚摸他，亲吻他的整个身体。

我们怎么能把时间浪费在准备活动上。

三只海豚和那条鲨鱼游过来，一脸迷茫。

在海豚兰戈看来，似乎这两具粉色的人类身躯合为一体，组成了一个八条腿、两只头的动物。

为了更好地观看表演,海豚们在水中一面保持直立,尽可能不被发现。

而乔治则跃出水面,他察觉到岸上正发生着什么新鲜有趣的事儿。不过这个姿势让他很不舒服,他思忖着在水里看他们或许更好。

人类似乎听到了它们的动静,他们一直滚到池边,落入水中,继续着奇特的水中舞蹈。

海豚和鲨鱼围着他们转圈儿,从各个角度观察他们。两具身体似乎松开了,然后又重新合上。

他们长时间地笑着,快乐而舒适。

他们游回岸边,在鼓励声中,海豚们决定做同样的动作……尽管它们中间并没有雌性。他们还挑逗鲨鱼,而鲨鱼则吓得躲在了池底。

两人爬上岸,疲惫地倒在地上,筋疲力尽。卢克莱斯笑着说:"到头来科学家们还是搞错了,我们可以一边做爱,一边笑。"

"找到对的人就行。"

"您还没回答我呢,在您看来,我们为什么会笑?"

他思考了几秒钟,然后说:"也许在某些清醒时刻,我们会发觉,没有什么比我们认为的更严重。于是我们突然间后退一步。放松精神,获得些许距离感,嘲笑我们自己。"

"不错。这就是为什么动物不会笑的原因。它们遭受痛苦,可在它们的全部装备中,却没有这一防卫武器。"

仿佛是要反驳她,海豚们齐声叫唤起来,就像笑声一样。

伊西多尔·卡森博格找到了一句更加概括的、可以总结他思考成果的箴言,作为结论。

"我们笑是为了逃避现实。"

一切都归一。（亚伯拉罕）

一切都是爱。（基督耶稣）

一切都是性。（西格蒙德·弗洛伊德）

一切都是经济。（卡尔·马克思）

一切都是相对的。（阿尔伯特·爱因斯坦）

一切都是幽默。（伊西多尔·卡森博格）

后　记

　　《独眼巨人的笑声》源于我 17 岁时听到的一个奇特故事。当时我已经创作《蚂蚁》一年了，而这部小说不知为什么没有成功。当我把它拿给朋友们看时，我分明看到他们垂下双手，要不就从来没时间读完。需要说明的是，当时手稿甚至有 1500 页（那时我崇拜的是弗兰克·赫伯特的《沙丘》和福楼拜的《萨朗波》。喜欢史诗体、战争和冒险气息）。有些东西行不通，我却不知道是什么。

　　让我豁然开朗的是在比利牛斯山的一次远足。我们有八个人。刚经历过冻雨，队中一人又犯了哮喘病，我们解除危机，到达高山小屋已是凌晨一点（我们之前预计当天 17 点到达）。我们又冷又饿，筋疲力竭，脚上流血，手指冻僵，似乎还听到远方传来狼的嚎叫。

　　我们紧紧围成一圈，就像所有处于困境中的动物一样。我们小分队的一名成员提议："为了给我们的精神取取暖，不如来一场笑话比赛。"

　　为了忘记饥饿和寒冷，每个人都说了个笑话，这些笑话往往很平淡（我们出于礼貌勉强笑笑），然后我们中的一个人问道："你们知道黄色网球的故事吗？"我们摇摇头，以为是个简单的谜语。

然后他开始说。

一个人拿到了高年级毕业证书，并取得了第一名的好成绩。为了奖励他，他父亲提议送他一辆自行车。可小伙子却说："啊，爸爸，太棒了，我确实一直梦想有辆自行车，可如果你真的想让我高兴的话，我想要的，是别的东西。"

"那是什么呢？"

"一颗黄色的网球。"

父亲很诧异。

"可你不打网球啊。"

"是的。"

"你想要一盒吗，里面有很多颗球。"

"也不要。只要一颗网球。只想要黄色的。"

"你要拿它做什么？"

"爸爸，你问我想要什么，我回答了你。现在，如果你因为不知道礼物的含义而感到不快，那么你可以送我自行车，不过这并不是最让我高兴的东西。"

尽管父亲很惊讶，还是同意了，送给他一颗网球。

几年之后，小伙子以'很好'的评语通过高中毕业会考。父亲想送他一辆摩托车。可儿子还是回答说，虽然他知道所有年轻人都梦想有一辆摩托车，他还是更喜欢别的东西。一颗黄色网球。

"什么，还要这个？你是怎么处置第一颗球的？而且在我看来，你一直不打网球的。"

"爸爸，别问我了，有朝一日我会跟你解释的。如果你真的想让我高兴，这是我唯一真正想要的东西。只要一颗球，一颗网球，黄色的。"

父亲同意了，送给他渴望的东西。

儿子学了医，在全年级排名第一。父亲想送他一套公寓，让他住在学校附近。可儿子还是说，与公寓相比，他更想要一颗黄色网球。

"你打算一直不告诉我为什么吗？"

"有朝一日我会跟你解释的。"

后来儿子结婚了，父亲想送他一辆轿车，作为结婚礼物，可儿子说他更想要一颗黄色网球。

"你不是一直不打网球的吗？你不想要一盒六个的网球吗？这样或许能节省点时间？"

"不，只要一颗。而且是黄色的。"

父亲再一次送给他网球。

后来儿子出了意外。伤势严重。父亲冲进医院，医生告诉他情况危急，儿子救不回来了，撑不过当天晚上。

父亲慌张地去见儿子，看到他缠着绷带，身上插着管子，连着仪器。

"太可怕了！我的儿子！"

绷带下面，一个微弱的声音低声说道：

"爸爸，我知道你为什么在这儿。明天我就要死了，你有权知道。"

"别说得这么可怕。你要活下来！"

"不，医生告诉我了，我完了。而我在等你，好把秘密告诉你。"

"不，我的儿子，这一点也不重要。"

"很重要，爸爸。这些年，你想送我自行车、摩托车、公寓、小汽车，每次我都宁愿要一颗黄色网球。实际上是因为一个很明确的原因。把耳朵凑到我嘴边。我要把这个重大秘密告诉你。实际上，我之所以想要一颗黄色的网球是因为……啊……"

然后他死了。

我们的朋友说完后，一阵可怕的沉默降临。然后所有人都跳到他身上，胳肢他，作为让我们如此失望的惩罚。

"坏蛋！你怎么能这么哄我们！就这么结束了！"

不过，接下来发生的事却引起了我的兴趣。

在整个叙述过程中，我们忘记了登山路途中的所有疼痛，忘记了水泡，流血的脚，忘记了同伴发作的哮喘，忘记了狼。这颗黄色网球让我们如此牵挂，以至于成了那一刻最重要的东西。

我们着实经历了笑话戛然而止时的感情波动。这就是为什么我们被他逗笑，而不是仅仅礼貌地笑笑，来迎接平淡笑话的结尾。因为一个简单的故事，我们经历了一些生理上的变化。

这件事在我脑海里闪出灵光。"这就是悬念的重大秘密，"我对自己说，"创造一颗'黄色网球'。"

从那时起，我用一颗"黄色网球"重写《蚂蚁》，这颗"黄色网球"就是：神秘的地窖。一户家庭继承了一个带有密闭地窖的房子。去过地窖的人都说："我所见到的东西是那么不可思议，以至于我没法告诉你们是什么。"小说由此带着读者的想象展开。是读者在无意中制造出那些每次人物去过地窖后看到的却因为过于奇特而不能言说的场景。

一个笑话让我明白了讲故事的艺术。

在我看来，所有好故事都可以被概括为一个笑话。

荷马的《奥德赛》：一个人在地中海上航行数十年，不能与妻子相见，之后对妻子说："希望你没有背叛我！"

亚历山大·仲马的《基督山伯爵》：一个人陷入疯狂的复仇中，复仇后又思忖到头来是否放弃复仇会更好。

福楼拜的《包法利夫人》：一个外省金发女人，做的都是傻事儿，就因为她很无聊。

维克多·雨果的《巴黎圣母院》：一个智障的驼背，爱上了一个茨冈舞女，却因为她拒绝他而震惊。

我之后寻思，想出这个黄色网球故事的人是何等的天才，他无意中成了我"叙述上的导师"。

我试图寻找这个笑话的源头。找到了好多个版本。特别是《中国屏风》。它的叙述方式完全相反。

一个年轻人问他父亲："我十分想知道这个在家里禁止谈论的'中国屏风的故事'。"他父亲狠狠打了他一拳，又踢了他一脚，把他赶出门去，他母亲都表示赞同。他逃到未婚妻家里，准备和她结婚。妻子问他父母为什么没有出席婚礼。他回答说因为他提到了"中国屏风的故事"。当时，妻子就取消了婚礼，立刻离开他了。他只好转而工作，向老板诉苦。老板问他为什么所有人都抛弃他，他说因为他想知道"中国屏风的故事"。老板当时就发狂了，抓起一把裁纸刀，刺入他的心脏。临死之前，这个人问医生为什么所有人都要向他隐瞒"中国屏风的故事"。医生盛怒之下，切断了维持他生命的仪器。

有多少人丰富了这个"黄色网球机制"？一想到这些笑话在发明者和叙述者的流传过程中完全变形，我就觉得很奇妙。笑话实在是小说的基础。

我一直没找到黄色网球的发明者，可我找到了对笑话的热情，笑话是种被低估和忽视的文学艺术，它被看作"小孩子的玩意儿，或者是家庭茶余饭后的谈资。"

五年前，我开始思考怎样来传递这种热情和笑话的睿智（就我个人而言，很难记住这些笑话），我写出了《笑话起源》，它是我发表在《定制天堂》中的短篇小说之一。当我无意中问网友他们最喜欢哪一部短篇小说时，这部《笑话起源》名列前茅。（仅次于

《明日，女人天下》》

这就是《独眼巨人的笑声》的成书原因。

与此同时，我想继续伊西多尔和卢克莱斯的冒险，因为我很喜欢这两位主人公。有时，作者会成为他所创造人物的朋友，想和他们重逢。于是我把《笑话起源》和《伊西多尔和卢克莱斯的调查》组合了起来。

附言一：本书中的人物和情节纯属虚构，与真实人事如有雷同，实属巧合。

附言二：我仍然要感谢所有的职业幽默家朋友们，他们向我讲述了喜剧演员的幕后生活——竞争，制片人，金融筹码，还有幽默短剧的构造。

附言三：关于全场观众都不笑的故事确有其事。发生在比利时幽默家里夏尔·勒本身上。他真实经历了在一个半小时的表演中，观众众多而一个人都没笑的情况。当时，剧场里坐满了花钱雇来的演员，为了电视节目效果故意不笑。

附言四：感谢访问 www.bernardwerber.com，发表和挑选笑话的全体网友。

致　谢

里夏尔·迪库塞,弗朗索瓦丝·沙法内尔-费朗,米盖特·维维安,雷纳·西贝尔。

吉勒·马朗松,帕特里克·博旺博士(医学部分),斯特凡纳·克劳斯,弗兰克·费朗(某些历史段落),塞巴斯蒂安·德鲁安,伊莎贝尔·多尔,帕斯卡尔·勒·盖恩,塞巴斯蒂安·泰斯凯,梅拉妮·拉茹瓦尼(Esra on line 网站管理员),古斯塔夫·帕金,马克·若利韦,克里斯蒂娜·贝鲁,若纳唐·威尔伯尔,西尔万·坦西(bernardwerber.com 网站管理员)

小说创作中听的音乐

古斯塔夫·霍尔斯特《行星组曲》

创世纪乐团《当代之人》

缪斯乐队《反抗》

深紫乐队《燃烧》

平克·弗洛伊德《闪耀吧,你这疯狂的钻石》

埃里克·萨蒂《裸体歌舞》

尼尔·戴蒙德《海鸥乔纳森》

卡米尔·圣桑《水族馆》